LE PROPRIÉTAIRE

DU MÊME AUTEUR
AUX ÉDITIONS ARCHIPOCHE

La Dynastie des Forsyte :

Le Propriétaire (t. 1)
Aux aguets (t. 2)
À louer (t. 3)

JOHN GALSWORTHY
prix Nobel de littérature

LA DYNASTIE DES FORSYTE

*

LE PROPRIÉTAIRE

traduit de l'anglais par
Camille Mayran

ARCHIPOCHE

Première édition :
Calmann-Lévy, 1925.

Notre catalogue est consultable à l'adresse suivante :
www.archipoche.com

Éditions Archipoche
34 rue des Bourdonnais
75001 Paris

ISBN 978-2-3773-5395-8

À ma femme, je dédie l'ensemble de la saga des Forsyte,
avec la conviction que de toutes mes œuvres c'est la moins
indigne d'elle car, sans ses encouragements,
sa compréhension et ses critiques, jamais je n'aurais pu
même devenir l'écrivain que je suis.

Avant-propos
(1925)

Le grand écrivain français Anatole France dont la mort, l'an dernier, nous a mis en deuil écrivit quelque part : « L'excès est toujours un mal[1]*. » Nul mot n'a de sens plus relatif que le mot « excès ». Tout philosophe, tout historien qui professe la modération se pique d'une vertu qui ne comporte point d'absolu et varie avec le temps.*

L'annaliste des Forsyte choisit pourtant dans ce propos la devise des chroniques dont Le Propriétaire *n'est que le premier chapitre. Tout lecteur qui suivra les Forsyte jusqu'au bout de la saga et encore au-delà, dans* Le Singe blanc[2], *remarquera que l'attachement à l'ordre, à la convention et à la propriété, qui prévalut sous Victoria et que* Le Propriétaire *juge excessif, y cède graduellement la place à son contraire. Soames Forsyte, du rôle de vilain de la fable, passe avant la fin de cette longue histoire à celui d'un citoyen presque modèle au milieu du désordre général. Le sens abusif de la possession qui est son infirmité au début de cette saga, en 1887, est bien près d'apparaître comme une dignité dans le tohu-bohu du dérèglement auquel nous assistons une quarantaine d'années plus tard. L'Angleterre, sur la fin de la période victorienne, poussait peut-être plus loin que le reste de l'Europe son attachement à la convention et à la propriété. Elle avait vécu si longtemps*

1. Anatole France, *La Vie littéraire* (Calmann-Lévy, 1921).
2. Premier volume (1924) de la série *Une comédie moderne*.

en paix, elle s'était si régulièrement enrichie ! Elle avait cette belle et funeste réputation de libéralisme dans les institutions derrière laquelle elle pouvait s'offrir de dominer et de posséder sans compromettre sérieusement son noble renom.

Quelques observateurs considèrent le puritanisme comme l'une des principales influences qui aient agi sur la morale anglaise. Cependant le puritanisme ne fut qu'un produit secondaire du tempérament anglais ; ces excès – Cromwell et le puritanisme ; Charles II et la licence – se sont superposés et annulés, laissant les mœurs anglaises à leur cours naturel. Ce n'est pas tant un reste de puritanisme qui consacrait sous Victoria les droits du mari et du père que la peur du ridicule et le désir d'assumer les apparences du succès. Pourvu qu'il fût blanchi, le foyer victorien pouvait bien être un sépulcre.

Nous, écrivains et artistes d'Angleterre, qui au début de ce siècle avons senti quelque chose de rance dans la moralité régnante, quelque chose d'oppressif, sans générosité, nous n'avons fait que devancer et peut-être, pour une faible part, provoquer la réaction qui commença vers 1909. Car c'est une erreur de supposer que la faillite de certaines valeurs prétendument morales soit un effet de la guerre. La guerre a seulement hâté une évolution déjà commencée : les fissures avaient paru – elle amena l'éboulement.

L'artiste, dont la justification est ou devrait être un sens de plus pour saisir la mesure, s'aperçut bientôt que le train des mœurs et de la morale obliquait autant vers la gauche qu'il avait dévié sur la droite au temps où fut écrit Le Propriétaire. *Obéissant à son attirance essentielle pour le milieu de la route, il se mettait à décrire cette nouvelle embardée. C'est pourquoi on l'attaque de droite et de gauche. Ceux qui ont senti les coups frappés jadis contre un excessif esprit de possession raillent : « Le fils prodigue est donc revenu ! » Ceux qui se rebiffent devant la satire du relâchement et du désordre s'écrient : « Voyez la veste retournée ! » Cette sorte de critique ne peut affecter l'artiste, car il obéit à son instinct. Ses personnages et son thème poursuivent leur développement suivant des lignes mystérieusement imposées du dedans. C'est seulement après coup qu'il prend conscience de tout ce que son ouvrage contient et implique. Le vol de la satire vire en quelque sorte automatiquement.*

Il est difficile à un Anglais de deviner quelle valeur typique peuvent revêtir en France les caractères étudiés dans ce livre. Il soupçonne toutefois qu'il y a du Forsyte dans les classes riches de tous les pays au-dessus d'un certain degré de latitude qui restera indéterminé. Les Forsyte, bien entendu, sont très anglais, mais ils appartiennent à la commune humanité au moins en ceci qu'ils savent de quel côté se trouve leur profit : cette vertu n'est pas inconnue sur le reste de la terre. Ce qui peut-être les distingue, c'est de tendre à ce profit d'une manière si continue et si profonde qu'ils ne sont plus aptes à en faire usage quand ils l'ont obtenu. Les Forsyte font de leur vie un placement trop précautionneux pour pouvoir la vivre. À cet égard, ils peuvent être quelque peu énigmatiques pour ceux qui, parmi toutes les variétés de l'espèce humaine, ont le mieux élevé la vie au niveau d'un art. Tels quels, leur créateur les recommande à la charité du lecteur français.

John Galsworthy

À Edward Garnett

« … vous répondrez :
“Les esclaves sont à nous.” »

SHAKESPEARE,
Le Marchand de Venise

PREMIÈRE PARTIE

1

Réception chez le vieux Jolyon

Ceux qui ont eu le privilège d'assister à une fête de famille chez les Forsyte ont vu ce spectacle charmant et instructif: une famille de la riche bourgeoisie en grand appareil. Mais que l'un de ces privilégiés fût doué de clairvoyance psychologique (un don qui n'a point de valeur monétaire et que les Forsyte ignorent), et il devenait le témoin d'une scène qui jette une lumière sur un obscur problème humain. En d'autres termes, de la réunion de cette famille – dont on n'aurait pu désigner trois membres liés seulement par un sentiment qui méritât le nom de sympathie – s'est dégagée pour lui l'évidence de cette mystérieuse et concrète cohésion qui fait de la famille une si formidable unité sociale, une si exacte miniature de la société. Il a été admis à la vision des routes confuses que suit le progrès social, il a compris quelque chose de la vie patriarcale, du fourmillement des hordes sauvages, de la croissance et de la chute des nations. C'est comme si, ayant regardé grandir, depuis le jour de la plantation, un arbre admirable de vitalité, au milieu de cent autres plantes qui, moins riches de fibre, de sève et d'endurance, succombaient, il le voyait épanouir un jour tout un feuillage épais et pacifique, au point culminant de sa prospérité.

Le 15 juin de l'année 1886, vers quatre heures de l'après-midi, un observateur qui se serait trouvé dans la maison du vieux Jolyon Forsyte, à Stanhope Gate, aurait pu contempler la suprême efflorescence des Forsyte.

La maison célébrait les fiançailles de miss June Forsyte, petite-fille du vieux Jolyon, avec Mr Philip Bosinney. Dans ses plus beaux atours, gants clairs, gilets chamois, plumes, robes de cérémonie, la famille entière était présente. La tante Ann elle-même était venue, elle qui ne quittait plus que rarement le coin du salon vert de son frère Timothy où, sous un plumet d'herbe teinte des pampas, s'élevant d'un vase bleu clair, elle restait assise tout le jour, à lire ou à tricoter, entourée par les effigies de trois générations de Forsyte. Oui, la tante Ann elle-même était là, son dos inflexible et la dignité de sa calme vieille figure personnifiant ce rigide esprit de possession qui était l'âme de la famille.

Quand un Forsyte naissait, se fiançait, se mariait, les Forsyte étaient présents ; quand un Forsyte mourait – mais aucun Forsyte n'était mort jusqu'à ce jour… Ils ne mouraient pas, la mort étant contraire à leurs principes ; ils prenaient des précautions contre elle, les précautions d'une puissante vitalité qui repousse tout empiétement.

Les Forsyte qui se mêlaient ce jour-là à la foule des autres invités semblaient mieux soignés et plus fringants qu'à l'ordinaire ; ils avaient une assurance alerte, un air de respectabilité brillante ; on eût dit qu'ils s'étaient parés pour défier quelque chose. L'air de méfiant dédain habituel à la physionomie de Soames Forsyte avait gagné tous les rangs ; ils étaient sur leurs gardes. Cette attitude inconsciemment agressive de la famille, ce jour-là, chez le vieux Jolyon, signale un moment psychologique de son histoire et le prélude du drame qui doit la déchirer.

Quelque chose excitait leur hostilité : celle du groupe, plutôt que des individus. Ce sentiment s'exprimait par la perfection accrue de leur toilette, par une expansion de cordialité familiale, une exagération de l'importance de la famille et par l'imperceptible expression de méfiance et de dédain. Le danger – qui seul peut faire apparaître la qualité fondamentale de toute société, groupe ou individu –, voilà ce que flairaient les Forsyte. Le pressentiment du danger les plaçait dans leur attitude de défense. Pour la première fois, ils paraissaient avoir, comme famille, l'intuition qu'ils se trouvaient en contact avec une chose étrange et inquiétante.

Appuyé derrière le piano, se tenait un homme de puissante stature, qui portait deux gilets sur sa vaste poitrine, deux gilets et rubis à sa cravate au lieu de l'unique gilet et de l'épingle de diamant qu'il mettait dans les occasions plus ordinaires. Sa vieille figure carrée, couleur de cuir pâle, avec des yeux pâles, portait, au-dessus du col de soie, son expression la plus digne. C'était Swithin Forsyte. Près de la fenêtre où il pouvait absorber plus que sa part d'air frais, son jumeau James, qui était comme le massif Swithin haut de plus de six pieds, mais très maigre comme s'il avait été destiné dès sa naissance à rétablir l'équilibre d'une bonne moyenne – le gros et le maigre de la même tranche, disait le vieux Jolyon en parlant des deux frères –, James, toujours courbé, méditait ce qu'il voyait. Ses yeux gris semblaient fixement absorbés par quelque secret tracas, mais de temps à autre faisaient un rapide et furtif examen de ce qui se passait alentour. Ses joues amincies par deux rides parallèles et sa lèvre supérieure longue et rasée étaient encadrées de favoris. Il tournait et retournait dans sa main un bibelot de porcelaine. Non loin de là, écoutant ce que lui disait une femme en robe marron, son fils unique, Soames, pâle et complètement rasé, brun, un peu chauve, levait obliquement son menton et pointait son nez avec cet air de méfiant dédain dont il a déjà été parlé, comme s'il faisait fi d'un œuf qu'il savait ne pouvoir digérer.

Derrière lui son cousin, le grand George, fils de Roger, le cinquième Forsyte, préparait avec un air de pince-sans-rire sur sa figure charnue une de ses sardoniques plaisanteries.

Quelque chose de spécial à la circonstance les affectait tous.

Trois vieilles dames étaient assises en rang, tout à côté l'une de l'autre : tante Ann, tante Hester, les deux vieilles filles de la famille Forsyte, et Juley (diminutif de Julia), qui autrefois, n'étant déjà plus dans sa prime jeunesse, s'était oubliée au point d'épouser Septimus Small, un homme de pauvre santé. Elle lui survivait depuis de longues années. Avec son aînée et sa cadette, elle habitait maintenant la maison de Timothy, leur sixième et plus jeune frère, dans Bayswater Road. Chacune de ces dames tenait un éventail à la main, quelque note de couleur dans leur toilette, quelque broche ou quelque plume ostentatoire attestant la solennité du moment.

Au centre de la pièce, sous le lustre, comme il convenait à l'hôte, se tenait le chef de la famille, le vieux Jolyon lui-même. Avec ses quatre-vingts ans, ses beaux cheveux blancs, son front pareil à un dôme, ses petits yeux gris foncé et une énorme moustache blanche qui montait et s'étalait plus bas que sa forte mâchoire, il avait un air de patriarche et, en dépit de ses joues maigres et des creux de ses tempes, il semblait posséder la jeunesse éternelle. Il se tenait extrêmement droit et son regard sagace et ferme n'avait rien perdu de sa lumière. Il donnait l'impression d'être au-dessus de ces doutes et de ces aversions qui agitent les hommes plus petits. Ayant toujours accompli sa volonté, et depuis tant d'années qu'on ne les comptait pas, il avait conquis comme un droit imprescriptible à la domination. Il ne serait jamais venu à l'esprit du vieux Jolyon qu'il fût nécessaire d'avoir une attitude d'inquiétude ou de défi.

Entre lui et ses quatre frères présents, James, Swithin, Nicholas et Roger, il y avait beaucoup de différences et beaucoup d'analogies. À son tour, chacun de ces quatre frères était très différent des autres et tous pourtant se ressemblaient.

À travers les traits et les expressions divers de ces cinq visages, on pouvait noter une certaine fermeté de menton : ce trait, sous les dissemblances de surface, était une caractéristique de race trop ancienne pour qu'on pût en chercher l'origine, trop persistante pour qu'on pût la discuter ; c'était comme le poinçon même de la famille et la garantie de ses succès. Parmi la jeune génération, chez le grand George avec son air de taureau, chez le pâle et volontaire Archibald, chez Nicholas le fils, d'une obstination douce et prudente, chez le grave Eustace, résolu avec fatuité, on retrouvait ce même trait – moins accentué peut-être; mais pourtant il n'y avait pas à s'y tromper: c'était le signe de quelque chose d'indestructible dans l'âme familiale.

À un moment ou un autre au cours de cet après-midi, toutes ces figures si différentes et si pareilles avaient porté la même expression de méfiance – méfiance qui, à n'en pas douter, s'adressait à celui dont la famille était venue, ce jour-là, faire la connaissance.

De Philip Bosinney on savait qu'il n'avait pas de fortune, mais l'on avait déjà vu des demoiselles Forsyte se fiancer à des jeunes gens sans fortune et même les épouser. Telle n'était donc pas la vraie raison du trouble qui se glissait dans l'esprit des Forsyte. Ils n'auraient pu expliquer l'origine d'un pressentiment que les bavardages de la famille n'avaient fait qu'obscurcir. On racontait, c'était certain, que le jeune homme avait fait sa première visite aux tantes Ann, Hester et Juley avec un chapeau gris de feutre mou – un feutre mou, et pas même neuf, une chose poussiéreuse et informe. Tante Hester, traversant le petit hall sombre, avait essayé de le chasser en tapant dans ses mains, car elle était un peu myope et l'avait pris pour quelque chat bizarre et mal tenu – Tommy avait des amis inavouables! Elle avait été déconcertée en voyant qu'il ne bougeait pas.

Comme un artiste qui cherche toujours à découvrir les riens significatifs où se résume le caractère d'une scène, d'un lieu, d'une personne, les Forsyte, ces artistes inconscients, avaient tous d'instinct fixé leur attention sur ce chapeau. Ce fut pour eux l'indice infime où perce le sens réel de toute une situation. Car chacun s'était demandé: « Voyons, est-ce que j'aurais, moi, fait cette visite avec un pareil chapeau ? », et chacun s'était répondu: « Non », les plus imaginatifs ajoutant: « C'est une idée qui ne me serait jamais venue ! »

George, quand on lui raconta l'histoire, se mit à ricaner. Ce chapeau, c'était évidemment une plaisanterie de pince-sans-rire ! Il s'y connaissait.

— Très hautain, dit-il, le Brigand !

Ce mot, « le Brigand », circula et fut bientôt généralement adopté pour désigner Bosinney.

Les tantes firent à June des remontrances au sujet du chapeau.

— Nous pensons que tu ne devrais pas lui passer cela, ma chérie, avaient-elles dit.

June avait répondu à sa manière impérieuse et vive, comme la petite incarnation de volonté qu'elle était :

— Oh ! qu'est-ce que ça peut faire ? Phil ne sait jamais ce qu'il porte !

Personne n'avait ajouté foi à une réplique aussi choquante. Un homme qui ne sait pas ce qu'il porte ? Non ! non !

Qu'était donc ce jeune homme qui, en se fiançant à June, l'héritière reconnue du vieux Jolyon, menait si bien ses affaires ? Architecte ? Cela ne suffisait pas à excuser un tel chapeau. Il se trouvait qu'aucun des Forsyte n'était architecte, mais l'un d'eux en connaissait deux qui n'eussent jamais coiffé un feutre mou pour une visite de cérémonie, à Londres, pendant la saison. Il y avait là quelque chose de dangereux – ah ! de dangereux !

June, naturellement, ne voyait pas le danger ; mais, bien qu'elle n'eût pas atteint ses dix-neuf ans, c'était une originale. N'avait-elle pas dit à Mrs Soames, toujours si bien mise, qu'il était commun de porter des plumes ? Mrs Soames en était venue à renoncer aux plumes ; cette chère June était si péremptoire !

Ces doutes, ces blâmes, cette méfiance parfaitement sincère n'empêchèrent pas les Forsyte de se réunir à l'invitation du vieux Jolyon. Une réception à Stanhope Gate était chose très rare, il n'y en avait pas eu depuis huit ans – en fait, depuis la mort de Mrs Jolyon.

Jamais les Forsyte ne s'étaient assemblés plus au complet, car, mystérieusement unis en dépit de toutes leurs divergences, ils avaient pris les armes contre un péril commun. Comme le bétail, quand un chien étranger entre dans le clos, ils se tenaient tête contre tête, épaule contre épaule, prêts à foncer sur l'intrus et à le piétiner à mort. Sans doute aussi étaient-ils venus pour se faire une idée du cadeau qu'on attendrait d'eux. Quoique le choix d'un cadeau de mariage fût généralement préparé par des questions de ce genre : « Qu'est-ce que vous donnez, vous ? Nicholas donne des cuillères », ce choix dépendait beaucoup du fiancé. S'il avait la figure en bon point, les cheveux bien brossés, l'air prospère, il devenait plus nécessaire de lui donner de jolies choses : il y compterait. À la fin, par une sorte d'accord de famille auquel on arrivait comme on arrive à fixer les prix sur un marché, chacun donnait exactement ce qui était juste et convenable. Les dernières évaluations se faisaient dans la maison de brique rouge de Timothy, maison confortable, qui avait vue sur le parc et où habitaient les tantes Ann, Juley et Hester.

Le seul incident du chapeau justifiait le malaise de la famille Forsyte. Il eût été bien mal et du reste impossible, pour toute famille où vit ce respect des apparences qui doit toujours caractériser la haute bourgeoisie, de ne pas éprouver ce malaise !

Celui qui en était l'auteur parlait à June, debout près de la porte du fond. Avec le désordre de ses cheveux bouclés, il avait l'air de se sentir dans un milieu insolite. Il avait l'air aussi de s'amuser à part lui.

George dit tout bas à son frère Eustace :

— Il a l'air de quelqu'un qui pourrait bien ficher le camp, l'indomptable Brigand !

Cet homme d'apparence très singulière, comme dirait plus tard tante Juley, était de taille moyenne, mais fortement bâti. Il avait une figure pâle et brune, des moustaches d'un brun terne, les pommettes saillantes et les joues creuses. Son front fuyait en pente vers le sommet de la tête, mais se bosselait au-dessus des yeux comme les fronts qu'on voit dans la cage à lions du Jardin zoologique. Il avait les prunelles d'un brun liquide et doré; son regard était par instants déconcertant d'inattention. Le cocher du vieux Jolyon, revenant de conduire June et Bosinney au théâtre, avait dit au maître d'hôtel:

— Sais pas qu'en penser. Me fait l'effet d'un léopard à moitié apprivoisé.

De temps en temps, un Forsyte approchait de cette porte où causaient les fiancés, rôdait alentour et regardait Bosinney.

June se tenait en avant comme pour repousser cette curiosité oiseuse. C'était un petit être fragile – « une flambée de cheveux et d'énergie », avait-on dit – avec des yeux bleus intrépides, une mâchoire fermement dessinée, le teint brillant; son visage et son corps semblaient trop minces pour la couronne que lui faisait sa torsade d'or rouge.

Une grande femme, d'une ligne admirable et qu'un membre de la famille avait un jour comparée à une déesse païenne, se tenait debout, regardant les fiancés avec un sourire ombré de tristesse. Ses mains gantées de gris étaient croisées l'une sur l'autre. Son visage grave et charmant s'inclinait de côté; il retenait les yeux de tous les hommes. Sa taille était souple, d'un équilibre si juste et si léger que l'air même semblait la mettre en mouvement. Ses joues étaient chaudes, quoique pâles; il y avait une douceur de velours dans ses grands yeux sombres; mais c'étaient ses lèvres – posant une question, donnant une réponse avec ce sourire voilé d'ombre – qui retenaient les regards des hommes; lèvres sensibles, tendres, suaves, entre lesquelles semblaient s'échapper comme d'une fleur la chaleur et le parfum.

Les fiancés qu'elle observait ne sentaient pas la présence de cette déesse passive. Ce fut Bosinney qui la remarqua le premier et demanda son nom.

June amena son fiancé à la belle jeune femme.

— Irène est mon inséparable, dit-elle. Je vous prie d'être bons amis, vous deux.

Au commandement de la jeune fille, ils sourirent tous les trois et tandis qu'ils souriaient, Soames Forsyte apparut silencieusement à côté de la belle jeune femme dont il était le mari et dit :

— Ah ! présentez-moi aussi !

Il se trouvait rarement loin d'Irène au cours d'une réunion, et même quand les exigences d'une conversation l'éloignaient d'elle, il la suivait encore du regard et ses yeux avaient une étrange expression de surveillance et de désir.

À la fenêtre, James, son père, examinait toujours la marque du bibelot de porcelaine.

— Ça m'étonne que Jolyon ait permis ces fiançailles, dit-il à tante Ann. On me dit qu'ils n'ont aucune chance de se marier avant plusieurs années. Ce jeune Bosinney (il faisait du mot un dactyle, malgré l'usage général qui consiste à prononcer le « Bo » court) n'a rien. Quand Dartie a épousé Winifred, je lui ai fait tout mettre au nom de sa femme et c'est heureux ! Ils n'auraient plus le sou à l'heure qu'il est !

Assise dans son fauteuil de velours, tante Ann releva la tête. Des boucles grises barraient son front, des boucles qui, n'ayant pas changé depuis plusieurs dizaines d'années, avaient aboli dans la famille le sens du temps. Elle ne répondit pas, car elle parlait rarement et ménageait sa vieille voix ; mais, pour James dont la conscience était mal à l'aise, son regard valait une réponse.

— Ma foi ! dit-il, c'est vrai qu'Irène n'avait pas d'argent, mais je n'y pouvais rien. Soames était tellement emballé ! il avait maigri à lui faire sa cour.

Posant avec humeur le bol de porcelaine sur le piano, il laissa errer son regard vers le groupe qui s'était formé près de la porte.

— J'ai bien idée, dit-il tout à coup, que cela n'est pas plus mal ainsi.

Tante Ann ne lui demanda pas d'expliquer cette singulière parole. Elle connaissait sa pensée. Irène, puisqu'elle n'avait pas d'argent, ne serait pas assez sotte pour oublier ses devoirs. Car on disait – on disait ! – qu'elle avait demandé à faire chambre à part ; mais Soames, bien entendu, n'avait pas…

James interrompit sa rêverie.

— Où donc, demanda-t-il, est Timothy ? Est-ce qu'il n'est pas venu avec vous ?

Un tendre sourire détendit les lèvres serrées de tante Ann.

— Non, il a pensé que ce ne serait pas raisonnable, à cause de cette diphtérie qui est partout ; lui qui attrape si facilement du mal !

James répondit :

— Eh bien, en voilà un qui sait se soigner. Moi, je ne peux pas m'offrir de me soigner comme ça.

On n'aurait pu dire ce qui dominait dans cette remarque, de l'admiration, de l'envie ou du dédain.

On ne voyait Timothy que rarement. Le benjamin de la famille, éditeur de son état, avait, quelques années auparavant, quand les affaires battaient encore leur plein, pressenti la crise qui à la vérité n'était pas encore venue, mais qui, de l'avis de tous, était inévitable. Vendant sa part d'une maison d'édition qui publiait principalement des livres édifiants, il avait placé le considérable produit de cette opération en consolidés. Par là, il s'était fait une place à part dans la famille, car tout autre Forsyte voulait quatre pour cent de son argent. Cet isolement avait lentement et sûrement atrophié l'énergie d'une âme trop douée de prudence. Il était devenu presque un mythe, une sorte d'incarnation de l'esprit de sécurité, toujours à l'arrière-plan de l'univers des Forsyte. Il n'avait jamais commis l'imprudence de se marier ou de s'encombrer d'enfants. James reprit en tapotant le bol de porcelaine :

— Ce n'est pas de l'authentique. Je suppose que Jolyon t'a dit quelque chose du jeune homme. Tout ce que, moi, j'arrive à savoir, c'est qu'il n'a pas de travail, pas de fortune, pas de famille qui vaille la peine d'en parler – mais après tout je ne sais rien… personne ne me dit jamais rien.

Tante Ann hocha la tête. Un tremblement passa sur sa vieille figure aux traits aquilins, au menton carré ; ses doigts en pattes d'araignée se pressaient l'un contre l'autre et s'entrelaçaient ; on eût dit que par ce moyen elle rechargeait mystérieusement sa volonté.

L'aînée des Forsyte de plusieurs années, elle avait parmi eux une situation particulière. Tous opportunistes et individualistes – sans du reste l'être plus que leurs voisins –, ils tremblaient devant son incorruptible visage, et quand les bonnes occasions de pécher contre l'âme familiale devenaient trop tentantes, ils se cachaient d'elle.

Tout en tortillant ses longues jambes maigres, James continuait :

— Jolyon, il n'écoute personne. Il n'a pas d'enfants.

James s'écarta, se rappelant que le fils du vieux Jolyon vivait encore, le père de June, Jolyon le jeune, qui avait si bien gâché sa vie et s'était coulé le jour où il avait abandonné femme et enfant pour s'enfuir avec une gouvernante étrangère.

— Eh bien, reprit-il hâtivement, si ça lui fait plaisir de faire ces choses-là, je suppose que c'est dans ses moyens. Voyons, quelle dot est-ce qu'il va lui donner ? Une rente de mille livres sterling, je suppose, il n'a personne d'autre à qui laisser son argent.

Il étendit la main pour serrer celle d'un petit homme net aux lèvres rasées, presque entièrement chauve, qui avait un long nez cassé, des lèvres pleines, des yeux froids et gris sous des sourcils rectangulaires.

— Tiens, Nick, marmotta James, comment vas-tu ?

Nicholas Forsyte, avec sa rapidité d'oiseau et son air d'écolier exceptionnellement sage (il avait fait une grande fortune par des moyens tout à fait légitimes, dans les compagnies dont il était directeur), plaça dans la froide paume de James le bout de ses doigts encore plus froids qu'il retira aussitôt.

— Ça ne va pas, dit-il avec une moue ; mal en train toute la semaine ; je ne dors pas. Mon docteur ne peut pas me dire pourquoi. C'est un garçon intelligent, autrement je ne l'aurais pas pris, mais je ne peux rien tirer de lui que sa note.

— Les docteurs ! dit James, relevant avec vivacité le propos. Mais j'ai vu tous les docteurs de Londres pour l'un ou l'autre à la maison. Ils ne servent jamais à rien. Ils vous disent n'importe quoi. Voilà Swithin, par exemple. Quel bien lui ont-ils fait ? Le voilà ; il est plus gros que jamais, il est énorme ; ils n'ont pas pu lui faire perdre une livre. Regarde-le !

Swithin Forsyte, haut, large, carré, la poitrine bombée comme celle d'un gros pigeon dans son plumage de gilets éclatants, s'approcha en se pavanant.

— Euh, comment ça va-t-il ? dit-il de son ton le plus chic, comment ça va-t-il ?

Chacun des frères avait l'air vexé en regardant les deux autres, sachant par expérience qu'il ne lui serait pas permis de se prétendre le plus malade.

— Nous disions justement, répondit James, que tu ne maigris pas, toi.

Les pâles yeux ronds de Swithin firent saillie, dans son effort pour entendre.

— Que je ne maigris pas ? Je suis en bonne forme, dit-il en avançant un peu la tête, je ne suis pas un échalas comme toi !

Mais craignant de diminuer la belle expansion de sa poitrine, se redressant, il s'immobilisa, car il prisait par-dessus tout les allures distinguées.

Tante Ann portait de l'un à l'autre son vieux regard, avec une expression austère et cependant indulgente. De leur côté, les trois frères regardaient Ann. Elle commençait à paraître cassée. Quelle femme étonnante ! Quatre-vingt-six ans bien comptés ; elle pouvait en vivre dix, encore, et n'avait jamais eu beaucoup de santé. Swithin et James, les jumeaux, n'avaient que soixante-quinze ans ; Nicholas soixante-dix – un bébé ! Tous étaient de bonne constitution et la vue de tante Ann n'en était que plus encourageante. De toutes les formes de propriété, c'était leurs santés respectives qu'ils avaient naturellement le plus à cœur.

— Moi, je me porte très bien physiquement, commença James, mais ce sont les nerfs qui ne vont pas. Le moindre ennui me tracasse à mort… Il faudra que j'aille à Bath.

— Bath ! dit Nicholas. J'ai essayé Harrogate. C'est ça qui ne sert à rien. Moi, ce qu'il me faut, c'est l'air de la mer. Rien ne vaut Yarmouth. Au moins, quand je vais là, je dors.

— Mon foie est en très mauvais état, interrompit Swithin d'une voix lente. J'ai affreusement mal ici, et il mit sa main sur son côté droit.

— Manque d'exercice, marmotta James, les yeux fixés sur le bol de porcelaine.

Il ajouta rapidement :

— Moi aussi, j'ai mal là.

Swithin rougit. Une vague ressemblance avec un dindon passa sur sa vieille figure.

— De l'exercice ! dit-il, j'en prends assez. Au club, jamais je ne monte en ascenseur.

— Je ne savais pas, bredouilla James hâtivement. Je ne sais rien sur personne ; personne ne me dit jamais rien.

Swithin le fixa en écarquillant les yeux et demanda :

— Qu'est-ce que tu fais quand tu as une douleur au côté ?

La figure de James s'éclaira.

— Moi, commença-t-il, je prends une mixture…

— Comment allez-vous, mon oncle ?

June était devant lui, la main tendue ; elle levait vers lui qui était grand sa petite tête résolue.

La lueur de contentement s'éteignit sur le visage de James.

— Comment vas-tu ? dit-il, penché sur elle d'un air absorbé. Alors tu pars demain pour le pays de Galles ? Tu vas voir les tantes de ton jeune homme ? Tu auras beaucoup de pluie là-bas. Ça n'est pas de l'authentique.

Il tapota sur le bol.

— Le service que j'ai donné à ta mère quand elle s'est mariée, c'était du vrai.

June échangea une poignée de main avec chacun de ses trois grands-oncles et se tourna vers tante Ann. Une expression très douce était venue sur les traits de la vieille dame ; elle baisa la joue de la jeune fille avec une ferveur tremblante.

— Eh bien, ma petite ! dit-elle, tu t'en vas donc pour tout un mois ?

La jeune fille s'éloigna et tante Ann l'accompagna du regard. Ses yeux ronds, ses yeux gris d'acier sur lesquels une taie, pareille à une paupière d'oiseau, commençait à s'étendre, suivaient pensivement à travers les groupes en mouvement – car déjà l'on se disait au revoir – la silhouette mince de sa petite-nièce. En même temps, elle joignait ses mains, pressait les unes contre les autres les extrémités de ses doigts, et semblait recharger ainsi sa volonté contre le grand départ inévitable.

— Oui, pensait-elle, tout le monde a été bien bon. Tant de gens qui sont venus la féliciter ! Elle doit être bien heureuse !

Dans le flot qui se pressait devant la porte – la foule bien habillée extraite de familles d'avocats, de docteurs, de financiers, bref de tout ce qui brillait dans les nombreuses carrières de la grande bourgeoisie –, il n'y avait que vingt pour cent de Forsyte ; mais à tante Ann tous semblaient des Forsyte, et d'ailleurs il n'y avait pas grande différence entre les uns et les autres ; elle ne voyait que ceux de sa chair et de son sang. Cette famille, c'était son univers, le seul qu'elle eût jamais connu peut-être. Tous leurs petits secrets, leurs maladies, leurs fiançailles, leurs mariages, leurs avancements, leurs gains, tout cela c'était la propriété de tante Ann, sa joie, sa vie. En dehors de cela, il n'y avait qu'un vague et obscur brouillard de faits et de gens, sans existence réelle. C'est cela qu'il lui faudrait abandonner le jour où son tour viendrait de mourir ; cela qui lui donnait l'importance, la secrète importance vis-à-vis de soi-même sans laquelle aucun de nous ne peut supporter de vivre. C'est à cela qu'elle s'attachait pensivement, avec une avidité qui croissait tous les jours. Si la vie tout doucement lui échappait, cela, au moins, elle le garderait jusqu'à la fin.

Elle pensait au père de June, à Jolyon le jeune qui s'était enfui avec une étrangère. Ah ! quel coup pour Jolyon et pour eux tous ! Un jeune homme qui promettait tant ! Quel coup, bien qu'il n'y ait pas eu de scandale public – heureusement la femme de Jo n'avait pas demandé le divorce. Il y avait longtemps ! Et quand la mère de June était morte, six ans auparavant, Jo avait épousé cette femme ; ils avaient deux enfants, disait-on. Tout de même, il avait perdu son droit d'être là ; à cause de lui, elle ne pouvait se reposer dans la plénitude de son orgueil familial ; il l'avait privée de la joie légitime de le voir et de l'embrasser, lui dont elle avait été si fière, un jeune homme qui promettait tant ! Cette pensée s'envenimait de toute l'amertume d'une offense longuement subie, dans son vieux cœur tenace. Des larmes mouillaient ses yeux. Avec un mouchoir du plus fin linon, elle les essuya furtivement.

— Eh bien, tante Ann ! fit une voix derrière elle.

Soames Forsyte, la face toute rasée, les joues plates, les épaules plates, la taille plate, ayant cependant dans toute sa personne quelque chose de fuyant et de secret, baissait sur tante Ann un regard oblique, comme s'il essayait de voir à travers son propre nez.

— Qu'est-ce que vous pensez de ce mariage ? demanda-t-il.

Les yeux de tante Ann se posaient sur lui avec fierté ; l'aîné de ses neveux depuis que Jolyon le jeune avait quitté le cercle de la famille, il était maintenant son préféré, car elle devinait en lui un sûr dépositaire de l'âme familiale dont elle devait bientôt abandonner la tutelle.

— Le jeune homme a de la chance, dit-elle, et du reste il est bien de sa personne. Mais je me demande si c'est tout à fait le fiancé qu'il fallait à la chère June.

Soames tâtait le rebord d'un lustre doré.

— Elle l'apprivoisera, dit-il, et furtivement il mouilla son doigt pour le passer sur les renflements du lustre. Vraie dorure ancienne. On n'en trouve plus maintenant. Ça ferait de l'argent aux enchères, chez Jobson.

Il mettait un certain élan dans ces paroles, comme s'il les croyait faites pour réconforter sa vieille tante. Il se montrait rarement aussi porté aux confidences.

— Je ne serais pas fâché de l'avoir moi-même, ce lustre, ajouta-t-il, la vieille dorure on la vend toujours ce qu'on veut.

— Tu t'entends si bien à tout cela, dit tante Ann. Et comment va la chère Irène ?

Le sourire de Soames s'éteignit.

— Pas mal, répondit-il. Elle se plaint de ne pas dormir ; en tout cas, elle dort beaucoup mieux que moi.

Il regarda sa femme qui parlait à Bosinney près de la porte. Tante Ann soupira et dit :

— Peut-être que ce ne sera pas plus mal pour elle de moins voir June. Elle a un caractère si absolu, cette chère June !

Soames rougit ; dans ces moments-là le sang traversait rapidement ses joues plates et, se fixant entre ses sourcils, y restait, signalant des pensées troublantes.

— Je ne sais pas ce qui lui plaît chez cette petite folle, laissa-t-il éclater ; mais il remarqua qu'il n'était plus seul avec sa tante et, se retournant, il recommença d'examiner le lustre.

— On me dit que Jolyon vient encore d'acheter une maison, disait tout à côté la voix de son père. Il faut qu'il ait bien de l'argent, il faut qu'il en ait à ne savoir qu'en faire ! Une maison dans Montpellier Square, paraît-il ; tout près de chez Soames ! On ne m'avait rien dit. Irène ne me dit jamais rien !

— Excellente situation, à deux minutes de chez moi, reprit la voix de Swithin, et de chez moi, en voiture, je suis au club en huit minutes.

La situation de leurs maisons était d'importance vitale pour les Forsyte et ce trait n'est pas étonnant : toute la philosophie de leur réussite s'y résume.

D'une souche de fermiers, leur père était venu du Dorsetshire vers le commencement du siècle. Maçon de son métier, il s'était élevé à la position d'entrepreneur. Vers la fin de sa vie, il s'établit à Londres, où, après avoir bâti jusqu'à son dernier jour, il fut enterré au cimetière de Highgate. Il laissait plus de trente mille livres sterling à partager entre ses dix enfants. Le vieux Jolyon disait en parlant de lui : « Un homme rude à peau dure ; peu de raffinement chez lui. » La seconde génération des Forsyte sentait en vérité qu'il ne leur faisait pas beaucoup d'honneur. Le seul trait aristocratique qu'on arrivait à lui trouver, c'était l'habitude de boire du madère.

Tante Hester, qui faisait autorité sur l'histoire de la famille, le décrivait ainsi :

— Je ne me rappelle pas qu'il fit quoi que ce fût – du moins de mon temps. Il était… euh !… propriétaire –, propriétaire de maisons, ma belle. Il avait les cheveux à peu près de la même couleur que ton oncle Swithin, les épaules plutôt carrées. S'il était grand ? Euh !… Pas très grand. (Il avait cinq pieds cinq pouces, et une figure couperosée.) Il avait le teint vif. Je me rappelle qu'il buvait souvent du madère ; mais demande donc à ta tante Ann. Qu'est-ce que faisait son père ? Il… euh… il s'occupait de la terre, dans le Dorsetshire, sur la côte.

James avait une fois voulu connaître par lui-même cet endroit d'où ils sortaient. Il avait trouvé deux vieilles fermes, un chemin de charrette aux ornières enfoncées dans la terre rose, qui menait à un moulin près de la plage ; une petite église grise dont les murs à l'extérieur s'étayaient sur des arcs-boutants, une chapelle plus petite et plus grise encore.

La rivière qui faisait tourner le moulin se dispersait en une douzaine de ruisselets blancs d'écume ; des cochons rôdaient en quête de nourriture autour de cet estuaire. Un peu de brume flottait sur le paysage. Dans ce creux probablement, de dimanche en dimanche pendant des centaines d'années, les Forsyte primitifs n'avaient rien demandé de mieux que de se promener, les pieds enfoncés dans la boue, la face tournée vers la mer.

— Il n'y a pas grand-chose à tirer de là, dit-il. Une petite terre ; c'est vieux comme le temps !

Cette vieillesse était une consolation. Le vieux Jolyon, en qui une invincible sincérité surgissait quelquefois, disait de ses ancêtres :

— Des *yeomen* – de la très petite bière, je suppose.

Pourtant il répétait le mot *yeomen* comme s'il y trouvait un réconfort.

Ils avaient si bien mené leurs barques, ces Forsyte, qu'à présent ils jouissaient tous, comme on dit, d'« une certaine position ». Ils avaient des actions dans toutes sortes d'affaires, pas encore toutefois – sauf Timothy – dans les consolidés, car, par-dessus tout, ils avaient horreur des placements à trois pour cent. De plus, ils collectionnaient des tableaux et soutenaient volontiers telles institutions charitables qui pourraient être utiles à leurs domestiques en cas de maladie. De leur père, le maçon, ils avaient hérité un talent spécial pour remuer la brique et le mortier. Peut-être à l'origine avaient-ils appartenu à quelque secte d'esprit simple ; mais maintenant, suivant le cours naturel des choses, ils étaient membres de l'Église d'Angleterre et envoyaient assez régulièrement leurs femmes et leurs enfants aux églises à la mode de la capitale. Un doute sur la sincérité de leur foi les eût peinés, surpris. Quelques-uns payaient pour avoir dans l'église des bancs réservés, exprimant ainsi de la façon la plus pratique leur sympathie pour l'enseignement du Christ.

Leurs résidences s'espaçaient autour du Parc à intervalles réguliers. À Stanhope Gate, il y avait le vieux

Jolyon ; à Park Lane, les James ; Swithin vivait à Hyde Park Mansions, dans la splendeur solitaire d'un appartement décoré de bleu et d'orange – il ne s'était jamais marié, ah non ! par exemple ! Les Soames avaient leur nid près de Knightsbridge, les Roger étaient fixés dans Prince's Gardens. (Roger était ce Forsyte exceptionnel qui avait conçu et réalisé l'engagement de ses quatre fils dans une profession nouvelle.)

— Achetez et gérez des maisons, pas de meilleure affaire, disait-il volontiers. Moi, je n'ai jamais fait que ça !

Il y avait encore les Hayman – Mrs Hayman était la seule mère de famille parmi les sœurs Forsyte – dans une maison au sommet de Campden Hill, une maison démesurée comme une girafe, si bien qu'il fallait se démancher le cou pour en voir le haut. Il y avait les Nicholas habitant à Ladbroke Grove une maison spacieuse. Enfin le dernier, mais non le moindre, Timothy, résidait dans Bayswater Road où Ann, Juley et Hester vivaient sous sa protection.

Cependant, James, ayant longtemps rêvassé, demandait à présent à son frère et son hôte combien celui-ci avait payé la nouvelle maison de Montpellier Square. Lui-même, il avait l'œil depuis deux ans sur une maison qui était par là, mais on lui en demandait un tel prix !

Le vieux Jolyon raconta le détail de son acquisition.

— Vingt-deux ans de bail à courir ! répéta James. C'est la maison que je guettais ; tu l'as payée trop cher !

Le vieux Jolyon fronça les sourcils.

— Ce n'est pas que j'en aie envie, reprit James hâtivement ; à ce prix-là elle ne ferait pas mon affaire. Soames la connaît, cette maison, eh bien, il te dira que c'est trop cher. Son opinion n'est pas sans valeur.

— Je me soucie de son opinion comme d'une guigne, dit le vieux Jolyon.

— À ta guise, marmotta James ; mais c'est une opinion sérieuse. Au revoir. Nous allons en voiture à Hurlingham. On me dit que June part pour le pays de Galles. Tu seras un peu seul demain. Qu'est-ce que tu vas faire ? Tu devrais venir dîner avec nous !

Le vieux Jolyon refusa. Il descendit jusqu'à la porte d'entrée pour reconduire les James. Il les regarda monter en voiture. Il avait déjà oublié son spleen et ses yeux souriaient malicieusement à voir dans le fond de la voiture Mrs James, grande et majestueuse, avec des cheveux châtains ; à sa gauche, Irène, et sur le devant les deux maris, le père et le fils, penchés en avant comme s'ils attendaient quelque chose. Balancés sur les coussins à ressorts, silencieux, soulevés à chaque mouvement de leur véhicule, ce fut ainsi que le vieux Jolyon les regarda s'éloigner dans un rayon de soleil.

Pendant la course, Mrs James rompit le silence.

— Avez-vous jamais vu une collection de gens aussi province ?

Soames la regarda de dessous ses paupières, approuva de la tête et vit Irène lui glisser un de ses regards insondables. Il est assez vraisemblable que chaque branche de la famille Forsyte fit la même remarque sur le chemin du retour après la réception du vieux Jolyon.

Parmi les invités qui partirent les derniers, le quatrième et le cinquième frère, Nicholas et Roger, longèrent ensemble Hyde Park pour gagner une station du métropolitain. Comme tous les autres Forsyte, à partir d'un certain âge, ils avaient chacun leur voiture et ne prenaient jamais un fiacre quand ils pouvaient l'éviter.

La journée était belle, les arbres du parc s'épanouissaient dans les superbes frondaisons de la mi-juin ; les deux frères ne semblaient pas remarquer ces phénomènes extérieurs qui contribuaient pourtant à rendre allègres leur promenade et leur conversation.

— Oui, disait Roger, elle est jolie, la femme de Soames. On me dit que le ménage ne va pas.

Roger avait le front haut et le teint plus clair qu'aucun autre Forsyte. Ses yeux gris clair mesuraient au passage la façade des maisons que, de temps en temps, il couchait en joue avec son parapluie, pour évaluer les diverses hauteurs.

— Elle n'avait pas d'argent, répondit Nicholas.

Il avait lui-même épousé une grosse fortune, à l'âge d'or où la loi sur les biens des femmes mariées n'existait pas encore, et où il avait pu faire de la dot de sa femme un usage très profitable.

— Qui était son père ?

— Un professeur, m'a-t-on dit. Il s'appelait Heron. Roger secoua la tête.

— Pas d'argent là-dedans, dit-il.

— On dit que le père de sa mère était dans le ciment. La figure de Roger s'éclaira.

— Mais il a fait faillite, continua Nicholas.

— Ah ! s'écria Roger, Soames aura des chagrins avec elle ; tu m'entends, il aura des chagrins. Elle a un air étranger.

Nicholas se lécha les lèvres.

— C'est une jolie femme ; et il écarta de la main un balayeur de rue.

— Comment s'est fait ce mariage ? demanda Roger au bout d'un instant. Elle est très élégante. Elle doit lui coûter cher.

— Ann me dit qu'il en était fou. Elle l'a refusé cinq fois. James est nerveux sur ce sujet, je vois bien ça.

— Ah ! reprit Roger, je plains James ; il a déjà eu des soucis avec Dartie.

Son teint frais était encore animé par la marche ; de plus en plus souvent, il balançait son parapluie au niveau de son œil. Sur la figure de Nicholas s'épanouissait aussi une expression agréable.

— Trop pâle pour mon goût, dit-il, mais sa taille est superbe.

Roger ne répondit pas.

— Je lui trouve l'air distingué, dit-il enfin. (C'était, dans le vocabulaire des Forsyte, la suprême louange.) Ce jeune Bosinney ne se fera jamais une situation. On dit chez Burkitt que c'est un de ces rêveurs, dans le genre artiste. Il a l'idée d'améliorer l'architecture en Angleterre. Il ne gagnera pas d'argent avec ça ! J'aimerais savoir ce qu'en pense Timothy.

Ils arrivaient à la gare.

— Quelle classe prends-tu ? Je vais en seconde.

— Moi pas, dit Nicholas, on ne sait pas ce qu'on peut attraper en seconde.

Il prit un billet de première pour Notting Hill Gate, Roger un billet de seconde pour South Kensington. Le train arrivant une minute après, les deux frères se séparèrent pour entrer dans leurs compartiments respectifs. Chacun se sentait blessé que l'autre n'eût pas modifié ses habitudes pour rester plus longtemps avec lui. Mais comme pensait Roger :

— Toujours têtu, Nick !

Et comme Nicholas se le disait à lui-même :

— Toujours désagréable, ce Roger !

Il n'y avait pas beaucoup de sentimentalité chez les Forsyte. Dans ce vaste Londres qu'ils avaient conquis et qui les avait englobés, est-ce qu'ils avaient le temps de faire des gentillesses ?

2

Le vieux Jolyon à l'opéra

Le lendemain vers cinq heures, le vieux Jolyon, solitairement assis près d'une petite table sur laquelle était posée une tasse de thé, fumait un cigare. Il se sentait fatigué, et, sans le vouloir, il s'endormit. Une mouche se posa sur ses cheveux ; sa respiration rendait un son lourd dans le silence somnolent ; sa lèvre supérieure, sous la moustache blanche, se soulevait à chaque souffle. Sa main ridée et veinée avait lâché le cigare qui se consumait sur le foyer vide.

Le sombre petit cabinet aux fenêtres de verre dépoli qui supprimaient la vue était garni de velours vert foncé et d'acajou lourdement sculpté, un meuble dont le vieux Jolyon disait assez habituellement : « On en tirera peut-être un bon prix quelque jour, ça ne m'étonnerait pas. »

Il lui était agréable de penser que, dans la vie future, il pourrait revendre encore avec bénéfice les choses qu'il avait achetées.

Dans la riche et brune atmosphère qui est spéciale aux chambres reculées de la demeure d'un Forsyte, l'effet à la Rembrandt de sa grande tête à cheveux blancs, contre le coussin et le haut dossier de son siège, était contrarié par la moustache qui donnait à sa physionomie quelque chose de militaire. Une vieille pendule, achetée avant son mariage, plus de cinquante ans auparavant, et qui ne l'avait pas quitté depuis, comptait jalousement, avec son tic-tac, les secondes qui fuyaient pour toujours son vieux maître.

Il n'avait jamais eu de goût pour cette pièce. À peine y entrait-il d'un bout de l'année à l'autre, sauf pour chercher des cigares dans le cabinet japonais du coin, et la pièce maintenant prenait sa revanche.

Les tempes du vieux Jolyon, incurvées comme un toit au-dessus des creux de la joue, ses pommettes, son menton, tous ses traits s'aiguisaient dans le sommeil, et l'aveu de la vieillesse était monté à son visage.

Il s'éveilla. June était partie ! James avait prédit qu'il sentirait la solitude. James n'avait jamais été qu'un pauvre homme. Il se rappela avec satisfaction avoir soufflé une maison à James. C'était bien fait. Il n'avait qu'à ne pas s'obstiner au prix qu'il s'était fixé. Celui-là ne pensait qu'à l'argent ! Mais lui-même, n'avait-il pas trop payé ? Il faudrait beaucoup de réparations... Il pensait bien qu'il aurait besoin de tout son argent, avant d'en avoir fini avec l'affaire de June. Il n'aurait jamais dû permettre ces fiançailles. Elle avait rencontré ce Bosinney chez les Baynes, Baynes et Bildeboy, les architectes. Baynes qu'il connaissait – un vieux tatillon – devait être l'oncle par alliance du jeune homme. Depuis ce jour-là, elle n'avait cessé de courir après son Bosinney, et, quand elle se mettait une idée en tête, rien ne l'arrêtait plus. Elle passait sa vie à s'enticher de tous les éclopés qu'elle rencontrait. Ce garçon n'avait pas le sou, il fallait donc qu'elle l'épousât ; un homme dans la lune, incapable de se conduire, un homme à se fourrer dans des difficultés sans fin.

Elle était venue le trouver un jour, à brûle-pourpoint, pour lui annoncer la nouvelle, et, comme si ce devait être une consolation, elle avait ajouté :

— Il est épatant, il a souvent vécu de cacao toute une semaine.

— Et il veut que toi aussi tu vives de cacao ?

— Oh ! non. Il tient la veine maintenant.

Le vieux Jolyon avait enlevé son cigare de dessous ses moustaches blanches, teintées de café sur le bord, et s'était mis à la regarder, cette petite-fille qui lui tenait si fort le cœur. Il en savait plus qu'elle sur « la veine ». Mais elle, ayant joint les mains sur les genoux de son grand-père, frottait son menton contre lui, en faisant le bruit d'un chat qui ronronne. Et, secouant la cendre de son cigare, il avait éclaté nerveusement :

— Vous êtes toutes les mêmes : il faut que vous en fassiez à votre tête. Si c'est pour ton malheur, tant pis ! Moi, je m'en lave les mains.

Et il s'en était lavé les mains, exigeant seulement que le mariage ne se fît pas avant que Bosinney ne gagnât au moins ses quatre cents livres par an.

— Moi, je ne pourrai pas vous donner grand-chose, avait-il dit, formule qui n'était pas nouvelle pour June. Peut-être ce monsieur pourvoira-t-il au cacao ?

Il voyait à peine sa petite-fille depuis que cette histoire avait commencé. Mauvaise affaire ! Il n'avait pas la moindre intention de lui donner une grosse dot, pour permettre à un garçon dont il ne savait rien de vivre les bras croisés. Il avait déjà vu de ces choses et savait qu'il n'en sortait rien de bon. Le pire, c'est qu'il n'espérait pas ébranler June, têtue comme une mule, et depuis son enfance ! On ne voyait pas comment tout ça finirait. Il faudrait bien qu'ils se tirent d'affaire avec ce qu'ils auraient.

Il ne céderait pas avant de voir le jeune Bosinney à la tête d'un revenu à lui. June aurait des ennuis avec cet animal-là, c'était clair comme bonjour, il n'avait pas plus la notion de l'argent qu'une vache, et quant à cette hâte à courir, dans le pays de Galles, voir les tantes du jeune homme… eh bien, il était persuadé que ces tantes étaient de vieilles chipies.

Sans bouger, le vieux Jolyon regardait fixement le mur. On aurait pu le croire endormi, n'eussent été ses yeux grands ouverts… L'idée que ce jeune ours de Soames pourrait lui donner des avis ! Ç'avait toujours été un ours avec son nez en l'air. Et il allait se poser maintenant en propriétaire avec une maison de campagne ! En propriétaire ! Humph ! Comme son père, toujours à flairer de bonnes affaires, un froid calculateur, un malin !

Le vieux Jolyon se leva et, ouvrant le cabinet japonais, entama une nouvelle provision de cigares, pour en garnir méthodiquement son étui. Ils n'étaient pas mauvais pour le prix, mais on n'avait plus de bons cigares à présent, rien de comparable à ces vieux « superfins » de Hanson et Bridger. Ceux-là, c'étaient des cigares !

Cette idée, comme un parfum tout à coup respiré, le ramenait à ces merveilleuses nuits de Richmond, quand, après le dîner, il fumait sur la terrasse du Crown & Sceptre, avec Nicholas Treffry, Traquair, Jack Herring, Anthony Thornworthy. Ils étaient bons alors ces cigares ! Pauvre vieux Nick ! mort, et Jack Herring, mort, et Traquair, mort.

Et Thornworthy branlait dans le manche : pas étonnant, un si gros mangeur !

De tous les amis d'autrefois, lui seul restait, semblait-il bien, avec Swithin, bien entendu, mais Swithin était devenu si monstrueusement gros qu'il n'avait rien à en faire.

Difficile de croire que tout cela était si loin ! Il se sentait jeune encore !

De toutes ses pensées, et tandis qu'il comptait ses cigares, celle-là était bien la plus poignante, la plus amère : malgré sa tête blanche et sa solitude, il était resté jeune et vert de cœur. Et ces après-midi de dimanche à Hampstead Heath où, pour se dégourdir les jambes avec son petit Jolyon, il marchait par Spaniard Road jusqu'à Highgate et Child's Hill, en revenant par la lande, et puis dînait à Jack Straw's Castle – que ses cigares étaient délicieux, alors ! Et quel beau temps ! On n'en voyait plus de pareil !

Quand June était un petit bout de cinq ans qui trottinait, et que tous les deux dimanches il l'emmenait au Jardin zoologique, loin de ces deux bonnes personnes, sa maman et sa grand-maman, et qu'au bord de la fosse aux ours il amorçait son parapluie avec des gâteaux pour les favoris de June – que ses cigares étaient exquis alors !

Les cigares ! Même sa finesse de connaisseur avait donc résisté à l'âge, cette finesse de palais proverbiale en 1850, et qui faisait dire : « Forsyte : premier dégustateur de Londres ! » Le palais, en un sens, avait fait sa fortune, celle des célèbres importateurs de thé, Forsyte et Treffry, dont les produits surpassaient toutes les autres marques, par je ne sais quel romantique arôme, quel charme de fine et mystérieuse origine. Il y avait dans leurs bureaux de la Cité quelque chose qui parlait de secret et d'esprit d'entreprise, de transactions spéciales, par des bateaux spéciaux, avec des Chinois spéciaux. Cette affaire-là, comme il y avait travaillé ! Les hommes travaillaient pour de bon alors ! Ce n'était pas les jeunes gens d'aujourd'hui qui ne savent pas ce que le mot veut dire. Il était entré dans les moindres détails, se tenant au courant de tout, passant souvent les nuits. Et toujours il avait choisi lui-même ses agents ; il s'en glorifiait. Son coup d'œil, disait-il, avait fait le secret de sa réussite, et l'exercice de cette autoritaire faculté de sélection avait été le seul agrément de sa besogne : un métier au-dessous de ses capacités. Maintenant même, alors que l'affaire avait été reprise par une société et déclinait, il éprouvait une amère tristesse à se rappeler ce passé. Comme il aurait pu mieux faire ! Il eût si bien réussi au barreau ! Il avait même songé à se présenter au Parlement.

Que de fois Nicholas Treffry lui avait dit : « Vous pourriez faire n'importe quoi, si ce n'était votre satanée prudence ! »

Bon vieux Nick, un si bon garçon, mais casse-cou ! Le célèbre Treffry ! En voilà un qui n'avait jamais eu de prudence ! Il était mort. Le vieux Jolyon comptait ses cigares d'une main ferme, et il lui vint à l'esprit de se demander si lui-même, peut-être, n'avait pas trop prudemment réglé sa vie.

Il mit son étui à cigares dans la poche de son habit qu'il reboutonna, et monta par les longs escaliers jusqu'à sa chambre, pesant lourdement sur chaque pas, et se tenant à la rampe. La maison était trop grande. Après le mariage de June, si vraiment elle épousait ce garçon, et ça en avait bien l'air, il louerait son hôtel et prendrait un appartement. Pourquoi garder une demi-douzaine de domestiques qui vous coûtent les yeux de la tête à ne rien faire ? Le maître d'hôtel vint à l'appel de la sonnette : un homme vaste, orné d'une barbe, au pas feutré, et qui possédait une singulière faculté de silence. Le vieux Jolyon lui ordonna d'apprêter ses habits de soirée ! Il irait dîner au club.

— À quelle heure la voiture est-elle rentrée, après avoir conduit miss June à la gare ? Deux heures ? Eh bien, qu'elle soit prête pour six heures et demie.

Le club dont le vieux Jolyon franchit le seuil sur le coup de sept heures était l'une de ces institutions politiques de la haute bourgeoisie, et qui ont connu des jours meilleurs. En dépit des commentaires du public, peut-être à cause d'eux, il manifestait une vitalité déconcertante. Les gens s'étaient fatigués de répéter que ce cercle de l'Union, qu'on appelait la « Désunion », était moribond. Le vieux Jolyon le disait aussi, mais négligeait le fait d'une façon vraiment irritante pour tout homme de club bien constitué.

— Pourquoi leur laisses-tu ton nom ? lui demandait souvent Swithin profondément vexé. Pourquoi ne te mets-tu pas du « Polyglotte » ? Impossible dans tout Londres de trouver un vin comme notre Heidsieck à moins de vingt shillings la bouteille.

Et, baissant la voix, il ajoutait :

— Il n'en reste que cinq mille douzaines, j'en bois tous les soirs que Dieu fait.

— J'y penserai, répondait le vieux Jolyon.

Et quand il y pensait, il y avait toujours la question des cinquante guinées d'entrée, et des quatre ou cinq ans d'attente probable. Il continuait donc à y penser.

Trop vieux pour être un libéral, il avait abandonné les opinions de son club, on l'avait même entendu les traiter de « blagues », mais il se plaisait à rester membre d'un club dont les principes étaient diamétralement opposés aux siens. Du reste, il avait toujours eu un certain dédain pour cette institution, où il était entré bien des années auparavant, après avoir été blackboulé au Hotch Potch, comme étant « dans le commerce ». Est-ce qu'il ne les valait pas tous ! Naturellement, il éprouva quelque mépris pour le club qui le reçut. Ces gens-là n'étaient pas grand-chose, pour la plupart occupés dans la Cité, agents de change, avoués, commissaires-priseurs, n'importe quoi. Comme beaucoup d'hommes volontaires et médiocrement originaux, le vieux Jolyon faisait peu de cas de la classe à laquelle il appartenait. Fidèlement, il en suivait les coutumes, sociales et autres, et, dans son for intérieur, la jugeait d'espèce commune. Les années, et une certaine philosophie dont il n'était pas dépourvu, avaient atténué le souvenir de sa défaite au Hotch Potch, qui dans ses pensées était maintenant consacré comme le roi des clubs. Il y avait longtemps qu'il aurait pu en être, mais son parrain, Jack Herring, l'avait présenté d'une façon si négligente qu'on l'avait exclu sans bien savoir ce qu'on faisait. Son fils Jo était bien passé du premier coup, et sans doute en était toujours. Il n'y avait pas huit ans qu'il lui avait écrit du Hotch Potch.

Depuis bien des mois, le vieux Jolyon n'avait pas mis les pieds à son cercle ; la maison avait subi le rafistolage de surface qu'on inflige aux vieilles maisons et aux vieux bestiaux quand on a envie de les vendre.

« Quelle sale couleur a le fumoir ! songeait-il ; la salle à manger est bien. »

Elle était d'un morne ton chocolat, relevé de vert clair, qui lui plut.

Il commanda son dîner, et s'assit dans le coin même, peut-être à la même table (on était plutôt conservateur dans ce club radical) où il s'installait vingt-cinq ans auparavant avec son fils, quand il devait l'emmener à l'opéra les jours de vacances.

L'enfant adorait le théâtre, et le vieux Jolyon le revoyait assis en face de lui, cachant son excitation sous une nonchalance soigneusement affectée, mais qui ne trompait pas.

Il se commanda le menu que son fils avait toujours choisi : une soupe, une friture d'éperlans, des côtelettes d'agneau et une tarte. Ah ! si seulement Jo était en face de lui ! Ils ne s'étaient pas revus depuis quinze ans, et ce ne fut pas la première fois de ces quinze années que le vieux Jolyon se demanda s'il n'avait pas de reproches à se faire au sujet de son fils. Une histoire d'amour malheureuse avec cette fieffée coquette. Danae Thornworthy, maintenant Danae Pellew. La fille d'Anthony Thornworthy avait rejeté le jeune homme vers celle qui fut la mère de June. Peut-être alors aurait-il dû s'opposer à ce mariage ; ils étaient trop jeunes ; mais, expérience faite de la faiblesse sentimentale de Jo, il n'avait été que trop pressé de le voir marié. Et en quatre ans, le désastre était venu ! Impossible alors d'approuver la conduite de son fils ; le bon sens et les disciplines auxquelles il était dressé, ces puissants facteurs dont la combinaison lui tenait lieu de principes, l'interdisaient ; mais son cœur saignait. Toute cette affaire s'était développée comme une inexorable fatalité. June était là, la toute petite créature aux cheveux de flamme, accrochée, entortillée à toutes ses fibres, à son cœur fait pour être le jouet et le refuge bien-aimé de petits êtres sans défense. Avec une clairvoyance caractéristique, il comprit qu'il fallait se séparer de l'un ou de l'autre, qu'il n'y avait pas de demi-mesure possible. Et la petite chose sans défense prévalut. Il ne voulut pas courir avec le lièvre et chasser avec les chiens. Ce fut à son fils qu'il dit adieu.

Cet adieu s'était maintenu jusqu'à présent. Il avait proposé à son fils de lui servir encore une pension réduite ; on la lui avait refusée, et peut-être ce refus le blessa-t-il plus que tout le reste, car il lui enlevait la dernière issue laissée à un sentiment qui se réprimait, et lui fournissait cette preuve tangible et solide d'une rupture que seul un acte relatif à de l'argent, don ou refus, pouvait établir.

Son dîner n'avait pas de goût, son champagne était amer et sec, ce n'était pas le Clicquot du vieux temps !

En prenant son café, l'idée lui vint de passer sa soirée à l'opéra. C'est pourquoi il chercha dans le *Times* (tout autre journal lui inspirait de la méfiance) les annonces de la soirée. On jouait *Fidelio.*

Dieu merci, pas de ces nouvelles inventions allemandes comme les pantomimes de ce Wagner !

Mettant son vieux gibus, qui, avec son bord aplati par l'usage et son ample volume, paraissait l'emblème de sa grandeur passée, et tirant de sa poche une vieille paire de gants de chevreau très fin, fortement parfumés au cuir de Russie par le voisinage habituel de l'étui à cigares, il monta dans un cab.

La voiture roulait gaiement le long des rues où le vieux Jolyon remarqua une animation inaccoutumée. « Les hôtels doivent faire d'énormes affaires », songea-t-il.

Les hôtels monstres dataient de quelques années seulement. Il réfléchit avec satisfaction à un certain immeuble qu'il possédait dans le voisinage. Il devait monter de valeur par sauts et par bonds. Quelle circulation !

Ce fut le point de départ d'une de ces singulières et impersonnelles rêveries si peu dans la nature d'un Forsyte, et qui mettaient le vieux Jolyon en dehors des siens. Quelles fourmis que les hommes, et quelle multitude ! et qu'est-ce qu'ils deviendraient tous ?

Le pied lui manqua comme il sortait du cab. Il paya strictement sa course, se dirigea vers le guichet pour prendre son billet et se tint là, son porte-monnaie à la main. (Il portait son argent dans un porte-monnaie, n'ayant jamais approuvé qu'on le laissât ballotter dans ses poches, comme aujourd'hui tant de jeunes gens.) Le contrôleur se pencha comme un vieux chien qui avance la tête hors de sa niche.

– Tiens ! fit-il d'une voix étonnée, c'est Mr Jolyon Forsyte !

– Parfaitement !

— Il y a des années qu'on ne vous a vu, monsieur. Ah ! mon Dieu ! les temps ne sont plus les mêmes ! Vous et votre frère et le commissaire-priseur, Mr Traquair, et Mr Nicholas Treffry, vous reteniez toujours vos six ou sept fauteuils pour la saison. Et comment vous portez-vous, monsieur ? Tout ça ne nous rajeunit pas !

Les yeux du vieux Jolyon prirent une teinte plus intense, il paya sa guinée. On ne l'avait pas oublié ! Il fit son entrée au son de l'ouverture comme un vieux cheval de guerre qui marche au combat. Pliant son gibus, il s'assit, enleva ses gants gris perle, prit sa lorgnette, et promena un long regard autour de la salle ; puis il fixa les yeux sur le rideau. Il sentit avec plus d'acuité que jamais qu'il était fini. Où étaient toutes les femmes, les jolies femmes qui jadis remplissaient la salle ? Et cette émotion d'attente au cœur avant l'entrée des grands chanteurs ? Et cette ivresse de la vie, et cette force qu'il se sentait d'en jouir ? Lui, jadis l'abonné le plus assidu de l'opéra ! Mais il n'y avait plus d'opéra ! Ce Wagner avait tout détruit, plus de mélodie ni de voix pour la chanter ! Ah ! les merveilleuses voix ! Disparues ! Il regardait jouer les scènes qui lui étaient si familières, avec une sensation d'engourdissement au cœur.

Depuis la mèche argentée qui ondulait au-dessus de son oreille jusqu'au mouvement de son pied dans la bottine vernie à élastique, il n'y avait rien de lourd ou de faible chez le vieux Jolyon. Il était aussi droit ou presque qu'au temps lointain où il venait là tous les soirs ; sa vue était aussi bonne. Mais quelle sensation de lassitude et de désillusion !

Toute sa vie, il avait su jouir des choses, même imparfaites, et il en avait trouvé beaucoup. Il en avait joui avec modération afin de se garder jeune. Mais à présent cette faculté de jouir et sa philosophie même l'avaient abandonné ; il restait avec l'affreux sentiment que tout était fini pour lui. Ni le chœur des prisonniers ni la chanson de Florian ne purent dissiper la mélancolie de sa solitude. Si seulement Jo était avec lui ! Le petit devait avoir quarante ans aujourd'hui. Ainsi, il avait perdu quinze ans de la vie de son fils unique ! Et Jo n'était plus un paria de la société. Il s'était marié. Le vieux Jolyon n'avait pu s'empêcher de lui marquer la satisfaction que lui causait cette mesure par l'envoi d'un chèque de cinq cents livres. Le chèque lui avait été renvoyé dans une lettre datée du Hotch Potch, et ainsi conçue :

Mon très cher père,

Votre généreux don a été le bienvenu, il m'a montré que vous pourriez avoir plus mauvaise opinion de moi. Je vous le renvoie ; mais s'il vous semblait opportun de le placer au bénéfice du petit bonhomme (nous l'appelons Jolly) qui porte votre prénom et le mien et, par courtoisie, notre nom de famille, j'en serais très heureux.

J'espère de tout mon cœur que votre santé est aussi bonne que jamais.

Votre fils affectionné,

Jo.

C'était bien Jo, cette lettre ; il avait toujours été un gentil garçon. Le vieux Jolyon avait répondu :

Mon cher Jo,

La somme (500 livres) reste inscrite dans mes livres au bénéfice de ton petit garçon, sous le nom de Jolyon Forsyte. Elle figure à son crédit, avec intérêt de 5 %. J'espère que tu te portes bien. Ma santé reste bonne pour le moment.

De tout cœur je suis

Ton père affectionné,

Jolyon Forsyte.

Et chaque année, au 1er janvier, il avait ajouté à l'intérêt une somme de cent livres. Et cela grossissait. Au prochain jour de l'an, il y aurait une somme de quinze cents et quelques livres. Il serait difficile de dire quelle satisfaction le vieux Jolyon avait tirée de cette opération annuelle. Mais la correspondance avait pris fin.

Malgré sa tendresse pour son fils, malgré l'instinct en partie naturel, en partie produit chez lui, comme chez tant d'autres de sa classe, par le maniement et l'observation continuelle des affaires (instinct qui le poussait à juger une conduite sur ses résultats plutôt que sur un principe), quelque chose le déconcertait : dans le cas où il s'était mis, son fils aurait dû tomber dans la débine ; cette loi était établie dans tous les romans, sermons et pièces de théâtre qu'il avait pu lire ou entendre.

Quand son chèque lui fut renvoyé, il lui sembla que quelque chose n'était pas dans l'ordre. Pourquoi son fils n'était-il pas tombé dans la débine ? Mais après tout que savait-on ?

Il avait entendu dire, bien sûr – de fait, il s'était lui-même chargé de découvrir –, que Jo vivait à St. John's Wood ; qu'il avait, avenue Wistaria, une petite maison avec un jardin ; qu'il emmenait sa femme dans le monde – un drôle de monde sans doute – et qu'ils avaient deux enfants : le petit bonhomme qui s'appelait Jolly[1] (il voyait une sorte de défi cynique dans le choix de ce nom, étant donné les circonstances ; or le vieux Jolyon n'aimait pas le cynisme et en avait peur) et une petite fille appelée Holly, née depuis le mariage. Quelle pouvait bien être la situation réelle de son fils ? Jo avait capitalisé le revenu qu'il tenait de son grand-père maternel ; il était entré chez Lloyd's comme sous-assureur ; il faisait de la peinture aussi, des aquarelles. Le vieux Jolyon savait cela parce qu'il en avait subrepticement acheté quelques-unes, de loin en loin, quand par hasard il voyait, à la vitrine d'un marchand de tableaux, la signature de son fils sur un paysage de la Tamise. Il jugeait ces œuvres mauvaises et ne les mettait pas au mur, à cause de la signature. Il les gardait enfermées dans un tiroir.

---

1. *Jolly*, employé ici comme diminutif de Jolyon, signifie : gai, joyeux, plein d'entrain.

Dans l'immense salle de l'opéra, il fut saisi d'un grand et douloureux besoin de revoir son fils. Le souvenir lui revenait du temps où son petit gamin se balançait en costume de coutil, sous l'arche de ses jambes ; du temps où il lui apprenait à monter à cheval et courait à côté de son poney ; du jour où il l'avait conduit à l'école pour la première fois. Un tendre et attachant petit bonhomme ! Lorsqu'il était revenu d'Eton, il avait acquis un peu trop peut-être de ces manières si désirables qui, le vieux Jolyon le savait bien, ne se forment que là, à grands frais ; mais il était resté un gentil compagnon, même après Cambridge, quoiqu'un peu lointain, du fait même des avantages qu'il avait reçus. Le sentiment du vieux Jolyon à l'égard des écoles de la gentry et des universités n'avait jamais varié ; il gardait avec une fidélité touchante son attitude d'admiration et de méfiance à l'égard d'un système approprié aux plus haut placés du pays, et dont il n'avait pas eu le privilège de bénéficier.

Maintenant que June partait et déjà l'abandonnait presque, cela lui ferait du bien de voir son fils. Coupable de trahison envers sa famille, ses principes, sa classe, le vieux Jolyon fixa son regard sur la chanteuse ; elle était mauvaise, oui, vraiment ! détestable, et quant à Florian, une vraie mazette !

Le rideau tomba. On se contentait de peu maintenant !

Dans la rue encombrée, il s'empara d'un fiacre au nez d'un gros monsieur, beaucoup plus jeune que lui, qui avait jeté dessus son dévolu. Au coin de Pall Mall, le cocher, au lieu de traverser Green Park, tourna pour remonter St. James's Street. Le vieux Jolyon mit la main à la portière (il ne pouvait supporter qu'on ne prît pas au plus court) ; mais au tournant, il se trouva devant le Hotch Potch, et la nostalgie qu'il avait portée au fond de lui toute la soirée, soudain, l'emporta. Il fit arrêter la voiture ; il entrerait et demanderait si Jo faisait toujours partie du club.

Il entra. Le hall était resté exactement le même qu'au temps où il venait dîner là avec Jack Herring et où le club possédait le meilleur cuisinier de Londres. Il regarda autour de lui avec ce regard expérimenté et droit grâce auquel il avait été, toute sa vie, mieux servi que la plupart des hommes.

— Mr Jolyon Forsyte est-il toujours du club ?

— Oui, monsieur ; il est au club en ce moment, monsieur. Quel nom ?

Le vieux Jolyon fut pris de court.

— Son père, dit-il.

Et, ayant parlé, il attendit, debout, le dos à la cheminée.

Jolyon le jeune, sur le point de rentrer chez lui, avait mis son chapeau et traversait le hall quand le portier le rencontra. Il n'était plus jeune, ses cheveux grisonnaient ; sa figure, mince réplique de celle de son père, avec les mêmes grandes moustaches tombantes, semblait vraiment bien marquée. Il pâlit. Cette rencontre était terrible, après tant d'années, rien au monde n'étant terrible comme une scène.

Ils s'affrontèrent et joignirent leurs mains sans un mot.

Puis, avec un tremblement dans la voix, le père dit :

— Comment vas-tu, mon enfant ? Le fils répondit :

— Comment allez-vous, papa ?

La main du vieux Jolyon tremblait dans son mince gant.

— Si tu vas de mon côté, dit-il, je peux te ramener un bout de chemin.

Et comme s'ils avaient l'habitude de se rencontrer l'un l'autre tous les soirs, ils sortirent et montèrent dans le fiacre.

Le vieux Jolyon eut l'impression que son fils avait grandi.

— Il est plus homme, se dit-il.

L'amabilité naturelle à la physionomie de Jo s'était recouverte d'un masque un peu sardonique, comme si les circonstances de sa vie l'avaient mis dans la nécessité de s'armer. Ses traits étaient bien ceux d'un Forsyte, mais avec un regard plutôt en dedans, comme d'un philosophe ou d'un homme d'étude. Sans doute, il avait été obligé de regarder souvent en lui-même, au cours de ces quinze années.

Au premier aspect de son père, il avait eu un coup ; il l'avait vu si vieux, si usé ! Mais dans le cab, le vieillard lui parut à peine changé, car il avait toujours cet air calme que Jo se rappelait si bien, c'était toujours la même tenue droite et le même regard précis.

— Vous avez l'air bien, père.

— Pas trop mal, répondit le vieux Jolyon.

Il était en proie à une inquiétude qu'il éprouvait le besoin de formuler. Ayant retrouvé son fils, il lui fallait savoir où en était celui-ci de ses finances.

— Jo, j'aimerais bien que tu me dises comment vont tes affaires. Je suppose que tu as des dettes ?

Il posa la question en ces termes pour que l'autre se confessât plus aisément. Jolyon le jeune répondit de sa voix ironique :

— Non, je n'ai pas de dettes !

Le vieux Jolyon comprit que son fils était froissé et lui toucha la main. Il avait couru un risque. Cela en valait la peine toutefois, et Jo ne lui avait jamais tenu rancune. Sans avoir dit un mot de plus, ils arrivèrent à Stanhope Gate. Le vieux Jolyon invita son fils à entrer, mais celui-ci secoua la tête.

— June n'est pas ici, dit rapidement le vieux Jolyon, elle est partie aujourd'hui pour une visite à la campagne. Je pense que tu connais ses fiançailles ?

— Déjà, murmura Jolyon le jeune.

Le vieux Jolyon descendit de voiture et, pour la première fois de sa vie, il donna par erreur au cocher un souverain au lieu d'un shilling. Le cocher mit la pièce dans le coin de sa bouche, fouetta sournoisement son cheval et fila.

Le vieux Jolyon tourna doucement la clé dans la serrure, ouvrit la porte et fit signe à Jo d'entrer. Jo le vit pendre gravement son manteau, avec, sur sa figure, l'expression d'un enfant qui va voler des cerises.

La porte de la salle à manger était ouverte, le gaz baissé ; la bouilloire sifflait sur un plateau à thé, et, tout à côté, un chat à l'air cynique s'était endormi sur la table. Le vieux Jolyon le chassa immédiatement. Cet incident le soulageait ; il poursuivait l'animal en tapant sur son gibus.

— Il a des puces, dit-il, en le suivant hors de la chambre.

Et devant l'escalier qui du vestibule descendait aux sous-sols, il appela plusieurs fois : « Psst ! » comme pour aider à la fuite du chat, jusqu'à ce qu'enfin, par une singulière coïncidence, le maître d'hôtel apparût sur les premières marches.

— Vous pouvez aller vous coucher, Parfitt, dit le vieux Jolyon, je fermerai la porte et j'éteindrai.

Quand il rentra dans la salle à manger, le chat, malheureusement, le précédait, la queue en l'air, proclamant qu'il avait compris dès le premier moment toute la manœuvre de son maître pour supprimer le maître d'hôtel.

Une fatalité s'était toujours acharnée contre les stratagèmes domestiques du vieux Jolyon.

Jolyon le jeune ne put s'empêcher de sourire. Il était très versé en matière d'ironie et tout, ce soir-là, lui semblait ironique : l'épisode du chat, la nouvelle des fiançailles de sa propre fille. Il n'avait donc pas plus de droits sur elle que sur le chat. Il y avait là une justice qu'il comprenait.

— À qui ressemble June maintenant ? demanda-t-il.

— On dit qu'elle me ressemble, mais c'est une bêtise ; elle ressemble plutôt à ta mère, les mêmes yeux, les mêmes cheveux.

— Ah ! et elle est jolie ?

Le vieux Jolyon avait trop le caractère Forsyte pour faire un éloge direct, surtout de ce qui lui inspirait une réelle admiration.

— Pas mal, un vrai menton de Forsyte. Ce sera bien vide, ici, Jo, quand elle sera partie.

L'expression qui passa sur sa figure fit sentir à Jolyon le jeune le même choc qu'à l'instant de leur rencontre :

— Qu'est-ce que vous deviendrez, père ? Je suppose qu'il est tout pour elle ?

— Ce que je deviendrai ? répéta le vieux Jolyon, avec une saccade irritée dans la voix. Ce ne sera pas drôle de vivre ici tout seul. Je ne sais pas comment cela finira. Je ne sais ce que je donnerais…

Il se tut et ajouta :

— La question est de savoir ce que je ferai de cette maison.

Jolyon le jeune explora la chambre du regard. Elle était singulièrement vaste et morne, décorée d'immenses natures mortes qu'il se rappelait avoir vues tout enfant. Des chiens endormis y appuyaient leur museau sur des bottes de carottes, d'oignons et des grappes de raisin. Cette maison était un « éléphant blanc », mais il ne pouvait se figurer son père moins grandement installé ; et ceci encore lui semblait plein d'ironie.

Dans son fauteuil à pupitre le vieux Jolyon était assis, représentant accompli de sa famille, de sa classe, de ses dogmes, personnifiant l'ordre, la modération et l'esprit de propriété : un vieil homme si solitaire qu'il n'y en avait pas de plus solitaire dans Londres.

Il était assis là, dans l'ombre riche de la pièce, marionnette aux mains de grandes forces qui n'ont souci ni de la famille, ni des classes, ni des croyances, mais qui s'avancent comme des machines, d'un mouvement fatal, vers des fins incompréhensibles.

Telle était à ce moment l'impression de Jolyon le jeune, qui savait regarder les choses du dehors.

Pauvre vieux père ! Telle serait donc sa fin, le but qu'il visait en conduisant sa vie avec une si magnifique modération : être seul, et vieillir de jour en jour, sans avoir une âme à qui parler !

À son tour, le vieux Jolyon regarda son fils. Il avait tant de choses à lui dire dont il n'avait pas pu parler depuis des années. Il lui aurait été impossible de confier sérieusement à June sa conviction que les terrains du Soho allaient monter de valeur ; ses inquiétudes au sujet de cet extraordinaire silence de Pippin, le directeur de la Société des Nouvelles Houillères dont il avait lui-même si longtemps présidé le conseil ; ou même d'examiner avec elle comment et par quel arrangement il pourrait le mieux éviter à ses héritiers le paiement des droits de succession. Sous l'influence d'une tasse de thé qu'il remuait indéfiniment avec sa cuillère, il se mit enfin à parler. Un nouvel horizon de vie s'ouvrait à lui ; des espérances de conversation, un refuge où, dans les heures de crainte ou de regret, il trouverait l'opium de longs entretiens sur le moyen d'augmenter son bien et de rendre éternelle la seule partie de lui-même qui pût subsister en ce monde.

Jolyon le jeune savait écouter ; c'était sa grande qualité. Il gardait les yeux fixés sur la figure de son père, posant une question de loin en loin.

Le vieux Jolyon n'avait pas fini de parler, quand la pendule sonnant une heure le rappela à ses principes. Il tira sa montre d'un air étonné.

— Il faut que j'aille me coucher, Jo, dit-il.

Jolyon le jeune se leva et tendit la main à son père pour l'aider. De nouveau, le vieux visage parut usé, creusé, les yeux restaient détournés.

— Adieu, mon garçon, tâche de te bien porter.

Un moment s'écoula et Jolyon le jeune, tournant sur ses talons, se dirigea vers la porte. Il y voyait à peine, son sourire tremblait. Jamais, depuis qu'il avait découvert, vingt ans auparavant, que la vie n'est pas simple, elle ne lui avait paru si étrangement compliquée.

3

Dîner chez Swithin

Dans la salle à manger de Swithin, décorée de bleu pâle et d'orange, et qui donnait sur le parc, la table ronde portait douze couverts.

Un lustre de cristal taillé, garni de bougies allumées, pendait au-dessus de la table comme une stalactite géante, et illuminait de grandes glaces à cadres d'or, des consoles de marbre, de lourdes chaises dorées tendues de tapisseries. Tout dans cette pièce attestait cet amour du beau si profondément enraciné dans toute famille qui, d'extraction médiocre, a dû besogner pour atteindre à ce qu'on appelle « le monde ». Swithin ne tolérait pas la simplicité ; sa passion pour l'or moulu l'avait toujours marqué entre ses pareils pour un homme d'un goût parfait quoique fastueux. La certitude qu'on ne pouvait entrer chez lui sans voir qu'il était riche lui procurait le bonheur le plus solide et le plus durable qu'il ait connu en sa vie.

Il avait été agent de propriété immobilière – profession déplorable à son avis, surtout dans la partie du commissaire-priseur. Depuis qu'il s'était retiré, il s'abandonnait à des goûts naturellement aristocratiques. Dans le luxe achevé dont il entourait sa vieillesse, il s'était enfoui comme une mouche dans du sucre ; son esprit, où passaient très peu de choses depuis le matin jusqu'au soir, était au confluent de deux émotions singulièrement contradictoires : une permanente et vigoureuse satisfaction d'avoir fait son chemin et bâti sa fortune ; et une intime conviction qu'un homme aussi distingué que lui n'aurait jamais dû être mis dans le cas de salir son esprit en travaillant.

Il se tenait contre le buffet, en gilet blanc à grands boutons d'onyx et d'or, et regardait son domestique visser plus profondément trois bouteilles de champagne dans des seaux de glace. Entre les hautes pointes de son faux col dont il n'aurait pour rien au monde changé la forme, bien qu'elle lui rendît tout mouvement pénible, la chair pâle de son double menton restait immuable. Ses yeux voyageaient de bouteille en bouteille. Il délibérait ainsi : « Jolyon boit un verre, peut-être deux, pas plus. Il se ménage tant ! James, lui, ne compte plus comme buveur. Nicholas et Fanny se gorgeront d'eau, c'est leur genre. Soames ne compte pas. Ces jeunes neveux (Soames avait trente-huit ans), ça ne sait pas boire. Mais Bosinney ? » Le nom de cet étranger lui suggérant un objet qui sortait des cadres de sa philosophie, Swithin s'arrêta. Un doute méfiant s'élevait en lui. « On ne peut pas savoir ce que boira Bosinney ! June n'est qu'une petite fille, et amoureuse ! Emily (Mrs James) apprécie un bon verre de champagne. Mais le champagne est trop sec pour Juley, la chère âme, elle n'a pas de palais. Quant à Hatty Chessman… » À l'idée de cette vieille amie, un nuage de pensées vint obscurcir le vert transparent de ses yeux : « Elle est bien capable de boire sa demi-bouteille. »

Mais lorsqu'il pensa à sa dernière invitée, une expression pareille à celle d'un chat sur le point de ronronner se glissa sur sa vieille figure : Mrs Soames ! Elle n'en prendrait peut-être pas beaucoup, mais ce qu'elle prendrait, elle saurait l'apprécier. C'était un plaisir de lui donner du bon vin, à celle-là ! Une jolie femme, et qui lui montrait de la sympathie ! Rien que de penser à elle, ça vous remontait comme du champagne. Un plaisir de donner du bon vin à une femme si agréable à voir, qui savait s'habiller, qui avait des manières charmantes, tout à fait distinguées. Un plaisir de se mettre en frais pour elle. »

Entre les pointes de son col qui le gênait, sa tête fit pour la première fois un léger mouvement :

— Adolf, une bouteille de plus dans la glace.

Lui-même pourrait boire pas mal, car, grâce à cette ordonnance de Blight, il se trouvait en très bon point, et il avait eu soin de ne pas déjeuner. Depuis des semaines, il ne s'était pas senti si en train. Bombant sa lèvre inférieure, il donna ses dernières instructions.

— Adolf, un doigt de vin des Antilles quand on en sera au jambon.

Passant dans l'antichambre, il s'assit au bord d'une chaise, les genoux écartés. Sa grande et massive stature s'immobilisa aussitôt dans une attitude d'attente étrange et primitive. Il était prêt à se lever à l'instant. Il y avait plusieurs mois qu'il n'avait donné un dîner. Celui-ci, en l'honneur des fiançailles de June, lui avait semblé d'abord une corvée (la coutume de célébrer des fiançailles par des repas solennels est religieusement observée chez les Forsyte). Mais une fois passé l'ennui d'envoyer les invitations et de commander le menu, il se sentait agréablement stimulé.

Et, assis, tenant à la main sa montre grasse, lisse et dorée comme une boule aplatie de beurre, il se mit à ne penser à rien.

Un homme long, à favoris, autrefois au service de Swithin, actuellement fruitier, entra et annonça :

— Mrs Chessman, Mrs Septimus Small.

Deux dames parurent. La première, tout habillée de rouge, avait de grandes plaques fixes de la même couleur sur ses joues, un regard dur et audacieux. Elle alla vers Swithin en lui tendant une main serrée dans un gant couleur de jonquille.

— Eh bien, Swithin, dit-elle, il y a des siècles que je ne vous ai vu. Comment allez-vous ? Mais, mon bon, comme vous engraissez !

Seule, la fixité de l'œil de Swithin trahit son émotion. Une colère muette grondait au-dedans. C'était vulgaire d'être gras, de parler de graisse ; il avait de la carrure, voilà tout.

Se tournant vers sa sœur, il lui serra la main et dit d'un ton d'autorité :

— Eh bien, Juley ?

Mrs Septimus Small était la plus grande des quatre sœurs ; sa bonne vieille figure ronde était maintenant fanée. D'innombrables plis la sillonnaient comme si elle avait été enfermée jusque-là dans un masque de fil de fer qui, subitement enlevé, laissait parfois de petits bourrelets de chair indocile. Les yeux mêmes faisaient la moue dans le froncement des paupières. C'était sa manière de manifester la permanence de son mécontentement de la mort de Septimus Small.

Elle était célèbre pour ses gaffes, et, tenace comme ceux de son sang, quand elle en avait fait une, elle s'y tenait, et même en ajoutait une autre. Après la mort de son mari, l'obstination de la famille, le sens pratique de la famille avaient été en elle frappés de stérilité. Abondante en paroles, elle était capable, quand on la laissait aller, de parler pendant des heures, sans la moindre animation, relatant avec une monotonie épique les innombrables méfaits de la Fortune à son égard. Or, elle ne s'apercevait pas que ses auditeurs sympathisaient avec la Fortune, car elle avait le cœur bon.

La pauvre âme, ayant veillé longtemps au chevet de Small (homme de peu de santé), avait pris l'habitude de ce dévouement, et, dans la suite, en des occasions sans nombre, elle avait tenu compagnie pendant d'interminables périodes à des malades, à des enfants, et autres incapables. Jamais elle ne put se défaire du sentiment que le monde était bien l'endroit le plus chargé d'ingratitude où il fût possible de vivre. Dimanche sur dimanche, elle s'asseyait aux pieds du très spirituel prédicateur, le révérend Thomas Scoles, qui exerçait sur elle une grande influence, et elle réussissait à convaincre tout le monde que cela encore était une nouvelle infortune. Son exemple était devenu proverbial dans la famille, où, pour définir quelqu'un de particulièrement déprimé, il suffisait de dire : une vraie Juley. À toute autre qu'une Forsyte, une telle tendance eût été fatale avant l'âge de quarante ans, mais elle en avait soixante-quatorze, et ne s'était jamais mieux portée. Et l'on sentait qu'il y avait en elle des appétits de plaisir qui pourraient encore s'affirmer. Elle possédait trois canaris, le chat Tommy et la moitié d'un perroquet dont elle partageait la propriété avec sa sœur Hester ; ces pauvres créatures (soigneusement tenues à l'écart de Timothy, que les animaux agaçaient), plus équitables que les humains, et sachant que Juley ne pouvait s'empêcher d'être morne et fanée, lui étaient passionnément attachées.

Elle était ce soir d'une sombre magnificence, vêtue de bombasin noir, avec un devant mauve, timidement décolleté en triangle ; un ruban de velours noir serrait la maigre attache de son cou. Le noir et le mauve pour robes du soir étaient considérés comme sobrement distingués par les Forsyte, presque unanimement.

Elle dit à Swithin avec une moue :

— Ann t'a réclamé, il y a des siècles que tu n'es pas venu nous voir.

Swithin enfonça ses pouces dans les entournures de son gilet et répliqua :

— Ann commence à branler dans le manche, elle devrait bien voir un médecin.

— Mr et Mrs Nicholas Forsyte.

Nicholas Forsyte, retroussant ses sourcils rectangulaires, arborait un sourire. Il avait réussi pendant la journée à faire aboutir un projet pour l'emploi d'une tribu du nord de l'Inde dans les mines d'or de Ceylan. Un projet favori, et mené à bien, malgré de grandes difficultés ! Il pouvait être satisfait. Cette opération doublerait la production de ses mines, et comme il l'avait souvent démontré avec force, l'expérience universelle tend à prouver que tout homme doit mourir, qu'il meure de vieillesse misérable dans son pays, ou, prématurément, tué par l'humidité au fond d'une mine étrangère, cela importe peu, pourvu que ce changement de condition ait été profitable à l'Empire britannique.

Ses capacités étaient reconnues. Levant son nez cassé vers son auditeur, il ajoutait volontiers :

— Faute de quelques centaines de ces lascars, nous n'avons pas payé de dividende depuis plusieurs années, et voyez-moi le cours des actions. Elles ne font pas dix shillings.

Et puis il était allé à Yarmouth et il en était revenu avec le sentiment qu'il venait d'ajouter au moins dix ans à sa vie. Il saisit la main de Swithin en s'écriant d'une voix joviale :

— Eh bien, nous revoilà donc !

Mrs Nicholas, une femme épuisée, souriait derrière lui, d'un air de faux entrain et d'effarement.

— Mr et Mrs James Forsyte.

— Mr et Mrs Soames Forsyte.

Swithin joignit les talons, toujours admirable de maintien :

— Eh bien, James ! Eh bien, Emily ! Comment ça va, Soames ? Comment allez-vous ?

Sa main se ferma sur celle d'Irène, et ses yeux s'exorbitèrent.

« Quelle jolie femme ! un peu trop pâle, mais sa taille, ses yeux, ses dents ! Vraiment trop bien pour ce petit Soames ! »

Les dieux avaient donné à Irène de sombres prunelles brunes et des cheveux d'or, combinaison singulière qui appelle le regard des hommes et passe pour signe de caractère faible. La pleine et douce pâleur de son cou et de ses épaules, au-dessus de sa robe couleur d'or, donnait à sa personne une attirante étrangeté.

Soames était debout derrière elle, les yeux rivés sur sa nuque. Swithin tenait toujours sa montre, qui marquait plus de huit heures. Il avait l'habitude de dîner une demi-heure plus tôt, il n'avait pas déjeuné, une étrange et violente impatience montait de son fonds primitif.

— Ça ne ressemble pas à Jolyon d'être aussi en retard, dit-il à Irène, sans pouvoir dominer sa mauvaise humeur. Je suppose que c'est June qui le retient.

— Les amoureux sont toujours en retard, répondit-elle. Swithin écarquilla les yeux, un flot de sang vint échauffer le jaune bilieux de ses joues.

— Je ne vois pas pourquoi. C'est une pose !

Sous cet éclat, la violence inarticulée des simples générations antérieures semblait murmurer et gronder.

— Dites-moi ce que vous pensez de ma nouvelle étoile de brillants, oncle Swithin, dit doucement Irène.

Sur sa poitrine, au milieu des dentelles, brillait une étoile à cinq pointes, faite de onze diamants. Swithin regarda l'étoile. Il s'y connaissait en pierres, aucune question ne pouvait être mieux choisie pour distraire son attention.

— Qui vous a donné ça ? demanda-t-il.

— Soames.

La jeune femme prononça le nom sans changer de visage ; pourtant les yeux pâles de Swithin s'écarquillèrent comme si, par impossible, une intuition l'avait frappé.

— Vous devez vous ennuyer à la maison, fit-il. Si le cœur vous en dit un beau jour de venir dîner avec moi, je vous servirai une bouteille de vin comme il n'y en a pas beaucoup dans Londres.

— Miss June Forsyte, Mr Jolyon Forsyte, Mr Bosinney.

Swithin avança son bras et dit d'une voix grondante :

— À table, maintenant ! À table !

Il prit le bras d'Irène sous prétexte qu'elle n'avait pas encore dîné chez lui depuis son mariage. June échut à Bosinney, qui prit place à table entre Irène et sa fiancée. De l'autre côté de June : James et Mrs Nicholas, puis le vieux Jolyon avec Mrs James, Nicholas avec Hatty Chessman, Soames avec Mrs Small qui fermait le cercle à gauche de Swithin.

Les dîners de famille chez les Forsyte obéissent à certaines traditions. Ainsi, on n'y sert pas de hors-d'œuvre. La raison de cet usage est inconnue. Les jeunes gens de la famille l'attribuent au prix exorbitant des huîtres ; il est probable que cette abstention tient à l'impatience d'en venir au fait, à un excellent sens pratique qui décide immédiatement que les hors-d'œuvre manquent de substance. Seuls les James, incapables de résister à une coutume presque générale dans Park Lane, font exception sur ce point.

Dans ces dîners, une indifférence muette et presque morne de chaque convive à son voisin suit le moment où l'on s'est mis à table ; et ce silence dure assez avant dans la première entrée. Il est coupé çà et là de quelques remarques :

— Voilà que Tom est de nouveau malade, je n'arrive pas à savoir ce qu'il a.

— Je pense qu'Ann ne descend pas le matin ?

— Comment s'appelle votre docteur, Winifred ?

— Elle a trop d'enfants. Quatre, n'est-ce pas ? Elle est maigre comme un coucou.

— Combien paies-tu ce xérès, Swithin ? Trop sec pour moi.

Avec le second verre de champagne s'élève une sorte de bourdonnement, dont l'élément fondamental semble bien être la voix de James racontant une anecdote. Celle-ci se traîne jusqu'au moment où paraît le plat culminant d'un dîner de Forsyte : la selle de mouton.

Aucun Forsyte n'a jamais donné un dîner sans y faire figurer une selle de mouton. Il y a quelque chose dans la succulente solidité d'une telle viande qui la désigne aux gens d'« une certaine position ». C'est un plat nourrissant et savoureux, et qu'on se souvient d'avoir mangé. Il a un passé et un avenir, comme un dépôt fait à une banque ; et enfin il donne prise à la discussion.

Chaque branche de la famille vante obstinément le lieu de provenance de son mouton ; le vieux Jolyon tient pour Dartmoor ; James pour le pays de Galles ; Swithin ne croit qu'au Southdown ; et Nicholas soutient qu'on peut dire tout ce qu'on voudra, mais que rien ne vaut le mouton de la Nouvelle-Zélande. Quant à Roger, l'« original » parmi ses frères, il s'est trouvé forcé d'imaginer une localité à lui, et avec une ingéniosité digne d'un homme qui a inventé pour ses fils une profession nouvelle, il a découvert une boucherie où l'on vend de la viande allemande. Comme on s'étonnait, il soutint son propos en exhibant une note de boucher, prouvant qu'il payait sa selle de mouton plus cher que tous les autres. C'est en cette occasion que le vieux Jolyon, se tournant vers June, lui avait dit dans un de ses accès de philosophie :

— Tu peux me croire quand je te dis que les Forsyte ont un grain. Tu t'en apercevras avec les années.

Seul, Timothy restait à part ; car, quoiqu'il aimât la selle de mouton, il disait qu'il la craignait.

Pour tout curieux de la psychologie des Forsyte, ce grand trait de la selle de mouton est d'une importance capitale ; non seulement il manifeste leur ténacité, en tant que groupe et qu'individus, mais il les caractérise comme appartenant de fibre et d'instinct à cette classe d'hommes qui prisent avant tout ce qui est substantiel et savoureux et se défendent de toute séduction frivole.

À la vérité, quelques jeunes membres de la famille se seraient passés volontiers de viande de boucherie et eussent préféré une pintade ou une salade de homard, quelque chose de moins nourrissant et qui parlât plus à l'imagination. Mais c'étaient des femmes ou bien des jeunes gens corrompus par leurs femmes, ou par des mères qui, ayant été forcées de manger, toute leur vie d'épouse, de la selle de mouton, avaient fait passer une hostilité secrète contre ce mets dans le sang de leur fils.

La grande controverse de la selle de mouton terminée, on passa au jambon de Tewkersbury, accompagné d'un doigt de vin des Antilles ; Swithin s'attarda si longtemps sur ce plat qu'il en barra le cours du dîner ; pour s'y donner plus entièrement, il arrêta la conversation.

De sa place, à côté de Mrs Septimus Small, Soames était aux aguets. Il avait une raison à lui pour observer Bosinney. Le jeune architecte pourrait servir son projet mignon, celui de se faire construire une maison ; il avait l'air intelligent, tandis que, renversé dans sa chaise, il bâtissait rêveusement de petits remparts avec des miettes de pain. Soames remarqua que ses habits étaient de bonne coupe, mais un peu étriqués, comme s'ils dataient de plusieurs années.

Il le vit se tourner vers Irène et lui dire quelque chose ; il vit la figure d'Irène s'illuminer comme elle s'illuminait souvent pour d'autres – jamais pour lui. Il essaya de saisir ce qu'ils se disaient, mais tante Juley parlait.

Est-ce que Soames n'avait pas trouvé cela très extraordinaire ? Pas plus tard que dimanche dernier, le cher Mr Scoles avait été si spirituel dans son sermon, si sarcastique ! « Que sert, avait-il dit, que sert à un homme de gagner son âme, s'il vient à perdre tout son bien ? » Cela, selon lui, était la devise de la bourgeoisie. Eh bien, mais qu'est-ce qu'il avait bien pu vouloir dire par là ?

Soames répondit distraitement :

— Que voulez-vous que j'en sache ? Scoles est un farceur.

Car Bosinney faisait du regard le tour de la table, comme s'il était en train de relever les particularités de chaque convive et Soames se demandait ce qu'il disait. Le sourire d'Irène approuvait évidemment ses observations. Elle avait toujours l'air d'approuver les autres. Elle tourna les yeux vers Soames, qui baissa son regard à l'instant. Elle avait perdu son sourire.

Un farceur ? Mais que voulait dire Soames ? Si Mr Scoles était un farceur, lui, clergyman, qui ne le serait pas ? C'était affreux.

— Eh bien, mais ils le sont tous, dit Soames.

Pendant le silence horrifié de tante Juley, il saisit quelques mots d'Irène et crut entendre : « Ô vous qui entrez ici, abandonnez toute espérance. » Mais Swithin avait fini son jambon.

— Où achetez-vous vos champignons ? disait-il à Irène, avec la voix d'un homme qui fait sa cour. Vous devriez vous adresser à Smileybob's, celui-là vous en aura de frais. Chez les petits fournisseurs, on ne se donne pas la peine…

Irène se retourna pour lui répondre, et Soames vit que Bosinney la regardait en se souriant à lui-même. Singulier sourire qu'avait ce garçon : quelque chose de si simple, presque comme d'un enfant qui sourit quand il est content. Quant au sobriquet inventé par George, le « Brigand », il n'y trouvait aucun sel. Et, voyant Bosinney se tourner vers June, Soames sourit à son tour, sardonique ; il n'aimait pas June et elle ne paraissait pas trop contente.

Chose naturelle, car elle venait d'avoir avec James la conversation suivante :

— J'ai fait un petit séjour au bord de la Tamise, en rentrant du pays de Galles, oncle James, et j'ai vu un site qui serait délicieux pour bâtir.

James, mangeur lent et convaincu, arrêta le cours de sa mastication.

— Ah ! dit-il. Et où donc ?

— Près de Pangbourne.

James mit un morceau de jambon dans sa bouche et June attendit.

— Je suppose que tu ne saurais pas si le terrain là-bas est à vendre, dit-il enfin. Tu ne saurais rien du prix de ces terrains ?

— Si, fit June, je me suis informée.

Sa petite figure résolue sous la flambée de ses cheveux brillait d'une ardeur qui mit James en méfiance. Il la regarda d'un œil inquisiteur.

— Comment ? Tu ne penses pas acheter des terrains ? s'écria-t-il en laissant tomber sa fourchette.

June prit courage en le voyant si intéressé. Elle chérissait depuis longtemps l'espoir que ses oncles serviraient à la fois leurs intérêts et ceux de Bosinney en faisant bâtir des maisons de campagne.

— Bien sûr que non ! dit-elle. Mais j'ai pensé que ce serait un endroit merveilleux pour y bâtir… vous, ou… quelqu'un d'autre, une maison de campagne.

James la regarda de côté, et mit un second morceau de jambon dans sa bouche.

— Le terrain doit être bien cher par là, dit-il.

Ce que June avait pris pour de l'intérêt personnel n'était que l'excitation de tout Forsyte à l'idée de quelque objet désirable qui risque de passer en d'autres mains. Mais elle ne voulut pas admettre que l'occasion se dérobait, et insista :

— Vous devriez vous installer à la campagne, oncle James. C'est moi qui voudrais avoir beaucoup d'argent ! Je ne vivrais pas un jour de plus à Londres.

James fut remué jusque dans les profondeurs de sa longue et maigre personne. Il ne se doutait pas que sa nièce avait des idées aussi tranchées.

— Pourquoi ne vous fixez-vous pas à la campagne ? répétait June. Cela vous ferait beaucoup de bien.

— Pourquoi ? reprit James tout agité. Acheter un terrain ?... Et quel intérêt aurais-je à bâtir ? Je n'aurais que quatre pour cent de mon argent !

— Qu'est-ce que ça fait ? Vous auriez du bon air !

— Du bon air ! s'écria James. Je n'ai pas besoin de bon air !...

— J'aurais cru que tout le monde aimait le bon air, fit June avec mépris.

James passa sa serviette sur sa bouche.

— Tu ne sais pas la valeur de l'argent, dit-il, en évitant son regard.

— Non, et j'espère que je ne la saurai jamais.

Et, mordant ses lèvres, la pauvre June, mortifiée, se tut.

Pourquoi ses parents étaient-ils si riches, alors que Phil ne savait jamais d'où lui viendrait le tabac du lendemain ? Est-ce qu'ils n'auraient pas pu l'aider ? Mais ils étaient si égoïstes ! Pourquoi ne se faisaient-ils pas construire de maisons de campagne ? Elle avait ce dogmatisme naïf, qui est pathétique, et réalise parfois de si grandes choses. Bosinney, vers qui elle se retourna dans sa déconvenue, causait avec Irène, et quelque chose paralysa l'élan de son cœur. Ses yeux s'immobilisèrent de colère, comme ceux du vieux Jolyon quand on le contredisait.

James aussi était profondément troublé. Il lui semblait qu'on avait menacé son droit de placer son argent à cinq pour cent. Jolyon avait gâté cette petite. Ce n'est pas une de ses filles à lui qui aurait prononcé un mot pareil ! James avait toujours été très large avec ses enfants, et la conscience de ce fait le rendait encore plus sensible à l'incartade de June. D'un air absorbé, il remuait ses fraises ; puis, les inondant de crème, il les mangea vite : voilà au moins qui ne lui échapperait pas.

Il y avait eu de quoi le choquer. Occupé depuis cinquante-quatre ans (il avait débuté comme avoué à l'âge légal) à combiner des hypothèques, à maintenir des placements à un taux d'intérêt haut et sûr, à négocier en se conformant au grand principe de tirer des autres le plus possible, sans compromettre la sécurité de ses clients ni la sienne, à calculer exactement les répercussions financières probables de tous les événements de la vie, il ne savait plus penser qu'en termes d'argent. L'argent était comme sa lumière, son moyen de vision, la chose en dehors de laquelle il était réellement incapable de percevoir quoi que ce fût ; s'entendre dire en face : « J'espère que je ne saurai jamais la valeur de l'argent » l'avait horripilé. Il savait bien que c'était une boutade, sinon cela lui aurait fait peur. Où allait le monde ? Subitement, se rappelant l'histoire de Jolyon le jeune, il se sentit un peu réconforté : qu'attendre de la fille d'un tel père ? Mais ce souvenir engagea ses pensées dans une voie encore plus pénible. Que signifiaient ces bruits à propos de Soames et d'Irène ?

Comme dans toute famille qui se respecte, il y avait chez les Forsyte une sorte de Bourse où circulaient les secrets, où se cotaient les situations respectives des différents membres de la famille. Il était courant sur la place des Forsyte qu'Irène regrettait son mariage. On blâmait ce regret. Irène aurait dû savoir ce qu'elle voulait ; une femme sérieuse ne commet pas de ces erreurs.

James, maussade, réfléchissait qu'ils avaient une jolie installation, un peu petite, très bien située, pas d'enfants, pas de soucis d'argent. Sur ce dernier point, Soames était toujours très secret, mais il devait être en train de faire sa pelote. Il tirait un bon revenu des affaires de la maison, car Soames, comme son père, appartenait à la fameuse étude d'avoués Forsyte, Bustard & Forsyte, et il s'était toujours montré prudent. Il avait tiré bon parti de plusieurs hypothèques rachetées à un moment opportun – vraiment plusieurs coups bien joués.

On ne voyait aucune raison pour qu'Irène ne fût pas heureuse ; pourtant on disait qu'elle avait demandé à faire chambre à part. Il savait où cela menait. Ce n'était pas comme si Soames buvait.

James tourna les yeux vers sa belle-fille. Ce regard inaperçu était froid et plein de doute. Il questionnait, exprimait la crainte, un sentiment de grief personnel. Pourquoi fallait-il qu'il fût ainsi tracassé ? Sans doute des lubies de femmes ! Elles sont si drôles ! Elles exagèrent tant les choses ! On ne sait ce qu'il faut croire, et puis personne ne lui disait jamais rien ; il fallait qu'il découvrît tout à lui tout seul. De nouveau, il jeta un regard furtif vers Irène, puis de l'autre côté de la table, vers Soames. Celui-ci, tout en écoutant tante Juley, regardait, la tête baissée, dans la direction de Bosinney. « Il l'aime beaucoup, j'en suis sûr, pensa James. On n'a qu'à voir tout ce qu'il lui fait de cadeaux. »

Et la folie qu'il y avait, de la part d'Irène, à se détacher de Soames lui apparut avec une nouvelle force. C'était dommage aussi, car elle avait du charme, et lui, James, aurait eu vraiment de l'amitié pour elle, si elle l'avait bien voulu. Elle s'était beaucoup liée avec June depuis quelque temps ; cela ne lui faisait pas de bien ; cela ne lui faisait certainement pas de bien ! Voilà qu'elle avait l'air de se poser en esprit indépendant. Qu'est-ce qu'il lui fallait donc ? Elle avait un charmant intérieur, et tout ce qu'il était possible de souhaiter. Seulement son mari aurait dû lui choisir ses amies. Elle était dans une voie dangereuse.

Le fait est que June, championne des infortunés, avait extorqué d'Irène une confession, et prêché en retour la nécessité de faire front au mal, dût-on aller jusqu'à la séparation. À ces exhortations, Irène avait répondu par un silence absorbé, comme si la pensée de cette lutte à mener de sang-froid l'écrasait. Jamais il ne la lâcherait, avait-elle dit à June.

— Qu'importe ! criait June, qu'il fasse ce qu'il voudra ! Tu n'as qu'à tenir bon.

Et elle ne s'était pas fait scrupule de parler dans le même sens chez Timothy. Le propos fut rapporté à James qui en fut horrifié.

Si Irène allait se mettre en tête de… – il osait à peine se dire le mot – … de quitter Soames ? Cette pensée lui fut si intolérable qu'il l'écarta tout de suite ; quelles vilaines images soulevées ! Il entendit le bourdonnement de toutes les langues de la famille autour de ses oreilles… et puis il y avait l'horreur d'un événement si voyant, arrivant si près de chez lui, chez l'un de ses propres enfants ! Heureusement, elle n'avait pas d'argent – une misérable rente de cinquante livres. Et il pensa avec mépris au défunt Heron, qui n'avait rien eu à laisser à sa fille. Ainsi ruminant, le nez sur son verre, ses longues jambes entortillées sous la table, il omit de se lever quand les dames quittèrent la salle à manger. Il lui faudrait parler à Soames, le mettre sur ses gardes ; ça ne pouvait pas continuer comme ça, maintenant qu'il avait entrevu de pareilles possibilités. Il remarqua avec une aigre malveillance que June avait laissé ses verres pleins de vin.

— Cette petite est au fond de tout cela, rêva-t-il. Irène n'aurait jamais eu de telles idées toute seule.

James était à sa façon un homme d'imagination. La voix de Swithin le tira de sa rêverie :

— J'en ai donné quatre cents livres, disait-il. Bien entendu, c'est une véritable œuvre d'art.

— Quatre cents ! Hum ! C'est beaucoup d'argent ! s'écria Nicholas.

L'objet en question était un groupe de marbre italien, placé sur un socle élevé, également en marbre, pour rehausser la chambre d'une note d'art. Six figures de femmes nues et d'un style surchargé désignaient toutes du doigt la figure centrale, féminine, et nue aussi, qui se désignait du même geste ; le spectateur en recueillait le sentiment très agréable de l'extrême valeur de cette personne. Tante Juley, assise presque en face de l'œuvre, avait eu le plus grand mal à ne pas la regarder de toute la soirée.

Le vieux Jolyon parla ; c'est lui qui avait lancé la discussion.

— Quelle blague ! Tu ne me diras pas que tu as donné quatre cents livres pour ça ?

Entre les pointes de son col, le menton de Swithin fit la seconde oscillation pénible de la soirée.

— Quatre cents livres d'argent anglais, pas un liard de moins. Et je ne le regrette pas ; ce n'est pas un travail anglais quelconque. Du vrai italien moderne !

Soames eut un sourire qui souleva le coin de sa lèvre, et il chercha le regard de Bosinney. L'architecte grimaçait dans les fumées de sa cigarette. Maintenant, il avait plus que jamais sa figure de « Brigand ».

— Il y a énormément de travail là-dedans, remarqua James qui était réellement impressionné par la taille du groupe. Ça ferait un bon prix chez Jobson.

— Le pauvre diable italien qui l'a fait, continua Swithin, me demandait cinq cents livres. Je lui en ai donné quatre. Ça en vaut huit. Il avait l'air de crever de faim, le pauvre diable.
Nicholas mit son mot :

— Ah ! dit-il tout à coup, de pauvres bougres bien râpés, ces artistes ; je me demande toujours comment ils font pour vivre. Tenez, il y a le jeune Flageoletti que Fanny et mes filles font venir pour jouer du violon, s'il ramasse cent livres par an c'est le bout du monde !

James secoua la tête.

— Ah ! dit-il, comment font-ils pour vivre, moi je n'en sais rien !

Le vieux Jolyon s'était levé et, le cigare aux lèvres, examinait le groupe de près.

— Je n'en aurais pas donné deux livres, prononça-t-il enfin.

Soames vit son père et Nicholas échanger un regard inquiet ; de l'autre côté de Swithin, Bosinney restait enveloppé de sa fumée.

— Je me demande ce qu'il en pense, lui, songea Soames qui savait bien que le groupe était désespérément vieux jeu. On ne vendait plus chez Jobson des objets de ce goût-là.

La réponse de Swithin vint enfin.

— Tu ne t'y es jamais entendu en sculpture. Tu as des tableaux et c'est tout.

Le vieux Jolyon revint à sa place en soufflant la fumée de son cigare. Peu probable qu'il entrerait en discussion avec cet animal de Swithin, buté comme une mule, et qui n'avait jamais su reconnaître une statue d'une… pendule.

— Du toc, dit-il seulement.

Depuis longtemps, il était physiquement impossible à Swithin de faire un geste d'émotion ; cette fois son poing s'abattit sur la table.

— Du toc ! Je voudrais bien voir si tu as chez toi quelque chose qui vaille la moitié de ce groupe-là !

Et sous ses paroles, on entendait de nouveau gronder la violence des générations primitives. Ce fut James qui sauva la situation :

— Eh bien, mais vous, qu'est-ce que vous en dites, monsieur Bosinney ? Vous êtes architecte, vous devez être très fort en statues, et dans toutes ces choses-là ?

Tous les yeux se tournèrent vers Bosinney, tous attendaient sa réponse avec un étrange regard soupçonneux.

Et Soames, prenant la parole pour la première fois, demanda :

— Oui, Bosinney, qu'est-ce que vous en dites ?

Bosinney répondit froidement :

— L'œuvre est remarquable.

Il parlait à Swithin, mais ses yeux souriaient imperceptiblement au vieux Jolyon. Soames ne se sentit pas satisfait.

— Remarquable par quoi ?
— Par sa naïveté.

La réponse fut suivie d'un silence impressionnant ; Swithin seul ne sut pas au juste s'il fallait la prendre pour un compliment.

4

Premier projet de la maison

Trois jours après le dîner chez Swithin, Soames Forsyte sortit de chez lui par la porte verte de la façade ; ayant traversé le square, il se retourna pour regarder sa maison et se confirma dans l'impression qu'elle avait besoin d'être repeinte.

Il avait laissé sa femme assise sur le sofa du salon, les mains jointes sur ses genoux, attendant évidemment qu'il s'en allât. Cette attitude n'était pas rare chez elle : il lui arrivait tous les jours de la prendre.

Il ne comprenait pas ce qu'elle pouvait avoir à lui reprocher. Ce n'était pas comme s'il buvait ! Est-ce qu'il faisait des dettes ? Est-ce qu'il jouait ou jurait ? Était-il violent ? Est-ce qu'il avait des fêtards pour amis ? Passait-il ses nuits dehors ? Tout au contraire.

La profonde et muette aversion qu'il sentait chez sa femme lui était un mystère et un sujet de cuisante irritation. Qu'elle se fût trompée, qu'elle ne l'aimât point, qu'elle eût essayé de l'aimer sans y parvenir, évidemment ce n'étaient pas là des raisons. Un mari qui pourrait imaginer une cause aussi bizarre à la mésentente installée dans son ménage ne serait pas un Forsyte.

Soames était donc forcé de rejeter tout le blâme sur Irène. Il n'avait jamais rencontré de femme aussi capable d'inspirer de l'amour. Ils ne pouvaient aller quelque part sans qu'il vît les hommes subir son charme ; cela se trahissait à leurs regards, leurs manières, leurs voix. Elle avait gardé, devant tant d'hommages, une attitude irréprochable. Qu'elle pût être une de ces femmes, assez rares dans la race anglo-saxonne, qui sont nées pour aimer et être aimées, qui ne vivent pas quand elles n'aiment pas, c'est ce qui n'était certainement jamais venu à l'esprit de Soames. La puissance d'attraction qui émanait d'elle, il y voyait un élément dans une valeur, la valeur qu'elle avait à ses yeux comme étant l'une de ses propriétés. Mais à cause de cette puissance même, il supposait qu'Irène saurait donner autant que recevoir, et elle ne lui donnait rien ! « Alors pourquoi m'a-t-elle épousé ? », se demandait-il continuellement. Il oubliait la cour qu'il lui avait faite et que, pendant dix-huit mois, il était resté aux aguets et l'avait assiégée, ne cessant alors d'inventer pour elle des amusements nouveaux, de lui faire des cadeaux – renouvelant périodiquement sa demande –, écartant les autres admirateurs par sa perpétuelle présence. Il avait oublié le jour où, profitant adroitement d'une période aiguë de l'aversion qu'elle éprouvait pour son entourage, il avait enfin vu ses efforts couronnés de succès. S'il se rappelait quelque chose, c'était la jolie manière capricieuse avec laquelle la jeune fille aux cheveux d'or et aux yeux sombres l'avait traité. Certainement, il ne se rappelait pas l'expression étrange, passive, suppliante avec laquelle un jour, subitement, elle avait cédé et déclaré qu'elle l'épouserait.

Ce fut une de ces cours que les gens et les livres s'accordent à louer : cour de tous les instants, où l'amoureux est enfin récompensé d'avoir battu le fer jusqu'à le rendre malléable, et qui doit préparer pour tout l'avenir des jours heureux comme les cloches du mariage.

Soames trottinait obstinément en direction de la City, suivant le côté ombragé de la rue.

Il lui faudrait remettre la maison à neuf, à moins qu'il ne se décidât à émigrer à la campagne et bâtir.

Pour la centième fois ce mois-là, il retourna le problème. On ne gagnait rien à faire précipitamment les choses ! Il avait une situation confortable : son revenu augmentait et atteindrait bientôt les trois mille livres ; mais son capital n'était peut-être pas aussi gros que le supposait son père ; James avait tendance à croire ses enfants plus riches qu'ils ne l'étaient.

— Je puis disposer assez facilement de huit mille livres, songeait Soames, sans rappeler l'argent que j'ai prêté sur hypothèque à Robertson et Nicholl.

Il s'était arrêté à la devanture d'un marchand de tableaux, car il était amateur de peinture et il avait, au 62 Montpellier Square, une petite chambre pleine de tableaux qu'il retournait contre le mur, faute de place pour les pendre. Il les rapportait en rentrant de la City, généralement à la nuit tombée. Le dimanche après-midi, il aimait s'installer dans la petite chambre, passait des heures à tourner l'un après l'autre ses tableaux vers la lumière, examinait les marques qu'on leur voyait au dos et, à l'occasion, il en prenait note. Presque toujours c'étaient des paysages, avec figures au premier plan, qu'il choisissait dans un obscur sentiment de révolte contre Londres, ses hautes maisons, ses rues interminables, où s'écoulaient sa vie, les vies de son espèce et de sa classe. De temps à autre, il emportait en fiacre une ou deux de ces toiles et s'arrêtait chez Jobson en allant à la City.

Il les montrait fort peu. Irène, dont il respectait en secret l'opinion que, sans doute pour cette raison, il ne demandait jamais, n'entrait dans cette petite chambre qu'en de rares occasions et quand il fallait parler à son mari. On ne la priait pas de regarder les tableaux et elle ne le faisait pas. Pour Soames, c'était encore un grief. Il haïssait cet orgueil, et, au fond, il en avait peur.

Dans la glace de la vitrine, son image était debout et le regardait.

Ses cheveux lisses, sous le bord de son haut-de-forme, avaient le même luisant que la soie du chapeau ; ses joues pâles et plates, la ligne de ses lèvres bien rasées, son menton ferme et d'un gris glabre, la rigueur boutonnée de sa jaquette noire composaient une apparence de réserve et de discrétion, de calme voulu imperturbable ; mais ses yeux froids, gris, au regard tendu, séparés par un pli vertical, l'examinaient longuement, comme s'ils lui connaissaient une secrète faiblesse.

Il nota les sujets des tableaux exposés, les noms des peintres, calcula le prix possible de chaque toile, mais sans éprouver la satisfaction qu'il tirait à l'ordinaire de cette évaluation intérieure – et il continua son chemin.

La maison de Montpellier Square suffirait bien pour une année encore, s'il se décidait à bâtir. Les temps y étaient favorables – depuis longtemps l'argent n'avait pas été aussi cher – et le site qu'il avait vu à Robin Hill, quand il y était allé au printemps pour examiner l'hypothèque Nicholl, n'était-ce pas la perfection ? À douze miles de Hyde Park Corner, la valeur du terrain monterait immanquablement. On était sûr de pouvoir revendre à bénéfice ; de sorte qu'une maison là-bas, si elle était vraiment bien, constituerait un placement de premier ordre.

L'idée d'être le seul de sa famille à posséder une maison de campagne ne pesait pas d'un grand poids dans les calculs de Soames. Pour un vrai Forsyte, tout sentiment, fût-ce celui d'une supériorité sociale, est un luxe qu'on ne peut se permettre qu'après avoir satisfait son appétit pour des avantages plus tangibles.

Mais enlever Irène à Londres, aux occasions de sortir et de voir du monde, à ses amis, aux gens qui lui mettaient des idées en tête, voilà ce qu'il fallait ! Elle était beaucoup trop liée avec June. June avait de l'antipathie pour Soames, et il le lui rendait. Ils étaient du même sang.

Ça arrangerait tout de faire quitter la ville à Irène. Elle aimerait la maison ; la décoration l'amuserait, avec ses goûts d'art !

La maison devrait être très bien, quelque chose qui pût toujours faire un prix ; quelque chose d'unique, comme cette maison récente de Parkes, qui avait une tour. Mais Parkes lui-même s'est plaint de son architecte trop coûteux. On ne sait pas où ça va avec ces gens-là. S'ils sont connus, ils vous entraînent à n'en plus finir, et font les importants par-dessus le marché.

Et prendre un architecte de second ordre, mauvaise affaire ! Le souvenir de la tour de Parkes excluait la possibilité de choisir un architecte de second ordre.

Voilà pourquoi Soames pensait à Bosinney. Depuis le dîner chez Swithin, il avait pris ses informations ; le résultat avait été mince, mais encourageant : un adepte de la nouvelle école.

— Fort ?

— De première force ! Un peu… un peu dans les nuages !

Il n'avait pu découvrir quelles maisons Bosinney avait déjà construites ni quels étaient ses prix. En somme il avait l'impression de pouvoir imposer ses conditions. Plus il y réfléchissait, plus l'idée lui plaisait. On garderait ainsi l'affaire dans la famille, ce qui est presque un instinct chez les Forsyte ; il bénéficierait d'un tarif préférentiel, si même il n'obtenait pas des prix de pure forme, chose juste après tout, puisque l'on donnait à Bosinney l'occasion de déployer ses talents, cette maison ne devant pas être une construction ordinaire.

Soames songeait avec complaisance à toutes les commandes qu'il ne pouvait manquer d'attirer au jeune homme ; comme tous les Forsyte il savait devenir optimiste à fond quand il y trouvait son avantage.

Le cabinet de Bosinney se trouvait dans Sloane Street, tout près de chez lui, d'où la possibilité d'avoir toujours l'œil sur les plans.

Autre considération : Irène accepterait plus facilement de quitter Londres, si la construction de la maison de campagne était confiée au fiancé de sa meilleure amie. Le mariage de June en dépendrait peut-être. Irène ne pouvait décemment mettre obstacle au mariage de June ; elle ne ferait jamais une chose pareille ; il la connaissait. Et June serait contente ; à cela aussi il voyait son avantage.

Bosinney paraissait intelligent, mais il avait aussi, et c'était un de ses charmes, l'air d'un homme qui ne sait pas ce qu'il a dans sa poche. Il devait être coulant sur les questions d'argent. Soames fit cette réflexion sans intention d'exploiter l'architecte ; elle s'accordait à sa plus naturelle attitude d'esprit, celle de tout véritable homme d'affaires, de ces milliers d'hommes d'affaires parmi lesquels il se frayait un chemin vers la City. C'est à la loi la plus secrète de sa classe et de la nature elle-même qu'il obéissait quand il songeait avec une impression de confort que « Bosinney devait être coulant sur les questions d'argent ».

Tandis qu'en jouant des coudes il poursuivait sa route, son regard, qu'il tenait d'habitude fixé à terre devant ses pieds, se leva sur le dôme de St. Paul. Il exerçait sur lui une fascination singulière, ce vieux dôme. Ce n'est pas une, mais deux et trois fois par semaine qu'il interrompait son trajet quotidien pour entrer sous la coupole, s'arrêter cinq ou dix minutes dans les bas-côtés, déchiffrant les noms et les épitaphes sur les stèles funéraires. Inexplicable, l'attraction de la grande église sur Soames, à moins qu'elle ne l'aidât à concentrer ses pensées sur la besogne de la journée. Si quelque affaire d'importance, ou exigeant une étude, une habileté particulière, pesait sur son esprit, invariablement il entrait sous le dôme, pour errer d'épitaphe en épitaphe avec une attention de rat. Puis, sortant du même pas silencieux, il continuait tout droit pour Cheapside avec un peu plus de volonté dans l'allure, comme s'il avait vu quelque objet qu'il eût résolu d'acheter.

Ce matin-là, il entra donc à St. Paul ; mais au lieu de fureter de tombeau en tombeau, il leva les yeux vers les colonnes, les grands espaces de la muraille, et demeura immobile. Sa figure renversée, portant l'expression solennellement respectueuse et pénétrée que prennent d'eux-mêmes les visages à l'église, était devenue dans l'immensité de la nef d'un blanc crayeux. Ses mains gantées étaient jointes devant lui sur la poignée de son parapluie. Il les éleva. Quelque religieuse inspiration lui était-elle venue ?

— Oui, pensa-t-il, j'ai besoin de place pour pendre mes tableaux.

Le même soir, à son retour de la City, il alla frapper au bureau de Bosinney. Il trouva l'architecte en bras de chemise, fumant une pipe et traçant à la règle des lignes sur un plan. Soames refusa un *whisky and soda* et alla droit au fait :

— Si vous n'avez rien de mieux à faire dimanche, venez donc avec moi à Robin Hill, et donnez-moi votre opinion sur un terrain à bâtir.

— Vous allez bâtir ?

— Peut-être, fit Soames, mais n'en parlez pas. Je veux seulement votre avis sur le terrain.

— Parfaitement, dit l'architecte. Soames fit des yeux le tour de la chambre.

— Vous êtes haut perché, ici, remarqua-t-il.

Toute information qu'il pourrait recueillir quant à la nature et à l'étendue des affaires de Bosinney serait autant de gagné.

— Cela m'a suffi jusqu'à présent, répondit l'architecte ; vous avez l'habitude des gens chics.

Il secoua la cendre de sa pipe qu'il replaça vite entre ses dents ; elle l'aidait peut-être à soutenir la conversation. Soames vit qu'il avait dans chaque joue un creux, comme s'il les suçait du dedans.

— Quel est le loyer d'un bureau comme celui-ci ? demanda-t-il.

— Cinquante livres de trop, répondit Bosinney.

Cette réponse produisit sur Soames une impression favorable.

— Je suppose que c'est cher en effet, dit-il. Je viendrai vous prendre dimanche à onze heures.

Le dimanche suivant, il vint en fiacre chercher Bosinney et l'emmena à la gare. À Robin Hill, ils ne trouvèrent pas de voiture ; un mille et demi les séparait de l'emplacement à visiter ; ils partirent à pied.

C'était le 1er août, un jour parfait : le soleil était brûlant et le ciel sans nuage ; le long du chemin étroit et rectiligne qui montait le coteau, leurs pieds soulevaient une poussière jaune.

— Terrain sablonneux ! remarqua Soames.

Et il glissa un regard de côté au pardessus de Bosinney. Celui-ci avait fourré dans ses poches des liasses de papiers et portait sous son bras une canne d'aspect bizarre. Soames nota ces singularités et quelques autres encore.

Seul un homme intelligent, ou bien en vérité un Brigand, comme disaient les autres, pouvait se soucier aussi peu de son apparence, et bien que ces excentricités fussent profondément choquantes pour Soames, il en tirait une certaine satisfaction, car il y trouvait la marque des qualités qui devaient inévitablement tourner à son profit. Si ce garçon savait construire une maison, qu'importaient ses habits ?

— Je vous ai dit que cette maison doit être une surprise ; aussi, n'en dites rien. Je ne parle jamais de mes affaires avant de les avoir bouclées.

Bosinney fit un signe de tête.

— Mettez des femmes au courant de vos projets, continua Soames, et vous ne savez pas où ça vous mènera.

— Ah ! fit Bosinney, les femmes sont le diable !

Ce sentiment, Soames le portait depuis longtemps au fond du cœur, sans l'avoir jamais formulé.

— Oh ! murmura-t-il, alors vous commencez à…

Il s'arrêta court, mais ajouta, dans un irrésistible mouvement d'antipathie :

— June a un caractère à elle et l'a toujours eu.

— Chez un ange, un caractère n'est pas une mauvaise chose.

Soames n'avait jamais parlé d'Irène comme d'un ange. Il n'aurait pu violer à ce point ses instincts les plus chers, confier à d'autres la valeur qu'il attribuait à sa femme et, par là, se livrer lui-même. Il ne répondit rien.

Ils arrivaient à une route à moitié faite qui traversait une garenne. La coupant à angle droit, un chemin de charrettes menait à une carrière de sable, derrière laquelle les cheminées d'une petite maison s'élevaient au milieu d'un bouquet d'arbres, à la lisière d'un bois épais. Des touffes d'une herbe duveteuse couvraient le sol rude ; on en voyait partir des alouettes qui montaient en planant dans une brume de lumière. À l'horizon lointain, par-delà l'infinie succession des champs et des haies, apparaissait une ligne de collines.

Soames marcha le premier ; à l'autre bout du terrain, il s'arrêta. C'était le site choisi ; mais sur le point de le révéler à quelqu'un, il se sentait mal à l'aise.

— L'agent habite cette petite maison, dit-il. Il nous donnera à déjeuner, nous ferons mieux de déjeuner avant d'aborder notre affaire.

Il se remit à marcher le premier jusqu'à la maisonnette où l'agent, qui s'appelait Olivier – un homme de haute taille, de lourd visage à barbe poivre et sel –, les accueillit. Pendant le déjeuner, Soames, qui mangeait à peine, ne cessa de regarder Bosinney, et passa furtivement une ou deux fois son mouchoir de soie sur son front. Le repas enfin terminé, Bosinney se leva.

— Je suis sûr que vous avez à parler affaires, fit-il. Je vais faire un tour et flairer un peu le terrain.

Sans attendre de réponse, il sortit.

Soames, qui avait pour clients les propriétaires du terrain, passa près d'une heure avec l'agent, à examiner des plans, à discuter l'hypothèque Nicholl et quelques autres. Lorsque, enfin, il aborda le sujet de l'achat qu'il méditait, ce fut comme s'il venait seulement d'y penser.

— Vos patrons, dit-il, devraient baisser leurs prix pour *moi*, étant donné que je serais le premier à bâtir.

Olivier secoua la tête.

— L'emplacement que vous avez choisi, monsieur, est le moins cher que nous ayons. Une bonne différence avec ceux du sommet.

— Notez bien, dit Soames, que je ne suis pas décidé ; il est très possible que je ne bâtisse pas du tout : le prix est très élevé.

— Eh bien, monsieur Forsyte, si vous vous retirez, je le regretterai, et je crois que vous ferez une erreur, monsieur. Il n'y a pas un morceau de terrain près de Londres qui ait une vue comme celle-ci, ni qui soit, en fin de compte, meilleur marché. Nous n'avons qu'à faire un peu de réclame pour être assiégés de demandes.

Ils se regardaient. Leurs figures disaient clairement : je vous respecte comme homme d'affaires, et vous pensez bien que je ne crois pas un mot de ce que vous me dites.

— Eh bien, répéta Soames, je ne me décide pas ; il est très probable que l'affaire n'aboutira pas.

Sur ces mots il se leva, prit son parapluie, mit sa main froide dans la main de l'agent, la retira sans avoir donné la moindre pression, et sortit au soleil.

Plongé dans ses pensées, il se dirigea lentement vers le site choisi. Son instinct lui disait que l'agent avait dit vrai : un terrain pas cher. Et la beauté de la chose, c'est qu'il savait bien que l'agent le trouvait cher, de sorte que son intuition l'emportait sur le savoir de l'agent.

— Cher ou pas cher, il me le faut, pensa-t-il.

Les alouettes s'ébrouaient devant ses pas, l'air était traversé de papillons, un parfum suave s'exhalait des herbes sauvages. Du fond du bois où les ramiers roucoulaient cachés dans l'ombre, montait l'odeur des fougères, et la brise chaude apportait de loin le carillon rythmé des cloches.

Soames marchait, les yeux fixés à terre, ouvrant et refermant les lèvres, comme s'il savourait en pensée quelque délicieux morceau. Mais quand il arriva sur l'emplacement qu'il avait choisi, il n'y trouva point Bosinney. Après avoir attendu quelque temps, il traversa la garenne en remontant la pente. Il aurait crié s'il n'avait eu peur d'entendre le son de sa voix. La garenne était solitaire comme une steppe ; le silence n'y était brisé que par le petit bruit des lapins fondant sur leurs trous et par le chant des alouettes.

Soames, pionnier de la grande armée des Forsyte qui s'avançait pour civiliser ce désert, sentit son génie intimidé devant cette solitude, ces chants invisibles, cette suavité de l'air brûlant. Il revenait déjà sur ses pas quand enfin il aperçut Bosinney.

L'architecte était couché de tout son long sous un grand chêne qui déployait puissamment ses branches et sa frondaison, et dont le tronc, raviné par l'âge, s'élevait au bord du coteau.

Soames dut lui toucher l'épaule pour lui faire lever la tête.

— Ah ! Forsyte, j'ai trouvé la vraie place pour votre maison, voyez-moi ça !

Soames immobile regarda, puis il répondit froidement :

— Vous avez peut-être bon goût, mais ce terrain-là me coûterait moitié plus cher que l'autre.

— Au diable le prix ! Regardez cette vue !

Le blé mûr ondulait à leurs pieds jusqu'à un sombre petit taillis dont il allait baigner la lisière. Les champs, bordés de haies, s'étendaient jusqu'aux collines bleuâtres. La rivière se dessinait à droite en une traînée d'argent.

Le ciel était si bleu, le soleil si clair qu'on eût pu croire éternel l'été qui régnait sur ce paysage. Le duvet du chardon flottait autour d'eux, extasié dans la sérénité de l'éther. La chaleur dansait sur les blés, et, pénétrant toutes choses, un léger, un imperceptible bourdonnement flottait comme le murmure de lumineuses minutes en fête entre le ciel et la terre.

Soames regardait. En dépit de lui-même, quelque chose se dilatait dans sa poitrine. Vivre là, devant cet horizon, le montrer à ses amis, en parler, le posséder ! Le sang rougit ses joues. La chaleur, le radieux éclat du paysage pénétraient ses sens, comme avait fait quatre ans auparavant, excitant son désir, la beauté d'Irène. Il glissa un regard vers Bosinney dont les yeux, ces yeux de léopard à moitié apprivoisé, comme disait le cocher, semblaient courir sur la campagne avec une expression de liberté sauvage. Le Brigand ! Le soleil accrochait les saillies de son visage, les pommettes osseuses, le menton proéminent, les bosselures verticales qui surplombaient ses sourcils ; et Soames, guettant cette puissante, enthousiaste et insouciante figure, en éprouvait une impression désagréable. Le vent passa sur le blé en longue et douce ondulation, leur apportant une bouffée tiède.

— Je pourrais vous bâtir ici une maison qui ne serait pas ordinaire, dit Bosinney, rompant enfin le silence.

— Je n'en doute pas, répliqua Soames sèchement, ce n'est pas vous qui auriez à la payer.

— Pour environ huit mille livres je vous construirais un palais.

Soames était devenu très pâle ; un combat se livrait en lui. Il baissa les yeux et dit tout court :

— Ce n'est pas dans mes moyens.

Lentement, de son pas absorbé, il ramena Bosinney au premier emplacement. Ils y passèrent quelque temps à préciser certains détails de la future maison, puis Soames retourna chez l'agent.

Il en sortit au bout d'une demi-heure et, rejoignant Bosinney, se mit en route avec lui pour la gare.

— Eh bien ! dit-il, desserrant à peine les lèvres, c'est votre emplacement que j'ai acheté au bout du compte.

Et il retomba dans le silence, se demandant confusément comment cet individu, que par instinct il méprisait, avait pu dominer sa propre décision.

5

Le ménage d'un Forsyte

Comme des milliers de Londoniens, représentants éclairés de sa classe et de sa génération, qui ne croient plus aux chaises de velours rouge et savent que les groupes modernes de marbre italien sont vieux jeu, Soames habitait une maison où s'affirmait une prétention d'art.

La porte était ornée d'un marteau de cuivre d'une forme originale ; les fenêtres, ayant été modifiées, s'ouvraient à la française ; des jardinières s'y suspendaient remplies de fuchsias et, derrière la maison (détail important), s'ouvrait une petite cour pavée de tuiles vert jade et bordée d'hortensias roses dans des caisses bleu paon. Là, sous un store japonais couleur de parchemin, qui couvrait tout le fond de la cour, les habitants ou les visiteurs pouvaient, à l'abri des regards curieux, prendre le thé ou examiner à loisir les dernières petites boîtes d'argent collectionnées par Soames.

La décoration intérieure mêlait au style Empire l'influence de William Morris. Les dimensions de la maison étaient agréables. On trouvait partout des petits recoins, sortes de nids où des bibelots d'argent étaient déposés comme des œufs. Dans cette perfection d'ensemble, deux sortes de raffinements étaient en lutte. Il y avait là une maîtresse de maison qui aurait su vivre délicatement sur une île déserte, un maître de maison dont la délicatesse était en quelque sorte une valeur qu'il utilisait pour son avancement social, selon les lois de la concurrence. Cette recherche d'élégance s'était montrée de bonne heure chez Soames. Dès ses jours d'école, à Marlborough, il arborait un gilet de velours. Jamais il n'eût paru en public avec une cravate remontant sur son col et l'on se rappelait l'avoir vu, devant la grande assemblée réunie pour l'entendre réciter du Molière, un jour de prix, épousseter sur l'estrade ses bottines vernies.

Comme beaucoup de Londoniens, Soames avait toujours l'air de sortir d'une boîte : impossible de se le figurer avec un cheveu qui dépasse, une cravate écartée de la perpendiculaire, fût-ce d'un quart de centimètre, un col mal glacé ! Pour rien au monde il n'aurait omis son bain quotidien – les bains étaient à la mode, et de quel mépris n'écrasait-il pas les gens qui s'en passaient ! Mais on pouvait imaginer Irène, se baignant comme une nymphe dans une rivière au bord d'un chemin, pour goûter la fraîcheur de l'eau et la joie d'y mirer son beau corps.

Le conflit engagé dans cet intérieur avait abouti à la défaite de la femme. Comme dans la lutte entre le Saxon et le Celte qui se prolonge encore au cœur de la nation, le tempérament le plus impressionnable, le plus sensible avait dû subir le poids d'un échafaudage de conventions.

Ainsi, la maison avait fini par ressembler de très près à des centaines d'autres maisons où règnent les mêmes aspirations supérieures et était devenue : « Cette délicieuse petite maison des Soames Forsyte, tout à fait originale, ma chère, vraiment élégante ! »

À la place de Soames Forsyte, lisez James Peabody, Thomas Atkins, ou Emmanuel Spagnoletti, bref le nom de n'importe quel Anglais de la haute bourgeoisie de Londres ayant des prétentions au goût et, quel que soit le style du mobilier, la phrase s'applique.

Le soir du 8 août, une semaine après l'expédition de Robin Hill, dans la salle à manger de cette maison « tout à fait originale, ma chère, vraiment élégante ! », Soames et Irène dînaient. Un dîner chaud le dimanche était une petite élégance distinctive, commune à cette maison et à beaucoup d'autres. Très vite après son mariage, Soames avait établi la règle :

— Il faut que les domestiques nous servent un dîner chaud le dimanche ; ils n'ont rien à faire qu'à jouer de l'accordéon !

L'habitude s'en était prise sans révolution. Car – signe plus regrettable aux yeux de Soames – les domestiques aimaient Irène qui, au mépris de toute prudente tradition, semblait leur reconnaître le droit d'avoir une part aux faiblesses de la nature humaine.

Ils étaient assis, non en face l'un de l'autre, mais à angle droit, à la belle table de bois de rose ; ils dînaient sans nappe, autre élégance distinctive, et ils n'avaient pas encore prononcé un mot.

Soames aimait à parler, pendant le dîner, de ses affaires ou de ses achats, et, tant qu'il parlait, le silence d'Irène ne le rendait pas malheureux. Ce soir il lui était impossible de parler. La décision de bâtir avait pesé sur son esprit toute la semaine ; il s'était décidé à en faire part à Irène.

La nervosité qu'il éprouvait à l'idée de lui parler l'irritait profondément. Pourquoi lui faisait-elle éprouver une pareille gêne, puisque mari et femme sont une même personne ? Elle ne l'avait pas regardé une fois depuis qu'ils s'étaient assis, et il se demandait à quoi elle pouvait bien penser. C'était dur pour un mari qui travaillait, comme il le faisait, à lui gagner de l'argent – oui et avec une tristesse au cœur – de la retrouver là muette, avec ce regard, ce regard qui semblait voir les murs de la chambre se replier sur elle pour l'emprisonner. Il y avait de quoi se lever et quitter la table.

La lumière tombait de l'abat-jour rose sur son cou et ses bras. Soames tenait à ce qu'elle dînât en robe décolletée, cela lui donnait une inexprimable impression de supériorité sur les amis dont les femmes se contentaient de leur robe de jour la plus habillée, ou d'un tea-gown, quand elles dînaient à la maison. Sous la lumière rosée, ses cheveux ambrés et sa peau blanche faisaient un étrange contraste avec ses sombres yeux bruns. Qu'eût-il pu désirer de plus charmant que cette table aux teintes riches et fondues, avec ces roses aux soyeux pétales, ces verres couleur de rubis, ce délicat surtout d'argent ? de plus exquis que la femme qui y était assise ? La gratitude n'était pas une vertu des Forsyte, qui, positifs et arrivistes, n'avaient pas l'occasion de l'exercer. Soames éprouva seulement une exaspération allant jusqu'à la souffrance de ne pas posséder sa femme dans toute la force de son droit, de ne pouvoir, comme pour cette rose s'il étendait seulement la main, la cueillir et respirer les derniers parfums de son cœur.

Toutes ses autres possessions, tous les objets qu'il avait acquis, ses bibelots d'argent, ses tableaux, ses maisons, ses actions, lui donnaient une intime et secrète volupté ; elle ne lui donnait rien.

Il pesait sur cette maison comme une menace obscure de malheur.

Son tempérament d'homme d'affaires protestait contre le secret sentiment que cette femme n'était pas faite pour lui. Il l'avait épousée, il l'avait conquise, il l'avait faite sienne ; cela lui semblait contraire à la plus fondamentale de toutes les lois, au droit de propriété, de ne pouvoir posséder d'elle que son corps, à supposer qu'il le possédât, car il commençait à en douter. Quelqu'un lui eût-il demandé s'il voulait posséder aussi son âme, la question lui eût paru ridicule et sentimentale. Pourtant, c'était bien l'âme qu'il voulait, et il sentait qu'il ne l'aurait jamais.

Elle était toujours silencieuse, passive, et, dans toute sa grâce, hostile, comme si elle avait eu peur, par un mot, un geste, un signe, de lui laisser croire qu'elle l'aimait ; et il se demandait : est-ce que cette vie-là va durer toujours ?

Comme presque tous les lecteurs de romans de sa génération (et Soames était grand lecteur de romans), il voyait la vie à travers les livres et il s'était persuadé qu'il n'y avait dans son cas qu'une question de temps. Le mari finissait toujours par gagner le cœur de sa femme. Même dans ces livres-là – il ne les aimait guère –, qui finissaient en tragédie, la femme mourait toujours avec de poignants regrets sur les lèvres, ou, si c'était le mari qui mourait – idée déplaisante –, elle se jetait sur son corps dans une agonie de remords.

Il emmenait souvent Irène au théâtre, choisissant instinctivement les pièces pour gens du monde où se débat le problème conjugal à la mode, si heureusement différent de tout problème conjugal dans la vie réelle. Il voyait que ces pièces se terminaient comme les romans, même quand il y avait un amant dans le drame. Au théâtre, Soames s'intéressait souvent à l'amant, mais en rentrant à la maison, assis à côté d'Irène dans le fiacre, il se reprenait et se réjouissait que la pièce se fût bien terminée. Il y avait un genre de mari qui venait d'être mis à la mode : l'homme fort, plutôt rude, très solide, en faveur de qui la pièce finissait toujours par se dénouer. Soames n'éprouvait vraiment que de l'antipathie pour ce personnage, et il l'aurait exprimée, n'eût été sa propre situation. Mais il avait si bien conscience de la nécessité vitale qu'il y avait pour lui à réussir comme mari, et même à être le mari « fort », qu'il n'avouait jamais une aversion née en lui peut-être – la nature a de ces détours pervers – d'un fonds secret de brutalité.

Mais le silence d'Irène, ce soir, était plus obstiné qu'à l'ordinaire. Jamais encore il n'avait vu cette expression sur son visage. Et, puisque c'est toujours l'inconnu qui alarme, Soames fut alarmé. Il mangea son entremets et, comme la bonne enlevait les miettes avec la brosse d'argent, il lui dit de se hâter. Quand elle eut quitté la chambre, il se versa un verre de vin et demanda :

— Personne n'est venu cet après-midi ?

— June.

— Qu'est-ce qu'elle est venue faire ?

C'était un axiome chez les Forsyte qu'on ne faisait pas une visite sans un but précis.

— Parler de son fiancé, je suppose ?

Irène ne répondit pas.

— J'ai l'impression, continua Soames, qu'elle en tient plus pour lui que lui pour elle ; elle est toujours à ses trousses.

Les yeux d'Irène le mirent mal à l'aise.

— Vous n'avez pas le droit de dire une chose pareille ! s'écria-t-elle.

— Pourquoi donc ? Ça crève les yeux.

— Pas du tout, et quand on le verrait, ce serait honteux de le dire.

Soames perdit contenance.

— C'est charmant d'être votre mari ! dit-il.

Mais au-dedans, il s'étonnait de la vivacité d'Irène, cela ne lui ressemblait pas.

— Vous vous êtes toquée de June ! Moi je peux vous dire une chose : maintenant qu'elle a le Brigand en remorque elle se soucie de vous comme d'une guigne, et vous vous en apercevrez. Mais vous ne la verrez plus autant, désormais ; nous allons vivre à la campagne.

Il avait été content de lancer sa nouvelle à la faveur d'un éclat. Il s'attendait à un cri d'émoi et s'inquiéta du silence qui accueillit ses paroles.

— Cela n'a pas l'air de vous intéresser ? dut-il ajouter.

— Je le savais déjà. Il le regarda en face.

— Qui vous l'a dit ?

— June.

— Comment le savait-elle ?

Irène ne répondit pas. Rebuté et toujours mal à l'aise, il dit :

— C'est une fameuse affaire pour Bosinney. Ça va le lancer ; je pense qu'elle vous en a parlé tout au long ?

— Oui.

Il y eut un nouveau silence et puis Soames dit :

— Je suppose que vous n'avez pas envie d'y aller ?

Irène ne répondit pas.

— Eh bien ! je ne sais pas ce qu'il vous faut. Ici, vous n'avez jamais l'air contente.

— Mes désirs comptent-ils pour quelque chose ?

Elle prit le vase de roses et sortit. Soames ne bougea pas. Était-ce donc pour cela qu'il avait signé l'achat ? Était-ce pour cela qu'il allait dépenser quelque dix mille livres ? La phrase de Bosinney lui revint : « Les femmes, c'est le diable ! »

Et puis il se calma. Cela aurait pu se passer plus mal. Elle aurait pu se révolter. Il s'était attendu à quelque chose de plus. En somme, mieux valait que June ait brisé la glace pour lui. Elle avait dû soutirer la nouvelle à Bosinney. C'était à prévoir. Il alluma sa cigarette. Après tout, Irène n'avait pas fait de scène, elle en prendrait son parti. Voilà ce qu'il y avait de bon chez elle, elle était froide mais pas boudeuse. Et soufflant la fumée de sa cigarette vers une coccinelle qui cheminait sur la table luisante, il se mit à rêver à la maison. Ça ne servirait à rien de se faire du mauvais sang, il allait rejoindre sa femme tout de suite et faire la paix. Il la trouverait dehors, assise dans le noir, et tricotant sous le store japonais. La nuit était belle et chaude…

De fait, June était venue dans l'après-midi, les yeux brillants ; elle avait crié : « Soames est très chic ! C'est merveilleux pour Phil – juste ce qu'il lui fallait ! »

Comme la figure d'Irène restait sombre et étonnée, elle avait expliqué : « Votre nouvelle maison à Robin Hill, bien sûr ! Comment ? Tu ne sais pas ? »

Irène ne savait pas.

— Oh ! alors je suppose que je n'aurais pas dû te le dire !

Regardant impatiemment son amie, elle cria :

— On dirait que cela ne te fait rien ! C'est ce que j'ai tant désiré, comprends-tu ? C'est la chance qu'il attendait depuis si longtemps ! Maintenant, vous allez voir de quoi il est capable !

Et, là-dessus, elle avait dévidé toute l'histoire.

Depuis ses propres fiançailles, elle n'avait plus paru s'intéresser beaucoup à la situation de son amie ; les heures qu'elle passait avec Irène n'étaient consacrées qu'à ses propres confidences et, par moments, malgré toute son affectueuse pitié, il lui était impossible de ne pas laisser poindre dans son sourire une nuance de dédain apitoyé pour la femme qui avait commis une pareille erreur dans sa vie – une si vaste et ridicule erreur.

— Il sera chargé de la décoration aussi ; carte blanche ; c'est parfait !…

June s'était mise tout d'un coup à rire ; sa petite figure frémissait d'allégresse ; levant la main, elle avait donné un coup dans un rideau de mousseline :

— Croirais-tu que j'ai été jusqu'à demander à oncle James…

Mais, soudain, il lui fut désagréable de mentionner cet incident et elle s'arrêta court ; puis, trouvant si peu d'écho chez son amie, elle partit. De la rue, elle se retourna, Irène était encore debout sur le seuil. En réponse au signe d'adieu de June, elle leva la main à son front, et lentement ferma la porte.

Maintenant Soames entre dans le salon et la regarde curieusement à travers la vitre.

Dans l'ombre du store japonais, elle est assise, immobile, et, sur ses épaules blanches, la dentelle se soulève et retombe au rythme de son sein.

Mais, de la silencieuse créature qui est assise là, si tranquille dans le noir, émane une chaleur, une secrète ferveur de sentiment, comme si tout son être venait d'être remué, comme si une transformation se produisait dans ses dernières profondeurs.

Inaperçu, sans bruit, Soames retourne à la salle à manger.

6

Où l'on voit James tout du long

Il ne fallut pas longtemps pour que la résolution de Soames fît le tour de la famille, en y excitant l'émoi que toute décision relative à une question de propriété éveille parmi les Forsyte.

Ce ne fut pas sa faute ; il était bien résolu à ce que personne n'en sût rien. June, dans la plénitude de son cœur, avait confié le secret à Mrs Small, lui permettant de le répéter à tante Ann et à elle seule, pour l'égayer, la pauvre chère âme ! car tante Ann gardait la chambre maintenant depuis bien des jours.

Mrs Small avait immédiatement averti tante Ann, qui, la tête sur les oreillers, avait souri en murmurant de sa vieille voix claire et tremblante :

— C'est très heureux pour la chère June ; mais j'espère qu'ils seront prudents – c'est plutôt dangereux.

Quand elle fut à nouveau seule, une ombre sévère passa sur sa figure comme un nuage qui annonce un lendemain pluvieux.

Pendant les longs jours où elle restait couchée là, elle répétait sans cesse le geste des doigts par lequel elle s'appliquait à recharger sa volonté, et cet effort se traduisait sur sa figure aussi, serrant à chaque instant les coins de ses lèvres.

La femme de chambre, Smither, qui avait été près de trente ans à son service, et de qui l'on disait : « Smither, bonne fille, mais si lente ! », accomplissait chaque matin avec un soin religieux la cérémonie culminante de cette toilette surannée : tirant des profondeurs d'un carton blanc immaculé des boucles plates, grises, insignes de dignité, elle les plaçait entre les mains de sa maîtresse, et respectueusement lui tournait le dos.

Et chaque jour, tante Juley et tante Hester étaient convoquées pour informer leur aînée de la santé de Timothy ; pour lui donner des nouvelles de Nicholas, lui dire si la chère June avait obtenu de Jolyon qu'il avançât la date du mariage, maintenant que Bosinney construisait pour Soames ; si vraiment la femme du petit Roger attendait... ; si l'opération du petit Archie avait réussi ; ce que Swithin avait décidé au sujet de cette maison vide de Wigmore Street, dont le locataire avait perdu toute sa fortune et s'était si mal conduit envers lui ; surtout, elle s'enquérait de Soames : est-ce qu'Irène... insistait toujours... pour faire chambre à part ? Et chaque matin, Smither s'entendait dire :

— Je descendrai cet après-midi, Smither, vers deux heures. J'aurai besoin de votre bras, après tous ces jours de lit.

Après avoir communiqué la nouvelle à tante Ann, Mrs Small en avait parlé, sous le sceau du secret le plus absolu, à Mrs Nicholas, qui, à son tour, avait demandé confirmation de la chose à Winifred Dartie, persuadée que naturellement, comme sœur de Soames, elle serait au courant de tout. Par celle-ci, le bruit était arrivé jusqu'aux oreilles de James : il en avait été fort agité.

— Personne, répétait-il, ne lui disait jamais rien.

Et, plutôt que d'aller droit à Soames, dont l'humeur taciturne lui faisait peur, il prit son parapluie et s'en fut chez Timothy.

Il trouva Mrs Small et Hester (qu'on avait mise dans le secret : « elle est si sûre, ça la fatigue de parler ») grillant de discuter la nouvelle. Ce cher Soames montrait une grande bonté, remarquaient-elles, en s'adressant à Mr Bosinney, mais n'était-ce pas un peu risqué ? Comment George l'avait-il donc appelé ? « Le Brigand ! » Drôle de nom ! Mais George était toujours drôle ! Pourtant, l'affaire resterait ainsi dans la famille – elles supposaient qu'il fallait vraiment considérer Mr Bosinney comme de la famille –, bien que cela parût étrange. Ici, James interrompit :

— Personne ne sait rien de lui. Je ne vois pas pourquoi Soames s'en va prendre un débutant. Cela ne m'étonnerait pas qu'Irène y soit pour quelque chose. Je parlerai à…

— Soames, interrompit tante Juley, a dit à Mr Bosinney qu'il ne voulait pas ébruiter la chose. Pour sûr, il n'aimerait pas qu'on en parlât et si Timothy le savait, Soames en serait très contrarié, j'…

James porta sa main derrière l'oreille :

— Quoi ? dit-il. Je deviens très sourd. Je crois que je n'entends plus quand on me parle. Emily a mal au pied. Nous ne pourrons pas partir pour le pays de Galles d'ici à la fin du mois. Il y a toujours quelque ennui.

Ainsi satisfait, il prit son chapeau et partit. C'était une belle fin de jour, il traversa le parc dans la direction de Montpellier Square, ayant l'intention de dîner chez Soames, car Emily gardait le lit à cause de son pied, tandis que Rachel et Cicely étaient en visite à la campagne. Il prit un chemin de traverse qui conduisait à Knightsbridge par un pré d'herbe courte et brûlée, parsemé de moutons noirs, et où l'on voyait çà et là des couples assis et d'étranges miséreux couchés, face contre terre, comme des cadavres sur un champ où le flot d'une bataille a roulé.

Il marchait vite, la tête baissée, ne regardant ni à droite ni à gauche. La vue de ce parc, centre de son propre champ de bataille, où il avait combattu toute sa vie, n'excitait en lui ni pensée ni spéculation. Ces corps couchés là, hors des remous et du tumulte de la lutte, ces amoureux assis joue contre joue, échappés à la monotonie d'un travail de manège, pour une heure oisive de paradis, n'éveillaient aucun rêve dans son esprit ; il avait dépassé l'âge de ce genre d'imagination et son nez, comme le museau d'un mouton, ne quittait plus les pâturages qu'il broutait.

Depuis quelque temps, un de ses locataires montrait une disposition à oublier ses échéances et c'était devenu pour James un problème de savoir s'il aurait intérêt à le mettre dehors tout de suite, malgré la difficulté de louer avant Noël. Tant pis pour lui d'ailleurs, il avait patienté trop longtemps.

Il ruminait la question tout en continuant droit sa route, tenant son parapluie soigneusement par le manche, juste au-dessous de la poignée, de façon à ne pas cogner le bout contre le sol, et à ne pas non plus érailler la soie. Avec ses minces, hautes épaules courbées, ses longues jambes aux mouvements rapides et d'une précision mécanique, James traversait le parc où le soleil brillait d'une flamme claire sur tant d'oisiveté – sur tant d'êtres, témoins vivants des impitoyables mêlées de la lutte pour l'argent, de la bataille qui fait rage par-delà l'enceinte de ces pelouses – et son passage ressemblait au vol d'un oiseau terrien égaré sur la mer.

Comme il sortait par Albert Gate, il sentit une main se poser sur son bras.

C'était Soames qui, revenant de son bureau et longeant Piccadilly, du côté de l'ombre, avait soudain traversé la rue pour accoster son père.

— Ta mère est au lit, fit James, j'allais chez toi, mais ça vous dérangera, je suppose.

Les relations extérieures de James et de son fils se distinguaient par une absence de sentiment particulièrement forsytesque, bien qu'ils fussent, au fond, attachés l'un à l'autre. Peut-être se considéraient-ils mutuellement comme un capital ; à coup sûr, chacun avait de la sollicitude pour la prospérité de l'autre, et goûtait sa compagnie. Ils n'avaient jamais échangé deux mots sur les problèmes intimes de la vie ni manifesté l'un devant l'autre une émotion profonde.

Ils étaient unis par un lien que le langage ne saurait analyser, quelque fibre qui fait partie de la substance intime des nations et des familles. D'ailleurs, ni l'un ni l'autre n'était dépourvu de sensibilité. Même, chez James, la pensée de ses enfants était vraiment devenue le mobile de sa vie ; l'existence de ces êtres, prolongements de lui-même à qui laisser tout l'argent qu'il mettait de côté, commandait son besoin d'économie. À soixante-quinze ans, quel plaisir lui restait-il au monde, sinon d'économiser ? Sa vie n'avait plus d'autre raison d'être.

Si l'instinct de conservation est, comme on le prétend, le premier trait de la santé morale (bien que sans aucun doute Timothy le poussât trop loin), on n'aurait pu trouver un homme plus sain que James Forsyte, malgré toutes ses jérémiades, dans ce vaste Londres qu'il aimait d'un si profond et muet amour, comme le centre des activités. Il avait ce merveilleux instinct de la santé qui caractérise la moyenne bourgeoisie anglaise. En lui – plus qu'en Jolyon, avec sa volonté dominatrice, ses moments de tendresse et de philosophie, plus qu'en Swithin, martyr de son goût pour la distinction, plus qu'en Nicholas, trop capable, plus qu'en Roger, trop entreprenant –, en lui s'incarnait le véritable esprit d'opportunisme.

De tous les frères, il était le moins remarquable par l'esprit et la personnalité et, pour cette raison, il semblait le mieux destiné à vivre indéfiniment.

Plus que pour chacun des autres, la famille était pour James une forte réalité. Il s'y donnait avec une sorte de naïveté, de primitive bonhomie : il aimait le foyer familial, il aimait le racontar et les grogneries. Toutes ses décisions naissaient en lui de l'esprit collectif de la famille et, à travers cet esprit, de celui de plusieurs milliers d'autres familles de même substance. Année après année, semaine après semaine, il allait chez Timothy et, dans le salon de son frère, les jambes croisées, ses longs favoris blancs encadrant sa bouche rasée, il regardait mijoter ce qu'on pourrait appeler le pot-au-feu familial, il voyait se faire le bouillon dont son esprit vivait, et il s'en allait rafraîchi, consolé, avec un sentiment indéfinissable d'aise et de sécurité.

Sous l'acier de son instinct de conservation, James n'était pas dépourvu de faiblesse humaine ; une visite à Timothy, c'était pour lui comme une heure passée dans le giron d'une mère. Son profond besoin de l'aile familiale influençait sa façon de sentir envers ses enfants : ce lui était un cauchemar de se les figurer exposés aux mauvais traitements de la vie, à des risques d'argent, de santé ou de réputation. Quand le fils de son vieil ami, John Street, s'engagea, au moment de nos revers dans une certaine colonie, il secoua la tête d'un air morose, en se demandant à quoi pensait John Street ; et quand le jeune homme fut tué d'un coup de sagaie, il prit la chose tellement à cœur qu'il se fit un devoir d'aller sonner chez tous ses amis pour leur dire : « Je savais bien ce qui arriverait, ces gens-là me font perdre patience ! »

Quand son gendre Dartie, victime d'une spéculation sur les huiles, subit une crise financière, James en fut malade ; le glas de toute prospérité semblait avoir sonné. Il lui fallut trois mois, et une cure à Baden-Baden, pour se remettre. Il y avait quelque chose de terrifiant dans l'idée que, sans le secours de son argent, à lui James, le nom de Dartie aurait pu paraître sur la liste des faillis.

Si naturellement sain qu'il se croyait mourant lorsqu'il avait un mal d'oreille, il considérait les maux occasionnels de sa femme et de ses enfants comme des offenses personnelles, des interventions particulières de la Providence pour détruire sa tranquillité d'esprit ; mais il ne croyait nullement aux misères des gens qui n'étaient pas de sa famille et les attribuait invariablement à un foie négligé. Pour tous les cas, il n'avait qu'un commentaire : « Ils pouvaient s'y attendre. Cela m'arrive à moi-même si je n'y prends garde ! »

Tout en allant chez Soames, ce soir-là, il se sentait maltraité par la vie : il y avait Emily qui avait mal au pied, et Rachel toujours à courir on ne savait où, chez des gens à la campagne. Personne n'avait un mot de sympathie pour lui, et puis Ann était malade ; il croyait qu'elle ne passerait pas l'été ; voilà trois fois qu'il allait chez elle sans pouvoir la rencontrer ! Et cette idée de Soames, bâtir une maison : encore une chose à surveiller. Quant à ce souci du côté d'Irène, savait-on ce qui en sortirait ? Tout était possible !

Il entra au 62, Montpellier Square bien résolu à être malheureux.

Sept heures et demie venaient de sonner ; Irène, habillée pour le dîner, était assise au salon. Elle portait sa robe couleur d'or, qui, ayant déjà figuré à un dîner de soirée et un bal, devait maintenant servir à la maison ; elle en avait orné le corsage d'une cascade de dentelles sur laquelle les yeux de James se fixèrent à l'instant :

— Où donc achetez-vous vos affaires ? fit-il d'une voix mécontente. Je ne vois jamais ni Rachel ni Cicely à moitié aussi bien mises. Ce point de rose, voyons ? ce n'est pas du vrai ?

Irène s'approcha pour lui montrer qu'il se trompait.

Et, en dépit de lui-même, James fut sensible au charme de sa déférence, au léger parfum qui s'exhalait d'elle. Un Forsyte qui se respecte ne se rend pas du premier coup, il dit simplement :

— Je ne sais pas, je suppose que votre toilette vous coûte plus de quatre sous.

Le gong retentit et Irène, passant son bras blanc sous celui de son beau-père, le conduisit à table. Elle l'installa à la place habituelle de Soames ; la lumière arrivait là doucement, il ne serait pas incommodé par le coucher du soleil ; elle se mit à lui parler de lui-même.

Peu à peu, un changement se fit en James, comme en un fruit qui insensiblement mûrit et se dore aux influences de l'été. Il se sentait caressé, loué, choyé, tout cela sans avoir reçu ni une caresse ni un mot de louange. Il avait l'impression que ce qu'il mangeait était exactement ce qu'il lui fallait. Il ne pouvait obtenir cette sensation-là chez lui ! Il ne se rappelait pas depuis quand un verre de champagne lui avait fait autant de plaisir ; quand il s'enquit de la marque et du prix, il fut étonné d'apprendre que c'était un vin dont il avait lui-même une forte provision, mais qui ne lui semblait pas buvable. Il prit immédiatement la résolution de faire savoir à son marchand de vin qu'il se considérait comme volé. Levant les yeux de son assiette, il remarqua :

— Vous avez des tas de jolies choses ici. Voyons, combien avez-vous payé cette cuillère à sucre ? Je ne m'étonnerais pas que ça ait de la valeur !

Il fut particulièrement content d'un tableau pendu au mur en face de lui, et que lui-même leur avait donné :

— Je ne me doutais pas que c'était si bien, dit-il.

Ils se levèrent pour passer au salon, James suivant Irène de près.

— Voilà ce que j'appelle un excellent petit dîner, murmura-t-il en lui soufflant agréablement sur l'épaule. Rien de lourd, et pas de complications à la française. Mais chez nous, pas moyen d'obtenir ça. Je paie ma cuisinière soixante livres par an, mais ce n'est pas elle qui me ferait un dîner comme celui-là !

Il n'avait pas encore soufflé mot du projet de construction, quand Soames, sous prétexte de travail, se retira dans la chambre de l'étage supérieur, où il gardait ses tableaux.

James resta seul avec sa belle-fille. La chaleur du vin et d'une excellente liqueur l'animait encore. Il se sentait un élan d'affection pour elle. Vraiment, elle était gentille ; elle avait une façon de vous écouter, un air de vous comprendre ; et tandis qu'il parlait, il ne cessait de l'examiner depuis ses souliers couleur de bronze jusqu'aux ondes dorées de ses cheveux. Elle reposait dans un fauteuil Empire, appuyée seulement des épaules du haut du dossier ; son corps flexible, à chacun de ses mouvements, semblait plier au bras de l'amour. Ses lèvres étaient souriantes, ses yeux à demi clos.

Est-ce pour avoir flairé un danger dans le charme même de cette attitude, ou à cause de quelque trouble de sa digestion, que James tomba dans un soudain mutisme ? Il ne se rappelait pas s'être jamais trouvé en tête à tête avec Irène. Comme il la regardait, il fut envahi par une impression bizarre, comme s'il venait de heurter quelque chose d'étrange et d'inconnu.

À quoi pouvait-elle bien penser, appuyée de cette façon ?

Aussi quand il lui parla, ce fut d'une voix un peu brusque, comme si on venait de l'arracher à quelque rêve agréable.

— Qu'est-ce que vous faites toute la journée ? On ne vous voit jamais à Park Lane !

Il lui parut qu'elle faisait des excuses très gauches, et il ne la regarda pas. Il ne voulait pas croire que, vraiment, elle évitait la famille. Cela en dirait trop long.

— J'imagine qu'en réalité vous n'avez pas le temps, dit-il, vous êtes toujours avec June. Je suppose que vous lui rendez service en la chaperonnant, avec son jeune homme ; un jour une chose, un jour une autre. On me dit qu'elle n'est plus jamais chez elle à présent ; cela ne doit pas faire plaisir à votre oncle Jolyon d'être laissé tout seul. Il paraît qu'elle court toujours après ce jeune Bosinney. Probablement, il vient ici tous les jours ? Eh bien, voyons, qu'est-ce que vous pensez de lui, vous ? Croyez-vous qu'il soit homme à savoir ce qu'il veut ? Il ne me fait pas l'effet de grand-chose. Des deux, je croirais bien que c'est elle qui portera la culotte.

Irène rougit. James l'observait d'un air soupçonneux.

— Peut-être ne comprenez-vous pas tout à fait Mr Bosinney, dit-elle.

— Je ne le comprends pas ? s'écria James, et pourquoi donc ? On voit bien que c'est encore un de ces garçons de l'espèce artiste. On dit qu'il est intelligent. Ces gens-là se croient toujours intelligents. Vous le connaissez mieux que moi, ajouta-t-il, et son regard soupçonneux s'arrêta sur elle de nouveau.

— Il dessine les plans d'une maison pour Soames, dit-elle tranquillement, avec un évident désir de faire glisser les choses en douceur.

— Vous m'amenez à ce que j'allais dire, continua James ; je ne sais pas quelle idée a Soames d'aller chercher un jeune homme de ce genre-là ; pourquoi ne s'adresse-t-il pas à un architecte de valeur ?

— Peut-être Mr Bosinney est-il un architecte de valeur.

James se leva et fit le tour de la chambre, tête basse.

— C'est bien ça, dit-il ; vous autres, les jeunes, vous vous tenez tous ; et vous vous croyez toujours les plus malins !

Arrêtant devant elle son grand corps maigre, il leva un doigt et le pointa vers la poitrine de la jeune femme, comme s'il portait une accusation contre sa beauté.

— Tout ce que je puis vous dire, c'est que ces gens du monde artiste – appelez-les comme vous voudrez – sont tout ce qu'il y a au monde de moins sûr, et quant à vous, si j'ai un conseil à vous donner, prenez garde de n'avoir pas trop affaire à lui !

Irène sourit et il y avait une singulière provocation dans la courbe de ses lèvres. Il semblait qu'elle eût perdu sa déférence. Son sein se soulevait et s'abaissait comme agité par une secrète colère ; elle retira ses mains appuyées sur les bras du fauteuil et joignit les pointes de ses doigts ; ses yeux sombres fixaient James d'un regard insondable.

Celui-ci, morne, scrutait le plancher :

— Je vais vous dire ce que je pense, fit-il, c'est dommage que vous n'ayez pas un enfant pour vous occuper.

La figure d'Irène prit à l'instant une expression profonde, et James eut conscience de la rigidité qui l'envahissait tout entière, sous le souple vêtement de soie et de dentelles.

Il fut effrayé de l'effet qu'il avait produit, et comme presque tous les hommes de peu de courage, il chercha tout de suite à se justifier en la brusquant :

— Vous n'avez pas l'air d'avoir envie de sortir de chez vous. Pourquoi ne venez-vous jamais faire un tour en voiture, avec nous, à Hurlingham ? et pourquoi n'allez-vous pas au théâtre de temps à autre ? À votre âge, on devrait s'intéresser aux choses : vous êtes une jeune femme !

La figure d'Irène, de plus en plus absorbée, s'assombrissait ; il devint nerveux :

— Ma foi, je ne suis au courant de rien, fit-il, personne ne me dit jamais rien. Soames peut bien s'occuper de ses affaires. S'il n'en est pas capable, qu'il ne compte pas sur moi, voilà tout…

Mordant le coin de son index, il glissa un regard froid et mécontent sur sa belle-fille. Il rencontra les yeux d'Irène fixés sur les siens, si sombres et profonds qu'il s'arrêta. Une petite sueur lui vint au front :

— Allons, il faut que je m'en aille, dit-il après un court silence.

Au bout d'un instant, il se leva, avec un air un peu surpris, comme s'il avait compté qu'on le retiendrait. Tendant la main à Irène, il se laissa reconduire jusqu'à la porte de la rue qu'elle lui ouvrit. Il ne voulait pas d'une voiture, il marcherait ; Irène dirait bonsoir à Soames de sa part, et si elle avait envie de s'amuser un peu, il l'emmènerait à Richmond, le jour qu'elle voudrait.

Il rentra chez lui à pied, monta l'escalier, réveilla Emily du premier sommeil qu'elle goûtait depuis vingt-quatre heures pour lui dire qu'il avait mauvaise impression du ménage Soames. Il discourut sur ce thème pendant une demi-heure, et déclarant enfin qu'il ne fermerait pas l'œil, il se retourna sur le côté et se mit bientôt à ronfler.

Au 62 Montpellier Square, Soames était sorti de la chambre aux tableaux et se tenait invisible au sommet de l'escalier, observant Irène qui triait les lettres apportées par le dernier courrier. Elle rentra dans le salon, mais, au bout d'un instant, elle sortit et se tint immobile comme si elle écoutait. Puis elle monta sans bruit l'escalier, portant un petit chat dans ses bras. Soames voyait sa tête inclinée vers le petit animal qui ronronnait contre son cou. Pourquoi ne lui montrait-elle jamais ce visage de douceur ?

Tout à coup, elle l'aperçut et sa figure changea.

— Pas de lettres pour moi ? dit-il.

— Trois.

Il s'effaça et, sans un mot de plus, elle passa dans la chambre à coucher.

7

La peccadille du vieux Jolyon

Au cours du même après-midi, le vieux Jolyon quittait le cricket avec l'intention de rentrer chez lui.

Avant d'atteindre Hamilton Terrace, il avait changé d'avis ; hélant un fiacre, il indiqua au cocher un numéro de l'avenue Wistaria. Il avait pris une résolution.

De toute la semaine, c'est à peine s'il avait vu June à la maison ; elle le délaissait depuis longtemps. En fait, depuis ses fiançailles avec Bosinney, il ne lui demandait jamais de rester près de lui. Il n'avait pas l'habitude de demander ! Elle n'avait plus qu'une idée en tête : Bosinney et ses affaires, et elle le laissait seul, échoué dans sa grande maison, avec quelques domestiques, et pas une âme à qui parler, depuis le matin jusqu'au soir. Son club était fermé pour cause de nettoyage, ses bureaux vacants, rien ne l'attirait dans la City. June avait désiré qu'il partît pour la campagne ; elle-même ne voulait pas s'en aller, parce que Bosinney était à Londres.

Mais où irait-il, tout seul ? Pas à l'étranger. La mer lui détraquerait le foie. Et il détestait la vie d'hôtel. Roger allait toujours chez un hydrothérapeute ; mais lui ne commencerait pas ces expériences-là, à son âge. Ces stations à la mode, des attrape-nigauds !

Il se déguisait à lui-même avec de pareilles formules la désolation de son esprit. Les rides de sa figure se creusaient ; dans ses yeux, jour après jour, demeurait la même mélancolie, étrange à voir sur ce visage qui avait toujours exprimé la force et la tranquillité.

Il fit donc, ce jour-là, ce voyage à travers St. John's Wood, dans la lumière dorée qui arrosait les bouquets d'acacias ronds et verts, au seuil des médiocres maisons, dans les rayons de l'été qui semblaient célébrer une fête au-dessus des petits jardins, et il regardait autour de lui avec intérêt, car il était là dans une région de bohème et de demi-monde où aucun Forsyte ne pénètre sans une hostilité manifeste et une secrète curiosité.

Son fiacre s'arrêta devant une maisonnette de ce ton jaunâtre qui dénote une longue absence de peinture. Il y avait une grille extérieure, l'abord était rustique.

Parfaitement maître de lui, il descendit de voiture ; sa tête massive, avec ses moustaches tombantes et ses ailerons de cheveux blancs, très droite sous un vaste chapeau haut de forme ; son regard ferme, un peu irrité. On l'avait donc poussé jusque-là !

— Mrs Jolyon Forsyte est chez elle ?

— Oh, oui, monsieur ! Quel nom, s'il vous plaît, monsieur ?

Le vieux Jolyon ne put empêcher ses yeux de sourire à la petite bonne tandis qu'il lui donnait son nom. Elle lui faisait l'effet d'un si drôle de petit crapaud ! Il la suivit à travers le vestibule sombre, jusque dans un petit salon partagé en deux compartiments, et dont les meubles étaient recouverts de cretonne. La petite bonne lui indiqua un fauteuil.

— Tout le monde est au jardin, monsieur, si vous voulez bien vous asseoir, j'irai prévenir.

Il s'assit dans le fauteuil de cretonne, et regarda autour de lui. Cet intérieur, aurait-il dit, était minable. Il trouvait à tout – sans qu'il pût le définir – un air de gêne, tout indiquait un ménage où l'on joint juste les deux bouts. Autant qu'il en pouvait juger, pas un de ces meubles ne valait un billet de cinq livres. Les murs, peints à la détrempe il y a bien longtemps, étaient décorés d'aquarelles ; une longue crevasse serpentait au plafond.

Ces petites maisons étaient toutes vieilles, et médiocres. Il supposait bien que le loyer n'en dépassait pas cent livres ; il était blessé, plus qu'il n'aurait pu dire, de penser qu'un Forsyte – son propre fils – habitait un pareil logis.

La petite bonne revint :

— Voulez-vous descendre au jardin, monsieur ?

Le vieux Jolyon franchit la porte vitrée. En descendant les marches, il remarqua qu'elles avaient besoin d'être repeintes.

Jolyon le jeune, sa femme, ses deux enfants et le chien Balthazar étaient tous au jardin, sous un poirier.

Cette marche vers eux était l'acte le plus courageux que le vieux Jolyon eût accompli en sa vie ; mais pas un muscle ne remua sur son visage, aucun geste de nervosité ne le trahit. Ses yeux profonds fixaient résolument l'ennemi.

Le chien Balthazar flairait le bord de son pantalon. Ce bâtard, amical et cynique, fruit d'une liaison entre un caniche russe et un fox-terrier, savait discerner l'extraordinaire.

Quand les singuliers bonjours furent échangés, le vieux Jolyon s'assit dans un fauteuil d'osier, et ses deux petits-enfants, un de chaque côté de ses genoux – le regardèrent en silence, n'ayant jamais vu un homme aussi vieux.

Ils ne se ressemblaient pas, comme pour affirmer la différence établie entre eux par leurs naissances. Jolly, l'enfant du péché, avec sa figure potelée, ses cheveux couleur d'étoupe brossés en arrière du front, et une fossette au menton, avait un air d'amabilité obstinée, et des yeux de Forsyte ; Holly, l'enfant du mariage, était brune, elle avait les yeux gris, pensifs de sa mère, et une petite âme solennelle.

Le chien Balthazar, ayant fait le tour des trois petits parterres pour témoigner son extrême dédain de toutes choses en général, avait aussi pris un siège en face du vieux Jolyon et, balançant une queue que la nature avait retroussée par-dessus son dos, il regardait en l'air, avec des yeux qui ne clignaient pas.

Jusque dans le jardin, une impression de pauvreté obsédait le vieux Jolyon : la chaise de paille criait sous son poids, les parterres étaient déplumés. Au bord du jardin, sous le mur encrassé, les chats s'étaient fait un sentier.

Tandis que le grand-père et les petits-enfants s'examinaient avec cette attention particulière, curieuse et pourtant confiante qu'échangent les très vieux et les très jeunes, Jolyon le jeune observait sa femme.

Le rouge était monté à sa mince figure ovale. Elle avait des sourcils droits, de grands yeux gris ; les cheveux, relevés en hautes courbes délicates au-dessus de son front, commençaient à grisonner comme ceux de Jolyon le jeune, et à cause de ces cheveux gris la rougeur vive et soudaine de ses joues était péniblement émouvante. Son mari n'avait jamais vu l'expression qu'elle avait en ce moment, pleine de ressentiments secrets, de désirs et de craintes ; elle la lui avait toujours cachée. Sous ses sourcils frémissants, ses yeux grands ouverts avaient une fixité douloureuse. Elle se taisait.

Jolly soutenait seul la conversation ; il possédait beaucoup de choses, et voulait le faire savoir à son ami inconnu qui avait de si grandes moustaches et des mains couvertes de veines bleues, qui croisait les jambes tout juste comme faisait son père et comme il s'y essayait lui-même ; mais en vrai Forsyte, bien qu'il n'eût pas encore neuf ans, il ne fit pas mention de la chose qui était alors la plus chère à son cœur : un camp de soldats vu à la fenêtre d'une boutique, et que son père avait promis de lui acheter. Sans doute, cela lui semblait trop précieux ; il eût tenté la Providence s'il en avait parlé déjà.

Le soleil jouait à travers les feuilles sur le tranquille petit groupe qui, sous le poirier depuis longtemps stérile, réunissait trois générations.

Le visage raviné du vieux Jolyon rougissait par plaques, comme rougissent au soleil les figures de vieillards. Il prit la main de Jolly dans les siennes ; le petit garçon escalada son genou et Holly, fascinée par ce spectacle, se glissa tout près d'eux. On entendait le bruit rythmé que faisait Balthazar en se grattant.

Soudain, Mrs Jolyon se leva, et rentra précipitamment dans la maison. Une minute après, son mari balbutia une excuse, et la suivit. Le vieux Jolyon resta seul avec ses petits-enfants.

Et la nature, avec sa subtile ironie, poursuivit l'achèvement de son cycle dans le cœur du vieillard, et se mit à opérer en lui une étrange évolution. Cette tendresse pour les petits, cette passion pour les commencements de la vie qui, autrefois, lui avait fait abandonner son fils pour s'attacher à June, le poussait maintenant à abandonner June pour s'attacher à ces êtres plus petits. La jeunesse vibrait toujours en lui. Il se tournait vers elle, vers les petits membres ronds, si insouciants, et qui avaient besoin de soin, vers les petites figures rondes, si déraisonnablement solennelles ou excitées, les voix aiguës, le rire perçant qui s'étouffe et rebondit, les menottes qui insistent et se pendent. À sentir de petits corps contre ses jambes, il se ranimait. Et ses yeux devenaient doux, douces sa voix et ses maigres mains veinées, et doux son cœur, au-dedans de lui. Tout de suite, pour ces petits êtres, il fut comme un abri plein de sécurité, un lieu de bonheur, un endroit où ils sentaient qu'ils pouvaient parler, rire, jouer, et bientôt, du fauteuil d'osier où était assis le vieux Jolyon, la parfaite gaieté des trois cœurs rayonnait comme du soleil.

Il en était autrement de Jolyon le jeune qui avait suivi sa femme jusqu'à sa chambre. Il la trouva assise sur une chaise, devant sa coiffeuse les mains sur sa figure. Ses épaules étaient secouées de sanglots. La passion qu'elle avait de souffrir était mystérieuse pour lui. Il avait vu cent crises pareilles. Comment il y avait survécu, il n'en savait rien, car il n'avait pu s'habituer à les prendre pour des crises et à ne pas croire que la dernière heure de leur vie commune venait de sonner.

Sûrement cette nuit, comme tant de fois auparavant, elle lui jetterait ses bras autour du cou en disant : « Ah ! Jo, comme je te fais souffrir ! »

Il étendit la main et, sans être vu, glissa son rasoir dans sa poche.

— Je ne peux rester avec elle, pensa-t-il, il faut redescendre !

Sans un mot, il sortit et revint sur la pelouse.

Le vieux Jolyon tenait Holly sur son genou ; elle s'était emparée de sa montre ; Jolly, la figure toute rouge, tâchait de montrer qu'il pouvait se tenir sur sa tête. Le chien Balthazar, aussi près qu'il osait de la table à thé, convoitait des yeux le gâteau.

Jolyon le jeune éprouva un malin désir d'interrompre leur félicité.

Quel besoin son père avait-il de venir et de bouleverser sa femme ainsi ? C'était un coup après tant d'années ! Il aurait dû y penser, les prévenir ! Mais un Forsyte a-t-il jamais imaginé que sa conduite pourrait bouleverser quelqu'un ? Et, dans ses pensées, il était injuste pour le vieux Jolyon.

Il s'adressa rudement aux enfants, et leur dit de rentrer prendre leur thé. Grandement étonnés, car leur père n'avait pas d'habitude ce ton-là, ils s'en allèrent, la main dans la main, la petite Holly tournant la tête pour regarder en arrière.

Jolyon le jeune versa le thé.

— Ma femme n'est pas dans son assiette aujourd'hui, dit-il.

Mais il savait bien que son père avait pénétré le motif de ce brusque départ et en lui-même il détestait presque le vieil homme pour le calme avec lequel il restait assis.

— C'est une gentille petite maison que vous avez là, dit le vieux Jolyon avec un regard aigu ; je suppose que tu l'as prise à bail ?

Jolyon le jeune fit signe que oui.

— Je n'aime pas le voisinage, reprit le vieux Jolyon ; un monde bien camelote !

Jolyon le jeune répondit :

— Oui, nous sommes un monde de camelote !

Le silence n'était plus brisé que par Balthazar qui se grattait.

Le vieux Jolyon dit simplement :

— Je n'aurais peut-être pas dû venir, Jo ; mais je suis si seul maintenant !

À ces mots, Jolyon le jeune se leva et posa sa main sur l'épaule de son père.

Dans la maison voisine, quelqu'un jouait et rejouait sur un piano mal accordé *La donna è mobile.* Le petit jardin était descendu dans l'ombre, le soleil n'effleurait plus que le mur du fond sur lequel un chat s'était accroupi, tournant languissamment ses yeux jaunes sur le chien Balthazar. On entendait le murmure engourdi qui venait de rues lointaines ; le treillis des plantes grimpantes qui entourait le jardin isolait de tout, hors le ciel, la maison et le poirier dont les hautes branches se doraient encore au soleil.

Ils restèrent là, quelque temps, parlant peu. Puis le vieux Jolyon se leva pour partir, et il ne fut pas question qu'il revînt.

Il s'en alla, très tristement. Quel pauvre logis ! Et il songea à la grande maison vide de Stanhope Gate, vraie résidence de Forsyte, avec son vaste billard et le salon où personne n'entrait d'un bout de la semaine à l'autre.

Cette femme, dont le visage lui plaisait assez, avait les nerfs à fleur de peau ; Jo avait dû en voir de grises avec elle ! Et ces délicieux petits-enfants ! Ah ! la folle et déplorable aventure !

Il marchait vers Edgware Road, entre des rangées de petites maisons qui lui suggéraient (à tort, sans doute, mais les préjugés d'un Forsyte sont sacrés) toutes sortes de troubles histoires.

La société – parbleu ! des mégères et des babouins qui bavardent – s'était dressée pour condamner *sa* chair et *son* sang ! Tas de vieilles femmes ! Il frappait la terre de son parapluie. On eût dit qu'il voulait l'enfoncer jusqu'au cœur de ce malheureux corps social, qui avait jeté l'ostracisme sur son fils, et le fils de son fils, en qui il eût pu revivre.

Il frappait le sol de son parapluie, impétueusement. Pourtant lui-même avait obéi au jugement de la société pendant quinze ans ; pour la première fois, il venait d'y être infidèle.

Il pensa à June et à sa mère morte, à toute la vieille histoire avec sa vieille amertume. Une lamentable affaire !

Il mit longtemps à atteindre Stanhope Gate, car avec l'esprit de contradiction qui lui était naturel, étant extrêmement fatigué, il fit tout le trajet à pied.

Après s'être lavé les mains en bas, au lavabo, il passa dans la salle à manger pour attendre le dîner. C'était la seule pièce qu'il habitât quand June n'était pas à la maison ; il s'y sentait moins solitaire. Le journal du soir n'était pas encore arrivé ; il avait fini son *Times*, il n'avait donc rien à faire.

La pièce donnait sur une rue retirée, à l'écart du flot de la circulation, et était très silencieuse. Il n'aimait pas les chiens, mais un chien même lui aurait tenu compagnie. Son regard, en explorant les murs, s'arrêta sur un tableau intitulé : « Barques de pêche hollandaises au coucher du soleil », le chef-d'œuvre de sa collection. Il n'en eut pas de plaisir. Il ferma les yeux. Il était seul ! Il n'aurait pas dû se plaindre, et il le savait bien. Mais il ne pouvait s'en retenir, il était un pauvre être ; il avait toujours été un pauvre être ; pas de nerf ! Ainsi pensait-il.

Le maître d'hôtel entra pour mettre le couvert et, voyant que son maître semblait endormi, surveilla prudemment ses mouvements. Cet homme, outre sa barbe, portait une moustache qui avait suscité des commentaires de ceux qui avaient, comme Soames, passé par une *public school*[1], et étaient méticuleux en pareille matière. Pouvait-on le considérer vraiment comme un maître d'hôtel ? George, le loustic de la famille, l'avait surnommé : « le non-conformiste d'oncle Jolyon ».

Il allait et venait à pas feutrés dans un silence inimitable, de la vaste table lisse et luisante au grand dressoir poli.

Le vieux Jolyon l'observait en feignant de dormir. Ce garçon-là – il l'avait toujours pensé – était un personnage

1. École de type aristocratique où se forment les fils de la gentry anglaise.

sournois, qui n'avait cure de rien, sinon d'expédier son ouvrage pour aller ensuite se promener, courir à son jeu, ou chez sa bonne amie, et Dieu sait où encore ! Un flemmard ! Il se faisait de la bonne graisse aussi ! Et se souciait de son maître comme d'une guigne !

Mais alors le vieux Jolyon, malgré lui, eut un de ces accès de philosophie qui le distinguaient parmi les Forsyte : après tout, pourquoi cet homme se soucierait-il de son maître ? Il n'était pas payé pour cela ; comment s'y attendre ? En ce monde, il ne faut pas compter sur une affection, à moins de la payer. Dans l'autre, il en sera peut-être autrement, on ne sait pas, on ne peut pas dire ! Et il referma les yeux.

Inflexible et silencieux, le maître d'hôtel poursuivait son travail, prenant des objets dans les divers compartiments du dressoir. Il s'arrangeait pour tourner le dos au vieux Jolyon, et ainsi jetait un voile sur l'incongruité de ces opérations accomplies en présence de son maître. De temps à autre, il soufflait furtivement sur une pièce d'argenterie, et l'essuyait avec une peau de chamois. Il parut considérer attentivement les quantités de vin contenues dans les carafes, qu'il portait avec soin, assez haut, laissant sa barbe pendre au-dessus d'elles d'un air protecteur. Quand il eut fini, il s'arrêta un instant pour contempler son maître qui dormait, et, dans ses yeux verdâtres, il y eut un regard de mépris : Ce patron, après tout, c'était un vieux coco qui aurait bientôt rendu l'âme.

Silencieux comme un chat, il traversa la salle pour presser la sonnette.

Il avait reçu l'ordre : « Le dîner à sept heures. » Qu'importe si son maître sommeillait, ce serait vite fait de le réveiller. Les dormeurs ont la nuit pour dormir ! Il avait à penser à ses propres affaires ; à huit heures et demie on l'attendait à son club.

En réponse au coup de sonnette apparut un jeune groom, portant une soupière d'argent. Le maître d'hôtel la lui prit des mains et la déposa sur la table ; puis, se tenant debout dans la porte ouverte, comme s'il allait introduire des invités, il prononça d'une voix solennelle :

— Monsieur est servi !

Lentement, le vieux Jolyon se leva de son fauteuil et se mit à table pour son dîner.

8

Les plans de la maison

Il est admis en général que tout Forsyte, comme le colimaçon, a sa coquille ; en d'autres termes, on le reconnaît à tout ce qui l'enveloppe d'affaires, de possessions, de relations, de familles. Cet habitat semble se mouvoir avec lui à travers un monde composé de plusieurs milliers d'autres Forsyte, chacun muni d'un pareil habitat. Sans sa coquille, un Forsyte est inconcevable, il serait comme un roman sans intrigue, ce qui est reconnu pour une anomalie.

À des yeux de Forsyte, Bosinney apparaissait comme dénué d'une telle enveloppe ; il semblait un de ces hommes rares et à plaindre qui traversent la vie entourés d'affaires, de possessions, de relations et de familles qui ne leur appartiennent pas. Son installation de Sloane Street, au dernier étage d'une maison, où les mots : « Philip Baynes Bosinney, architecte » figuraient sur une porte, n'était pas celle d'un Forsyte. Son cabinet lui servait de chambre et de salon ; dans le fond, derrière un paravent, se dissimulaient les objets indispensables à la vie : un lit pliant, une chaise longue, des pipes, un casier à liqueurs, quelques romans et des pantoufles. La partie de la pièce qui servait de cabinet de travail avait le mobilier classique : un grand classeur, une table ronde, en chêne, une petite toilette portative, quelques chaises non rembourrées, un vaste bureau tronchin couvert de dessins et de plans. Chaperonnée par la tante de Bosinney, June était venue là deux fois prendre le thé.

On croyait qu'il y avait une chambre à coucher par-derrière.

D'après les informations de la famille, le revenu de Bosinney consistait en deux traitements d'architecte-conseil de vingt livres chacun, auxquels la chance pouvait de temps en temps ajouter quelques honoraires et – détail moins méprisable – une rente personnelle de cent cinquante livres que lui laissait le testament de son père.

Ce qu'on avait pu apprendre sur ce père n'était pas aussi rassurant. On savait qu'il venait de Cornouailles, qu'il avait été médecin de campagne dans le Lincolnshire, qu'il était homme de physionomie frappante et de tendances byroniennes. De fait, une figure bien connue dans le comté. L'oncle par alliance de Bosinney, Baynes, de la maison Baynes & Bildeboy, un Forsyte d'instinct sinon de nom, n'avait que peu à dire sur son beau-frère.

— Un drôle de numéro ! racontait-il. Ses trois aînés, il les traitait toujours de « braves garçons, mais lourdauds », et ils ont admirablement réussi tous les trois dans le service colonial. Philip était le seul qui eût l'heur de lui plaire. Il avait des mots bizarres ; un jour il me dit : « Mon cher, ne laissez jamais votre pauvre femme savoir à quoi vous pensez ! » Mais je n'étais pas homme à suivre son conseil. Un original ! Il disait à Phil : « Mon garçon, vis comme tu voudras, mais arrange-toi pour mourir en gentleman », et lui-même s'est fait embaumer en redingote, cravate de satin noir, épingle de diamant. Ah ! oui ! un original ! vous pouvez m'en croire.

Sur Bosinney lui-même, Baynes s'exprimait chaudement, avec une nuance de compassion.

— Il a un brin de byronisme de son père. Voyez comme il a jeté la bonne occasion par la fenêtre, quand il a quitté mon bureau, et qu'il est parti de son pied léger pour six mois, avec un havresac. Tout ça pour quoi ? Pour étudier l'architecture étrangère – étrangère ! À quoi cela pouvait-il le mener ? Aussi le voilà – un garçon intelligent – qui ne se fait pas cent livres par an. Il ne pouvait rien lui arriver de mieux que ces fiançailles, ça le fixera. C'est un de ces types à rester au lit tout le jour, et à veiller toute la nuit, faute de méthode, simplement. Mais aucun vice, pas l'ombre d'un vice. Le vieux Forsyte est riche !

Mr Baynes faisait beaucoup de frais pour June, qui à ce moment-là paraissait souvent dans sa maison de Lowndes Square.

— Cette maison de Mr Soames – quel homme d'affaires que celui-là ! – c'est juste ce qu'il faut pour Philip, lui disait-il. Il ne faut pas que vous comptiez le voir beaucoup pour l'instant, ma chère petite demoiselle. La raison, la raison ! Il faut qu'un jeune homme fasse son chemin. Quand j'avais son âge, je trimais jour et nuit. Ma chère femme me disait toujours : « Bobby, n'en fais pas trop ! Pense à ta santé ! », mais je ne me suis jamais ménagé.

June s'était plainte que son fiancé ne trouvât pas le temps de venir la voir.

La première fois qu'il revint, ils ne causaient pas depuis un quart d'heure que, par une de ces coïncidences dont elle avait le secret, Mrs Septimus Small arriva. Là-dessus, Bosinney, comme il en était convenu avec sa fiancée, alla se cacher dans un petit cabinet pour attendre la fin de la visite.

— Ma chérie, dit tante Juley, comme il est maigre ! J'ai souvent remarqué cela chez des fiancés, mais il ne faut pas que tu le laisses continuer comme ça. Conseille-lui donc l'extrait de veau de Barlow ; ça a fait le plus grand bien à ton oncle Swithin.

June, toute droite devant la cheminée, sa petite figure tremblante d'irritation contenue, car elle prenait la visite intempestive de tante Juley pour un tort qui lui était fait, repartit avec mépris :

— C'est parce qu'il travaille ! Les gens capables de faire quelque chose ne sont jamais gras.

Tante Juley fit sa moue. Elle-même avait toujours été maigre, mais elle n'en tirait d'autre satisfaction qu'un plaintif désir d'engraisser.

— Je ne crois pas, dit-elle d'une voix morne, que tu devrais permettre qu'on l'appelle « Le Brigand » ; on peut trouver ça drôle maintenant qu'il va bâtir une maison pour Soames. J'espère qu'il saura y mettre tous ses soins ; c'est si important pour lui, et Soames a tant de goût !

— Du goût ! s'écria June, qui prit feu à l'instant. Je ne donnerais pas ça de son goût ni de celui de toute la famille.

Mrs Small fut interloquée.

— Ton oncle Swithin, dit-elle, a toujours eu un goût admirable. Et la petite maison de Soames est ravissante, tu ne vas pas dire le contraire.

— Hum, fit June, grâce à Irène !

Tante Juley essaya de dire quelque chose de gentil :

— Et cette chère Irène, va-t-elle aimer sa vie de campagne ?

June fixa sa tante d'un regard intense, comme si sa conscience avait soudain bondi dans ses yeux ; cette expression passa, et fit place à un regard encore plus intense, comme si la conscience de June avait eu peur de ces yeux. Elle répondit impérieusement :

— Bien sûr qu'elle l'aimera. Pourquoi ne l'aimerait-elle pas ?

Mrs Small devenait nerveuse.

— Je ne savais pas, dit-elle, je pensais qu'elle pourrait regretter de quitter ses amis. Ton oncle James dit qu'elle ne s'intéresse pas assez à la vie. Nous trouvons – je veux dire : Timothy trouve – qu'elle devrait sortir davantage. Je suis sûre qu'elle va te manquer beaucoup.

June joignit ses mains derrière sa nuque.

— Comme je voudrais, cria-t-elle, qu'oncle Timothy s'occupât de ce qui le regarde !

Tante Juley se dressa de toute sa hauteur.

— Il ne s'occupe jamais que de ce qui le regarde ! fit-elle.

June, se repentant immédiatement, courut à sa tante et l'embrassa.

— Je suis désolée, ma petite tante ; mais je voudrais tant qu'on laissât Irène tranquille !

Tante Juley, qui cherchait en vain ce qu'il serait convenable d'ajouter, garda le silence et se disposa à partir. Elle agrafa son collet de soie noire sur sa poitrine et ramassa son réticule vert.

— Comment va ton cher grand-père ? demanda-t-elle dans l'antichambre. Je pense qu'il est bien seul maintenant que tout ton temps est pris par Mr Bosinney.

Elle se courba pour embrasser avidement sa petite-nièce, et s'en alla de son pas minaudier.

Les larmes jaillirent aux yeux de June ; courant au petit cabinet où Bosinney, assis à une table, dessinait des oiseaux sur le revers d'une enveloppe, elle se laissa tomber près de lui en criant :

— Oh, Phil, que tout cela est horripilant !

Son cœur était aussi brûlant que la couleur de ses cheveux.

Le dimanche suivant, dans la matinée, tandis que Soames se rasait, on vint lui annoncer que Bosinney était en bas, et demandait à le voir. Ouvrant la porte de la chambre de sa femme, il dit :

— Bosinney est en bas. Allez donc lui faire prendre patience pendant que je finis de me raser. J'en ai pour une minute. Il doit être venu pour les plans.

Irène le regarda sans répondre, mit la dernière main à sa toilette, et descendit.

Il n'arrivait pas à déchiffrer ses sentiments au sujet de cette maison. Elle n'avait pas dit un mot d'opposition et, en ce qui concernait Bosinney, elle semblait assez favorablement disposée.

Par la fenêtre de son cabinet de toilette, il les voyait causer, en bas, dans la petite cour.

Il se rasa en toute hâte et se coupa deux fois au menton. Il les entendit rire et songea : « En tout cas, ils s'accordent bien. »

Comme il s'y attendait, Bosinney était venu le chercher pour lui montrer les plans.

Il prit son chapeau et partit avec lui.

Les plans étaient étalés sur la table de chêne, dans le bureau de l'architecte ; pâle, imperturbable, l'œil scrutateur, Soames resta longtemps penché sur eux sans rien dire.

Enfin, d'un ton perplexe, il remarqua :

— Elle est bizarre, cette maison.

Les plans lui avaient montré une maison quadrangulaire à deux étages, qui enfermait une cour carrée. Cette cour, dont une galerie faisait le tour au niveau du premier étage, était couverte par un toit de verre, que soutenaient, à partir du sol, huit grandes colonnes.

Pour des yeux de Forsyte, la maison était bizarre, en effet.

— Il y a beaucoup d'espace inutilisé, poursuivit Soames.

Bosinney se mit à arpenter la chambre ; l'expression de sa figure fut désagréable à Soames.

— Mon idée, dit-il, a été que, dans cette maison, vous ayez de l'espace pour respirer, comme un gentleman.

Soames étendit le pouce et l'index comme pour mesurer l'étendue de distinction qu'il allait acquérir et répondit :

— Ah ! bien, je vois !

La figure de Bosinney prit cette expression particulière qui était le signe de tous ses enthousiasmes.

— J'ai essayé de vous inventer une maison qui ait une dignité à elle. Si elle ne vous plaît pas, vous feriez mieux de me le dire. C'est bien la dernière chose à mettre en ligne de compte, la dignité. Qui est-ce qui en veut, dans une maison où l'on pourrait étrangler encore un cabinet de toilette ?

Il posa son doigt subitement sur la moitié gauche du carré central.

— Ici, vous avez de l'espace. Voici pour vos tableaux une pièce séparée de la cour par des rideaux ; ouvrez les rideaux, vous aurez devant vous une étendue de cinquante et un pieds sur vingt-trois et demi. Ce poêle à deux faces, ici au milieu, donne d'une part sur la cour, de l'autre sur la pièce aux tableaux. Ce mur du fond est tout en vitres, il vous donne la lumière du sud-est ; vous êtes éclairé du nord par la cour. Le reste de vos tableaux, vous pouvez les pendre au premier étage, autour de la galerie, ou dans les autres pièces. En architecture, poursuivit-il (bien que regardant Soames, il ne semblait pas le voir, ce qui causait à Soames une impression désagréable), en architecture, comme dans la vie, pas de dignité sans symétrie. Les gens vous disent que c'est une idée vieux jeu. En tout cas, on la trouve singulière ; il ne nous vient pas à l'esprit d'incarner dans nos maisons le principe premier de la vie. Nous les chargeons de décorations, de babioles, de saillies ; tout est bon pour distraire l'œil. Au contraire, l'œil devrait se reposer ; quelques lignes fortes et c'est assez pour obtenir un effet. Tout est dans la symétrie, pas de dignité sans cela.

Soames, ironiste inconscient, fixait du regard la cravate de Bosinney, qui s'égarait fort loin de la perpendiculaire ; l'architecte n'était pas rasé, l'ordre de sa tenue laissait à désirer. L'architecture semblait avoir épuisé sa puissance de symétrie.

— Est-ce que cela n'aura pas l'air d'une caserne ? demanda Soames.

La réponse se fit attendre un moment.

— Je vois, dit Bosinney ; il vous faut une maison dans le genre de celles de Littlemaster, une de ces maisons commodes et gentilles où les domestiques logent au grenier, et où la porte d'entrée est en contrebas, pour qu'on ait le plaisir de remonter par des marches dans le vestibule. Sérieusement, allez voir Littlemaster. Vous le trouverez très fort. Je le connais depuis toujours.

Soames fut alarmé. Les plans l'avaient réellement frappé, seul son instinct de prudence lui faisait dissimuler sa satisfaction ; formuler un compliment lui était pénible. Il méprisait les gens qui prodiguent leurs louanges.

Il se trouvait maintenant dans la situation embarrassante de quelqu'un qui doit ou faire un compliment, ou risquer de perdre une bonne chose. Bosinney était homme à déchirer les plans, et à refuser de travailler pour lui ; une espèce de grand enfant.

Cet enfantillage, auquel il se sentait si supérieur, exerçait sur Soames un effet singulier et presque magnétique, car il n'avait jamais trouvé rien d'analogue en lui-même.

— Eh bien, balbutia-t-il enfin, c'est… c'est… certainement original !

Bosinney parut content. C'était le genre de remarque qui devait faire plaisir à ce garçon. Soames se sentit encouragé par son succès.

— C'est… une grande maison ! fit-il.

— Espace, air, lumière, murmurait Bosinney, on ne peut pas vivre en gentleman dans les bicoques de Littlemaster ; il bâtit pour des industriels.

Soames eut un geste de protestation suppliante. On l'avait identifié à un gentleman, il ne voudrait plus être rangé – non vraiment, pas même pour beaucoup d'argent – parmi les industriels. Mais sa méfiance innée des principes généraux l'agitait. Pourquoi diable bavarder sur la symétrie et la dignité ? Il lui semblait que la maison serait froide.

— Irène ne peut pas supporter le froid, dit-il.

— Ah ! fit Bosinney sarcastique. Votre femme ? Elle n'aime pas le froid ? J'y veillerai, elle n'aura pas froid. Voyez cela.

Il lui montra du doigt quatre marques régulièrement espacées sur les murs de la cour.

— Je vous mets là des radiateurs, dans des manchons d'aluminium. On peut s'en procurer qui sont d'un excellent modèle.

Soames considéra ces marques d'un air soupçonneux.

— Tout cela est fort bien, dit-il, mais qu'est-ce que cela va coûter ?

L'architecte tira de sa poche une feuille de papier.

— Bien entendu, la maison devrait être bâtie tout en pierre, mais, comme j'ai pensé que vous n'admettriez pas cela, j'ai fait un compromis et nous n'aurons qu'un revêtement. Elle devrait avoir un toit de cuivre, mais je vous en fais un d'ardoise verte. Telle quelle, y compris le travail de métallurgie, elle vous coûtera huit mille cinq cents livres.

— Huit mille cinq cents ! dit Soames. Mais je vous ai indiqué un maximum de huit mille !

— Impossible de retrancher un centime, répliqua froidement Bosinney. C'est à prendre ou à laisser.

C'était probablement la seule manière de faire à Soames une pareille proposition. Il était acculé. Sa conscience lui disait de tout lâcher ; mais le plan était bon ; il avait, Soames s'en rendait compte, quelque chose de noble et d'achevé. Le logement des domestiques, aussi, était excellent. Il se donnerait du prestige en vivant dans une maison comme celle-là, de traits si individuels et cependant parfaitement organisée. Il s'absorba dans les plans, tandis que Bosinney passait dans sa chambre à coucher, pour se raser et s'habiller.

Ils rentrèrent ensemble à Montpellier Square ; en silence, Soames, du coin de l'œil, observait Bosinney.

Le Brigand avait assez bon air, se disait Soames, quand il était convenablement arrangé.

Les deux hommes trouvèrent Irène penchée sur ses fleurs. Elle proposa d'envoyer chercher June, de l'autre côté du parc.

— Non, non, dit Soames, nous avons encore à parler affaires.

Au déjeuner, il fut presque cordial, pressant Bosinney de manger. Il était content de voir l'architecte en belle humeur, et le laissa pour l'après-midi avec Irène, tandis que, suivant sa coutume du dimanche, il allait retrouver ses tableaux. Il redescendit à l'heure du thé, et les trouva bavardant, suivant son expression, « dix-neuf à la douzaine ».

Sans être vu, il s'arrêta un instant dans la porte, se félicitant du tour que prenaient les choses. C'était une chance qu'elle s'entendît avec Bosinney ; elle semblait entrer dans l'idée de la nouvelle maison.

Une tranquille méditation au milieu de ses tableaux avait décidé Soames à y aller de ses cinq cents livres supplémentaires, s'il le fallait, mais il espérait que l'après-midi aurait adouci les chiffres de Bosinney. Il était si clair que Bosinney pouvait changer cela comme il lui plairait. N'y avait-il pas vingt manières d'abaisser le coût d'une maison, sans en abîmer l'effet ?

Il attendit l'occasion de parler jusqu'au moment où Irène tendit à l'architecte sa première tasse de thé. Une fissure de soleil à travers la dentelle des stores échauffait les joies de la jeune femme, brillait dans l'or de ses cheveux et dans ses yeux tendres. Peut-être était-ce le même rayon qui teignait d'une nuance plus profonde le visage de Bosinney, et lui donnait cette singulière expression de saisissement.

Soames avait horreur du soleil, il se leva immédiatement pour baisser le store. Puis, prenant la tasse de thé des mains de sa femme, il dit, plus froidement qu'il n'en avait l'intention :

— Est-ce qu'il n'y a pas moyen que vous fassiez la chose pour huit mille, au bout du compte ? Il doit y avoir beaucoup de petits détails que vous pourriez changer.

Bosinney vida sa tasse d'un seul trait, la déposa et répondit :

— Pas un.

Soames vit que sa suggestion avait touché quelque point d'honneur incompréhensible.

— Eh bien, accorda-t-il avec une résignation maussade, il faut bien que vous en fassiez à votre tête, je suppose.

Quelques minutes plus tard, Bosinney se leva pour prendre congé, et Soames se leva aussi pour l'accompagner jusqu'à la porte. L'architecte lui parut être dans un état d'exaltation absurde. Après l'avoir regardé s'éloigner d'un pas balancé, Soames, un peu boudeur, rentra au salon où Irène rangeait la musique, et, dans un spasme de curiosité irrésistible, il demanda :

— Que pensez-vous du « Brigand » ?

Il regarda le tapis en attendant la réponse, qui fut longue à venir.

— Je ne sais pas, dit enfin Irène.

— Est-ce que vous le trouvez bien de sa personne ? Irène sourit. Soames eut l'impression qu'elle le raillait :

— Oui, répondit-elle. Très.

9

La mort de tante Ann

Sur la fin de septembre, un matin, il arriva que tante Ann fut incapable de prendre des mains de Smither les insignes de sa dignité.

Au premier regard jeté sur le vieux visage, le docteur, précipitamment appelé, annonça que miss Forsyte avait passé pendant son sommeil.

Tante Juley et tante Hester furent accablées par le choc. Elles n'avaient jamais imaginé que leur sœur pourrait s'en aller ainsi. Peut-être même n'avaient-elles jamais vraiment conçu que la fin devrait venir. Elles sentaient obscurément que, de la part d'Ann, ce n'était pas raisonnable de les avoir quittées ainsi, sans un mot, sans même une lutte. Cela ne lui ressemblait pas. Ce qui les affectait en réalité si profondément, c'était peut-être l'idée qu'une Forsyte avait lâché sa prise de la vie. Si l'un d'eux cédait, pourquoi pas tous ?

Il se passa toute une heure avant qu'elles pussent se résoudre à dire ce malheur à Timothy. Si seulement on pouvait le lui cacher ! Si seulement on pouvait le préparer peu à peu !

Elles restèrent longtemps à chuchoter devant sa porte. Quand ce fut fait, elles chuchotèrent encore.

Il sentirait le coup davantage, craignaient-elles, avec le temps. Pourtant, il l'avait pris mieux qu'on ne pouvait l'espérer. Naturellement, il garderait le lit.

Elles se séparèrent, pleurant doucement. Tante Juley rentra dans sa chambre, prostrée par l'événement. Son visage, décoloré par les larmes, était quadrillé de petites bosses de chair molle que l'émotion faisait enfler. Il lui était impossible de concevoir la vie sans Ann, qu'elle n'avait pas quittée depuis soixante-treize ans, sauf pendant le court interrègne de Septimus Small, qui lui semblait maintenant si irréel. À des intervalles réguliers, elle allait à sa commode et prenait sous des sachets de lavande un nouveau mouchoir. Son cœur chaud ne pouvait supporter l'idée qu'Ann était couchée là, si froide.

Tante Hester, la silencieuse, la patiente, en qui dormait comme au creux d'une berge le courant de l'énergie familiale, était assise au salon, dans l'ombre des stores baissés ; elle aussi avait pleuré d'abord, mais ses larmes tranquilles ne laissaient pas de traces. Son profond instinct d'économie et de préservation de soi-même ne l'abandonnait pas dans le chagrin. Mince, immobile, elle avait l'air de scruter les braises, ses mains oisives sur la soie noire de son giron. Bien sûr, on allait venir la remuer, la forcer à faire quelque chose. Faire quelque chose… Cela ne ramènerait pas Ann. Pourquoi la tourmenter ?

À cinq heures, arrivèrent trois des frères : Jolyon, James et Swithin. Nicholas était à Yarmouth et Roger souffrait d'une forte attaque de goutte. Mrs Hayman était venue seule, de meilleure heure, et après avoir vu Ann, elle était repartie, faisant dire à Timothy – la commission ne fut pas faite – qu'elle aurait dû être prévenue plus tôt.

De fait, c'est une impression qu'ils éprouvaient tous : qu'on aurait dû les prévenir plus tôt. Il leur semblait qu'ils avaient manqué quelque chose, et James dit :

— Je savais bien ce qui arriverait ; je vous avais dit qu'elle ne passerait pas l'été.

Tante Hester ne répondit rien ; on était presque en octobre, mais à quoi bon discuter ; il y avait des gens qui trouvaient toujours à redire. Elle fit prévenir sa sœur que les frères étaient là. Mrs Small descendit à l'instant. Elle avait bassiné sa figure qui était enflée, et malgré le regard sévère qu'elle jeta sur le pantalon bleu clair de Swithin – Swithin venait tout droit du club où la nouvelle lui était parvenue –, elle avait le regard plus gai que d'habitude, son instinct de la fausse note étant encore une fois plus fort qu'elle.

Alors ils montèrent tous les cinq pour voir le corps. Sous le drap blanc immaculé, on avait mis une courtepointe ouatée, car, maintenant plus que jamais, tante Ann avait besoin de chaleur ; on avait enlevé les oreillers ; son dos et sa tête reposaient à plat, avec une inflexibilité toute pareille à celle qui les raidissait pendant la vie ; le bonnet qui serrait ses tempes était tiré sur les côtés, jusqu'au niveau des oreilles ; entre ce linge et le drap, sa face, presque aussi blanche, était tournée avec ses yeux clos vers les figures de ses frères et de ses sœurs. Dans sa paix extraordinaire, cette face morte donnait plus que jamais une impression de force, presque tout en os maintenant, sous le parchemin à peine ridé de la peau, joues et menton carré, pommettes, front creusé aux tempes, nez sculpté : c'était la forteresse d'un génie indomptable.

Swithin ne jeta qu'un regard sur cette face et sortit de la chambre ; il s'était, dit-il ensuite, senti « tout drôle ». Il descendit en faisant trembler la maison, et, prenant son chapeau, il grimpa dans son coupé, sans donner d'ordres. Le cocher le ramena chez lui ; il passa toute la soirée sans bouger, dans un fauteuil. Impossible de dîner ; il ne mangea qu'un perdreau, arrosé d'une double pinte de champagne.

Le vieux Jolyon se tenait debout au pied du lit, les mains jointes. Seul, de tous ceux qui étaient dans cette chambre, il se rappelait la mort de sa mère, et c'est à cela qu'il pensait en regardant Ann. Ann était une vieille femme, mais la mort l'avait prise enfin. La mort arrive pour tout le monde. La figure de Jolyon ne bougeait pas, son regard semblait venir de très loin.

Tante Hester était debout à côté de lui. Elle ne pleurait plus, les larmes étaient épuisées ; sa nature se refusait à une nouvelle dépense de forces, elle tortillait ses doigts, et ne regardait pas Ann, mais laissait errer ses yeux de part et d'autre, cherchant quelque moyen d'esquiver l'effort de comprendre.

De tous les frères et sœurs, c'était James qui manifestait le plus d'émotion. Des larmes roulaient dans les sillons parallèles de son maigre visage ; à qui donc irait-il maintenant raconter ses ennuis ? Il ne savait plus. Juley n'était bonne à rien ! Hester, à moins que rien ! La mort d'Ann l'affectait plus qu'il ne s'y attendait ; il en serait bouleversé pour plusieurs semaines.

Comme il songeait, tante Hester s'éclipsa ; tante Juley se mit à aller et venir à travers la chambre « pour faire le nécessaire », et se cogna par deux fois contre un meuble. Le vieux Jolyon, tiré de sa rêverie, cette rêverie où il revoyait un très lointain passé, lui jeta un coup d'œil sévère et sortit. James resta seul auprès du lit, il s'assura d'un regard furtif que personne ne le voyait et, courbant son long corps, il mit un baiser sur le front de la morte ; puis, à son tour, rapidement, quitta la chambre. Il rencontra Smither dans le hall et l'interrogea sur les obsèques ; découvrant qu'elle n'était au courant de rien, il se plaignit amèrement que si l'on n'y prenait garde tout irait de travers. Elle ferait bien d'envoyer chercher Mr Soames, celui-là se débrouillerait mieux que les autres. Son maître devait être bien bouleversé ? Il aurait besoin de soins ; quant à ses maîtresses, rien à en faire. Elles n'avaient pas de tête ; elles tomberaient malades à leur tour que ça ne l'étonnerait pas. Il lui conseillait de faire venir le médecin, c'était plus sûr de s'y prendre à temps. Il ne croyait pas que sa sœur Ann avait consulté ce qu'il y a de mieux ; si elle avait vu Blank, elle serait encore là. Smither pouvait venir à Park Lane toutes les fois qu'elle aurait besoin d'un conseil. Bien sûr, on pourrait se servir de sa voiture pour l'enterrement. Est-ce qu'elle n'aurait pas sous la main un biscuit et un verre de bordeaux ? Il n'avait pas déjeuné.

Les jours qui précédèrent les obsèques passèrent tranquillement. On savait depuis longtemps que tante Ann laissait son petit capital à Timothy. Il n'y avait donc pas la moindre raison de s'agiter. Soames, exécuteur testamentaire, se chargea de tout organiser, et, en temps opportun, envoya l'invitation suivante à tous les hommes de la famille :

À M… Vous êtes prié d'assister aux obsèques de miss Ann Forsyte, qui auront lieu au cimetière de Highgate, le 1er octobre, à midi. Les voitures se réuniront au « Bosquet », Bayswater Road, à 10 h 45. On est prié de n'apporter ni fleurs ni couronnes. RSVP.

Le matin de la cérémonie se leva, froid, sous le ciel de Londres haut et gris ; à dix heures et demie, la première voiture, celle de James, arriva devant la porte. James s'y trouvait avec son gendre Dartie : celui-ci court, carré de poitrine, sanglé dans sa redingote, le visage jaune et gras orné d'une moustache sombre, bien retroussée, et de cet incorrigible commencement de favoris qu'on remarque surtout chez les hommes qui spéculent et qui, défiant les efforts du rasoir, semble être le signe de quelque trait invétéré du caractère.

Soames, en sa qualité d'exécuteur testamentaire, reçut les invités, car Timothy gardait encore le lit ; il ne se lèverait qu'après l'enterrement ; tante Juley et tante Hester ne descendraient pas avant que tout fût fini ; on donna à entendre qu'il y aurait un lunch pour ceux des invités qui voudraient revenir après la cérémonie. Le premier arrivé après James fut Roger, boitant encore à cause de sa goutte, et entouré par trois de ses fils, Roger le jeune, Eustace et Thomas. George, le quatrième fils, arriva un instant après, en fiacre ; il s'arrêta dans le hall pour demander à Soames comment il se trouvait du métier d'entrepreneur de pompes funèbres. Les deux cousins se détestaient.

Puis vinrent les deux Hayman, Giles et Jesse, absolument muets et très soigneusement mis, avec des plis spéciaux à leurs pantalons de soirée. Puis, le vieux Jolyon, tout seul. Puis Nicholas, avec la couleur de la santé sur la figure, s'efforçant de dissimuler la pétulance de tous ses mouvements. Trois de ses fils le suivaient, doux et atones. Swithin Forsyte et Bosinney arrivèrent en même temps ; et devant la porte ils s'inclinèrent, chacun invitant l'autre à passer le premier ; mais quand la porte s'ouvrit, ils essayèrent d'entrer ensemble. Dans le hall, ils renouvelèrent leurs cérémonies, et Swithin, remontant sa cravate que l'effort avait dérangée, monta les escaliers avec lenteur. Vinrent encore deux Hayman et trois fils mariés de Nicholas accompagnés de Tweetyman, Spender et Warry, qui étaient les maris des demoiselles Forsyte ou Hayman. La compagnie fut alors au complet : vingt-cinq personnes en tout ; de toute la famille, aucun jeune homme ne manquait, sauf Timothy et Jolyon le jeune.

Ils entrèrent dans le salon rouge et vert, dont les tentures faisaient un cadre si brillant à leurs costumes inhabituels ; et chacun essaya nerveusement de trouver un siège, avec le désir de cacher la noirceur emphatique de son pantalon. Ce noir et celui de leurs gants semblaient les gêner comme une sorte d'inconvenance, un excès de manifestation ; beaucoup jetaient un regard à la fois de blâme et de secrète envie au Brigand qui n'avait pas de gants et portait un pantalon gris. Un bourdonnement de voix basses s'éleva ; personne ne parlait de la défunte, mais chacun demandait des nouvelles d'un autre, sorte de rite par lequel ils se montraient sensibles à l'événement qu'ils étaient venus célébrer. Et puis James dit :

— Eh bien, je crois que le moment est venu.

Ils descendirent l'escalier, et, deux par deux, suivant l'ordre exact des préséances qu'on leur avait indiqué, montèrent dans les voitures.

Le corbillard se mit en marche, les voitures suivaient lentement. Dans la première, se trouvaient le vieux Jolyon et Nicholas ; dans la seconde, les jumeaux, Swithin et James ; dans la troisième, Roger et Roger fils ; Soames, Nicholas fils, George et Bosinney suivaient dans la quatrième. Chacune des autres voitures de deuil (il y en avait huit en tout) comprenait encore trois ou quatre membres de la famille ; derrière elles venait le coupé du docteur ; puis, à la distance qui convenait, des fiacres occupés par divers employés et domestiques de la famille ; et enfin tout au bout, une voiture vide qui portait à treize le nombre total des véhicules du cortège.

Aussi longtemps que le convoi suivit Bayswater Road, il marcha au pas ; mais dans les rues moins importantes, il prit bientôt le trot et le garda, sauf quelques interruptions quand on s'engageait dans une voie élégante, jusqu'à la grille du cimetière. Dans la première voiture, le vieux Jolyon et Nicholas parlaient de leur testament. Dans la seconde, les jumeaux, après un unique essai de conversation, étaient tombés dans un profond silence. Ils étaient tous les deux un peu sourds, et pour chacun l'effort de se faire entendre était trop grand. Une seule fois, James rompit le silence :

— Il va falloir que je me mette à la recherche d'une concession quelque part. Qu'est-ce que tu as fait pour toi-même, Swithin ?

Et Swithin, le fixant avec un regard effrayant, lui répondit :

— Ne me parle pas de ces choses-là.

Dans la troisième voiture, une conversation à bâtons rompus remplissait les moments où les jeunes gens ne regardaient pas par la fenêtre pour voir si l'on avançait. George remarquait : « Eh bien, pauvre vieille dame, il était grand temps qu'elle s'en allât. » Pour lui, il n'y avait plus rien de bon, soixante-dix ans passés. Le jeune Nicholas, placide, répliqua que la règle ne semblait pas s'appliquer aux Forsyte. George annonça qu'il avait lui-même l'intention de se tuer à soixante ans. Le jeune Nicholas, souriant, et caressant sa petite barbe, pensait que son père à lui ne goûterait pas cette théorie : il avait gagné beaucoup d'argent depuis ses soixante ans. Eh bien, soixante-dix ans, c'était l'extrême limite ; il était temps alors, dit George, de s'en aller sous terre, et que l'argent passe aux suivants. Soames, silencieux jusqu'alors, entra ici dans la conversation ; il n'avait pas oublié la remarque à propos des « pompes funèbres » ; soulevant presque imperceptiblement ses paupières, il observa que les gens qui ne gagnaient rien pouvaient parler. Pour lui, il avait bien l'intention de durer aussi longtemps que possible. Ceci était une pointe pour George, dont la gêne était notoire. Bosinney murmura distraitement : « Très bien. Très bien. » George bâillant, la conversation tomba.

Au cimetière, le cercueil fut porté dans une chapelle où, deux par deux, les membres de la famille entrèrent à sa suite ; cette garde d'hommes, tous attachés à la morte par le lien de la parenté, formait un spectacle impressionnant et singulier dans cet immense Londres avec son étourdissante diversité, ses innombrables vocations, ses plaisirs et ses devoirs, son âpreté, son terrible appel à l'individualisme.

La famille s'était réunie pour triompher de cela, pour manifester son unité tenace, pour illustrer glorieusement la loi de la propriété, grâce à laquelle elle avait crû et prospéré, comme un arbre gonflant tous ses membres de sève, et atteint son plein développement au temps marqué. L'esprit de la vieille femme, qui gisait là dans la mort, les avait convoqués à cette démonstration. Ce serait son dernier appel à l'unité qui avait été leur force, comme c'était sa dernière victoire que d'être morte, tandis que l'arbre était encore entier.

Il lui fut épargné de voir le jet des jeunes branches rompre l'équilibre du tout. Elle ne pouvait pas regarder dans les cœurs de ceux qui lui faisaient cortège. La même loi qui avait opéré en elle et qui, de grande jeune fille élancée, l'avait transformée en femme vigoureuse et mûre puis, de femme mûre en vieille femme anguleuse, débile, ayant presque figure de sorcière, dont l'individualité s'aiguisait toujours à mesure qu'elle subissait moins le contact émoussant du monde, cette même loi travaillerait, travaillait déjà au sein de la famille qu'Ann avait couvée comme une mère. Elle l'avait vue jeune et grandissante ; elle l'avait vue puissante et achevée ; ses yeux âgés s'étaient fermés avant d'en voir davantage. Elle aurait essayé – qui sait si elle n'eût pas réussi ? – avec ses vieux doigts, ses baisers tremblants, de la maintenir dans sa jeunesse et sa vigueur un peu plus longtemps. Hélas ! Tante Ann elle-même ne pouvait pas lutter contre la nature.

« L'orgueil précède la chute ! » Obéissant à ce principe où la nature a mis sa plus grande ironie, la famille Forsyte s'était assemblée pour une dernière orgueilleuse parade, avant de tomber. À droite et à gauche, leurs figures, rangées en ligne droite, se tournaient pour la plupart vers la terre, impassibles gardiennes de leurs pensées. Mais çà et là, un visage levé, creusé d'une ligne entre les sourcils, semblait contempler sur le mur de la chapelle quelque vision accablante, écouter un son terrifiant. Et les répons murmurés tout bas, par des voix à travers lesquelles s'élevait un accent identique, l'insaisissable timbre de la famille, résonnaient étrangement, comme prononcés en hâte par une bouche unique.

Quand le service fut accompli, le cortège se reforma pour escorter le corps jusqu'à la tombe. Autour du caveau ouvert, des hommes en noir attendaient.

De ces champs sacrés, sur la hauteur où des milliers de membres de la grande bourgeoisie anglaise dorment leur dernier sommeil, les yeux des Forsyte parcouraient les files des tombes. Par-delà, Londres s'étendait jusqu'à l'horizon sans soleil, et leur semblait pleurer la perte de sa fille, pleurer avec cette famille la perte de celle qui en fut la mère et la gardienne. Au loin, au-dessous d'eux, cent mille flèches, cent mille toits estompés dans une grisaille immense où tout parlait de richesse et de propriété, les entouraient comme un peuple en deuil prosterné devant la tombe de cette morte, la plus vieille de tous les Forsyte. Quelques paroles, une aspersion de terre, la poussée du cercueil dans le caveau ; tante Ann était entrée dans son éternel repos. Autour de la tombe, témoins de cette entrée, les cinq frères étaient debout, la tête courbée ; ils voulaient veiller à ce qu'Ann fût bien installée là où elle allait. Il fallait bien que sa petite fortune restât en arrière ; mais autrement, tout ce qui pouvait être fait serait fait. Puis, chacun se détournant et remettant son chapeau, ils allèrent inspecter l'un après l'autre la nouvelle inscription sur le marbre du caveau de famille :

À LA MÉMOIRE D'ANN FORSYTE,
FILLE DES CI-DESSUS JOLYON ET ANN FORSYTE,
QUI A QUITTÉ CE MONDE
LE VINGT-SEPTIÈME JOUR DE SEPTEMBRE 1886,
ÂGÉE DE QUATRE-VINGT-SEPT ANS
ET QUATRE JOURS

Bientôt peut-être, un autre d'entre eux aurait besoin d'une inscription. Étrange et intolérable pensée ; car ils n'avaient pas cru en quelque sorte que des Forsyte pouvaient mourir ! Tous, jusqu'au dernier, il leur tardait de s'éloigner de cette tristesse, de cette cérémonie qui leur avait rappelé des choses auxquelles ils ne pouvaient supporter de penser, de s'éloigner vite, pour retrouver leurs affaires, et oublier.

Il faisait froid aussi ; le vent, comme une lente force de décomposition qui balayait la colline aux innombrables tombes, les frappait de son haleine frissonnante ; ils commencèrent à se scinder en petits groupes et à remplir aussi vite que possible les voitures qui les attendaient.

Swithin dit qu'il retournait déjeuner chez Timothy, et offrit à qui voudrait de monter avec lui dans son coupé. Monter avec Swithin dans ce coupé qui n'était pas grand semblait un privilège douteux. Personne n'accepta, et il partit seul. James et Roger le suivirent immédiatement ; ils passeraient aussi chez Timothy pour déjeuner. Les autres se dispersèrent peu à peu ; le vieux Jolyon emmena trois neveux pour remplir sa voiture : il avait besoin de ces jeunes visages. Soames, qui devait régler quelques détails à l'agence du cimetière, s'éloigna en compagnie de Bosinney. Il avait à causer avec lui. Quand il eut passé à l'agence, les deux hommes marchèrent ensemble jusqu'à Hampstead ;

ils déjeunèrent au Spaniard's Inn, et passèrent longtemps à examiner toutes sortes de détails relatifs à la construction de la maison ; puis ils gagnèrent le tramway, et revinrent ensemble jusqu'à Marble Arch, où Bosinney se dirigea vers Stanhope Gate, pour aller voir June.

Soames se sentait en excellente humeur quand il arriva chez lui. Au dîner, il confia à Irène qu'il avait eu une bonne conversation avec Bosinney, qui avait vraiment l'air d'un garçon intelligent. Ils avaient fait ensemble une fameuse promenade qui lui avait fait du bien au foie (il manquait d'exercice depuis longtemps). Enfin ç'avait été une bonne journée. S'il n'y avait eu le deuil de la pauvre tante Ann, il l'aurait emmenée au théâtre ; puisque cela n'était pas possible, il faudrait tirer le meilleur parti d'une soirée à la maison.

— Le Brigand s'est informé de vous plus d'une fois, dit-il subitement.

Et, mû par quelque inexplicable désir d'affirmer son droit de propriétaire, il se leva de sa chaise et planta un baiser sur l'épaule de sa femme.

DEUXIÈME PARTIE

10

La maison s'élève

L'hiver avait été doux. Les affaires s'étaient ralenties et, comme Soames l'avait pensé avant de prendre sa décision, l'époque était bonne pour bâtir. Tout le gros œuvre de la maison de Robin Hill fut achevé à la fin d'avril.

Maintenant qu'on pouvait lui montrer quelque chose pour son argent, Soames allait voir la construction, une, deux et même trois fois par semaine ; il furetait pendant des heures au milieu des débris, attentif à ne jamais salir ses vêtements ; il circulait silencieusement à travers le briquetage des portes inachevées, tournait autour des colonnes dans la cour centrale. Et il se tenait devant elles, immobile, plusieurs minutes de suite, comme pour scruter la vraie qualité de leur substance.

Le 30 avril, il avait rendez-vous avec Bosinney pour un examen des comptes ; cinq minutes avant l'heure convenue, il entra dans la tente que l'architecte s'était dressée près du vieux chêne.

Les comptes étaient déjà préparés sur une table pliante ; après un léger salut, Soames s'assit pour les étudier. Il se passa quelque temps avant qu'il ne relevât la tête.

— Je n'y comprends rien, dit-il enfin, presque sept cents livres de trop !

Il jeta un regard sur la figure de Bosinney et continua rapidement :

— Vous n'avez qu'à tenir tête à ces entrepreneurs, vous en viendrez à bout. Ils grattent sur tout, ces gens-là, si on n'a pas l'œil. Rabattez-leur dix pour cent sur le total. Je ne ferai pas une affaire d'une centaine de livres en plus.

Bosinney secoua la tête.

— J'ai rabattu tout ce qu'il était possible jusqu'au dernier centime.

Soames repoussa la table avec un mouvement de colère qui fit voler les feuilles de compte.

— Eh bien, tout ce que je peux vous dire, c'est que vous avez fait un joli gâchis ! s'écria-t-il, très échauffé.

— Je vous ai dit vingt fois, répliqua violemment Bosinney, que le premier devis serait dépassé. Je vous ai assez montré sur quels points.

— Je sais bien, gronda Soames, et je n'aurais pas marchandé pour un billet de dix livres par-ci par-là. Comment pouvais-je deviner que vos extras iraient à sept cents livres ?

Les qualités des deux hommes n'étaient pas étrangères à ce considérable écart. D'une part, la passion de l'architecte pour son idée, pour un projet qui était sa création et dans lequel il avait foi, l'empêchait d'accepter l'obstacle ou de se résoudre à l'expédient ; de l'autre, la passion non moins profonde et entière de Soames pour le meilleur objet représenté par un certain prix lui permettait difficilement de croire qu'on ne pût acheter pour douze shillings un objet qui en valait treize.

— Je regrette de m'être chargé de votre maison, fit subitement Bosinney. Vous venez ici me faire des ennuis du diable. Vous en demandez pour votre argent deux fois plus qu'un autre ; et maintenant que vous avez une maison qui est peut-être la plus grande du comité, vous ne voulez pas faire face aux dépenses. Si vous voulez que nous en restions là, je tâcherai de prendre à mon compte ce qui dépasse le devis. Mais je vous fiche mon billet que je ne fais plus ça de travail pour vous !

Soames reprit son sang-froid. Sachant que Bosinney n'avait point de capital, cette proposition lui parut folle. Il vit aussi qu'il lui faudrait attendre indéfiniment avant de s'installer dans cette maison sur laquelle il avait concentré ses désirs, qu'il allait perdre son architecte juste au moment critique où la collaboration personnelle de celui-ci devenait de toute importance. Il fallait aussi penser à Irène. Elle était bizarre depuis quelque temps. Il croyait vraiment que c'était sa sympathie pour Bosinney qui lui avait fait accepter l'idée de la maison. Ce n'était pas le moment d'entrer ouvertement en conflit avec elle.

— Vous n'avez pas besoin de vous monter, dit-il. Si moi, j'accepte de payer, qu'est-ce que vous avez à dire ? Mon idée, c'était que quand vous m'annoncez qu'une chose va coûter tant, j'aime bien… oui, ma foi… j'aime bien savoir où j'en suis.

— Écoutez, dit Bosinney – et Soames fut à la fois surpris et contrarié par la perspicacité de son regard –, vous avez mes services à bas prix. Pour le genre de travail que j'ai mis dans cette maison et tout le temps que j'y ai donné, vous auriez payé Littlemaster ou quelque autre nullité quatre fois plus cher. Ce que vous voulez, en fait, c'est un homme de premier ordre, pour un salaire de quatrième, et c'est exactement ce que vous avez !

Soames vit que l'architecte parlait avec conviction, et tout irrité qu'il fût, les conséquences d'un éclat se dressèrent vivement dans son esprit. Il vit sa maison inachevée, sa femme en révolte, lui-même la risée de tous.

— Repassons les comptes, dit-il d'un ton maussade, et voyons à quoi a passé l'argent.

— Très bien, acquiesça Bosinney, mais dépêchons-nous si vous le voulez bien. Je dois rentrer à temps pour conduire June au théâtre.

Soames lui glissa un regard furtif et dit :

— Vous venez chez nous, je suppose, pour la retrouver ?

Il venait chez eux continuellement.

Il avait plu la nuit précédente, une pluie de printemps, et de la terre montait une odeur de sève et d'herbes sauvages. La tiède et molle brise balançait les feuilles et les bourgeons dorés du vieux chêne, les merles sifflaient au soleil à cœur perdu.

C'était un de ces jours de printemps dont les effluves emplissent le cœur d'une ineffable langueur, d'une tendresse douloureuse, de ce désir qui fait qu'un homme se tient immobile, à regarder l'herbe ou les feuilles, et ouvre les bras pour étreindre… il ne sait quoi.

Une tiédeur évanescente s'exhalait de la terre, à travers la robe de froid dont l'avait enveloppée l'hiver, et c'était sa longue caresse d'offrande pour attirer les hommes à se coucher entre ses bras, à rouler leurs corps sur le sien, à poser leurs lèvres contre sa poitrine.

C'était par un jour tout semblable que Soames avait obtenu d'Irène le « oui » si souvent imploré. Assis sur un tronc d'arbre abattu, pour la vingtième fois il lui avait promis que si leur mariage n'était pas heureux, elle serait aussi libre que si elle ne l'avait pas épousé !

— Le jurez-vous ? avait-elle dit.

Voici que l'autre jour, elle lui avait rappelé ce serment. Il avait répondu :

— Quelle sottise ! Comment aurais-je pu jurer une chose pareille ?

Une maladroite fatalité lui rappelait aujourd'hui le souvenir renié. Quels bizarres serments les hommes sont capables de faire pour l'amour des femmes ! Pour la gagner, il n'y a pas un jour où il n'aurait fait cette promesse ; il la referait aujourd'hui, s'il pouvait ainsi la toucher ; mais personne ne pouvait la toucher : elle avait le cœur froid !

La fraîche et douce saveur du vent printanier lui ramenait en foule ses souvenirs, les souvenirs du temps où il faisait sa cour.

Au printemps de 1881, il était en visite chez son client et ancien camarade de classe George Liversedge, qui, ayant l'intention de développer ses plantations de pins aux environs de Bournemouth, l'avait chargé de former la société indispensable à la réalisation du projet. Mrs Liversedge, qui avait le sens de la politesse utile, avait donné un thé musical en son honneur. Vers la fin de cette cérémonie que, n'étant pas musicien, il avait subie comme une corvée, Soames avait remarqué le visage d'une jeune fille en deuil qui se tenait isolée. Les longues lignes de son corps se révélaient sous l'étoffe souple et crêpelée de sa robe; elle joignait devant elle ses mains gantées de noir, ses lèvres s'entrouvraient un peu, ses grands yeux sombres erraient de visage en visage. Son chignon bas brillait sur sa nuque, au-dessus de son col noir, comme une torsade de métal étincelant. Et tandis qu'il la regardait, Soames sentit se glisser en lui cette impression que la plupart des hommes ont connue à un moment de leur vie: une singulière satisfaction des sens, une sorte de certitude qui constitue ce que les romanciers et les vieilles dames appellent « le coup de foudre ». Tout en continuant de l'observer sans en avoir l'air, il fraya son chemin jusqu'à la maîtresse de maison et attendit résolument que la musique eût cessé.

— Qui est cette jeune fille, qui a des cheveux blonds et des yeux sombres ? demanda-t-il.

— Celle-là ? Oh ! Irène Heron. Son père, le professeur Heron, est mort cette année; elle vit avec sa belle-mère. C'est une gentille fille, et jolie, mais pas de fortune !

— Voulez-vous me présenter ? dit Soames.

Il ne trouva que peu à lui dire, et elle-même ne répondit guère. Mais il partit décidé à la revoir. Il y réussit par hasard, l'ayant rencontrée sur la jetée avec sa belle-mère, qui avait l'habitude de se promener là entre midi et une heure, avant le déjeuner. Soames se hâta de faire la connaissance de cette dame, et ne fut pas long à découvrir en elle l'alliée qu'il cherchait. Avec un sens pratique qui voyait tout de suite les dessous matériels d'une vie de famille, il comprit qu'Irène coûtait à sa belle-mère plus que les cinquante livres qu'elle lui rapportait annuellement ; et de même il comprit que Mrs Heron, encore dans toute sa fleur, désirait se remarier. L'étrange beauté presque épanouie de sa belle-fille lui faisait obstacle. Et Soames, avec sa ténacité furtive, combina ses plans.

Il quitta Bournemouth sans avoir rien livré de ce qui se passait en lui, mais au bout d'un mois, il revint. Cette fois il parla, mais seulement à la belle-mère. Il était décidé, dit-il alors, et prêt à attendre ce qu'il faudrait. Et il lui fallut attendre longtemps, regardant Irène fleurir, les lignes de son jeune corps se faire plus douces, le sang plus fort assombrir le rayon de ses yeux, mettre une lueur chaude dans la pâleur de son teint. À chaque visite, il lui renouvelait sa demande, et la visite finie, il rentrait à Londres avec un nouveau refus, le cœur meurtri, mais silencieux et imperturbable toujours. Il tenta d'arriver aux sources secrètes de sa résistance ; une fois seulement, il put en voir quelque chose. C'était à un de ces bals de souscription où les passions d'une colonie de baigneurs peuvent se donner carrière. Il était assis près d'elle dans une embrasure, les sens encore émus de la valse qu'il venait de danser. Elle l'avait regardé par-dessus son éventail qu'elle remuait lentement ; il perdit la tête. Saisissant ce mouvant poignet, il pressa de ses lèvres le bras nu de la jeune fille. Et elle avait frissonné… Aujourd'hui encore, Soames n'avait pas oublié ce frisson, ni le regard passionnément hostile qu'elle lui avait jeté.

Un an plus tard, elle avait cédé. Pourquoi ? Il n'avait jamais pu le découvrir, et Mrs Heron, qui était assez habile diplomate, ne lui en avait rien appris. Après leur mariage, il demanda un jour à la jeune femme : « Pourquoi m'avez-vous refusé si souvent ? » Elle n'avait répondu que par un silence étrange. Énigme dès leur première rencontre, elle restait une énigme…

Bosinney l'attendait à la porte, et, sur son beau visage aux traits rudes, il y avait une singulière expression de rêve et de bonheur, comme s'il voyait aussi dans le ciel de printemps une promesse de félicité, comme s'il aspirait, dans l'air attiédi, des joies à venir. Soames le regarda. Qu'était-il arrivé à ce garçon pour qu'il ait l'air si heureux ? Qu'attendait-il avec ce sourire sur les lèvres et dans les yeux ? Soames ne pouvait pas voir ce que Bosinney attendait, tandis qu'il se tenait là, debout, buvant la brise où passaient des parfums de fleur. Et une fois de plus, il se sentit dérouté devant cet homme que, d'instinct, il dédaignait. Il se dépêcha de regagner la maison.

— La couleur qui s'impose pour ces tuiles, dit Bosinney, c'est le rubis, avec une teinte grise coulée dedans pour donner un effet de transparence. J'aimerais avoir l'opinion d'Irène. Je suis en train de commander les rideaux de cuir rouge pour la porte de cette cour ; et dans le salon, avec un ton crème en détrempe, sur un fond de papier, vous obtiendrez un effet fuyant… Dans toute cette décoration, ce qu'il faut chercher, c'est un certain charme.

Soames dit :

— C'est au charme d'Irène que vous faites allusion ? Bosinney éluda la question.

— Il vous faut une corbeille d'iris au milieu de cette cour.

Soames sourit d'un air supérieur.

— Je passerai chez Beech un de ces jours, dit-il, et je verrai ce qui convient.

Ils ne trouvèrent plus grand-chose à se dire, mais, sur le chemin de la gare, Soames demanda :

— Je suppose que vous trouvez Irène très artiste ?

— Oui.

L'abrupte réponse était aussi nettement mortifiante que l'eût été ce conseil : « Si vous avez envie de la discuter, adressez-vous ailleurs. »

Et la lente colère maussade que Soames avait éprouvée tout l'après-midi se ralluma plus vive en lui.

Ils ne se dirent plus une parole jusqu'au moment d'arriver à la gare ; alors Soames demanda :

— Quand pensez-vous avoir fini ?

— Vers la fin de juin, si vraiment vous voulez que je me charge aussi de la décoration.

Soames fit un signe affirmatif.

— Mais vous comprenez bien, dit-il, que cette maison me coûte beaucoup plus que je n'avais envisagé. Je peux aussi bien vous dire que j'aurais tout envoyé promener, si ce n'était mon habitude de me tenir à une décision prise.

Bosinney ne répondit rien. Et Soames lui jeta de travers un regard d'antipathie résolue : en dépit de son air supérieur, hautain et de sa distinction laconique, Soames, avec ses lèvres serrées et son menton carré, avait quelque chose du bouledogue.

Quand, à sept heures ce soir-là, June arriva au 62, Montpellier Square, la femme de chambre, Bilson, lui dit que Mr Bosinney était au salon.

— Madame s'habille, ajouta-t-elle, et sera en bas dans un instant. Je vais lui annoncer mademoiselle.

June l'arrêta aussitôt.

— C'est bien, Bilson, j'entre au salon ; vous n'avez pas besoin de presser madame.

Elle enleva son manteau et Bilson, qui eut un air d'intelligence, ne lui ouvrit même pas la porte du salon, mais monta l'escalier en courant.

June s'arrêta un instant pour se regarder dans le petit miroir d'argent ancien qui pendait au-dessus d'un coffre de chêne : jeune silhouette impérieuse et mince, au petit visage résolu, dans une robe blanche, dont l'ouverture courbe découvrait la base d'un cou trop frêle pour la masse de cheveux, la torsade d'or rouge qui couronnait la tête. Elle ouvrit doucement la porte du salon, afin de prendre son fiancé par surprise. La pièce était remplie d'une douce et chaude senteur d'azalées fleuries. Elle aspira longuement le parfum et entendit la voix de Bosinney, non pas dans le salon, mais dans la serre voisine, qui disait :

— Ah ! il y avait tant de choses dont je voudrais vous parler, et maintenant nous n'aurons plus le temps !

La voix d'Irène répondit :

— Pourquoi pas à dîner ?

— Comment peut-on parler…

La première pensée de June fut de se retirer, mais au contraire, elle se dirigea vers le vitrage qui ouvrait sur le jardin d'hiver. C'était de là que venait le parfum d'azalées et debout, lui tournant le dos, leurs visages mêlés aux fleurs d'or rose, se tenaient son fiancé et Irène.

En silence, mais sans honte, les joues en feu, les yeux irrités, la jeune fille les regarda.

— Venez dimanche, toute seule, nous verrons toute la maison ensemble.

June vit Irène relever la tête et le regarder à travers l'écran de fleurs. Ce n'était pas le regard d'une coquette, mais mille fois pire pour la jeune fille aux aguets : celui d'une femme qui a peur d'en dire trop long rien que par son regard.

— J'ai promis de faire une promenade en voiture avec oncle…

— Le gros ! Faites-vous conduire par lui, il n'y a que dix miles, juste ce qu'il faut à ses chevaux !

— Pauvre oncle Swithin !

Une bouffée d'azalée arriva au visage de June ; elle se sentit malade et comme étourdie.

— Si, venez ! ah ! venez !

— Mais pourquoi ?

— Il faut que je vous voie là-bas ; je croyais que vous aimeriez m'aider.

La jeune fille entendit la réponse trembler doucement au milieu des fleurs :

— Oui, j'aimerais…

Elle passa la porte.

— On étouffe ici, dit-elle ; je ne peux pas supporter cette odeur !

Son regard si direct et irrité se posa sur leurs deux visages.

— Vous parliez de la maison ? Moi, je ne l'ai pas encore vue, vous savez ; voulez-vous que nous y allions tous dimanche ? La couleur avait quitté le visage d'Irène.

— Je sors en voiture avec oncle Swithin, répondit-elle.

— Oncle Swithin ! Qu'est-ce que cela fait ? Envoie-le promener.

— Je n'ai pas l'habitude d'envoyer promener les gens ! Il y eut un bruit de pas et June vit Soames qui se tenait juste derrière elle.

— Eh bien, si vous êtes tous prêts, dit Irène, dont le regard alla de l'un à l'autre avec un étrange sourire, le dîner l'est aussi !

11

June en partie de plaisir

Le dîner commença en silence ; les deux femmes étaient assises en face l'une de l'autre, les hommes de même.

En silence, on acheva le potage – excellent, quoiqu'un peu épais ; puis on apporta le poisson, qui fut servi en silence.

Bosinney hasarda :

— C'est le premier jour de printemps. Irène répéta doucement :

— Oui, le premier jour de printemps.

— De printemps ! dit June ; il n'y a pas un souffle d'air ! Personne ne répondit. On enleva le poisson, une fraîche et délicate sole de Douvres. Et Bilson apporta le champagne dans une bouteille au col emmailloté de blanc. Soames dit :

— Vous le trouverez sec.

On passa des côtelettes ; chacune avait une papillote rose autour de l'os. June n'en prit point, et le silence retomba.

Soames dit :

— Vous devriez prendre une côtelette, June, c'est tout ce que nous avons.

Mais June refusa encore, et on emporta les côtelettes. Alors Irène demanda :

— Phil, avez-vous entendu mon merle ?

Bosinney répondit :

— Je crois bien, il siffle un air de chasse. Je l'ai entendu du square, comme j'arrivais chez vous.

— C'est un amour !

— De la salade, monsieur ?

On enlevait le poulet de grain. Mais Soames parlait :

— Les asperges sont bien médiocres. Bosinney, un verre de xérès avec votre entremets ? June, vous ne buvez rien !

June dit :

— Vous savez que je ne prends jamais de vin, je l'ai en horreur.

Une charlotte aux pommes apparut sur un plat d'argent. Et Irène dit en souriant :

— Les azalées sont merveilleuses, cette année ! Bosinney répondit par un murmure :

— Merveilleuses ! L'odeur est extraordinaire ! June dit :

— Comment pouvez-vous aimer cette odeur ? Du sucre, Bilson, s'il vous plaît.

On lui présenta du sucre, et Soames remarqua :

— Cette charlotte est bonne !

La charlotte fut enlevée. Un long silence suivit. Irène fit un signe du doigt et dit :

— Ôtez l'azalée, Bilson. L'odeur incommode miss June.

— Non, laissez-la ! fit June.

Des olives de France et du caviar de Russie furent apportés sur de petites assiettes. Et Soames dit :

— Pourquoi ne pouvons-nous pas en avoir de la grosse espèce ?

Mais personne ne répondit. On emporta les olives. Levant son verre, June demanda :

— Donnez-moi de l'eau, s'il vous plaît.

On lui en versa. Un plateau d'argent arriva, chargé de pruneaux d'Allemagne. Il y eut un long silence. Tous mangeaient leurs prunes dans une parfaite harmonie.

Bosinney compta ses noyaux :

— Cette année, l'année prochaine, dans longtemps… Irène acheva doucement :

— Jamais… Il y a eu un étonnant coucher de soleil. L'horizon est encore tout rouge, et si beau !

Il répondit :

— Oui, c'est étrange, au bord du ciel déjà sombre.

Leurs yeux s'étaient rencontrés ; June s'écria avec mépris :

— Un coucher de soleil à Londres !

On passa des cigarettes égyptiennes dans une boîte d'argent. Soames en prit une et demanda :

— À quelle heure commence votre pièce ?

Personne ne répondit, et l'on apporta du café turc dans des tasses émaillées. Irène, souriant tranquillement, dit :

— Si seulement…

— Seulement quoi ? fit June.

— Si seulement l'année pouvait s'arrêter, si le printemps pouvait ne pas finir !

On apporta l'eau-de-vie qui était pâle et vieille. Soames dit :

— Bosinney, vous devriez prendre de l'eau-de-vie. Bosinney en prit un verre, puis tout le monde se leva.

— Voulez-vous un fiacre ? demanda Soames. June répondit :

— Non. Mon manteau, s'il vous plaît, Bilson.

On lui apporta son manteau. Irène, de la fenêtre, murmura :

— Quelle adorable nuit ; voilà les étoiles qui s'allument.

Soames ajouta :

— Eh bien ! j'espère que vous allez vous amuser tous les deux.

De la porte, June répondit :

— Merci. Venez, Phil.

Bosinney cria :

— Je viens !

Soames sourit d'un air railleur et dit :

— Je vous souhaite du plaisir !

De la porte, Irène les regarda partir. Bosinney lança :

— Bonsoir !

— Bonsoir, répondit-elle doucement.

June se fit mener par son fiancé sur l'impériale d'un omnibus, disant qu'elle avait besoin d'air ; elle demeura silencieuse, la figure tournée vers la brise.

Le cocher se retourna une ou deux fois avec l'intention de hasarder une remarque, mais se ravisa. Pas précisément folichon, ce jeune couple ! Le printemps était entré dans son sang, à lui aussi ; il sentait le besoin d'en laisser échapper la vapeur et claquait sa langue, faisait tournoyer son fouet et caracoler ses chevaux. Les chevaux eux-mêmes, pauvres êtres, avaient flairé le printemps et, pendant une brève demi-heure, ils martelèrent le pavé avec des sabots joyeux.

La ville était toute vivante ; les branches redressées à la pointe, sous leur toison de jeunes feuilles, attendaient quelque don qu'apporterait la brise. Les réverbères qu'on venait d'allumer rayonnaient de plus en plus brillants dans la nuit tombante ; les figures de la foule étaient pâles sous cette lumière crue, tandis qu'en haut les grands nuages blancs glissaient doux et rapides, sur le ciel violet.

Les hommes en habit de soirée avaient enlevé leurs pardessus et, plus alertes, montaient les marches de leurs clubs ; les ouvriers flânaient et les femmes, celles qui à cette heure de la nuit vont seules, se dirigeant en un long flot vers l'est, marchaient d'une allure traînante et balancée qui trahissait l'attente, rêvant de bon vin, de bon souper, ou peut-être, pendant une minute insolite, de baisers donnés par amour.

Ces innombrables silhouettes qui suivaient chacune son chemin sous les réverbères et sous le ciel mouvant avaient toutes reçu l'inquiète bénédiction du printemps qui fermente ; et tous ces êtres, comme ces élégants de club avec leurs paletots ouverts, avaient rejeté quelque chose de leur caste, de leurs dogmes, de leurs coutumes, et, par l'angle de leurs chapeaux, le rythme de leurs pas, leurs silences ou leurs rires, avouaient leur humaine ressemblance sous les cieux passionnés.

June et Bosinney franchirent en silence la porte du théâtre et gagnèrent leurs places, dans une loge du haut. La pièce venait de commencer et la salle à demi obscure, avec ses rangées de têtes humaines regardant toutes du même côté, semblait un vaste parterre de fleurs qui tournent leur face au soleil.

June n'était jamais entrée dans une troisième loge. Depuis l'âge de quinze ans, elle avait habituellement accompagné son grand-père aux fauteuils d'orchestre. Encore n'étaient-ce pas les premiers venus parmi les fauteuils d'orchestre, mais les meilleurs de toute la salle, vers le milieu du troisième rang. Ils étaient retenus longtemps d'avance, chez Grogan & Boyne's, par le vieux Jolyon, quand il rentrait de la City ; les billets étaient serrés dans la poche de son pardessus, avec son étui à cigares, et ses vieux gants de chevreau, puis confiés à June pour qu'elle les gardât jusqu'au soir fixé. Et, dans ces fauteuils – lui, vieux et droit, avec sa sérieuse tête blanche ; elle, énergique et ardente, sous sa couronne d'or rouge –, ils assistaient à toutes les pièces de tous les genres ; et sur le chemin du retour, le vieux Jolyon disait du principal acteur :

— Oh ! c'est une mazette ! Il fallait voir le petit Bobson !

June avait attendu cette soirée avec une joie aiguë. Point de chaperon. C'était une soirée volée, que personne ne soupçonnait à Stanhope Gate où on la croyait chez Soames. Elle avait attendu beaucoup de cette ruse inventée pour l'amour de son fiancé ; elle avait espéré dissiper ainsi l'épais et froid nuage et ramener leurs relations – si énigmatiques, si torturantes depuis quelque temps – à la simplicité ensoleillée qu'elles avaient connue avant l'hiver. Elle était venue avec l'intention de dire quelque chose de net, elle regardait la scène, avec un sillon entre ses sourcils, sans rien voir, les mains jointes et crispées sur ses genoux. Un essaim de soupçons jaloux la criblait de piqûres.

Si Bosinney eut conscience de son trouble, il ne le montra pas.

Le rideau tomba. Le premier acte était fini.

— Il fait horriblement chaud ici ! dit la jeune fille. Je voudrais sortir.

Elle était très pâle et elle savait, car ses nerfs ainsi aiguisés percevaient tout, qu'il était à la fois gêné et agité de remords.

Derrière le théâtre, un balcon découvert surplombait la rue ; elle en prit possession et s'y tint appuyée sans rien dire, attendant qu'il commençât. À la fin, elle ne put supporter leur silence.

— Je veux vous dire quelque chose, Phil.

— Oui ?

Le ton défensif de cette voix fit monter le rouge à ses joues, les mots rapides à ses lèvres.

— Vous ne me laissez plus aucune occasion d'être gentille avec vous, plus depuis des siècles !

Bosinney plongeait son regard dans la rue ; il ne répondit pas. June s'écria passionnément :

— Vous savez que je veux faire tout pour vous, être tout pour vous.

Un bourdonnement s'élevait de la rue, et, le perçant d'un « ding » aigu, la sonnette annonça le lever du rideau. June ne bougea pas. Un combat désespéré se livrait en elle. Allait-elle le mettre à l'épreuve ? Allait-elle jeter directement un défi à cette influence, cette attraction qui le lui enlevait ? C'était dans sa nature de défier. Elle dit :

— Phil, emmenez-moi voir la maison, dimanche !

Avec un sourire qui tremblait et se brisait sur ses lèvres, tout en essayant – avec quel effort ! – de ne pas lui montrer qu'elle le guettait, elle fouilla son visage. Elle le vit vaciller, hésiter, elle vit une ride soucieuse se creuser entre ses sourcils, le sang affluer à son front. Il répondit :

— Pas dimanche, chérie ; un autre jour !

— Pourquoi pas dimanche ? Dimanche, je ne dérangerais rien.

Il fit un effort évident et dit :

— J'ai un engagement.

— Vous allez emmener…

Il leva les épaules, avec une lueur de colère aux yeux, et reprit :

— Un engagement qui m'empêchera de vous emmener voir la maison !

June se mordit la lèvre jusqu'au sang et regagna sa place sans un mot mais elle ne put empêcher des larmes de rage de couler le long de ses joues. Grâce à Dieu, la salle avait été plongée dans l'obscurité pour une crise du drame et personne ne pourrait voir son trouble.

Pourtant, que, dans ce monde de Forsyte, nul ne se croie jamais à l'abri des regards !

Au troisième rang derrière June, Euphemia, la seconde fille de Nicholas, et sa sœur mariée, Mrs Tweetyman, faisaient le guet.

Elles racontèrent chez Timothy comment elles avaient vu June et son fiancé au théâtre.

— Aux fauteuils d'orchestre ?

— Non pas, aux…

— Oh ! aux fauteuils de balcon, bien sûr ; cela paraît être tout à fait à la mode maintenant pour la jeunesse !

— Eh bien ! pas tout à fait. Dans une… Quoi qu'il en soit, voilà des fiançailles qui ne dureront plus longtemps. On n'avait jamais vu une figure aussi catastrophique que celle de cette petite June.

Avec des larmes de plaisir dans les yeux, elles racontèrent que June avait donné un coup de pied dans le chapeau d'un monsieur comme elle regagnait sa place au milieu d'un acte, et quelle tête avait fait le monsieur. Euphemia avait un rire célèbre, qui s'égrenait en silence et se terminait, de la manière la plus désappointante, par de petits cris aigus ; et quand Mrs Small, levant ses deux mains, répéta : « Ma chère ! un coup de pied dans son cha-a-peau ! », elle poussa un si grand nombre de ces cris qu'il fallut la remettre avec des sels volatils. Comme elle s'en allait, elle redit à Mrs Tweetyman :

— Un coup de pied dans un cha-a-peau ! Non ! c'est mourant !

Pour « cette petite June », la soirée dont elle s'était promis tant de bonheur fut la plus malheureuse qu'elle eût jamais connue. Dieu sait si elle essaya d'étouffer son orgueil, ses soupçons, sa jalousie !

Elle quitta Bosinney à la porte de Stanhope Gate, sans avoir cessé de se dominer. Le sentiment qu'il lui fallait reconquérir son fiancé fut assez fort pour la soutenir jusqu'à ce que le son des pas qui s'éloignaient lui fît réaliser toute l'étendue de sa misère.

Le silencieux « non-conformiste » la fit entrer. Elle aurait voulu se glisser tout droit jusqu'à sa chambre, mais le vieux Jolyon qui l'avait entendue rentrer se tenait devant la porte de la salle à manger.

— Viens prendre ton lait, dit-il, on te l'a gardé au chaud. Tu arrives bien tard. Où as-tu été ?

June s'était installée devant le feu, un pied sur la grille et un bras sur la cheminée, dans l'attitude même qu'avait eue son grand-père le soir où il était revenu de l'opéra. Elle était trop près d'éclater pour attacher de l'importance à ce qu'elle répondrait.

— Nous avons dîné chez Soames.

— Hum, le propriétaire ! Sa femme était là – et Bosinney ?

— Oui.

Le regard du vieux Jolyon était fixé sur elle avec la pénétration à laquelle il était si difficile de se dérober ; mais elle ne le regardait pas et quand elle tourna vers lui son visage, instantanément il cessa de l'observer. Il en avait vu assez – et trop. Il se courba pour soulever la tasse de lait posée sur le foyer, et se détournant il murmura :

— Tu ne devrais pas rester dehors si tard. Ça ne te vaut rien.

Il était invisible maintenant derrière son journal dont il faisait nerveusement craquer les pages ; mais quand June vint l'embrasser, il dit : « Bonne nuit, ma chérie » avec une voix si tremblante et si inattendue que la jeune fille eut besoin de toutes ses forces pour quitter la chambre avant de se laisser aller à cette crise de sanglots qui devait durer bien avant dans la nuit.

Quand la porte se fut refermée, le vieux Jolyon laissa tomber son journal et se mit à regarder devant lui, longtemps, anxieusement.

— Le misérable, pensait-il. Je savais bien qu'elle aurait du chagrin avec lui !

Des doutes inquiets, des soupçons d'autant plus mordants qu'il ne pouvait rien pour arrêter ou modifier la marche des événements, l'assiégeaient en foule.

Est-ce que le type allait la planter là ? Il brûlait d'aller lui dire :

— Dites-moi, monsieur ! Est-ce que vous allez planter là ma petite-fille ?

Était-ce possible ? Il ne savait rien, ou presque rien, mais avec sa perspicacité infaillible, il était sûr qu'il se passait quelque chose. Il soupçonnait Bosinney d'être trop souvent à Montpellier Square.

— Ce garçon, pensait-il, n'est peut-être pas un chenapan ; il n'a pas une mauvaise figure, mais il est bizarre ; je ne me l'explique pas. On me dit qu'il trime comme un nègre, mais je n'en vois pas le résultat. Il n'est pas pratique, il n'a pas de méthode. Quand il vient ici, il s'assied, morose comme un singe. Si je lui demande de quel vin il veut prendre, il répond : « N'importe lequel, merci ! » Quand je lui offre un cigare, il le fume comme si c'était une saleté allemande de quatre sous. Je ne le vois jamais regarder June comme il devrait la regarder : et pourtant, ce n'est pas après son argent qu'il court. Qu'elle lui fasse le moindre signe et il lui rendrait sa parole demain. Mais ce n'est pas elle qui ferait ça. Non, bien sûr. Elle se cramponnera. Elle est entêtée comme le destin ; jamais elle ne lâchera prise !

Avec un profond soupir, il reprit son journal ; peut-être dans ses colonnes trouverait-il une consolation.

Et là-haut dans sa chambre, June assise à la fenêtre ouverte respirait le vent printanier qui, après avoir passé sur les jeunes feuilles dans le parc, venait rafraîchir ses joues chaudes et brûler son cœur.

12

En voiture avec Swithin

Certaine chanson qu'on trouve dans un vieux et fameux livre d'école comprend ces deux vers :

Que ses boutons brillaient sur son habit bleu, tra, la la !
Il faisait des roulades et chantait comme un oiseau.

On ne saurait dire que Swithin chantât comme un oiseau ; mais il se sentit presque d'humeur à essayer de fredonner, lorsqu'il sortit de Hyde Park Mansions et contempla ses chevaux amenés devant la porte.

L'après-midi avait la suavité d'un jour de juin. Pour achever de ressembler au personnage de la vieille chanson, Swithin avait endossé une redingote bleue et, après avoir fait descendre Adolf trois fois, pour s'assurer qu'il n'y avait pas dans le vent le moindre soupçon d'est, il s'était dispensé de mettre son pardessus. Sa redingote était si bien serrée autour de son imposante personne que vraiment les brillants boutons de la chanson y eussent fait bon effet. Majestueux, sur le trottoir, il ajustait ses gants de peau de chien. Avec son vaste chapeau haut de forme qui ressemblait à une cloche, sa grande taille et sa carrure, il avait l'air trop primitif pour un Forsyte. Ses épais cheveux blancs, qu'Adolf avait frottés avec un rien de pommade, exhalaient un parfum d'opopanax et de cigares, l'odeur des fameux cigares de Swithin que celui-ci payait cent quarante shillings le cent, et dont le vieux Jolyon avait dit méchamment que, gratis, il ne les fumerait pas, et que c'étaient des cigares pour un estomac de cheval !

— Adolf !

— Monsieur !

— Le plaid neuf !

Ce garçon-là n'apprendrait donc jamais ce que c'est que le chic ; et pourtant Mrs Soames, il en était sûr, avait l'œil.

— Baissez la capote ; je m'en vais… conduire… une… dame !

Une jolie femme aurait envie de montrer sa robe et il allait – eh bien, oui ! il allait conduire une dame ! C'était comme un recommencement du bon vieux temps.

Des siècles qu'il n'avait mené une femme en voiture ! La dernière fois, s'il se rappelait bien, ç'avait été Juley ; la pauvre vieille avait été plus nerveuse qu'une chatte tout le long du chemin et l'avait tant impatienté qu'en la débarquant à sa porte, il avait dit : « Le Diable m'emporte si jamais je vous emmène encore ! » Et, en effet, il ne l'avait plus promenée. À d'autres !

Allant à ses chevaux, il examina leurs mors, non qu'il sût quoi que ce fût sur les mors ; il ne payait pas son cocher soixante livres par an pour faire son ouvrage à sa place ; ce n'était pas dans ses principes. À la vérité, sa réputation de sportsman s'appuyait surtout sur le fait qu'une fois, le jour du Derby, il avait été roulé par des joueurs de passe-passe. Mais quelqu'un de son club l'ayant vu arriver en voiture et conduire lui-même ses chevaux gris (il avait toujours des chevaux gris ; selon l'opinion de plusieurs, on y gagnait plus de chic pour le même prix) l'avait surnommé « Forsyte au mail-coach ». Le mot lui était revenu par ce Nicholas Treffry, le défunt associé de Jolyon, si passionné pour conduire et célèbre pour avoir eu plus d'accidents de voiture qu'aucun homme dans le royaume. Et Swithin désormais s'était fait un devoir de bien porter un tel surnom. Il en était enchanté, non qu'il eût jamais tenu quatre chevaux en main, ou qu'il eût seulement rêvé de le faire, mais parce que le titre sonnait avec élégance. Forsyte au mail-coach ! Voilà qui n'était vraiment pas mal !

Une fois sur le siège, les rênes en main, ses yeux clignotant au grand soleil sur ses vieilles joues pâles, il promena un lent regard tout autour de lui. Adolf avait déjà sauté sur le siège arrière ; le groom à cocarde, debout à la tête des chevaux, se tenait prêt à laisser partir ; tout attendait le signal, Swithin le donna. L'équipage s'élança comme un trait et, en moins de temps qu'il n'en faut pour le dire, avec un fracas triomphal, arriva devant la porte de Soames.

Irène sortit à l'instant et monta dans la voiture ; Swithin la dépeignit plus tard chez Timothy : « Légère… comme… euh !… Taglioni ; pas d'histoires pour réclamer encore ci et puis ça » et surtout, Swithin insista sur ce point en fixant Mrs Septimus Small de manière à la déconnecter beaucoup : « Pas de sotte nervosité ! » Il décrivit à tante Hester le chapeau d'Irène : « Pas de vos grandes machines qui s'étalent et qui pendent de tous les côtés, pour attraper la poussière ; un petit – il fit un rond avec son doigt – bien net, un voile blanc ; goût parfait. »

— Avec quoi était-ce fait ? demanda tante Hester qui manifestait un intérêt languissant mais inépuisable toutes les fois qu'il s'agissait de toilette.

— Avec quoi ? rétorqua Swithin. Comment veux-tu que je le sache, moi ?

Il s'enfonça dans un silence si profond que tante Hester se mit à craindre qu'il ne fût tombé en syncope. Elle n'essaya pas de le faire elle-même revenir à lui, car telles n'étaient pas ses habitudes.

— Je voudrais bien que quelqu'un arrivât, pensa-t-elle, je n'aime pas son air !

Mais soudain Swithin revint à la vie :

— Fait de quoi ? râla-t-il lentement. De quoi voulez-vous qu'il soit fait ?

Ils n'avaient pas franchi quatre miles et Swithin avait déjà l'impression qu'Irène prenait plaisir à se promener avec lui. Son visage était si doux sous ce voile blanc, ses yeux sombres brillaient avec tant d'éclat dans la clarté printanière, et chaque fois qu'il parlait, elle les levait vers lui et souriait.

La veille au matin, Soames l'avait trouvée à sa table où elle venait d'écrire à Swithin pour remettre la sortie à un autre jour. Pourquoi donc la remettre ? demanda-t-il. Libre à elle de balancer les gens de sa famille ; pour sa famille à lui, il ne l'admettrait pas !

Elle l'avait fixé d'un regard profond, puis avait déchiré le billet en disant : « Très bien ! » Et elle s'était mise à en écrire un autre. Un instant après, Soames y laissa tomber ses yeux et vit qu'il était adressé à Bosinney.

— Qu'est-ce que vous pouvez bien avoir à lui écrire ? demanda-t-il.

Irène, avec le même regard profond, répondit tranquillement :

— Il s'agit de quelque chose qu'il m'a demandé de faire pour lui.

— Hum ! dit Soames, des commissions ! Vous n'avez pas fini si vous commencez ce métier-là !

Il n'en dit pas davantage.

Swithin ouvrit de grands yeux à la proposition d'aller à Robin Hill ; c'était une trotte pour les chevaux et il dînait toujours à sept heures et demie, avant qu'il n'y ait foule au club ; le nouveau chef ne soignait vraiment que ses premiers dîners. C'était un flemmard !

Pourtant il avait envie de jeter un coup d'œil sur la maison. Une maison, cela parle toujours à n'importe quel Forsyte, mais surtout s'il a été commissaire-priseur. Il déclara qu'après tout, dix miles, ce n'était rien. Dans sa jeunesse, il avait eu un pied-à-terre à Richmond pendant des années ; il y avait sa voiture et ses deux chevaux, et tous les jours il menait lui-même entre Richmond et son bureau.

C'est Forsyte au mail-coach qu'on l'appelait ! Sa charrette anglaise et ses chevaux étaient connus depuis Hyde Park Corner jusqu'au Star & Garter. Le duc de Z… aurait bien voulu mettre la main dessus, il lui en aurait donné deux fois le prix ; mais Swithin les avait gardés. On garde une bonne chose quand on la tient. Un air de solennel orgueil se répandit sur sa vieille figure glabre et carrée, il roulait sa tête entre les pointes de son grand col, comme un dindon qui se lisse les plumes.

Elle était vraiment une charmante femme ! Plus tard il décrivit sa robe à tante Juley en termes qui firent lever à celle-ci les bras au ciel.

Ça lui allait comme une peau, c'était tendu comme un tambour ; voilà ce qui lui plaisait, une silhouette tout d'une pièce ; ne lui parlez pas de ces femmes fagotées qui ont l'air d'épouvantails déplumés. Il regardait Mrs Septimus Small qui était longue et maigre et commençait à ressembler à James.

— Elle a du style, continuait Swithin ; une femme pour un roi ! Et si tranquille avec ça !

— Il me semble qu'elle a fait ta conquête, en tout cas, dit tante Hester de son coin, avec une voix traînante.

Swithin entendait fort bien quand on l'attaquait.

— Hein ! Quoi ? dit-il. Je sais reconnaître une jolie femme quand j'en trouve une, et tout ce que je peux dire, c'est que je ne vois pas le jeune homme qui serait à sa hauteur. Mais peut-être que tu le vois, toi ? peut-être que tu le vois !

— Oh ! murmura tante Hester, demande à Juley.

Cependant, bien avant d'atteindre Robin Hill, le grand air dont il était déshabitué lui avait donné terriblement sommeil ; il conduisait les yeux fermés, et seule la force de toute une vie de belle tenue maintenait droite sa grande et volumineuse stature. Bosinney, qui guettait leur arrivée, vint à leur rencontre et ils entrèrent ensemble dans la maison. En avant, Swithin jouait avec un fort jonc de Malacca à pomme d'or qu'Adolf lui avait mis dans la main, car ses genoux se ressentaient d'avoir gardé longtemps la même position. Il avait endossé sa pelisse pour se garantir contre les courants d'air d'une maison inachevée.

L'escalier, jugea-t-il, était beau. Le style seigneurial ! Il y faudrait un jour des statues ! Il s'arrêta entre les colonnes du portique qui ouvrait sur la cour intérieure et pointa sa canne avec un geste interrogateur :

— Et ça, qu'est-ce que vous en ferez, ce vestibule, ou… comment l'appelez-vous ?

Mais, voyant que la lumière tombait d'en haut, l'inspiration lui vint :

— Ah ! le billard !

Quand on lui dit que ce serait une cour carrelée avec des plantes au milieu, il se tourna vers Irène.

— Gâcher cet espace-là pour des plantes ? Prenez mon avis : mettez-y un billard !

Irène sourit. Elle avait relevé son voile qui lui bandait le front comme une coiffe de religieuse, et, au-dessous, le sourire de ses yeux sombres parut à Swithin plus charmant que jamais. Il hocha la tête. Il voyait bien qu'elle suivrait son conseil.

Il trouva peu à dire du salon et de la salle à manger qu'il qualifia de « spacieux » ; mais il tomba en extase, autant qu'il est permis à un homme de sa dignité, quand il entra dans la cave, après avoir descendu quelques degrés, Bosinney le précédant avec une bougie.

— Vous aurez de la place ici, dit-il, pour six ou sept cents douzaines, une très jolie petite cave !

Bosinney ayant exprimé le désir de leur montrer un effet de la maison vue du taillis au bas de la pente, Swithin s'arrêta.

— Il y a une jolie vue d'ici, remarqua-t-il. Vous n'auriez pas quelque chose comme une chaise ?

On alla lui chercher une chaise dans la tente de Bosinney.

— Descendez, vous deux ! dit-il bonnement ; je reste ici pour regarder la vue.

Il s'assit au soleil, près du chêne, droit et carré, une main étendue et appuyée sur le pommeau de sa canne, l'autre plantée sur son genou, sa pelisse largement ouverte, son chapeau surplombant de son toit plat le pâle carré de sa figure, son regard, très vide, fixé sur le paysage.

Il faisait de petits hochements de tête aux jeunes gens qui s'éloignaient à travers champs. Ah ! vraiment, il n'était pas fâché qu'on lui laissât un moment pour réfléchir. L'air sentait bon, le soleil n'était pas trop chaud, la vue, très belle, certainement, une vue remarqua… Sa tête tomba un peu de côté ; il la releva d'un sursaut et pensa : « C'est drôle ! » Il… Ah ! tiens ! Irène et Bosinney lui faisaient des signes en bas de la pente ; il leva la main et la remua deux ou trois fois. Ils avaient l'air de se parler avec entrain. Oui, la vue était remar… Sa tête pencha à gauche, il la redressa tout de suite ; elle pencha à droite, elle y resta. Il dormait.

Et, dans son sommeil, il semblait dominer, sentinelle immobile au sommet du coteau, tout ce « remarquable » paysage, telle une image taillée dans la pierre par le portraitiste des Forsyte primitifs, aux temps païens, pour illustrer la domination de l'esprit sur la matière.

Et toutes les générations des yeomen ses ancêtres qui, le dimanche, les bras croisés, avaient surveillé leurs champs de leurs immobiles yeux gris, ne révélant rien de leur instinct, instinct violent, instinct secret de possession à l'exclusion du reste du monde, toutes ces générations semblaient siéger avec lui en haut de cette pente.

Mais hors de lui qui sommeillait ainsi, son jaloux génie de Forsyte voyageait au loin, à travers Dieu sait quelle jungle de rêves ; il suivait ces deux jeunes gens pour voir ce qu'ils devenaient ensemble dans le taillis, le taillis où le printemps fou prodiguait ses odeurs de sève, ses bourgeons gonflés, ses innombrables gazouillis d'oiseaux, ses tapis de campanules bleues et de tendres pousses germinantes, et l'or du soleil pris dans les ramures. Il les suivait, ce génie, pour voir ce qu'ils faisaient tout en marchant le long du sentier trop étroit – si près l'un de l'autre –, si près qu'ils se touchaient à chaque instant ; pour guetter les yeux d'Irène dont les cercles sombres battaient de la palpitation même du printemps. Il s'arrêtait avec eux pour regarder le petit cadavre velouté d'une taupe, morte depuis moins d'une heure, et dont la fourrure, couleur d'argent, couleur de champignon, n'avait été touchée ni par la pluie ni par la rosée. Il guettait la tête penchée d'Irène, le doux regard de ses yeux chargés de pitié, et le visage de ce jeune homme qui l'observait d'une façon si étrange, si intense. Puis il marchait avec eux, il traversait la clairière où un bûcheron avait travaillé, où les campanules étaient foulées, où un tronc avait oscillé, chancelé, et gisait à côté de sa souche blessée. Avec eux il escaladait ce tronc et s'aventurait jusqu'au bord du taillis pour regarder s'étendre une terre inexplorée où passait l'appel venu de très loin : « Coucou ! Coucou !... »

Silencieux à côté d'eux, ce génie, et troublé par leur silence ! Très bizarre, très étrange !

Puis il commença à revenir – comme coupable – à travers le bois, jusqu'à la clairière, toujours muet au milieu des chants intarissables d'oiseaux et dans l'odeur sauvage – hum ? qu'est-ce que c'était ? quelque chose comme cette herbe qu'on met dans... Il revint jusqu'au tronc qui gisait en travers du chemin.

Alors, invisible, inquiet, battant des ailes au-dessus d'eux, essayant de faire du bruit, le génie Forsyte regarda la jeune femme debout sur le tronc abattu ; il vit ondoyer sa jolie taille, il vit sa bouche sourire à ce jeune homme qui la regardait d'en bas avec des yeux si étranges, si brillants ; la voilà qui glisse – a-ah ! elle tombe, o-oh ! elle se laisse aller sur la poitrine de ce jeune homme ; il étreint son corps flexible et chaud ; elle détourne le visage de ses lèvres ; il l'embrasse, elle recule ; il crie : « Il faut que vous le sachiez ! je vous aime ! » Tiens, il faut – ah ! vraiment ! joli... De l'amour ! ha !

Swithin s'éveilla. Son énergie l'avait quitté. Il avait comme un mauvais goût dans la bouche. Où se trouvait-il ?

Sacrebleu ! Il avait dormi !

Il avait rêvé quelque chose à propos d'une nouvelle soupe qui avait un goût de menthe.

Ces jeunes gens, qu'est-ce qu'ils étaient devenus ? Il avait des fourmis dans la jambe gauche.

— Adolf !

Le coquin n'était pas là, le coquin dormait quelque part.

Il se leva, grand, carré, massif dans sa fourrure ; il parcourut les champs du regard avec inquiétude, cherchant Irène et Bosinney ; et puis il les vit qui revenaient.

Irène était en avant ; ce garçon – comment l'avait-on surnommé ? le Brigand – avait l'air de marcher comme un chien derrière elle. Il en était pour sa courte honte, Swithin n'en doutait pas. C'est tout ce qu'il méritait après lui avoir fait faire tout ce chemin pour regarder la maison. Pour juger une maison, le vrai point de vue, c'est la pelouse.

Les jeunes gens l'aperçurent. Il étendit le bras et l'agita spasmodiquement pour les encourager. Mais ils s'étaient arrêtés. Pourquoi diable restaient-ils plantés là, à parler encore ?

Ils avançaient de nouveau. Elle lui avait lavé la tête, il n'en doutait pas, et c'était bien fait pour avoir bâti une maison comme ça – une vilaine grande machine –, pas le genre de maison dont il avait l'habitude, lui.

Il regardait attentivement leurs visages, de son regard pâle et fixe. Ce jeune homme avait l'air tout drôle !

— Vous ne ferez jamais rien de ça ! lui dit-il crûment en désignant la maison ; trop nouveau genre !

Bosinney le dévisagea d'un œil vague comme s'il n'avait pas entendu. Swithin le décrivit plus tard à tante Hester : « Un garçon extravagant : une manière baroque de vous regarder – avec sa figure tout en bosses ! » Le front proéminent de Bosinney, ses pommettes saillantes, son menton, quelque chose d'affamé dans toute sa physionomie, contrastaient évidemment avec cette satiété tranquille qui, pour un Swithin, est le propre du parfait gentleman.

À l'idée de prendre le thé, il se ranima. Il méprisait le thé – son frère Jolyon avait été dans les thés, y avait fait beaucoup d'argent – mais il avait si soif et il se sentait un si mauvais goût dans la bouche qu'il aurait bu n'importe quoi. Il mourait d'envie d'informer Irène de ce goût qu'il avait dans la bouche – celle-là vous comprenait toujours si bien ! – mais ce n'eût pas été distingué ; il tournait sa langue et la faisait claquer légèrement contre son palais.

Dans un coin, au fond de la tente, Adolf penchait ses moustaches de chat sur une bouilloire. Tout de suite il se releva et alla déboucher une demi-bouteille de champagne. Swithin sourit, et hochant la tête, il dit à Bosinney :

— Mais vous êtes un vrai Monte-Cristo !

Ce roman célèbre – l'un des cinq ou six qu'il eût jamais lus – avait produit sur son esprit une impression extraordinaire. Prenant son verre sur la table, il l'éloigna de son œil pour en scruter la couleur. Si altéré qu'il fût, ce n'est pas lui qui aurait bu des saletés ! Alors, le portant à sa bouche, il dégusta des lèvres.

— Un vin très agréable, dit-il enfin en le passant sous son nez ; ça ne vaut pas mon Heidsieck !

C'est à ce moment que surgit en lui l'idée que plus tard il confia à Timothy sous cette forme : « M'étonnerait pas du tout que ce type d'architecte en pince pour Mrs Soames ! » À partir de ce moment ses pâles yeux ronds ne cessèrent plus de lui sortir de la tête, tant il trouvait d'intérêt à sa découverte.

— Le type, dit-il à Mrs Septimus Small, la suit des yeux comme un chien, avec sa drôle de tête tout en bosses. M'étonne pas ; c'est une très charmante femme, la fleur de la distinction.

Le vague sentiment d'un parfum flottant autour d'Irène – tel l'arôme qui s'échappe d'une fleur à demi close sur son cœur passionné – lui inspira cette image.

— Mais je n'en étais pas sûr, dit-il, avant de le voir ramasser le mouchoir qu'elle avait laissé tomber.

— Et le lui a-t-il rendu ? demanda-t-elle.

— Rendu ? dit Swithin ; je l'ai vu baver dessus quand il croyait que je ne le regardais pas !

Mrs Small suffoquait, trop intéressée pour parler.

— Mais elle ne lui a pas donné d'encouragement, continua Swithin.

Il s'arrêta pendant une minute ou deux, avec le regard fixe qui alarmait tante Hester, il s'était subitement rappelé qu'au moment de remonter avec lui dans le phaéton, Irène avait donné sa main une seconde fois à Bosinney et la lui avait laissée un bon moment. Il avait vivement touché ses chevaux du fouet, impatient de l'avoir à lui seul. Mais elle s'était détournée pour regarder en arrière et n'avait pas répondu à sa première question. Il n'avait pas pu voir sa figure, qu'elle gardait baissée.

Quand, réchauffé par le champagne, il l'eut à lui tout seul, il lui ouvrit son cœur et lui confia ses misères, son ressentiment étouffé contre le nouveau cuisinier du club, ses soucis au sujet de la maison de Wigmore Street – le coquin de locataire avait fait banqueroute, sous prétexte de venir en aide à un beau-frère ; comme si charité bien ordonnée ne commençait pas par soi-même ! – et puis sa surdité et cette douleur qui lui venait parfois au côté droit. Elle écoutait. Ses yeux nageaient sous ses paupières. Il la croyait absorbée dans la pensée des ennuis qu'il lui contait et était rempli de pitié pour lui-même. Cependant, boutonné dans sa pelisse, avec ses brandebourgs sur la poitrine, son haut-de-forme de travers, à promener cette jolie femme, il ne s'était jamais senti plus distingué.

Il arriva qu'un marchand de légumes, qui faisait faire à sa bonne amie une petite promenade du dimanche, parût avoir de lui-même une impression toute semblable. À force de fouetter son âne, il lui avait fait prendre le galop et se tenait dans sa charrette qui tanguait, droit comme une statue de cire, le menton pompeusement appuyé sur un foulard rouge comme celui de Swithin sur son ample cravate, tandis que sa belle, avec les deux bouts d'un boa piqué de mouches qui volait derrière elle, singeait la femme à la mode. Le galant agitait un bâton au bout duquel pendait une ficelle effilochée, reproduisant avec une singulière exactitude le moulinet de style que Swithin faisait faire à son fouet, et il roulait la tête vers sa belle avec des œillades qui rappelaient d'une manière bizarre le regard primitif de Swithin.

Swithin mit quelque temps à s'apercevoir de la présence de ce rustre, puis il se mit en tête qu'on était en train de le singer. Il cingla le flanc de sa jument, mais une malheureuse fatalité voulut que les deux véhicules restassent de front. La figure jaune et bouffie de Swithin devint rouge ; il leva son fouet pour cingler le marchand de légumes, mais une intervention spéciale de la Providence l'empêcha d'oublier à ce point sa dignité. Une voiture qui sortait d'une grille jeta l'un contre l'autre phaéton et charrette à âne ; les roues s'accrochèrent, le plus léger des deux véhicules dérapa et versa.

Swithin ne tourna pas la tête. Rien au monde ne l'eût fait arrêter sa voiture pour aider le rustre. C'était bien fait s'il s'était cassé le cou !

Mais eût-il voulu s'arrêter qu'il ne l'aurait pas pu. Ses chevaux gris avaient pris peur. Le phaéton était ballotté à droite et à gauche et les gens levaient des visages effrayés en le voyant passer à toute vitesse. Les bras puissants de Swithin, tendus de tout leur long, tiraient sur les rênes. Ses joues étaient soufflées, ses lèvres serrées, et sa figure se gonflait d'un rouge terne de colère.

Irène avait posé sa main sur le barreau de la voiture et, à chaque embardée, le serrait avec force. Swithin l'entendit demander :

— Est-ce que nous allons avoir un accident, oncle Swithin ?

Il haleta :

— Ce n'est rien – un peu vifs !

— Je n'ai jamais été dans un accident.

— Attention ! ne bougez pas !

Il lui jeta un regard. Elle était souriante, parfaitement calme.

— Restez tranquille, n'ayez pas peur, reprit-il, je vous ramènerai chez vous !

Et, au milieu de ses violents efforts, il fut étonné de l'entendre répondre, avec une voix qui n'était plus la sienne :

— Cela m'est égal, si je ne rentre jamais chez moi !

La voiture fit un bond terrifiant, et l'exclamation de Swithin lui rentra dans la gorge... Puis, les chevaux, essoufflés par la montée d'une colline, se calmèrent, prirent le trot et enfin s'arrêtèrent d'eux-mêmes.

— Quand je les eus maîtrisés, raconta Swithin chez Timothy, je l'ai regardée ; elle n'avait pas bronché. Elle était là, aussi calme que moi-même, Dieu me bénisse ! on aurait dit qu'il lui était indifférent de se faire ou non casser le cou ! Qu'est-ce donc qu'elle a dit ? « Ça m'est égal si je ne rentre jamais à la maison ! »

Se penchant sur la poignée de sa canne, il râla, à la grande épouvante de Mrs Small :

— Et vous savez, ça ne m'étonne guère, avec un mari tatillon comme le jeune Soames !

Il n'eut pas l'idée de se demander ce qu'avait pu faire Bosinney après qu'ils l'eurent laissé seul ; s'il était allé errer, comme ce chien auquel Swithin l'avait comparé, errer dans ce taillis où le printemps était fou, où l'on entendait encore l'appel lointain du coucou ; s'il était descendu là en pressant contre ses lèvres un mouchoir dont le parfum se mêlait à l'odeur de la menthe et du thym – descendu là avec une telle douleur dans le cœur, si sauvage et si exquise, qu'il aurait pu en crier au milieu des arbres. Ou en vérité ce que ce garçon avait bien pu faire. Car, avant d'arriver chez Timothy, Swithin l'avait déjà complètement oublié.

13

James va se rendre compte

Ceux qui ne connaissent pas la Bourse des Forsyte n'auraient peut-être pas prévu tout l'émoi qu'y devait produire la visite d'Irène à Robin Hill.

Après que Swithin eut raconté chez Timothy la complète histoire de sa mémorable promenade, cette même histoire, avec un soupçon de curiosité, une imperceptible nuance de malice, et un réel désir de bien faire, fut rapportée à June.

— Et comme c'est terrible cette chose qu'elle a dite, ma chérie ! termina tante Juley : ne pas rentrer chez elle ! Que voulait-elle dire ?

Étrange récit pour la jeune fille ! Elle l'écouta en rougissant d'une façon pénible, et soudain, sur une brève poignée de main, elle prit congé.

— Presque impolie ! dit Mrs Small à tante Hester quand June fut partie.

De la manière dont elle avait reçu les nouvelles, on tira les déductions appropriées. Ça l'avait troublée. Il y avait donc quelque chose. Bizarre ! Elle et Irène avaient été de telles amies !

Tout cela s'accordait trop bien avec les murmures et les allusions qui circulaient depuis quelque temps. On se rappelait le récit qu'avait fait Euphemia de certaine soirée au théâtre. Mr Bosinney passait sa vie chez Soames ? Oh ! vraiment ? Mais bien sûr – naturellement –, il y avait la maison. Rien de net. Une parole nette ne devenait nécessaire à la Bourse Forsyte que dans les occasions les plus graves et les plus importantes. Ce mécanisme était trop délicatement ajusté. Une allusion, la plus légère, la plus fugitive expression de doute ou de regret suffisait pour faire vibrer l'âme si sensible de la famille. Personne ne désirait que ces vibrations pussent se répercuter d'une façon nuisible sur qui que ce fût. Loin de là ; on les provoquait avec le désir de bien faire et dans le sentiment que l'intérêt de chaque membre se confondait avec celui de la famille.

Beaucoup des jeunes Forsyte pensaient, très naturellement, et déclaraient sans ambages qu'ils ne voulaient pas qu'on se mêlât de leurs affaires ; mais les nouvelles de la famille étaient portées par un courant magnétique impossible à détourner. On ne pouvait s'empêcher de tout savoir. On sentait qu'il n'y avait rien à faire.

L'un d'entre eux (Roger le jeune) avait tenté un effort héroïque pour libérer la nouvelle génération, en disant que Timothy était une vieille portière. Son effort était justement retombé sur lui-même ; ses paroles ayant été insidieusement rapportées à tante Juley furent répétées par la voix scandalisée de celle-ci à Mrs Roger, de chez qui elles revinrent à Roger le jeune.

Et, après tout, il n'y avait jamais que les coupables d'atteints : ainsi George, quand il avait perdu tant d'argent à jouer au billard ; ou Roger le jeune lui-même, quand il avait été terriblement près d'épouser la femme à qui, chuchotait-on, il était déjà marié par les lois de la nature, ou encore Irène, que, sans trop le dire, on croyait en danger.

Tout cela n'était pas seulement agréable, mais encore salutaire. On allégeait ainsi tant d'heures, chez Timothy, dans le salon de Bayswater Road ; tant d'heures qui eussent été sans cela stériles et lourdes pour les trois vieilles personnes qui vivaient là ; et la maison de Timothy n'était qu'un exemple sur bien des centaines de maisons semblables dans cette ville de Londres : maisons de gens neutres installés dans leur sécurité et qui, étant eux-mêmes hors de la bataille, doivent demander aux batailles des autres leurs raisons d'exister.

Sans la douceur du commérage familial, la vie eût été bien morne chez Timothy. Rumeurs et récits, renseignements et conjectures, n'étaient-ils pas les enfants de la maison, aussi chers, aussi précieux que ces bambins au gentil babil qui avaient manqué au frère et aux sœurs, le long de leur voyage ? Parler de ces enfants et petits-enfants de leurs frères, qui éveillaient une nostalgie dans leurs tendres cœurs, n'était-ce pas, autant que possible, se les approprier ? S'il reste douteux qu'il y eût quelque nostalgie dans le cœur de Timothy, il est incontestable que, toutes les fois qu'il arrivait un nouveau bébé chez les Forsythe, il en était tout à fait troublé.

Roger le jeune pouvait dire : « Vieille portière ! », Euphemia lever les bras au ciel en criant : « Oh ! ces trois-là ! » et éclater de ce rire silencieux qui se terminait par un cri aigu, c'était inutile, et pas trop gentil.

La situation, qui pourrait, au point où nous en sommes arrivés, paraître étrange, pour ne pas dire impossible – surtout à des yeux de Forsyte –, était, si l'on y songe, assez naturelle après tout.

Certaines choses avaient été perdues de vue.

Et d'abord, dans la sécurité produite par un grand nombre de pacifiques mariages, on avait oublié que l'Amour n'est pas une fleur de serre, mais une plante sauvage, née d'une nuit de pluie, d'une heure de soleil, jaillie d'une graine folle qu'un vent de désordre a jetée sur la route – une plante sauvage que nous appelons fleur si par bonheur elle s'épanouit entre les haies de nos jardins, mauvaise herbe quand elle pousse au-dehors, mais qui, fleur ou mauvaise herbe, garde toujours la couleur et le parfum sauvage qu'elle avait dans les bois. Ensuite, et comme les faits et les chiffres de leur vie s'opposaient à la perception de cette vérité, les Forsyte n'admettaient guère que, là où croît cette plante sauvage, les hommes et les femmes ne sont plus que des phalènes autour de la pâle fleur-flamme.

De longues années avaient passé depuis l'escapade de Jolyon le jeune ; on pouvait craindre chez les Forsyte le retour d'une tradition d'après laquelle des gens de leur position ne franchissent jamais la haie pour aller cueillir cette fleur ; une tradition qui veut qu'on puisse compter passer par l'amour comme par la rougeole, au temps marqué, et en sortir confortablement une fois pour toutes, dans les bras de l'hymen, comme on sort de la rougeole en absorbant une mixture adoucissante de beurre et de miel.

De tous ceux qu'atteignit cette étrange rumeur qui mêlait les noms de Bosinney et de Mrs Soames, James fut le plus affecté. Il avait depuis longtemps oublié comment il avait lui-même voltigé, languissant et pâle avec ses favoris châtains, autour d'Emily, au temps où il faisait sa cour. Il avait oublié la petite maison des environs de Mayfair, où il avait passé les premiers jours de son mariage – ou plutôt il avait oublié les premiers jours, non la petite maison : un Forsyte n'oublie jamais une maison, et il avait revendu celle-ci avec un bénéfice net de quatre cents livres.

Il avait oublié ces jours, avec leurs espoirs et leurs craintes, leurs doutes aussi quant à la prudence de cette union (car Emily, quoiqu'elle fût jolie, n'avait rien, et lui-même dans ce temps-là ne « faisait » guère qu'un millier de livres par an), il avait oublié cette étrange, irrésistible attirance qui lui avait fait sentir qu'il mourrait à moins d'épouser la jeune fille aux cheveux blonds si proprement noués sur la nuque, aux jolis bras émergeant d'un corsage bien serré, à la charmante taille que protégeait avec bienséance une cage de circonférence prodigieuse.

James avait passé par le feu, mais il avait passé par la rivière des années qui éteint le feu ; il avait fait la plus triste de toutes les expériences, celle d'oublier ce que c'est que d'aimer. Il avait oublié : oublié depuis si longtemps qu'il avait même oublié son oubli.

Et maintenant cette rumeur venait le menacer, cette rumeur au sujet de la femme de son fils, chose vague, ombre fuyante parmi les palpables et claires réalités, inintelligible comme un fantôme, mais apportant avec elle, comme un fantôme, une inexplicable terreur.

Il essaya de l'affronter en esprit, mais c'était aussi impossible que de s'appliquer à lui-même une de ces histoires tragiques qu'il lisait chaque soir dans son journal. Il ne pouvait pas. Ces bruits, sûrement, ne rimaient à rien. C'étaient bien là leurs histoires ! Elle ne s'entendait pas comme il fallait avec Soames, mais c'était une bonne petite – une bonne petite !

Comme la plupart des hommes, James goûtait la saveur d'un brin de scandale ; par exemple il disait en se léchant les lèvres : « Oui, oui, elle et le jeune Dyson, on me dit qu'ils vivent ensemble à Monte-Carlo ! »

Mais ce qu'impliquait une affaire de ce genre, son passé, son présent, son avenir, il n'y avait jamais pensé. Il ne s'était pas demandé de quelles tortures et de quelles extases elle était le fruit, quelle lente et invincible destinée s'était embusquée dans les faits très crus, quelquefois sordides, mais généralement savoureux, qui étaient étalés. Il n'avait pas l'habitude de blâmer ou de louer, de déduire ou de généraliser à propos de ces choses ; il se contentait d'écouter, non sans gourmandise, ce qu'on lui racontait et de le répéter ensuite, cette pratique lui paraissant tout aussi agréable et avantageuse que celle de déguster un mélange d'amer et de xérès avant le repas.

Mais maintenant qu'une chose pareille, ou du moins le souffle de cette chose, l'avait frôlé personnellement, il lui semblait marcher dans un brouillard qui emplissait sa bouche d'un goût épais et amer et l'empêchait de respirer.

Un scandale ! Il y aurait peut-être un scandale !

C'est en se répétant ces mots qu'il arrivait à concentrer ses craintes et à rendre le danger pensable. Il avait oublié les sensations sans lesquelles il est impossible de comprendre le progrès, la fatalité, le sens même d'une histoire de ce genre.

Tout simplement il ne concevait plus que des gens pussent courir un risque pour quelque chose d'aussi abstrait et d'aussi fugitif qu'une passion.

La passion ! Il semblait bien, en effet, qu'il en eût entendu parler, et des règles telles que : « Il ne faut jamais laisser seuls un jeune homme et une jeune femme » étaient imprimées dans son esprit comme le sont les méridiens sur une mappemonde (tous les Forsyte, quand il s'agit des assises de la vie, peuvent se montrer précis dans leur réalisme) ; au-delà, il ne pouvait rien imaginer que par l'effet sur lui de ce mot voyant : scandale !

Ah ! mais ce n'était pas vrai ! ce ne pouvait pas être vrai. Il n'avait pas peur ; elle était vraiment une bonne petite femme. Mais voilà ce que c'est quand une pareille idée vous est entrée dans la tête ! Et James était d'un tempérament nerveux : un de ces hommes que les événements harcèlent et qui se torturent à prévoir et à hésiter.

De peur de laisser échapper quelque profit, il subissait l'impossibilité physique de se déterminer, jusqu'au moment où il devenait clair que son indécision même allait lui nuire.

Toutefois, il rencontra dans la vie bien des circonstances où la charge de la décision à prendre ne retombait pas sur lui, et celle-ci en était une.

Que faire ? Causer avec Soames ? Cela ne ferait qu'empirer les choses. Et, après tout, il n'y avait rien – il en était sûr.

Cette maison était cause de tout. Le projet ne lui avait jamais inspiré confiance. Pourquoi Soames voulait-il s'installer à la campagne ? Et, s'il fallait qu'il dépensât tant d'argent pour se faire bâtir une maison, pourquoi ne pas s'adresser à un homme de premier ordre, au lieu de ce jeune Bosinney, dont personne n'avait entendu parler ? Il leur avait bien dit comment ça tournerait. Il lui revenait maintenant que la maison coûtait à Soames un joli denier de plus que ce qu'il comptait y mettre.

Mieux qu'aucun autre, ce fait fit saisir à James le véritable danger de la situation. Ces diables d'artistes n'en faisaient jamais d'autres ; un homme de sens ne devrait rien avoir à faire avec eux. Il avait bien prévenu Irène aussi. Et voyez le résultat !

Et subitement, James eut l'idée qu'il ferait bien d'aller sur les lieux se rendre compte. Dans ce brouillard d'inquiétude où se débattait son esprit, l'idée qu'il pouvait regarder la maison lui procurait une satisfaction inexplicable. C'était peut-être simplement le fait de se décider à faire quelque chose, plus probablement la pensée qu'il allait examiner une maison, qui le soulageait.

Il sentait qu'en allant regarder un édifice de briques et de mortier, de bois et de pierre, bâti par l'homme même qui l'inquiétait, il se rapprocherait de ce qui avait pu donner naissance à cette rumeur au sujet d'Irène.

C'est pourquoi, sans rien dire à personne, il se fit conduire en fiacre à la gare et prit le train pour Robin Hill ; arrivé là, comme il n'y avait pas de voitures, il fut obligé de marcher.

Lentement, il se mit à monter la colline, courbant plaintivement ses genoux anguleux et ses hautes épaules, les yeux fixés sur ses pieds. Sa tenue, pourtant, était soignée ; il portait un chapeau haut de forme, et sa redingote avait le lustre sans tache que maintient seule une inlassable attention. Emily veillait à cela, du moins pas directement, bien entendu – les gens d'un certain monde ne s'occupent pas les uns des autres de leurs boutons –, mais elle veillait à ce que le maître d'hôtel y veillât.

James dut trois fois demander son chemin ; chaque fois il répéta les indications qu'on lui donnait, pria l'homme de les lui rappeler, et les redit encore car il était naturellement loquace et, dans un pays inconnu, l'on ne saurait trop user de prudence.

Il assurait à ses interlocuteurs que c'était une maison *neuve* qu'il cherchait ; toutefois ce fut seulement quand on lui montra le toit, à travers les arbres qu'il se sentit rassuré et cessa de craindre qu'on ne l'eût dirigé tout de travers.

Le ciel lourd recouvrait le monde d'une blancheur grisâtre comme celle d'un plafond passé à la chaux. L'air n'avait ni fraîcheur ni parfum. Par un tel jour, des ouvriers, même anglais, ne se souciaient guère d'en faire plus que leur tâche, et vaquaient à leurs travaux sans ce bourdonnement de paroles qui soulage les peines du labeur.

À travers les espaces de la maison inachevée, des hommes en bras de chemise travaillaient lentement ; des bruits s'élevaient : coups spasmodiques, grincements du métal qu'on gratte, du bois qu'on scie, roulement des brouettes sur les planches ; de temps à autre le chien du contremaître, attaché par une ficelle à une poutre de chêne, gémissait faiblement, avec un son pareil au chant de l'eau dans la bouilloire.

Les vitres nouvellement posées et barbouillées de peinture blanche en leur milieu regardaient James fixement comme les yeux d'un chien aveugle.

Et la symphonie des maçons et des charpentiers se prolongeait, stridente et sans joie, sous le ciel blanchâtre. Mais les grives qui chassaient des vers dans la terre fraîchement retournée se taisaient.

James trouva son chemin parmi des tas de gravier (on travaillait à l'avenue) et arriva en face du portique. Là, il s'arrêta et leva les yeux. Il n'y avait que peu à voir de cet endroit, et ce peu, James le saisit immédiatement ; mais il resta sans bouger pendant de longues minutes, et qui pourra dire à quoi il pensait ?

Les yeux d'un bleu de porcelaine sous les sourcils blancs qui se projetaient en petites cornes ne remuaient pas : la longue lèvre supérieure de sa grande bouche, entre les fins favoris blancs, frémit une ou deux fois ; à cette expression anxieuse et absorbée, on aurait facilement deviné d'où venait à son fils Soames l'air handicapé qui passait parfois sur sa figure. Peut-être James était-il en train de se dire : « Je ne sais pas – la vie n'est pas une affaire commode. » C'est dans cette attitude que Bosinney le surprit. James, quittant Dieu sait quels nuages, abaissa ses yeux sur la figure de Bosinney, qui avait une expression de sarcasme et d'humour.

— Comment allez-vous, monsieur Forsyte ? Vous êtes venu vous rendre compte ?

C'était exactement, nous le savons, ce que James était venu faire. Il éprouva un malaise égal à la justesse de cette supposition. Il tendit la main en répondant : « Comment allez-vous ? » sans regarder Bosinney.

Celui-ci, avec un sourire ironique, le fit passer devant lui.

James flaira quelque chose de suspect dans cette courtoisie.

— J'aimerais d'abord faire le tour, dit-il, et voir où vous en êtes !

Une terrasse pavée de pierres arrondies, et inclinée de deux ou trois pouces vers la gauche, longeait les côtés sud-est et sud-ouest de la maison, s'élevant par un talus en biseau au-dessus d'un terreau qui allait être semé de gazon. Sur cette terrasse, James s'avançait le premier.

— Et qu'est-ce que ça peut bien avoir coûté ? demanda-t-il, quand arrivé au tournant il vit la seconde partie de la terrasse.

— Combien croiriez-vous ? rétorqua Bosinney.

— Comment puis-je le savoir, fit James quelque peu décontenancé, dans les deux ou trois cents livres, je suppose ?

— La somme exacte !

James lui jeta un regard brusque, mais l'architecte avait l'air le plus naturel, et James dut supposer qu'il avait mal entendu.

En arrivant à l'entrée du jardin, il s'arrêta pour contempler le point de vue.

— Voilà qui devrait tomber, dit-il, en désignant le chêne.

— Vous croyez ? Vous trouvez qu'avec cet arbre vous n'avez pas assez de vue pour votre argent ?

— Ma foi, dit-il avec une énergie nerveuse qui décelait son embarras, je ne vois pas à quoi il sert, cet arbre.

— Il tombera demain.

James fut alarmé :

— N'allez pas raconter que j'ai dit qu'il fallait le couper. Je n'en sais absolument rien.

— Vraiment ?

James continua tout agité :

— Comment voulez-vous que je sache ? Cela ne me regarde pas. Vous prendrez ça sous votre responsabilité.

— Vous me permettez de mentionner votre nom ?

James fut de plus en plus alarmé :

— Je ne sais pas pourquoi diable vous voulez mentionner mon nom, murmura-t-il, vous feriez mieux de laisser cet arbre tranquille, il n'est pas à vous.

Il tira son mouchoir de soie et s'essuya le front. Tous deux entrèrent dans la maison. Comme Swithin, James fut impressionné par la cour intérieure.

— Vous avez dû dépenser diablement d'argent ici, dit-il après avoir contemplé quelque temps les colonnes de la galerie. Dites un peu, qu'est-ce que ça a pu coûter de dresser ces colonnes ?

— Je ne pourrais pas vous dire cela comme ça, répondit pensivement Bosinney, mais je sais qu'il y en a eu pour diablement d'argent !

— Je m'en doute, fit James, je croirais…

Son regard rencontra celui de l'architecte et il s'arrêta court. À partir de ce moment, quand il lui vint le désir de savoir le prix de quelque chose, il étouffa cette curiosité.

Bosinney tint à ce que James vît tout ce qu'il y avait à voir ; celui-ci aurait été d'un caractère plus attentif, qu'il se serait surpris en train de faire le tour de la maison pour la deuxième fois. Bosinney paraissait aussi tellement désireux d'être questionné que James perçut la nécessité de se tenir sur ses gardes. Il commençait à sentir la fatigue, car, bien qu'il eût assez de ressort pour un homme d'aussi longue stature, il avait soixante-quinze ans.

Le découragement lui venait ; il sentait qu'il n'avait rien gagné, que son inspection ne lui avait apporté aucune des certitudes que vaguement il avait espérées. Il venait seulement d'augmenter son aversion et sa défiance à l'égard de ce jeune homme, qui l'avait épuisé, avec sa politesse, et dans l'attitude duquel il décelait maintenant, avec certitude, de la moquerie.

Il ne l'avait pas cru si malin, et espérait lui trouver moins bonne apparence. Avec cela, ce garçon avait un air de casse-cou que James, pour qui un risque était la chose la plus intolérable au monde, n'appréciait pas ; un sourire singulier aussi, qui venait au moment où on s'y attendait le moins, et des yeux très bizarres. Comme James le dit ensuite, il faisait penser à un chat affamé. Dans sa conversation avec Emily, ce fut le meilleur trait qu'il put trouver pour décrire le singulier mélange d'exaspération, de douceur de velours et de raillerie qu'il avait senti dans la manière de Bosinney.

À la fin, ayant vu tout ce qu'il y avait à voir, il franchit la porte par laquelle il était entré, et alors, sentant qu'il perdait temps, force et argent, le tout pour rien, il prit à deux mains le courage d'un Forsyte et regardant tout à coup Bosinney, il dit :

— Je suppose que vous voyez beaucoup ma belle-fille, eh bien, que pense-t-elle de la maison ? Mais elle ne l'a pas vue, probablement ?

Il dit cela, étant parfaitement au courant de la visite d'Irène, non qu'il y eût d'ailleurs rien d'insolite dans cette visite, sauf l'extraordinaire parole : « Cela m'est égal si je ne rentre jamais à la maison », et la manière dont June avait accueilli le récit de l'événement !

Par cette façon de poser la question, il donnait à Bosinney une occasion de s'exprimer, comme il se le disait à lui-même.

Celui-ci mit longtemps à répondre, mais il garda ses yeux fixés sur James avec une persistance gênante.

— Elle a vu la maison, mais je ne pourrais pas vous dire ce qu'elle en pense.

Nerveux et décontenancé, James était pourtant constitué de telle sorte qu'il n'aurait pu laisser tomber le sujet.

— Oh ! dit-il, elle l'a vue ? C'est Soames qui l'a amenée, je suppose ?

Bosinney répondit en souriant :

— Oh, non !

— Comment ? Est-ce qu'elle est venue seule ?

— Oh, non !

— Alors, avec qui ?

— Je ne sais vraiment pas si je puis vous dire avec qui.

Pour James, qui savait que c'était avec Swithin, cette réponse fut inintelligible.

— Comment, balbutia-t-il, vous savez bien…

Mais il s'arrêta, percevant subitement le danger où il se mettait.

— Eh bien, dit-il, si vous ne voulez pas me le dire, je suppose que vous ne me le direz pas ! Personne ne me dit jamais rien.

Il fut assez surpris que Bosinney, à son tour, lui posât une question.

— À propos, pourriez-vous me dire s'il y en a encore d'autres parmi vous qui viendront ici ? J'aimerais me trouver sur les lieux.

— S'il y en aura encore d'autres ? fit James ahuri. Qui voulez-vous qu'il y ait encore ? Je ne sais pas s'il y en a encore. Au revoir.

En regardant la terre, il tendit sa main, dont la paume passa sur celle de Bosinney, puis ayant saisi son parapluie juste au-dessus de la soie, il s'éloigna par la terrasse. Avant de tourner l'angle, il jeta un regard en arrière et vit Bosinney qui le suivait lentement « glissant le long du mur, se dit-il à lui-même, comme une espèce de grand chat ». Il ne fit pas attention quand le jeune homme leva son chapeau.

Lorsqu'il eut dépassé l'avenue et se sentit hors de vue, il ralentit encore son pas. Très lentement, plus courbé qu'il n'était venu, maigre, creux, abattu, il refit le chemin de la gare.

Le Brigand, en le regardant s'en aller si tristement, eut peut-être un regret de sa conduite envers le vieil homme.

14

Soames et Bosinney correspondent

James ne dit rien à son fils de sa visite à Robin Hill ; mais, ayant un matin l'occasion d'aller chez Timothy pour s'entretenir d'un projet de drainage que les autorités sanitaires imposaient à son frère, ce fut alors qu'il en parla.

Ce n'était pas, dit-il, une maison mal faite. Il voyait qu'on pourrait en tirer un beau parti. Ce Bosinney était habile à sa manière. Mais combien d'argent toute cette affaire mangerait-elle à Soames avant qu'il en vienne à bout, c'est ce qu'on ne savait pas.

Le hasard voulut qu'Euphemia Forsyte se trouvât là : elle était venue emprunter le dernier roman du révérend Mr Scoles : *Passion et Parégorique*, qui avait une telle vogue. Elle dit :

— J'ai aperçu Irène hier, aux Stores : elle faisait une petite causette avec Mr Bosinney dans l'épicerie.

C'est en ces simples termes qu'elle fit mention d'une scène qui avait, en réalité, produit sur elle une impression profonde et compliquée. Elle avait la veille traversé à la hâte les magasins de la Coopérative anglicane et commerciale, se dirigeant vers le rayon des soieries où elle devait assortir un morceau de satin prunelle pour sa mère qui l'attendait dans la voiture.

Comme elle traversait l'épicerie, ses yeux furent désagréablement attirés par une silhouette d'une rare beauté qui se présentait de dos. C'était une femme de proportions si charmantes, l'équilibre de sa taille était si parfait, et elle était si bien habillée qu'Euphemia, avec son sens instinctif des convenances, prit ombrage à l'instant. Elle savait, par intuition plutôt que par expérience, que la vertu ne s'accommode guère d'une pareille silhouette : son propre dos était un peu difficile à ajuster.

Elle eut le plaisir de voir ses soupçons confirmés. Un jeune homme qui arrivait par la pharmacie enleva vivement son chapeau et aborda la dame au dos inconnu.

Ce fut alors qu'Euphemia comprit à qui elle avait affaire : la dame était certainement Mrs Soames, le jeune homme Mr Bosinney. Elle se dissimula bien vite en s'absorbant dans l'achat d'une boîte de dattes tunisiennes, car elle n'aimait pas les rencontres gauches qu'on fait à l'heure affairée de la matinée, avec les mains pleines de paquets. Elle fut ainsi, tout à fait involontairement, le témoin fort intéressé de leur petite entrevue.

Mrs Soames, habituellement un peu pâle, avait les joues délicieusement colorées ; et les manières de Mr Bosinney étaient étranges, quoique séduisantes (elle trouvait au jeune architecte un air de distinction, et le romantique surnom de Brigand, inventé par George, lui paraissait charmant). Il avait l'air de supplier. Ils causaient avec tant de conviction – ou plutôt lui parlait avec tant de conviction, car Mrs Soames ne disait pas grand-chose – que, sans y penser, ils produisirent un remous dans la circulation. Un sympathique vieux général, qui allait au rayon des cigares, fut obligé de faire un vrai détour, et en regardant la figure de Mrs Soames, il ôta bel et bien son chapeau, le vieux nigaud ! Voilà bien les hommes !

Mais c'étaient surtout les yeux de Mrs Soames qui tracassaient Euphemia. Elle ne les leva pas une fois sur Mr Bosinney, jusqu'à ce que celui-ci l'eût quittée ; mais tandis qu'il s'éloignait, elle le regarda – et de quel regard !

Euphemia avait consacré à ce regard beaucoup d'anxieuse réflexion. Ce n'est pas trop de dire qu'il lui avait fait mal par sa douceur sombre et lente ; comme si vraiment la jeune femme eût souhaité ramener cet homme et se dédire d'une parole qu'elle avait prononcée.

Ah ! Euphemia n'avait plus le temps d'approfondir cette histoire, avec ce satin prunelle dans les mains, mais elle était très intriguée – très ! Elle avait simplement fait un petit salut de la tête à Mrs Soames, pour lui montrer qu'elle avait vu, et comme elle le raconta plus tard à sa meilleure amie Francie (la fille de Roger) : « Ce qu'elle a eu l'air attrapée ! »

James, dont c'était le premier mouvement de repousser toute information qui viendrait confirmer ses poignants soupçons, répliqua aussitôt :

— Oh ! ils auront été choisir des papiers peints, sûrement.

Euphemia sourit :

— Dans l'épicerie ? dit-elle doucement.

Et prenant sur la table *Passion et Parégorique*, elle ajouta :

— Alors, vous me prêtez ça, ma chère petite tante ? Au revoir.

Et elle sortit.

James sortit presque immédiatement après : il était déjà en retard.

Quand il arriva aux bureaux de Forsyte, Bustard & Forsyte, il trouva Soames assis dans son fauteuil à vis, préparant des pièces pour une plaidoirie.

Celui-ci l'accueillit par un bonjour assez bref et, tirant une enveloppe de sa poche, il dit :

— Regardez donc ça, c'est assez curieux.

James lut ce qui suit :

309 D, Sloane Street,
le 15 mai

Mon cher Forsyte,

La construction de votre maison étant maintenant achevée, mon rôle d'architecte a pris fin. Si je dois continuer le travail de décoration que j'ai entrepris à votre requête, il faut qu'il soit bien entendu que j'aurai carte blanche.

Vous ne venez jamais à Robin Hill sans suggérer quelque chose qui aille à l'encontre de mes plans. J'ai ici trois lettres de vous, dont chacune me recommande un article que je n'aurais jamais songé à introduire. Votre père est venu hier après-midi et m'a donné d'autres conseils.

Je vous prie donc de vous décider soit à ce que je fasse cette décoration pour vous, soit à ce que je me retire. Somme toute, je le préférerais.

Mais comprenez bien que si je fais cette décoration, je la fais seul, sans aucune espèce d'intervention.

Si je me charge de la chose, je la ferai à fond, mais il faut que j'aie carte blanche.

Bien à vous,

PHILIP BOSINNEY.

La cause exacte et immédiate de cette lettre, on ne peut l'indiquer ; mais il n'est pas improbable que Bosinney ait été mû par quelque subite révolte contre sa situation vis-à-vis de Soames, cette éternelle situation de l'Art vis-à-vis de la Propriété que résume si admirablement, sur le plus indispensable des appareils de la vie moderne, une formule comparable à un des plus beaux raccourcis de Tacite :

THOS. T. SORROW, *inventeur*.
BERT. M. PADLAND, *propriétaire.*

— Qu'est-ce que tu vas lui répondre ? demanda James. Soames ne détourna même pas la tête :

— Je n'ai pas encore décidé, dit-il.

Et il se remit à son travail.

Un de ses clients ayant élevé quelques bâtisses sur un terrain qui ne lui appartenait pas avait été soudain, et de la façon la plus irritante, sommé de les enlever. Pourtant, après un soigneux examen des faits, Soames avait trouvé le moyen d'opiner que son client avait ce qu'on appelle un droit d'occupation, et que, bien que sans doute le terrain ne fût pas à lui, il était en droit de s'y maintenir. Soames était présentement occupé à donner suite à cet avis en prenant des mesures pour le faire prévaloir.

Il avait une réputation établie pour la solidité de ses conseils, on disait : « Adressez-vous au jeune Forsyte, c'est un garçon qui voit loin », et il faisait grand cas de sa renommée.

Son naturel taciturne prédisposait en sa faveur. Rien ne pouvait être mieux calculé pour donner aux clients, surtout aux clients capitalistes (Soames n'en avait pas d'autres), l'impression d'un homme sûr. En effet, Soames en était un. Tradition, habitude, éducation, aptitude héréditaire, prudence native, tous ces éléments se réunissaient pour composer une solide honnêteté professionnelle, inaccessible à la tentation, du fait même qu'elle se fondait sur l'horreur instinctive du risque. Comment pourrait-il tomber quand son âme abhorrait les circonstances qui rendent une chute possible ? On ne tombe pas du plancher !

Et tant de Forsyte qui, au cours d'innombrables transactions portant sur toutes les sortes de propriétés (depuis leurs femmes jusqu'à leurs droits de pêche), avaient besoin des services d'un homme sûr trouvaient à la fois repos et profit à se fier à Soames. Cette attitude légèrement dédaigneuse qu'on lui connaissait, jointe à un air de fureter parmi les précédents, parlait aussi en sa faveur – on n'est pas dédaigneux à moins d'être calé !

C'était lui qui menait réellement l'étude, car, bien que James vînt encore presque chaque jour se rendre compte, il ne faisait plus guère à présent que s'asseoir dans son fauteuil, entortiller ses jambes, jeter un peu de confusion dans des affaires déjà réglées, et puis repartait – et l'autre associé Bustard n'était qu'un pauvre homme qui abattait beaucoup de besogne, mais dont on ne prenait jamais l'avis.

Ainsi Soames continuait imperturbablement à rédiger son mémoire. Pourtant l'on ne saurait dire que son esprit fût à l'aise. Il pressentait un malheur. Cette impression le hantait depuis quelque temps. Il essayait de l'attribuer à des causes physiques, à l'état de son foie – sans pouvoir se donner le change.

Il regarda sa montre. Dans un quart d'heure, il devait se trouver à l'assemblée générale des Nouvelles Houillères – une des affaires de l'oncle Jolyon ; il y serait, l'oncle Jolyon ; Soames lui parlerait de Bosinney ; il ne savait pas encore au juste ce qu'il lui dirait, mais il était résolu à lui parler – en tout cas, il ne répondrait pas à cette lettre avant d'avoir vu l'oncle Jolyon. Il se leva et rangea méthodiquement les feuillets de son projet de mémoire. Puis il entra dans un sombre petit cabinet, alluma l'électricité, se lava les mains avec une savonnette brune de Windsor et les essuya à une serviette passée sur un rouleau. Puis, il brossa ses cheveux, strictement attentif à sa raie, tourna le bouton électrique, prit son chapeau et, en disant qu'il serait rentré pour deux heures et demie, il sortit.

Le chemin n'était pas long pour aller aux bureaux des Nouvelles Houillères, dans Ironmonger Lane[1], où se tenait toujours le conseil général, au rebours de la coutume plus décorative que beaucoup d'autres sociétés qui se réunissaient à Cannon Street Hotel. Le vieux Jolyon, dès le début, s'était montré réfractaire aux intrusions de la presse. Qu'est-ce que le public avait à voir, disait-il, dans ses affaires ?

Soames arriva à l'heure sonnante et prit sa place à côté du conseil, dont les membres rangés en ligne, chaque directeur ayant devant lui son encrier, faisaient face aux actionnaires. Dans cette rangée, au centre, le vieux Jolyon, avec ses moustaches blanches et sa redingote noire étroitement boutonnée, s'appuyait au dossier de sa chaise et croisait le bout de ses doigts sur un exemplaire du rapport des directeurs.

À sa droite était assis le secrétaire Hemmings, plus grand que nature : une tristesse par trop triste rayonnait dans ses beaux yeux ; sa barbe gris fer qui semblait en deuil, comme tout le reste de sa personne, donnait l'impression qu'il devait y avoir dessous une cravate par trop noire.

1. Littéralement : la ruelle des Quincaillers.

En vérité, la circonstance était mélancolique. Il n'y avait pas six semaines que Scorrier, l'expert envoyé en mission spéciale aux mines de la Société, avait télégraphié aux directeurs que Pippin, leur administrateur-délégué, s'était suicidé en essayant, après son extraordinaire silence de deux ans, d'écrire une lettre au conseil. Cette lettre était à présent sur la table, il en serait donné lecture aux actionnaires qui, bien entendu, devaient être mis au courant de tous les faits.

Hemmings avait souvent dit à Soames en causant avec lui, debout devant la cheminée, les mains passées dans les basques de sa jaquette :

— Ce que nos actionnaires ignorent dans nos affaires, c'est ce qui ne vaut pas la peine d'être su. Vous pouvez m'en croire, monsieur Soames.

Soames se rappelait un petit incident désagréable qui avait eu lieu, un jour qu'oncle Jolyon s'était trouvé là pour entendre cette phrase. Il avait relevé vivement la tête :

— Ne dites pas de bêtises, Hemmings ! Vous voulez dire que c'est ce qu'ils savent qui ne vaut pas la peine d'être su !

Le vieux Jolyon détestait les fumisteries.

Hemmings, les yeux en colère, avec un sourire pareil à celui d'un caniche dressé, avait répondu par un éclat d'approbations factices :

— En voilà une bonne, monsieur ! Ah ! c'est excellent. Il faut toujours que votre oncle trouve le mot pour rire !

La première fois qu'il avait revu Soames, il avait trouvé l'occasion de lui dire :

— Le président vieillit beaucoup ; je ne peux pas lui faire comprendre les choses ; et il est si volontaire, mais avec un menton comme le sien, que voulez-vous qu'on fasse ?

Soames avait approuvé de la tête.

Tout le monde connaissait ce menton.

Ce jour-là, l'oncle Jolyon semblait tourmenté, bien que son air fût celui qu'il prenait quand il présidait une assemblée. Soames comptait bien lui parler de Bosinney.

À gauche du vieux Jolyon, il y avait le petit Mr Booker qui portait, lui aussi, son air d'assemblée générale, comme s'il fouillait la salle pour chercher un actionnaire particulièrement susceptible. Et à côté de lui se trouvait le directeur sourd, le front soucieux, et plus loin, le vieux Mr Bleedham, pacifique, avec un air de vertu consciente, bien naturel, car il savait que le paquet de papier brun qu'il apportait toujours à l'assemblée était caché derrière son chapeau (un de ces hauts-de-forme à la vieille mode avec des bords plats, qui accompagnent de volumineuses cravates, des lèvres bien rasées, des joues fraîches et de petits favoris blancs très propres).

Soames assistait toujours à l'assemblée générale. Il était entendu que cela valait mieux ainsi « en cas de difficulté imprévue ». Avec son air méticuleux et supérieur, il regarda tout autour de lui les murs de la pièce où pendaient des plans de la mine et du port et une grande photographie d'un certain puits de mine conduisant à des galeries qu'à l'épreuve on avait trouvées fort improductives. Cette photographie – un témoin de l'éternelle ironie qui se cache sous les entreprises industrielles – gardait sa place sur le mur, effigie de l'enfant mort qui avait été le benjamin des directeurs.

Le vieux Jolyon se leva pour donner lecture du rapport et des comptes.

Cachant sous une sérénité olympienne l'antagonisme profond d'un directeur à l'égard de ses actionnaires, il les regardait en face avec calme. Soames les regardait aussi. Il les connaissait presque tous de vue. Il y avait le vieux Scrubsole, qui était dans les goudrons ; il venait toujours, comme disait Hemmings, pour « mettre des bâtons dans les roues », un vieux bonhomme de physionomie querelleuse, avec une figure rouge, une forte mâchoire, un haut-de-forme large et court posé sur ses genoux. Il y avait le révérend Mr Boms, qui proposait toujours un vote de remerciements pour le président, dans lequel il exprimait invariablement l'espoir que le conseil n'oublierait pas de travailler à la moralisation de ses ouvriers. Il avait l'habitude salutaire d'arrêter l'un des directeurs à la sortie, et de lui demander si l'année qui s'ouvrait serait bonne ou mauvaise. Suivant la réponse, il achetait ou revendait trois actions pendant la quinzaine suivante.

Et il y avait ce militaire, le major O'Bally, qui ne pouvait s'empêcher de parler, ne fût-ce que pour appuyer la réélection du commissaire aux comptes et qui parfois causait une vraie consternation en prenant des mains de ceux à qui elles étaient confiées les petites feuilles où étaient inscrites les propositions à faire à l'assemblée.

Quatre ou cinq actionnaires, forts et silencieux, complétaient la réunion. Soames sympathisait avec eux, c'étaient des hommes d'affaires qui aimaient garder l'œil ouvert sur leurs intérêts, chacun pour soi, sans faire d'embarras, des hommes sages et solides, qui allaient à la City tous les jours et, le soir, retrouvaient chez eux de sages et solides épouses.

De sages et solides épouses ! Il y avait dans cette pensée quelque chose qui réveilla chez Soames son sourd malaise.

Qu'allait-il dire à son oncle ? Qu'allait-il répondre à cette lettre ? « … Si l'un des actionnaires a une question à poser, je me ferai un plaisir d'y répondre. » Un petit bruit sourd : le vieux Jolyon venait de laisser tomber le rapport et les comptes, et se tenait debout, tordant ses lunettes d'or entre le pouce et l'index.

Le fantôme d'un sourire apparut sur la figure de Soames. Ils feraient bien de les poser vite, leurs questions ! Soames connaissait la méthode de son oncle (méthode idéale) qui consistait à dire aussitôt : « Je propose donc que le rapport et les comptes soient adoptés. » Ne les laissez pas souffler, on sait que les actionnaires aiment à faire perdre du temps !

Un homme grand, à barbe blanche, la figure maigre et mécontente, se leva.

— Je crois être fondé, monsieur le président, à poser une question au sujet de ce chiffre de cinq mille livres porté dans les comptes au nom de « la veuve et de la famille » (il promena autour de lui un regard aigre) de notre agent principal décédé… qui… hem… si inconsidérément s'est donné la mort, à un moment où ses services étaient de toute importance pour notre Société. Vous avez déclaré que l'engagement qu'il a si malheureusement rompu de sa propre main avait été renouvelé pour une période de cinq années dont la première seulement s'était écoulée. Je…

Le vieux Jolyon fit un geste d'impatience.

— Je crois que je suis dans mon droit, monsieur le président. Je demande si la somme que le conseil paie, ou que du moins il propose de payer… hem !… au défunt… est censée récompenser les services que le défunt aurait pu rendre à la Compagnie, s'il ne s'était pas suicidé ?

— Cette somme est pour reconnaître des services passés que nous savons tous – vous aussi bien que chacun de nous – avoir été d'importance capitale.

— Dans ce cas, monsieur le président, tout ce que j'ai à dire, c'est que, les services étant passés, la somme est trop forte.

L'actionnaire se rassit.

Le vieux Jolyon attendit une seconde et dit :

— Je propose maintenant que le rapport soit…

L'actionnaire se leva de nouveau.

— Puis-je demander si les membres du conseil se rendent bien compte que ce n'est pas leur argent qui… Je n'hésite pas à dire que si c'était leur argent…

Un second actionnaire, avec une figure ronde et résolue, que Soames reconnut pour être le beau-frère du défunt administrateur, se leva et dit avec chaleur :

— À mon avis, monsieur le président, la somme n'est pas suffisante !

Le révérend Mr Boms se dressa à son tour :

— Si je puis me permettre d'exprimer ma pensée, commença-t-il, je dirai que le fait du suicide doit peser très fortement, *très fortement* sur l'opinion de notre digne président. Je ne doute pas qu'il en soit ainsi, car – je crois pouvoir le dire au nom de toutes les personnes présentes (*très bien ! très bien !*) –, il a notre confiance la plus entière. Nous désirons tous, j'espère, agir avec charité. Mais je suis sûr (il regarda sévèrement le beau-frère du défunt administrateur) qu'il marquera en quelque façon, soit par une expression écrite, soit, mieux encore, en réduisant la somme, notre grave désapprobation de ce qu'une vie si précieuse et si pleine de promesses ait été, de cette manière impie, enlevée à la sphère où ses intérêts et, en même temps – si je puis dire –, nos intérêts, exigeaient si impérieusement son maintien. Nous ne pouvons pas – nous n'en avons pas le droit – admettre un aussi grave abandon de tout devoir envers les hommes et envers Dieu.

Le révérend gentleman reprit son siège. Le beau-frère de l'agent décédé se leva de nouveau :

— Ce que j'ai dit, je le maintiens : la somme n'est pas suffisante.

Le premier actionnaire intervint :

— Je conteste la légalité du paiement. À mon avis, ce paiement n'est pas légal. L'avocat consultant de la Société est présent, je crois que je suis en droit de lui poser la question.

Tous les yeux à ce moment se tournèrent vers Soames. La « difficulté imprévue » venait de se produire. Il se leva, froid, les lèvres serrées ; au-dedans ses nerfs étaient agités, son attention venait seulement d'être arrachée de ce nuage qui pesait à l'horizon de son esprit.

— Le cas, dit-il d'une voix mince et basse, n'est pas du tout clair. Comme il s'agit là d'un paiement pour solde de tout compte, je ne suis pas sûr qu'il soit légal. Sur le désir de ces messieurs, on pourrait prendre l'avis d'un arbitre.

Le beau-frère du mort eut un air mécontent et dit sur un ton plein de sous-entendus :

— Nous ne doutons pas qu'on pourrait prendre l'avis d'un arbitre. Puis-je demander comment s'appelle celui qui vient de nous donner cette information si intéressante ? Mr Soames Forsyte ? Ah ! vraiment ?

Son regard alla de Soames au vieux Jolyon avec une intention soulignée.

Les joues pâles de Soames se colorèrent, mais son air de supériorité resta le même. Le vieux Jolyon fixa ses yeux sur l'interrupteur :

— Si, dit-il, le *beau-frère* de l'agent décédé n'a rien de plus à dire, je propose que le rapport et les comptes…

À ce moment se leva un des cinq actionnaires massifs et silencieux qui avaient la sympathie de Soames. Il dit :

— Je désapprouve la proposition dans son ensemble. On nous demande de faire la charité à la femme de cet homme et à ses enfants qui, nous dites-vous, dépendaient de lui pour vivre. Ils dépendaient de lui, c'est possible. Je ne m'occupe pas de savoir si c'est vrai ou non. Je fais une objection de principe. Il est grand temps de mettre un point d'arrêt à cet humanitarisme sentimental. Le pays en est dévoré. Je m'oppose à ce que l'on paie, avec mon argent, ces gens dont je ne sais rien, qui n'ont rien fait pour le gagner. Je m'oppose à toute idée de ce genre. Les affaires sont les affaires. Je propose donc qu'on reprenne le rapport et les comptes et qu'on supprime purement et simplement cette allocation.

Le vieux Jolyon était resté debout pendant que parlait ce représentant de l'Angleterre forte et silencieuse. Le discours de celui-ci éveilla un écho dans tous les cœurs, car il traduisait bien le culte de l'énergie et cette réaction contre les sentiments qui commençaient à se manifester dans la partie saine du pays.

La formule : « Les affaires sont les affaires » avait ébranlé jusqu'au conseil. Dans son for intérieur, chacun donnait raison à l'actionnaire. Mais on connaissait aussi le caractère dominateur et la ténacité du président. Comme les autres, au fond, il devait sentir que ce qu'il proposait n'était pas du domaine des affaires ; mais il était engagé par sa propre motion. Reculerait-il ? Cela paraissait peu probable.

Tout le monde attendait avec intérêt. Le vieux Jolyon leva sa main ; le lorgnon d'or qu'il tenait entre le pouce et l'index avait un tremblement léger qui menaçait.

Il s'adressa à l'actionnaire silencieux et fort :

— Sachant comme vous le savez tout ce qu'a fait notre agent décédé au moment de l'explosion de la mine, désirez-vous sérieusement que je propose cet amendement, monsieur ?

— Je le désire.

Le vieux Jolyon formula l'amendement :

— Y a-t-il quelqu'un qui soutienne cela ? demanda-t-il en regardant avec calme à la ronde.

Ce fut alors que Soames, les yeux fixés sur son oncle, sentit la puissance de volonté qu'il y avait chez ce vieillard. Personne ne bougea. En regardant droit dans les yeux de l'actionnaire silencieux et fort, le vieux Jolyon dit :

— Je propose maintenant que le rapport et les comptes pour l'année 1887 soient adoptés ! Vous appuyez cette motion ? Que ceux qui l'appuient lèvent la main comme à l'ordinaire. Contre ? Personne. Adopté. Passons à la suite, messieurs.

Soames sourit. Certainement, l'oncle Jolyon avait une manière à lui !

Mais aussitôt il se remit à penser à Bosinney. Bizarre comme cet individu hantait son esprit, même aux heures de travail !

La visite d'Irène à Robin Hill ? Il n'y avait rien d'anormal à cela, sauf qu'elle aurait pu le lui dire ; mais, d'autre part, elle ne lui disait jamais rien. Elle était chaque jour plus silencieuse, plus susceptible. Plût à Dieu que la maison fût finie, et qu'ils y fussent installés loin de Londres. La ville ne lui allait pas… elle n'avait pas les nerfs assez solides. Cette absurdité de la chambre à part recommençait.

La séance était levée. Sous la photographie du puits abandonné, Hemmings fut pris à la boutonnière par le révérend Mr Boms. Le petit Mr Booker, les buissons de ses sourcils remués par des sourires de colère ironique, querellait le vieux Scrubsole en guise d'adieux. Tous deux se détestaient. Il y avait entre eux une affaire de fourniture de goudron que le petit Mr Booker avait fait adjuger par le conseil à l'un de ses neveux, par-dessus la tête du vieux Scrubsole.

Soames attendait son moment. Le dernier actionnaire disparaissait derrière la porte, quand il s'approcha de son oncle qui mettait son chapeau.

— Puis-je vous parler un instant, oncle Jolyon ?

Ce que Soames attendait de cette entrevue reste incertain.

Le vieux Jolyon produisait sur les Forsyte en général une impression quelque peu mystérieuse, faite de respect et de crainte. Cela tenait à son tour d'esprit philosophique, ou peut-être – comme l'avait dit Hemmings – à son menton. Mais il y avait toujours eu un subtil antagonisme entre l'oncle et le neveu : antagonisme latent sous la sécheresse de leur bonjour, sous les allures pleines de réserve qu'ils présentaient l'un à l'autre. Sans doute cela provenait-il de ce que le vieux Jolyon sentait la tranquille ténacité du jeune homme (l'entêtement, disait-il plutôt), il doutait qu'il pût toujours avec lui garder le dernier mot.

Ces deux Forsyte, à bien des égards aussi opposés l'un à l'autre que les deux pôles, possédaient, chacun à sa manière, mais à un plus haut degré que le reste de la famille, ce tenace et prudent instinct des affaires qui est la vertu suprême de leur classe sociale. L'un et l'autre, avec un peu de chance et quelques occasions, se fussent trouvés à la hauteur d'une grande carrière ; ils eussent fait, l'un et l'autre, un bon financier, un grand homme d'affaires, un homme d'État. Pourtant, le vieux Jolyon, dans certaines formes de son humeur, sous l'influence d'un cigare ou celle de la nature, aurait été capable, non peut-être de mépriser, mais certainement de mettre en doute, l'intérêt d'une telle situation. À Soames, qui ne fumait pas de cigare, ce doute ne serait jamais venu.

Et puis, il y avait toujours dans l'âme du vieux Jolyon une souffrance secrète : le fils de James – de James qu'il avait toujours considéré comme une si pauvre tête ! – suivait les voies du succès, tandis que son propre fils…

Enfin – car pas plus qu'aucun autre Forsyte il ne vivait hors du rayon des potins de famille –, il avait entendu maintenant la rumeur sinistre, vague mais non moins troublante, au sujet de Bosinney, et son orgueil en était blessé au vif.

Il est à remarquer que son irritation se tourna non contre Irène, mais contre Soames. L'idée que la femme de son neveu attirait à elle le fiancé de June l'humiliait intolérablement. Est-ce que ce garçon-là ne pouvait pas veiller sur sa femme ? Oh, l'injustice raffinée ! comme s'il était possible à Soames de mieux veiller ! Et, voyant le danger, le vieux Jolyon ne se le cachait pas comme James, par simple peur ; il reconnaissait, avec l'impartialité de son regard plus large, que la chose n'était pas improbable : Irène avait beaucoup de séduction.

Il pressentait vaguement ce dont Soames voulait lui parler, au moment où ils quittaient ensemble la chambre du conseil, pour entrer dans le bruit et l'affairement de Cheapside.

Ils marchèrent ensemble une bonne minute sans mot dire, Soames, de son pas méticuleux, et le vieux Jolyon, très droit, se servant languissamment de son parapluie comme de canne.

Ils s'engagèrent dans une rue relativement tranquille ; le vieillard se rendait à un second conseil d'administration.

Alors Soames commença sans lever les yeux :

— J'ai reçu cette lettre de Bosinney ; vous voyez ce qu'il dit. J'ai pensé à vous en parler. J'ai dépensé sur cette maison beaucoup plus que je n'en avais l'intention, et je tiens à ce que la situation soit nette.

À contrecœur, le vieux Jolyon parcourut la lettre.

— Ce qu'il dit est assez clair, remarqua-t-il.

— Il parle d'avoir carte blanche, répliqua Soames.

Le vieux Jolyon le regarda. Son irritation, longtemps contenue, son antagonisme envers ce jeune homme dont les affaires commençaient à trop se mêler aux siennes éclatèrent.

— Eh bien, si tu n'as pas confiance en lui, pourquoi l'emploies-tu ?

Soames lui glissa un regard de côté :

— Il est beaucoup trop tard pour revenir là-dessus, dit-il. Je veux seulement qu'il soit bien établi que, si je lui donne carte blanche, il ne me mettra pas dedans. J'ai pensé que si vous lui parliez de votre côté, ma réponse aurait plus de poids.

— Non, fit le vieux Jolyon abruptement, je ne me mêlerai pas de cette affaire-là.

Ces paroles, de part et d'autre, trahissaient des intentions inexprimées qui les dépassaient de beaucoup. Et le regard que l'oncle et le neveu échangèrent apprit à chacun que ce qu'il taisait, l'autre en avait conscience.

— C'est bien, dit Soames, à cause de June, j'ai voulu vous prévenir, voilà tout. Je ne me laisserai pas faire, j'ai cru qu'il valait mieux que vous le sachiez.

Oncle Jolyon releva le propos :

— En quoi est-ce que cela me concerne ?

— Oh ! je n'en sais rien, fit Soames.

Et, démonté par ce regard direct, il ne put en dire davantage.

— Vous ne direz pas que je ne vous ai pas prévenu, ajouta-t-il d'un ton de mauvaise humeur, en reprenant contenance.

— Prévenu ? répliqua le vieux Jolyon. Je ne sais pas de quoi tu parles. Tu viens me tracasser pour une chose comme ça. Je refuse de me mêler de tes affaires ; débrouille-toi.

— Très bien, fit Soames imperturbable, c'est ce que je ferai.

— Alors, bonjour, dit le vieux Jolyon.

Et ils se séparèrent.

Soames revint sur ses pas et, entrant dans un restaurant célèbre, il se fit servir une tranche de saumon fumé et un verre de chablis. Il avait l'habitude de peu manger au milieu du jour, et le plus souvent mangeait debout. Cette attitude lui paraissait propice à son foie, qui était en fort bon état, mais sur le compte duquel il aurait voulu mettre tous ses soucis.

Quand il eut fini, il revint lentement à son bureau, la tête basse, ne prêtant aucune attention aux milliers d'êtres qui fourmillaient sur le pavé et qui ne faisaient pas davantage attention à lui.

Le courrier du soir porta à Bosinney la réponse suivante :

Forsyte, Bustard & Forsyte,
avoués,
92001, Branch Lane, Poultry, E. C.

17 mai 1887

Mon cher Bosinney,

J'ai reçu votre lettre, dont les termes ne m'ont pas peu surpris. J'étais sous l'impression que vous aviez toujours eu « carte blanche » ; car je n'ai pas souvenir qu'aucune des suggestions que j'ai pu avoir le malheur de vous faire ait rencontré votre approbation. En vous donnant, selon votre requête, carte blanche, je désire qu'il soit bien établi que le prix total de la maison, telle qu'elle me sera livrée complètement décorée – et y compris vos honoraires (dont nous sommes convenus ensemble) – ne doit pas dépasser douze mille livres (£ 12 000). Ce chiffre vous donne une marge suffisante, et comme vous le savez, dépasse de beaucoup la dépense que j'avais d'abord envisagée.

Croyez-moi bien à vous,

SOAMES FORSYTE.

Le lendemain, il reçut un mot de Bosinney :

Philip Baynes Bosinney,
architecte,
309 D, Sloane Street, S. W.

18 mai

Mon cher Forsyte,

Si vous croyez qu'en une matière aussi délicate que la décoration je puis m'engager à une livre près, je crains que vous ne vous trompiez. Je vois que vous êtes fatigué de notre arrangement et de moi-même, et que par conséquent je ferais mieux de me retirer.

Bien à vous,

PHILIP BAYNES BOSINNEY.

Soames médita longuement et péniblement cette lettre, et à une heure avancée de la nuit, après qu'Irène fut montée se coucher, il composa dans la salle à manger la réponse suivante :

62, Montpellier Square, S. W.

19 mai 1887

Mon cher Bosinney,

Je crois que, dans notre intérêt commun, il serait très regrettable que nous en restions là. Je n'ai pas voulu dire que si vous dépassiez de dix, ou vingt, ou même cinquante livres la somme mentionnée dans ma lettre, il y aurait une difficulté entre nous. Cela étant, je souhaite que vous reveniez sur votre réponse. Vous avez carte blanche dans les données de cette correspondance, et j'espère que vous verrez le moyen d'achever les décorations, au sujet desquelles je sais qu'il est difficile de faire à l'avance des évaluations tout à fait exactes.

À vous,

SOAMES FORSYTE.

La réponse de Bosinney arriva dans la journée suivante :

20 mai

Mon cher Forsyte,

Entendu.

PH. BOSINNEY.

15

Le vieux Jolyon au Jardin zoologique

Le vieux Jolyon expédia sommairement son second conseil, une séance ordinaire cette fois-ci. Il fut si dictatorial que ses collègues directeurs restèrent en conciliabule pour se plaindre de l'esprit de domination toujours croissant du vieux Forsyte. Ils n'étaient pas d'humeur, dirent-ils, à supporter cela beaucoup plus longtemps.

Le vieux Jolyon repartit par le métropolitain, puis, à la station d'arrêt, il prit un cab et se fit conduire au Jardin zoologique.

Il y avait un rendez-vous ; un de ces rendez-vous qui se renouvelaient plus souvent depuis quelque temps et où le poussaient son inquiétude croissante au sujet de June et, disait-il, le changement qui s'était fait en elle.

Elle se cachait et maigrissait ; quand il lui parlait, il n'obtenait pas de réponse ; ou bien elle le rembarrait ; ou bien elle semblait près d'éclater en sanglots. Elle était aussi changée que possible, tout cela pour Bosinney. Mais quant à parler à son grand-père, jamais de la vie !

Et il se perdait en longues rêveries tristes, tenant devant lui son journal qu'il ne lisait pas, un cigare éteint entre les lèvres. Elle lui avait si gentiment tenu compagnie, depuis qu'elle avait trois ans, et il l'aimait tant !

Des puissances qui n'ont souci ni des familles, ni des classes, ni des coutumes, se montraient plus fortes que lui ;

des événements futurs, sur lesquels il n'avait aucun pouvoir, projetaient leur ombre sur sa tête. L'irritation d'un homme dominateur, empêché de faire sa volonté, s'élevait en lui, il ne savait contre quoi.

S'énervant de la lenteur de son cab, il arriva à la porte du jardin ; mais avec son instinct resté jeune et vif de prendre de chaque moment ce qu'il a de bon, il oublia son agacement en se dirigeant vers l'endroit du rendez-vous.

De la terrasse qui surplombe la fosse aux ours, son fils et ses deux petits-enfants coururent vers lui, dès qu'ils le virent approcher. Ils l'emmenèrent vers la cage aux lions. Les enfants lui avaient pris chacun une main, et Jolly, malicieux comme son père, s'était emparé de son parapluie pour attraper les jambes des passants avec la poignée recourbée.

Jolyon le jeune marchait derrière.

Cela ressemblait vraiment à un conte de voir son père avec les enfants : un de ces contes qui, après le sourire, amènent les larmes. Un vieillard et deux petits enfants se promenant ensemble, c'est une chose de tous les jours ; mais voir le vieux Jolyon avec Jolly et Holly, c'était comme pénétrer brusquement jusqu'aux choses cachées au plus profond de nos cœurs. Dans le complet abandon de ce grand vieillard si droit aux deux petits qui lui tenaient les mains, il y avait trop de poignante tendresse. Jolyon le jeune, qui avait l'habitude de ce réflexe, jura tout bas dans sa moustache. Il était ému plus qu'il ne convient à un Forsyte, les Forsyte par essence n'étant pas démonstratifs.

Ils arrivèrent ainsi à la galerie des lions. Il y avait eu une fête, le matin, au Jardin botanique et un grand nombre de Forsyte, c'est-à-dire de gens bien habillés, entretenant équipages, s'étaient fait conduire ensuite au Jardin zoologique, de manière à en avoir davantage, si possible, pour leur argent, avant de regagner leurs domiciles.

— Allons donc au zoo, s'étaient-ils dit les uns aux autres, ce sera très amusant. C'était un jour à un shilling. Il n'y aurait pas de vilain populo.

Alignés le long des cages, ils regardaient les fauves voraces qui attendaient derrière les barreaux l'unique plaisir de leur journée. Plus la bête était affamée, plus elle fascinait. Lui enviait-on son appétit ? se demandait Jolyon le jeune. Il entendait des réflexions :

— Mauvaise brute, ce tigre !

— Oh, l'amour ! Regardez donc sa petite bouche !

— Oui, il est gentil ! N'allez pas trop près, maman !

Et souvent, avec un petit tapotement, l'un ou l'autre tâtait sa poche et regardait autour de soi, comme s'il s'attendait à ce que Jolyon le jeune ou quelque personne de physionomie désintéressée le soulageât de son porte-monnaie.

Un homme bien nourri, en gilet blanc, dit lentement entre ses dents :

— C'est de la pure gloutonnerie. Ils ne peuvent pas avoir faim ; ils ne prennent pas d'exercice.

Là-dessus, un tigre saisit un morceau de foie sanglant et l'homme gras se mit à rire. Sa femme qui portait une robe de Paris et un lorgnon d'or se récria :

— Comment pouvez-vous rire, Harry ? C'est horrible à voir !

Jolyon le jeune fronça les sourcils. Les circonstances de sa vie, bien qu'il eût cessé d'avoir sur elles un point de vue trop personnel, l'avaient laissé sujet à des mouvements de mépris, et la classe à laquelle il avait appartenu – la caste à équipages – excitait particulièrement ses sarcasmes.

Tenir en cage un lion ou un tigre, c'était sûrement une horrible barbarie. Mais voilà ce que n'admettait aucun homme cultivé. L'idée qu'il était cruel d'enfermer des animaux sauvages n'était probablement jamais venue à son père, par exemple. Il appartenait à l'ancienne école qui trouvait humain et moral d'emprisonner les panthères et les singes, convaincu, sans doute, qu'avec le temps on persuaderait ces créatures de ne plus mourir si déraisonnablement de tristesse et de nostalgie, contre les barreaux de leur cage, imposant ainsi à la société la dépense de leur remplacement.

Aux yeux de son père, comme aux yeux de tout Forsyte, le plaisir de contempler ces belles créatures en état de captivité compensait, et au-delà, l'inconvénient d'enfermer des bêtes que Dieu, si imprudemment, avait faites libres. Et du reste, c'était aussi pour le bien de l'animal ; on l'enlevait aux dangers sans nombre de la vie errante et de la chasse, on le persuadait d'exercer ses fonctions dans la tranquillité garantie d'un compartiment privé. En vérité, c'était à se demander si les animaux sauvages étaient faits pour autre chose que pour être enfermés ! Mais Jolyon le jeune, ayant dans sa nature les éléments de l'impartialité, réfléchit qu'il ne pouvait être juste de stigmatiser comme barbare ce qui n'était qu'un manque d'imagination : aucun de ceux qui pensaient ainsi n'avait été mis dans la situation des bêtes qu'ils emprisonnaient ; comment auraient-ils pénétré leurs sensations ?

Ce ne fut pas avant le moment de quitter le jardin – Jolly et Holly délirant de bonheur – que le vieux Jolyon trouva l'occasion de parler à son fils du sujet qui lui tenait le plus à cœur.

— Je ne sais que penser, dit-il ; si l'état où elle est se prolonge, je ne vois pas comment cela pourra tourner. Je voulais qu'elle vît un médecin, elle ne veut pas. Elle n'a rien de moi, c'est tout à fait sa mère. Entêtée comme une mule ! Si elle ne veut pas faire une chose, elle ne la fera pas : un point, c'est tout.

Jolyon le jeune sourit ; son regard s'était posé sur le menton du vieillard : « Vous faites la paire », songeait-il, mais il ne dit rien.

— Et puis, continua le vieux Jolyon, il y a ce Bosinney. J'aimerais bien lui administrer une correction. Je ne le peux pas, je suppose, mais je ne vois pas pourquoi tu ne t'en chargerais pas, ajouta-t-il avec une nuance de doute.

— Qu'est-ce qu'il a fait ? Il vaut bien mieux qu'ils en finissent si cela ne marche pas.

Le vieux Jolyon regarda son fils. Maintenant qu'ils venaient d'aborder pour de bon un sujet de cet ordre, il se sentait en défiance. Jo ne pouvait manquer d'avoir là-dessus des idées relâchées.

— Ma foi, je ne sais pas ce que tu penses, toi, dit-il. Je me figure que tes sympathies sont pour lui ; ça ne m'étonnerait pas. Mais moi je trouve qu'il se conduit bougrement mal, et je le lui dirai si je le trouve sur mon chemin.

Il quitta le sujet. Il était impossible de discuter avec son fils la vraie nature et le vrai sens de cette défection de Bosinney. Jo n'avait-il pas fait exactement la même chose, pire, si c'était possible, quinze ans auparavant ? Il semblait qu'il n'y eût pas de fin aux conséquences de cette folie.

Jolyon le jeune, lui aussi, gardait le silence. Il avait vite compris la pensée de son père, car détrôné du siège élevé d'où les Forsyte ont sur la vie des vues simples et certaines, il était devenu pénétrant et subtil.

Toutefois le point de vue qu'il avait depuis quinze ans sur la morale des sexes était trop différent de celui de son père. Impossible de combler l'écart.

Il dit tranquillement :

— Je suppose qu'il s'est épris d'une autre femme ? Le vieux Jolyon le regarda d'un air de doute.

— Je n'en sais rien ; ils le disent.

— Alors c'est probablement vrai (le vieux Jolyon ne s'attendait pas à cette réponse). Et je suppose qu'ils vous ont dit qui elle est ?

— Oui ; la femme de Soames.

Jolyon le jeune ne sourcilla pas. Sa propre histoire l'obligeait à rester imperturbable. Mais il regarda son père, un fantôme de sourire errant sur son visage.

Si le vieux Jolyon s'en aperçut, il ne le marqua pas.

— Elle et June étaient amies intimes, murmura-t-il.

— Pauvre petite June ! fit doucement Jolyon le jeune. Il pensait encore à sa fille comme à un bébé de trois ans. Le vieux Jolyon s'arrêta tout à coup.

— Je n'en crois pas un mot, dit-il. Ce sont des racontars de vieilles femmes. Trouve-moi un cab. Je n'en puis plus.

Ils se tinrent debout au coin d'une rue, attendant le cab qui passerait, tandis que défileraient devant eux les nombreuses voitures ramenant du Jardin zoologique des Forsyte de toutes les variétés. Les harnais, les livrées, le poil lisse des chevaux reluisaient au soleil de mai.

Parmi ces voitures, il y avait une victoria qui avançait plus vite que les autres, tirée par deux chevaux d'un bai brillant. Elle oscillait sur ses hauts ressorts et les quatre personnes qui l'occupaient semblaient balancées comme dans un berceau.

Ce véhicule attira l'attention de Jolyon le jeune qui reconnut soudain, assis sur le devant, son oncle James. Impossible de s'y tromper, malgré les favoris devenus blancs. En face de lui, le dos protégé par leurs ombrelles, Rachel Forsyte et sa sœur aînée, et mariée, Winifred Dartie, dans des toilettes irréprochables, avec un port de tête hautain comme celui de certains oiseaux qu'elles venaient de voir au Jardin zoologique ; et puis, bien calé à côté de James, Dartie, dans une redingote flambant neuve qui sanglait son buste carré, de larges manchettes amidonnées dépassant aux poignets.

Un éclat spécial quoique discret, une couche supplémentaire du meilleur vernis, du luisant le plus fin, caractérisait ce véhicule et semblait le distinguer de tous les autres. On eût dit que par l'effet de quelque heureux coup de génie, pareil à celui qui fait reconnaître la véritable « œuvre d'art » de l'ordinaire « tableau », il se désignait de lui-même comme la voiture type et le trône même de la Forsyterie.

Le vieux Jolyon ne les vit point passer ; il caressait la pauvre petite Holly qui était fatiguée ; mais, de la voiture, on avait aperçu le petit groupe ; les têtes des dames se détournèrent subitement ; d'un mouvement spasmodique, les ombrelles se disposèrent en écran ; la figure de James s'avança naïvement comme la tête d'un long oiseau et sa bouche s'ouvrit avec lenteur. Les boucliers ronds des ombrelles diminuèrent, puis disparurent.

Jolyon le jeune vit qu'il avait été reconnu, même par Rachel, qui ne pouvait avoir plus de quinze ans lorsqu'il s'était exclu des Forsyte.

Ils n'avaient guère changé, eux ! Jolyon le jeune se rappelait exactement l'aspect de leur équipage d'autrefois : chevaux, domestiques, voitures avaient été renouvelés sans doute, mais ils gardaient le même cachet que ceux d'il y a quinze ans. C'était le même déploiement de luxe correct, la même arrogance délicatement dosée – bien-être et tranquillité ! Le balancement de la voiture était exact, exacte la pose des ombrelles, exact l'esprit qui régnait sur l'ensemble.

Et dans l'avenue ensoleillée, défendues par les boucliers hautains des ombrelles, les voitures se succédaient.

— Oncle James vient de passer avec ses filles, dit Jolyon le jeune.

La physionomie de son père s'assombrit.

— Est-ce que ton oncle nous a vus ? Oui ! Hem ! Qu'est-ce qu'il vient faire par ici ?

Un cab vide passait et le vieux Jolyon l'arrêta.

— Je te reverrai avant longtemps, mon garçon. Ne fais pas attention à ce que je t'ai dit de ce jeune Bosinney. Moi, je n'en crois pas un mot !

Embrassant les enfants qui essayaient de le retenir, il monta en voiture et partit.

Jolyon le jeune, qui avait pris Holly dans ses bras, resta immobile au coin de la rue, les yeux fixés sur le cab qui s'éloignait.

16

Après-midi chez Timothy

Si le vieux Jolyon, montant en fiacre, avait dit : « Je ne veux pas en croire un mot », il eût plus véridiquement exprimé sa pensée.

L'idée que James avec ses femmes l'avait aperçu en compagnie de son fils éveilla dans le cœur du vieux Jolyon non seulement l'impatience d'être contrarié, mais encore cette secrète hostilité qui est naturelle entre frères. Le germe en est déjà dans les rivalités de la petite enfance, mais à mesure que la vie passe, les racines cachées en deviennent plus dures et plus profondes et nourrissent une plante capable de produire en son temps les fruits les plus amers.

Jusqu'alors il n'y avait eu, entre ces six frères, que la malveillance produite par la crainte d'être moins riche que les autres. Vers la fin de la vie, à l'approche du moment où chacun abat son jeu, ce sentiment se précisait en une curiosité qu'excitait encore l'extrême discrétion de leur homme d'affaires. Celui-ci, sagace, ignorait auprès de Nicholas le revenu de James, auprès de James celui du vieux Jolyon, auprès de Jolyon celui de Roger ; à Roger il affirmait ne rien savoir de la situation de Swithin ; mais il assurait Swithin, de la façon la plus irritante, que Nicholas devait être fort riche. Seul Timothy restait hors de cause, toute sa fortune étant placée en valeurs de père de famille.

Mais à présent, entre deux de ces frères au moins, s'était élevé un ressentiment d'un tout autre ordre. Du jour où James avait eu l'impertinence de mettre le nez dans ses affaires – ainsi s'exprimait le vieux Jolyon –, celui-ci ne voulut plus ajouter foi à l'histoire qu'on racontait sur Bosinney. Sa petite June humiliée par la belle-fille de ce bonhomme-là ! Il décida que l'on calomniait Bosinney. Sa défection devait s'expliquer autrement. June avait dû lui faire quelque sortie – elle était susceptible en diable !

Toutefois, il irait dire à Timothy sa façon de penser et on verrait si, après cela, Timothy continuerait à faire des allusions. Et ça ne traînerait pas, il irait le trouver tout de suite, et s'arrangerait pour n'avoir pas à recommencer.

En arrivant au « Bosquet », il vit la voiture de James, devant la porte, bouchant le passage. Ainsi on l'avait devancé ; sûrement ils jabotaient déjà, là-haut, sur la rencontre de tout à l'heure ! Un peu plus loin, les chevaux gris de Swithin, nez à nez avec les chevaux bais de James, semblaient discuter de la famille, leurs cochers au-dessus d'eux tenant conseil sur le même sujet.

Le vieux Jolyon déposa son chapeau dans l'étroit vestibule, sur la chaise où, autrefois, celui de Bosinney avait été pris pour un chat, passa sévèrement sa main maigre sur son visage aux grandes et blanches moustaches tombantes, comme pour en effacer toute trace d'expression, puis monta l'escalier.

Il trouva le premier salon plein. Ce salon était déjà suffisamment rempli quand il ne s'y trouvait personne, car Timothy et ses sœurs, fidèles au goût de leur génération, considéraient qu'une pièce doit être « convenablement garnie ». Celle-ci contenait donc onze sièges, un sofa, trois tables, deux cabinets, d'innombrables bibelots, et la queue d'un grand piano. Et maintenant, occupé par Mrs Small et tante Hester, par Swithin, James, Rachel, Winifred, Euphemia (venue restituer *Passion et Parégorique* qu'elle avait lu pendant son déjeuner) et son amie Frances, fille de Roger (la musicienne des Forsyte, celle qui composait des mélodies), le salon n'offrait plus, en dehors de la paire de fauteuils où personne ne s'asseyait jamais, qu'un siège disponible. Le seul espace où l'on pût encore se tenir debout était accaparé par le chat sur la queue duquel le vieux Jolyon se dépêcha de mettre son pied.

À cette époque, ce grand nombre de visiteurs chez Timothy n'avait rien d'insolite. La famille entière avait toujours éprouvé un respect véritable pour tante Ann. Maintenant qu'elle n'était plus là, on venait davantage au « Bosquet » et on y restait plus longtemps.

Swithin était arrivé le premier. Engourdi, dans son fauteuil de satin rouge à dos doré, il semblait prêt à rester le dernier. Illustrant le surnom de « le Gros » que lui donnait Bosinney, avec sa grande et massive stature, ses épais cheveux blancs, son immuable face bouffie et rasée, il apparaissait plus primitif que jamais, dans le décor trop étoffé de la petite pièce.

Comme il en avait l'habitude depuis quelque temps, il se mit immédiatement à parler d'Irène et ne fut pas long à donner son avis à tante Juley et à tante Hester sur les bruits qui, lui avait-on dit, commençaient à courir. Non, opinait-il, elle pouvait avoir envie de flirter un peu – il faut bien qu'une jolie femme ait ses moments de bon temps –, mais il ne croyait à rien de plus. En tout cas, rien de tangible ; elle avait trop de bon sens, elle savait trop ce qu'elle devait à sa situation, à la famille ! Pas de sc…

Il allait dire « scandale » ; mais l'idée même lui parut si absurde qu'il souleva simplement la main, comme pour dire : « N'en parlons plus ! »

Admettons que Swithin jugeât la situation en célibataire. Pourtant, que n'était-il pas dû à cette famille, qui avait si bien mené ses affaires et dont tant de membres avaient atteint de belles positions ? Si, en des moments sombres et pessimistes, il avait bien entendu les mots de « yeomen, très petite bière », appliqués à ses aïeux, les croyait-il ?

Non ! il nourrissait et caressait dans son cœur la théorie secrète qu'il y avait un élément distingué quelque part dans son lignage.

— C'est évident, disait-il un jour à Jolyon le jeune, avant que celui-ci n'eût mal tourné. Regarde-nous, nous avons réussi ! Il faut que notre sang y soit pour quelque chose.

Il avait eu de l'amitié pour Jolyon le jeune. L'enfant avait grandi dans un bon groupe au collège, il avait connu les fils de ce vieux bandit, sir Charles Fiste (dont l'un était même devenu un fameux coquin) ; il avait du chic, ce petit. C'était mille fois pitié qu'il ne se fût enfui avec cette étrangère, une institutrice pour comble ! S'il fallait qu'il commît cette bêtise-là, pourquoi ne pas choisir quelqu'un qui les eût un peu flattés ? Et qu'est-ce qu'il était devenu ? un employé chez Lloyd's ; on disait même qu'il faisait de la peinture – de la peinture ! Nom d'un chien ! Il aurait pu finir sir Jolyon Forsyte, baronnet, avec un siège au Parlement, une place reconnue dans le pays !

Swithin, obéissant à l'impulsion qui pousse là tôt ou tard quelque membre de toute famille importante, s'était rendu un jour au Bureau des armoiries. On l'y avait assuré qu'il appartenait sans aucun doute à la famille bien connue des Forsite avec un *i*, dont les armes étaient : « Trois écus dextres sur gueules à fond de sable. » On espérait, évidemment, le persuader de les relever.

Swithin, toutefois, n'en fit rien, mais s'étant assuré que le cimier portait un faisan et la devise, « Pour Forsite », il fit mettre le faisan sur sa voiture et les boutons de son cocher ; il réserva le cimier avec la devise pour son papier à lettres. Pour le blason, il se contenta de le porter dans son cœur, en partie parce que, n'ayant pas payé les droits légaux pour le relever, il se disait qu'il y aurait de l'ostentation à le faire figurer sur sa voiture – et il détestait l'ostentation ! –, en partie aussi parce que, comme tout homme pratique en ce pays, il éprouvait une aversion et un dédain cachés pour les choses qu'il ne comprenait pas. Or, il trouvait autant que quiconque la formule : « Trois écus dextres sur gueules à fond de sable » difficile à digérer.

Pourtant on lui avait dit au Bureau qu'il n'avait qu'à payer les droits pour porter son blason. Il ne l'avait jamais oublié et sa conviction qu'il était né gentleman en avait été fortifiée. Insensiblement, le reste de la famille adopta le faisan et quelques-uns, plus sérieux que les autres, prirent aussi la devise. Le vieux Jolyon toutefois se refusa à faire usage de celle-ci. Ça n'avait pas de sens, une pure blague !

Dans la génération des six frères, on savait peut-être au fond à quel grand événement historique se rattachaient ces armoiries. Pressés là-dessus, plutôt que de mentir – bon pour les Français et les Russes, le mensonge ! –, ils avouaient rapidement que Swithin avait fait cette découverte un jour, on ne savait trop comment.

Dans la génération suivante, on évitait le sujet avec toute la discrétion convenable. On ne voulait pas blesser les sentiments des aînés ni s'infliger à soi-même un ridicule. On portait les armoiries, tout simplement…

Non, disait Swithin ; il avait été à même de juger de la chose et son impression était qu'il n'y avait rien dans les manières d'Irène avec ce jeune Brigand ou Bosinney, qu'on l'appelle comme on voudra, rien de plus que dans ses manières avec lui, Swithin. De fait, il dirait plutôt… Mais ici, malheureusement, l'entrée de Frances et d'Euphemia interrompit la conversation, car on ne pouvait discuter d'un tel sujet devant de jeunes personnes.

Et quoique Swithin fût un peu interloqué d'avoir la parole coupée au moment où il allait dire quelque chose d'important, il redevint bientôt affable. Il aimait assez Frances – Francie, comme on l'appelait dans la famille. Elle avait tant de chic et ne lui disait-on pas qu'elle se faisait une très jolie petite pelote, pour son argent de poche, avec ses mélodies ?

Il se piquait d'une attitude assez libérale envers les femmes ; il ne voyait aucune raison pour les empêcher de peindre des tableaux, d'écrire des romances ou même des livres, pendant qu'elles y étaient, surtout si cela pouvait leur rapporter utilement un peu d'argent ; aucune raison ! Ça les empêchait de faire des bêtises. Pour les hommes, c'est différent.

« La petite Francie », comme on l'appelait d'habitude avec un peu de bienveillant dédain, est un personnage important, ne serait-ce que pour illustrer l'attitude des Forsyte envers les Arts. Elle n'était pas « petite » mais plutôt grande ; elle avait, pour une Forsyte, les cheveux foncés, ce qui, avec des yeux gris, lui donnait, disait-on, « un type celte ». Elle composait des romances qui s'intitulaient par exemple : « Soupirs exhalés », ou bien : « Embrasse-moi, mère, avant que je meure », avec refrain, dans un style d'antienne :

Embrasse-moi, mère, avant que je meure,
Embrasse-moi, embrasse-moi, mère, ah !
Embrasse, ah ! embrasse-moi a-vant !
Embrasse-moi, mère avant que je m-m-eure !

Elle trouvait elle-même les paroles et écrivait encore d'autres poèmes. En des phases d'inspiration plus légère, elle composait des valses : l'une d'elles, « La Farandole de Kensington », était devenue populaire. Il y avait dès la seconde mesure une chute charmante :

C'était très original. Et puis il y avait encore des « Chansons pour les tout-petits », à la fois pédagogiques et spirituelles, où l'on remarquait surtout « Le Petit Garçon de bonne-maman » et ce chant, imprégné presque prophétiquement de l'esprit impérialiste qui allait bientôt surgir :

« Poche-lui son petit œil. » Ces œuvres eussent été acceptées par n'importe quel éditeur et des revues telles que *La Haute Vie* et *Le Guide des dames* s'extasiaient ainsi sur elles : « Encore une des spirituelles chansons de miss Francie Forsyte. Celle-ci, étincelante et pathétique, nous a émus nous-mêmes jusqu'au rire et jusqu'aux larmes. Miss Forsyte ira loin. »

Avec l'authentique instinct de sa race, Francie avait pris à tâche de connaître les gens à cultiver, ceux qui écriraient sur elle, parleraient d'elle et aussi des gens du monde. Elle avait un registre mental qui lui disait exactement où il fallait exercer ses charmes et elle gardait l'œil intérieur ouvert sur cette échelle régulière et ferme de gains croissants qui, pour elle, représentait l'avenir. De la sorte, elle se faisait universellement respecter.

Une fois, à une époque où ses émotions avaient été stimulées par un attachement, car la vie de Roger, entièrement consacrée à sa collection de maisons, avait développé chez sa fille aînée une tendance à la passion, Francie s'était tournée vers le grand travail sincère, et avait choisi la forme d'une sonate pour violon. Celle-ci fut la seule de ses productions qui inquiéta les Forsyte. Ils sentirent tout de suite que ça ne se vendrait pas.

Roger, qui n'était pas fâché d'avoir une fille intelligente et qui parlait souvent de l'argent de poche qu'elle se faisait, fut déconcerté par cette sonate. « Ça ne signifie rien ! », disait-il. Francie avait emprunté à Euphemia le jeune Flageoletti pour jouer la sonate dans le salon de son père.

De fait, Roger avait raison, c'était nul – mais ennuyeux et du genre qui ne se vend pas. Comme le sait tout Forsyte, une nullité qui se vend n'est pas une nullité, loin de là !

Pourtant, malgré ce solide sens commun qui fixe la valeur d'une œuvre d'art à ce qu'elle rapporte, quelques-uns des Forsyte – tante Hester, par exemple, qui avait toujours aimé la musique – ne pouvaient s'empêcher de regretter que les mélodies de Francie, ou ses poèmes, ne fussent pas

« classiques ». Mais aussi, comme disait tante Hester, on ne voit plus de poésie de notre temps, les poèmes ne sont que des « petites choses légères ». Il n'y a plus personne qui puisse écrire un poème comme *Le Paradis perdu*, ou *Childe Harold*, de ces œuvres qui vous font sentir que vous avez vraiment lu quelque chose. Du moins, c'était bien agréable pour Francie d'avoir une occupation. Pendant que d'autres jeunes filles dépensaient de l'argent à courir les magasins, elle en gagnait ! Tante Hester et tante Juley étaient toujours prêtes à écouter par quel moyen Francie venait encore de faire monter ses prix. C'est justement ce qu'elle était en train de raconter à ces dames ainsi qu'à Swithin, qui prétendait pourtant ne rien entendre : ces jeunes personnes parlaient si vite et avalaient tellement les mots qu'il ne pouvait rien distinguer de ce qu'elles disaient !

— Je ne peux pas me figurer, s'exclamait Mrs Septimus, comment tu fais cela. Je n'aurais jamais l'audace !

Francie sourit légèrement :

— J'aime bien mieux avoir affaire à un homme qu'à une femme. Les femmes, c'est trop malin !

— Ma chérie, s'écria Mrs Small, je t'assure que tu nous calomnies !

Euphemia partit de son rire silencieux qui se terminait par un glapissement, en criant comme si on l'étranglait :

— Oh ! vous me ferez mourir, ma petite tante !

Swithin ne voyait pas de raison pour rire ; il détestait que l'on rît là où il ne trouvait rien de drôle. Et, du reste, il détestait Euphemia ; il ne parlait jamais d'elle qu'en disant : « La fille de Nick, comment donc s'appelle-t-elle : la pâle ? » Il avait failli être son parrain ; il l'aurait été s'il n'avait pas fermement protesté contre ce nom d'un autre monde. Il avait horreur d'être parrain. Swithin, regardant Francie, lui dit donc avec dignité :

— C'est une jolie journée, euh… pour la saison !

Mais Euphemia, qui savait parfaitement comment il avait refusé de devenir son parrain, se tourna vers tante

Hester et se mit à lui raconter qu'elle avait rencontré Irène – Mrs Soames – à la Coopérative anglicane et commerciale.

— Et Soames était avec elle ? demanda tante Hester, à qui Mrs Small n'avait pas encore eu l'occasion de relater l'incident.

— Soames avec elle ? Bien sûr que non !

— Mais est-ce qu'elle était toute seule à Londres ?

— Oh ! non, il y avait Mr Bosinney avec elle. Elle était parfaitement bien habillée.

Swithin, entendant nommer Irène, regarda sévèrement Euphemia qui, il faut l'avouer, n'était jamais bien en toilette de ville, quelque aspect qu'elle pût présenter en d'autres occasions :

— Habillée comme une dame, j'en suis sûr. On a plaisir à la voir.

À cet instant, on annonça James et ses filles. Dartie, qui mourait d'envie d'un verre de quelque chose, avait invoqué un rendez-vous de dentiste, et, s'étant fait déposer à Marble Arch, avait sauté dans un cab. À présent, il était assis à une fenêtre de son club, dans Piccadilly.

Sa femme, dit-il à ses copains, avait voulu le mener faire des visites. Ce n'était pas dans ses cordes, pas tout à fait ! Hélant le garçon, il l'envoya dans le vestibule voir qui avait gagné la course de quatre heures et demie. Il était fourbu, disait-il, et c'était un fait : il avait passé tout l'après-midi avec sa femme à courir d'une exposition à l'autre. Il avait fini par montrer qu'il en avait assez. Un type doit vivre sa propre vie.

Au même moment, comme il regardait par la baie – il aimait cette place d'où il pouvait voir tout le monde passer –, il eut la malchance, ou peut-être la chance, d'apercevoir la silhouette de Soames qui, venant de Green Park, traversait la rue de son pas prudent, avec l'évidente intention d'entrer. Lui aussi était de l'Iseeum Club.

Dartie bondit, saisissant son verre. Il murmura quelque chose sur cette course de quatre heures trente et se retira prestement dans la salle de jeu où Soames ne mettait jamais les pieds. Là, complètement isolé, dans un jour trouble, il vécut sa vie jusqu'à sept heures trente, heure à laquelle il savait que Soames aurait certainement quitté le club.

C'est que ça n'arrangerait pas du tout ses affaires, comme il se le répétait à lui-même toutes les fois que la tentation devenait trop forte d'aller rejoindre les hommes qui potinaient dans la baie, ayant des finances en aussi mauvais état que les siennes, et le « vieux » (James) qui devenait dur à la détente depuis cette histoire de placement dans une entreprise d'huiles – histoire qui n'était pas de sa faute pourtant –, non, ça n'arrangerait pas du tout ses affaires de risquer une attrapade avec Winifred.

Si Soames le voyait au club, on pouvait être sûr qu'il se trouverait quelqu'un pour rapporter à Winifred qu'il n'avait jamais vu une famille où les choses « faisaient si bien le tour ».

Mal à son aise, parmi les tables de jeu tendues de drap vert, un froncement sur sa face olivâtre, ses jambes croisées dans le pantalon à carreaux, ses bottines vernies luisant à travers l'ombre trouble, il mordillait son index en se demandant où diable il trouverait de l'argent, si Erotic ne gagnait pas la coupe de Lancashire.

Ses pensées s'arrêtaient, moroses, sur les Forsyte. Quelle collection ils faisaient ! Rien à tirer d'eux – ou bien, c'était le diable ! –, ils étaient si satanément difficiles en matière d'argent ! Pas un sportsman dans le tas, excepté peut-être George. Ce type, Soames, par exemple, vous aurait une attaque si on essayait de lui emprunter un billet de dix livres et, à défaut d'attaque, il vous réservait toujours ce sacré sourire supérieur, comme si vous étiez un homme perdu parce que vous aviez besoin d'argent.

Et cette femme de Soames ! Rien que d'y penser, l'eau lui venait à la bouche ! Il avait essayé de se mettre bien avec elle, comme on fait avec n'importe quelle jolie belle-sœur, mais du diable si la (il usa mentalement d'un mot grossier) voulait rien savoir ; elle le regardait vraiment comme s'il était de la boue ; et pourtant, il parierait bien qu'elle pouvait aller loin. Il connaissait les femmes. Ce n'était pas pour rien qu'elles avaient les yeux doux et une taille comme celle-là, et Soames aurait vite fait de s'en apercevoir, s'il y avait quelque chose de vrai dans ce qu'on racontait du Brigand.

Se levant de sa chaise, Dartie fit un tour dans la chambre et s'arrêta devant la glace qui surplombait la cheminée de marbre. Il resta longtemps à contempler sa figure. Elle avait cet air particulier à quelques figures d'hommes d'avoir été trempée dans l'huile de lin, avec ses moustaches noires et cirées, et la petite ombre distinguée des favoris naissants. Avec contrariété, il vit qu'un bouton s'annonçait sur le côté de son nez gras et légèrement recourbé.

Pendant ce temps, le vieux Jolyon avait trouvé la seule chaise encore libre dans le confortable salon de Timothy. Son arrivée avait évidemment arrêté la conversation et fait peser une gêne sur tout le monde. Tante Juley, avec sa bonté d'âme habituelle, se dépêcha de remettre les gens à leur aise :

— Oui, Jolyon, nous disions justement que tu n'es pas venu ici depuis longtemps ; mais il ne faut pas s'étonner. Tu es très pris, naturellement ! James disait justement que c'est une période de l'année si occupée.

— Vraiment ? dit le vieux Jolyon, en fixant les yeux sur James, elle ne serait pas à moitié aussi occupée si chacun se mêlait de ce qui le regarde.

James, qui rêvassait sur une chaise basse, d'où ses genoux remontaient en pente, remua nerveusement ses pieds et en mit un sur le chat qui, chassé par le vieux Jolyon, avait imprudemment cherché refuge auprès de lui.

— Comment ! Vous avez un chat ici ! dit-il d'une voix offensée en en retirant avec un sursaut le pied qui s'était enfoncé dans la moelleuse fourrure.

— Plusieurs ! dit le vieux Jolyon, en promenant son regard d'un visage à l'autre, il y en a un sur lequel je viens de marcher.

Un silence suivit.

Alors Mrs Small, tortillant ses doigts et regardant tout autour d'elle, avec une innocence effrayante, demanda :

— Et comment va la chère June ?

Une lueur d'amusement traversa les yeux sévères du vieux Jolyon. Quelle femme extraordinaire, cette Juley ! Il n'y en avait pas deux comme elle pour dire exactement ce qu'il ne fallait pas !

— Mal ! répondit-il. Londres ne lui va pas ; trop de monde autour d'elle, trop de potins, trop de langues en mouvement.

Il accentua les derniers mots et de nouveau regarda James.

Personne ne dit rien.

Tous étaient dominés par la sensation qu'il serait trop dangereux de prendre aucune initiative, de hasarder aucune remarque. Quelque chose d'analogue à ce sentiment de menace suspendue qui envahit le spectateur d'une tragédie grecque était entré dans cette chambre trop meublée, pleine de vieillards en redingote, à cheveux blancs, et de femmes bien habillées, tous du même sang, tous liés par une insaisissable ressemblance.

Alors Swithin se leva. Non, il ne resterait pas là plus longtemps. Il ne se laisserait brimer par personne. Et manœuvrant autour de la chambre avec une allure plus pompeuse qu'à l'ordinaire, il serra successivement la main de chacun.

— Dites donc à Timothy de ma part qu'il se met trop dans du coton !

Puis, se tournant vers Francie qu'il considérait comme « chic », il ajouta :

— Viens faire un tour en voiture avec moi un de ces jours.

Mais ces mots évoquèrent aussitôt la vision de cette autre mémorable promenade dont on avait tant parlé, et il resta tout à fait immobile pendant une seconde, avec des yeux de verre, comme pour attendre de saisir le sens des mots qu'il venait de prononcer. Puis, se rappelant subitement qu'il se souciait de toute l'histoire comme d'une guigne, il se tourna vers le vieux Jolyon.

— Eh bien, bonsoir, Jolyon ! Tu ne devrais pas te promener sans pardessus, tu attraperas une sciatique ou quelque chose comme ça !

Il repoussa le chat du bout de sa bottine vernie et, sur sa vaste personne, la porte se referma.

Quand il fut parti, chacun regarda furtivement tous les autres pour voir comment on avait pris la mention du mot « promenade », le mot qui était devenu fameux, qui avait acquis une importance énorme, étant lié aux seules nouvelles pour ainsi dire officielles concernant la vague et sinistre rumeur qui hantait les conversations de la famille.

Euphemia, cédant à une impulsion, dit avec un rire bref :

— Je me réjouis qu'oncle Swithin ne m'invite pas à faire des promenades !

Mrs Small, pour la rassurer, et pour effacer ce que le sujet pouvait avoir d'inconfortable, répondit :

— Ma chérie, c'est son plaisir d'emmener quelqu'un de bien habillé, qui lui fasse un peu d'honneur. Je n'oublierai jamais la promenade que j'ai faite avec lui. Quelle expérience !

Sa vieille figure ronde et joufflue s'épanouit un instant dans une singulière satisfaction, et puis se détendit en une moue plaintive et des larmes mouillèrent ses yeux. Elle pensait à ce petit voyage en voiture qu'elle avait fait il y avait longtemps avec Septimus Small.

James, qui, sur sa chaise basse, était retombé dans ses soucieuses rêveries, les secoua tout à coup :

— Drôle de garçon, Swithin, dit-il, mais sa voix n'avait qu'un accent à demi convaincu.

Le silence du vieux Jolyon, ses yeux sévères les maintenaient tous dans une sorte de paralysie. Il était lui-même déconcerté par l'effet de ses propres paroles, effet qui semblait renforcer encore ce bruit auquel il était venu couper la langue. Mais il était encore en colère.

Il n'en avait pas fini avec eux. Non, non, il leur servirait encore un chien de sa chienne !

Il n'avait pas envie d'être désagréable avec ses nièces, il n'avait pas de querelle avec elles – pour une femme jeune et passable, le vieux Jolyon se sentait toujours de la clémence –, mais ce James, et, à un moindre degré peut-être, les autres aussi, frères et sœurs, méritaient tout ce qu'il leur infligerait. Et à son tour, il réclama Timothy.

Comme si elle pressentait qu'un danger menaçait son frère cadet, tante Juley offrit subitement au vieux Jolyon une tasse de thé :

– Le thé est là, dit-elle, qui t'attend dans l'autre salon ; il est tout froid et mauvais, mais Smither va t'en faire du nouveau.

Le vieux Jolyon se leva :

– Merci, dit-il, en regardant James droit dans les yeux, je n'ai pas de temps pour le thé... ni pour les potins. Il est l'heure que je rentre chez moi. Au revoir, Juley ; au revoir, Hester ; au revoir, Winifred.

Sans faire d'adieux plus cérémonieux, d'un pas fort, il sortit.

Lorsqu'il fut remonté en voiture, sa colère s'évanouit, car il en était ainsi de ses irritations : quand il avait frappé, c'était fini. Une tristesse s'étendit sur son esprit. Il leur avait fermé la bouche, peut-être, mais à quel prix ! Il ne doutait plus maintenant que la rumeur à laquelle il avait résolu de ne pas croire ne fût vraie. June était abandonnée, et pour la belle-fille de ce bonhomme-là ! Il sentait la certitude de la chose et se raidissait encore pour la repousser ; mais la souffrance qu'il cachait sous cet effort commença lentement, sûrement, à se muer en aveugle ressentiment contre James et son fils.

Les six femmes et le seul homme restés dans le petit salon se mirent à causer avec autant d'aisance qu'on en pouvait avoir après ce qui venait de se passer. Chacun d'eux savait bien qu'il ne faisait jamais de potins mais n'ignorait pas que les six autres en faisaient ; tous étaient donc irrités et déconcertés. James seul garda le silence, troublé jusqu'au fond de l'âme.

Au bout d'un moment, Francie remarqua :

— Savez-vous, je trouve oncle Jolyon terriblement changé depuis un an. Qu'est-ce que vous en pensez, tante Hester ?

Tante Hester eut un petit mouvement de recul :

— Oh ! demande à ta tante Juley, dit-elle, moi, je n'en sais rien.

Personne d'autre n'eut peur d'acquiescer et James, la tête basse, murmura lugubrement :

— Il est bien diminué.

— Voilà longtemps que je le remarque, continua Francie, il vieillit énormément.

Tante Juley secoua la tête, son visage subitement s'était couvert de ses bourrelets :

— Pauvre cher Jolyon, dit-elle, quelqu'un devrait prendre soin de lui !

Il y eut un nouveau silence ; puis, comme si chacun était mû par la terreur de rester seul en arrière, les cinq visiteurs se levèrent à la fois et prirent congé.

Mrs Small, tante Hester et leur chat se retrouvèrent seuls et le son d'une porte qui se fermait au bout de la maison annonça l'approche de Timothy.

Ce même soir, comme tante Hester venait de s'endormir dans la chambre qui était autrefois celle de tante Juley, avant que tante Juley n'ait pris celle de tante Ann, la porte s'ouvrit et Mrs Small entra, en bonnet de nuit rose, une bougie à la main :

— Hester ! dit-elle, Hester !

Tante Hester fit légèrement bruire ses draps.

— Hester ! répéta tante Juley pour être bien sûre de l'avoir éveillée. Je suis tourmentée de ce pauvre cher Jolyon. *Qu'est-ce que* (tante Juley appuya sur l'interrogation) tu crois qu'on devrait faire ?

Tante Hester fit encore bruire les draps, et, d'une voix faible et plaintive :

— Ce qu'on devrait faire ? Comment veux-tu que je le sache ?

Tante Juley s'en retourna satisfaite. Elle voulut fermer la porte avec une douceur exceptionnelle pour ne pas déranger la chère Hester, mais elle la laissa glisser de ses doigts et retomber avec bruit. Revenue dans sa chambre, elle se tint debout devant la fenêtre, regardant, entre les deux rideaux de mousseline qu'elle tirait de peur qu'on pût la voir du dehors, le clair de lune sur les arbres du parc. Et là, les yeux mouillés, la figure toute ronde et molle dans son bonnet rose, elle se mit à songer au cher Jolyon, si vieux, si seul, à imaginer comment elle lui viendrait en aide et comment il allait l'aimer plus qu'on ne l'avait jamais aimée depuis… depuis que le pauvre Septimus était parti.

17

Le bal chez Roger

La maison de Roger, dans Prince's Gardens, était brillamment illuminée. Un grand nombre de bougies de cire, dans des chandeliers de cristal taillé, reflétaient leurs constellations sur le parquet des deux salons en enfilade. On avait donné aux pièces un air d'ampleur en transportant leur mobilier au premier étage, et en les bordant de ces singuliers accessoires de la civilisation qu'on appelle des petites chaises dorées.

Dans un coin écarté, un piano droit était enfoui sous des palmes vertes, un exemplaire de « La Farandole de Kensington » ouvert sur le pupitre.

Roger n'avait pas voulu d'un orchestre. Il n'en voyait pas l'utilité, il n'en ferait pas la dépense, il ne devait plus en être question. Francie (sa mère, que Roger avait depuis longtemps réduite à un état de dyspepsie chronique, se couchait en pareille occasion), Francie avait dû se contenter de renforcer le pianiste par un jeune homme qui jouait du cornet à piston. Elle disposa les palmiers de telle sorte qu'on pût imaginer là, si l'on n'allait pas au cœur des choses, plusieurs musiciens. Elle résolut de leur dire de jouer fort. On pouvait tirer beaucoup de musique d'un cornet à piston si l'on y allait de toute son âme.

Enfin, elle arrivait au bout de ce tortueux labyrinthe d'expédients qu'il faut traverser avant de réussir à combiner une mise en scène élégante avec la solide économie des Forsyte. Mince, mais brillante dans sa robe couleur de maïs, un nuage de tulle aux épaules, elle allait de place en place, ajustant ses gants, jetant un dernier coup d'œil sur l'ensemble.

Au maître d'hôtel loué pour la circonstance (le personnel de Roger n'était que féminin) elle parla du vin. Avait-il bien compris que Mr Forsyte voulait que l'on montât une douzaine de bouteilles de champagne de Whiteley ? Si on les finissait (comme elle ne le croyait pas, sûrement la plupart des dames prendraient de l'eau), mais enfin, si on les finissait, il resterait le cup au champagne, il faudrait s'arranger avec cela.

Elle détestait avoir à dire ces choses-là à un maître d'hôtel, c'était si vulgaire ! Mais comment faire avec un père comme le sien ? Roger, lui, après s'être rendu systématiquement désagréable au sujet de ce bal, allait descendre dans un instant, avec son teint frais et son front bosselé, et il aurait l'air d'avoir lui-même lancé la fête. Il sourirait, il conduirait probablement au souper la plus jolie femme, et à deux heures, au moment où la fête battrait son plein, il irait subrepticement dire aux musiciens de jouer *God Save the Queen* et de s'en aller.

Francie espérait du fond du cœur qu'il se sentirait bientôt fatigué et s'éclipserait pour gagner son lit.

Les trois ou quatre amies intimes qui séjournaient dans la maison à l'occasion du bal avaient partagé avec elle, en haut, dans une petite chambre abandonnée, le thé et les cuisses de poulet froid servis à la diable. Quant aux hommes, on les avait envoyés dîner au club d'Eustace ; on sentait qu'ils devaient être bien nourris pour la circonstance.

Sur le coup de neuf heures, Mrs Small arriva seule. Elle excusa laborieusement Timothy, mais passa sous silence tante Hester qui, à la dernière minute, avait déclaré qu'elle n'avait pas envie de se déranger. Francie reçut sa tante avec effusion et la fit asseoir sur une petite chaise dorée où elle la laissa, faisant ses moues habituelles, solitaire, en robe de satin lavande. C'était la première fois que tante Juley portait de la couleur depuis la mort de tante Ann.

Les amies intimes descendaient maintenant de leurs chambres. Comme par hasard, elles portaient toutes des robes de tons différents, mais toutes avec la même profusion de tulle aux épaules et sur la poitrine, car une fatalité voulait qu'elles fussent maigres. Elles furent toutes présentées à Mrs Small. Aucune ne resta auprès de celle-ci plus de quelques secondes, mais s'étant groupées, elles bavardèrent en tortillant leurs carnets et en guettant furtivement dans la porte la première apparition de Nicholas – toujours ponctuel, c'était la mode du côté de Ladbroke Grove – et sur ses talons Eustace et ses amis, moroses et sentant un peu le tabac.

Trois ou quatre des amoureux de Francie apparurent alors l'un après l'autre : à chacun elle avait fait promettre d'arriver tôt. Ils étaient tous complètement rasés, avec ce quelque chose de spécialement vif dans l'air et la démarche qui était de mode depuis quelque temps à Kensington. Aucun d'eux ne semblait le moins du monde gêné par la présence des autres, ils portaient des cravates un peu bouffantes, des gilets blancs, des chaussettes à baguette. Ils cachaient tous un mouchoir dans leurs manchettes. Ils circulaient d'un pas élastique, chacun dans son armure de gaieté professionnelle, comme s'ils étaient venus pour accomplir de grandes actions. Leurs figures pendant la valse, loin de revêtir la traditionnelle solennité de l'Anglais qui danse, étaient abandonnées, charmantes, suaves ; ils bondissaient, faisaient tourner leurs danseuses à grande allure, sans attention pédante au rythme de la musique. Ils regardaient les autres danseurs avec une sorte de mépris allègre, eux, la Brigade légère[1], les héros de cent sauteries de Kensington, seuls modèles infaillibles de la vraie façon de sourire et de marcher.

---

1. *The Light Brigade:* allusion à un corps qui s'illustra en Crimée et que glorifie une célèbre poésie de Tennyson.

Le flot grossit ensuite rapidement, déposant les chaperons le long du mur qui faisait face à l'entrée, entraînant l'élément plus léger qui venait gonfler le remous dans le plus grand des salons.

Les hommes étaient peu nombreux, et les jeunes filles habituées à faire tapisserie avait leur expression spéciale, leur sourire pathétique et un peu amer, qui semblait dire : « Oh non ! ne vous y trompez pas ! *Je sais* que ce n'est pas vers moi que vous venez. Je ne peux vraiment pas m'attendre à cela ! » Et Francie plaidait auprès d'un de ses amoureux ou de quelque petit jeune :

— Voyons, je vous en prie, pour me faire plaisir, laissez-moi vous présenter à miss Pink. Elle est si gentille, vraiment !

Elle l'amenait disant :

— Miss Pink, Mr Gathercole. Y a-t-il moyen que vous lui réserviez une danse ?

Alors, miss Pink, souriant de son sourire forcé et rougissant un peu, répondait : « Oh ! je crois que oui ! » et, se faisant un écran de son carnet vide, elle y inscrivait passionnément le nom de Gathercole, à l'endroit qu'il avait proposé, vers le second extra.

Mais quand le jeune homme avait balbutié qu'il faisait chaud et s'en était allé, elle retombait dans son attitude d'attente sans espoir et reprenait son sourire patient, un peu amer.

Les mères qui s'éventaient le visage avec lenteur observaient leurs filles et, dans leurs yeux, on eût pu suivre la fortune de celles-ci. Rester assises, d'heure en heure, mortes de fatigue, silencieuses ou parlant par à-coups, qu'importait aux mères, tant que leurs filles s'amusaient. Mais les voir négligées ! Ah ! elles souriaient, mais il y avait des poignards dans leurs yeux comme dans ceux d'un cygne offensé ; chacune eût voulu saisir un Gathercole par la ceinture de son pantalon de dandy et le traîner vers sa fille. L'impertinent !

Et tout le bien et le mal de la vie : cruauté pathétique, injustice, abnégation, patience, figurait sur le champ de bataille de ce bal à Kensington.

Ici et là, il y avait aussi des amoureux, non des amoureux comme ceux de Francie – une espèce particulière –, mais des amoureux tout simplement, tremblants, rougissants, silencieux, qui s'appelaient entre eux par des regards fugitifs, cherchaient à se croiser, à se toucher dans les méandres de la danse, et parfois, s'ils dansaient ensemble, étonnaient quelque spectateur par la lumière qui brûlait dans leurs yeux.

Les James arrivèrent à dix heures tapantes, pas une minute plus tôt : Emily, Rachel, Winifred (on avait laissé Dartie à la maison ; il avait une fois, en pareille occasion, chez Roger, bu trop de champagne) et Cicely, la plus jeune, qui faisait ses débuts. Derrière eux, arrivant en cab de la maison paternelle où ils avaient dîné, Soames et Irène.

Toutes ces dames portaient sur les épaules de simples brides, sans nuage de tulle, montrant ainsi à première vue, par un déploiement plus hardi de leurs charmes, qu'elles venaient du côté le plus élégant du Parc.

Soames, se dérobant au tourbillon des danseurs, se plaça contre le mur. Debout, armé de son pâle sourire, il regardait. Valse sur valse se déroulait, un couple le frôlait au vol, il voyait passer des visages souriants, entendait un rire, une bribe de conversation, ceux-ci dansaient les lèvres closes, les yeux fouillant la foule, ceux-là, les lèvres silencieusement entrouvertes, les yeux dans les yeux. Et la senteur de fête, le parfum des fleurs, des cheveux, des essences qu'aiment les femmes, s'élevaient suffocants dans la chaleur de la nuit d'été.

Muet, avec un sourire mêlé de quelque dédain, Soames semblait ne rien voir, mais, de temps en temps, ses regards trouvant ce qu'ils cherchaient s'attachaient à un point dans la foule mouvante et son sourire s'évanouissait.

Il ne dansa pas. Quelques bons garçons dansaient avec leurs femmes ; son sens du décorum ne lui avait jamais permis de danser avec la sienne depuis leur mariage, et le dieu des Forsyte est seul à savoir si c'était pour Soames un soulagement ou non de ne pouvoir inviter Irène.

Elle passait, dansant avec d'autres hommes ; sa robe couleur d'iris s'envolait de ses pieds. Elle dansait bien ; il était fatigué d'entendre les femmes remarquer avec un sourire acide : « Comme votre femme danse bien, Mr Forsyte, c'est vraiment un plaisir de la regarder ! », fatigué de répondre avec son regard de côté : « Vous trouvez ? »

Tout près de lui, un jeune homme et une jeune fille jouaient tour à tour du même éventail et faisaient un mouvement d'air qui l'agaçait. Francie, deux pas plus loin, causait avec un de ses amoureux : ils parlaient d'amour.

Il entendit derrière lui la voix de Roger faisant une recommandation à un domestique pour le souper. Tout était de second ordre ! Il regrettait d'être venu ! Il avait demandé à Irène si elle avait besoin qu'il l'accompagnât, elle avait répondu avec son affolant sourire :

— Oh ! non !

Pourquoi donc était-il venu ? Depuis tout un quart d'heure, il ne l'avait pas même aperçue. Et voilà que George avançait avec sa figure de pitre ; il était trop tard pour l'éviter.

— As-tu vu le « Brigand » ? fit ce loustic patenté. Il est sur le sentier de guerre, les cheveux coupés, équipement complet.

Soames répondit qu'il ne l'avait pas vu, et traversant la pièce à demi vide entre deux danses, il sortit sur le balcon et se mit à regarder dans la rue.

Une voiture venait d'arriver, amenant des retardataires, et tout autour de la porte stationnaient de ces patients noctambules des nuits de Londres qui surgissent à l'appel de la lumière ou de la musique. Leurs visages levés, pâles, au-dessus des silhouettes noires et rudes, avaient une expression de curiosité tenace qui agaça Soames. Pourquoi les laissait-on traîner là ? Pourquoi l'agent ne faisait-il pas circuler ?

Mais l'agent ne s'en occupait pas. Il restait là, les pieds écartés plantés sur le tapis rouge qui traversait le trottoir. Sa figure, sous son casque, avait la même expression de patience à la fois curieuse et pesante.

De l'autre côté de la rue, à travers les grilles du Parc, Soames voyait les branches d'arbres, éclairées par les réverbères, se soulever faiblement sous la brise ; par-delà, il voyait les plus hautes lumières des maisons d'en face, comme autant de regards plongeant dans les tranquilles ténèbres du jardin ; et par-dessus tout cela, le ciel, cet étonnant ciel de Londres, poudreux du reflet d'innombrables lumières, dôme où flotte entre les étoiles cette lueur trouble, faite, dirait-on, du reflet de tant de besoins et de rêves humains, immense miroir de faste et de misère qui, nuit après nuit, étend son ironie indulgente sur plusieurs lieues de maisons et de jardins, de palais et de taudis, sur des Forsyte, des sergents de ville et les noctambules patients des rues.

Soames se détourna et, caché dans l'obscurité du balcon, il regarda la salle illuminée. Il avait plus frais là, dehors. Il vit entrer les nouveaux arrivants : June et son grand-père. Qu'est-ce qui les avait mis si en retard ? Ils étaient debout près de la porte. Comme ils avaient l'air fatigués ! Se figure-t-on l'oncle Jolyon apparaissant à une heure pareille ? Pourquoi June n'était-elle pas venue avec Irène comme d'habitude ? Il lui vint subitement à l'esprit qu'il n'avait plus vu June depuis longtemps.

Comme il l'observait avec une tranquille malveillance, il vit sa figure changer, pâlir, au point qu'elle sembla près de tomber, et puis s'empourprer. Il se tourna du côté où elle regardait ; il vit sa femme au bras de Bosinney, sortant de la serre qui s'ouvrait au bout du salon. Elle levait ses yeux vers ceux de l'architecte, comme si elle répondait à une question qu'il aurait posée, et lui l'enveloppait d'un regard intense.

Soames de nouveau regarda June. Sa main était appuyée sur le bras du vieux Jolyon ; elle avait l'air de lui faire une prière. Il vit une expression de surprise sur la figure de son oncle, tous deux se retournèrent et disparurent derrière la porte.

La musique recommença – une valse – et, immobile comme une statue, derrière la fenêtre, la figure impassible, mais les lèvres sans sourire, Soames attendit. Un instant après, à moins d'un mètre du balcon obscur, sa femme passa dansant avec Bosinney. Il sentit le parfum des gardénias qu'elle portait, il vit le battement de son sein, la langueur de ses yeux, ses lèvres entrouvertes et tout son visage empreint d'une expression qu'il ne lui connaissait pas. Ils dansaient sur une mesure lente et berçante, et il lui sembla qu'ils se serraient, s'attachaient l'un à l'autre ; il la vit lever ses yeux veloutés et sombres vers ceux de Bosinney, et les baisser ensuite.

Blême, il se retourna vers la balustrade, et se pencha sur le square ; les silhouettes immobiles étaient toujours là, levant la tête vers la lumière avec une morne persistance. L'agent aussi levait la tête, fixant les fenêtres ; mais Soames ne les vit pas. Devant la porte, une voiture avança, deux personnes y montèrent et partirent.

Ce soir-là, June et le vieux Jolyon s'étaient mis à table à l'heure habituelle. Le vieux Jolyon ne s'était pas habillé ; la jeune fille portait sa robe montante de tous les jours. Au déjeuner du matin, elle avait parlé du bal chez l'oncle Roger, elle voulait y aller. Elle avait, disait-elle, été assez sotte pour oublier de demander à une amie de l'y conduire. C'était trop tard maintenant.

Le vieux Jolyon leva ses yeux pénétrants. Ordinairement il allait de soi que June sortait avec Irène. La tenant délibérément sous son regard il demanda :

— Pourquoi ne fais-tu pas signe à Irène ?

Non, June ne ferait pas signe à Irène ; elle irait seulement si… si son grand-père voulait bien l'accompagner, pour une fois… pour un petit moment !

Devant son air ardent et épuisé, le vieux Jolyon avait consenti en grommelant. Il ne comprenait pas quel besoin elle avait d'aller à ce bal, qui, pariait-il, serait médiocre. Et elle n'était pas plus en état d'aller au bal que le chat. Ce qu'il lui fallait, c'était l'air de la mer ; après l'assemblée générale de la Société universelle de Mines d'or, il était prêt à l'emmener. Elle ne voulait pas partir ? Ah ! elle allait s'éreinter ! Il glissa sur elle un regard de tristesse et se remit à déjeuner.

June sortit de bonne heure et erra nerveusement par les rues chaudes. Son petit corps léger qui depuis quelque temps ne se prêtait que si languissamment aux occupations journalières était, ce matin-là, tout en feu. Elle s'acheta des fleurs. Elle serait jolie, ce soir, elle le voulait. *Il* serait là ! Elle savait bien qu'il avait reçu une invitation. Elle lui montrerait qu'elle ne se souciait pas de lui. Mais au plus profond de son cœur, elle avait résolu de le reconquérir, ce soir. Elle rentra le visage échauffé, elle parla avec animation tout le temps du lunch ; le vieux Jolyon en fut trompé.

Dans l'après-midi, elle fut prise de sanglots désespérés. Elle en étouffait le bruit contre les oreillers de son lit, mais quand enfin l'accès fut passé, elle vit dans la glace une figure gonflée, des yeux rougis cerclés de violet. Elle resta dans sa chambre, les rideaux baissés, jusqu'au dîner.

Pendant le repas qui fut pris en silence, une lutte intérieure se prolongeait en elle. Elle était si pâle, si exténuée que le vieux Jolyon dit à son « non-conformiste » de décommander la voiture, il ne laisserait pas sortir June. Elle irait se coucher. June ne fit pas de résistance. Elle monta chez elle et s'assit dans le noir. À dix heures, elle sonna sa femme de chambre.

– Apportez-moi de l'eau chaude et descendez dire à monsieur que je me sens parfaitement reposée. Dites que s'il est trop fatigué, je peux aller au bal toute seule.

La femme de chambre la regarda de côté. June se retourna vers elle impérieusement : « Allez vite, apportez-moi l'eau chaude tout de suite. »

Sa robe de bal était encore étendue sur le sofa. Avec une sorte d'attention fiévreuse elle s'habilla, puis elle prit ses fleurs à la main et descendit portant haut sa petite tête sous le fardeau de ses cheveux. En passant, elle entendit le vieux Jolyon remuer dans sa chambre.

Stupéfait, mécontent, il était en train de s'habiller. Il était dix heures passées, ils n'arriveraient pas avant onze heures ; la petite était folle. Mais il n'osait pas la contrarier ; l'expression qu'il lui avait vue à dîner le hantait.

Avec de grandes brosses d'ébène, il lissa ses cheveux jusqu'à ce qu'ils fussent brillants comme de l'argent sous la lumière ; puis, à son tour, il descendit le sombre escalier.

June l'attendait en bas, et sans un mot, ils montèrent en voiture.

Après ce trajet qui lui parut durer une éternité, quand elle entra dans le salon de Roger, elle dissimulait sous un masque de résolution une véritable torture d'émotion et de nervosité. La honte de « courir après lui » était étouffée par la crainte de ne pas le trouver là, peut-être de ne pas le voir du tout et aussi par la volonté obstinée de le reconquérir d'une manière ou d'une autre, elle ne savait comment.

L'aspect de la salle de bal avec son parquet luisant lui donna une sensation de joie, de triomphe, car elle aimait la danse et, quand elle dansait, elle flottait, tant elle était légère, comme un petit elfe ardent. Sûrement il l'inviterait à danser, et quand ils auraient dansé ensemble, tout serait de nouveau comme avant. Elle regardait tout autour d'elle avec animation.

La vue de Bosinney sortant de la serre avec Irène, le visage si étrangement, si totalement absorbé, fut un coup trop subit. Ils n'avaient pas vu – personne ne verrait – sa détresse, pas même son grand-père.

Elle posa sa main sur le bras de Jolyon et dit très bas :

— Il faut que je rentre, grand-père, je me sens mal.

Il l'emmena en hâte, murmurant à part lui qu'il s'était bien dit qu'il en serait ainsi. À elle il ne dit rien. Après seulement qu'ils furent rentrés dans la voiture qui, par un hasard clément, s'était attardée près de la porte, il lui demanda :

— Qu'est-ce que c'est, ma chérie ?

Il sentit le corps frêle de la jeune fille secoué de sanglots et fut bouleversé d'inquiétude. Il faudrait qu'elle voie Blank demain. Il l'exigeait. Il ne pouvait pas la laisser dans cet état… voyons… voyons !…

June réprima ses sanglots, et serrant fiévreusement la main de son grand-père, elle s'appuya dans le coin de la voiture, le visage enveloppé d'une écharpe.

Il ne pouvait voir que ses yeux qui étaient fixes et regardaient tout droit dans le noir, mais il ne cessa pas de lui caresser la main de ses doigts maigres.

18

Soirée à Richmond

D'autres yeux que ceux de June et de Soames avaient vu « ces deux-là » (comme déjà Euphemia les appelait) sortir de la serre ; d'autres yeux avaient remarqué l'expression de Bosinney.

Il y a des moments où la Nature dévoile l'ardeur qui se cache sous le calme indifférent de ses aspects habituels, c'est le violent printemps qui à travers les nuages violets jette un éclat blanc sur les fleurs d'amandier ; c'est un pic neigeux au clair de lune, qui s'élance vers une seule étoile et plane dans le feu fervent de la nuit, ou, contre le feu du couchant, un vieil if debout, sombre gardien de quelque brûlant secret.

Mais que Dieu préserve un Forsyte de rien comprendre aux forces de la Nature ; Dieu le garde d'admettre un seul instant qu'il y en ait. Qu'il l'admette, et où sera-t-il ?

Le regard qu'avait surpris June, qu'avaient surpris d'autres Forsyte, fut, comme à travers un trou dans une tenture, l'éclair d'une lumière qui passe, flamme subite jaillissant de ce qui n'était qu'une errante lueur, vague, obscure, attirante. Ceux qui le virent surent que des forces dangereuses étaient à l'œuvre. Pendant un instant, ils le remarquèrent avec plaisir, avec intérêt ; puis ils sentirent qu'il ne fallait pas le remarquer complètement.

Il leur fournit pourtant l'explication de l'arrivée si tardive de June, de sa disparition rapide, sans qu'elle eût dansé, sans qu'elle eût même serré la main de son fiancé. Elle était malade, et il y avait de quoi, disait-on.

Mais ici les Forsyte se regardaient entre eux avec des airs coupables. Ils ne souhaitaient pas répandre un scandale, ni faire œuvre de méchanceté, qui le souhaiterait ? Aux gens du dehors on ne soufflait mot de la chose, la loi non écrite imposait le silence.

Alors on apprit que June était partie pour le bord de la mer avec le vieux Jolyon. La famille attendit la suite – il n'y avait rien d'autre à faire.

Mais jusqu'où – jusqu'où « ces deux-là » étaient-ils allés ? Jusqu'où iraient-ils ? Se pouvait-il qu'il y eût vraiment quelque chose ? Cela ne mènerait à rien, bien sûr, puisqu'ils étaient l'un et l'autre sans argent. Tout au plus un flirt, qui finirait au temps voulu.

La sœur de Soames, Winifred Dartie, qui s'était imprégnée aux brises de Mayfair – elle habitait Green Street – d'idées plus nouvelles, quant aux affaires des jeunes ménages, qu'il n'en courait à Ladbroke Grove, par exemple, riait de ce que l'on pût craindre quelque chose de sérieux. Sa « petite belle-sœur » – des deux, Irène était la plus grande, et c'était un beau témoignage porté à la solide valeur des Forsyte que de la traiter toujours *de petite* –, sa petite belle-sœur s'ennuyait. Pourquoi est-ce qu'elle ne chercherait pas une distraction ? Soames était plutôt lassant et, quant à Mr Bosinney – il n'y avait que ce bouffon de George pour inventer de l'appeler le Brigand –, elle soutenait qu'il était très *chic*.

Cette opinion, que Bosinney était chic, fit sensation. Elle ne réussit pas à convaincre. Que Bosinney eût à sa manière une assez jolie tournure, on était prêt à l'admettre. Mais appeler *chic* un homme qui avait ces pommettes saillantes, ces yeux curieux et ces chapeaux mous, ce n'était qu'un exemple de plus de cette extravagante manie qu'avait Winifred de courir après du nouveau.

Cet été-là, l'extravagance était à la mode ; la terre même était extravagante, les châtaigniers plus fleuris que jamais, et les fleurs noyées de plus de parfums ; les roses s'épanouissaient dans tous les jardins et les nuits avaient à peine assez d'espace pour les essaims des étoiles ; chaque jour et tout le long du jour le soleil en grande armure balançait au-dessus du parc son bouclier d'airain, et les gens faisaient des choses bizarres, déjeunaient et dînaient en plein air. Jamais on n'avait vu de tels flots de fiacres et de voitures de maître s'écouler sur les ponts de la Tamise luisante, transportant par milliers toute la haute bourgeoisie de Londres vers les splendeurs verdoyantes de Bushey, Richmond, Kew ou Hampton Court.

Cet été-là il n'y eut guère de familles, parmi celles qui comptent dans la caste à équipages, qui ne fissent une visite aux marronniers de Bushey, ou une promenade parmi les châtaigniers de Richmond Park. Roulant sans cahots, dans le nuage de poussière qu'ils soulevaient, ces gens s'émerveillaient correctement des têtes surmontées de bois que les grands et lents chevreuils faisaient surgir d'une forêt de fougères, forêt qui promettait aux amants d'automne un abri comme on n'en avait jamais vu. Et de temps en temps, quand l'amoureuse odeur des châtaigniers en fleur et des fougères passait en une bouffée trop forte, l'on se disait : « Ma chère ! Quel parfum ! »

Et les fleurs de tilleul, cette année-là, eurent presque la couleur du miel. Aux angles des squares de Londres, elles répandaient, vers la fin du jour, un parfum plus doux que le suc aspiré par les abeilles, parfum qui éveillait des désirs sans nom dans le cœur des Forsyte et de leurs pairs quand, après dîner, ils venaient prendre le frais dans l'enceinte de ces jardins dont seuls ils avaient les clés[1].

Cette nostalgie les faisait s'attarder parmi les formes pâlies des parterres, dans la lumière défaillante, les faisait tourner autour des gazons et tourner encore, comme si

---

1. Jardins de Londres réservés aux habitants d'un même square.

l'amour les attendait, après que la dernière lueur se serait éteinte sous les ramures.

Quelque vague sympathie provoquée par l'odeur des tilleuls, quelque fraternel désir d'examiner la situation par elle-même, quelque idée de démontrer la solidité de son diagnostic, à savoir « qu'il n'y avait rien » ; ou simplement le besoin, irrésistible cet été-là, d'aller en voiture à Richmond, poussa la mère des petits Dartie (de Publius, d'Imogen, de Maud et de Benedict) à écrire à sa belle-sœur la lettre suivante :

30 juin

Chère Irène,

J'apprends que Soames doit aller demain à Henley et y passer la nuit. J'ai pensé que ce serait très amusant d'arranger une petite partie et d'aller en voiture à Richmond. Voulez-vous inviter Mr Bosinney, et je retiendrai le jeune Flippard.

Emily (ils appelaient leur mère Emily, c'était si « chic ») nous prêtera la voiture. Je viendrai vous prendre avec votre cavalier à sept heures.

Votre sœur affectionnée,

WINIFRED DARTIE.

Montague croit qu'on peut avoir au Crown & Sceptre un dîner très mangeable.

Dartie se faisait appeler par son second nom de Montague, le premier étant Moïse. Dartie était avant tout un homme du monde.

Le projet de Winifred rencontra de la part de la Providence plus d'opposition qu'il n'en méritait, étant inspiré de si bonnes intentions. En premier lieu le jeune Flippard écrivit :

Chère Mrs Dartie,

Désolé. Suis pris. Impossible de me dégager.

Bien à vous,

AUGUSTUS FLIPPARD.

Il était bien tard pour s'en aller battre les buissons à la recherche d'un invité.

Avec la promptitude et la sagesse d'une femme pratique, Winifred se rejeta sur son mari. Elle avait ce caractère décidé mais accommodant qui s'accorde avec un profil assez accusé, des cheveux blonds, des yeux verdâtres. Elle n'était jamais prise de court, et si elle se trouvait dans quelque embarras, s'entendait à le tourner à son profit.

Dartie était aussi en bon point. Erotic avait manqué la coupe du Lancashire. Le croirait-on ? ce célèbre animal, appartenant à l'un des rois du champ de courses qui avait en secret parié contre lui plusieurs milliers de livres, n'était même pas parti. Les quarante-huit heures qui suivirent sa retraite furent parmi les plus sombres de la vie de Dartie. Il fut hanté jour et nuit par des visions de James. De noirs soupçons au sujet de Soames se mêlèrent aux moindres lueurs d'espoir. Le vendredi soir, il s'enivra, tant il était affecté. Mais le samedi matin, le véritable instinct de la Bourse triompha en lui. Endetté de quelques centaines de livres qu'il était hors d'état de payer, il alla en ville et les mit toutes sur Concertino pour le handicap de Saltown Borough.

Comme il le dit au major Scrotton avec qui il déjeunait au club : « Ce petit Juif – Nathans – lui avait donné ce tuyau. Il s'en battait l'œil ! Il était à la côte. Si le coup ratait, eh bien, sacrebleu ! le vieux aurait à casquer ! » Une bouteille de Pol Roger qu'il s'était offerte pour lui tout seul avait accru son mépris pour James.

La chance tourna. Concertino arriva à la cravache – fichtre ! il s'en était fallu de ça ! mais comme disait Dartie : rien de tel que d'avoir de l'aplomb !

Il ne se montra pas opposé à l'expédition de Richmond. Il la payerait lui-même ! Il avait de l'admiration pour Irène et souhaitait se trouver avec elle en termes plus familiers.

À cinq heures et demie, le valet de pied de Park Lane vint annoncer :

— Mrs Forsyte regrette beaucoup, mais il y a un des chevaux qui tousse !

Winifred, que ce nouveau coup ne put abattre, dépêcha immédiatement le petit Publius (alors âgé de sept ans), sous la conduite de la gouvernante, vers Montpellier Square.

On irait en deux fiacres et on se retrouverait au Crown & Sceptre à sept heures trois quarts.

Dartie ne fut pas fâché de cette nouvelle. Cela valait mieux que de faire tout le trajet sur le devant de la voiture. Il ne lui serait pas désagréable d'accompagner Irène. On passerait d'abord chercher les autres, et on prendrait les fiacres à Montpellier Square.

Apprenant qu'on s'était donné rendez-vous au Crown & Sceptre, et qu'il devrait faire le trajet avec sa femme, il devint maussade, et dit que ce serait rasant.

À sept heures, ils partirent, Dartie offrant de parier avec le cocher trois shillings qu'on ne ferait pas le chemin en trois quarts d'heure.

Deux fois seulement pendant la route, le mari et la femme se parlèrent.

Dartie dit :

— C'est maître Soames qui fera un nez quand il saura que sa femme s'est promenée en fiacre avec maître Bosinney !

Winifred répondit :

— Ne dites donc pas d'absurdités, Monty !

— Des absurdités ! reprit Dartie. Vous ne connaissez pas les femmes, ma petite dame !

Une autre fois, il demanda simplement :

— Comment est-ce que je suis ? J'ai le sang à la tête ? Ce champagne que m'a fait boire George est un vin très fort.

Il avait déjeuné avec George Forsyte au restaurant. Bosinney et Irène étaient arrivés les premiers. Ils se tenaient debout dans l'une des hautes fenêtres à la française qui regardaient le fleuve.

Les fenêtres, cet été-là, restaient ouvertes tout le jour, et toute la nuit aussi ; et nuit et jour entraient les parfums des fleurs et des arbres, la chaude fragrance de l'herbe desséchée, la fraîche senteur des rosées lourdes.

Aux yeux de l'observateur Dartie, ses deux invités ne parurent pas très emballés, ainsi debout, l'un à côté de l'autre, sans dire un mot.

Toutefois, il les laissa à Winifred, et s'occupa de commander le dîner.

Un Forsyte exigera une bonne, sinon délicate nourriture – mais un Dartie mettra à l'épreuve toutes les ressources d'un Crown & Sceptre. Vivant comme il vit, au jour le jour, il trouve que rien de ce qui se mange n'est trop bon pour lui, et il veut le manger. Il faudra aussi que sa boisson soit choisie ; il y a, dans ce pays, beaucoup de vin qui n'est « pas assez bon » pour un Dartie ; il veut en avoir du meilleur. Ne payant rien lui-même, il n'y a pas de raison qu'il se prive. Se priver est d'un sot, non d'un Dartie.

Avoir, de chaque chose, le meilleur ! Pas de plus solide principe sur lequel un homme puisse étayer sa vie, quand son beau-père a un très gros revenu et un petit faible pour ses petits-enfants.

Dartie (dont le coup d'œil était assez malin) avait dénoté chez James cette faiblesse dès la première année qui suivit l'arrivée du petit Publius (une erreur) ; il avait fait son profit de sa perspicacité. Quatre petits Dartie lui constituaient maintenant une sorte d'assurance à perpétuité.

Le trait marquant du repas, incontestablement, ce fut le mulet. Ce délectable poisson, apporté de très loin, dans un état de conservation presque parfait, avait été d'abord frit, puis désossé. On le servit dans la glace avec un punch au madère en guise de sauce, suivant une recette connue d'un petit nombre d'hommes du monde.

Rien d'autre n'appelait une remarque, sinon le fait que Dartie paya la note.

Il s'était rendu extrêmement agréable pendant tout le dîner ; son regard admiratif et hardi ne se détachait guère de la figure d'Irène ou de sa taille. Comme il fut obligé de se l'avouer à lui-même, elle ne le paya pas de retour. Elle était fraîche, aussi fraîche que semblaient l'être ses épaules sous leur voile de dentelle crémeuse. Il pensait la surprendre dans quelque petite intrigue avec Bosinney, mais rien de cela non plus ne se produisit ; elle se tenait remarquablement. Quant à ce pauvre diable d'architecte, il était aussi morose qu'un ours avec un mal de tête. Winifred avait peine à lui arracher un mot ; il ne mangeait rien, mais en revanche, il buvait son vin, et sa figure devenait de plus en plus pâle, ses yeux étaient bizarres.

Tout cela était très amusant.

Car Dartie lui-même se sentait en très bonne forme et parlait avec aisance et un certain piquant, n'étant pas un sot. Il raconta deux ou trois histoires qui frisaient l'inconvenance. C'était là une concession à la société, car, d'habitude, il ne se contentait pas de la friser. Il porta à la santé d'Irène un toast pour rire. Personne ne le but, et Winifred dit :

— Ne faites pas tant le pitre, Monty !

Winifred l'ayant proposé, on se rendit après le dîner sur la terrasse publique qui surplombe le fleuve.

— Je voudrais voir les petits amoureux du peuple, avait-elle dit, c'est si drôle !

Il y en avait beaucoup qui marchaient dans l'ombre fraîche, après la chaleur du jour, et l'air était frémissant du son des voix, grossières et lourdes, ou bien douces, et comme murmurant des secrets.

Il ne fallut pas longtemps pour que le sens pratique de Winifred – elle était la seule Forsyte de la partie – leur trouvât un banc libre. Un arbre lourd étendait au-dessus de leurs têtes un épais baldaquin, et la brume assombrissait lentement le fleuve.

Dartie était assis au bout du banc, ayant à côté de lui Irène, puis Bosinney, puis Winifred. Il y avait à peine place pour quatre, et l'homme du monde sentait le bras d'Irène contre le sien. Il savait qu'elle ne pouvait guère se dégager sans paraître impolie, et s'en amusait. De temps en temps, il combinait un mouvement pour se rapprocher encore d'elle. Il se disait : « Ce type-là ne mènera pas le jeu ! mais vrai, on est serré ! »

De la profondeur où coulait le fleuve sombre montaient le tintement d'une mélodie et des voix chantant une vieille ronde.

Et soudain la lune apparut, jeune et tendre, émergeant d'un arbre et, comme si elle eût respiré, l'air devint plus frais. Mais, le long de ce souffle plus frais, flottait toujours l'odeur chaude des tilleuls.

Par-dessus son cigare, Dartie examina curieusement Bosinney qui était assis les bras croisés, les yeux fixes regardant droit dans le vide : c'était l'expression d'un homme torturé.

Et Dartie lança un regard vers le visage qui était entre eux tellement voilé d'ombre qu'il semblait n'être qu'un peu d'obscurité plus obscure qui avait pris forme et respirait, douce, mystérieuse, attirante.

Un silence était descendu sur la bruyante terrasse, comme si les promeneurs songeaient à des secrets trop précieux pour être dits.

Et Dartie pensa : « Ah ! les femmes ! »

Le reflet s'évanouit sur le fleuve, les chants s'arrêtèrent : la jeune lune se cacha derrière un arbre et tout devint sombre. Dartie se pressa contre Irène.

Il ne fut pas alarmé par le frisson qui courut dans ses membres, qu'il touchait, ni du regard qu'elle lui jeta, regard de trouble et de mépris. Il sentit qu'elle essayait de se dégager et sourit.

Il faut avouer que cet homme du monde avait bu exactement autant de vin qu'il en pouvait supporter. Avec ses grosses lèvres entrouvertes et ses yeux qui la fixaient obliquement, il avait l'expression méchante d'un satyre.

Le long d'un sentier de ciel, entre des cimes d'arbres, volaient des essaims d'étoiles ; comme en bas les mortels, elles semblaient se croiser, se presser et chuchoter.

Le bourdonnement des voix éclata de nouveau sur la terrasse et Dartie songea : « Ah ! c'est un pauvre diable, ce Bosinney, quelle mine d'affamé ! », et encore une fois il se serra contre Irène.

Un tel mouvement méritait plus de succès. Elle se leva et tous la suivirent.

L'homme du monde était plus décidé que jamais à voir jusqu'où il pourrait aller. En longeant la terrasse, il la suivit pas à pas. Il avait beaucoup de bon vin au-dedans de lui. Il y aurait le long trajet du retour, le long trajet, et l'obscurité tiède, et l'agréable proximité dans le fiacre, retraite inventée par quelque génie aimable et bon. Quant à ce ventre-creux d'architecte, il pourrait ramener Winifred. Dartie lui en souhaitait du plaisir ! Et comprenant que sa voix n'était pas trop assurée, il avait soin de ne rien dire, mais un sourire s'était figé sur ses lèvres épaisses.

Ils s'en allèrent vers les voitures qui les attendaient à l'extrémité de la terrasse. Son plan avait le mérite des grandes conceptions, une simplicité presque brutale : il se tiendrait au coude d'Irène jusqu'à ce qu'elle montât en voiture, et monterait immédiatement après.

Mais, quand Irène arriva devant le fiacre, au lieu d'y entrer, elle se glissa vers la tête du cheval. À cet instant, Dartie ne fut pas assez maître de ses jambes pour la suivre. Avec dépit, tandis qu'elle caressait les naseaux du cheval, il vit Bosinney la rejoindre le premier. Elle se retourna et lui parla rapidement d'une voix basse ; les mots « cet homme » arrivèrent à Dartie. Il se tint obstinément près du marche-pied, attendant qu'elle revînt. Il avait la parade à ce coup-là ! Ainsi, dans la lumière du réverbère, sa taille (qui n'avait pas plus que la hauteur moyenne) bien découpée dans le gilet blanc de soirée, son léger pardessus jeté sur le bras, un œillet à la boutonnière, et sur sa face obscure cet air de confiante bonne humeur et d'insolence, il avait tous les avantages ; il était un homme du monde achevé.

Winifred était déjà montée dans son fiacre. Dartie se dit que pour Bosinney, s'il n'y mettait pas du sien, ce ne serait pas folichon le trajet dans ce fiacre ! Tout à coup, il reçut un choc qui faillit le faire tomber. La voix de Bosinney lui siffla dans l'oreille :

— C'est moi qui ramène Irène ; entendez-vous !

Il vit une figure blême de passion, et des yeux qui lui jetaient du feu comme ceux d'un chat sauvage.

— Hein ? balbutia-t-il. Quoi ? Pas le moins du monde ! Vous ramenez ma femme !

— Ôtez-vous de là, siffla Bosinney, ou je vous jette par terre !

Dartie recula ; il vit aussi clairement que possible que l'animal ferait comme il disait. Dans l'espace qu'il laissait libre, Irène s'était glissée. Il sentit sa robe lui frôler les jambes. Bosinney monta derrière elle.

Il entendit le Brigand crier :

— Partez !

Le cocher fouetta son cheval qui bondit en avant. Dartie resta un instant frappé de stupeur, puis il se précipita vers la voiture où sa femme était assise et monta tumultueusement.

— Allez ! cria-t-il au cocher, et ne perdez pas de vue le sapin qui va devant.

À peine assis près de sa femme, il éclata en imprécations. Puis se calmant avec un suprême effort, il ajouta :

— Un joli gâchis que vous faites là, de la laisser rentrer avec ce brigand ; pourquoi diable ne pouviez-vous le garder ? Il est amoureux fou, ça crève les yeux ! » Il étouffa la réponse de Winifred dans de nouveaux appels au Tout-Puissant, et ne fut pas avant d'être arrivé à Barnes qu'il acheva une jérémiade au cours de laquelle il avait vilipendé sa femme, son beau-père, son beau-frère, Irène, Bosinney, le nom de Forsyte, ses propres enfants, et maudit le jour où il s'était marié.

Winifred, femme de caractère fort, le laissa dire. Quand il eut fini, il tomba dans un silence maussade. Ses yeux en colère ne quittaient pas le dos de ce fiacre qui, devant lui, hantait l'obscurité comme le fantôme d'une chance perdue.

Heureusement, il ne pouvait entendre la prière passionnée de Bosinney, cette prière que la conduite de l'homme du monde avait lâchée comme un flot ; il ne pouvait voir Irène frissonner comme si on lui avait arraché un vêtement, ni regarder ses yeux noirs et pleins de deuil, comme les yeux d'un enfant battu. Il ne pouvait entendre Bosinney supplier et supplier toujours ; Irène pleurer soudain, doucement, ni voir ce pauvre diable de mine affamée, tout à coup tremblant et terrifié, lui toucher humblement la main.

Dans Montpellier Square, leur cocher, suivant sa consigne à la lettre, arrêta consciencieusement son cheval derrière le premier fiacre. Les Dartie virent Bosinney sauter sur la chaussée, Irène descendre ensuite et monter les marches de sa maison, rapidement, la tête baissée. Elle avait évidemment sa clé dans la main, car elle disparut aussitôt. Impossible de dire si elle s'était retournée pour parler à Bosinney.

Celui-ci passa à pied à côté de leur fiacre ; dans la lumière d'un réverbère, le mari et la femme purent parfaitement voir sa figure : elle était agitée d'une émotion violente.

— Monsieur, monsieur Bosinney ! appela Winifred.

Bosinney sursauta, arracha son chapeau et disparut à la hâte. Il avait évidemment oublié leur existence.

— Eh bien ! dit Dartie, avez-vous vu sa figure, à l'animal ? Qu'est-ce que je disais ? C'est du propre !

Il se montra indigné.

Il était si clair qu'une crise s'était produite pendant le retour, que Winifred ne put défendre sa théorie. Elle dit :

— Je n'en parlerai pas. Je ne vois pas à quoi ça servirait de faire des histoires !

Dartie fut d'accord. Il considérait James comme une réserve personnelle et n'approuvait pas qu'on le troublât avec les ennuis des autres.

— Vous avez raison, dit-il, que Soames s'arrange tout seul. Il a bien tout ce qu'il faut pour ça !

Sur ces mots, les Dartie entrèrent dans leur maison de Green Street (dont le loyer était payé par James) et y cherchèrent un repos bien gagné. Il était minuit et il ne restait plus de Forsyte dans les rues pour épier la course vagabonde de Bosinney, pour le voir revenir sur ses pas et s'appuyer à la grille du square, tournant le dos à l'éclat du réverbère ; pour le regarder là, debout dans l'ombre des arbres ; guettant la maison où elle était cachée dans le noir, celle pour qui il aurait donné le monde entier afin de la voir une seule minute, celle qui était maintenant pour lui le parfum des tilleuls, le sens même de la lumière et de l'ombre, le battement de son propre cœur.

19

Définition du Forsyte

Il est dans la nature d'un Forsyte d'ignorer qu'il appartient à l'espèce des Forsyte ; Jolyon le jeune ne l'ignorait pas. Il ne l'avait senti qu'après le pas décisif qui l'avait mis hors caste. Mais, depuis lors, cette certitude ne l'avait plus quitté. Il l'éprouvait à tous les moments de son union, dans tous ses rapports avec sa seconde femme qui n'était Forsyte à aucun degré.

Il savait que, n'eût-il pas possédé dans une large mesure le don de reconnaître ce dont il avait besoin, la ténacité de le vouloir pour s'y accrocher, le sentiment de la folie qu'il y aurait à gâcher ce qu'il avait acheté à si haut prix – en d'autres termes « le sens de la propriété » –, jamais il n'aurait pu retenir sa femme (ni peut-être désiré la retenir) auprès de lui, à travers toutes les difficultés pécuniaires, les mortifications et les malentendus de ces quinze années ; jamais il ne l'aurait persuadée de l'épouser après la mort de sa première femme – jamais il n'aurait pu traverser tout cela, et reparaître en quelque sorte à la surface, aminci mais souriant.

Il était de ces hommes qui, assis les jambes croisées comme de minuscules idoles chinoises, dans la cage de leur propre cœur, se sourient éternellement à eux-mêmes en un sourire de doute. Non que ce sourire, si intime et si permanent, modifiât son activité, laquelle, ainsi que son menton et tout son tempérament, présentait un très particulier mélange de douceur et de décision.

Il avait conscience aussi d'être un Forsyte dans son travail, cette peinture à l'aquarelle à laquelle il consacrait tant d'énergie, mais en gardant toujours l'œil ouvert sur lui-même, comme s'il ne pouvait prendre tout à fait au sérieux un métier aussi peu pratique. Et puis, il éprouvait un singulier malaise à l'idée d'en tirer si peu d'argent.

Cette intime conscience de tout ce que comporte la qualité de Forsyte se traduisait en face de la lettre suivante de son père par une sympathie qui n'excluait pas un certain recul.

Sheldrake House, Broadstairs,
1er juillet

Mon cher Jo,

(L'écriture de son père avait très peu changé depuis trente ans qu'il la connaissait.)

Voilà quinze jours que nous sommes ici et qu'en somme nous avons beau temps. L'air est tonique, mais je souffre du foie et je ne serai pas fâché de rentrer en ville. Je n'ai pas grand-chose de bon à te dire de June ; sa santé est médiocre et son moral aussi et je ne vois pas comment cela finira. Elle ne dit rien, mais il est clair qu'elle se ronge au sujet de ces fiançailles, qui en sont et n'en sont pas, et que… Dieu sait le reste. Je doute beaucoup qu'il faille la laisser revenir à Londres dans l'état présent des choses, mais elle est si volontaire qu'elle pourrait se mettre en tête d'y rentrer d'un moment à l'autre. Quelqu'un devrait parler à Bosinney et s'assurer de ses intentions. J'hésiterais à m'y risquer moi-même, car certainement je lui dirais son fait ; mais j'ai pensé à toi qui le rencontres au club ; tu pourrais le tâter et savoir où il en est. Bien entendu, en aucune façon, ne mets June en cause. Je serai content que tu m'écrives d'ici peu si tu as réussi à obtenir quelque information. Cette situation est une cause de grand souci pour moi, je la rumine la nuit.

J'embrasse Jolly et Holly, et je suis
ton père affectionné,

JOLYON FORSYTE.

Jolyon le jeune médita cette lettre si longuement et si sérieusement que sa femme, remarquant sa préoccupation, lui demanda ce qu'il y avait. Il répondit : « Rien ! »

C'était un principe qu'il s'était fixé de ne jamais faire devant elle aucune allusion à June. Elle se mettrait martel en tête. Savait-il ce qui pourrait lui venir à l'esprit ? C'est pourquoi il se hâta de chasser de son attitude toute apparence de souci ; mais il n'y réussit guère mieux que ne l'aurait fait son père, car il avait hérité de toute la candeur du vieux Jolyon en matière de diplomatie domestique, et Mrs Jolyon le jeune, vaquant aux affaires de la maison, allait et venait ce jour-là, les lèvres serrées, et jetait à son mari des regards inconsolables.

Dans l'après-midi, il partit pour le club avec la lettre dans sa poche, mais sans s'être décidé à rien.

Il lui était particulièrement désagréable d'avoir à sonder la situation d'un homme ; sa propre situation, anormale comme elle l'était, ne diminuait pas cette répugnance ; cela leur ressemblait tellement aux gens de sa famille – à tous ceux qu'ils connaissaient et fréquentaient – de faire valoir ainsi ce qu'ils appelaient leurs droits sur un homme, de le mettre au pied du mur ; cela leur ressemblait tellement d'appliquer dans les relations privées leurs règles d'affaires !

Et comme cette petite phrase de la lettre : « Bien entendu, en aucun cas, ne mets June en cause » annulait toute démarche !

Et pourtant, cette lettre, avec ce qu'elle contenait de grief personnel, d'inquiétude pour June, et avec l'idée de « dire son fait » à Bosinney, cette lettre était tout entière si naturelle ! Rien d'étonnant si son père voulait savoir les intentions de Bosinney, rien d'étonnant s'il était irrité.

Il lui semblait difficile de refuser ! Mais pourquoi le charger, lui, de cette démarche ? Sûrement, cela n'était pas convenable, mais pourvu qu'un Forsyte en arrive à ses fins, il n'est pas trop difficile sur le choix des moyens (les apparences étant sauvegardées toutefois).

Comment s'acquitter de la commission et comment se récuser ? Les deux choses paraissaient impossibles. Ainsi pensait Jolyon le jeune.

Il arriva au club à trois heures, et la première personne qu'il vit, ce fut Bosinney lui-même, assis dans un coin, regardant fixement par la fenêtre.

Jolyon le jeune s'installa non loin de lui et recommença nerveusement à examiner la situation. À la dérobée, il regardait Bosinney qui ne l'avait pas remarqué, il l'observait attentivement : un homme singulier, dont le costume, la figure, les attitudes tranchaient sur la plupart des autres membres du club. Jolyon le jeune lui-même, si différent des siens qu'il fût devenu par l'humeur et le caractère, avait toujours conservé dans ses dehors toute la réserve correcte d'un Forsyte.

Seul parmi les Forsyte, il ignorait le surnom qu'ils avaient donné à Bosinney. L'homme était singulier – pas excentrique, mais singulier –, il semblait défait, exténué, les joues si creuses sous ses hautes et larges pommettes ; pourtant son aspect n'avait rien de maladif, il était fortement bâti, et ses cheveux bouclés semblaient manifester toute la vitalité d'une belle constitution.

Quelque chose dans cette figure et cette attitude toucha Jolyon le jeune. Il connaissait la souffrance et cet homme-là paraissait souffrir. Il se leva et lui toucha le bras.

Bosinney eut un sursaut, mais ne donna aucun signe d'embarras en reconnaissant celui qui l'abordait.

Jolyon le jeune s'assit.

— Il y a longtemps que je ne vous ai vu, dit-il. Où en êtes-vous avec la maison de mon cousin ?

— Elle sera finie dans une semaine environ.

— Je vous félicite !

— Merci, je ne sais s'il y a de quoi.

— Non ? interrogea Jolyon le jeune. J'aurais cru que vous seriez content d'arriver au bout d'un long travail comme celui-là. Mais je suppose que vous ressentez à peu près ce que je ressens quand je me sépare d'une aquarelle : c'est un peu un enfant.

Il regardait Bosinney avec bonté.

— Oui, reprit celui-ci plus cordialement. Ça vous quitte et tout est dit. Je ne savais pas que vous faisiez de la peinture.

— Je ne fais que de l'aquarelle ; je ne peux pas dire que j'aie la foi.

— Vous n'avez pas la foi ? Alors comment pouvez-vous le faire ? À quoi sert de travailler quand on n'a pas la foi ?

— C'est vrai, dit Jolyon le jeune, c'est ce que j'ai toujours dit. Entre parenthèses, avez-vous remarqué que toutes les fois qu'on dit « c'est vrai » on ajoute « c'est ce que j'ai toujours dit ! » ? Mais si vous me demandez comment je peux le faire, je réponds : parce que je suis un Forsyte.

— Un Forsyte ! Je ne vous ai jamais considéré comme l'un d'eux !

— Un Forsyte, reprit Jolyon le jeune, n'est pas un animal rare. Il y en a des centaines parmi les membres de ce club. Des centaines là dehors, dans la rue ; on en rencontre partout où l'on va !

— Et puis-je vous demander à quoi on les reconnaît ? fit Bosinney.

— À leur instinct de propriété. Un Forsyte a sur les choses un point de vue pratique, un point de vue de sens commun pourrait-on dire, et un point de vue pratique sur les choses a pour base l'instinct de propriété. Un Forsyte, vous le remarquerez, ne se livre jamais !

— Vous plaisantez ?

Une lueur d'amusement passa dans les yeux du jeune Jolyon.

— Mais pas du tout ! Étant moi-même un Forsyte, je n'ai rien à dire. Mais je suis une espèce de pur métis ; eh bien ! il n'y a pas d'erreur possible sur vous, vous êtes aussi différent de moi que je le suis de mon oncle James, qui est le parfait spécimen du Forsyte. Son instinct de propriété est extrême, tandis que vous, vous n'en avez pratiquement aucun. Si je n'étais pas entre vous deux, vous sembleriez appartenir à des espèces différentes. Je suis l'anneau intermédiaire. Bien entendu, nous sommes tous esclaves de la propriété et j'admets que ce n'est qu'une question de plus ou de moins, mais ce que j'appelle un Forsyte, c'est un homme qui, décidément, l'est plutôt plus que moins. Il sait ce qui est bon, il sait ce qui est sûr et sa prise sur tout ce qu'il possède – femme, maison, argent, réputation, peu importe –, voyez-vous, c'est ça qui fait sa marque.

— Ah ! murmura Bosinney, vous devriez prendre un brevet pour ce mot-là !

— J'aimerais, dit Jolyon le jeune, en faire un sujet de conférence : « Nature et propriétés d'un Forsyte. » Ce petit animal, très sensible au ridicule que peuvent infliger ceux de son espèce, n'est pas troublé dans ses mouvements par le rire de créatures étrangères (vous ou moi). Héréditairement disposé à la myopie, il ne voit que les individus de son espèce et leurs habitats, parmi lesquels il mène une vie fondée sur deux principes : le confort et la concurrence.

— Vous parlez d'eux, dit Bosinney, comme s'ils étaient la moitié de l'Angleterre !

— Ils sont, répéta Jolyon le jeune, la moitié de l'Angleterre, et la meilleure moitié, la moitié sûre, la moitié à trois pour cent, la moitié qui compte. C'est leur richesse et leur sécurité qui rendent tout le reste possible, qui rendent possible votre art, qui rendent possibles la littérature, la science, la religion elle-même. Sans les Forsyte, qui ne croient à aucune de ces choses, mais qui les mettent toutes à profit, où en serions-nous ? Mon cher monsieur, les Forsyte sont les intermédiaires dans le marché social, les vendeurs, les piliers de la société, les pierres angulaires de la convention, tout ce qui est admirable !

— Je ne sais si je vous saisis bien, dit Bosinney, mais je me figure qu'il y a des tas de Forsyte, comme vous les appelez, dans ma profession.

— Certainement, répondit Jolyon le jeune. La grande majorité des architectes, des peintres ou des écrivains, comme n'importe quels autres Forsyte, n'ont pas de principes. L'art, la littérature, la religion subsistent par la force de quelques cerveaux brûlés qui réellement y croient, et de beaucoup de Forsyte qui en font un usage commercial. Au bas mot, les trois quarts des membres de notre Académie des Beaux-Arts, les sept huitièmes de nos romanciers, une forte proportion de nos journalistes sont des Forsyte. Le monde scientifique, je l'ignore. Mais dans la religion ils sont magnifiquement représentés ; à la Chambre des Communes, on les trouve plus nombreux peut-être que nulle part ailleurs ; l'aristocratie, il n'y a qu'à la voir. Mais je ne ris pas. Il est dangereux d'aller contre la majorité, et quelle majorité !

Il fixa les yeux sur Bosinney.

— Il est dangereux de se laisser emporter par quoi que ce soit, une maison, un tableau, une femme !

Ils se regardèrent. Et comme s'il avait fait ce que ne fait aucun Forsyte, livrer le fond de sa pensée, Jolyon le jeune rentra dans sa coquille. Bosinney rompit le silence :

— Pourquoi prenez-vous votre famille comme type ? demanda-t-il.

— Ma famille, répondit Jolyon le jeune, n'a rien de bien extrême, et comme toute autre famille, elle a ses particularités ; mais elle possède à un degré remarquable ces deux qualités qui sont les vraies caractéristiques du Forsyte : le pouvoir de ne jamais se donner corps et âme à quelque chose et l'instinct de propriété.

Bosinney sourit :

— Et le gros, par exemple, comment l'interprétez-vous ?

— Vous pensez à Swithin ? demanda Jolyon le jeune. Ah ! chez Swithin, il reste quelque chose de primitif. La ville et la bourgeoisie ne l'ont pas encore digéré. Tous les vieux siècles de travail de ferme et de force brute ont laissé en lui leur dépôt, pour « distingué » qu'il soit !

Bosinney semblait méditer.

— Eh bien ! vous avez saisi votre cousin Soames au vif, dit-il soudain. En voilà un qui ne se brûlera jamais la cervelle !

Jolyon le jeune lui jeta un regard pénétrant.

— Non, jamais ! dit-il. Et voilà pourquoi il faut compter ave lui. Gare à leurs griffes ! C'est facile de rire, mais, ne vous y trompez pas, ça ne réussit pas de mépriser un Forsyte ; ça ne réussit pas de les tenir pour négligeables !

— C'est pourtant ce que vous avez fait !

Jolyon le jeune admit que la pointe avait porté en perdant son sourire.

— Vous oubliez, dit-il avec une nuance singulière d'orgueil, que moi aussi je sais tenir bon, je suis moi-même un Forsyte. Nous sommes tous placés sur le passage de grandes forces. Celui qui quitte l'abri du mur, eh bien ! vous savez ce que je veux dire. Je ne recommande pas à tout le monde, acheva-t-il très bas, comme s'il exprimait une menace, de suivre mon chemin. Cela dépend.

Le sang monta au visage de Bosinney, mais cette rougeur s'effaça bientôt et sa figure reprit sa pâleur brune. Il eut un rire bref qui laissa ses lèvres arrêtées en un étrange et sauvage sourire ; ses yeux raillaient Jolyon le jeune.

— Merci, dit-il, c'est bien gentil de votre part. Mais vous n'êtes pas les seuls qui sachiez tenir bon.

Il se leva.

Jolyon le jeune le regarda s'éloigner, et, appuyant la tête sur sa main, il soupira.

Dans la salle somnolente et presque vide, on n'entendait que des bruissements de journaux et des craquements d'allumettes. Il resta longtemps sans bouger, à revivre en esprit ces jours où, lui aussi, avait passé de longues heures à guetter la pendule, comptant les minutes d'attente – de longues heures pleines des tourments de l'incertitude et d'une souffrance brûlante et douce ; il en retrouva l'agonie lente et délicieuse, aussi poignante qu'autrefois. La vue de Bosinney avec sa figure exténuée et ses yeux inquiets qui sans cesse revenaient à la pendule avait suscité en lui une pitié qui se mêlait d'étrange, d'irrésistible envie.

Il connaissait si bien ces symptômes. Où allait cet homme – vers quelle sorte de destin ? Quelle espèce de femme l'attirait à elle avec cette force magnétique à laquelle nulle considération d'honneur, nul principe, nul intérêt ne résiste ; à laquelle on n'échappe que par la fuite ?

La fuite ! Mais pourquoi Bosinney fuirait-il ? Un homme s'enfuit quand il risque de détruire un foyer, quand il y a des enfants, quand il sent qu'il foule aux pieds un idéal, qu'il brise quelque chose. Mais là, semblait-il, tout était brisé d'avance.

Lui-même, il n'avait pas fui, il ne fuirait pas si c'était à recommencer. Pourtant il avait été plus loin que Bosinney : il avait brisé son propre foyer malheureux, non celui d'un autre.

Et la vieille parole lui revint à la mémoire : « Le sort d'un homme gît dans son propre esprit. »

Ses pensées allèrent à la femme, cette femme qu'il ne connaissait pas, mais dont on lui avait, dans les grandes lignes, retracé l'histoire.

Un mariage malheureux ! Pas de mauvais traitements, rien que cet indéfinissable malaise, cette terrible flétrissure qui fait mourir toute la bonté de la vie sous le ciel, et cela de jour en jour, de nuit en nuit, de semaine en semaine, d'année en année jusqu'à la mort.

Mais Jolyon le jeune, dont l'amertume avait été atténuée par le temps, voyait aussi l'autre côté de la question : celui de Soames.

Où est-ce qu'un homme comme son cousin, saturé de tous les préjugés et convictions de sa classe, trouverait la clairvoyance ou l'inspiration nécessaires pour rompre cette chaîne ? C'était affaire d'indignation ; il fallait se projeter dans l'avenir, par-delà les pénibles commérages, les ricanements et les caquets que suscitent de telles séparations, par-delà les affres passagères qu'il éprouverait de ne plus la voir, par-delà le blâme grave des hommes vertueux ! Mais peu de gens, surtout dans la classe de Soames, ont assez d'imagination pour cela.

Beaucoup d'humains en ce monde et peu d'imagination ! Et, bonté du ciel ! quelle différence entre la théorie et la pratique ! Bien des gens – Soames lui-même peut-être – professent en pareille matière des idées chevaleresques, mais quand le bât les blesse, ils découvrent dans leur cas quelque particularité qui en fait une exception.

Et puis, Jolyon le jeune se méfiait de son jugement. Il avait lui-même traversé cette expérience, il avait dû goûter, jusqu'à la lie, l'amertume d'un mariage malheureux. Comment pourrait-il entrer dans les vues larges et tranquilles de ceux qui n'ont jamais subi les assauts de la passion ? Son témoignage était trop direct, comme, sur des sujets militaires, le témoignage d'un soldat qui a été longtemps au service, contre celui des civils qui n'ont pas eu le désavantage de voir les choses de trop près. La plupart des gens estimeraient qu'un mariage comme celui de Soames et d'Irène est une réussite suffisante, il avait la fortune, elle avait la beauté, il fallait là-dessus faire un compromis et tirer, cahin-caha, le même harnais, même s'ils se détestaient. Chacun pourrait aller un peu de son côté, cela n'aurait pas d'inconvénient, tant que les convenances seraient observées, et la sainteté du lien conjugal, du foyer commun, respectée. La moitié des ménages dans la haute bourgeoisie étaient gouvernés par ce principe : Ne froissez pas les susceptibilités de la société, ne froissez pas celles de l'Église. Pour éviter de les offenser, ce n'est pas trop du sacrifice de n'importe quel sentiment personnel. Les avantages d'un foyer stable sont visibles, tangibles, ce sont autant d'objets de propriété ; il n'y a pas de risque à courir dans le *statu quo*. Briser un foyer, c'est à tout le moins une expérience dangereuse, égoïste par-dessus le marché.

Telle était la thèse de la défense et Jolyon le jeune soupira.

— Le nœud de tout cela, songea-t-il, c'est la propriété, mais il y a beaucoup de gens qui ne voudraient pas résumer la question ainsi. Pour eux, c'est « la sainteté du mariage », mais la sainteté du mariage repose sur la sainteté de la famille, qui repose sur la sainteté de la propriété. Et dire que tous ces gens sont les disciples de Celui qui n'a jamais rien possédé. C'est curieux !

Et de nouveau Jolyon le jeune soupira.

— Est-ce que, sur le chemin de la maison, je m'en vais inviter tous les pauvres diables que je rencontrerai à venir partager mon dîner, qui alors sera trop petit pour moi, ou, en ce cas, pour ma femme, laquelle est nécessaire à ma santé et à mon bonheur ? Il se peut qu'après tout Soames ait raison d'exercer ses droits et de soutenir par sa conduite ce principe sacré de propriété – qui nous profite à tous –, à l'exception de ceux qui en souffrent.

Là-dessus, il se leva, se fit un passage à travers le labyrinthe des chaises, prit son chapeau et languissamment le long des rues chaudes, encombrées de voitures, dans l'air épaissi d'odeurs poussiéreuses, il rentra chez lui.

Avant d'arriver avenue Wistaria, il tira de sa poche la lettre du vieux Jolyon et la déchira soigneusement en tout petits morceaux qu'il dispersa dans la poussière de la route.

Il ouvrit la porte avec sa clé, il appela sa femme par son nom : elle était sortie avec Jolly et Holly et la maison était vide ; seul, dans le jardin, le chien Balthazar, couché à l'ombre, happait des mouches.

Et là, Jolyon le jeune s'assit sous le poirier qui ne portait pas de fruits.

20
On fait confiance à Bosinney

Le lendemain de la soirée de Richmond, Soames revint de Henley par un train du matin. N'ayant point naturellement le goût des sports amphibies, il n'était allé là que pour affaires, invité par un client de quelque importance.

Il gagna directement la City ; n'y trouvant rien de pressant, il repartit à trois heures, content de cette occasion de rentrer directement chez lui. Irène ne l'attendait pas. Il n'avait certainement aucun désir de l'épier ; mais enfin il n'y aurait pas de mal à jeter sur la scène un coup d'œil inattendu.

Après s'être mis en tenue de ville, il entra au salon. Elle était assise, oisive, au coin du sofa, sa place préférée ; ses yeux étaient cernés comme après une mauvaise nuit. Il lui demanda :

— Comment se fait-il que vous soyez à la maison ? Est-ce que vous attendez quelqu'un ?

— Oui, du moins pas particulièrement.

— Qui ?

— Mr Bosinney a dit qu'il viendrait peut-être.

— Bosinney ? Il devrait être à son travail.

À cette remarque elle ne répondit rien.

— Eh bien, dit Soames, j'ai un achat à faire. Je désire que vous veniez avec moi et ensuite nous irons dans le Parc.

— Je ne veux pas sortir, j'ai mal à la tête.

Soames répliqua :

— Toutes les fois que je vous demande de faire quelque chose, vous avez mal à la tête. Ça vous fera du bien de venir vous asseoir sous les arbres.

Elle ne répondit pas.

Soames garda le silence quelques minutes ; et puis enfin :

— Je ne sais pas quelle idée vous vous faites des devoirs d'une femme mariée ; je ne l'ai jamais su.

Il ne croyait pas qu'elle répondrait, mais elle dit :

— J'ai essayé de faire ce que vous voulez ; ce n'est pas ma faute si je n'ai pu y mettre mon cœur.

— À qui la faute, alors ?

Il l'observait de côté.

— Avant de m'épouser, vous m'aviez promis de me laisser m'en aller de mon côté si notre mariage n'était pas heureux. Est-ce qu'il est heureux ?

Soames fronça les sourcils.

— S'il est heureux ? balbutia-t-il. Il le serait si vous vous conduisiez convenablement.

— J'ai fait ce que j'ai pu, dit Irène, voulez-vous me laisser partir ?

Soames se détourna, secrètement alarmé. Il essaya d'éluder la question par de la brusquerie.

— Vous laisser partir ? Vous ne savez pas ce que vous dites ? Vous laisser partir ? Comment voulez-vous que je vous laisse partir ? Nous sommes mariés, n'est-ce pas ? Alors de quoi me parlez-vous ? Pour l'amour du ciel, laissons là ces insanités. Allez mettre votre chapeau et venez vous asseoir dans le Parc.

— Alors, vous refusez de me laisser partir ?

Il sentit les yeux d'Irène s'arrêter sur lui avec un regard étrange, touchant.

— Vous laisser partir ! dit-il ; mais que diable est-ce que vous deviendriez ? Vous n'avez pas d'argent.

— Je m'arrangerai toujours.

Il arpenta deux fois la pièce d'un pas rapide, puis s'arrêta devant elle.

— Comprenez une fois pour toutes, dit-il, que je ne veux pas vous entendre parler comme ça. Allez mettre votre chapeau.

Elle ne bougea point.

— Je suppose, dit Soames, que vous ne voulez pas manquer Bosinney s'il vient ?

Irène se leva lentement et quitta la pièce.

Elle redescendit, son chapeau sur la tête. Ils sortirent. Quand ils arrivèrent au Parc, ce n'était plus le milieu de l'après-midi, le moment du grand public bariolé, où l'on voit passer en voiture les étrangers et autres pauvres gens à l'air perdu, qui croient suivre la mode. L'heure convenable, l'heure des gens du monde était venue et presque écoulée quand Soames et Irène s'assirent ensemble sous la statue d'Achille.

Il y avait assez longtemps qu'il n'avait eu le plaisir de sa compagnie dans le Parc. Ç'avait été un des charmes évanouis des deux premières saisons de son mariage, à l'époque où c'était son plus grand orgueil, quoique secret, de se sentir, devant tout Londres, possesseur de cette gracieuse créature. Combien de fois il s'était, ainsi, l'après-midi, assis à côté d'elle, dans sa tenue soignée, avec ses gants gris perle, avec son sourire supérieur, faisant un signe de tête à ses connaissances, et de temps à autre, soulevant son chapeau !

Ses mains étaient encore gantées de gris perle et le sourire était toujours sardonique sur ses lèvres. Mais où retrouverait-il l'émotion de son cœur ?

Les sièges se vidaient rapidement, pourtant il la retenait là, silencieuse et pâle, comme pour la mener jusqu'au bout d'une secrète punition. Une fois ou deux, il fit quelque remarque et elle inclina la tête, ou répondit « oui » avec un sourire fatigué.

Le long des barrières, un homme marchait si vite que les gens écarquillaient les yeux pour le voir passer.

— Regardez-moi cet imbécile ! dit Soames, il faut qu'il soit fou pour marcher si vite par cette chaleur !

Il se retourna : Irène avait fait un mouvement rapide.

— Tiens, fit-il, c'est notre ami le Brigand !

Et il se tint immobile avec son sourire sarcastique, sentant à côté de lui Irène immobile et souriant aussi. « Est-ce qu'elle va le saluer ? », pensa-t-il[1].

Mais elle ne fit pas un mouvement.

Bosinney atteignit l'extrémité de la barrière et revint en sens inverse, parmi les chaises, comme un chien qui bat le terrain. Quand il les vit, il s'arrêta court et souleva son chapeau.

Le sourire ne s'altéra pas sur le visage de Soames qui, lui aussi, souleva son chapeau.

Bosinney s'approcha ; il avait l'air épuisé comme un homme qui vient d'en faire trop ; la sueur perlait à son front et le sourire de Soames semblait dire : « Vous venez d'en voir de dures, mon ami ! »

— Qu'est-ce que vous faites dans le Parc ? demanda-t-il. Nous croyions que vous méprisiez ces lieux frivoles.

Bosinney ne parut pas entendre ; il fit sa réponse à Irène :

— J'ai passé chez vous ! J'espérais vous trouver à la maison.

Quelqu'un toucha Soames dans le dos et lui parla. Pendant l'échange de banalités qui se fit par-dessus son épaule, il manqua la réponse d'Irène et prit une résolution.

— Nous rentrons, dit-il à Bosinney. Vous devriez venir dîner avec nous.

Dans cette invitation, il mit une étrange bravade qui avait en soi quelque chose de pathétique. Son regard et sa voix semblaient dire : « Vous ne pouvez pas me tromper, mais voyez, j'ai confiance en vous ; je n'ai pas peur de vous ! »

Ils repartirent ensemble pour Montpellier Square ; Irène marchait entre eux. Dans les rues encombrées, Soames allait en avant. Il n'écouta pas leur conversation : la singulière

---

1. L'usage en Angleterre est qu'une femme salue la première un homme qu'elle rencontre, lui donnant ainsi la permission de la reconnaître et de la saluer.

résolution qu'il venait de prendre, celle de leur faire confiance, semblait commander jusqu'à sa conduite intime. Comme un joueur, il se disait à lui-même : « C'est une carte que je n'ose pas jeter, il faut que je la joue pour ce qu'elle vaut. Je n'ai plus que celle-là. »

Il s'habilla lentement ; il entendit Irène quitter sa chambre et descendre et, pendant cinq grandes minutes encore, il flâna dans son cabinet de toilette. Puis il descendit, faisant exprès de fermer sa porte avec bruit pour montrer qu'il arrivait. Il les trouva debout devant la cheminée. Causaient-ils ou non ? Il n'aurait pu le dire.

Pendant toute la soirée, il joua son rôle dans la comédie ; ses manières envers son hôte furent plus amicales que jamais auparavant et, quand Bosinney partit, il dit :

— Il faut que vous reveniez bientôt ; Irène aime bien vous avoir pour parler de la maison.

Dans sa voix revenait l'expression d'étrange défi, d'émotion plus étrange encore, mais sa main était froide comme la glace.

Fidèle à sa résolution, il se détourna lorsqu'ils se séparèrent ; il se détourna d'Irène tandis que, debout sous la lampe suspendue, elle disait bonsoir à son hôte ; il ne voulut pas voir sa tête dorée, si brillante sous la lumière, ni ses lèvres au sourire dolent ; ni les yeux de Bosinney qui s'attachaient à elle avec un regard si semblable à celui du chien pour son maître.

Et il alla se coucher avec la certitude que Bosinney était amoureux de sa femme.

Il faisait chaud, si chaud, si lourd que par les fenêtres ouvertes il n'entrait que de l'air plus chaud. Pendant de longues heures il se tint immobile, écoutant Irène respirer.

Elle pouvait dormir ; lui devait supporter l'insomnie ; gisant éveillé, il se raidissait dans sa résolution de jouer le rôle d'un mari confiant et calme.

Au petit jour, il se glissa hors du lit, passa dans son cabinet de toilette et s'appuya à la fenêtre. Il pouvait à peine respirer.

Un souvenir lui revint à l'esprit : une nuit, quatre ans plus tôt, l'avant-veille de son mariage, nuit aussi chaude, aussi étouffante que celle-ci.

Il se rappela qu'il s'était étendu sur une chaise longue en osier, à la fenêtre de son petit salon, près de Victoria Street. En bas, dans une rue latérale, un homme avait fait claquer une porte, une femme avait crié. Il se rappela, comme s'il y était encore, le bruit de la querelle, le claquement de la porte, le silence de mort qui avait suivi. Alors la première voiture d'arrosage, qui lave la sueur des rues, était apparue dans la lumière insolite, inutile, des réverbères ; il crut entendre son roulement s'approcher, passer et lentement s'évanouir.

Il se pencha bien en avant à la fenêtre du cabinet de toilette, au-dessus de la petite cour, et il vit grandir la lumière de l'aube. Le contour des murs sombres et des toits fut un moment brouillé, puis reparut plus dur.

Il se rappela comment, dans cette autre nuit, il avait regardé les réverbères pâlir tout le long de la vaste avenue, et puis qu'il s'était habillé en hâte, qu'il avait passé des maisons, des maisons et des squares jusqu'à la rue où elle habitait et que là, il s'était arrêté pour regarder la petite façade, silencieuse et grise comme la figure d'un mort.

Et subitement, comme l'hallucination d'un malade, une idée lui déchira l'esprit. « Et lui ? qu'est-ce qu'il fait, cet individu qui me hante, qui était ici ce soir, qui est amoureux de ma femme ? Il est là sans doute, rôdant, la cherchant comme je sais bien qu'il la cherchait, cet après-midi ; qui sait ? guettant ma maison, en ce moment-ci, peut-être ? »

Il se glissa sur le palier, vers une des pièces de la façade ; furtivement il releva un store, ouvrit une fenêtre.

La lumière grise frôlait les arbres du square, comme si la nuit, pareille à une grande phalène veloutée, y eût laissé la poussière de ses ailes. Les réverbères étaient encore allumés, tout pâles ; rien ne remuait ; pas une créature vivante en vue.

Mais soudain, très faible, très lointain dans cette mortelle immobilité, il entendit un cri se tordre comme la voix d'une âme errante, bannie du ciel, déplorant son bonheur perdu. Encore une fois ce cri ! et puis encore !

Soames referma la fenêtre en frissonnant. Alors il pensa : « Ah ! ce ne sont que les paons, de l'autre côté de l'eau. »

21

June fait quelques visites

Le vieux Jolyon, debout dans l'étroit vestibule, respirait cette odeur de harengs et de toile cirée qui imprègne l'air, dans toute respectable pension de famille au bord de la mer. Sur une chaise de cuir luisant, dont un trou au coin gauche laissait éclater la bourre de crin, un sac de voyage noir était ouvert. Le vieux Jolyon casait dans ce sac des papiers, le *Times*, une bouteille d'eau de Cologne. Il allait à Londres ce jour-là pour assister aux conseils de la Société universelle de Mines d'or et de la Nouvelle Compagnie houillère, avec sa ponctualité ordinaire. En manquant un conseil, il se serait prouvé qu'il vieillissait ; son jaloux esprit de Forsyte n'aurait pu le tolérer.

Tandis qu'il remplissait ce sac noir, ses yeux semblaient prêts, d'un instant à l'autre, à s'enflammer de colère. C'est ainsi que brille l'œil d'un collégien harcelé par un cercle de camarades, mais il se contient, arrêté par la vue de l'insurmontable. Et de même le vieux Jolyon se contenait, étouffant avec cette impérieuse énergie, qui lentement s'usait, l'irritation que développaient en lui les circonstances actuelles de sa vie.

Il avait reçu de son fils une lettre absurde, dans laquelle, par des généralités décousues, ce garçon semblait vouloir éluder une question précise.

— J'ai vu Bosinney, disait-il, ce n'est pas un criminel. Plus je vois les hommes, plus je me convaincs qu'ils ne sont jamais bons ou mauvais, mais simplement comiques ou pathétiques. Vous êtes probablement de mon avis !

Non, certes ! et le vieux Jolyon trouvait cynique de s'exprimer ainsi ; il n'avait pas encore atteint ce point de la vieillesse où les Forsyte eux-mêmes, dépouillés de ces illusions et de ces principes qu'ils ont soigneusement cultivés dans un but pratique mais auxquels ils n'ont jamais cru, dépouillés de toute joie physique, frappés au cœur par la tristesse de n'avoir plus rien à espérer, brisent leur retenue et disent des choses qu'ils ne se seraient jamais crus capables de dire.

Peut-être ne croyait-il pas plus que son fils à la distinction des « bons » et des « mauvais » ; mais il ne savait pas, aurait-il dit ; il ne pouvait pas trancher, cela répondait peut-être tout de même à quelque chose, et pourquoi, par une inutile expression de doute, se priver d'avantages possibles ?

Habitué à passer ses vacances dans les montagnes, bien que, en vrai Forsyte, il n'y eût jamais rien tenté de trop difficile, il les avait passionnément aimées. Et quand une magnifique vue (dont le Baedeker disait : « vaut le détour ») se déroulait devant lui après l'effort de la montée, il sentait certainement l'existence d'un grand et majestueux principe qui plane au-dessus des luttes désordonnées, des précipices mesquins, des petites crevasses ironiques et sombres de la vie humaine. Sa nature pratique n'avait peut-être jamais été plus près d'une pensée religieuse.

Mais depuis bien des années, il n'était plus retourné à la montagne. Il y avait emmené June deux saisons de suite, après la mort de sa femme, et il y avait amèrement senti que l'âge des longues marches était passé pour lui.

Cette confiance en un ordre suprême des choses, qu'autrefois la montagne faisait naître en lui, il y était depuis longtemps étranger.

Il se savait vieux et pourtant se sentait jeune ; cela l'étonnait, le troublait. Il était troublé aussi de songer que lui, toujours si prudent, était le père et le grand-père d'êtres qui semblaient voués au désastre. Il n'avait rien à dire contre Jo

– qui pouvait avoir quelque chose à dire contre Jo, un si gentil garçon ? –, mais sa position était déplorable et l'affaire de June l'était presque autant. Cela ressemblait à une fatalité, c'est-à-dire à l'une de ces choses qu'aucun homme de son caractère ne peut comprendre ou endurer.

En écrivant à son fils, il n'espérait pas grand-chose. Depuis le bal chez Roger, il avait trop bien compris ce qui se passait. Il voyait clair, plus vite que beaucoup d'hommes, et avec l'exemple de son propre fils sous les yeux, il savait mieux qu'aucun autre Forsyte comment les hommes, sans l'avoir voulu, viennent se brûler à la pâle flamme.

Avant les fiançailles de June, alors que celle-ci et Mrs Soames étaient toujours ensemble, il avait assez vu Irène pour sentir le magnétisme qu'elle exerçait sur les hommes. Elle n'était pas *flirt*, pas même coquette – mots chers à sa génération, qui aimait à définir les choses par un bon terme large et inexact –, mais elle était dangereuse. Il n'aurait su dire pourquoi. Parlez-lui d'une qualité innée chez quelques femmes, d'un pouvoir de séduction qui dépasse leur volonté ! Il répondrait : « Des phrases ! » Elle était dangereuse et voilà tout. Il voulait fermer les yeux sur cette affaire. Si cela était, cela était ; il n'avait pas besoin d'en entendre davantage, il voulait seulement sauvegarder la situation morale et la paix d'esprit de sa petite-fille. Et il espérait encore qu'un jour ou l'autre elle redeviendrait pour lui la compagne qu'elle avait été.

Et alors, il avait écrit. La réponse ne lui apporta pas grand-chose. Sur ce qui s'était passé pendant l'entrevue, Jolyon le jeune ne disait, en somme, que cette phrase bizarre : « Je crois comprendre qu'il a fait le plongeon. » Le plongeon ! Quel plongeon ? Qu'est-ce que c'était que cette nouvelle manière de parler ?

Il soupira et glissa ses derniers papiers dans une poche de son sac ; il savait assez clairement ce que Jo voulait dire.

June sortit de la salle à manger et vint l'aider à enfiler son pardessus d'été. À la toilette qu'elle portait, et à l'expression de sa petite figure résolue, il comprit immédiatement ce qui allait venir.

— Je vais avec vous, dit-elle.

— Tu n'y penses pas, ma chérie ! Je m'en vais droit à la City. Je ne veux pas te laisser trotter seule tout l'après-midi.

— Il faut que j'aille voir la vieille Mrs Smeech.

— Ah ! toujours tes précieux « éclopés » ! gronda le vieux Jolyon.

Il ne croyait pas ce prétexte, mais il cessa son opposition. Il n'y avait rien à faire contre cette opiniâtreté de June.

Au sortir de la gare, il l'installa dans la voiture qu'il avait commandée pour lui.

— Maintenant, ma petite mignonne, ne va pas te fatiguer, dit-il, et il se fit mener en cab à la City.

June se rendit d'abord dans une petite rue de Paddington où habitait son « éclopée », Mrs Smeech, une personne âgée de la catégorie des femmes de ménage. Mais après avoir passé une demi-heure à écouter ses récits, lamentables comme à l'ordinaire, et à la remonter pour quelque temps à force de la secouer, June partit pour Stanhope Gate. La grande maison était close et sombre.

À n'importe quel prix, June avait résolu d'apprendre quelque chose.

Mieux valait regarder le pire en face et que ce fût fini. Tel était son plan : aller d'abord chez la tante de Phil, Mrs Baynes, et ensuite, si elle n'obtenait là aucune lumière, chez Irène, elle-même.

À quoi l'avanceraient ses visites, elle ne le voyait pas clairement.

À trois heures, elle arrivait chez Mrs Baynes. Avec l'instinct d'une femme, quand il faut faire face au chagrin, elle avait mis sa plus jolie robe, et elle allait à la bataille avec un regard aussi courageux que celui du vieux Jolyon lui-même. Ses angoisses s'étaient changées en ardeur.

Mrs Baynes, la tante de Bosinney (tante Louisa), était dans sa cuisine, en train de diriger sa cuisinière, quand June fut annoncée. C'était une excellente maîtresse de maison et Baynes avait toujours dit : « Il y a beaucoup de bon dans un bon dîner. » Baynes plaçait après le dîner ses meilleures heures de travail. C'était lui qui avait bâti, à Kensington, cette remarquable rangée de hautes maisons écarlates, qui rivalisent avec tant d'autres dans Londres, pour le prix de laideur.

Quand elle entendit le nom de June, Mrs Baynes courut précipitamment à sa chambre et, tirant d'une boîte de maroquin rouge enfouie dans un tiroir qui fermait à clé deux grands bracelets, elle les mit à ses poignets blancs. Car elle possédait, à un rare degré, cet instinct de propriété qui, nous le savons, est la pierre de touche du forsytisme, et le fondement de la bonne moralité.

Son visage se reflétait dans la glace de son armoire de tulipier : fortement bâtie, de taille moyenne, elle avait une tendance à l'embonpoint ; sa robe, dont elle avait elle-même dirigé la confection, était d'une de ces demi-teintes qui rappellent les corridors peints des grands hôtels. Elle leva les mains à ses cheveux qu'elle portait « à la princesse de Galles » ; elle les tapota et les consolida sur sa tête. Ses yeux étaient pleins d'un réalisme inconscient, comme si elle était en train de regarder en face quelque fait sordide de la vie, pour essayer d'en tirer le meilleur parti. Dans sa jeunesse, ses joues avaient été de lis et de roses, mais l'âge mûr les couperosait à présent et, de nouveau, cette laide et dure expression de volonté précise passa dans ses yeux, tandis qu'elle promenait une houppe à poudre sur son front. Posant la houppe, elle se tint tout à fait immobile devant la glace, arrangeant un sourire qui intéressait aussi bien son nez, haut et important, son menton qui n'avait jamais été grand et qui diminuait maintenant dans l'ampleur croissante de son cou, que ses lèvres minces, aux coins abaissés. Vite, pour ne pas perdre son effet, elle saisit fortement ses jupes à deux mains et descendit l'escalier.

Depuis quelque temps, elle espérait cette visite. Certains murmures étaient venus jusqu'à elle, lui disant que tout n'allait pas pour le mieux entre son neveu et miss Forsyte. Ni l'un ni l'autre n'étaient venus la voir depuis des semaines. Plusieurs fois, elle avait invité Phil à dîner, invariablement il répondait : « Trop occupé. »

Son instinct s'alarmait et, en pareille matière, l'instinct de cette excellente femme était pénétrant.

Elle accueillit June avec les effusions mesurées dont elle était maîtresse, un peu intimidée, autant que pouvait l'être une femme de son importance dans le monde religieux et industriel, car, pour une petite jeune fille si menue, June avait une grande dignité ; cela lui venait de ses yeux sans peur.

Et Mrs Baynes, avec une certaine acuité, reconnaissait sous cette absolue franchise que dénotaient les manières de June, beaucoup du caractère Forsyte. Si la jeune fille n'avait été que franche et courageuse, Mrs Baynes aurait pensé : « C'est une tête chaude » et l'eût méprisée ; si elle n'avait été que Forsyte, comme Francie, par exemple, Mrs Baynes l'eût dominée par la simple force de son tempérament ; mais June, si petite qu'elle fût – et Mrs Baynes admirait la quantité –, ne la mettait pas à son aise ; aussi la fit-elle asseoir dans un fauteuil à contre-jour.

À ce respect que lui inspirait la jeune fille, il y avait un autre motif que, trop pieuse fille de l'Église d'Angleterre pour entretenir des pensées mondaines, elle eût été la dernière à admettre. Elle entendait souvent son mari parler du vieux Jolyon comme fort riche et était prévenue en faveur de sa petite-fille par la plus solide des raisons. Aujourd'hui, elle éprouvait l'émotion avec laquelle nous lisons un roman où il s'agit d'un héros et d'un héritage, et qui met notre nervosité à l'idée que peut-être, par quelque sinistre distraction du romancier, l'héritage, finalement, échappera au héros.

Elle fut chaleureuse ; elle n'avait jamais aussi clairement compris combien cette jeune fille était distinguée et désirable. Elle s'informa de la santé du vieux Jolyon. Un homme étonnant pour son âge ; l'air jeune encore et qui se tenait si droit ! Et quel âge avait-il exactement ? Quatre-vingt-un ans ! Elle ne l'aurait jamais cru ! Ils séjournaient ensemble au bord de la mer ! Comme c'était agréable ! Elle supposait que June avait des nouvelles de Phil tous les jours ? Ses yeux gris clair se firent plus saillants comme elle posait cette question ; mais la jeune fille soutint ce regard sans sourciller.

— Non, dit-elle, il n'écrit jamais !

Mrs Baynes baissa les yeux ; elle n'en avait pas l'intention, mais elle le fit. Elle se ressaisit aussitôt.

— Naturellement, c'est bien Phil – il a toujours été comme ça !

— Vraiment ? fit June.

La brièveté de la réponse fit hésiter un instant le brillant sourire de Mrs Baynes. Elle cacha son embarras par un mouvement rapide et, tout en étalant à nouveau sa jupe, elle dit :

— Mais, ma chère, Phil est un hurluberlu ; personne ne prête jamais la moindre attention à ce qu'il fait !

June eut soudain la conviction qu'elle perdrait son temps. Elle ne tirerait jamais rien de cette femme, même par une question à brûle-pourpoint.

— Le voyez-vous ? demanda-t-elle en rougissant jusqu'à la racine des cheveux.

Sur le front de Mrs Baynes, la transpiration perla sous la poudre.

— Oh ! oui. Je ne me rappelle plus quand il est venu pour la dernière fois. De fait, nous ne l'avons pas beaucoup vu ces temps-ci. Il est tellement absorbé par la maison de votre cousin. On me dit qu'elle va être achevée d'un jour à l'autre. Il faudra que nous organisions un petit dîner pour célébrer l'événement. Venez donc, nous vous donnerons une chambre.

— Merci, fit June.

Et encore une fois elle pensa : « Je perds mon temps, cette femme ne me dira rien. »

Elle se leva pour partir. La physionomie de Mrs Baynes s'altéra. Elle se leva aussi ; ses lèvres eurent un mouvement nerveux, ses doigts s'agitèrent. Il y avait évidemment quelque chose qui allait mal et elle n'osait rien demander à cette jeune fille qui se tenait là, mince, droite, petite, avec son visage résolu, ses lèvres serrées, ses yeux pleins de ressentiment. Pourtant Mrs Baynes, d'habitude, n'avait pas peur de poser des questions.

Mais l'intérêt en jeu était si grave que ses nerfs, généralement solides, furent ébranlés. Son mari avait dit le matin même :

— Le vieux Mr Forsyte doit bien avoir plus de cent mille livres !

Et cette jeune fille était là, debout, la main tendue, prête à partir !

C'était peut-être le moment où l'occasion s'échappait – c'était possible –, l'occasion de la garder dans la famille, et cependant, elle n'osait parler.

Ses yeux suivirent June jusqu'à la porte. La porte se referma.

Alors, avec une exclamation, Mrs Baynes courut en avant, secouant sa lourde personne, et rouvrit la porte.

Trop tard ! elle entendit claquer la porte d'entrée, et elle resta immobile, avec une expression de véritable colère et de mystification sur son visage.

June traversa le square avec sa rapidité d'oiseau. Elle détestait maintenant cette femme, qu'en des temps plus heureux elle avait trouvée si bonne. Est-ce que tout le monde allait se dérober ainsi ? Est-ce qu'elle serait toujours forcée d'endurer cette torture de l'incertitude ?

Elle s'adresserait à Phil lui-même, elle irait lui demander quelles étaient ses intentions. Elle avait le droit de savoir. Hâtivement, elle descendit Sloane Street, jusqu'au numéro de Bosinney. Elle passa la porte automatique et monta l'escalier en courant. Son cœur battait à lui faire mal. Au troisième étage, elle s'arrêta, essoufflée, et, tenant la rampe, elle écouta. Aucun bruit ne venait d'au-dessus.

La figure très blanche, elle monta le dernier étage. Elle vit la porte, le nom sur la plaque. Et la volonté qui l'avait amenée jusque-là s'évanouit.

La pleine signification de ce qu'elle faisait s'imposa à son esprit. Elle se sentit toute brûlante. Les paumes de ses mains étaient moites sous les minces gants de soie.

Elle recula vers l'escalier, mais ne descendit pas. Appuyée sur la rampe, elle essaya de se dégager d'une sensation d'étouffement ; et elle regarda la porte avec une sorte d'affreux courage. Non ! elle ne voulait pas descendre. Qu'importait ce qu'on penserait d'elle. On ne saurait jamais ! Personne ne l'aiderait, si elle ne s'aidait elle-même ! Elle irait jusqu'au bout.

Elle se força à quitter son appui et pressa la sonnette. La porte ne s'ouvrit pas et alors, toute sa honte et toute sa crainte l'abandonnèrent. Elle sonna encore comme si, bien que la chambre fût vide, elle pouvait en extorquer une réponse, le prix des affres que lui avait coûtées cette visite. Rien ne bougea ; elle cessa de sonner et, assise au sommet de l'escalier, elle enfouit sa tête dans ses mains.

Au bout d'un moment, elle descendit vite, sur la pointe des pieds, cherchant le grand air. Elle se sentait comme si elle venait de traverser une grave maladie et n'avait d'autre désir que de rentrer à la maison, aussi vite que possible. Les gens qu'elle rencontrait avaient l'air de savoir d'où elle venait, ce qu'elle avait fait ; et tout à coup, sur l'autre trottoir, rentrant chez lui par le chemin de Montpellier Square, elle vit Bosinney lui-même.

Elle fit un mouvement pour traverser la rue. Leurs regards se rencontrèrent, il leva son chapeau. Un omnibus passa, le lui cachant ; puis, du bord du trottoir, dans un espace libre entre les voitures, elle le vit qui continuait son chemin. Et s'arrêtant, immobile, elle le suivit des yeux !

22

La maison est achevée

– Une fausse tortue, claire ; une queue de bœuf ; deux verres de porto.

Au premier étage de chez French, où un Forsyte peut encore trouver de la solide nourriture anglaise, James et son fils prenaient leur lunch.

De tous les lieux où l'on mange, James préférait celui-ci. Il en aimait la nourriture qu'il jugeait sans prétention, savoureuse et substantielle et, quoiqu'il ait été jusqu'à un certain point corrompu par la nécessité d'être tenu à la mode et par l'entraînement d'habitudes qui devaient bien s'adapter à un revenu toujours croissant, il soupirait encore pendant les moments tranquilles de la City, après les bonnes choses de son jeune temps.

Ici, l'on était servi par des garçons anglais, barbus, en tablier ; il y avait de la sciure de bois par terre et trois glaces rondes, à cadre doré, pendaient juste trop haut pour qu'on pût s'y voir. Depuis peu de temps seulement, on avait supprimé ces petites cases dans lesquelles vous pouviez manger votre forte côtelette anglaise et une pomme de terre farineuse, sans voir vos voisins, comme un gentleman.

Il passa un coin de sa serviette sous la troisième boutonnière de son gilet, geste qu'il avait dû abandonner depuis des années dans le West End[1].

1. La partie élégante de Londres, cadre de la vie mondaine.

Il sentait qu'il allait bien savourer sa soupe : il avait passé toute la matinée à dresser le bilan de ce que laissait un client, un vieil ami.

Ayant rempli sa bouche de pain de ménage rassis, il commença aussitôt :

— Comment vas-tu à Robin Hill ? Tu emmènes Irène ? Tu feras bien. Il doit y avoir toutes sortes de choses qui auront besoin d'être revues.

Sans lever la tête, Soames répondit :

— Elle ne veut pas y aller.

— Elle ne veut pas y aller ? Qu'est-ce que ça signifie ? Elle va pourtant y vivre, n'est-ce pas ?

Soames ne répondit pas.

— Je ne sais ce qui prend les femmes aujourd'hui, marmotta James. À moi, elles ne m'ont jamais donné d'embarras. Tu l'as laissée trop libre, elle est gâtée…

Soames leva les yeux :

— Je ne veux pas que l'on dise rien contre elle, fit-il d'un ton imprévu.

Le silence ne fut plus interrompu que par le bruit que faisait James en mangeant sa soupe.

Le garçon apporta deux verres de porto, mais Soames l'arrêta :

— Ce n'est pas comme ça qu'on sert le porto ; remportez ces verres et apportez la bouteille.

Sortant de la rêverie à laquelle il s'abandonnait, penché sur sa soupe, James envisagea, à sa façon hâtive, l'ensemble de la situation.

— Ta mère est au lit, dit-il, tu peux prendre la voiture. Je pense que la promenade fera plaisir à Irène, le jeune Bosinney sera là, je suppose, pour vous montrer la maison.

Soames fit oui de la tête.

— J'aimerais bien aller me rendre compte moi-même de la façon dont il y a mis la dernière main, continua James. Je passerai chez toi et je vous prendrai tous les deux.

— Je vais par le train, répondit Soames. Si vous voulez passer chez moi, Irène viendra peut-être avec vous, je n'en sais rien.

Il fit signe au garçon d'apporter l'addition, que James paya.

Ils se séparèrent à St. Paul, Soames allant vers la gare, tandis que James prenait l'omnibus dans la direction du West End.

Il s'assit dans le coin de l'entrée où ses longues jambes barraient le passage ; et il regardait avec rancune les gens qui montaient comme s'ils lui faisaient tort en venant respirer son oxygène.

Il voulait, cet après-midi, saisir une occasion de parler à Irène. Un mot dit à temps en économisait beaucoup d'autres et maintenant qu'elle allait vivre à la campagne, elle pourrait en profiter pour tourner une nouvelle page. Il voyait bien que Soames ne supporterait pas beaucoup plus longtemps ses manières.

Il ne lui vint pas à l'esprit de préciser ce qu'il voulait dire par « ses manières » ; l'expression était large, vague, et bien d'un Forsyte. Et James avait plus que la dose normale de courage qui suit en général un déjeuner.

En rentrant chez lui, il donna l'ordre d'atteler la voiture, et spécifia que le groom devrait venir aussi. Il voulait être gentil avec elle et lui donner toutes les chances.

Quand on lui ouvrit au 62, Montpellier Square, il entendit distinctement qu'elle chantait, et se hâta d'en faire tout haut la remarque, pour prévenir tout prétexte de se voir refuser la porte.

Oui, Mrs Soames était à la maison, mais la bonne ne savait pas si elle recevait.

James, se mouvant avec la rapidité qui étonnait toujours les observateurs de sa longue silhouette et de sa physionomie absorbée, entra dans le salon, sans permettre qu'on allât vérifier ce dernier point. Il trouva Irène assise au piano, les doigts posés sur les touches ; évidemment, elle s'était arrêtée pour écouter les voix dans le hall. Elle l'accueillit sans sourire.

— Votre belle-mère est au lit, commença-t-il, espérant provoquer aussitôt sa sympathie. J'ai la voiture à la porte. Allons, soyez bonne fille, mettez votre chapeau et venez faire une promenade avec moi. Ça vous fera du bien !

Irène le regarda comme si elle était sur le point de refuser ; puis elle parut changer d'avis, monta à sa chambre et redescendit avec son chapeau.

— Où m'emmenez-vous ? demanda-t-elle.

— Nous irons jusqu'à Robin Hill, bredouilla James très vite, les chevaux ont besoin d'exercice et j'aimerais voir ce qu'on a fait là-bas.

Irène hésita, mais elle se ravisa encore et se dirigea vers la voiture, James penché sur elle comme pour être plus sûr de l'emmener.

Ce ne fut qu'à mi-chemin qu'il commença :

— Soames vous aime beaucoup ; il ne permet pas que l'on dise rien contre vous ; pourquoi ne lui montrez-vous pas plus d'affection ?

Irène rougit et dit d'une voix basse : « Je ne peux pas montrer ce que je n'ai pas. »

James lui jeta un regard sévère ; il sentait que maintenant qu'il la tenait dans sa propre voiture, avec ses chevaux et ses domestiques, il était vraiment le maître de la situation. Elle ne pourrait pas l'envoyer promener, et elle ne ferait pas non plus une scène en public.

— Je ne vois pas quelle est votre idée, dit-il. C'est un excellent mari.

Irène répondit si bas que sa voix se perdit presque dans le bruit de la rue. Il saisit ces mots :

— Ce n'est pas vous qui êtes sa femme !

— Quel rapport y a-t-il ? Il vous a donné tout ce que vous pouviez désirer. Il est toujours prêt à vous emmener où vous voudrez, et maintenant il vous a bâti cette maison à la campagne. Ce n'est pas comme si vous aviez quelque chose à vous ?

— Non.

James la regarda de nouveau ; il ne pouvait pas comprendre l'expression de sa figure. Elle semblait presque sur le point de pleurer, et pourtant…

— Pour sûr, murmura-t-il rapidement, nous avons tous tâché de vous montrer de l'amitié.

Les lèvres d'Irène tremblèrent ; avec détresse, James vit une larme glisser sur sa joue, et il sentit sa propre gorge se serrer.

— Nous vous aimons tous beaucoup, dit-il, si seulement vous vouliez – il allait dire « vous mieux conduire », mais il changea sa phrase – vous montrer un peu plus sa femme.

Irène ne répondit pas et James aussi cessa de parler. Il y avait quelque chose qui le déconcertait dans le mutisme de sa belle-fille ; ce n'était pas celui d'une résistance intérieure : il signifiait plutôt de l'acquiescement à tout ce qu'il pourrait trouver à dire. Et pourtant il éprouvait l'impression de n'avoir pas eu le dernier mot. Cela le rendait perplexe.

Toutefois, il n'était pas capable de se taire longtemps :

— Je suppose que ce jeune Bosinney va bientôt épouser June, maintenant ?

Irène changea de visage :

— Je n'en sais rien ; c'est à *elle* qu'il faudrait le demander.

— Est-ce qu'elle vous écrit ?

— Non.

— Comment cela ? fit James. Je vous croyais si liées.

Irène se tourna vers lui :

— Encore une fois, c'est à *elle* qu'il faudrait le demander !

— Ma foi, bredouilla James effrayé de son expression, c'est assez bizarre que je ne puisse pas obtenir une réponse claire à une question claire, mais c'est comme ça.

Il resta quelque temps à ruminer sa rebuffade, puis il éclata :

— Ma foi, je vous ai prévenue. Vous ne voulez pas regarder les conséquences. Soames, lui, ne dit pas grand-chose, mais je vois bien qu'il en a assez. Vous pourrez vous en prendre à vous, et qui plus est, vous n'aurez la sympathie de personne.

Irène inclina la tête avec un sourire :

— Je vous suis très obligée.

James n'avait pas la moindre idée de ce qu'il pourrait bien répondre.

La chaude et lumineuse matinée s'était transformée lentement en un après-midi accablant et gris ; une lourde masse de nuages, teinte de cette nuance soufrée qui annonce le tonnerre prochain, s'était élevée au sud et s'étendait. Les branches des arbres pendaient immobiles au-dessus de la route, sans que le moindre frisson parcourût le feuillage. Une odeur de glu qu'exhalaient les chevaux échauffés flottait dans l'air épais ; droits et rigides, le cocher et le groom sur le siège échangeaient des murmures furtifs sans jamais tourner la tête.

Au grand soulagement de James, on arriva enfin à Robin Hill ; le silence et l'impassibilité de cette femme assise à son côté, et qu'il avait toujours crue si douce, si pliante, l'alarmaient.

La voiture les déposa devant la porte, et ils entrèrent.

Le hall était frais et si tranquille que c'était comme d'entrer dans une tombe ; James sentit un frisson courir le long de son échine. Vite, il souleva les lourds rideaux de cuir qui pendaient entre les colonnes, cachant la cour intérieure.

Il ne put retenir une exclamation approbative.

La décoration était vraiment d'un goût parfait. Ces tuiles d'un rouge clair et mat, qui s'étendaient depuis la base des murs jusqu'à une corbeille ronde de grands iris, enfermant elle-même un bassin profond de marbre blanc rempli d'eau, évidemment, elles étaient de la meilleure qualité. Il admira au plus haut point les rideaux de cuir pourpre tendus sur tout un côté de la cour et encadrant un vaste poêle de faïence blanche. Dans la partie vitrée du toit, un panneau était ouvert et l'air chaud du dehors pénétrait au cœur même de la maison.

James se tenait debout, les mains derrière le dos, la tête renversée, observant l'ornementation des colonnes et le dessin de la frise qui courait sous la galerie le long des murs couleur d'ivoire. Evidemment, on n'avait pas économisé la peine. C'était tout à fait la maison d'un gentleman. Il alla aux rideaux et, ayant découvert comment on les manœuvrait, il les ouvrit et vit apparaître la galerie de tableaux qui se terminait par une grande fenêtre occupant toute la paroi du fond. La pièce avait un parquet de chêne noir et ses murs étaient aussi d'un blanc d'ivoire. James avançait, ouvrant les portes et jetant un regard dans chaque chambre. Tout était parfaitement en ordre, prêt à être occupé.

Il revint sur ses pas pour parler à Irène et la vit arrêtée à l'entrée du jardin avec son mari et Bosinney.

Bien que d'une sensibilité peu remarquable, il eut l'intuition que quelque chose n'allait pas bien. Il alla vers le groupe et, vaguement alarmé, ignorant la nature de l'incident, il essaya d'apporter une bonne parole.

— Comment ça va-t-il, monsieur Bosinney ? demanda-t-il en tendant sa main. Vous avez fait les choses assez largement, ici, on dirait !

Soames tourna le dos et s'éloigna. James regarda le visage sourcilleux de Bosinney et celui d'Irène et, dans son agitation, il exprima tout haut sa pensée :

— Ma foi ! je ne sais pas ce qui se passe. Personne ne me dit jamais rien !

Il partit pour rejoindre son fils et entendit le rire bref de Bosinney et sa réponse :

— Eh bien ! Dieu merci ! vous avez l'air si…

La fin, malheureusement, se perdit.

Qu'était-il arrivé ? Il jeta un regard en arrière, Irène était près de l'architecte, et sa figure ne ressemblait plus à celle qu'il lui connaissait. Il se hâta d'aller vers son fils.

Soames arpentait la galerie de tableaux.

— Qu'est-ce qui se passe ? fit James. Qu'est-ce que tout cela signifie ?

Soames le regarda sans sortir de son calme supérieur, mais James voyait assez qu'il était exaspéré.

— Notre ami, dit-il, a de nouveau dépassé les crédits, voilà tout. Cette fois, tant pis pour lui.

Il se retourna et marcha vers la porte. James le suivit à la hâte et se glissa au-dehors le premier, Il vit Irène ôter son doigt de ses lèvres. Il l'entendit prononcer quelques mots de sa voix ordinaire et lui-même se mit à parler avant d'être arrivé jusqu'à eux :

— Il y a un orage qui se prépare. Nous ferions mieux de rentrer. Nous ne pouvons pas vous ramener, monsieur Bosinney ? Non, je pense bien que non. Eh bien, au revoir !

Il tendit sa main. Bosinney ne la prit pas, mais se retournant en riant, il dit :

— Au revoir, monsieur Forsyte. Ne vous laissez pas prendre par l'orage !

Et il s'éloigna.

— Ma foi, commença James, je ne sais pas…

Mais l'expression d'Irène l'arrêta net. Prenant sa belle-fille par le coude, il l'escorta jusqu'à la voiture. Il se sentait certain, tout à fait certain qu'ils venaient de prendre un rendez-vous…

Découvrir que le prix d'une chose dépasse ce qu'il a prévu, rien au monde n'est mieux fait pour jeter le trouble dans une âme de Forsyte. Et cela se comprend, tout l'ordre de sa vie étant établi sur l'exactitude de ses évaluations. S'il ne peut pas s'appuyer sur des valeurs définies de la propriété, sa boussole est faussée, il flotte sur des eaux amères, sans gouvernail.

Après avoir écrit à Bosinney dans les termes que l'on a rapportés, Soames avait chassé de son esprit l'idée de ce que lui coûterait la maison. Il pensait avoir indiqué si clairement la dernière limite de sa dépense qu'il ne lui était vraiment jamais venu à l'esprit qu'on pût encore l'outrepasser. Quand il avait appris de Bosinney que le maximum de douze mille livres fixé par lui serait dépassé d'environ quatre cents livres, il avait blêmi de colère. Sa première évaluation du prix total de la maison avait été de dix mille livres ; à maintes reprises il s'était sévèrement blâmé pour s'être laissé entraîner à des augmentations successives. Par cette dernière dépense, toutefois, Bosinney s'était mis complètement dans son tort. Comment un individu pouvait agir d'une façon aussi bête, Soames n'arrivait pas à le concevoir ; mais c'était ainsi et toute la rancœur et la jalousie secrète qu'il avait senties brûler en lui pendant si longtemps contre Bosinney se concentraient maintenant sur ce comble d'extravagance. L'attitude de mari amical et confiant disparaissait. Pour conserver une de ses possessions – sa femme – Soames l'avait assumée ; pour défendre une possession d'un autre ordre, il la quittait maintenant.

— Ah ! je suppose que vous êtes enchanté de vous-même, avait-il dit à Bosinney dès qu'il était redevenu maître de sa parole. Mais je peux aussi bien vous dire que vous vous êtes trompé sur votre homme.

Ce que signifiaient ces paroles, il ne le savait pas tout à fait sur le moment ; mais après le dîner, il vérifia la correspondance échangée entre lui et Bosinney. Il n'y avait pas deux manières de la comprendre. Bosinney s'était rendu responsable de ces quatre cents livres en plus, ou tout au moins de trois cent cinquante, et il aurait à s'en acquitter.

Il regardait le visage de sa femme en arrivant à cette conclusion. Assise à sa place habituelle sur le sofa, elle tenait à la main un col dont elle changeait la dentelle. De toute la soirée elle ne lui avait pas dit un mot.

Il alla vers la cheminée et contemplant sa propre figure dans la glace, il dit :

— Votre ami le Brigand s'est conduit comme un imbécile ; ce sera tant pis pour lui !

Elle le regarda d'un air de mépris et répondit :

— Je ne sais pas de quoi vous parlez !

— Vous allez le savoir. Une bagatelle, tout à fait au-dessous de votre dédain, quatre cents livres.

— Voulez-vous dire que vous allez lui faire payer cela pour cette odieuse maison ?

— Parfaitement.

— Et vous savez qu'il n'a rien ?

— Oui.

— Alors vous êtes plus bas que je ne croyais.

Soames se détourna du miroir, et inconsciemment, il prit sur la cheminée une tasse de porcelaine autour de laquelle il joignit ses mains, comme s'il priait. Il vit le sein d'Irène se soulever et retomber, ses yeux s'assombrir de colère et, sans faire attention à l'insulte, il demanda tranquillement :

— Est-ce que vous flirtez avec Bosinney ?

— Non, je ne flirte pas !

Leurs yeux se rencontrèrent, il détourna les siens. Il n'aurait pu dire qu'il la croyait, ni qu'il ne la croyait pas ; mais il savait qu'il avait fait une faute en posant cette question ; il n'avait jamais su, il ne saurait jamais ce qu'elle pensait. La vue de son visage indéchiffrable, l'idée de tant de centaines de soirées où il l'avait vue assise là comme aujourd'hui, douce et passive, mais si incompréhensible, si inconnue, l'exaspérait au-delà de toute mesure.

— On dirait que vous êtes faite de pierre, dit-il, crispant ses doigts si fort qu'il brisa la coupe fragile.

Les morceaux tombèrent sur la grille. Et Irène sourit.

— Vous semblez oublier, dit-elle, que cette tasse ne l'est pas.

Soames lui saisit le bras.

— Une bonne raclée, fit-il, est la seule chose qui vous mettrait à la raison.

Mais, tournant les talons, il quitta la pièce.

23

Soames s'assied sur l'escalier

Soames monta ce soir-là chez lui avec le sentiment qu'il était allé trop loin. Il était prêt à présenter des excuses.

Il éteignit le gaz qui brûlait encore dans le couloir devant la chambre à coucher. Il s'arrêta, la main sur la poignée de la porte, cherchant une formule de regret, car il n'avait pas l'intention de laisser paraître sa nervosité.

Mais la porte ne s'ouvrit pas, même quand il la tira en tournant jusqu'au bout la poignée. Irène devait avoir eu quelque raison de fermer cette porte à clé et avait oublié de la rouvrir. Il entra dans son cabinet de toilette où la flamme du gaz était baissée, et marcha rapidement vers l'autre porte. Celle-là aussi était fermée. Alors il remarqua que le lit de camp dont il se servait à l'occasion était préparé, et il y vit ses vêtements de nuit dépliés. Il passa la main sur son front et la retira humide. Une pensée se fit jour en lui : on le mettait dehors.

Il revint à la porte et, secouant furtivement la poignée, il appela :

— Ouvrez, entendez-vous ? Ouvrez !

Il y eut un léger bruissement, mais pas de réponse.

— Entendez-vous, ouvrez-moi à l'instant, j'exige que vous me laissiez entrer !

Il put distinguer le son de sa respiration, tout près de la porte, comme la respiration d'un être en danger.

Il y avait quelque chose de terrifiant dans cet inexorable silence, dans l'impossibilité d'arriver jusqu'à elle. Il revint à la première porte, et s'y appuyant de tout son poids, il essaya de la forcer. Les portes étaient neuves, il les avait fait changer lui-même au retour du voyage de noces. Dans sa rage, il leva la jambe pour l'enfoncer à coups de pied, la pensée des domestiques le retint, et il sentit tout à coup qu'il était battu.

Se jetant dans un fauteuil du cabinet de toilette, il prit un livre.

Mais au lieu des lignes imprimées, il croyait voir sa femme avec ses cheveux dorés flottant sur ses épaules nues, avec ses grands yeux sombres, debout, dans l'attitude d'un animal aux abois. Et la pleine signification de son acte de révolte lui apparut. Elle entendait que ce soit pour de bon.

Il ne pouvait rester sans bouger et retourna à la porte. Il l'entendit encore remuer et il appela :

— Irène, Irène !

Sans qu'il le voulût, sa voix était pathétique. Pour toute réponse, le faible bruit cessa. Il resta là, les poings crispés, à réfléchir.

Au bout d'un moment, il sortit de la chambre sur la pointe des pieds, et s'élançant sur la porte du palier, il tenta un suprême effort pour la faire céder. Elle craqua seulement. Il s'assit sur l'escalier et enfouit son visage dans ses mains.

Longtemps il resta là dans le noir : la lune, par le toit de verre, laissait tomber une traînée pâle qui descendait lentement vers lui, le long de l'escalier. Il essaya d'être philosophe.

Puisqu'elle lui avait fermé sa porte, elle n'avait plus les droits d'épouse ; il se consolerait avec d'autres !

Il n'avait fait qu'un rapide voyage dans le monde du plaisir vénal : il n'avait plus aucun goût de ce côté. Il n'en avait jamais eu beaucoup et, à présent, l'habitude était perdue : il sentait qu'il ne la retrouverait pas. Sa faim ne pouvait être apaisée que par sa propre femme qui se cachait, inexorable et effrayée, derrière ces portes closes. Aucune autre femme ne lui servirait de rien.

Là, dehors, dans le noir, cette conviction s'empara de lui avec une force terrible.

Sa philosophie l'abandonna et fit place à une colère morne. La conduite de sa femme était immorale, inexcusable, digne de n'importe quel châtiment qui serait en son pouvoir. Il ne voulait qu'elle et elle se refusait !

Il fallait donc qu'elle le détestât ! Il ne l'avait jamais cru jusqu'à présent. Il ne le croyait pas encore. Cela lui semblait inconcevable. Il se sentait comme s'il avait perdu à jamais toute faculté de jugement. Si elle, qu'il avait toujours jugée douce et pliante, en venait là, qu'est-ce qui ne pourrait pas arriver ?

Alors il se demanda de nouveau si elle menait une intrigue avec Bosinney. Il ne le croyait pas ; il ne pouvait courir le risque qu'il y aurait à le croire et à interpréter ainsi sa conduite, c'est une idée qui ne se laissait pas regarder en face.

Il ne pourrait supporter la nécessité de faire de ses relations conjugales un sujet de discussion publique. À moins des preuves les plus convaincantes, il fallait qu'il se refusât à croire, car il ne voulait pas se punir lui-même. Et en même temps, au fond du cœur, il *croyait.*

Le clair de lune versait une teinte grisâtre sur la silhouette tassée contre le mur de l'escalier.

Bosinney était amoureux d'elle ! Il le haïssait et ne l'épargnerait pas à présent. Il se refuserait, et c'était son droit, à payer un sou de plus que les douze mille cinquante livres fixées comme extrême maximum dans leur correspondance. Ou plutôt il paierait, et le poursuivrait en remboursement. Il irait trouver Jobling et Boulter pour mettre l'affaire entre leurs mains. Il le ruinerait, le gueux !

Et subitement – par quelle liaison d'idées ? –, il réfléchit qu'Irène n'avait pas d'argent non plus. Ils étaient sans le sou tous les deux. Cela lui procura une étrange satisfaction.

Le silence fut brisé par un léger craquement à travers le mur. Elle se mettait au lit, à la fin. Ah ! bonne nuit. À présent, elle lui ouvrirait la porte toute grande qu'il n'entrerait pas !

Mais ses lèvres, tordues par un amer sourire, tremblèrent ; il se couvrit les yeux avec la main...

Vers la fin du jour suivant, Soames, debout à la fenêtre de la salle à manger, regardait le square avec des yeux mornes.

Les rayons du soleil pleuvaient encore sur les platanes et, dans la brise, leurs larges feuilles brillaient et se balançaient gaiement à la musique d'un orgue de Barbarie qui jouait au coin du square. C'était une valse, une vieille valse démodée, au rythme monotone qui continuait et ne se lassait pas, bien qu'il n'y eût que les feuilles pour danser.

La femme qui jouait n'avait pas l'air bien gaie ; elle semblait lasse et des hautes maisons, personne ne lui jetait de sous. Elle déplaça son orgue, et trois portes plus loin, recommença.

C'était la valse qu'on jouait chez Roger, quand Irène avait dansé avec Bosinney, et le parfum des gardénias qu'elle portait ce soir-là revint à Soames, flottant sur l'ironique musique, comme il flottait au bal quand Irène passa devant lui, avec ses cheveux chatoyants, ses yeux si doux, entraînant Bosinney plus loin, toujours plus loin dans une salle de bal qui n'en finissait pas.

La mendiante tournait la manivelle lentement ; elle avait dû moudre cet air-là tout le jour, le moudre tout près, dans Sloane Street, peut-être sous les fenêtres de Bosinney lui-même.

Soames se retourna, alla prendre une cigarette dans une boîte ciselée, et revint à la fenêtre. Cette valse l'avait électrisé, et tout d'un coup il aperçut Irène qui, avec son ombrelle fermée, marchait rapidement vers la maison. Elle portait une blouse qu'il ne lui connaissait pas, couleur de rose, molle, avec des manches flottantes. Elle s'arrêta devant l'orgue, tira son porte-monnaie et donna une pièce à la pauvresse.

Soames recula et s'arrêta à un endroit d'où il pouvait regarder dans le hall.

Elle ouvrit la porte avec sa clé, déposa son ombrelle, et s'arrêta devant la glace pour se regarder. Ses joues étaient enflammées comme si le soleil les avait brûlées ; ses lèvres s'entrouvraient en un sourire, elle étendit les mains comme pour s'embrasser elle-même, avec un rire qui ne ressemblait à rien d'autre qu'à un sanglot.

Soames fit un pas en avant.

— Tout à fait jolie ! dit-il.

Mais comme frappée par une balle, elle tourna sur elle-même. Elle voulut passer devant lui pour monter l'escalier, il lui barra le chemin.

— Pourquoi si vite ? demanda-t-il, et ses yeux se fixèrent sur une boucle de cheveux échappée sur l'oreille.

Il la reconnaissait à peine. Elle semblait en feu, si riche et si profonde était la couleur de ses joues, de ses yeux, de ses lèvres, de la blouse insolite qu'elle portait.

Elle éleva la main et ramena la boucle échappée. Elle respirait vite et fort comme après une course, et à chaque souffle, un parfum semblait s'exhaler de ses cheveux et de son corps, comme d'une fleur qui s'ouvre.

— Je n'aime pas cette blouse, dit-il lentement, c'est mou, ça n'a pas de forme !

Il leva son doigt vers la poitrine d'Irène, mais elle lui fit tomber la main d'un seul coup.

— Ne me touchez pas ! cria-t-elle.

Il saisit son poignet, elle le repoussa.

— Et où donc avez-vous été ? demanda-t-il.

— Dans le ciel, hors de cette maison !

Et elle s'enfuit dans l'escalier.

Au-dehors, pour remercier, à la porte même, l'orgue de Barbarie jouait sa valse.

Et Soames resta immobile. Qu'est-ce qui l'empêchait de la suivre ?

Était-ce que, avec les yeux de l'intuition, il voyait Bosinney penché à sa haute fenêtre de Sloane Street, le regard tendu comme pour apercevoir une dernière fois la silhouette disparue d'Irène, rafraîchissant sa tête enflammée, rêvant du moment où elle s'était jetée sur sa poitrine, tandis qu'autour de lui, avec son parfum, flottait encore le bruit de son rire, pareil à un sanglot ?

TROISIÈME PARTIE

24

Le témoignage de Mrs MacAnder

Beaucoup d'Anglais nous diront sans doute que Soames était un pauvre homme, qu'il aurait dû empêcher sa femme de s'enfermer, en retirant le verrou de la porte et, après une bonne raclée administrée à cette rebelle, rentrer dans la sérénité du bonheur conjugal. Aujourd'hui, l'instinct de brutalité n'est pas obligé de compter autant qu'autrefois avec la manière humanitaire. Pourtant, il existe encore des personnes sentimentales qui apprendront avec soulagement que Soames n'eut pas l'idée d'agir ainsi. Une brutalité effective n'est d'ailleurs pas le fait des Forsyte : ils sont trop circonspects et en somme trop timides. Et puis il y avait, en Soames, une dose moyenne d'orgueil, insuffisante pour l'inciter à un geste vraiment généreux, mais qui pouvait l'empêcher de commettre une action tout à fait basse, sauf peut-être dans un emportement de colère. Avant tout, ce véritable Forsyte tenait à ne pas se sentir ridicule. Et comme, à moins de vraiment battre sa femme, il ne voyait pas de solution, il acceptait la situation sans mot dire.

Tout l'été et tout l'automne, il continua d'aller à son bureau, de ranger ses tableaux et d'inviter ses amis à dîner.

Il resta en ville. Irène se refusait à partir, et la maison de Robin Hill, achevée, resta vide et sans maître. Soames avait intenté un procès au Brigand. Il lui réclamait la somme de trois cent cinquante livres.

L'étude de MM. Freak et Able, avoués, établissait la défense de Bosinney. Admettant les faits, on tirait de la correspondance un argument qui, dégagé de la phraséologie technique, peut s'énoncer ainsi : dire à un homme, « Je vous laisse carte blanche dans les données de cette correspondance », c'est une contradiction dans les termes.

Par un de ces hasards possibles dans ce monde si spécial de la basoche, Soames eut vent de cette tactique, son associé, Bustard, s'étant trouvé assis à côté du jeune Chankery, du barreau des affaires civiles, dans un dîner chez Walmisley, le bâtonnier.

Ce besoin de parler boutique, commun à tous les hommes de loi dès que les dames ont quitté la table, avait incité Chankery, jeune avocat plein de promesses, à poser une colle professionnelle à son voisin. Il ignorait le nom de celui-ci, d'autant mieux que Bustard, toujours à l'arrière-plan des affaires, était un personnage anonyme.

— Nous avons, disait Chankery, une affaire délicate qui va venir au rôle.

Avec toute la discrétion professionnelle, il présenta le point litigieux du cas de Soames. Toutes les personnes auxquelles il en avait parlé, disait-il, trouvaient la question délicate. Malheureusement, l'affaire était de petite portée, bien que, diable ! rudement sérieuse pour son client, à ce qu'il croyait. Le champagne de Walmisley était mauvais mais abondant. Un juge voudrait bâcler ça. Mais lui, Chankery, allait faire un grand effort. Le point de droit était délicat. Qu'en disait son voisin ?

Bustard, modèle de réserve, ne dit rien. Cet homme silencieux, mais pareil à tous les hommes, se fit un malin plaisir de raconter l'incident à Soames. Il termina en exprimant son opinion personnelle : le point de droit était vraiment délicat.

Notre Forsyte avait exécuté sa résolution de remettre ses intérêts aux mains de Jobling & Boulter. Mais aussitôt il regretta de n'avoir pas mené son affaire tout seul.

Recevant communication de la défense de Bosinney, il se rendit à leurs bureaux.

Boulter qui étudiait la question, Jobling étant mort depuis plusieurs années, lui dit qu'à son sens le point était délicat. Il aimerait bien consulter.

Soames lui dit :

— Il faut voir quelqu'un de sérieux.

Ils allèrent chez Waterbuck, Q. C.[1]. Celui-ci garda les papiers six semaines, puis écrivit ce qui suit :

À mon sens, la véritable interprétation de cette correspondance dépend surtout de l'intention des deux parties. Les témoignages apportés au procès en décideront. Mon avis est qu'il faut s'efforcer de faire admettre par l'architecte que ses dépenses ne devaient pas dépasser douze mille cinquante livres. Quant à l'expression sur laquelle vous attirez mon attention : « carte blanche dans les données de cette correspondance », le point est délicat ; mais en somme, je suis d'avis que le règlement intervenu entre Boileau et la Compagnie du ciment armé s'y appliquera.

Et ils suivirent l'avis donné. Ils posèrent des questions. Mais, à leur grand ennui, la réponse de MM. Freak et Able fut si magistrale que l'architecte se trouvait ne rien admettre du tout et cela sans préjudice pour sa cause.

Ce fut le 1er octobre, dans la salle à manger, après le dîner, que Soames lut la consultation de Waterbuck. Cette lecture l'inquiéta. Non que le précédent « Boileau contre la Compagnie du ciment armé » lui parût décisif, mais parce que lui-même commençait à trouver l'affaire « délicate ». Il s'en dégageait ce subtil arôme qui met en appétit les hommes de loi en leur promettant de la chicane. Et qui donc, pensant ainsi, n'eût été troublé de voir son opinion confirmée par un Waterbuck, Q. C. ?

1. Queen's Counsel : titre distinguant une catégorie supérieure d'avocats qui plaident en robe de soie.

Il ruminait cela, le regard perdu dans la grille du foyer vide, car bien qu'on fût en automne déjà, le temps restait celui du plein mois d'août. Cette sensation d'inquiétude était désagréable : il avait une belle envie de faire mordre la poussière à Bosinney. Bien qu'il n'eût pas revu l'architecte depuis le fameux après-midi de Robin Hill, il ne se sentait jamais tout à fait libéré de sa présence ni de l'image de sa figure creuse avec ses pommettes saillantes et ses yeux illuminés. Ce n'est pas trop de dire qu'il ne s'était jamais débarrassé de cette étrange impression qu'il avait éprouvée après une nuit d'insomnie, à l'aube, en entendant le cri du paon : cette sensation que Bosinney hantait la maison. Et chaque silhouette entrevue dans l'ombre du soir lui semblait être celle de l'homme que George avait si justement nommé : le Brigand.

Irène le voyait encore, il en était certain. Où ? Quand ? Il n'en savait rien. Il ne le demandait pas non plus, retenu qu'il était par la crainte secrète et vague d'en trop savoir. Il lui semblait qu'il y avait partout des mystères autour de lui depuis quelque temps. Parfois, quand il interrogeait sa femme sur ses occupations de la journée – il le faisait encore, par principe, comme tout bon Forsyte –, elle avait un air singulier. Elle se possédait parfaitement, mais à travers le masque de son visage, toujours impénétrable, filtrait une expression qui lui était nouvelle.

Elle s'était mise aussi à déjeuner hors de chez elle. Quand il demandait à Bilson si sa maîtresse avait déjeuné à la maison, celle-ci, une fois sur deux, répondait : « Non, monsieur. » Il désapprouvait fortement ces fugues. Il le dit à Irène. Elle fit comme si elle n'entendait pas. Elle ne tenait aucun compte de ses désirs et il y avait dans le calme de sa résistance quelque chose qui l'irritait, l'étonnait et pourtant l'amusait presque. Vraiment, c'était comme si elle se délectait dans la pensée d'une victoire remportée sur lui.

Laissant la consultation Waterbuck, Q. C, il monta chez sa femme qui ne s'enfermait qu'au moment de se coucher.

Elle avait encore la pudeur, pensait-il, de ménager l'opinion des domestiques. Elle brossait ses cheveux dénoués. Elle se tourna vers lui avec un singulier regard de colère.

— Qu'est-ce que vous voulez ? dit-elle. Je vous prie de quitter ma chambre.

Il répondit :

— Je veux savoir jusqu'à quand cela va durer ainsi entre nous ; je l'ai supporté assez longtemps.

— Je vous prie de quitter ma chambre.

— Voulez-vous vous rappeler que je suis votre mari ?

— Non.

— Alors je prendrai mes mesures pour vous y forcer.

— Prenez-les.

Il eut un regard stupéfait. Il ne revenait pas du calme de la réponse. Les lèvres serrées d'Irène n'étaient plus qu'une ligne mince. Ses cheveux d'or, déployés sur ses épaules nues, faisaient un contraste étrange avec ses sombres prunelles : ces prunelles animées de toutes les émotions de la crainte, de la haine, du mépris et de ce mystérieux triomphe qu'il y surprenait toujours.

— Et maintenant, voulez-vous, je vous prie, quitter ma chambre.

Il tourna le dos et sortit d'un air rageur. Il savait parfaitement qu'il ne prendrait aucune mesure et il voyait qu'elle le savait aussi : elle savait qu'il n'oserait pas.

Il avait l'habitude de lui raconter sa journée : que tel et tel client était venu le voir, comment il avait pris une hypothèque pour le compte de Park, où en était l'interminable procès de Fryer contre Forsyte. (C'était un procès né de la prudence surhumaine avec laquelle son grand-oncle Nicholas avait disposé de ses biens de façon que personne ne pût les avoir. Et il semblait probable que ces biens resteraient une source de revenus pour les avocats jusqu'au jugement dernier.) Il lui disait encore s'il avait passé chez Jobson ou vu vendre un Boucher qui venait de lui échapper chez Talleyrand & Fils dans Pall Mall.

Il admirait Boucher, Watteau et toute cette école. C'était son habitude de raconter tout cela à Irène ; il continuait même à présent et faisait à table de longs monologues comme s'il pouvait, par sa volubilité, se dissimuler qu'il souffrait.

Souvent, quand ils étaient seuls, il faisait le geste de l'embrasser en lui disant bonsoir. Peut-être se disait-il vaguement qu'un jour elle lui permettrait ce baiser, ou bien il pensait tout simplement qu'un mari doit embrasser sa femme. Et même si elle le haïssait, il ne devait en aucun cas se donner tort en négligeant ce rite consacré.

Et pourquoi le haïssait-elle ? Même à présent, il n'arrivait pas à le croire. Être haï, c'était si extraordinaire ! La haine est un sentiment trop extrême. Et pourtant, lui-même, il haïssait Bosinney, ce Brigand, cet homme sans le sou, ce noctambule errant. Car, dans ses pensées, Soames le voyait toujours errant, faisant le guet. Ah ! mais, il devait être dans la purée. Le jeune Burkett l'avait aperçu, sortant d'un restaurant de troisième ordre, l'air terriblement abattu.

Pendant les heures d'insomnie, il ruminait les pensées qu'inspirait une situation inextricable. Mais Irène ne reviendrait-elle pas au bon sens ? Pas une fois il ne songea sérieusement qu'il pourrait avoir à se séparer de sa femme.

Et les Forsyte ? Quel rôle jouaient-ils dans cette phase de la tragédie souterraine qui bouleversait l'âme de Soames ?

Aucun, à vrai dire, ils étaient tous au bord de la mer.

On les voyait, se baignant tous les jours au sortir de leurs hôtels, de leurs sanatoriums, de leurs pensions de famille, faisant pour tout l'hiver provision d'iode. Chaque famille de leur tribu, dans le clos de son choix, cultivait et vendangeait et mettait en bouteille l'air de mer qui lui était le plus propice.

La fin de septembre vit leurs retours. En belle santé, les joues hautes en couleur, ils rentrèrent les uns après les autres dans leurs petits omnibus. Et dès le lendemain, ils retournaient à leurs affaires.

Le dimanche suivant, le salon de Timothy fut envahi depuis le déjeuner jusqu'au dîner.

Entre autres potins, trop nombreux et sensationnels pour être rapportés, Mrs Septimus Small fit observer que Soames et Irène ne s'étaient pas absentés. Mais ce n'était pas du cercle de la famille que devait venir ensuite le premier témoignage intéressant.

Par un après-midi des derniers jours de septembre, Mrs MacAnder, la meilleure amie de Winifred Dartie, faisant à bicyclette sa promenade hygiénique dans le parc avec le jeune Augustus Flippard, avait rencontré Irène et Bosinney. Tous deux sortaient d'un coin boisé du parc et se dirigeaient vers Shenn Gate.

Peut-être la pauvre petite femme tirait-elle un peu la langue, car elle avait roulé longtemps sur une route sèche et dure et nul n'ignore que faire de la bicyclette en causant avec un jeune Flippard est un exercice éprouvant pour la constitution la plus robuste. Peut-être la vue des fraîches fougères d'où sortaient « ces deux-là » lui faisait-elle envie : il y avait de frais taillis, en haut de la colline, sous le dôme des branches de chêne où les pigeons roucoulent sans fin en leurs hymnes nuptiaux, où l'automne bruissant murmurait pour les amoureux dans les fougères tandis que les chevreuils timides passaient en silence, le bosquet des délices infinies, des heures dorées dans la longue union du ciel et de la terre, le bosquet vert consacré aux faunes dansants que semblent, dans les soirs d'été, les étranges troncs des chênes, autour des blanches dryades des bouleaux.

Cette dame connaissait bien tous les Forsyte, ayant été à la matinée de fiançailles de June, et elle sut tout de suite en voyant Irène à qui elle avait affaire. Son mariage à elle – la pauvre ! – n'avait pas été heureux, mais elle avait eu le bon sens et l'habileté de mettre son mari dans son tort évident. Elle avait passé à travers toutes les formalités du divorce sans encourir elle-même aucun blâme.

Aussi était-elle bon juge de ces questions. Elle habitait un de ces grands hôtels où, en de nombreux petits appartements, vivent, à côté les uns des autres, d'innombrables Forsyte. Leur principal passe-temps, en dehors des heures de bureau, est de papoter sur les affaires les uns des autres.

Pauvre petite femme ! peut-être tirait-elle un peu la langue. Certainement à ce moment précis, elle s'ennuyait à fond, car Flippard était beau parleur. De rencontrer « ces deux-là » dans un endroit aussi insolite, c'était une diversion qui lui faisait du bien.

Devant une Mrs MacAnder, le Temps, comme tout Londres, fait une pause.

C'est que cette femme, petite mais remarquable, mérite l'attention. Son œil auquel rien n'échappait et sa langue aiguisée servaient mystérieusement les desseins de la Providence. Avec un air de se lancer à fond de train, elle avait pourtant une étonnante faculté de prudence, d'attention à ses intérêts. À sa manière, elle en avait fait plus qu'aucune autre pour détruire dans son monde le sens chevaleresque qui entrave encore la roue de la civilisation. Elle avait quelque chose de si vif, de si débrouillard ! On l'appelait gentiment « la petite MacAnder ». Toujours nettement habillée, correcte, elle faisait partie d'un club féminin, mais elle était à mille lieues du type qui règne là, neurasthénique et maussade et qui ne pense qu'à ses droits. Ses droits, elle les assumait sans y penser ; elle savait les exercer jusqu'au bout sans susciter autre chose que de l'admiration dans cette classe supérieure, à laquelle elle appartenait sinon par sa manière de vivre, du moins par sa naissance, son éducation, et par ce caractère vraiment spécifique : le sens de la propriété.

Fille d'un avoué du Bedfordshire et petite-fille, par sa mère, d'un pasteur, elle avait épousé un peintre pacifique, qui aimait la nature avec un grain d'excentricité et qui, un beau jour, avait quitté sa femme pour une actrice. Triste expérience, mais qui ne l'avait en rien détachée des exigences, des convictions, des sentiments de son monde. Si bien qu'aussitôt sa liberté reconquise, elle sut se placer du premier coup au cœur même du forsytisme.

Toujours de belle humeur, au courant de tout, elle était partout la bienvenue. Pas de surprise ni de désapprobation si on la rencontrait à Zermatt ou sur le Rhin, tantôt seule, tantôt avec une autre dame et deux messieurs. On sentait qu'elle était parfaitement de force à se garder, et les cœurs des Forsyte s'attendrissaient devant ce merveilleux instinct qui lui permettait de jouir de tout ce que la vie lui offrait, sans jamais donner prise à la critique. Du sentiment général, une femme comme Mrs MacAnder était le modèle dont on devait espérer la perpétuation du type féminin, qui passe chez nous pour le meilleur. Malheureusement, elle n'avait jamais eu d'enfant.

S'il y avait des femmes qu'elle ne pouvait souffrir, c'étaient celles de l'espèce faible à qui les hommes trouvent ce qu'ils appellent du charme. Et contre Mrs Soames, elle avait toujours eu une antipathie particulière.

Obscurément sans doute, elle sentait qu'une fois le charme admis pour critère, l'entrain, l'adresse et le brillant n'étaient plus rien et – d'une haine d'autant plus profonde que ce prétendu charme semblait parfois dérouter tout calcul – elle haïssait la puissance subtile de séduction qu'elle ne pouvait s'empêcher tout à fait de reconnaître à Irène.

Mais elle n'en répétait pas moins qu'elle ne voyait pas ce que l'on pouvait trouver d'intéressant chez cette femme. Non, elle manquait de mouvement, elle était incapable de s'affirmer, elle aurait toujours le dessous avec tout le monde, c'était clair. Bref, ce qui en elle pouvait attirer les hommes lui échappait.

Au fond, la petite MacAnder n'était pas méchante ; mais pour soutenir sa situation mondaine, après toutes les difficultés de sa vie conjugale elle avait si bien senti l'utilité d'être au courant de tout que l'idée de garder pour elle la rencontre qu'elle avait faite de « ces deux-là » dans le parc ne lui vint pas un instant à l'esprit.

Justement, ce jour-là, elle dînait chez Timothy. Elle y allait de temps à autre, pour dérider ces vieilles figures, comme elle disait. Elle y retrouvait toujours les mêmes convives : Winifred Dartie et son mari ; Francie, parce qu'elle appartenait au clan littéraire, et l'on savait que Mrs MacAnder écrivait des articles de mode. Pour le flirt, quand il y avait moyen de les avoir, on invitait les deux jeunes Hayman qui, bien que muets comme des carpes, passaient pour très lancés et profondément renseignés sur le chic le plus récent de la société élégante.

À sept heures vingt-cinq, elle tourna le commutateur dans son petit vestibule et passa sur le palier. Là, elle s'arrêta un moment pour voir si elle avait bien sa clé. Ces petits appartements d'hôtel étaient bien commodes – c'est vrai qu'il y manquait un peu d'air et de soleil, mais elle n'avait qu'à tourner la clé dans la serrure quand l'envie lui venait de se promener. Pas d'ennuis de domestiques ; plus de fil à la patte comme au temps où ce pauvre Fred était toujours là avec son air de bayer aux corneilles. Elle ne lui gardait pas rancune à ce cher Fred ; c'était une si pauvre tête ! mais quand elle y pensait, maintenant encore, le souvenir de l'actrice lui serrait les lèvres dans un petit sourire amer de dérision.

Elle tira la porte d'un coup sec, suivit la longue perspective des portes brunes numérotées dans le couloir aux murs jaunes d'où suintait la tristesse. L'ascenseur descendait. Emmitouflée jusqu'aux oreilles dans son grand manteau à col de chinchilla, chacun de ses cheveux dorés bien à sa place, elle attendit sans bouger qu'il s'arrêtât à son étage. La grille s'ouvrit avec un claquement, elle entra. Il y avait déjà trois occupants : un monsieur en gilet blanc, à figure large et lisse comme celle d'un poupard, et deux dames âgées, en noir, gantées de mitaines.

Mrs MacAnder leur sourit ; elle les connaissait tous. Et aussitôt, ces trois personnes qui s'étaient tenues dans un parfait silence commencèrent à parler. C'était là l'heureux secret de Mrs MacAnder. Elle incitait les gens à causer.

Et la conversation ne tarit plus de tout le temps que dura la descente des cinq étages. Le groom de l'ascenseur écoutait le dos tourné, montrant aux barreaux sa figure cynique. Arrivés en bas, ils se séparèrent : le monsieur à gilet blanc pour se diriger languissamment vers le billard, les dames âgées pour dîner et se dire : « Quelle gentille petite femme ! Quel entrain ! » Mrs MacAnder monta en voiture.

Quand Mrs MacAnder dînait chez Timothy, la conversation, bien que personne ne pût décider Timothy à faire acte de présence, prenait une allure plus ample, plus aisée, ce ton du monde averti qui est habituel aux Forsyte quand ils se déploient. Et c'est là sans doute ce qui faisait le succès de sa présence. Mrs Small et tante Hester y trouvaient un stimulant qui les remontait. « Si seulement, disaient-elles, Timothy voulait bien venir ! » On sentait que cela lui ferait du bien. Ainsi elle vous racontait la dernière aventure du fils de sir Charles Fiste à Monte-Carlo ; elle vous révélait le vrai nom de l'héroïne dans le dernier roman de Tynemouth Eddy qui faisait lever les bras au ciel ! Elle vous apprenait où l'on en était à Paris sur la question des culottes de bicyclette pour dames. Avec cela, elle était si intelligente ! Elle voyait le pour et le contre de cette question si discutée : le fils aîné de Nicholas entrerait-il dans la marine comme sa mère le désirait, ou en ferait-on un actuaire selon le vœu de son père qui jugeait ce métier plus sûr ? Elle déconseillait vivement la marine. À moins d'être hors ligne, ou servi par des relations brillantes, on y était honteusement oublié. Et somme toute, à quoi cela menait-il ? Même si on devenait amiral ? Ce n'était jamais qu'un traitement ? Il y avait de bien meilleures chances dans les affaires. Mais il fallait un bon début dans une maison sérieuse où il n'y eût pas l'ombre d'un risque à courir.

Quelquefois elle leur donnait un tuyau pour la Bourse. À la vérité, ni Mrs Small ni tante Hester n'en profitaient jamais ; elles n'avaient pas de fonds à placer. Mais cela les mettait en contact avec les réalités passionnantes de la vie. C'était un événement. « On en parlera à Timothy », disaient-elles. Puis elles s'en gardaient bien, sachant qu'il en serait troublé ; mais pendant des semaines, après une belle conversation, elles cherchaient subrepticement, dans le journal auquel elles s'étaient abonnées parce qu'elles en respectaient les tendances mondaines, le dernier cours des rubis de Bright ou de la Société des imperméables de laine. Il arrivait que le nom de ladite société ne parût pas à la cote. Alors, elles attendaient la visite de James, ou de Roger, ou même de Swithin ; elles leur demandaient avec des voix tremblantes de curiosité où en étaient « les chaux et salpêtres de Bolivie. Impossible à trouver dans le journal ! ».

Roger répondait :

— Qu'est-ce que ça peut vous faire ? Quelle bêtise ! Vous allez vous brûler les doigts à mettre de l'argent dans l'affaire des chaux, des questions auxquelles vous ne connaissez rien. Qui vous en a parlé ?

Et, renseigné sur ce qu'elles avaient appris, il allait faire sa petite enquête dans la City et ne se faisait pas scrupule de mettre lui-même quelque argent dans l'affaire.

On en était au milieu du dîner, juste au moment de la selle du mouton, quand Mrs MacAnder, d'un air dégagé, dit à la ronde :

— Ah ! qui croyez-vous que j'ai rencontré dans Richmond Park ? Je vous le donne en mille ! Mrs Soames et Mr Bosinney. Ils seront allés jeter un coup d'œil à la construction !

Winifred Dartie toussa. Personne ne dit mot. C'était le témoignage qu'inconsciemment chacun avait attendu.

Pour être juste, Mrs MacAnder, récemment revenue de Suisse et des lacs italiens, ignorait la brouille de Soames avec l'architecte. Elle ne pouvait se rendre compte de l'impression qu'elle allait causer.

Toute droite, un peu rouge, elle promena ses petits yeux perspicaces à la ronde, essayant de mesurer l'effet de ses paroles. De chaque côté d'elle, un des jeunes Hayman, penchant sur son assiette un visage maigre, silencieux et affamé, mangeait sa tranche de mouton.

Ces deux-là, Giles et Jesse, se ressemblaient tellement, ils étaient si inséparables qu'on les appelait « les Siamois ». Ils ne parlaient jamais et semblaient toujours parfaitement absorbés à ne rien faire. On supposait favorablement qu'ils bûchaient un examen important. On les voyait tourner tête nue pendant des heures dans le square attenant à leur maison, un livre à la main, un fox-terrier sur les talons, toujours muets, la pipe à la bouche. Tous les matins, à cinquante mètres l'un de l'autre, sur des montures efflanquées, les jambes pendantes et aussi maigres que celles de leurs chevaux, ils descendaient au trot Campden Hill. Une heure plus tard, toujours à cinquante mètres l'un de l'autre, ils remontaient au petit galop. Et chaque soir, où qu'ils eussent dîné, ils apparaissaient à dix heures et demie, appuyés à la balustrade du promenoir de l'Alhambra. On ne les voyait jamais qu'ensemble, ainsi passant le temps, l'air parfaitement heureux.

Mus par quelque mouvement secret qui tenait de l'instinct du gentleman, ils se tournèrent à cet instant pénible vers Mrs MacAnder et dirent exactement de la même voix :

— Avez-vous vu le… ?

Elle fut si interdite de cette question qu'elle posa sa fourchette. Smither, qui passait, lui enleva prestement son assiette, Mrs MacAnder, avec présence d'esprit, dit aussitôt :

— Il faut absolument que je reprenne un peu de ce délicieux mouton.

Mais plus tard, dans le salon, elle s'assit auprès de Mrs Small et, décidée à pousser le sujet à fond, elle commença :

— Quelle charmante femme que Mrs Soames ! Quelle nature sympathique ! Soames a vraiment de la chance !

Dans sa soif d'information, elle n'avait pas assez compté avec cette intime susceptibilité des Forsyte qui n'admet pas de partager un souci avec des étrangers. Mrs Septimus Small se redressa avec un craquement et un bruissement de toute sa personne et, frémissante dans sa dignité, elle dit :

— Ma petite amie, c'est un sujet que nous n'abordons pas !

25

La nuit dans le parc

Encore qu'avec son infaillible instinct, Mrs Small eût dit tout juste ce qui pouvait le plus intriguer son hôte, on ne voit pas bien comment elle aurait pu, avec quelque sincérité, s'exprimer autrement.

Ce n'était pas un sujet que les Forsyte pussent aborder, même entre eux. Pour se servir de l'expression dont usait Soames quand il se définissait à lui-même la situation, c'était une histoire « souterraine ».

Pourtant une semaine ne s'était pas écoulée depuis la rencontre de Richmond Park et tous les Forsyte, excepté Timothy, que l'on ménagea, savaient que « ces deux-là » étaient allés très loin.

George – inventeur de beaucoup de ces expressions pittoresques qui courent encore dans les cercles mondains – exprima, plus exactement que personne, le sentiment général en disant à son frère Eustace que le Brigand « marchait à fond » et que Soames « encaissait ».

On sentait bien que c'était vrai, et pourtant, que faire ? Soames devrait prendre des mesures, mais cela même serait déplorable.

Sans un scandale public, que vraiment il leur était difficile de conseiller, on ne voyait pas bien quelles mesures prendre. Dans cette impasse, il n'y avait de possible que le silence : ne rien dire à Soames, ne rien dire entre soi ; en somme, ignorer.

En témoignant à Irène une froideur digne, on la ferait peut-être réfléchir, mais on la voyait peu et il était vraiment difficile de la rechercher tout exprès pour lui marquer de la froideur. Quelquefois, dans l'intimité de la chambre conjugale, il arrivait à James de s'épancher avec Emily sur la véritable souffrance que lui causait l'infortune de son fils.

— Je ne sais pas, disait-il, mais je sens que ça m'use... Il y aura du scandale, et ça lui fera tort. Je ne lui en parlerai pas. Après tout, peut-être qu'il n'y a rien au fond ? Qu'en penses-tu ? On dit qu'elle est très artiste. Et alors ? Ah ! quelle Julie tu fais ! Ma foi ! Je ne sais pas, je m'attends au pire. Voilà à quoi ça mène de n'avoir pas d'enfants. J'ai su tout de suite comment ça tournerait. Ils ne m'ont jamais dit qu'ils ne voulaient pas avoir d'enfants. Personne ne me dit jamais rien !

À genoux, au pied du lit, les yeux grands ouverts, fixés par l'anxiété, il respirait dans l'édredon. Vêtu de sa chemise de nuit, le cou en avant, le dos courbé, il faisait penser à un échassier blanc.

— Notre Père..., répétait-il, en tournant et retournant l'idée du scandale possible.

Lui aussi, au fond du cœur, comme le vieux Jolyon, il rejetait sur une partie de la famille la responsabilité du drame. De quel droit ces gens-là – c'était toute la branche de Stanhope Gate, y compris Jolyon le jeune et sa fille – introduisaient-ils dans la famille un individu comme ce Bosinney ? Il avait entendu le sobriquet trouvé par George : « le Brigand ». Mais il ne voyait pas le rapport : le jeune homme était un architecte.

Il commençait à trouver que son frère Jolyon qu'il avait mis si haut, dont l'opinion avait eu pour lui tant de poids, n'était pas tout à fait ce qu'il avait cru.

N'ayant pas l'énergie de tempérament de son aîné, il était moins irrité que triste. Sa grande consolation était d'aller chez Winifred et d'emmener les petits Dartie, dans sa voiture, jusqu'aux jardins de Kensington. Là, on le voyait souvent marcher au bord de la pièce d'eau, les yeux anxieusement fixés sur le bateau du petit Publius Dartie. Il l'avait lui-même lesté d'un penny et semblait convaincu qu'il ne reviendrait jamais au rivage. Le petit Publius – James se délectait à répéter qu'il n'avait rien de son père – sautait à côté de lui et l'entretenait dans cette conviction, s'évertuant à lui faire parier un autre penny qu'en effet le bateau ne reviendrait pas : il avait découvert que le bateau revenait toujours. Et James pariait. Il ne manquait jamais ensuite de payer – quelquefois jusqu'à trois et quatre pence dans son après-midi, car le petit Publius ne se lassait pas de ce jeu – et toujours il disait en payant :

— Tiens, voilà pour ta tirelire. Eh ! mais tu deviens un homme riche, dis-moi !

La pensée de la fortune grandissante de son petit-fils lui était un réel plaisir. Mais le petit Publius connaissait une boutique de confiseur et ne se laissait pas faire.

Ils rentraient à pied à travers le parc, James avec ses hautes épaules, sa figure soucieuse et absorbée, long et maigre gardien exerçant peu de prestige sur ses robustes petits-enfants : Imogen et Publius.

Ces jardins et ce parc n'étaient pas réservés au seul James. Des Forsyte et des vagabonds, des enfants et des amoureux y venaient indéfiniment s'installer, flâner, tous tant qu'ils étaient, jour après jour, nuit après nuit, cherchant leur délivrance du travail, du tumulte et du relent des rues.

Les feuilles brunissaient lentement, s'attardant sous le soleil et dans la tiédeur des nuits qui semblaient encore celles de l'été.

Le samedi 5 octobre, le ciel qui avait été bleu tout le jour s'assombrit après le coucher du soleil jusqu'au ton des raisins pourpres. Il n'y avait pas de lune ; l'obscurité bleue enveloppait avec une douceur de velours les arbres dont les branches allégées prenaient un air de longues plumes dans la nuit immobile et tiède. Tout Londres s'était déversé dans le parc pour épuiser la coupe de l'été jusqu'à la dernière goutte.

Couples sur couples affluaient par toutes les portes, se suivaient dans les allées et sur les pelouses desséchées, et puis silencieusement, les uns après les autres, fuyant les espaces éclairés, se dérobaient dans l'ombre des arbres légers. Là, confondus à quelque tronc d'arbre, perdus dans la noirceur des taillis, ils n'existaient plus que pour eux-mêmes au cœur de la douce nuit. Et pour ceux qui arrivaient le long des sentiers, ces premiers couples faisaient partie de cette ombre passionnée d'où ne sortait qu'un étrange murmure comme la palpitation confuse de cœurs innombrables. À mesure que cette rumeur atteignait les nouveaux venus dans les allées éclairées, leurs voix tombaient, leurs bras s'enlaçaient, leurs yeux commençaient à scruter, à sonder les ténèbres. Tout à coup, comme attirés par des mains invisibles, à leur tour, ils franchissaient la barrière et silencieux comme des fantômes disparaissaient.

Et le silence qu'enveloppait l'inexorable et lointain grondement de la ville vivait de la vie d'une multitude d'atomes humains qui se reposaient là de l'effort ; vivait de leurs passions, de leurs espoirs, de leurs amours. Car malgré le blâme de ce grand corps de Forsyte, c'est-à-dire le conseil municipal pour qui l'amour est, après un mauvais système d'égouts, le plus grand danger de la communauté, une force était en action cette nuit-là dans le parc, une force sans laquelle les milliers d'ateliers, d'églises, de magasins, de bureaux, tout ce que la Puissance sociale administre, ne seraient plus que des artères vidées de sang.

La passion, l'amour cachés sous ces arbres s'abandonnaient à leur furtif bonheur loin de l'ennemi sans merci, la convention sociale, tandis que Soames, qui avait dîné sans Irène ce soir-là chez Timothy, revenait à travers le parc suivant le bord de l'eau, tout absorbé par son procès. Il eut une angoisse au cœur en entendant un rire à voix basse et un bruit de baisers. L'idée lui vint d'écrire au *Times* le lendemain matin pour appeler l'attention du directeur sur la mauvaise tenue de nos parcs. Il n'en fit rien, car il avait horreur de voir son nom dans les journaux. Mais son désir affamé s'irrita de ces chuchotements dans le silence, de cette demi-vision de couples dans l'ombre, comme d'un stimulant malsain. Il quitta le bord de l'eau, se glissa sous les arbres d'un petit bois, et dans la noirceur la plus dense, là où les branches de marronniers laissent pendre jusqu'à terre leurs bouquets de feuilles, il se mit à faire le tour des chaises appuyées deux à deux à des troncs d'arbres, inspectant furtivement les amoureux qui remuaient à son approche.

Soudain il s'arrêta sur la pente qui domine la Serpentine : à la clarté des becs de gaz, se détachant en noir sur l'argent de la rivière, un couple était immobile, le visage de la femme caché contre l'épaule de l'homme, un groupe lié, comme taillé dans un seul bloc de pierre, image de passion muette et sans honte.

Mordu au cœur, Soames s'enfonça vite dans l'ombre des arbres. Dans cette recherche, qui dira ce qu'il pensait, ce qu'il s'attendait à trouver ? Un aliment pour sa faim ? Une clarté dans les ténèbres ? Qui dira ce qu'il cherchait ? Quelque connaissance désintéressée du cœur humain ou la fin de sa propre tragédie « souterraine », car, encore une fois, qui aurait pu dire que chacun de ces nocturnes couples sans nom n'était pas elle et lui ?

Mais non, ce ne pouvait être cela qu'il cherchait : la femme de Soames Forsyte assise la nuit, dans le parc, comme une fille du peuple ? Impossible ! Il continuait d'arbre en arbre, de son pas étouffé.

Une fois un juron le fit reculer ; une autre fois le murmure : « Ah ! si cela pouvait ne jamais finir ! » lui étreignit de nouveau le cœur, et il s'arrêta patient, obstiné, jusqu'à ce que le couple se remît en marche. Mais ce n'était qu'une pauvre petite vendeuse, dans sa robe fripée, pendue au bras de son bon ami.

Tant d'autres amoureux murmuraient la même espérance dans le silence des arbres, tant d'autres se tenaient ainsi liés…

Se redressant avec un soudain dégoût, Soames revint à l'allée du parc, abandonnant une recherche qu'il n'osait s'avouer.

26

Rencontre au Jardin botanique

Jolyon le jeune, dont la situation n'était pas celle d'un Forsyte, trouvait parfois difficile de mettre de côté l'argent nécessaire à ces randonnées rustiques, à ces recherches au cœur de la nature, à défaut desquelles un aquarelliste ne pose pas son pinceau sur le papier.

En fait, il était souvent obligé d'emporter sa boîte à couleurs au Jardin botanique et là, sur son pliant, à l'ombre d'un araucaria ou d'un banian, il passait de longues heures au travail.

Un critique d'art qui avait récemment examiné ses aquarelles lui avait donné l'appréciation suivante :

— En un sens vos aquarelles sont très bonnes. Il y a de la couleur, c'est d'un joli ton, dans quelques-unes il y a même un vrai sentiment de la nature. Mais, voyez-vous, ça forme si peu un ensemble ; le public ne les regardera jamais ! Tandis que, si vous aviez choisi un sujet limité, par exemple « Londres la nuit », ou bien « Le palais de Cristal au printemps », et si vous en aviez fait de vraies séries, le public aurait su tout de suite ce qu'il voyait. Je ne saurais trop insister là-dessus. Tous ceux qui se font des noms dans l'Art comme Crum Stone ou Bleeder, y arrivent en évitant l'inattendu, en se spécialisant une fois pour toutes, en se cantonnant dans un compartiment de façon qu'avec eux le public sache toujours où il en est. Et ça se comprend : un homme qui est un collectionneur n'aime pas qu'on aille mettre le nez sur ses tableaux pour chercher la signature ; il veut qu'on puisse dire tout de suite : « Un Forsyte de premier ordre ! » Ce serait d'autant plus important pour vous, de bien choisir un sujet qui frappe le public à première vue, qu'il n'y a pas d'originalité très marquée dans votre style.

Jolyon le jeune, debout près du petit piano où un bol de feuilles de roses sèches était posé sur un morceau de damas fané, écoutait avec son sourire vague.

Se tournant vers sa femme qui regardait le critique avec une expression irritée de son mince visage, il dit :

– Tu vois, mon amie ?

– Je ne vois pas, répondit-elle de sa voix scandée où restait encore un peu d'accent étranger. Il y a de l'originalité dans ton style.

Le critique la regarda, sourit avec déférence, et ne dit plus rien. Comme tout le monde, il savait leur histoire.

Ses paroles ne furent pas perdues pour Jolyon le jeune. Elles allaient à l'encontre de toutes ses convictions, de tout ce que, théoriquement, il appréciait dans son art, mais un étrange, un profond instinct le poussait, contre sa volonté même, à en faire son profit.

Il découvrit donc un matin que l'idée lui était venue de faire une série de vues de Londres. D'où venait l'idée, il n'aurait pu le dire et ce ne fut que l'année d'après, ayant achevé et bien vendu sa série d'aquarelles, qu'il se rappela, dans un de ces accès de philosophie dont il était coutumier, le critique d'art et trouva dans sa récente réussite une preuve de plus qu'il était un Forsyte.

Il résolut de commencer par le Jardin botanique, où il avait déjà fait tant d'esquisses, et choisit pour sujet le petit étang où l'automne éparpillait les feuilles rouges et jaunes. Les jardiniers rêvaient d'enlever ces feuilles, mais leurs balais n'étaient pas assez longs.

Pour le reste du jardin, ils le balayaient assez, ils ramassaient chaque matin les feuilles tombées par averses et les amoncelaient en grands tas d'où s'élevait, à mesure qu'un feu lent les consumait, une douce et âcre fumée, symbole de l'automne, comme le cri du coucou l'est du printemps et l'odeur des tilleuls de l'été. L'âme méticuleuse des jardiniers ne pouvait supporter les grands dessins d'or et de rouille sur le vert des gazons. Les sentiers sablés devaient s'allonger dépollués, ordonnés, méthodiques, sans trace des réalités vivantes, ni de cette lente et belle mort qui jette à terre la beauté de l'été, la gloire fanée d'où le déroulement du cycle éternel fera rejaillir le printemps fou.

Ainsi des yeux guettaient chaque feuille depuis l'instant où, après un frémissement d'adieu, elle tombait du rameau, et lentement tournait dans l'air.

Mais sur ce petit étang les feuilles flottaient en paix, hantées de soleil, et leurs teintes louaient le ciel.

C'est ainsi que les vit Jolyon le jeune. Arrivant là un matin au milieu d'octobre, il fut contrarié de voir un banc occupé à vingt pas de sa place, car il avait, autant qu'il convient, l'horreur d'être observé dans son travail.

Une dame en jaquette de velours était assise là, les yeux fixés à terre. Mais un laurier épanouissait ses fleurs entre lui et elle ; Jolyon le jeune s'abrita derrière l'arbuste et se mit à dresser son chevalet.

Ses préparatifs étaient lents ; il saisissait, comme doit le faire un véritable artiste, tous les prétextes pour retarder un instant de plus l'effort du travail et il se surprit en train de regarder furtivement la dame inconnue.

Comme avant lui son père, il savait reconnaître un joli visage. Celui-ci était charmant.

Il vit un menton arrondi, blotti dans une ruche crème, une figure délicate, avec de grands yeux sombres et des lèvres douces. Un chapeau noir « genre Gainsborough » cachait les cheveux ; elle s'appuyait légèrement au dossier du banc, les genoux croisés, le bout d'une bottine vernie passant sous la jupe. Il y avait dans toute sa personne quelque chose de naturellement raffiné, mais l'attention du peintre fut surtout attirée par une expression de physionomie qui lui rappelait celle de sa femme : on eût dit que cette femme subissait l'action de forces qui la dépassaient. Cela le troubla, éveillant en lui une attirance, de vagues instincts de chevalerie. Qui était-ce ? Que faisait-elle là, toute seule ?

Deux jeunes gens de cette espèce particulière, à la fois hardie et timide, qui fréquente Regent's Park passèrent devant elle, la raquette de tennis en main. Leurs furtifs regards d'admiration lui déplurent. Un jardinier qui flânait s'arrêta pour faire quelque travail inutile sur une touffe d'herbe des pampas : il voulait, lui aussi, un prétexte pour regarder. Un vieux monsieur, professeur d'horticulture, à en juger par son chapeau, passa trois fois pour examiner l'inconnue à la dérobée, mais longuement, avec une singulière expression aux lèvres.

Tous ces hommes excitèrent chez Jolyon le jeune la même irritation vague. Elle ne leva les yeux sur aucun, pourtant il se sentait sûr que chaque homme qui passerait la regarderait de la même façon.

Ce visage n'était pas celui de la sorcière dont chaque regard tend aux hommes l'offrande du plaisir ; ce n'était pas cette beauté pécheresse estimée si haut par les Forsyte de la catégorie sociale supérieure, ni la beauté non moins prestigieuse dont l'idée s'associe à celle d'une boîte de bonbons ; elle n'était pas du genre mystiquement passionné ou passionnément mystique que célèbrent l'art décoratif et la poésie modernes ; elle n'aurait pas non plus inspiré à un auteur de théâtre l'idée d'un drame dont l'intéressante et neurasthénique héroïne se suicide au dernier acte.

Par ses lignes, le ton de sa chair, sa douceur attirante et passive, la suavité délicieuse de son regard, ce visage de femme lui rappelait l'Amour sacré du Titien, dont une reproduction ornait le mur au-dessus du buffet de sa salle à manger. Et sa séduction semblait tenir à cette douce passivité, à cette impression qu'on éprouvait, en la regardant, qu'elle était faite pour céder.

Pour qui donc ou pourquoi restait-elle là dans ce silence des choses, dans ce parc où les arbres laissaient une à une tomber leurs feuilles, où les grives se promenaient tout près d'elle sur l'herbe brillante du premier givre d'automne ?

Soudain son charmant visage tressaillit et Jolyon le jeune, promenant son regard autour de lui, presque avec une jalousie d'amoureux, vit Bosinney qui traversait la pelouse à grands pas.

Curieusement, il observa leur rencontre, le regard de leurs yeux, la longue étreinte de leurs mains. Ils s'assirent l'un à côté de l'autre, l'un à l'autre, malgré leur réserve apparente. Il entendit le rapide murmure de leurs paroles, mais ne put saisir ce qu'ils disaient.

Lui-même avait ramé dans cette galère-là ! Il savait les longues heures d'attente et les maigres minutes des rencontres à demi publiques, l'angoisse d'impatience qui ne quitte pas l'amour défendu.

Et cependant il suffisait d'un coup d'œil à leurs visages pour voir que ce n'était pas là une de ces aventures d'une saison auxquelles se distraient les hommes et les femmes des villes, que ce n'était pas un de ces soudains appétits qui s'éveillent insatiables et retombent à leur sommeil au bout de dix semaines. Non, c'était la vraie chose que lui-même avait connue jadis et dont tout pouvait sortir.

Bosinney semblait plaider et elle, si tranquille, immuable en sa douceur, gardait les yeux fixés sur l'herbe.

Était-il homme à l'emporter, cette tendre et pliante créature incapable de faire un pas pour elle-même, qui lui avait tout donné d'elle-même, qui mourrait pour lui, mais peut-être n'aurait pas la force de s'en aller avec lui ?

Jolyon le jeune croyait l'entendre dire : « Mais, mon chéri, ce serait la ruine de ta vie ! » Car il avait la pleine expérience de cette crainte qui ronge un cœur de femme, la crainte d'être un fardeau, un obstacle pour celui qu'elle aime.

Et ses yeux cessèrent de se tourner vers eux ; mais leurs voix basses, rapides, arrivaient à ses oreilles avec le chant saccadé d'un oiseau qui semblait vouloir retrouver les mélodies du printemps.

Et peu à peu, le murmure de leurs paroles tomba, un long silence suivit.

— Et Soames, qu'est-ce qu'elle en fait dans tout cela ? songea Jolyon le jeune. On s'imagine qu'une femme s'inquiète du péché de tromper son mari. On les connaît peu ! Elle se rassasie après s'être sentie mourir de faim. Elle prend sa revanche ! Et Dieu lui vienne en aide, car le mari prendra la sienne !

Il entendit un frou-frou de soie et, se penchant derrière le laurier, il les vit s'éloigner, les mains secrètement jointes…

À la fin de juillet, le vieux Jolyon avait emmené sa petite-fille à la montagne, et, au cours de ce voyage en Suisse, le dernier qu'ils firent, June recouvra dans une large mesure sa santé et son entrain. Dans les hôtels remplis de Forsyte anglais – car le vieux Jolyon ne pouvait pas supporter « ces bandes d'Allemands » (c'est ainsi qu'il s'exprimait en parlant de toute espèce d'étrangers) –, on considérait avec respect l'unique petite-fille de ce vieux Mr Forsyte évidemment riche et de si belle figure. Elle ne se mêlait pas au hasard avec les gens qu'on rencontrait – ce n'était pas son habitude –, mais elle noua quelques amitiés et se lia en particulier, dans la vallée du Rhône, avec une jeune Française qui se mourait de la poitrine.

Décidant immédiatement que son amie ne devait pas mourir, elle oublia, en livrant bataille contre la mort, beaucoup de son propre chagrin.

Le vieux Jolyon regardait cette intimité récente avec un mélange de soulagement et de blâme, car cette nouvelle preuve que la vie de sa petite-fille se passerait au milieu d'« éclopés » le tourmentait. Ne pourrait-elle jamais aimer quelqu'un ou s'intéresser à quelque chose qui lui fût plus utile ?

— Te voilà entichée de ces étrangers, disait-il.

Toutefois, il rapportait souvent à l'hôtel des raisins ou des roses et les offrait à cette « mam'zelle » avec un de ces rapides sourires des yeux qui pouvaient le faire aimer.

En dépit de June, vers la fin de septembre, Mlle Vigor rendit le dernier soupir dans le petit hôtel de Saint-Luc où on l'avait transportée. June prit sa défaite si à cœur que son grand-père l'emmena sans tarder à Paris. Là, en contemplant la *Vénus de Milo* et la *Madeleine*, elle surmonta sa dépression et quand, vers le milieu d'octobre, ils revinrent à Londres, le vieux Jolyon croyait avoir opéré une cure.

Mais ils ne furent pas plutôt rentrés à Stanhope Gate qu'il la vit avec détresse reprendre son air absorbé du printemps précédent. Souvent elle restait assise, le regard fixé droit devant elle, le menton appuyé sur la main, les lèvres serrées par la volonté, comme un petit génie des légendes scandinaves, tandis qu'autour d'elle, dans la lumière des lampes électriques récemment installées, brillait le vaste salon, tapissé de damas jusqu'à la frise du plafond, plein de meubles de Baple et Pullbred. Dans l'immense glace dorée se reflétaient des groupes de Saxe, représentant des jeunes gens en culottes serrées aux pieds, des dames à la gorge opulente qui caressaient des agneaux dans leur giron. Le vieux Jolyon les avait achetés dans sa jeunesse et les estimait très haut en un temps où le goût lui paraissait dégénéré. Homme d'esprit très ouvert, il avait plus qu'aucun des Forsyte marché avec son temps, mais il lui était impossible d'oublier que ces groupes venaient de chez Jobson et qu'il les avait payés très cher. Il disait souvent à June avec une sorte de dédain désillusionné : « Toi, tu n'aimes pas ça ! Ce ne sont pas les bibelots de camelote qui vous plaisent à toi et à tes amis, mais ça m'a coûté soixante-dix livres. » Il n'était pas homme à laisser fausser son goût quand, pour de solides raisons, il le savait bon.

Une des premières choses que fit June en rentrant fut de passer chez Timothy. Elle se persuada que c'était son devoir de lui faire visite pour le remonter un peu en lui racontant tous ses voyages ; mais en réalité, elle y alla parce qu'elle ne connaissait aucune autre maison où, soit par quelque hasard de conversation, soit par quelque question détournée, elle pourrait glaner des nouvelles de Bosinney.

On la reçut avec grande cordialité : et comment allait son cher grand-père ? Il n'était pas revenu les voir depuis le mois de mai. Son oncle Timothy allait couci-couça. Il avait eu beaucoup d'ennuis avec son ramoneur, dans sa chambre à coucher ; l'imbécile avait laissé tomber un paquet de suie dans la cheminée ! Son pauvre oncle en avait été tout secoué.

June resta longtemps auprès de ses tantes, possédée par la crainte et en même temps par l'espoir passionné de les entendre parler de Bosinney.

Mais, paralysée par une inexplicable discrétion, Mrs Septimus Small ne dit pas un mot de ce sujet et ne posa aucune question à June. En désespoir de cause, la jeune fille demanda enfin si Soames et Irène étaient en ville – elle n'avait encore été voir personne.

Ce fut tante Hester qui répondit. Oui, ils étaient en ville, ils ne s'étaient pas absentés de l'été. On parlait, croyait-elle, de quelque petite difficulté au sujet de la maison. June en avait entendu quelque chose sans doute ! Qu'elle demande plutôt à sa tante Juley !

June se tourna vers Mrs Small qui se tenait très droite dans son fauteuil, les mains jointes, la figure plissée de ses innombrables bourrelets. En réponse au regard de la jeune fille, elle garda un singulier silence et quand elle parla, ce fut pour demander à June si elle portait des chaussons pour dormir dans ces hôtels d'altitude où les nuits devaient être si froides.

June répondit que non, elle avait horreur de s'empêtrer dans des tricotages – et elle se leva pour partir.

Le silence que, guidée par son infaillible instinct, Mrs Small avait observé parut à June de pire augure que tout ce qu'on aurait pu lui dire.

Au bout d'une demi-heure, elle avait extorqué la vérité à Mrs Baynes et appris que Soames faisait un procès à Bosinney pour la décoration de sa maison.

Au lieu de la troubler, cette nouvelle lui procura un curieux apaisement, comme si, dans la perspective de cette lutte, elle voyait poindre une chance. Elle apprit que l'affaire viendrait dans un mois à peu près et que les chances de Bosinney semblaient faibles ou nulles.

— Et ce qu'il fera, je n'en sais rien, dit Mrs Baynes ; c'est terrible pour lui, vous savez – il n'a pas le sou, il est très gêné. Ce n'est pas nous qui pouvons l'aider, n'est-ce pas ? On me dit qu'il ne trouvera pas à emprunter sans garanties, et il n'en présente aucune.

Son embonpoint avait augmenté depuis quelque temps. Elle était en plein dans ses organisations d'automne ; des programmes de réunions de charité jonchaient sa table à écrire.

Elle regarda June avec une expression significative dans ses yeux ronds d'un gris de perroquet.

La subite rougeur qui monta au jeune visage fervent de sa visiteuse – elle avait dû voir surgir devant elle un grand espoir –, la soudaine douceur de son sourire revinrent souvent à la mémoire de lady Baynes pendant les années suivantes. (Baynes fut fait chevalier après qu'il eut construit ce musée qui donna tant d'emplois aux fonctionnaires et si peu de plaisir à ces classes ouvrières dans l'intérêt desquelles il avait été conçu.) Le souvenir de ce changement touchant et vif comme celui d'une fleur qui brusquement ouvre ses pétales, ou comme le premier rayon de soleil au bout du long hiver ; le souvenir aussi de tout ce qui suivit s'imposaient souvent d'une manière inopportune, inexplicable, à l'esprit de lady Baynes, alors qu'elle était occupée des affaires les plus importantes.

Ceci se passait dans l'après-midi du jour où Jolyon le jeune avait été témoin de la rencontre au Jardin botanique. Le même jour, le vieux Jolyon fit une visite à l'étude de ses avoués, Forsyte, Bustard & Forsyte. Soames était parti pour le palais.

Bustard, au fond de l'appartement retiré où on l'avait judicieusement installé pour abattre autant de besogne que possible, était enterré dans les papiers jusqu'au cou ; mais

James dans le premier bureau, mordillant son doigt, tournait lugubrement les feuillets du dossier Forsyte contre Bosinney.

Cet excellent homme de loi ne se tourmentait guère du « point délicat », tout juste de quoi s'agiter un peu, pour le plaisir ; mais son bon sens pratique lui disait assez que s'il avait dû, lui, James, siéger comme juge, il n'y aurait pas attaché grande importance. Seulement il avait peur que Bosinney ne fît faillite et que Soames, en définitive, ne dût payer, avec les dépens par-dessus le marché. Et, derrière cette crainte précise, rôdait l'idée du malheur vague et seulement pressenti, mais compliqué, obscur, scandaleux comme un mauvais rêve et dont ce procès n'était que le signe extérieur.

James leva la tête quand le vieux Jolyon entra.

— Comment vas-tu, Jolyon ? murmura-t-il. Il y a un siècle que je ne t'ai vu ! Tu as été en Suisse, à ce qu'on me dit. Ce jeune Bosinney s'est fourré dans une mauvaise affaire. Je savais bien comment ça tournerait !

Tendant le dossier à son frère, il leva sur lui un regard sombre et nerveux.

Le vieux Jolyon lut en silence et, pendant ce temps, James resta les yeux fixés sur le plancher en mordillant ses ongles.

Le vieux Jolyon enfin jeta la liasse sur la table où elle tomba avec bruit au milieu d'un tas d'affidavits relatifs à la succession de feu Buncombe – un des innombrables rameaux de cette affaire si profitable : Fryer contre Forsyte.

— Je ne sais pas quelle est l'idée de Soames, dit-il, pour faire une histoire à propos de quelques centaines de livres. Je croyais qu'il avait de la fortune.

La lèvre supérieure de James eut un frémissement irrité ; il ne pouvait souffrir qu'on attaquât son fils sur ce point-là.

— Ce n'est pas pour l'argent, commença-t-il. Mais, rencontrant le regard de son frère, direct, pénétrant, judiciaire, il s'arrêta.

Il y eut un silence.

— Je suis venu pour mon testament, dit enfin le vieux Jolyon en tirant sa moustache.

La curiosité de James s'éveilla aussitôt. Peut-être n'y avait-il rien en ce monde qui l'excitât plus qu'un testament, cet acte suprême de propriété, cet inventaire final d'une fortune, cette évaluation définitive d'un homme. Il sonna.

— Apportez-moi le testament de Mr Jolyon, dit-il au clerc qui apparut dans la porte, un homme d'air inquiet, à cheveux bruns.

— Tu vas faire une modification ?

Et à travers son esprit passa cette pensée : « Voyons, qu'est-ce qu'il peut valoir ? Plus que moi ? »

Le vieux Jolyon mit le testament dans la poche intérieure de sa jaquette et James, plein de regret, entortilla ses longues jambes.

— Tu as fait de bonnes acquisitions, dernièrement, à ce qu'on me dit ?

— J'ignore où tu prends tes informations, répondit le vieux Jolyon d'un ton bref. Quand vient ce procès ? Le mois prochain ? Je ne sais pas à quoi vous pensez. C'est votre affaire ; mais si vous suivez mon avis, vous vous arrangerez sans aller en justice. Au revoir !

Avec une froide poignée de main, il le quitta. James, sourcilleux, son regard d'un gris-bleu se vrillant autour de quelque secrète et inquiétante image, recommença de mordiller son doigt.

Le vieux Jolyon emporta son testament aux bureaux de la Société des Nouvelles Houillères et s'assit dans la salle vide du conseil pour le relire. Il répondit si brusquement à Hemmings quand celui-ci, voyant son président installé là, lui apporta le premier rapport du nouveau directeur, que le secrétaire se retira avec un geste de regret plein de dignité et que, envoyant chercher le petit clerc, il le gronda jusqu'à ce que le pauvre garçon en fût tout ahuri : ce n'était pas à un galopin comme lui de venir se poser au bureau en maître et seigneur, et lui, Hemmings, le lui ferait bien savoir. Il avait été, lui, Hemmings, à la tête de ce bureau pendant plus d'années qu'un blanc-bec n'en saurait compter et s'il croyait qu'après avoir fini son ouvrage il n'avait plus qu'à se croiser les bras, ça prouvait qu'il ne le connaissait pas, lui, Hemmings… et ainsi de suite.

De l'autre côté du tambour de serge verte, le vieux Jolyon était assis à la longue table d'acajou et cuir qu'occupait le conseil aux jours de réunion générale, son épais lorgnon d'or, à monture souple, penché sur son nez, son crayon d'or glissant le long des clauses de son testament.

C'était un testament très simple ; il ne comprenait aucun de ces ennuyeux petits legs, de ces donations charitables qui effritent une fortune et gâtent l'effet majestueux du petit paragraphe accordé par les journaux du matin aux Forsyte qui meurent riches de cent mille livres.

Un testament très simple. D'abord un legs de vingt mille livres à Jo.

Quant au reste de mon avoir de quelque nature qu'il soit, immobilier ou mobilier ou participant de la nature de chacun – audit Jolyon Forsyte en fidéicommis pour en payer les revenus, loyers, produits annuels, dividendes ou intérêts à madite petite-fille June Forsyte ou à tel représentant par elle désigné pendant la durée de sa vie pour son seul usage et bénéfice, etc.

Et à partir de et après sa mort ou décès avec l'obligation de transmettre, assigner, transférer.

Les susdits terrains, patrimoines, propriétés, sommes, actions, fonds, placements et titres, ou tout ce qui pourrait alors représenter ledit avoir à telle ou telles personnes, une ou plusieurs pour tels objets et usages et d'une façon générale de telle manière, par tels procédés ou dans telles formes que ladite June Forsyte.

Par ses dernières dispositions son dernier testament ou tout écrit ou écrits participant de la nature d'un testament ou de dispositions testamentaires dûment signés par telle et au sujet desquels les publications auront été faites conformément à la loi, ordonnera, nommera…

Et à défaut de, etc.

Et toujours sous condition que...

Et ainsi de suite, en sept grandes feuilles de bref et simple langage.

Le document avait été rédigé par James, dans ses beaux jours. Celui-ci avait prévu presque toutes les hypothèses.

Le vieux Jolyon resta longtemps absorbé dans sa lecture ; enfin, sur une demi-feuille de papier, il écrivit au crayon une longue note, puis refermant le testament il envoya chercher un cab et se rendit aux bureaux de Paramor et Herring. Jack Herring était mort, mais son neveu appartenait toujours à l'étude et le vieux Jolyon s'enferma une demi-heure avec lui.

Il avait gardé la voiture et, en sortant, il dit au cocher :

— 3, avenue Wistaria.

Il éprouvait une étrange et sourde satisfaction, comme s'il venait de marquer une victoire sur James et sur le « Propriétaire ». Ceux-là ne mettraient plus le nez dans ses affaires – il leur enlevait la garde de son testament ; il voulait retirer toutes ses affaires de leurs mains et les confier au jeune Herring ; il en ferait autant pour celles des conseils qu'il présidait. Si ce jeune Soames était si riche, il ne s'apercevrait pas d'une baisse d'un millier de livres dans les bénéfices de la maison ; et sous ses grandes moustaches blanches, le vieux Jolyon souriait durement. Il sentait que, du point de vue d'une justice rétributive, ce qu'il faisait là était richement mérité.

Lentement, sûrement, comme le mal secret dont finit par mourir un vieil arbre, les blessures empoisonnées qui avaient atteint son bonheur, sa volonté, son orgueil minaient enfin sa philosophie. La vie l'avait entamé d'un seul côté, et, comme la famille même dont il était le chef, il avait perdu son bel équilibre.

Tandis que son cab l'emportait vers la maison de son fils, il songeait aux nouvelles dispositions qu'il venait de prendre et les voyait un peu comme une punition infligée à cette famille et à ce corps social dont James et son fils lui paraissaient les représentants. Il avait dédommagé Jo ; cet acte avait satisfait son secret besoin de revanche – revanche sur le Temps, le chagrin, les intrus, sur ceux qui pendant quinze ans avaient accablé son fils de leur blâme. Il y voyait le seul moyen possible d'affirmer une fois de plus la suprématie de sa volonté ; de forcer James et Soames et la famille entière et toute la masse obscure des Forsyte – un grand fleuve roulant contre le barrage de sa seule obstination –, de les forcer à reconnaître, une fois pour toutes, qu'il entendait être le maître. Il lui était doux de penser qu'enfin il allait faire de Jo un homme plus riche – de beaucoup – que ce fils de James, ce Propriétaire. Il était doux simplement de donner à Jo. Le vieux Jolyon aimait son fils.

Ni Jo ni sa femme n'étaient à la maison. Jo, à la vérité, n'était pas encore rentré du Jardin botanique.

— Monsieur est sorti, répondit la petite bonne au vieux Jolyon, mais il ne va pas tarder. Monsieur rentre toujours prendre le thé avec les enfants.

Le vieux Jolyon dit qu'il attendrait ; et il s'assit assez patiemment dans le salon médiocre et fané où, maintenant que les housses d'été avaient disparu, les vieux fauteuils et les sofas ne dissimulaient plus leur usure et leur pauvreté. Il avait bien envie d'envoyer chercher les enfants, de les avoir là près de lui, leurs petits corps souples contre ses genoux ; d'entendre le cri de Jolly : « Hourra, voilà grand-père ! » et de voir son élan ; de sentir la douce petite main de Jolly glisser sur sa joue. Mais il ne voulait pas les appeler. Il y avait de la solennité dans l'acte qu'il était venu accomplir et, jusqu'à ce que ce fût fait, il ne jouerait pas avec les petits. Il s'amusait de penser qu'en deux traits de plume il allait rendre à la maison de son fils cette apparence de caste dont tout dans ce logis lui semblait si complètement dépourvu ; que Jo pourrait remplir ces pièces, ou d'autres, dans une plus grande demeure, des chefs-d'œuvre de Baple et Pullbred ; qu'il pourrait envoyer Jolly à Harrow et à Oxford (le vieux Jolyon ne croyait plus à Eton ni à

Cambridge, puisque son fils y avait été) ; que la petite Holly pourrait recevoir le meilleur enseignement musical : l'enfant était remarquablement douée.

Tandis que ces visions lui venaient en foule et que l'émotion gonflait son cœur, il se leva, se mit à regarder par la fenêtre le petit bout de jardin enclos de murs où le poirier, dépouillé avant le temps de toutes ses feuilles, dressait le squelette de ses branches dans la brume montante de l'après-midi d'automne. Le chien Balthazar, la queue relevée sur son dos à longs poils tacheté de noir et blanc, se promenait au fond du jardin, flairait les plantes et de temps à autre levait la patte contre le mur.

Et le vieux Jolyon rêvait.

Quel autre plaisir lui restait-il que de donner ? Il était bon de donner quand on avait trouvé quelqu'un qui vous en serait reconnaissant, quelqu'un de sa chair et de son sang ! Ce n'aurait pas été la même satisfaction pour le vieux Jolyon de donner à ceux qui ne lui appartenaient pas, à ceux qui n'avaient aucun droit sur lui. Il aurait cru ainsi renier ses convictions individualistes, toute sa conduite, tout son effort, son labeur, ses règles de modération ; il aurait cru démentir ce grand fait dont il était fier, comme tant de milliers de Forsyte avant et après lui, que toute sa vie n'avait été qu'une lutte pour conquérir sa place dans le monde et la garder.

Et comme il se tenait là, regardant le feuillage couvert de suie des lauriers, le gazon souillé de taches noires, les allées et venues du chien Balthazar, toute la souffrance des quinze années pendant lesquelles il avait été frustré d'un bonheur légitime mêlait son fiel à la douceur du moment qui approchait.

Jolyon le jeune arriva enfin, content de son travail, et rafraîchi par les longues heures passées au grand air. En apprenant que son père l'attendait au salon il demanda vite si Mrs Forsyte était à la maison, et quand on lui répondit que non il eut un soupir de soulagement. Alors, ayant caché soigneusement son attirail de peintre dans la petite penderie des manteaux, il entra.

Avec la décision qui lui était propre, le vieux Jolyon alla droit au but.

— J'ai changé mes dispositions, Jo, dit-il, tu pourras augmenter un peu ton budget. Tu auras un revenu de mille livres dès à présent, June aura cinquante mille livres quand je mourrai ; et toi le reste… Ce chien que tu as là est en train d'abîmer le jardin. Je n'aurais pas de chien, à ta place !

Le chien Balthazar, assis au centre de la pelouse, examinait sa queue.

Jolyon le jeune regarda l'animal, mais il ne le vit que vaguement car ses yeux étaient troubles.

— Ce ne sera pas loin de cent mille, mon enfant, dit le vieux Jolyon ; j'ai pensé qu'il valait mieux que tu le saches. Je n'ai plus longtemps devant moi, à mon âge. Nous ne parlerons plus de cela. Comment va ta femme ? et, n'est-ce pas, fais-lui toutes mes amitiés.

Jolyon le jeune mit sa main sur l'épaule de son père et comme ils ne parlèrent plus ni l'un ni l'autre, ce fut la fin de l'épisode.

Ayant mis son père dans un fiacre, Jolyon le jeune revint au salon et se tint là où le vieux Jolyon s'était tenu, le regard baissé sur le petit jardin. Il essayait de concevoir tout ce que ce changement représentait pour lui, et en Forsyte qu'il était, il vit s'offrir à son imagination les perspectives qu'ouvre l'argent ; tant de maigres années n'avaient pas épuisé la sève de ses instincts naturels. Très pratiquement, il pensa à ses voyages, à la toilette de sa femme, à l'éducation des enfants, à un poney pour Jolly, à mille choses encore ; mais à travers tout cela, il pensait aussi à Bosinney et à sa maîtresse.

Le vieux passé, le poignant, cruel, passionné, merveilleux passé, qu'aucune fortune ne pourrait lui rendre, que rien ne pourrait ressusciter dans sa brûlante douceur, était apparu devant lui.

Quand sa femme rentra, il alla droit vers elle et la prit dans ses bras ; et longtemps il resta sans parler, les yeux fermés, la serrant contre lui, tandis qu'elle le regardait avec des yeux pleins d'étonnement, de doute et d'adoration.

27

Voyage aux enfers

Au matin d'une certaine nuit où, affirmant enfin ses droits, il s'était conduit comme un homme, Soames était attablé devant son déjeuner solitaire.

Le gaz était allumé, la ville disparaissait dans les brouillards de novembre comme en des monceaux d'ouate. À peine distinguait-il les arbres du square à travers la fenêtre de la salle à manger.

Il mangeait avec flegme, mais, par moments, il avait la sensation brusque de ne pouvoir avaler. Avait-il bien fait de céder à son irrésistible, à son affamé désir de la nuit précédente et de briser la résistance trop longtemps supportée de cette femme, la sienne de par la loi et la religion ?

Étrangement son visage le hantait, ce visage qu'elle avait caché dans ses mains et qu'il avait essayé de découvrir pour lui parler, la consoler. Et le souvenir des affreux sanglots étouffés le poursuivait ; il n'en avait jamais entendu de tels et il croyait encore les entendre. Et ce qui l'obsédait aussi, c'était l'étrange, l'intolérable sensation de remords et de honte qui l'avait saisi, tandis que debout près d'elle il la regardait à la lueur de l'unique bougie avant de se glisser silencieusement hors de la chambre.

Et sans savoir pourquoi, maintenant qu'il avait agi ainsi, il s'étonnait de lui-même. Deux jours auparavant, chez Winifred Dartie, il avait été voisin de table de

Mrs MacAnder. Elle lui avait dit, le regardant en face de ses âpres yeux verts :

— Alors, votre femme est très liée avec ce Mr Bosinney ?

Sans s'abaisser à lui demander ce qu'elle voulait dire, il avait ruminé ses paroles. Elles avaient fini par éveiller en lui une jalousie féroce, une de ces jalousies qui, par la perversion propre à ce sentiment, se tournent en un désir plus féroce encore. Sans l'aiguillon qu'avait été ce propos de Mrs MacAnder, peut-être n'eût-il jamais agi comme il venait de le faire. Il avait fallu cet aiguillon et aussi le hasard, car pour une fois Irène avait omis de tirer le verrou de sa porte et il avait pu la surprendre endormie. La chose faite, le sommeil était venu chasser les doutes, mais ils étaient revenus tout de suite à son réveil. Une pensée le tranquillisait : personne ne saurait rien ; elle n'était pas femme à parler d'une chose comme celle-là.

À dire vrai, quand il eut décacheté son courrier et senti se remettre en branle cette mécanique de sa vie qui exigeait à tout moment l'attention d'une pensée claire et pratique, les doutes angoissants et nocturnes fondirent comme un mauvais rêve. Après tout, l'incident n'était pas si grave ; c'est dans les romans que les femmes en faisaient tant d'histoires ! Pour un esprit sain, pour un homme connaissant la vie, il avait simplement affirmé le caractère sacré du mariage, empêché sa femme de se détourner de ses devoirs ; peut-être même, si elle continuait à voir Bosinney, l'avait-il empêchée de… non, il ne regrettait rien.

Et maintenant, une fois accompli ce premier pas vers un rapprochement, le reste serait relativement… relativement…

Il se leva, s'approcha de la fenêtre. Il avait perdu sa maîtrise de soi. Il entendait encore les sanglots étouffés. C'était une hantise.

Il passa sa pelisse et sortit dans le brouillard. Il prit pour se rendre à la City le métropolitain à Sloane Square.

Dans le coin de son compartiment de première, rempli d'hommes d'affaires en route vers leurs bureaux, les sanglots étouffés le poursuivaient encore. Alors il déplia son *Times*, dont les feuilles s'ouvrirent avec ce craquement de beau papier qui couvre les bruits moindres et, barricadé derrière le journal, il se mit résolument à lire les nouvelles.

Il apprit ainsi que le jury aurait à se prononcer sur un nombre inusité d'attentats : trois assassinats et cinq meurtres, sept incendies volontaires et jusqu'à onze viols qualifiés, sans compter les crimes moins sensationnels. Il lut les faits divers l'un après l'autre, attentif à garder son journal grand ouvert devant lui.

Et toujours présent, sans que sa lecture pût l'en détacher, il voyait le visage d'Irène baigné de larmes, il entendait ses gémissements.

Sa journée était très chargée. Outre ses occupations professionnelles, il devait voir ses agents de change, MM. Grin & Grinning ; leur laisser l'ordre de vendre ses actions de la Compagnie des Nouvelles Houillères. Il savait, ou plutôt il soupçonnait que les affaires de cette compagnie étaient précaires. De fait, elle périclita assez vite et fut vendue pour un morceau de pain à un syndicat américain. Il y avait encore une longue conférence chez Waterbuck, Q. C. à laquelle devaient assister Boulter & Fiske et Waterbuck, Q. C. lui-même.

Le procès Forsyte contre Bosinney devait être appelé le lendemain devant le juge Bentham. Ce qui faisait la réputation du juge Bentham, c'était moins son érudition en matière de jurisprudence que la clarté de son jugement. Le conseil de Soames le considérait comme le plus favorable à son client.

Waterbuck marqua quelque négligence voulue à Boulter & Fiske et se montra envers Soames très empressé. Il sentait d'instinct et, plus sûrement encore, il était averti par la voix publique qu'il avait devant lui un homme riche et bien posé.

Il s'en tint avec beaucoup de force à l'avis qu'il avait déjà exprimé par écrit. L'issue du procès dépendrait en grande partie des témoignages apportés à la barre ; il s'appliqua à donner à Soames l'impression que sa déposition ne devrait pas être trop minutieuse.

— La garde haute, monsieur Forsyte, disait-il, la garde haute !

Et il riait d'un rire assuré, serrait les lèvres et se grattait la tête au-dessous de la perruque exactement à la façon du gentleman-farmer pour lequel il lui plaisait d'être pris. Il passait pour le spécialiste le plus distingué des cas de rupture en promesse de mariage.

Soames reprit le métro pour rentrer chez lui. À la station de Sloane Square, le brouillard était plus épais que jamais. Dans cette buée lourde, les passants allaient et venaient comme à tâtons, les femmes, très rares, marchaient, leurs réticules serrés contre la poitrine, le mouchoir collé à la bouche. Des cabs surgissaient en ombres immenses, avec la protubérance fantastique de leurs cochers dans ce halo blafard qui se noyait en vapeur sous le réverbère avant de toucher le pavé. Ils s'arrêtaient, leurs voyageurs s'engouffraient dans l'escalier du métro comme les lapins dans des terriers.

Et toutes ces silhouettes spectrales, chacune isolée dans son enveloppe de brouillard, s'ignoraient les unes les autres. Dans la grande garenne, chacun pour soi : surtout ceux qui, vêtus des plus belles fourrures et craignant les accidents, par temps de brouillard cheminent sous terre.

Non loin de Soames, à la sortie, se tenait une silhouette immobile.

Sans doute, encore un de ces amoureux, un de ces hommes dans le genre du Brigand dont chaque Forsyte se dit : « Pauvre diable, il a l'air d'en voir de dures ! » Et leurs cœurs sensibles s'émeuvent un instant devant le pauvre amoureux anxieux et patient dans la brume. Mais ils passent vite, sachant bien qu'ils n'ont ni temps ni argent à perdre pour une souffrance qui n'est pas la leur.

Seul un policeman qui faisait sa ronde à pas lents remarqua cet homme arrêté dont le visage rougi par le froid, maigre, hagard, se cachait à demi sous le bord d'un feutre mou. L'homme passait par instants sa main sur son front comme pour en chasser une pensée importune ou pour s'affermir dans la résolution qui le fixait là. Mais cet amoureux patient (si tant est que ce fût un amoureux) devait être fait à la curiosité des policemen, ou bien il était trop absorbé, car il ne broncha pas. C'était un endurci, pour qui les longues stations, l'anxiété, le brouillard et le froid ne sont rien, si seulement sa maîtresse finit par venir. Pauvre amoureux ; les brouillards durent jusqu'au printemps : il y a aussi la neige et la pluie, il ne fait bon nulle part. Se montrer tous les deux en public, c'est une angoisse de tous les instants ; qu'elle ne sorte pas de chez elle, c'en est une autre.

« Tant pis pour lui, il n'avait qu'à mieux arranger sa vie ! » Ainsi pense un respectable Forsyte. Et pourtant, si ce bon citoyen pouvait entendre battre le cœur de cet amoureux qui se morfond dans le brouillard et le froid, il répéterait : « Ah oui ! le pauvre diable, il en voit de dures ! »

Soames monta dans un cab, baissa la vitre et fut ramené chez lui au pas par Sloane Street et Brompton Road. Il était cinq heures quand il arriva devant sa porte.

Sa femme n'y était pas. Il y avait un quart d'heure qu'elle était sortie. Dehors à une heure pareille et par cet affreux brouillard ! Qu'est-ce que cela voulait dire ?

Il laissa la porte ouverte et s'assit près du feu, dans la salle à manger, troublé jusqu'au fond de l'âme et faisant effort pour lire le journal du soir. Un livre serait inutile ; il n'y avait que les journaux pour agir comme narcotique dans un tourment comme le sien. Les faits divers lui procuraient quelque apaisement. « Suicide d'une actrice, grave maladie d'un homme d'État, divorce d'un officier, incendie dans une mine. » Il lut jusqu'au bout ; c'était une petite ressource, le remède offert par le meilleur des médecins, notre goût naturel pour le malheur d'autrui. Il était presque sept heures quand il entendit le pas d'Irène.

Son étrange absence par ce brouillard avait mis Soames dans une telle anxiété que la scène de la nuit précédente était déjà passée au second plan dans son esprit. Mais à présent que sa femme était là, le souvenir de ses sanglots désespérés le saisit à nouveau. Il se sentit nerveux à l'idée de se trouver en face d'elle.

Elle montait déjà l'escalier. Son manteau de fourrure grise l'enveloppait jusqu'aux genoux. Le col était remonté sur le visage. Elle portait une voilette épaisse.

Elle ne se retourna pas ; elle passa sans un regard, sans une parole. Un fantôme n'eût pas été plus muet.

Bilson vint mettre le couvert. Elle prévint son maître que madame ne descendrait pas : on lui porterait un potage dans sa chambre.

Pour une fois, Soames ne s'habilla pas pour dîner. C'était peut-être la première fois de sa vie qu'il se mettait à table avec des manchettes défraîchies. Il resta là, son repas terminé, devant sa coupe de vin, perdu dans ses réflexions. Il dit à Bilson d'allumer le feu dans la chambre aux tableaux et bientôt il y monta lui-même.

Allumant le gaz, il respira profondément comme si, parmi ces trésors dont il voyait les dos alignés contre les murs de la petite pièce, il eût retrouvé quelque tranquillité d'âme. Il alla droit à sa toile la plus précieuse, un Turner authentique, et la posant sur le chevalet, il la tourna vers la lumière. Il y avait une hausse sur les Turner. Mais il n'avait pu se décider à se séparer du sien. Il demeura longtemps ainsi, sa figure pâle, rasée, penchée en avant, sur son col droit. Il scrutait le tableau comme s'il en calculait la valeur ; une expression pensive lui vint aux yeux. Songeait-il qu'après tout ce Turner ne monterait pas bien haut ? Il l'ôta du chevalet pour le remettre face au mur, mais en traversant la chambre, il s'arrêta ; il avait cru entendre un sanglot.

Ce n'était rien… rien… toujours la même chose qui l'avait déjà ennuyé le matin. Et bientôt après, ayant placé la grille devant le grand feu, il descendit sans bruit.

Il fallait être dispos le lendemain, pensait-il. Mais il fut long à s'endormir.

Et maintenant, c'est vers George Forsyte qu'il nous faut nous tourner ; c'est en le suivant que nous obtiendrons quelque lumière sur les événements de cette journée de brouillard.

L'homme d'esprit et sportsman des Forsyte avait passé l'après-midi dans la maison paternelle de Prince's Gardens à lire un roman. À la suite d'une crise récente dans ses finances, il était ainsi prisonnier sur parole chez son père.

Vers cinq heures, il sortit. Il monta dans le train à South Kensington, car tout le monde, ce jour-là, voyageait par le métro. Il se proposait d'aller dîner et faire sa partie de billard au Red Pottle – un établissement unique –, à la fois club, hôtel et restaurant. Il descendit non à St. James comme d'habitude, mais à Charring Cross afin de gagner Jermyn Street par des rues mieux éclairées. Avec son extérieur correct d'homme du monde, George avait un regard perçant toujours en quête d'un aliment pour son esprit caustique. Sur le quai, ses yeux furent attirés par un homme qu'il vit sauter d'un compartiment de première et qui sembla chanceler en se dirigeant vers la sortie.

— Tiens, tiens ! se dit George, c'est le Brigand !

Et il lui emboîta le pas. Rien ne l'amusait tant que la vue d'un homme qui a pris un verre de trop.

Bosinney, qui portait un feutre mou, s'arrêta brusquement, tourna sur lui-même et se précipita vers le wagon qu'il venait de quitter. Trop tard ! un employé le retint par le pan de son vêtement ; le train repartait. L'œil exercé de George reconnut à la portière une dame vêtue de fourrure grise. C'était Mrs Soames. Et George eut l'intuition que cela devenait intéressant.

Maintenant, il suivait Bosinney de plus près ; tous deux montèrent l'escalier, ils passèrent les guichets et se trouvèrent dans la rue. Déjà, l'intérêt excité chez George avait changé de nature. Ce n'était plus seulement la curiosité qui le tenait : il avait pitié du pauvre diable dont il suivait les pas. Le Brigand n'avait pas bu, mais il semblait sous le coup d'une émotion violente. Il se parlait à lui-même. George ne put saisir que : « Oh ! mon Dieu ! » L'homme avait l'air de ne savoir ce qu'il faisait, ni où il allait. Il marchait hésitant, le regard fixe comme quelqu'un hors de soi. Et George, ce plaisant, qui tout à l'heure ne cherchait qu'un amusement, commençait à se dire : « Il faut surveiller un peu ce pauvre diable ! »

Il avait l'air frappé, l'air d'un homme qui a reçu un coup de marteau. Et George se demandait ce que Mrs Soames avait bien pu lui dire, ce que diable elle avait pu lui raconter dans ce wagon. Elle avait une fichue mine, elle aussi. Ça faisait pitié tout de même de penser qu'elle s'en allait toute seule à travers l'ombre avec une figure aussi triste.

Il suivit Bosinney de tout près, grande figure massive, muette. Il réglait chacun de ses pas sur ceux de l'homme dont il se faisait l'ombre dans le brouillard. Sûrement il se passait là quelque chose de grave. George restait parfaitement lucide en dépit d'une certaine excitation, car un instinct de chasseur s'éveillait en lui et l'intérêt de la poursuite s'ajoutait à la pitié.

Bosinney se lança sur la chaussée, vaste noirceur où l'on n'y voyait pas à six pas devant soi, où les cris et les sifflements se mêlaient confusément, où des formes soudaines surgissaient et de-ci, de-là, la flamme d'un réverbère comme un îlot de clarté dans l'infini d'une mer obscure.

À grands pas, dans ce gouffre dangereux de la nuit, marchait Bosinney entraînant George sur ses talons. Si le type s'était mis dans la tête de jeter sa guenille sous un omnibus, il serait là pour l'arrêter. L'homme avec son allure de bête traquée traversa la rue et la retraversa. Il ne tâtonnait pas comme les autres qui cherchaient leur chemin dans cette nuit. Il avait l'air de fuir, comme si le fidèle George derrière lui le chassait avec un knout et cette poursuite d'un homme possédé exerçait sur George la fascination la plus étrange.

Alors eut lieu un incident qui devait imprimer pour toujours dans l'esprit de George le souvenir de cette heure.

Au plus épais du brouillard, un embarras de voitures arrêtant leur course, il entendit des mots qui projetèrent une clarté sur le mystère. Il devinait maintenant ce que Mrs Soames avait dit dans le train à Bosinney. De ces mots entrecoupés, il apparaissait que Soames avait exercé ses droits sur une épouse qui se refusait, et qu'il s'était affirmé dans un acte suprême de propriétaire.

Et son imagination se lança dans toutes les perspectives qui s'ouvraient. Ce qu'il entrevit de cette situation l'impressionnait. Il devina quelque chose du trouble, de l'angoisse, de l'horreur sexuelle qui soulevaient le cœur de Bosinney.

— Tout de même, l'histoire est un peu forte ; je ne m'étonne pas si le malheureux est à moitié timbré !

Son gibier forcé s'abattit sur un banc de Trafalgar Square, sous l'un des lions, silhouette monstrueuse de sphinx perdue comme eux dans l'abîme de noirceur. Là, rigide et muet, s'immobilisa Bosinney, et George, dont la patience était faite d'une sollicitude soudaine et presque fraternelle, se posta derrière lui. Il avait une certaine délicatesse, un sens des convenances qui lui interdisaient de se mêler de ce drame intime. Et il attendait, immobile comme le grand lion au-dessus de lui, son col de fourrure remonté jusqu'aux oreilles, couvrant ses joues épaisses, cachant tout de son visage sauf ses yeux attentifs, à la fois sardoniques et compatissants.

Et les gens passaient, des hommes revenant de leurs bureaux, en route vers leurs clubs, des hommes dont les silhouettes étaient enfouies dans une ouate de brouillard. Ils surgissaient et s'évanouissaient comme des fantômes.

Et, même dans cette veine de pitié, l'humour fantasque de George lui donnait envie de tirer ces fantômes par un pan de leur habit et de leur dire : « Hé, là-bas, les types, c'est pas souvent qu'un spectacle comme ça vous est offert. Voilà un pauvre bougre à qui sa maîtresse vient de raconter une jolie histoire sur son mari. Approchez, approchez, vous pourrez voir qu'il en est tout retourné ! »

Il les imaginait écarquillant les yeux devant l'amant torturé ; il ricanait de penser à quelqu'un de ces respectables fantômes, un nouveau marié à qui l'état de son propre cœur permettrait de comprendre quelque chose de ce qui se passait chez Bosinney ; il croyait le voir, ce fantôme, ouvrir la bouche de plus en plus grande et le brouillard descendre lentement dans cette bouche. Car George éprouvait pour la classe bourgeoise, surtout pour la bourgeoisie mariée, ce mépris particulier aux jeunes esprits indisciplinés qui surgissait çà et là dans ses rangs.

Mais il commençait à trouver le temps long, il n'avait pas escompté attendre.

« Après tout, pensait-il, le pauvre diable prendra le dessus. Ce n'est pas la première fois qu'une histoire comme celle-là se produit dans notre petite ville de Londres. » Mais l'homme qu'il épiait de si près laissa entendre de nouveau des paroles sourdes de haine et de fureur. Cédant à une impulsion soudaine, George lui toucha l'épaule. Bosinney se retourna brusquement.

— Qui êtes-vous ? Qu'est-ce que vous voulez ?

Si George avait vu ce visage à la clarté d'un honnête bec de gaz, à la clarté de cette vie réelle et quotidienne dont il était un connaisseur endurci, il ne se serait pas laissé troubler. Mais dans ce brouillard où tout devenait irréel, ténébreux, où plus rien n'avait cet aspect solide et positif sous lequel le monde se présente aux Forsyte, il éprouvait une inquiétude insolite. Et, comme il essayait de fixer dans les yeux ce maniaque qui le fixait lui-même, il pensait :

— Par exemple, si je vois un agent, je lui ferai mettre la main dessus. Ce n'est pas un homme à laisser en liberté.

Mais sans attendre la réponse, à grandes enjambées, Bosinney s'enfonça dans le brouillard. George lui emboîta le pas d'un peu moins près peut-être, mais plus résolu que jamais à suivre la piste.

— Il ne peut pas aller bien loin comme cela, pensa-t-il, c'est déjà un miracle qu'il ne se soit pas encore fait écraser.

Et il ne pensait plus au sergent de ville, le feu sacré du chasseur se réveillait en lui.

Dans les ténèbres de plus en plus denses, Bosinney allait toujours d'un pas forcené. Mais celui qui le poursuivait perçut enfin quelque méthode dans sa folie. Il était clair que Bosinney se dirigeait vers les quartiers de l'Ouest.

« Ma parole ! c'est sur Soames qu'il marche ! », pensa George. L'idée était intéressante. Ce serait curieux de voir cette chasse-là se terminer ainsi. Il avait toujours détesté son cousin.

Mais le brancard d'un cab lui frôla l'épaule et lui fit faire un bond de côté. Il n'allait pas se faire tuer pour le Brigand – ni pour personne. Et pourtant, avec la ténacité héréditaire, il s'appliqua à garder la piste à travers la vapeur qui brouillait tout, tout excepté cette ombre de l'homme poursuivi et la lune trouble du prochain réverbère.

Tout d'un coup, son instinct de Londonien lui fit reconnaître qu'il était dans Piccadilly. Là, il pouvait aller devant lui les yeux fermés et libre de toute préoccupation géographique. Son esprit revint de nouveau à l'aventure de Bosinney. Dans la longue perspective de sa vie de clubman et la confusion de ses amours douteuses, il voyait monter un souvenir de sa jeunesse, un souvenir encore troublant qui lui apportait l'odeur des foins, la lueur du clair de lune, quelque chose de la magie de l'été dans les relents et la noirceur de ce brouillard londonien ; le souvenir d'un soir où dans l'ombre noire des arbres, couché sur le gazon, il avait entendu une femme lui confesser à voix basse… le partage. Pendant un moment, George oublia où il marchait, il se sentait de nouveau étendu avec un enfer dans le cœur, le visage collé contre la pelouse fraîche, doucement odorante, sous le feuillage des peupliers qui voilaient la lune.

Une impulsion lui vint de prendre le Brigand par le bras et de lui dire : « Allons, mon vieux, le temps guérit tout, venez prendre quelque chose et oublier ça. »

Mais une voix furieuse le fit bondir en arrière, un cab surgit hors de l'obscurité et s'y engloutit aussitôt. Et soudain

George s'aperçut qu'il ne voyait plus Bosinney. Il courut et revint sur ses pas. Une angoisse lui serrait le cœur, la peur qui sort des ailes du brouillard. La sueur perlait à son front. Il demeura immobile, l'oreille tendue.

— Et alors, confiait-il à Dartie le même soir autour du billard au Red Pottle, alors je l'ai perdu.

Dartie tortilla complaisamment sa moustache noire. Il venait de faire une série de vingt-trois manquants, juste la pochette.

— Et qui est la femme ? demanda-t-il.

George regarda un moment le visage bouffi et jaunâtre de « l'homme du monde ». Un petit sourire significatif passa sur ses joues rondes et dans ses yeux aux lourdes paupières.

— Non, non, mon bel ami, pensait-il. Ce n'est pas à toi que je le dirai.

Bien qu'il fréquentât Dartie, il le croyait un peu mufle.

— Oh ! une petite femme quelconque, dit-il, et il frotta de craie sa queue de billard.

— Une petite femme ! s'écria Dartie (il se servit d'une expression plus vive). J'aurais juré que c'était celle de notre ami Soames…

— Vraiment ? dit George d'un ton bref. Eh bien, mon cher, vous vous êtes mis le doigt dans l'œil !

Il rata son coup. Il eut soin de ne plus faire allusion à son aventure. À onze heures, comme ils avaient vidé leur bouteille de whisky, il écarta le rideau et regarda dans la rue. Les ténèbres de brouillard n'étaient que faiblement percées par les lumières du Red Pottle. Au-dehors, pas une forme de passant, rien de visible.

— Je ne peux m'empêcher de songer à ce pauvre Brigand, dit-il. Il est peut-être encore à vaguer dans le brouillard. S'il n'est pas mort à l'heure qu'il est…, ajouta-t-il avec un accent de tristesse insolite.

— Mort ? dit Dartie, à qui revint brusquement le souvenir de sa défaite à Richmond. Vous inquiétez pas. Dix contre un qu'il était gris.

George se retourna. Il avait l'air vraiment redoutable, avec quelque chose de sombre et de sauvage sur sa grosse figure :

— Assez ! dit-il. Est-ce que je ne vous ai pas dit que c'est un homme à terre ?

28

Le procès

Le matin où devait être jugé son procès, le second sur la liste, Soames dut encore sortir sans avoir vu Irène et peut-être cela valait-il mieux ainsi, car il n'était pas fixé sur l'attitude qu'il adopterait vis-à-vis d'elle. On lui avait demandé d'être au tribunal à dix heures et demie au cas où l'un des plaideurs dans l'affaire qui venait avant la sienne (un cas de rupture en promesse de mariage) abandonnerait – ce qui du reste n'eut pas lieu, les deux parties déployant un courage égal. Waterbuck, Q. C. y trouva l'occasion de grandir encore la réputation qu'il s'était acquise dans cet ordre de procès. Il avait contre lui Ram, l'autre spécialiste des mêmes causes. Ce fut un combat de géants.

La cour rendit son jugement juste avant l'heure réservée au déjeuner. Le jury quitta sa loge et Soames sortit pour aller prendre quelque chose. Il rencontra James. Celui-ci était debout devant le buffet du restaurant. Il ressemblait à un pélican, perdu dans le désert de ces longues galeries. Il était penché sur un sandwich et avait devant lui un verre de xérès. Le silence spacieux, dans le hall où le père et le fils ruminaient leurs pensées, était rompu tantôt par le passage précipité des avocats en robes et en perruques, tantôt par l'apparition de quelque vieille dame, d'un monsieur à l'habit quelque peu râpé qui levait les yeux d'un air effrayé et par la présence de deux personnes plus hardies que le commun des mortels qui discutaient assises dans une embrasure de fenêtre.

Le son de leurs voix montait en même temps qu'un vague relent de puits abandonné qui se combinait à l'atmosphère close des galeries pour former cette odeur unique – un peu celle d'un fromage supérieur – qui s'associe indissolublement à l'administration de la justice britannique.

James ne garda pas longtemps le silence.

— Quand vient ton affaire ? Tout de suite, sans doute ? Ça ne m'étonnerait pas que ce Bosinney dise n'importe quoi pour sa défense. Il y sera forcé, je crois bien. Pour lui c'est la faillite si l'affaire tourne à son désavantage.

Il mordit largement dans son sandwich et avala une gorgée de xérès :

— Ta mère, dit-il, te demande de venir dîner ce soir avec Irène.

Un pâle sourire erra sur les lèvres de Soames. Son regard croisa celui de son père. Et l'étranger qui eût surpris le regard froid et gêné échangé ainsi eût été pardonnable de ne pas saisir ce qu'il sous-entendait pour tous deux. James finit son xérès d'un trait.

— Combien ? dit-il à la caissière.

Au tribunal, Soames prit tout de suite la place à laquelle il avait droit, sur le premier banc, près de son avocat. Et d'un regard de côté qui ne pouvait rien trahir, il observa la place qu'occupait son père.

James ruminait, le buste en arrière, les mains jointes sur la poignée de son parapluie, à l'extrémité du banc qui se trouvait immédiatement derrière l'avocat, de façon à pouvoir filer aussitôt l'arrêt rendu. Il condamnait absolument la conduite de Bosinney ; mais il ne désirait pas se cogner nez à nez contre lui, sentant bien que la rencontre serait gauche.

Après la chambre des divorces, celle-ci était peut-être la plus fréquentée. Diffamations, ruptures en promesses de mariage, affaires d'argent y étaient jugées ; tout un petit public de curieux occupait les bancs du fond. Un ou deux chapeaux féminins dressaient leurs plumes dans la galerie.

Les deux rangées de sièges juste devant James furent peu à peu occupées par les avocats en perruques qui s'assirent, prenant des notes, bavardant ou se curant les dents. Mais l'attention que James portait à ces lumières secondaires du barreau s'en détourna bientôt à l'entrée du célèbre Waterbuck, Q. C, ailes de soie bruissante, face rouge, magistrale, que deux favoris bruns encadraient. Le fameux Q. C, James en convenait, avait bien l'air d'un homme qui va coller un témoin.

Avec toute sa longue expérience, James se trouvait n'avoir jamais rencontré Waterbuck, Q. C. et comme beaucoup de Forsyte qui occupent un échelon inférieur dans la profession, il avait une admiration sans bornes pour l'avocat qui sait bien mener un contre-examen. Les longues rides lugubres de ses joues se détendirent un peu quand il eut ainsi contemplé l'avocat et surtout quand il se fut rendu compte que Soames était le seul à être représenté par une toge de soie.

Waterbuck, Q. C. avait à peine eu le temps de virer sur son coude pour commencer une causette avec un de ses jeunes collègues, lorsque le juge Bentham fit son entrée. C'était un petit homme du genre gallinacé, un peu courbé, le visage glabre sous une perruque neigeuse. Avec toute la cour, Waterbuck se leva et demeura sur ses pieds jusqu'à ce que le juge se fût assis. James esquissa seulement le geste de se lever. Il était bien installé sur son banc et ne faisait pas autrement cas de Bentham, ayant été deux fois son voisin de table chez les Bumley Thomms. Bumley Thomms n'était pas grand-chose, quoique si bien arrivé. C'était James qui lui avait préparé son premier dossier. James était nerveux, car il venait de découvrir que Bosinney n'était pas dans la salle. « Qu'est-ce qu'il peut bien y avoir là-dessous ? » se répétait-il.

L'affaire fut appelée. Waterbuck, Q. C., repoussant ses papiers, rajusta sa robe sur ses épaules et, promenant autour de lui le regard d'un professeur d'escrime qui prend son poste, il se leva et s'adressa à la cour.

Les faits, dit-il, n'étaient pas en discussion. Tout ce qu'on demandait à Sa Seigneurie était d'interpréter la correspondance échangée entre son client et le défendeur, un architecte, au sujet de travaux décoratifs exécutés par celui-ci. Pour lui, il exposerait que cette correspondance n'avait qu'un seul sens parfaitement précis. Ayant raconté sommairement l'histoire de la maison de Robin Hill, dont il fit un château, après avoir donné un aperçu des dépenses engagées, il continua ainsi :

— Mon client, monsieur Soames Forsyte, est un gentleman, un homme de fortune bien assise qui serait le dernier à discuter une prétention légitime. Mais dans l'affaire de cette maison, qui lui a déjà coûté, comme le sait Votre Seigneurie, quelque douze… quelque douze mille livres – somme qui dépasse notablement le total qu'il s'était fixé tout d'abord –, dans cette affaire, dis-je, son architecte s'est comporté de telle façon que Mr Forsyte, se plaçant au point de vue du principe – je ne saurais trop insister sur ce mot –, oui, du principe, dans un intérêt général, s'est vu incomber l'obligation d'intenter ce procès. Quant à la défense invoquée par l'architecte, je me permettrai de dire à Votre Seigneurie qu'elle ne résiste pas à un moment d'examen. Et il donna lecture de la correspondance.

Son client, « un homme d'une position considérable », était tout prêt à venir à la barre, à prêter serment qu'il n'avait jamais autorisé, qu'il n'avait jamais entendu autoriser une dépense excédant cette extrême limite de douze mille et cinquante livres qu'il avait nettement fixée, et, pour ne pas retenir plus longtemps l'attention de la Cour, il allait appeler Mr Forsyte.

Soames vint à la barre, admirablement maître de lui-même. Sur le visage pâle et complètement rasé, juste la nuance de hauteur qu'il fallait ; un petit pli entre les deux yeux, les lèvres serrées ; sa tenue bien ordonnée sans ostentation, une main gantée, l'autre nue. Aux questions qui lui furent posées, il répondit d'une voix un peu basse, mais distincte. Son attitude au moment du contre-examen fut plutôt réticente.

— Ne s'était-il pas servi de l'expression « carte blanche » ?

— Non.

— Voyons, voyons !

— L'expression dont il s'était servi était celle-ci : « carte blanche dans les données de cette correspondance ».

— Soutiendrait-il, devant la Cour, qu'une telle expression avait un sens en anglais ?

— Oui.

— Qu'est-ce que cela voulait dire, selon lui ?

— Ce que cela disait.

— Irait-il jusqu'à nier que l'expression fût contradictoire dans les termes ?

— Parfaitement.

— Il n'était pas irlandais ?

— Non.

— Est-ce qu'il avait fait ses classes ?

— Oui.

— Et il persistait dans cette affirmation ?

D'un bout à l'autre de ce contre-examen qui tournait à n'en plus finir autour du « point délicat », James se tenait la main en cornet derrière l'oreille, les yeux fixés sur son fils.

Il était fier de lui ! Il sentait qu'à sa place lui-même aurait été tenté d'entrer dans des explications, mais son instinct lui disait que cette réticence était exactement ce qu'il fallait. Il poussa un profond soupir de soulagement quand Soames, tournant lentement sur lui-même, sans aucun changement d'expression sur son visage, quitta la barre.

Quand vint le tour de l'avocat de Bosinney de s'adresser au juge, James redoubla d'attention et, plusieurs fois, il parcourut des yeux toute la salle pour voir si Bosinney ne s'y cachait pas quelque part.

Le jeune Chankery débuta nerveusement, l'absence de Bosinney le mettait dans l'embarras. Il fit de son mieux pour pallier l'inconvénient de cette absence.

Il ne pouvait s'empêcher de craindre, dit-il, qu'un accident ne fût arrivé à son client. Il avait absolument compté que celui-ci viendrait faire sa déposition. Il avait envoyé une commissionnaire le matin même au bureau de Mr Bosinney, ainsi qu'à son domicile (il savait parfaitement que l'un et l'autre ne faisaient qu'un, mais il crut préférable de ne pas l'indiquer) ; personne n'avait pu dire où était Mr Bosinney. Il était donc fort inquiet, sachant combien celui-ci tenait à apporter son témoignage. Mais, comme il n'avait pas reçu d'instructions pour demander l'ajournement de la cause, il croyait de son devoir de poursuivre. L'argument qu'il invoquait avec confiance et que son client, s'il n'avait été inopinément empêché de se présenter devant la Cour, aurait appuyé de son témoignage était celui-ci : l'expression « je vous laisse carte blanche » ne peut pas être limitée, contrainte, détournée de son sens naturel par quelque verbiage qu'on y ajoute. Il irait plus loin, il affirmerait, la correspondance en faisait foi, que Mr Forsyte, quoi qu'il ait pu dire, dans sa déposition, n'avait jamais songé à décliner la responsabilité des travaux ordonnés ou effectués par son architecte. Certainement le défendeur n'avait jamais entrevu une telle éventualité, ou bien – encore une fois ses lettres le prouvaient – il n'aurait jamais poursuivi ces travaux extrêmement délicats, exécutés avec un soin minutieux et compétent, afin de satisfaire le goût exigeant d'un connaisseur, un homme riche, un homme considérable. Il avait, sur ce point, une conviction profonde qui le portait peut-être à s'exprimer vivement lorsqu'il affirmait que cette poursuite était en vérité d'un caractère injustifiable, inattendu, sans précédent. Si Sa Seigneurie avait eu l'occasion de parcourir, comme lui-même s'en était fait un devoir, cette très belle demeure et de voir la finesse et la beauté des travaux exécutés par son client – un artiste des plus distingués dans son honorable profession –, il était convaincu que Sa Seigneurie ne tolérerait pas un instant cette tentative audacieuse –, il s'interdisait un mot plus fort – pour échapper à une responsabilité indiscutable. Il prit le texte des lettres et dit quelques mots de l'affaire « Boileau contre la Compagnie du ciment armé ».

— Je ne sais pas exactement, ajouta-t-il, le parti qu'on peut tirer de ce précédent. Je crois pouvoir dire qu'il m'est aussi favorable qu'à mon confrère.

Il commença alors une discussion serrée autour du « point délicat ». Il pouvait faire valoir, en toute déférence pour l'autorité du juge, que l'expression employée par Mr Forsyte s'annulait d'elle-même. Son client n'étant pas riche, l'affaire était sérieuse pour lui. Mr Bosinney était un architecte de grand talent dont la réputation professionnelle se trouvait mise en jeu. Et il conclut par un appel, peut-être trop personnel, au juge, certainement un ami des arts. Il l'adjura de se faire le protecteur des artistes contre ce qu'on pouvait quelquefois appeler – il disait seulement quelquefois – la main de fer du capital.

— Que deviendront les carrières des artistes, dit-il, si des capitalistes comme Mr Forsyte se refusent – et si on tolère qu'ils se refusent – à reconnaître des obligations contractées en leur nom et par leur ordre ?

Il allait maintenant appeler son client pour le cas où au dernier moment il lui aurait été possible de se rendre au tribunal.

Trois fois les huissiers appelèrent le nom de Philip Baynes Bosinney, et cet appel résonna avec une mélancolie singulière à travers la salle silencieuse et dans les galeries.

Le cri de ce nom qui n'éveilla aucune réponse produisit un curieux effet sur James. C'était comme si l'on avait appelé dans les rues un chien perdu. C'était comme si quelqu'un avait disparu. L'impression inquiétante qu'il en eut dérangea son sentiment habituel de confort et de sécurité. Il n'aurait pas su dire pourquoi : il se sentait mal à l'aise.

Il regarda la pendule. Trois heures moins un quart ! Dans un quart d'heure, tout serait fini. Où pouvait bien être ce jeune homme ? Il fallut que le juge Bentham eût rendu sa sentence pour qu'il surmontât le trouble qui l'avait saisi.

De la tribune qui le séparait des mortels ordinaires, le savant juge se penchait en avant. La lampe électrique suspendue juste au-dessus de sa tête éclairait son visage et y mettait un reflet jaune sous la blancheur de la perruque. Les pans de sa robe semblaient s'enfler et toute la silhouette, vue de la zone d'ombre où se tenait la Cour, rayonna comme un corps sacré. Il se racla la gorge, prit une gorgée d'eau, fit sauter contre la table le bec d'une plume et, joignant sur sa poitrine ses mains osseuses, il commença.

Et soudain il parut à James très grand, bien plus grand qu'il ne l'eût jamais imaginé. C'était la majesté de la loi. Peut-être une nature moins naïvement terre à terre que celle de James n'aurait-elle pas davantage été capable de dissiper cette auréole et d'en extraire le Forsyte, assez quelconque dans la vie quotidienne, qui marchait et parlait sous le nom de sir Walter Bentham.

Il prononça son jugement dans les termes suivants :

— Dans la cause qui nous occupe, les faits ne sont pas contestés. Le 15 mai dernier le défendeur écrivait au plaignant pour lui offrir de renoncer à poursuivre ses travaux professionnels entrepris pour la décoration de la maison du plaignant, à moins qu'on ne lui laissât carte blanche. Le 17 mai le plaignant répondit : « En vous laissant, comme vous me le demandez, carte blanche, je désire qu'il soit bien établi entre nous que le prix de la maison, toute terminée, avec ses décorations, ne doit pas excéder la somme de douze mille livres. Je comprends dans cette somme vos honoraires ainsi que nous en sommes convenus. » Le 18 mai, le défendeur répliqua : « Si vous pensez que dans ces travaux délicats je puis me lier à une livre près, je crains que vous ne vous trompiez. » Le 19 mai le plaignant écrivit : « J'entends qu'il n'y aura pas de contestation entre nous si vous venez à dépasser de dix, vingt ou même cinquante livres la somme que j'ai fixée dans ma lettre. Vous avez carte blanche dans les données de cette correspondance et j'espère que vous vous arrangerez pour compléter tous les travaux. » Le 20 mai, le défendeur répondit par ce mot bref : « Entendu. » En terminant la partie décorative de son œuvre, le défendeur prit des engagements qui firent monter les dépenses à la somme de douze mille quatre cents livres. Et ces frais, le plaignant les a couverts. En intentant ce procès, le plaignant a voulu recouvrer du défendeur les trois cent cinquante livres dépensées en sus de la somme de douze mille cinquante livres que ledit plaignant soutient avoir fixée par les termes de cette correspondance comme le maximum de ce qu'il autorisait le défendeur à dépenser. La question dont j'ai à décider est de savoir si l'on doit considérer le défendeur comme responsable de cette somme envers le plaignant. Suivant mon jugement, il est en effet responsable. Ce que le plaignant lui a dit revient à ceci : Je vous laisse carte blanche pour achever cette décoration à condition que la dépense totale ne me revienne pas à plus de douze mille livres. Si vous dépassez cette somme, disons de cinquante livres, je ne vous tiendrai pas pour responsable. Au-delà de cette extrême limite, vous n'êtes pas mon mandataire et je décline toute responsabilité. Si le plaignant s'était refusé à faire honneur aux différents contrats que son mandataire a dû passer, il n'est pas évident pour moi qu'il y eût été fondé. Mais ce n'est pas le parti qu'il a pris. Il a reconnu ces contrats et il se retourne contre le défendeur, invoquant les conditions qu'il lui avait faites. En mon âme et conscience, le plaignant est fondé à réclamer cette somme au défendeur. On a essayé, en faveur de l'architecte, de démontrer qu'aucune limite n'avait été fixée ni en fait ni en intention au cours de cette correspondance. S'il en était ainsi, je ne m'expliquerais pas l'introduction dans ladite correspondance des mots : « douze mille livres », et puis encore « cinquante livres » supplémentaires, la thèse du défendeur ôterait toute signification à ces chiffres. Pour moi, il est manifeste que, dans sa lettre du 20 mai, il accepta une proposition parfaitement claire aux termes de laquelle on doit le considérer comme lié. En conséquence, le défendeur est condamné à rembourser la somme réclamée, et aux dépens.

James poussa un soupir et, se courbant, ramassa son parapluie qui était tombé avec fracas aux mots : « introduction dans ladite correspondance »…

Et dénouant ses jambes, il quitta rapidement le tribunal. Sans attendre son fils, il arrêta un cab – l'après-midi était clair et gris ; il se fit conduire tout droit chez Timothy. Il y trouva Swithin. Et ce fut à Swithin, à Mrs Septimus Small, à tante Hester qu'il raconta tout ce qui s'était passé. Il mangea deux muffins toujours sans arrêter son récit.

— Soames a été très bien, dit-il. Il a du plomb dans la cervelle. Cette affaire-là ne fera pas plaisir à Jolyon. Elle est mauvaise pour ce jeune Bosinney. Il fera faillite – m'étonnerait pas.

Et, après un long silence pendant lequel ses yeux avaient fixé le feu d'un regard un peu inquiet, il ajouta :

— Il n'a pas paru – pourquoi ?…

On entendit un bruit de pas. Un homme trapu, au visage coloré, ayant un air de forte santé, parut dans le salon du fond. Son index se détachait sur le noir de sa redingote. Il parla comme à contrecœur :

— Tiens, James ; je ne peux pas… je ne peux pas rester.

Et, tournant les talons, il disparut.

C'était Timothy.

James se leva.

— Voilà, se dit-il, j'en étais sûr. Il est arrivé quelque chose…

Il se retint et garda le silence, le regard fixé devant lui, comme s'il avait vu quelque apparition de mauvais augure.

29

Soames donne la nouvelle

En quittant le tribunal, Soames ne retourna pas directement chez lui ; il n'était guère tenté non plus de rentrer dans la City ; il éprouvait le besoin de quelque sympathie dans son triomphe et comme son père, mais lentement, à pied, il se rendit chez Timothy.

Son père venait de partir ; Mrs Small et tante Hester, au courant de tout, lui firent un accueil chaleureux. Bien sûr, il devait avoir faim après cette longue séance, Smither lui ferait rôtir encore des muffins : son cher père n'en avait pas laissé. Il allait allonger ses jambes sur le canapé et on lui donnerait un verre de prunelle : c'était si remontant !

Swithin était encore là ; il s'était attardé plus qu'à l'ordinaire parce qu'il avait envie d'exercice. En voyant les tantes aux petits soins, il grogna. Quels douillets que les jeunes gens d'aujourd'hui ! Il avait mal au foie et ne pouvait supporter qu'on sirotât de la prunelle à côté de lui.

Il partit presque tout de suite en disant à Soames :

— Comment va ta femme ? Dis-lui donc de ma part que si elle s'ennuie et si ça lui dit de venir faire un petit dîner en tête à tête avec moi, je lui servirai une bouteille de champagne comme elle n'en boit pas tous les jours.

Et, considérant Soames de toute sa hauteur, avec son regard vide, il lui serra fortement la main comme si dans sa paume bouffie, épaisse et jaune, il eût voulu écraser tout le fretin de la génération nouvelle ; puis, bombant sa poitrine, il s'en alla de son lourd pas de dindon.

Mrs Small et tante Hester restèrent horrifiées. Quel drôle de numéro que Swithin ! Elles mouraient d'envie de demander à Soames comment Irène prendrait la défaite de Bosinney, mais elles savaient que la question était interdite. Peut-être que, de lui-même, Soames allait dire quelque chose, jeter quelque clarté sur le problème passionnant qui troublait leur vie et qui, par l'obligation du silence et du mystère, leur devenait presque une torture. On avait tout dit, même à Timothy, et sa santé en était affectée à un degré préoccupant. Et June, que ferait-elle ? Encore un sujet passionnant et dangereux !

Elles se souvenaient de la visite du vieux Jolyon au mois de mai dernier. Il n'était jamais revenu. Oui, elles se rappelaient le sentiment qui les avait tous étreints que la famille n'était plus ce qu'elle avait été, que la famille était en train de se défaire.

Mais Soames ne leur apprenait rien. Assis les jambes croisées, il parlait de l'école de Barbizon, qu'il venait de découvrir. Voilà les peintres qui allaient prendre, expliquait-il. Il croyait qu'il y avait beaucoup d'argent à faire sur ces tableaux-là. Il avait l'œil sur deux toiles d'un nommé Corot, de très jolies choses. S'il pouvait les avoir à un prix raisonnable, il les achèterait et, un jour ou l'autre, il ferait une bonne affaire en les revendant. Malgré l'intérêt d'un tel sujet, Mrs Septimus Small et tante Hester ne pouvaient se résoudre à voir ainsi éluder la question qui leur brûlait la langue. Oui, c'était intéressant, très intéressant, et puis Soames s'y connaissait si bien qu'il était sûr de tirer tout le parti possible de ces tableaux-là. Mais à présent qu'il avait gagné son procès, quels étaient ses projets ? Allait-il quitter Londres tout de suite, s'installer à la campagne ? Enfin, que comptait-il faire ? Soames répondit qu'il n'en savait rien. Il était bien probable qu'il changerait d'installation avant peu. Il se leva et mit un baiser au front de chacune de ses tantes.

À ce geste d'adieu, un changement soudain se fit chez tante Juley. On eût dit qu'elle se raidissait pour un acte de courage terrible ; chaque petite boursouflure de chair sur son visage avait l'air de vouloir s'échapper d'un masque invisible et serré. Elle se dressa de toute sa taille et dit :

— Mon cher enfant, je veux, depuis quelque temps, te dire… et si personne ne veut t'en parler, je me suis décidée à…

Tante Hester l'interrompit :

— Prends garde, Juley !

Et, tout haletante :

— Tu prends cela sur toi !

Mrs Small continua comme si elle n'avait pas entendu :

— Mon cher enfant, je crois qu'il faut que tu saches que Mrs MacAnder a vu Irène se promener dans le parc avec Mr Bosinney.

Tante Hester, qui s'était levée aussi, s'effondra dans son fauteuil et détourna la tête. Non, vraiment, cette Juley était trop… elle ne devrait pas faire ces choses-là quand elle, Hester, était dans la chambre ! Mais rentrant sa respiration elle attendit la réponse de Soames.

Il avait rougi, de cette rougeur singulière qui se concentrait toujours entre ses deux yeux. Levant sa main et choisissant pour ainsi dire un ongle, il en mordit délicatement le coin, puis, retirant son doigt de ses lèvres serrées, il dit :

— Mrs MacAnder est une rosse !

Et sans attendre la réponse, il quitta la chambre.

En se rendant chez Timothy, il avait pris son parti. Rentré chez lui, il monterait chez Irène et lui dirait : « Eh bien ! J'ai gagné mon procès et c'est une affaire finie. Je ne veux pas user de rigueur envers Bosinney, je verrai s'il n'y a pas un arrangement possible. Je ne le presserai pas. Et maintenant tournons une nouvelle page. Nous allons mettre cette maison-ci en location, sortir de ces brouillards de Londres et nous installer tout de suite à Robin Hill. Et puis, je n'ai jamais eu l'intention de vous être… désagréable. Donnons-nous la main », et… peut-être qu'elle se laisserait embrasser et qu'ensuite elle oublierait…

Mais quand il sortit de chez Timothy, ses intentions n'étaient plus si simples. La jalousie et les soupçons qui couvaient en lui depuis des mois surgirent dans toute leur force.

Il allait mettre fin à ces choses-là, une fois pour toutes. Il ne permettrait pas que son nom soit traîné dans la boue. Si elle ne pouvait pas ou ne voulait pas lui donner ce qu'un mari a le droit d'exiger de sa femme, elle ne se moquerait pas de lui avec un autre. Il lui parlerait clairement ; il la menacerait du divorce. Ça la ferait se tenir. Elle aurait peur du divorce. Et pourtant si elle n'en avait pas peur ? Cette idée le désempara ; elle ne lui était jamais venue à l'esprit.

Si elle n'en avait pas peur ? Si elle lui faisait des aveux ? Quelle serait alors son attitude ? Il faudrait en venir au divorce !

Divorcer ! Ainsi, vu de tout près, le mot avait quelque chose de paralysant. C'était la négation de tous les principes qui avaient jusque-là guidé la vie de Soames Forsyte. Ce que le terme avait d'intransigeant l'atterrait ; il se sentait comme le capitaine d'un navire qui a jeté à la mer de ses propres mains ce qu'il y a de plus précieux dans sa cargaison. Abandonner volontairement ce qui lui appartenait allait contre toutes les habitudes de son être. Cela lui ferait tort dans sa profession. Il lui faudrait se défaire de Robin Hill qui lui avait coûté si cher, à quoi il avait tant pensé. Et il ne s'en déferait qu'à perte. Et elle ! Elle ne lui appartiendrait plus, pas même de nom ! Elle disparaîtrait de sa vie. Il ne la reverrait jamais.

Mais après tout peut-être qu'il n'y avait rien à avouer. En ce moment même, c'était encore très probable. Était-il bien sage d'aller si au fond des choses ! Était-il bien sage de se mettre dans le cas de retirer ce qu'il aurait dit ? Le résultat de ce procès serait de ruiner Bosinney. Un homme ruiné est capable de tout. Que pourrait Bosinney ?

Il passerait peut-être à l'étranger. Quand on est ruiné, c'est classique. Mais sans argent que pourraient-ils faire, eux, si vraiment il fallait dire « *eux* » ? Le mieux était d'attendre et de voir comment les choses tourneraient. À la rigueur, il pouvait la faire filer. La torture de sa jalousie (l'accès revenait exactement à la façon d'une rage de dents) le reprit tout d'un coup ; il faillit pousser un cri. Et pourtant il fallait se décider, se tracer une ligne de conduite avant de rentrer chez lui. Quand le fiacre s'arrêta devant sa porte, il n'avait rien résolu.

Il entra, pâle, les mains moites de sueur, redoutant de la revoir, brûlant de la revoir, incertain de ce qu'il allait faire et dire.

La femme de chambre Bilson était dans le vestibule et à sa question : « Où est votre maîtresse ? », elle répondit que madame avait quitté la maison vers midi, emportant une malle et un sac de voyage.

Lui arrachant des mains la manche de la pelisse dont elle se préparait à le débarrasser, il se retourna vers elle.

— Quoi ? s'écria-t-il. Qu'est-ce que vous avez dit ?

Et se souvenant tout d'un coup qu'il ne devrait trahir aucune émotion, il ajouta :

— Madame vous a-t-elle chargée de quelque chose pour moi ?

Il remarqua avec une terreur secrète le regard interdit de la femme de chambre.

— Madame n'a rien dit pour monsieur.

— Rien ? Très bien. Merci. Ça suffit. Je dînerai dehors. La femme de chambre descendit. Il avait encore sa pelisse et, machinalement, il remuait les cartes de visite dans la coupe de porcelaine sur le grand bahut de chêne sculpté du vestibule.

Mr et Mrs Bareham Culcher. Mrs Septimus Small. Mrs Baynes. Mr Solomon Thornworthy. Lady Bellis. Miss Hermione Bellis. Miss Winifred Bellis. Miss Elsa Bellis.

Qui diable étaient tous ces gens-là ? Il semblait avoir oublié toutes les choses familières. Et les mots : « Madame n'a rien dit – une malle, un sac de voyage », jouaient à cache-cache dans sa cervelle. Incroyable qu'elle n'eût rien dit ! Et, toujours dans sa pelisse, il monta l'escalier quatre à quatre, comme un nouveau marié qui, en rentrant chez lui, court à la chambre de sa femme.

Tout y était délicat, pur, dans un ordre parfait, tout y sentait son parfum léger. Sur le grand lit, recouvert de la courtepointe mauve, se trouvait l'enveloppe qu'elle avait brodée de ses mains pour ses effets de nuit : les pantoufles étaient posées au pied du lit déjà ouvert comme si elle allait s'y coucher.

Sur la table de toilette brillaient les brosses à moulure d'argent, les flacons du sac qu'il lui avait donné. Il y avait donc quelque erreur. Quel sac de voyage avait-elle emporté ? Il fit un pas vers la sonnette pour appeler Bilson, mais il se rappela qu'il était censé savoir où était allée Irène, qu'il n'avait à s'étonner de rien, et qu'il lui fallait à tâtons sortir tout seul de ces ténèbres.

Il ferma les portes à clé et essaya de penser, mais la tête lui tourna et tout à coup les larmes, irrésistiblement, lui montèrent aux yeux.

Précipitamment, il ôta sa pelisse. Il alla se regarder dans la glace.

Il était trop pâle : une teinte grise sur toute la figure. Il emplit la cuvette et commença à se baigner fiévreusement le visage.

Les brosses à dos d'argent étaient encore un peu imprégnées du parfum de la lotion dont elle usait pour ses cheveux, le soir, et cette odeur réveilla le spasme affreux de sa jalousie.

Nerveusement, passant sa pelisse, il descendit en courant l'escalier et sortit dans la rue. Pourtant, il n'avait pas perdu toute maîtrise de lui-même, et tout en marchant dans Sloane Street, il chercha l'histoire qu'il raconterait s'il ne la trouvait pas chez Bosinney. Mais s'il l'y trouvait ? Sa puissance de décision lui fit de nouveau défaut et, debout devant la maison, il ne savait pas encore ce qu'il ferait au cas où elle serait là.

Les heures de bureau étaient passées. La grande porte était close. La femme qui l'ouvrit ne savait pas si Mr Bosinney était présent. Elle ne l'avait pas vu de la journée, ni depuis deux ou trois jours ; elle ne faisait plus son service, il…

Soames l'interrompit : il monterait et verrait lui-même. Il monta, la face blanche, les dents serrées.

Pas de lumière au dernier étage. La porte était fermée, personne ne répondit au coup de sonnette. Il n'entendit aucun bruit. Il dut redescendre, frissonnant sous sa pelisse avec un froid au cœur. Hélant un cab, il dit au cocher de le conduire à Park Lane.

En route, il essaya de se rappeler quand il avait pour la dernière fois donné un chèque à Irène. Elle ne devait pas avoir plus de trois ou quatre livres. Mais il y avait ses bijoux ! Ce lui fut une torture raffinée de se rappeler tout l'argent qu'elle en pourrait tirer ; assez pour les mener tous les deux à l'étranger, assez pour les faire vivre pendant des mois. Il essaya de calculer ; le fiacre s'arrêta et il descendit sans avoir fait son calcul.

Le maître d'hôtel demanda si Mrs Soames était dans la voiture. Monsieur avait dit que Mr et Mrs Soames venaient dîner tous les deux.

Soames répondit :

– Non, madame est enrhumée.

Le maître d'hôtel exprima son regret et Soames eut l'impression qu'il le regardait avec curiosité. Il se souvint alors qu'il n'était pas en tenue du soir. Il demanda :

– Est-ce qu'il y a quelqu'un à dîner, Warmson ?

– Personne, monsieur, que Mr et Mrs Dartie.

Et Soames crut sentir encore le regard curieux du maître d'hôtel. Il ne put se retenir :

– Qu'est-ce que vous regardez donc, dit-il ; qu'est-ce que j'ai de particulier ?

Le maître d'hôtel rougit, suspendit la pelisse et murmura quelque chose qui ressemblait à : « Rien du tout, monsieur ; je demande pardon à monsieur. » Et il s'éclipsa.

Soames monta l'escalier. Il traversa le salon sans rien regarder. Il alla droit à la chambre de ses parents.

James était debout, de profil, en manches de chemise et gilet de soirée, ce qui révélait mieux les lignes creuses de sa longue et maigre silhouette. La tête de côté, un bout de cravate blanche passant de guingois sous ses favoris blancs, les yeux plissés par l'effort, les lèvres serrées, il agrafait le haut du corsage de sa femme. Soames s'arrêta. Il se sentait étouffer, soit qu'il eût monté les étapes trop vite, soit pour une autre raison. À lui, on ne lui avait jamais demandé de…

Il entendit la voix de son père qui parlait comme s'il avait une épingle entre les dents :

– Qu'est-ce qu'il y a ? Qui est là ? Qu'est-ce que vous voulez ?

Et la voix de sa mère :

– Tenez, Félicie, venez m'accrocher cela, votre maître n'en finira jamais.

Soames porta la main à sa gorge et dit avec un effort dans la voix :

– C'est moi, Soames.

Il remarqua avec gratitude le ton de tendre surprise dans la voix de sa mère :

– Eh bien ! mon cher enfant !

Et son père, laissant là les agrafes :

– Qu'est-ce qu'il y a, Soames, pourquoi es-tu monté ? Tu n'es pas bien ?

Il répondit machinalement : « Je vais bien » et il les regarda. Il lui semblait impossible de prononcer ce qu'il avait à dire.

James, prompt aux alarmes, dit :

– Tu n'as pas l'air bien, tu auras pris froid, ou bien c'est le foie ; ça ne m'étonnerait pas. Ta mère va te donner…

Mais Emily interrompit d'une voix tranquille :

– As-tu amené Irène ?

Soames secoua la tête :

– Non, balbutia-t-il, elle m'a quitté.

Emily abandonna le miroir devant lequel elle se tenait debout. Sa grande et forte personne perdit ses apparences majestueuses, devint subitement très maternelle en accourant vers Soames.

— Mon cher enfant ! Mon pauvre enfant ! Elle l'embrassait au front et lui caressait la main.

James aussi s'était retourné tout d'un coup vers son fils. Ses traits semblaient avoir vieilli.

— Quitté ? dit-il. Mais qu'est-ce que tu veux dire, quitté ? Tu ne m'avais jamais dit qu'elle allait te quitter.

Soames répondit d'un ton morose :

— Comment pouvais-je savoir ? Qu'est-ce qu'il faut faire maintenant ?

James se mit à arpenter la chambre. Il était étrange sous son habit, il avait l'air d'une vieille cigogne.

— Qu'est-ce qu'il faut faire ? marmottait-il. Qu'est-ce que j'en sais, de ce qu'il faut faire ? Qu'est-ce que tu veux que j'en sache ? Personne ne me dit jamais rien et ensuite on vient me demander ce qu'il faut faire. Je voudrais bien savoir ce qu'on voudrait que je réponde. Voilà ta mère qui se tient là debout ; elle ne dit rien, elle. Moi, si j'ai un avis à te donner, c'est de ramener ta femme à la maison !

Soames sourit de ce sourire à lui, un peu dédaigneux, qui jamais encore n'avait paru pitoyable.

— Je ne sais pas où elle est allée, dit-il.

— Tu ne sais pas où elle est allée ! dit James. Qu'est-ce que tu veux dire, tu ne sais pas où elle est allée ? Où crois-tu donc qu'elle est allée ? Elle a suivi ce jeune Bosinney : voilà où elle est allée ! Je savais bien comment ça finirait !

Soames, durant ce long silence qui suivit, sentit sa mère lui presser la main. Et tout ce qui se passait autour de lui lui apparaissait comme si son propre pouvoir de penser et d'agir avait été frappé d'engourdissement. La figure de son père était envahie d'un rouge terne, traversée de mouvements nerveux comme s'il allait pleurer, et les mots qui sortaient de sa bouche semblaient arrachés de son âme par un spasme :

— Cela va faire un scandale, je l'ai toujours dit !

Et comme tous trois se taisaient :

— Et vous restez là sans bouger, toi et ta mère !

C'était aussi la voix d'Emily, calme, un peu méprisante :

— Allons, voyons, James ! Soames va faire tout son possible.

C'était James, les yeux fixés sur le plancher, reprenant d'une voix un peu misérable :

— Tu vois, je ne peux t'aider. Je deviens vieux. Fais attention à ne pas trop te presser, mon garçon.

Et à son tour la voix de la mère :

— Soames fera tout son possible pour la ramener. Nous n'en reparlerons pas. Tout s'arrangera, j'en suis sûre.

Et James :

— Ma foi ! je ne vois guère comment ça pourra s'arranger. Et si elle n'a pas déjà filé avec ce Bosinney, mon avis est de ne pas la laisser faire, mais de la retrouver et de la ramener.

Encore une fois, Soames sentit sa mère lui caresser la main en signe d'approbation, et, comme s'il se prononçait à lui-même un serment sacré, il murmura entre ses dents :

— Je la ramènerai.

Tous trois, ils descendirent au salon. Les trois filles et Dartie s'y étaient réunis. Irène eût-elle été présente, le cercle de la famille aurait été complet.

James se laissa tomber dans un fauteuil et, sauf un froid bonjour à Dartie qu'il méprisait et redoutait comme un homme de qui l'on peut toujours s'attendre à une demande d'argent, il garda le silence jusqu'au moment du dîner. Soames aussi resta muet. Seule Emily, femme de froid courage, soutenait une conversation avec Winifred sur des sujets quelconques. Elle n'avait jamais été plus maîtresse de ses manières et de ses paroles que ce soir-là.

Le parti ayant été pris de ne point parler de la fuite d'Irène, personne n'eut à émettre une opinion sur la ligne de conduite à tenir. Mais d'après l'attitude adoptée par les uns et les autres quand les événements eurent parlé, on peut être à peu près certain que l'avis de James : « Ne la laisse pas faire, retrouve-la et ramène-la » aurait été approuvé – sauf çà et là une exception – non seulement à Park Lane, mais encore chez les Nicholas, les Roger et chez Timothy. De même, il aurait eu pour lui l'approbation des innombrables Forsyte dont on retrouve l'espèce dans tout Londres et qui n'étaient empêchés de juger l'affaire que parce qu'ils l'ignoraient.

En dépit donc de tous les efforts d'Emily, le dîner, servi par Warmson et le valet de pied, se passa presque en silence. Dartie, de mauvaise humeur, buvait tout ce qu'on lui versait, les jeunes filles, elles, ne se parlaient jamais beaucoup. James demanda une fois où était June, ce qu'elle devenait. Personne n'en savait rien. Il retomba dans son morne silence. Il fallut que Winifred racontât comment le petit Publius avait donné son mauvais penny à un mendiant pour que sa figure s'éclairât.

— Ah ! dit-il, voilà un petit malin ! Je ne sais pas jusqu'où il ira s'il continue. C'est un petit bonhomme très intelligent, il n'y a pas à dire… Mais ce ne fut qu'un éclair.

Les plats se succédaient solennellement sous les ampoules électriques qui inondaient la table de lumière, mais éclairaient à peine le principal ornement du mur, un tableau dénommé Marine, par Turner, et qui ne représentait guère que des cordages et des hommes qui se noyaient. On passa le champagne ; puis vint une bouteille de porto préhistorique de James, mais qui n'égaya personne.

À dix heures, Soames partit ; deux fois, répondant aux questions, il avait dit qu'Irène n'était pas bien. Mais il ne se sentait plus maître de lui-même. Sa mère lui donna son grand baiser doux et, comme il lui serrait la main, il sentit un flot de chaleur lui monter aux joues. Il s'en alla par le vent froid qui menait sa plainte désolée aux croisées des rues, sous un ciel d'un bleu d'acier, tout vivant d'étoiles. Il ne remarqua ni leur scintillation glacée, ni le craquement des feuilles crispées des platanes, ni les femmes du soir se hâtant dans leurs maigres fourrures, ni les figures hâves des vagabonds aux coins des rues. L'hiver était venu. Mais Soames, inconscient de tout, se hâtait de rentrer chez lui. Ses mains tremblaient quand il prit dans la petite cage dorée, derrière la porte, les lettres du soir. Rien d'Irène.

Il entra dans la salle à manger. Un feu flambait dans la cheminée, son fauteuil en était approché, ses pantoufles prêtes, les flacons de whisky et d'eau-de-vie sur la table à côté de la boîte ciselée qui contenait des cigarettes. Il regarda tout cela, puis il éteignit le gaz et monta. Il y avait aussi un feu dans son cabinet de toilette, mais sa chambre à elle était froide et noire : c'est là que Soames alla.

Il alluma toutes les bougies et se mit à se promener de long en large entre le lit et la porte. Il ne pouvait se faire à l'idée qu'elle l'avait vraiment quitté. Et comme s'il avait cherché un dernier message, ou la cause de ce drame, comme s'il avait voulu déchiffrer le mystère de sa vie conjugale, il se mit à ouvrir tous les meubles, tous les tiroirs.

Les robes d'Irène étaient là. Il avait toujours pris plaisir, il avait même toujours tenu à ce qu'elle fût bien mise. Elle n'avait emporté que très peu de robes, deux ou trois au plus, et tirant l'un après l'autre chaque tiroir rempli de linge et de légères choses de soie, il vit que tout y était intact.

Après tout, peut-être n'était-ce qu'un caprice ; peut-être était-elle allée simplement au bord de la mer, changer d'air. Ah ! s'il en était ainsi, si vraiment elle allait revenir, jamais plus il ne ferait comme il avait fait pendant cette fatale avant-dernière nuit, jamais plus il ne risquerait cela, bien qu'il ne s'agît que de son devoir à elle, son devoir d'épouse – bien qu'elle fût sa chose –, non, jamais plus il ne risquerait cela. Certainement, elle avait la tête un peu dérangée.

Il se pencha sur le tiroir où elle gardait ses bijoux ; il n'était pas fermé à clé, il n'eut qu'à tirer pour l'ouvrir. La clé était sur le coffret. Il en fut surpris, mais il se rappela que sûrement le coffret était vide, il l'ouvrit.

Il était loin d'être vide. Rangés dans les petits compartiments de velours vert étaient tous les cadeaux qu'il lui avait faits, même sa montre et, dans la petite case qui contenait la montre, il vit un billet plié en triangle avec l'adresse « Soames Forsyte », de l'écriture d'Irène : « Je crois n'avoir rien emporté qui m'ait été donné par vous ou par les vôtres. »

C'était tout.

Il regarda les colliers, les bracelets de diamants et de perles, la petite montre d'or toute plate avec son gros diamant entouré de saphirs, les chaînes, les bagues, chacune dans son nid de velours. Des larmes lui montèrent irrésistiblement aux yeux et tombèrent sur les bijoux, dans l'écrin.

Rien de ce qu'elle eût pu faire, rien de ce qu'elle avait fait ne pouvait ainsi enfoncer d'un seul coup dans son esprit toute la signification de sa fuite. À ce moment peut-être comprit-il tout ce qu'il y avait à comprendre, il comprit qu'elle l'avait eu en horreur – en horreur depuis des années, qu'à tous les points de vue ils étaient comme deux êtres habitant des sphères différentes ; qu'il n'y avait aucun espoir pour lui, qu'il n'y en avait jamais eu. Il alla jusqu'à comprendre qu'elle avait souffert, qu'elle était à plaindre.

En cet instant d'émotion, il trahit en lui-même le Forsyte : il oublia sa propre personne, son intérêt ; tout ce qu'il était et tout ce qu'il possédait. Il devint capable de tout. Il monta dans le pur éther du non-moi et du rêve.

De tels moments passent vite.

Et comme si les larmes l'eussent lavé de sa faiblesse, il se leva, tourna la clé sur l'écrin et lentement, presque tremblant, il l'emporta dans la chambre à côté.

30

Le triomphe de June

June avait attendu son jour, scrutant matin et soir les colonnes les plus ennuyeuses du journal, avec une assiduité qui avait étonné son grand-père, et, quand la chance qu'elle guettait s'était offerte, elle l'avait saisie au passage, avec toute la promptitude et la résolution tenace de son caractère. La matinée dont toute sa vie elle se souviendra le mieux est celle où enfin, dans la liste des procès du jour donnée par le *Times*, sous la rubrique : « Chambre XIII, juge Bentham », elle vit annoncée l'affaire Forsyte contre Bosinney.

Comme un joueur qui risque son va-tout, elle était prête à tout hasarder sur cette carte-là. Ce n'était pas dans sa nature d'accepter la défaite. Comment, sinon par une intuition de femme qui aime, savait-elle que la perte de ce procès était certaine pour Bosinney ? On ne pourrait le dire ; mais elle établit tout son plan sur cette supposition, comme sur une certitude.

À onze heures, elle était aux aguets dans le vestibule de la chambre XIII et elle y resta jusqu'à ce que la séance fût levée. L'absence de Bosinney ne l'inquiéta pas. Elle avait senti d'instinct qu'il ne se défendrait pas. L'arrêt prononcé, elle descendit rapidement vers la rue, monta en fiacre et se rendit chez Bosinney.

La grande porte était ouverte ; elle la franchit et passa devant les bureaux des trois premiers étages sans attirer l'attention. Ce fut seulement lorsqu'elle arriva tout en haut que ses difficultés commencèrent. On ne répondait pas à son coup de sonnette. Il lui fallait maintenant se décider : ou bien descendre et demander à la concierge, en bas, de la laisser attendre dans la loge le retour de Mr Bosinney ; ou bien rester patiemment devant la porte, avec l'espoir que personne ne viendrait à passer. Elle prit ce dernier parti.

Elle était restée un quart d'heure dans cette attente glacée, sur le palier, lorsqu'elle se souvint que Bosinney avait l'habitude de laisser la clé de son appartement sous le paillasson. Elle regarda ; la clé y était. Elle resta quelques instants avant de se décider à s'en servir ; enfin elle ouvrit et entra, laissant la porte ouverte, afin que si quelqu'un survenait, on comprît qu'elle était venue là pour quelque affaire.

Ce n'était plus la June qui avait sonné, tremblante, à cette porte, cinq mois auparavant. Ces mois de souffrance contenue l'avaient laissée moins sensitive : elle avait tant de fois à l'avance vécu cette visite, et si parfaitement dans le détail, que la terreur en était usée déjà. Elle n'était pas venue là cette fois pour redescendre sans avoir rien fait et si elle ne réussissait pas, personne au monde ne pourrait rien pour elle.

Elle était là comme une bête inquiète de son petit ; sa petite personne vive ne pouvait rester en place dans cette chambre qu'elle arpentait d'un mur à l'autre et de la porte à la fenêtre, remuant çà et là un objet. Tout était couvert de poussière ; la chambre n'avait pas dû être faite depuis des semaines et June, prompte à saisir tout ce qui pouvait nourrir son espoir, vit dans cette négligence l'indice d'une gêne qui avait obligé son fiancé à faire l'économie de sa femme de ménage.

Elle jeta un regard sur la chambre à coucher. Le lit était fait à la diable, comme par la main d'un homme. Attentive au moindre bruit, elle pénétra vivement dans la pièce, regarda dans les placards : quelques cols et quelques chemises, une paire de souliers crottés ; la chambre était nue de tout, même de vêtements.

Elle revint sans bruit dans le bureau et c'est alors qu'elle remarqua l'absence de toutes les petites choses auxquelles il tenait. La pendule qui lui venait de sa mère, les jumelles ordinairement suspendues au-dessus du canapé, deux bonnes gravures anciennes du collège de Harrow où le père de Bosinney avait fait ses études, enfin, détail qui n'était pas le moins significatif, un grès japonais qu'elle-même lui avait donné – tout avait disparu. Et malgré la rage qui s'élevait dans son âme ardente à le défendre, à la pensée que le monde le traitait ainsi, ces vides lui semblaient d'un heureux augure pour le succès de son plan.

C'est en regardant la place où manquait le grès japonais qu'elle sentit, avec une étrange certitude, que quelqu'un l'observait ; se retournant, elle vit Irène sur le seuil de la porte ouverte.

Toutes deux se regardèrent en silence pendant une minute ; alors June s'avança et tendit la main. Irène ne la prit pas.

June mit derrière son dos cette main que l'autre refusait. Ses yeux se fixèrent de colère. Elle attendit qu'Irène parlât et, pendant cette attente, elle se pénétrait – avec Dieu sait quelle rage de jalousie, de soupçon et de curiosité – de l'image de son amie, du moindre détail de son visage et de ses vêtements.

Irène portait son long manteau de fourrure grise, sa toque de voyage laissait passer sur le front une onde de cheveux dorés. Et dans la douce épaisseur du manteau, son visage semblait petit comme celui d'un enfant. Bien différentes de celles de June, ses joues étaient sans couleur, d'une blancheur d'ivoire et comme pincées par le froid. Un cerne sombre entourait ses yeux. Elle tenait à la main un bouquet de violettes.

Elle aussi regardait June, sans un sourire. Et dans ces grands yeux sombres fixés sur elle, la jeune fille, malgré le sursaut de sa colère, retrouva quelque chose du charme ancien. Ce fut elle, après tout, qui parla la première.

— Qu'est-ce que vous venez faire ici ?

Mais elle sentit la même question se retourner contre elle et elle ajouta :

— Cet affreux procès, j'étais venue lui dire… il l'a perdu !

Irène ne parlait pas ; ses yeux ne quittaient pas le visage de June. La jeune fille s'écria :

— Ne restez pas là comme si vous étiez de pierre !

Irène dit avec un rire :

— Dieu sait que je voudrais l'être !

Mais June se détourna :

— Taisez-vous ! s'écria-t-elle, ne me dites rien. Je ne veux pas entendre. Je ne veux pas entendre pourquoi vous êtes venue, je ne le veux pas !

Et comme un esprit en peine, elle se mit à marcher rapidement dans la pièce. Tout à coup elle dit :

— J'étais ici la première ; nous ne pouvons pas y rester toutes les deux !

Un sourire erra sur le visage d'Irène et s'éteignit comme une flamme qui vacille. Elle ne bougeait pas. Et c'est alors que June perçut dans la douceur et l'immobilité de l'attitude quelque chose de désespéré et de résolu, quelque chose d'insurmontable et de dangereux.

Elle arracha son chapeau et, portant ses deux mains à son front, elle repoussa les masses cuivrées de ses cheveux.

— Vous n'avez aucun droit d'être ici ! jeta-t-elle d'un ton de défi.

Irène répondit :

— Je n'ai aucun droit nulle part.

— Qu'est-ce que vous dites ?

— J'ai quitté Soames. Vous me l'aviez conseillé.

June mit ses mains sur ses oreilles.

— Assez ! Je ne veux rien entendre, je ne veux rien savoir. On ne peut pas lutter contre vous. Pourquoi restez-vous là sans bouger ? Pourquoi ne partez-vous pas ?

Les lèvres d'Irène remuèrent. C'était comme si elle disait : « Où irais-je ? »

June se tourna vers la fenêtre d'où l'on voyait le cadran de l'horloge, dans la rue. Presque quatre heures : il pouvait rentrer à tout moment. Elle jeta un regard derrière elle, par-dessus son épaule ; son visage était convulsé de colère.

Mais Irène n'avait pas bougé ; dans ses mains gantées elle tournait et retournait sans cesse le petit bouquet de violettes.

Des larmes de rage et de déception coulèrent sur les joues de June.

— Comment avez-vous pu venir ? Vous avez été une fausse amie pour moi !

Irène rit encore une fois. June vit qu'elle faisait fausse route. Elle s'abandonna :

— Pourquoi viens-tu ? sanglota-t-elle. Tu as brisé ma vie et maintenant tu veux briser la sienne.

La bouche d'Irène trembla, ses yeux rencontrèrent ceux de June et ce regard était si morne que la jeune fille au milieu de ses sanglots s'écria :

— Non ! Non !

Mais la tête d'Irène s'abaissa jusqu'à toucher sa poitrine. Elle se retourna et sortit rapidement, cachant ses lèvres sous le bouquet de violettes.

June courut à la porte. Elle écouta les pas qui descendaient et elle appela :

— Reviens, Irène, reviens !

Le bruit des pas s'éteignit…

Suffoquée, le cœur déchiré, la jeune fille restait en haut de l'escalier. Pourquoi Irène était-elle partie, la laissant maîtresse du terrain ? Qu'est-ce que cela voulait dire ? Est-ce que vraiment elle le lui rendait ? Ou bien est-ce que… et l'incertitude la dévorait. Bosinney ne venait pas…

Vers six heures, cet après-midi-là, le vieux Jolyon revenait de l'avenue Wistaria où il allait presque chaque jour passer quelques heures et demandait si sa petite-fille était rentrée. En apprenant qu'elle était montée dans sa chambre, il lui fit demander si elle voulait bien descendre le trouver. Il s'était décidé à dire à June qu'il s'était réconcilié avec son père. Désormais le passé serait le passé. Il ne voulait plus vivre seul, ou du moins abandonné. Il quitterait cette grande maison et en prendrait une autre à la campagne. Ils iraient y vivre tous ensemble. Et si cela ne plaisait pas à June, il lui ferait une pension et elle vivrait de son côté. Ça ne serait pas un grand changement pour elle ; il y avait longtemps qu'elle ne lui avait pas donné un signe d'affection.

Mais quand June descendit, elle avait un mauvais visage tiré et dans les yeux quelque chose de tendu et de pitoyable. Elle se blottit contre lui dans son attitude familière, assise sur le bras de son fauteuil, et ce qu'il lui dit fut bien faible auprès de la déclaration grave, précise, dont le ton aurait pu laisser voir un grief, qu'il avait méditée avec tant de soin. Son cœur souffrait, comme souffre le grand cœur maternel, quand il voit le petit voler et se meurtrir une aile. Ses mots hésitaient, comme s'il s'excusait de quitter sur le tard le sentier de la vertu et de céder, en dépit des solides principes, à ce que réclamait en lui la nature.

Il était nerveux comme si, en annonçant ainsi ses intentions, il eût paru donner à sa petite-fille un mauvais exemple. Maintenant qu'il en venait à la conclusion pratique, la façon dont il lui ferait entendre que si l'arrangement ne lui plaisait pas, elle n'aurait qu'à vivre de son côté (et tant pis pour elle !) était diablement difficile à trouver.

– Et si tu venais jamais à sentir, ma chérie, que tu ne t'entends pas avec eux, eh bien, je saurais t'arranger cela. Tu ferais ce que tu voudrais. Nous te trouverions un petit appartement à Londres où tu pourrais t'installer et je viendrais te voir à chaque instant. Mais les enfants, ajouta-t-il, sont si mignons !

Et tout d'un coup, au milieu de cette exposition grave, un peu candide, de projets nouveaux, un éclair passa dans ses yeux. « Voilà qui secouera les faibles nerfs de Timothy, pensa-t-il. Ce précieux cadet aura son mot à dire ou je ne le connais pas. »

June n'avait encore rien dit. Perchée sur le bras du fauteuil, elle dominait son grand-père de la tête et il ne pouvait voir son visage. Mais tout à coup, il sentit une joue chaude contre la sienne et il comprit qu'en tout cas il n'y avait rien de bien alarmant dans la façon dont elle prenait les nouvelles.

Il commença à prendre courage.

– Tu trouveras ton père gentil, dit-il ; c'est un charmant garçon. Ce n'est pas un de ces hommes qui se poussent, mais il est facile à vivre. Tu sais, il est très artiste, et tout ça…

Et le vieux Jolyon pensait à la douzaine ou deux d'aquarelles qu'il conservait soigneusement sous clé, dans sa chambre. Maintenant que son fils allait avoir de l'argent, ces productions ne lui semblaient plus aussi médiocres.

– Pour ce qui est de ta… ta belle-mère, continua-t-il en prononçant ce mot avec hésitation, c'est vraiment une femme distinguée ; une espèce de Mrs Gummidge, j'imagine, mais elle aime beaucoup Jo. Et les enfants, répéta-t-il – et ces mots passèrent comme une musique au milieu de toute cette justification solennelle –, ils sont si gentils !

Ces mots, June ne le savait pas, n'étaient que l'expression renaissante de cette tendresse pour les petits, les jeunes, les faibles qui, dans le passé, l'avait fait se détourner de son fils pour le petit être qu'elle était alors et qui, maintenant, le cycle achevant de se dérouler, l'éloignait d'elle à son tour.

Mais le mutisme de la jeune fille commençait à l'alarmer et il demanda impatiemment :

– Eh bien ! qu'est-ce que tu en dis ?

June se laissa glisser sur le tapis, elle aussi commença son histoire. Elle pensait que tout s'arrangerait parfaitement ; elle ne voyait pas la moindre objection, elle se moquait bien de ce que penseraient les gens.

Le vieux Jolyon se redressa. Hem ! alors les gens allaient penser quelque chose. Il s'était dit qu'après tant d'années… Ma foi, tant pis ! Pourtant il n'approuvait pas la façon dont sa petite-fille présentait la chose : elle devait tenir compte de ce que les gens pensaient.

Mais il se tut. Ses sentiments étaient trop complexes et trop incertains pour les mots. Oui, elle s'en moquait et elle le répétait. Est-ce que cela les regardait ? Elle ne voulait demander qu'une chose… et le grand-père, sentant la joue de l'enfant contre son genou, comprit qu'il ne s'agissait pas d'une bagatelle. Est-ce qu'il ne consentirait pas, pour lui faire plaisir, à acheter cette belle maison de Soames à Robin Hill ? Elle était achevée, elle était très belle et personne ne se disposait à l'habiter. Ils y seraient tous si heureux !

Le vieux Jolyon dressa l'oreille. Est-ce que « le Propriétaire » n'allait pas habiter la maison qu'il s'était fait construire ? Il ne désignait plus Soames maintenant que par cette épithète.

Non, June savait que non.

Comment le savait-elle ?

Elle ne pouvait pas le dire, mais elle le savait. Elle avait presque une certitude. C'était tout à fait improbable, tout était changé.

Elle entendait encore les mots d'Irène lui bourdonner dans la tête : « J'ai quitté Soames, où pourrais-je aller ? » Mais là-dessus elle garda le silence.

Si seulement son grand-père voulait acheter la maison et régler ainsi cette misérable affaire de remboursement avec laquelle on n'aurait jamais dû tourmenter Phil… Ce serait bien ce qu'il y aurait de mieux pour tout le monde et tout, tout pourrait s'arranger encore…

Et June, posant ses lèvres sur le front du vieillard, y appuya un long baiser.

Mais le vieux Jolyon se détourna. Il y avait sur son visage cette expression de juge qui lui venait quand il examinait une affaire. Il lui demanda :

— Que veux-tu dire ? Il y a quelque chose derrière tout cela. Est-ce que tu as vu Bosinney ?

— Non, mais je suis allée chez lui.

— Chez lui, avec qui ?

Elle ne détourna pas son regard.

— Je suis allée seule. Il a perdu son procès. Que j'aie eu tort ou raison, cela m'est égal. Je *veux* l'aider et je l'aiderai.

Le vieux Jolyon demanda encore :

— Et tu l'as vu ?

Son regard semblait, à travers les yeux de la jeune fille, percer jusqu'à son âme.

June dit encore une fois :

— Non, il n'y était pas. J'ai attendu, mais il n'est pas venu.

Le vieux Jolyon, dans son fauteuil, eut un geste de soulagement. Elle s'était levée et elle le regardait bien en face, si frêle, si jeune, mais si précise et résolue, et lui, troublé et contrarié comme il l'était, toute la sévérité de son visage n'avait pas raison de ce ferme regard d'enfant.

Le sentiment qu'il était le moins fort, que les rênes lui glissaient des mains, qu'il était vieux et las s'empara de lui.

— Ah ! dit-il enfin. Ça tournera mal pour toi, un de ces jours, j'en suis sûr. Tu ne vois que ce que tu veux.

Et, pris d'un de ses singuliers accès de philosophie, il ajouta :

— Tu es née comme cela et comme cela tu resteras, jusqu'au bout.

Et lui qui toute sa vie, avec les gens d'affaires, avec les comités, avec les Forsyte de toute sorte et même avec ceux qui n'étaient pas des Forsyte, n'avait jamais vu que ce qu'il voulait, il jeta un regard mélancolique sur son indomptable petite-fille. Il sentait en elle la qualité qu'inconsciemment il admirait par-dessus toutes choses.

— Est-ce que tu sais… les bruits qui courent ? demanda-t-il doucement.

June devint pourpre.

— Oui. Non. Je sais et je ne sais pas. Cela m'est égal ; et elle frappa du pied.

— Je crois bien, dit le vieux Jolyon baissant les yeux, qu'il te le faudrait quand il serait mort.

Il ne reprit la parole qu'après un long silence :

— Quant à acheter cette maison, tu ne sais pas de quoi tu parles.

Si, June savait qu'il l'aurait s'il la voulait. Il n'aurait qu'à la payer ce qu'elle avait coûté.

— Ce qu'elle a coûté ! Mais tu n'y connais rien, et puis je ne veux pas aller chez Soames. Je ne veux plus avoir affaire à ce garçon.

— Mais ça n'est pas nécessaire, vous n'avez qu'à aller chez l'oncle James. Si vous ne voulez pas acheter la maison, voulez-vous au moins vous charger de cette somme qu'il doit rembourser ? Je sais qu'il est terriblement à court ; je l'ai vu. Vous pouvez prendre tout cela sur mon argent.

Un éclair d'amusement passa dans les yeux du vieux Jolyon.

— Prendre cela sur ton argent ! En voilà un remède ! Et, dis-moi, comment feras-tu sans ton argent ?

Mais déjà au fond de lui, l'idée d'enlever la maison à James et à Soames avait commencé à le travailler. Il avait beaucoup entendu parler, chez Timothy, de la maison. On en faisait des éloges assez douteux : « Trop le genre artiste, mais après tout, une belle maison. » Et prendre au Propriétaire ce qu'il avait eu à cœur de posséder, ce serait une suprême victoire sur James, la preuve tangible qu'il allait faire de Jo un homme posé, un propriétaire aussi ; lui rendre sa vraie situation dans la vie et l'y maintenir. Justice enfin contre tous ceux à qui il avait plu de regarder son fils comme un malheureux hors caste sans le sou !

Il verrait, il verrait. La chose serait peut-être impossible. Il n'était pas disposé à payer un prix de fantaisie. Mais si c'était faisable, eh bien, peut-être !

Et pourtant, au fond de lui-même, il savait qu'il ne refuserait pas.

Mais il évita de s'engager. Il y réfléchirait, dit-il à June.

31

Le départ de Bosinney

Le vieux Jolyon n'était pas coutumier des décisions précipitées. Il aurait bien pu continuer longtemps à ruminer l'achat de Robin Hill s'il n'avait lu sur la figure de June qu'il n'aurait plus de repos avant de s'être mis en campagne.

Le lendemain, au petit-déjeuner, elle lui demanda pour quelle heure il fallait commander la voiture.

— La voiture ? dit-il, l'air innocent, mais je ne sors pas.

Elle répondit :

— Si vous ne sortez pas de bonne heure vous ne trouverez pas l'oncle James avant qu'il parte pour la City.

— James ? eh bien, quoi, l'oncle James ?

— La maison, reprit-elle avec une voix qui ne lui permettait plus l'ignorance.

— Je ne suis pas décidé, dit-il.

— Oh ! il le faut, il le faut, grand-père ; pensez à moi !

Le vieux grand-père gronda :

— Penser à toi. Mais je ne cesse pas de penser à toi. C'est toi qui n'y penses pas ! Non, tu ne sais pas dans quoi tu te lances. Enfin, commande la voiture pour dix heures.

À dix heures un quart, il était à Park Lane ; il déposa son parapluie dans le vestibule, mais il garda son chapeau et son pardessus et, disant à Warmson qu'il désirait voir Mr James, il entra sans être annoncé dans le cabinet de travail où il s'assit.

James était encore dans la salle à manger. Il causait avec Soames qui était revenu après déjeuner. En apprenant que son frère était là, il murmura avec une certaine nervosité :

— Allons ! qu'est-ce qu'il peut bien vouloir, celui-là ?

Il se leva.

— Écoute, dit-il à Soames, prends garde à ne pas trop te presser. La première chose est de savoir où elle est. Si j'étais à ta place, je m'adresserais aux Stainer ; ce sont les plus forts, s'ils ne la retrouvent pas, personne n'y arrivera.

Et soudain, pris d'un étrange mouvement de pitié, il murmura :

— Pauvre petite, qu'est-ce qui a bien pu lui passer par la tête ?

Il quitta la pièce en se mouchant fortement.

Le vieux Jolyon ne se leva pas en voyant son frère, mais il lui tendit la main et ils échangèrent un de ces froids bonjours à la Forsyte.

James prit une chaise près de la table et, appuyant sa tête sur sa main :

— Eh bien, dit-il, comment ça va ? On ne t'a pas beaucoup vu ces temps-ci.

Le vieux Jolyon ne releva pas la remarque.

— Comment va Emily ? dit-il.

Et sans attendre la réponse, il continua :

— Je suis venu pour cette affaire du jeune Bosinney. On me dit que cette maison qu'il vient de construire est un éléphant blanc.

— Je ne sais pas si c'est un éléphant blanc, fit James. Je sais qu'il a perdu son procès et je me figure que pour lui c'est la faillite.

Le vieux Jolyon saisit la balle au bond.

— Ça ne m'étonnerait pas, dit-il, et s'il fait faillite, le « Propriétaire » y sera de sa poche. Alors voilà ce que j'ai pensé : si Soames ne va pas s'installer à Robin Hill…

Voyant la surprise, le soupçon dans le regard de James, il continua rapidement :

— Je ne demande rien, je suppose qu'Irène refuse d'y aller, d'ailleurs, peu importe ! Mais je pense à m'installer à la campagne, pas trop loin de Londres et, si la maison me plaisait, je ne dis pas que je n'y songerais pas. Affaire de prix !

James écouta cette déclaration avec un singulier mélange d'inquiétude, de soulagement, de doute, le tout fondant en une vague crainte de quelque chose par-dessous – le tout mêlé pourtant à cette vieille confiance qu'il avait toujours eue dans la bonne foi et le jugement de son aîné. Il était inquiet de ce que le vieux Jolyon avait pu savoir et de la façon dont il l'avait su ; il était soulagé d'autre part en réfléchissant que si tout avait été rompu entre June et Bosinney, il était peu vraisemblable que le grand-père eût cherché les moyens de venir en aide au jeune homme. En somme, il était perplexe, et comme il ne voulait ni le montrer ni se commettre, il dit :

— Il paraît que tu changes ton testament en faveur de ton fils ?

Personne ne lui avait dit cela ; mais, ayant rencontré le vieux Jolyon avec son fils et ses petits-enfants, et sachant d'autre part qu'il avait retiré son testament de l'étude, James avait simplement rapproché les deux faits.

Le coup porta.

— Qui est-ce qui t'a dit cela ? demanda le vieux Jolyon.

— Ma foi, je n'en sais plus trop rien, répondit James, je n'ai pas la mémoire des noms, je me rappelle seulement que quelqu'un me l'a dit. Soames a fait beaucoup de dépenses pour cette maison ; il n'est pas probable qu'il la cède à perte.

— Eh bien ! dit le vieux Jolyon, s'il croit que je vais la payer un prix de fantaisie, il se trompe. Je n'ai pas l'argent qu'il a l'air d'avoir. Qu'il essaie de s'en débarrasser en vente publique et il verra ce qu'il en fera. Ce n'est pas une maison qui convienne à tout le monde, d'après ce qu'on dit.

James, qui, secrètement, était de cet avis, répliqua :

— C'est la maison d'un gentleman. Mais Soames est là, si tu veux le voir.

— Non, dit le vieux Jolyon ; je n'en suis pas encore là et je ne compte pas en être là de longtemps, si c'est comme cela qu'on me répond.

James fut intimidé. Quand on en venait à discuter des chiffres de transaction commerciale, il se sentait sur son terrain, ayant alors devant lui des faits, non des hommes. Mais ces négociations préliminaires le rendaient nerveux : il ne savait jamais jusqu'où il pouvait aller.

— Ma foi ! dit-il, moi je n'en sais rien. Soames, il ne me dit rien. J'ai idée qu'il devrait examiner l'affaire ; tout ça, c'est une question de prix.

— Oh ! dit le vieux Jolyon, je ne lui demande pas de faveur.

Et il mit son chapeau sur sa tête d'un geste de colère.

La porte s'ouvrit et Soames entra.

— Il y a là un sergent de ville, dit-il, avec son demi-sourire, qui demande l'oncle Jolyon.

Le vieux Jolyon lui jeta un regard irrité. James dit :

— Un sergent de ville. Je suppose que tu sais de quoi il s'agit ? ajouta-t-il en regardant Jolyon d'un air soupçonneux. Je suppose que tu feras mieux de le voir.

Planté dans le vestibule, se tenait un inspecteur de police qui considérait de ses yeux bleu pâle aux paupières lourdes les beaux meubles anglais anciens que James avait achetés à la fameuse vente Mavrojano, à Portman Square.

— Entrez, vous trouverez mon frère, dit James.

L'inspecteur leva respectueusement la main à la visière de sa casquette et pénétra dans le bureau. James eut une sensation étrange en le voyant entrer.

— Ma foi ! dit-il à Soames, nous n'avons qu'à attendre, on verra bien ce qu'il veut. Ton oncle est venu pour parler de ta maison.

Il rentra avec Soames dans la salle à manger, mais il ne pouvait tenir en place.

— Qu'est-ce qu'il peut bien vouloir ? murmura-t-il encore.

— Qui ça ? répondit Soames. L'inspecteur ? On l'a envoyé ici de Stanhope Gate, c'est tout ce que je sais. Probablement ce « non-conformiste » de l'oncle Jolyon aura volé quelque chose.

Malgré son calme apparent, lui aussi était mal à l'aise.

Au bout de dix minutes, le vieux Jolyon entra. Il s'approcha de la table et resta là sans dire un mot, tirant ses longues moustaches blanches. James le regardait et sa bouche s'ouvrait : il n'avait jamais vu son frère avec cet air-là.

Le vieux Jolyon leva la main et dit lentement :

— Le jeune Bosinney a été écrasé par une voiture dans le brouillard. Il est mort.

Et debout au-dessus de son frère et de son neveu, les regardant avec ses yeux profonds :

— On parle de suicide, dit-il.

La mâchoire de James tomba.

— Un suicide, grand Dieu ! Quelle raison aurait-il eue ?

Le vieux Jolyon répondit d'un ton dur :

— Dieu le sait, si ton fils et toi vous ne le savez pas !

Mais James ne répliqua rien.

Les hommes âgés, fussent-ils des Forsyte, ont connu dans la vie de dures expériences. Le passant qui les voit, ces vieillards, protégés par le vêtement de tradition, de richesse, de confort qui les entoure, ne se douterait jamais qu'ils ont rencontré sur leur chemin ces ombres ténébreuses. Il n'en est aucun, pas même un Bentham, que l'idée du suicide n'ait un jour visité. Elle est restée sur le seuil de l'âme, prête à entrer, écartée par quelque réalité fortuite, quelque vague crainte ou quelque triste espoir. À un Forsyte, le suprême renoncement à toute propriété est difficile. Oh ! oui ! difficile ! Ils ne peuvent s'y décider que rarement, jamais peut-être. Et pourtant, à certaines heures, ils l'ont considéré de près.

Ainsi, de James lui-même, autrefois… Alors, dans la mêlée de ses pensées, il s'écria :

— Ah ! mais j'ai vu cela dans le journal d'hier : *Écrasé dans le brouillard.* On ne savait pas le nom.

Agité, il tournait la tête, regardant l'un, puis l'autre, mais instinctivement il ne cessait de repousser cette hypothèse du suicide. Il n'osait la regarder en face. Elle était si contraire à l'intérêt de son fils, à celui de tous les Forsyte ! Il luttait pour la rejeter et comme inconsciemment sa nature disait toujours non à ce qu'il ne pouvait admettre en toute sécurité, il finit par dominer cette crainte. C'était un accident, ce ne pouvait être qu'un accident.

Le vieux Jolyon interrompit cette méditation :

— La mort a été instantanée. Le corps est resté hier toute la journée à l'hôpital. Il ne portait aucun signe d'identité. J'y vais maintenant. Toi et ton fils, vous ferez aussi bien de m'accompagner.

Aucun des deux ne s'opposant à cette injonction, il sortit en passant le premier.

Le temps ce jour-là était pur, calme et lumineux, et le vieux Jolyon entre Stanhope Gate et Park Lane avait fait ouvrir la capote de sa voiture. Assis sur les coussins capitonnés, achevant son cigare, il avait aimé la sécheresse tonique de l'air, le mouvement des voitures et de la foule, cette vivacité singulière et presque parisienne que le premier beau jour excite dans la grande ville après une série de pluies et de brouillards. Et il s'était senti si heureux, plus heureux que depuis des mois ! Sa confession à June l'avait soulagé d'un poids ; il se voyait dans l'avenir vivant avec son fils, mieux encore, avec ses petits-enfants (il avait rendez-vous au Hotch Potch avec Jo le matin même, pour décider le détail du projet). Enfin il avait éprouvé une agréable excitation à l'idée d'une rencontre – une rencontre victorieuse avec James et le Propriétaire au sujet de la maison.

Maintenant il fit fermer la voiture. Il n'avait pas de cœur à voir la gaieté des choses. Aussi bien, il ne convenait pas qu'on aperçût des Forsyte en voiture avec un inspecteur de police.

Pendant le trajet, l'inspecteur revint sur l'accident.

— Le brouillard n'était pas tellement épais à cet endroit-là. Le cocher dit que ce monsieur a dû avoir tout le temps de voir la voiture qui venait sur lui, il a eu l'air de se jeter dessous. Il devait être à court d'argent ; nous avons trouvé chez lui plusieurs reconnaissances ; il a dépassé son crédit à la banque, – et puis il y a ce procès dont parlent les journaux d'aujourd'hui…

Et ses yeux d'un bleu si froid allaient de l'un à l'autre des trois Forsyte dans la voiture.

Le vieux Jolyon qui, de son coin, observait son frère et son neveu, vit la figure du premier s'altérer, s'assombrir encore, la mine inquiète et ruminante. En effet, les paroles de l'inspecteur avaient ranimé en James tous les doutes et toutes les craintes. À court d'argent… reconnaissances… dépassé son crédit !… Ces mots qui n'avaient jamais représenté pour lui que de lointains cauchemars prêtaient une réalité troublante à cette hypothèse du suicide qu'il fallait absolument écarter. Il chercha le regard de son fils, mais, taciturne, impassible, les yeux en garde, Soames ne lui répondit pas. Et le vieux Jolyon, qui observait toujours et devinait cette ligne de défense mutuelle établie entre le père et le fils, fut saisi de l'impérieux désir d'avoir à son côté son fils à lui. C'était comme si, cheminant vers ce mort, il fût allé à une bataille où il importait de n'être pas seul contre ces deux-là. Cependant, le souci que le nom de June ne fût pas prononcé bourdonnait dans son esprit… James avait son fils derrière lui, pourquoi ne ferait-il pas venir Jo ?

Tirant son portefeuille, il écrivit rapidement : « Viens tout de suite, je t'envoie la voiture. » Devant la porte de l'hôpital, il remit la carte au cocher en lui disant d'aller vivement au Hotch Potch, d'y demander Mr Jolyon Forsyte et de le ramener aussitôt. S'il n'y était pas, il fallait attendre avec la voiture.

Il monta lentement les marches derrière son frère et son neveu, s'appuyant sur son parapluie. Il s'arrêta un moment pour reprendre haleine. L'inspecteur dit :

— Voici la chambre des morts, monsieur ; mais prenez votre temps.

Dans la chambre nue, aux murs blancs, vide de tout, sauf du rai de soleil qui traînait sur un parquet sans poussière, une forme gisait sous un drap. De sa main large et ferme l'inspecteur prit le bord de l'étoffe et la retourna. Les trois Forsyte contemplèrent le visage sans regard levé vers eux et qui semblait les défier. En chacun d'eux les émotions secrètes, les craintes, la pitié dont sa nature était capable ondoyaient comme ondoient ces vagues de la vie que quatre murs blancs écartaient maintenant à jamais sur Bosinney. En chacun d'eux la tendance native, le ressort singulier, essentiel qui détermine des modes imperceptiblement, mais absolument différents de ceux de tout autre être, commandait une attitude propre de la pensée. Chacun d'eux, loin des autres et cependant si mystérieusement proche, chacun d'eux se tenait là seul avec la mort, muet, les yeux baissés.

L'inspecteur dit doucement :

— Vous identifiez la personne, monsieur ?

Le vieux Jolyon leva la tête et fit signe que oui. Il regarda son frère en face de lui : ce long corps maigre penché au-dessus du mort, ce visage rouge et sombre, au regard gris et tendu ; il regarda Soames, blême, immobile auprès de son père. Et tout ce qui s'était accumulé en lui d'hostilité contre ces deux êtres s'évanouissait d'un seul coup comme de la fumée devant la grande présence pâle de la mort. D'où vient-elle ? Comment vient-elle, la mort ? Brusque revirement de tout ce qui était avant, départ aveugle sur le chemin qui mène on ne sait où ? Ténèbres où s'engloutit la flamme… Écrasement brutal et lourd qu'il faut que tous les hommes subissent en gardant les yeux clairs et braves jusqu'au bout, eux pourtant si petits, si insignifiants, des insectes ! Et sur le visage du vieux Jolyon passa un mouvement d'ironie, car Soames, murmurant deux mots à l'inspecteur, disparaissait d'un pas furtif.

Tout d'un coup, James leva les yeux. Il y avait une expression étrange, une vague supplication dans son regard soupçonneux et troublé. « Je sais que je ne suis pas de force à lutter avec toi », semblait-il dire. Cherchant son mouchoir, il s'essuya le front ; il se pencha, douloureux et maigre, sur le mort, puis se détourna lui aussi et sortit en hâte.

Le vieux Jolyon demeura seul, immobile comme le mort et les yeux fixés sur le mort. Qui pourrait dire à quoi il pensait ? À lui-même, au temps où ses cheveux étaient bruns comme ceux du jeune homme qui gisait inerte devant lui ? À lui-même, quand il commençait sa bataille, cette longue bataille qu'il avait aimée, cette bataille déjà finie pour ce jeune homme presque avant même d'avoir commencé ? Aux espoirs brisés de sa petite-fille, à cette autre femme ?... À l'étrangeté, à la tristesse de tout cela ? Et l'ironie incompréhensible, amère de cette fin ? De la justice ? Il n'y a pas de justice pour les hommes ! Ils sont toujours dans la nuit.

Ou peut-être dans sa philosophie pensait-il : « Mieux vaut être sorti de cette vie, mieux vaut en avoir fini comme ce pauvre enfant ! »

Quelqu'un lui toucha le bras.

Une larme monta et mouilla ses cils.

— Allons, dit-il, je ne suis bon à rien ici. Je ferais mieux de m'en aller. Tu viendras me rejoindre le plus tôt possible, Jo.

Et la tête baissée, à son tour il s'en alla.

Ce fut alors à Jolyon le fils de demeurer auprès du mort. Autour de ce corps gisant, il semblait voir tous les Forsyte dispersés, renversés. Le coup était trop brusque.

Les forces qui sont en jeu au fond de tout drame, les forces qui ont raison de toute résistance et tendent, par tant de directions contraires, à leur fin ironique, ces forces s'étaient rencontrées et mêlées en un coup de tonnerre, elles avaient terrassé la victime et précipité à terre tous ceux qui l'entouraient.

Du moins, c'est ainsi que Jolyon le fils les voyait, abattus autour du corps de Bosinney.

Il pria l'inspecteur de lui dire comment l'accident était arrivé et celui-ci, en homme qui n'a pas tous les jours pareille chance, revint avec complaisance sur tous les faits connus.

— Voyez-vous, monsieur, derrière tout ça, il y a quelque chose. Moi, je ne crois pas au suicide ni à l'accident pur et simple. Je me figure plutôt que c'était un homme qu'une idée tourmentait et qui ne savait plus ce qui se passait autour de lui. Peut-être ces objets vous diront-ils quelque chose ?

Il tira de sa poche un petit paquet et le déposa sur la table. L'ouvrant soigneusement, il découvrit un mouchoir de dame où était piquée une épingle d'or vénitien dont la pierre était tombée.

Jolyon le jeune perçut une odeur de violettes sèches.

— Nous avons trouvé cela dans la poche intérieure de son veston, dit l'inspecteur ; vous voyez, le chiffre a été coupé.

Jolyon le jeune resta un moment sans répondre. « Je crains de ne pouvoir vous aider », dit-il. Mais il eut la vision nette du visage qu'il avait vu s'éclairer si sensible et si heureux à la vue de Bosinney. Il pensait à *elle* plus qu'à sa propre fille, plus qu'à n'importe qui… *à elle*, à son regard doux et sombre, à ce visage délicat et passif. Il la voyait attendant ce mort ; l'attendant peut-être à ce moment même, calme et patiente dans une allée ensoleillée.

Il s'en alla tristement de l'hôpital vers la maison de son père, se disant que cette mort allait rompre la famille des Forsyte. Vraiment le coup avait atteint jusqu'à l'être intime de la famille. Aux yeux de tous, ils paraîtraient prospérer comme avant, montrant à tout Londres de beaux dehors, mais le tronc était mortellement frappé, séché par le même coup qui avait abattu Bosinney. À sa place, les jeunes vies monteraient, chacune incarnant à son tour le sens héréditaire de la propriété.

« Bonne forêt des Forsyte, pensait Jolyon le jeune, qui nous donne la charpente même de notre nation. »

Quant à la cause de la mort, la famille rejetterait sans doute énergiquement le soupçon du suicide, si compromettant pour elle. Tous s'en tiendraient à la version de l'accident : un coup du destin. Au fond de leur cœur, ils y verraient même une intervention de la Providence, un acte de justice.

Bosinney n'avait-il pas mis en danger leurs possessions les plus précieuses : bourse ou foyer ? Ils parleraient de « ce malheureux accident » arrivé au jeune Bosinney. Peut-être aussi qu'ils n'en parleraient pas. Le silence vaudrait mieux !

Lui-même n'attachait que peu d'importance à la version du cocher d'omnibus.

Un homme aussi passionnément amoureux ne se tuait pas pour un embarras d'argent et Bosinney n'était pas un homme à prendre au tragique une crise dans ses affaires. Il rejetait donc, lui aussi, l'idée du suicide ; il revoyait trop bien la figure du mort ! Disparu dans la fleur de son été… Qu'un accident eût ainsi terrassé Bosinney en plein élan de passion, c'était pour Jolyon le jeune plus pitoyable encore.

Il se représenta ensuite la maison de Soames, telle qu'elle était sans doute et pour toujours. L'éclair avait jailli, découvrant dans sa lumière implacable la grimace vide et nue des os que la chair ne cachait plus…

Dans la salle à manger de Stanhope Gate, le vieux Jolyon était seul quand son fils entra. Il était bien défait dans son grand fauteuil, et ses yeux faisant le tour des murs qu'ornaient des natures mortes et le chef-d'œuvre de sa collection *Bateaux de pêche hollandais au soleil couchant*, ses yeux semblaient promener leur regard le long de sa propre vie, en revoir les espérances, les gains, les succès.

— Ah ! Jo, dit-il, c'est toi. La pauvre petite June, je lui ai dit. Mais il y a autre chose. Est-ce que tu vas chez Soames ? *Celle-là* s'est attiré son malheur, je suppose, mais tout de même, je ne peux pas supporter de penser à elle, enfermée là-bas et toute seule !

Il leva sa main maigre et veinée et serra le poing.

32

Le retour d'Irène

Après avoir quitté son père et son oncle dans la salle des morts, à l'hôpital, Soames se mit à marcher sans but devant lui par les rues.

Ce tragique événement, la mort de Bosinney, changeait l'aspect des choses. On n'en était plus à compter les minutes et Soames était bien résolu maintenant à ne révéler à personne la fuite de sa femme jusqu'à la fin de l'enquête sur la mort de Bosinney.

Ce matin-là, il s'était levé de bonne heure avant la venue du facteur, il avait lui-même pris le courrier dans la boîte aux lettres, et bien qu'il n'eût rien reçu d'Irène, il s'était arrangé pour dire à Bilson que madame était allée passer quelques jours au bord de la mer où lui-même irait probablement la rejoindre du samedi au lundi. Cela lui donnait le temps de respirer, de retourner pierre sur pierre s'il le fallait pour retrouver Irène.

Mais maintenant que la mort de Bosinney rendait toute démarche vaine – cette mort énigmatique dont la pensée lui mettait comme un fer rouge au cœur en même temps qu'elle lui en ôtait un grand poids –, il ne savait plus que faire de cette journée et il marchait au hasard, regardant chaque visage de passant, dévoré par toutes sortes d'inquiétudes.

Comme il errait ainsi, il pensait à celui qu'il avait senti une nuit errant et rôdant, celui qui plus jamais ne viendrait hanter sa maison.

Déjà dans l'après-midi, il avait vu des placards de journaux annonçant qu'on avait reconnu l'homme trouvé mort. Il acheta les journaux pour voir ce qu'on disait. Il les empêcherait de parler s'il pouvait. Il alla à la City et resta longtemps enfermé avec Boulter.

En rentrant chez lui, il rencontra, devant la boutique de Jobson, George Forsyte qui lui tendit un journal en disant :

— Tenez, avez-vous vu ce qui est arrivé au pauvre Brigand ?

Soames répondit d'une voix qui ne livrait rien :

— Oui.

George le regarda en face : il n'avait jamais aimé Soames et maintenant il lui imputait la mort de Bosinney : c'était lui qui l'avait réduit au désespoir, c'était son acte de possession qui, par ce fatal après-midi de brouillard, l'avait lancé affolé dans les rues de Londres.

— Le pauvre diable, pensait George, était si fou de jalousie, de désir de vengeance, il n'aura pas entendu venir l'omnibus par cet infernal brouillard.

Soames lui avait donné le coup de marteau. Ce jugement se lisait dans les yeux de George.

— On parle ici d'un suicide pour des raisons d'argent, dit-il, mais ça ne prendra pas.

Soames secoua la tête :

— Un accident, dit-il entre ses dents.

George ferma son poing sur le journal et le fourra dans sa poche. Il ne put s'empêcher de lancer un dernier trait :

— Tout va bien à la maison ? Et des petits Soames, on en verra bientôt ?

La face blanche comme les marches de la maison Jobson, une lèvre retroussée comme s'il allait mordre, Soames passa brusquement devant son cousin et disparut.

Arrivé chez lui, il ouvrit la porte avec son passe-partout et la première chose qu'il aperçut dans le vestibule éclairé fut le parapluie à monture d'or de sa femme, posé sur un coffre. Jetant sa pelisse, il se dirigea en hâte vers le salon.

Les rideaux étaient tirés pour la nuit. Un beau feu de bois de cèdre flambait sur les chenets et, à la lueur des flammes, il vit Irène assise au coin du divan, à sa place habituelle. Il ferma la porte sans bruit et s'avança vers elle. Elle ne bougeait pas, elle avait l'air de ne pas le voir.

— Vous voilà revenue ? dit-il. Qu'est-ce que vous faites là, dans l'obscurité ?

Il aperçut alors son visage, si pâle et si immobile qu'on aurait dit que le sang ne coulait plus dans ses veines, ses yeux qui semblaient dilatés, comme les grandes et larges prunelles d'un oiseau de nuit qu'on surprend. Pelotonnée dans sa fourrure grise, contre les coussins du divan, elle était étrange, vraiment elle ressemblait à un pauvre hibou captif dont les molles plumes se hérissent contre les barreaux de sa cage. Elle n'avait plus sa tenue souple et droite, on aurait dit qu'une cruelle fatigue physique l'avait brisée, et qu'il n'y avait plus de raison pour être souple et droite encore, et belle.

— Alors, vous voilà revenue, répéta-t-il.

Elle n'eut pas un regard, pas un mot ; les reflets des flammes jouaient sur son visage immobile.

Tout à coup, elle essaya de se lever, mais il l'arrêta. C'est alors qu'il comprit. Elle était revenue comme un animal blessé à mort, ne sachant plus où aller, ne sachant plus ce qu'elle faisait. La voir là, pelotonnée dans sa fourrure, c'était assez pour comprendre. Il connut alors avec certitude que Bosinney avait été son amant ; il connut qu'elle avait appris sa mort, peut-être comme lui-même acheté un journal au coin venteux d'une rue, et qu'elle avait lu… Ainsi elle était librement revenue à la cage où elle avait langui vers la délivrance. Il comprenait l'effrayante signification de ce retour ; il avait envie de crier : « Ôtez de ma maison ce corps que je hais et que j'adore. Allez-vous-en, avec votre blanche figure qui fait mal, si cruelle et si douce, avant que je ne l'écrase. Ôtez-vous de mes yeux, faites que je ne vous revoie plus jamais… »

Et comme ces mots se prononçaient intérieurement en son âme, il crut presque la voir se lever et s'éloigner comme une femme qui s'efforce de fuir un rêve terrible – se lever et s'en aller dans la nuit et le froid, sans prendre garde à lui, sans même savoir qu'il fût là.

Alors, il cria, contredisant ce qu'il n'avait pas dit :

— Non, restez !

Et, se détournant, il s'assit dans son fauteuil habituel, de l'autre côté de la cheminée.

Ils gardaient le silence.

Il la regarda encore, repliée sur elle-même comme un oiseau qui meurt d'un coup de plomb et dont on voit haleter la poitrine, à mesure que l'air s'en retire : ses pauvres yeux vous regardent, vous qui l'avez tiré, de ce regard lent et doux qui ne voit pas, et qui dit adieu à tout ce qui est bon : le soleil, le ciel et l'amour.

Ainsi demeuraient-ils tous deux à la lueur du feu, en silence, assis chacun d'un côté du foyer.

Et la fumée des bûches de cèdre qu'il aimait tant sembla prendre Soames à la gorge. Comme s'il ne pouvait plus la supporter, il sortit, ouvrit toute grande la porte de la maison pour respirer l'air froid de la rue ; puis, sans chapeau ni pardessus, il sortit dans le square.

Le long du jardin, un chat maigre, se frottant contre la grille, s'approcha de lui. Soames pensa : « Souffrir, quand aurai-je cessé de souffrir ? »

De l'autre côté de la rue, à la porte d'une maison, un homme qu'il connaissait, nommé Rutter, se frottait les pieds au racloir, un mouvement qui semblait dire : Je suis le maître ici. Et Soames continua sa marche. Au loin, dans l'air limpide, sonnaient les cloches de l'église où lui et Irène s'étaient mariés. Elles s'essayaient aux sonneries de Noël, et leurs carillons chantaient par-dessus les rumeurs de la rue. Il sentit le besoin de quelque alcool pour l'engourdir dans l'indifférence, ou l'exciter jusqu'à la fureur. Si seulement il pouvait sortir violemment de lui-même, briser le filet où, pour la première fois de sa vie, il se sentait enfermé ! Si seulement il pouvait céder à cette pensée-là :

« Divorce – chasse-la, elle t'a oublié –, oublie-la ! » Si seulement il pouvait céder à cette autre pensée : « Laisse-la partir… elle a assez souffert ! » Si seulement il pouvait s'abandonner à ce désir : « Fais d'elle ton esclave, elle est en ton pouvoir ! » Si seulement il pouvait obéir à l'intuition soudaine : « Qu'est-ce que tout cela fait ? », s'oublier pour une minute, oublier qu'un acte aurait de l'importance, oublier que, quoi qu'il fît, il lui fallait sacrifier quelque chose. Si seulement il pouvait suivre une impulsion !

Impossible de rien oublier, de se laisser aller à une pensée, à une vision, à un désir ; tout était trop tragique, trop immédiat autour de lui : une cage impossible à briser.

À l'autre bout du square, les petits camelots criaient les titres des journaux du soir ; leurs voix de démons glapissaient, mêlées au son des cloches d'église. Soames se boucha les oreilles. Une pensée lui traversa l'esprit dans un éclair : il ne s'en fallait que d'un hasard. Que lui-même au lieu de Bosinney fût étendu mort en ce moment, et alors *elle*, au lieu d'être là repliée sur elle-même comme un oiseau blessé à mort, avec ses yeux agonisants…

Il sentit quelque chose de doux contre ses jambes. C'était le chat qui se frottait à lui. Alors un sanglot monta dans la poitrine de Soames, le secoua de la tête aux pieds. Et puis, tout retomba dans le silence, dans le noir. Les maisons semblaient le regarder ; dans chacune il y avait un ménage, avec son histoire secrète de bonheur ou de chagrin.

Tout à coup, il vit sa propre porte ouverte, et dans le rectangle éclairé de l'entrée, la silhouette noire d'un homme qui lui tournait le dos. Quelque chose lui étreignit le cœur et, sans bruit, il s'approcha. Il apercevait sa pelisse jetée sur le fauteuil de chêne sculpté, les tapis persans, les coupes d'argent, les rangées de vieilles porcelaines disposées le long des murs, et cet inconnu qui se tenait là debout. Il l'interpella :

— Qu'est-ce que vous demandez, monsieur ?

Le visiteur se retourna. C'était Jolyon le fils.

— La porte était ouverte, dit-il. Pourrais-je voir votre femme un instant ? Je suis chargé de lui dire quelque chose.
Soames l'observa d'un étrange regard oblique.

— Ma femme ne peut voir personne, dit-il tout bas, mais d'un ton sans réplique.

Jolyon le jeune répondit avec douceur :

— Je ne la retiendrais qu'un instant.

Soames, brusquement, franchit et barra la porte.

— Elle ne peut voir personne, dit-il une seconde fois.

Il vit le regard de Jolyon le jeune se poser derrière lui dans le vestibule ; il se retourna. Sur le seuil du salon, Irène était debout, les yeux brillants, avides, la bouche entrouverte, les mains tendues. À la vue des deux hommes, l'étrange éclat de sa figure s'éteignit, ses deux mains tombèrent, elle resta comme une statue.

Soames tourna ses talons, ses yeux rencontrèrent ceux du visiteur et au regard qu'il y surprit, un grondement lui échappa. Ses lèvres se relevèrent pourtant en un fantôme de sourire.

— Je suis ici chez moi, dit-il, je n'ai besoin de personne pour mener mes affaires. Je vous l'ai déjà dit et je vous le répète, nous n'y sommes pour personne.

Et à la face de Jolyon le jeune, il fit claquer la porte.

INTERLUDE

À André Chevrillon

Dernier été[1]

> « *Et de l'été le bail est à terme trop court.* »
> SHAKESPEARE,
> *Sonnet XVIII*

C'était en 1891 ou en 1892, le 31 mai, vers six heures du soir, le vieux Jolyon Forsyte était assis sous le chêne, devant la terrasse de sa maison, à Robin Hill. Il s'y attardait jusqu'à l'heure où les moucherons commencent à piquer, avant de quitter la splendeur de cet après-midi. Sa main brune et mince, marquée de veines saillantes, tenait le bout d'un cigare entre les doigts effilés, aux ongles longs. Cette mode des ongles pointus et polis, il l'avait conservée des premières années du règne de Victoria, alors qu'il était si distingué de ne toucher à rien, même du bout des doigts. La voûte de son front, sa grosse moustache blanche, ses joues creuses, sa mâchoire longue et maigre se trouvaient protégées du soleil couchant par un vieux panama brun. Il avait les jambes croisées ; son attitude était toute de sérénité, et faite d'une sorte d'élégance, celle d'un vieillard qui, tous les matins, parfume à l'eau de Cologne son mouchoir de soie. À ses pieds reposait un chien à la toison blanche et noire, qui voulait passer pour un loulou de Poméranie, le chien Balthazar ; entre son maître

1. Traduit de l'anglais par Mme Fritsch-Estrangin.

et lui, le sentiment d'aversion primitive avait fait place, avec le temps, à de l'attachement. Tout près de sa chaise, il y avait une balançoire, et sur la balançoire était installée une des poupées de Holly, appelée « la sotte Alice », le corps replié en avant sur les jambes, et son nez maussade enfoui dans son jupon noir. Elle était toujours en pénitence ; aussi, peu lui importait de bien se tenir. Après le chêne, la pelouse s'abaissait en pente, et s'étendait jusqu'à la fougeraie ; s'étant offert ce luxe, elle se transformait en champs qui descendaient jusqu'à l'étang, jusqu'aux taillis et jusqu'au point de vue « superbe, remarquable », devant lequel Swithin Forsyte s'était extasié, sous ce même arbre, quand il était venu, avec Irène, quatre ans auparavant, visiter la maison. Le vieux Jolyon avait entendu parler de cet exploit de son frère, de cette promenade en voiture devenue célèbre à la Banque Forsyte. Swithin ! Et le brave garçon s'était laissé mourir en novembre dernier, âgé seulement de soixante-dix-neuf ans, en jetant un nouveau doute sur la longévité indéfinie des Forsyte, question qui s'était déjà posée à la mort de la tante Ann. Swithin était mort, ne laissant comme survivants que Jolyon et James, Roger, Nicholas et Timothy, Julie et Hester ! Et le vieux Jolyon pensa : « Quatre-vingt-quatre ans ! je ne les sens pas…, sauf quand j'ai ma douleur. »

Sa mémoire se mit à fouiller le passé. Il n'avait guère senti son âge depuis qu'il avait acheté la malchanceuse maison de son neveu Soames et qu'il s'y était installé, là, à Robin Hill, près de trois ans auparavant. C'était comme s'il avait rajeuni à chaque printemps, en vivant à la campagne avec son fils et ses petits-enfants… June et les petits du second mariage, Jolly et Holly ; en vivant là, loin du brouhaha de Londres et du caquetage du cercle des Forsyte, affranchi de ses conseils d'administration, dans une délicieuse atmosphère faite de repos et de distractions ; il y avait largement de quoi s'occuper à mettre la dernière main à la maison et à ses huit hectares et à satisfaire les caprices de Holly et de Jolly. Toutes les rugosités et toutes les amertumes accumulées dans son cœur pendant cette longue et tragique histoire de June, de Soames, d'Irène, sa femme, et du pauvre jeune Bosinney, s'étaient adoucies à la longue ; même la mélancolie de June s'était dissipée à la fin… témoin ce voyage en Espagne qu'elle faisait actuellement avec son père et la seconde femme de ce dernier. Leur départ, chose curieuse, lui laissait une paix parfaite, une paix bienheureuse et pourtant vide, parce que son fils était absent. Ce fils ne lui donnait à présent que de la joie et du bonheur ; c'était un bon garçon, mais les femmes, vous savez… même les meilleures portent un peu sur les nerfs, à moins naturellement qu'on ne les adore.

Dans le lointain, un coucou fit entendre son appel ; le roucoulement d'un pigeon ramier sortait de la prairie, venant de l'orme le plus proche. Comme les boutons d'or et les pâquerettes étaient sortis de terre depuis la dernière fenaison ! Et puis le vent avait tourné au sud-ouest… quel air délicieux, plein de sève ! Le vieux Jolyon rejeta son chapeau en arrière et laissa au soleil le bas de son visage. On aurait dit que, ce jour-là, il manquait de compagnie, il lui manquait un joli visage à regarder. Les gens traitent les vieillards comme s'il ne leur fallait plus rien. Avec cette philosophie contraire aux traditions des Forsyte, qui toujours empiétait sur son esprit, il pensa : « On n'en a jamais assez ! Même avec un pied dans la tombe, il vous faudrait encore quelque chose, que je n'en serais pas surpris. » Ici, à la campagne, loin des affaires absorbantes, ses petits-enfants et les fleurs, les arbres et les oiseaux de son petit domaine, sans oublier le soleil, la lune et les étoiles planant au-dessus d'eux, tout cela lui disait nuit et jour : « Sésame, ouvre-toi. » Et Sésame s'était ouvert, à quel point, il ne le savait peut-être pas lui-même. La nature, ainsi qu'on avait commencé de dire en son temps, avait toujours éveillé en lui un écho, écho spontané et presque religieux, bien qu'il n'eût jamais perdu l'habitude de dire simplement « un coucher de soleil » en parlant du soleil couchant, d'appeler une vue « une vue », si profonde que peut être l'émotion éprouvée. Mais, à présent, la nature lui faisait positivement mal, tellement il la sentait. Pendant toutes ces journées tranquilles, radieuses, aux après-midi plus longs, tenant la main de Holly dans la sienne, précédé du chien Balthazar (attentif à chercher ce qu'il ne trouvait jamais), le vieux Jolyon flânait. Il regardait les roses s'ouvrir et les fruits qui bourgeonnaient sur les espaliers ; il regardait le soleil éclairer les feuilles de chênes et les arbrisseaux des taillis. Il regardait les feuilles des nénuphars se dérouler en chatoyant, et les épis argentés de l'unique champ de froment ; il écoutait les étourneaux et les alouettes et les vaches d'Aurigny qui ruminaient, remuant doucement leur queue touffue. Et chaque jour de cette belle saison, une douleur lui venait au cœur, rien que de l'amour de toutes ces choses, parce qu'il sentait, peut-être, tout au fond de lui-même, qu'il n'avait plus bien longtemps à en jouir. La pensée qu'un jour – peut-être dans moins de dix ans, peut-être dans moins de cinq – il serait privé de tout cet univers, avant qu'il eût épuisé ses facultés d'aimer, lui faisait l'effet d'une sorte d'injustice qui menaçait l'horizon. S'il existait un au-delà ; il n'y retrouverait pas ce qu'il voulait ; ce ne serait pas Robin Hill, ni des fleurs, ni des oiseaux, ni de jolis visages, de ceux qu'il avait autour de lui et qui n'étaient pas déjà si nombreux. Avec le temps, sa haine des conventions avait augmenté ; les idées orthodoxes qu'il affichait au cours des années 1870 comme il avait arboré des favoris, par simple bravade, il s'en était détaché depuis longtemps, ne gardant de révérence que pour trois choses seulement : la beauté, l'honorabilité, la fortune ; et maintenant, ce qui comptait le plus pour lui, c'était la beauté. Il s'était toujours intéressé à beaucoup de choses et lisait encore le *Times*, mais il risquait d'interrompre sa lecture à tout moment, s'il entendait seulement un merle. L'honorabilité, la fortune… c'est bien fatigant ; les merles et les couchers de soleil, voilà qui ne le fatiguait jamais ; ils lui laissaient seulement un malaise, et comme l'impression qu'il ne pourrait pas s'en rassasier. Le regard perdu dans le rayonnement paisible de cette fin de journée et se portant sur les fleurs jaunes et blanches de la pelouse, une pensée lui vint : ce beau temps ressemblait à la musique d'*Orphée* qu'il avait entendue récemment à Covent Garden. C'était un opéra admirable qui ne ressemblait ni à Meyerbeer, ni tout à fait à Mozart ; mais dans son genre, peut-être encore plus beau, il gardait quelque chose de l'âge d'or classique dans sa sobriété et sa maturité. Et la Ravogli « qui valait presque l'ancien temps »... il ne pouvait décerner de plus grande louange. Orphée et cette nostalgie de la beauté qu'il perdait, de son amour qui descendait aux enfers, comme disparaissaient de la vie l'amour et la beauté ; cette nostalgie qui chantait et palpitait à travers la musique divine vibrait aussi ce soir-là dans toute cette beauté attardée de la nature. Du bout de sa bottine à élastiques et à semelles de liège, le vieux Jolyon frôla involontairement le flanc du chien Balthazar ; éveillant l'animal qui se mit à chercher ses puces ; car bien qu'il fût censé n'en pas avoir, rien ne pouvait l'en persuader. Quand il eut fini, il frotta l'endroit qu'il avait gratté contre le mollet de son maître et se réinstalla sur le dessus de la bottine indiscrète. Un souvenir vint à l'esprit du vieux Jolyon... celui d'un visage qu'il avait vu trois semaines auparavant à l'opéra... Irène, la femme de son animal de neveu, Soames, le grand propriétaire. Bien que ne l'ayant plus rencontrée depuis la réception donnée dans sa vieille maison de Stanhope Gate, en l'honneur des malencontreuses fiançailles de sa petite-fille June avec le jeune Bosinney, il s'était souvenu d'elle tout de suite, car il l'avait toujours admirée... une si jolie créature ! Après la mort du jeune Bosinney, dont elle avait eu le tort de devenir la maîtresse, il apprit qu'elle avait quitté Soames sur-le-champ. Dieu seul savait ce qu'elle avait fait depuis : la vue de son visage, aperçu de profil au premier rang, était, depuis trois ans, la seule indication que la jeune femme fût encore en vie. Personne ne parlait jamais d'elle, et cependant son fils Jo lui avait dit quelque chose, une fois, une chose qui l'avait complètement bouleversé. Le jeune homme l'avait apprise, croyait-il, par George Forsyte, qui avait aperçu Bosinney, dans le brouillard, le jour où il avait été écrasé par accident… et cela expliquait le désespoir du jeune homme… Une violence de Soames envers sa femme, violence révoltante. Jo l'avait vue, elle aussi, le jour où on avait su la nouvelle, il l'avait vue un moment et la description qu'il en avait donnée était toujours restée dans l'esprit du vieux Jolyon… « égarée et perdue », avait-il dit. Le lendemain, June était allée chez eux, refoulant ses sentiments ; elle y était allée et la femme de chambre en larmes lui avait raconté comment sa maîtresse s'était enfuie dans la nuit et avait disparu. Somme toute, quelle tragique histoire ! Une chose demeurait certaine. Soames n'avait jamais pu remettre la main sur elle. Et il habitait maintenant Brighton, faisant la navette entre cette ville et Londres. Triste destinée pour le riche propriétaire ! En effet, quand il prenait quelqu'un en grippe comme son neveu, le vieux Jolyon n'en démordait plus. Il se rappelait encore avec quelle impression de soulagement il avait appris la nouvelle de la disparition d'Irène. Quel coup de se la figurer prisonnière dans cette maison où elle avait, sans doute, dû se réfugier, dans son égarement, quand Jo l'avait entrevue, se réfugier un moment « comme un animal blessé retourne à son gîte », après avoir appris par les journaux, dans la rue, la nouvelle de la « mort tragique d'un architecte ». Son visage l'avait beaucoup frappé l'autre soir… plus beau qu'il ne l'avait cru, mais semblable à un masque sous lequel il se passerait quelque chose. C'était encore une jeune femme – vingt-huit ans, peut-être. Ah, mon Dieu ! Sans doute avait-elle eu un autre amant depuis le temps. Mais à cette pensée subversive – car les femmes mariées n'ont pas le droit d'aimer : même une fois, c'est trop – son cou-de-pied se releva, soulevant, par ce mouvement, la tête du chien Balthazar. La sagace bête se dressa et regarda le vieux Jolyon en face : « Promenade ! », semblait-elle dire, et le vieux Jolyon répondit :

— Allons, mon vieux.

Lentement, selon leur coutume, ils traversèrent la pelouse constellée de boutons d'or et de marguerites et ils pénétrèrent dans la fougeraie. Le chien Balthazar avait une prédilection pour ce terrain rocailleux où parfois il découvrait une taupe. Le vieux Jolyon tenait à y passer, quoique l'endroit fût sans beauté, mais il espérait bien l'embellir un jour et il pensait : « Il faut que je fasse venir Varr pour s'en occuper, il vaut mieux que Beech. » Car les plantes, comme les habitations et comme les maladies humaines, exigent les soins des meilleurs experts. Des escargots y habitaient et, quand ses petits-enfants l'accompagnaient, le vieux Jolyon leur en montrait un et leur racontait l'histoire du petit garçon qui avait dit : « Maman, c'est-y que les prunes, elles ont des jambes ! – Non, mon petiot. – Ah, zut alors, v'là-t-y pas que j'ai avalé un escargot ! » Et tandis que les enfants sautaient et se cramponnaient à sa main, en pensant à l'escargot qui descendait le long du gosier du petit garçon, ses yeux brillaient de malice. Émergeant de la fougeraie, il ouvrit la barrière qui, à cet endroit, donnait accès dans le premier champ, sorte de parc très étendu, dans lequel on avait taillé, en l'entourant d'un mur de brique, le jardin potager. Le vieux Jolyon évita ce potager qui, en ce moment, ne lui disait rien, et se dirigea vers l'étang, en descendant la colline. Balthazar, qui avait l'œil sur les rats d'eau, trottinait devant lui, à l'allure d'un vieux chien qui prend de l'âge et fait tous les jours la même promenade. Arrivé au bord de l'eau, le vieux Jolyon resta immobile, en remarquant un autre nénuphar éclos depuis la veille ; demain, il le montrerait à Holly quand sa « petite chérie » serait remise de l'indisposition causée par une tomate qu'elle avait mangée à son déjeuner – elle était très délicate de l'estomac. Maintenant que Jolly était au collège – son premier trimestre – Holly restait avec lui presque toute la journée, et à ce moment il sentit combien elle lui manquait. Il éprouva aussi cette douleur qui, à présent, le tracassait souvent : un petit tiraillement du côté gauche. Il se retourna vers la colline. Oui, vraiment, ce jeune Bosinney, le pauvre, avait admirablement tiré parti de la maison ; il se serait bien débrouillé s'il avait vécu. Où était-il à présent ? Peut-être hantait-il encore ce théâtre de ses derniers travaux, la scène de sa tragique aventure amoureuse. Ou bien l'esprit de Philip Bosinney était-il dispersé dans toute son œuvre ? Qui pouvait le dire ? Mais ce chien qui se crottait les pattes de boue ! Et Jolyon se dirigea vers les taillis. Il y avait eu là une des plus exquises floraisons de jacinthes des prés, et il connaissait un endroit où s'en attardaient encore quelques-unes, comme de petits carrés de ciel tombés entre les arbres, à l'abri du soleil. Il dépassa l'étable et le poulailler installés là et suivit un sentier étroit qui s'enfonçait au plus épais des buissons, en allant droit vers un des carrés de jacinthes bleues. Balthazar, prenant encore l'avance, poussa un sourd grognement. Le vieux Jolyon le poussa du pied, mais le chien resta immobile, à l'endroit même où il n'y avait pas la place de passer, et son poil se dressa lentement tout le long de son échine velue. Était-ce le grognement du chien, ou l'impression qu'un homme éprouve dans un bois ? mais le vieux Jolyon sentit aussi un frisson lui courir le long de l'épine dorsale. Ici, le chemin bifurquait, et, sur un vieux tronc moussu, il aperçut une femme assise. Elle regardait de l'autre côté et il eut tout juste le temps de penser : « Elle n'a pas le droit d'être là, il faudra que je fasse mettre un écriteau », avant qu'elle se retournât. « Grands dieux ! » Le visage qu'il avait vu à l'opéra, et justement la femme à laquelle il venait de penser ! Dans ce premier moment de confusion, il crut que tout se brouillait devant lui, comme si un spectre… quel étrange effet… peut-être le rayon oblique du soleil sur sa robe d'un gris violet. Et alors elle se leva et resta debout, souriante, la tête un peu inclinée de côté. Le vieux Jolyon pensa : « Comme elle est jolie ! » Ils ne parlèrent ni l'un ni l'autre ; et avec une certaine admiration, il s'expliqua son silence. C'était sans doute un souvenir qui l'avait amenée là, et elle ne voulait pas s'en défendre par des excuses banales.

— Ne laissez pas ce chien toucher à votre robe, dit-il. Il a les pattes mouillées. Ici, Balthazar !

Mais le chien continua à se diriger vers la visiteuse, qui abaissa la main et lui caressa la tête. Le vieux Jolyon dit vivement :

— Je vous ai vue à l'opéra, l'autre soir, vous ne m'avez pas remarqué.

— Mais si, je vous ai bien vu.

Il sentit une flatterie subtile dans sa réplique, comme si elle avait ajouté : « Croyez-vous qu'on puisse manquer de vous voir ? »

— Ils sont tous en Espagne, dit-il brusquement. Je suis seul ; je m'étais fait conduire en ville pour aller à l'opéra. La Ravogli chante bien. Avez-vous vu les étables ?

Dans une situation si lourde de mystère et de quelque chose qui ressemblait fort à de l'émotion, il se tourna instinctivement vers ce coin de sa propriété, et elle marcha à côté de lui. Son corps se balançait légèrement, avec une démarche on ne peut plus française ; sa robe aussi était d'un ton gris à la française. Il remarqua deux ou trois fils d'argent dans ses cheveux couleur d'ambre, des cheveux étranges pour des yeux sombres et le teint laiteux de son visage. Un regard de côté lancé subitement par ces yeux de velours brun l'émut. Il semblait venir d'une grande profondeur, de très loin, presque de l'autre monde, et, en tout cas, de quelqu'un qui ne vivrait guère dans celui-ci. Et il dit machinalement :

— Où habitez-vous maintenant ?

— J'ai un petit appartement à Chelsea.

Il ne voulait pas savoir ce qu'elle faisait, il ne voulait rien savoir du tout, mais le petit mot malveillant lui échappa :

— Seule ?

Elle acquiesça. Il éprouva un soulagement de l'apprendre et la pensée lui traversa l'esprit que, sans un revirement du sort, elle aurait été la propriétaire de ces bois, et lui aurait fait, à lui, visiter les étables.

— Toutes les vaches d'Aurigny, murmura-t-il. Elles donnent le meilleur lait. Celle-ci est une jolie bête. Ho ! Myrtille.

La vache de couleur fauve, avec des yeux aussi bruns et aussi doux que ceux d'Irène elle-même, restait absolument tranquille, car on venait de la traire. Elle les regarda du coin de ses yeux brillants, tendres, cyniques ; et, filtrant à travers ses lèvres grises, un peu de salive passa en bavure et tomba sur la paille. Une odeur de foin, de vanille et d'ammoniaque s'éleva dans l'étable fraîche et vaguement éclairée, et le vieux Jolyon dit :

— Il faut que vous veniez dîner avec moi. Je vous renverrai en voiture.

Il se rendit compte qu'un combat se livrait en elle, bien naturel d'ailleurs, à cause de ses souvenirs. Mais il désirait sa compagnie ; un visage charmant, une jolie femme, une tournure charmante, de la beauté ! Il avait été seul tout l'après-midi. Elle lut peut-être dans son regard inquiet, car elle répondit :

— Merci, mon oncle, très volontiers.

Il se frotta les mains et dit :

— Bravo ! eh bien, alors, rentrons !

Et, précédés du chien Balthazar, ils remontèrent à travers le pré. Le soleil était maintenant presque au niveau de leurs visages, et il apercevait non seulement les fils d'argent, mais de petites lignes juste assez profondes pour marquer sa beauté d'une fine empreinte de médaille – l'aspect particulier de l'être qui ne partage pas sa vie avec d'autres. « Je la ferai entrer par la terrasse, pensa-t-il. Je ne la traiterai pas comme une visiteuse ordinaire. »

— Que faites-vous toute la journée ? dit-il.

— Je donne des leçons de musique ; je m'occupe aussi d'autre chose.

— Le travail, dit le vieux Jolyon, ramassant la poupée de la balançoire et arrangeant son jupon noir. Rien de tel, n'est-ce pas ? Je ne travaille plus, maintenant. Je me fais vieux. De quoi est-ce que vous vous occupez encore ?

— J'essaie d'aider les femmes qui ont eu des malheurs.

Le vieux Jolyon ne comprit pas tout à fait.

— Des malheurs ? répéta-t-il ; puis brusquement il se rendit compte que ses paroles signifiaient exactement ce qu'il aurait voulu dire lui-même s'il s'était servi de ce terme. Assister les Madeleines repentantes de Londres ! Quelle étrange et terrifiante occupation ! Et la curiosité ayant raison de sa répugnance naturelle, il demanda :

— Pourquoi ? Que faites-vous pour elles ?

— Pas grand-chose. Je n'ai pas d'argent de trop. Je ne peux leur donner que de la sympathie et quelquefois un peu à manger.

Involontairement la main du vieux Jolyon chercha son porte-monnaie. Il dit vivement :

— Comment les découvrez-vous ?

— Je vais à l'hôpital.

— Un hôpital ! Pouah !

— Ce qui me fait le plus de mal, c'est que presque toutes, elles ont eu leur part de beauté.

Le vieux Jolyon redressa la poupée.

— De beauté, s'écria-t-il, ah ! oui, c'est bien triste !

Et il se dirigea vers la maison. Entrant par une porte-fenêtre et passant sous les stores encore baissés, il la précéda dans la pièce où il avait l'habitude de lire le *Times* et les pages d'un magazine d'agriculture aux énormes gravures de raves ou d'autres plantes, que Holly s'amusait ensuite à colorier.

— Le dîner est dans une demi-heure. Vous voulez peut-être vous laver les mains ? Je vais vous mener dans la chambre de June.

Il vit qu'elle regardait avec avidité autour d'elle ; que de changements depuis qu'elle avait visité la maison en dernier lieu avec son mari ou avec son amant, peut-être avec les deux ensemble, il ne le savait pas, il n'aurait pu le dire ! Tout cela était tombé dans l'oubli et il préférait qu'il en fût ainsi, mais que de changements ! Dans la galerie, il lui dit :

— Mon fils Jo est peintre, vous savez. Il a beaucoup de goût. Ce n'est pas le mien, naturellement, mais je l'ai laissé faire à sa tête.

Elle se tenait debout, immobile, tandis que ses yeux erraient à travers la galerie et la salle de musique telles qu'elles étaient maintenant, ne formant qu'une seule et vaste pièce sous le grand plafond vitré. Elle faisait au vieux Jolyon une étrange impression. Essayait-elle d'évoquer quelqu'un dans l'ombre de cet espace dont tout le coloris était gris perle et argent ? Lui, il aurait fait mettre de l'or, c'est plus gai, plus cossu. Mais Jo avait des goûts français qui s'étaient révélés dans cet ensemble de grisailles rappelant l'effet de la buée des cigarettes que le jeune homme fumait toujours, et où flambait çà et là une petite note de bleu ou de rouge vif. Ce n'était pas son rêve à lui. Par la pensée, il avait pendu dans ce « hall » des toiles de maîtres, des natures mortes dans leurs cadres dorés, qu'il avait achetées jadis. Et maintenant où étaient-elles ? Vendues pour un morceau de pain ! Car ce quelque chose, qui le faisait, seul des Forsyte, marcher avec son temps, l'avait averti de ne pas lutter pour les garder malgré tout. Mais dans son cabinet de travail, il avait encore des *Bateaux de pêche hollandais au coucher du soleil.*

Il se mit à gravir lentement l'escalier avec Irène, car il sentait sa douleur au côté.

— Voici les salles de bains, lui dit-il, et les autres installations. Je les ai fait daller. Les chambres d'enfants sont par là. Et ici, il y a les chambres de Jo et de sa femme ; elles communiquent toutes. Mais vous vous souvenez, je pense.

Irène fit signe que oui. Ils remontèrent le couloir et entrèrent dans une grande chambre à plusieurs fenêtres, meublée d'un petit lit.

— Ça, c'est la mienne, dit-il.

Les murs étaient couverts de photographies des enfants et d'aquarelles, et il ajouta d'un ton vague :

— Ce sont des œuvres de Jo. On a une vue magnifique d'ici. Par temps clair on voit la grande tribune d'Epsom.

Le soleil à présent se couchait derrière la maison et, sur le « point de vue », un brouillard lumineux s'était posé comme l'émanation de la longue et prospère journée. On voyait peu de maisons, mais les champs et les arbres scintillaient vaguement, se perdant dans un vague contour de dunes.

— Le pays change, dit-il brusquement, mais il demeurera quand nous ne serons plus de ce monde. Regardez ces grives, les oiseaux sont délicieux ici le matin. Je suis ravi de m'être affranchi de Londres.

Le visage d'Irène était près du carreau de la fenêtre et il fut frappé de son expression endeuillée. « Comme je voudrais pouvoir lui donner l'air heureux, pensa-t-il, jolie figure, mais triste. » Et, ramassant son broc d'eau chaude, il sortit dans le couloir.

— Ici, c'est la chambre de June, dit-il en ouvrant la première porte et en posant le broc. Je crois que vous trouverez tout ce qu'il faut.

Il referma la porte derrière elle et retourna dans sa chambre. Il se mit à rêver, tout en se brossant les cheveux avec ses grandes brosses d'ébène et en s'imbibant le front d'eau de Cologne. Cette femme était arrivée si étrangement, semblable à une apparition, mystérieuse, romanesque même, comme si son désir de société, de beauté avait été réalisé par… par qui peut bien s'occuper de réaliser ce genre de choses. Devant le miroir il redressa sa taille encore droite, passa les brosses sur sa grosse moustache blanche, lissa ses sourcils d'eau de Cologne et sonna.

— J'ai oublié de dire que j'avais une dame à dîner. Prévenez le cuisinier d'ajouter un plat et dites à Beacon d'atteler deux chevaux au landau pour la reconduire à Londres ce soir à dix heures et demie. Miss Holly est-elle endormie ?

— Je ne pense pas, répondit la femme de chambre.

Et le vieux Jolyon, suivant le couloir, marcha furtivement sur la pointe des pieds jusqu'à la nursery. Il ouvrit la porte dont il faisait spécialement huiler les gonds pour pouvoir se glisser le soir auprès des enfants sans être entendu.

Mais Holly était bien endormie, et reposait comme une madone en miniature, de ce type que les anciens peintres ne distinguaient pas de celui de Vénus, quand ils avaient achevé son portrait. Ses longs cils foncés étaient collés sur sa joue, son visage reflétait une paix parfaite – sans doute était-elle remise de son petit malaise. Et le vieux Jolyon, dans la pénombre de la chambre, resta debout, en adoration devant l'enfant. Il était si charmant, grave et aimant, ce petit visage. Le vieillard avait sa large part de cette faculté bénie de revivre dans les jeunes. Ils étaient pour lui sa vie future... tout ce que son paganisme foncier admettait peut-être d'une vie future. Et il y avait cette enfant avec tout l'avenir devant elle ; son sang, un peu de son sang à lui coulait dans ses petites veines. Elle était là, sa petite compagne qu'il fallait rendre aussi heureuse qu'il le pouvait, afin qu'elle ne connût que la tendresse. Son cœur se gonfla, et il sortit, étouffant le bruit de ses bottes vernies. Dans le corridor, une pensée extraordinaire l'assaillit ; dire que des enfants en arrivaient à être... ce qu'Irène, avait-elle dit, s'efforçait de secourir : des femmes qui avaient toutes été autrefois de petites créatures comme celle qui dormait là. « Il faudra que je lui donne un chèque, songea-t-il, pauvre femme ! c'est plus fort que moi. » Il n'avait jamais pu supporter la pensée de ces parias ; cela blessait trop profondément, jusqu'au vif, la vraie délicatesse qui se dissimulait sous des couches de formalisme et de respect humain ; cela blessait trop gravement ce qu'il y avait de plus profond en lui, cet amour de la beauté qui lui faisait encore, même à son âge, battre le cœur à l'idée de passer sa soirée en compagnie d'une jolie femme. Et il descendit, écartant les portes à deux battants, dans les régions reculées de la maison. Là, dans sa cave, il y avait un vin du Rhin qui valait au moins deux livres la bouteille, un Steinberg meilleur que n'importe quel Johannisberg qu'on eût jamais dégusté, un vin d'un bouquet parfait, parfumé comme une pêche et digne des dieux ! Il sortit une bouteille, la maniant avec la précaution d'une mère, et la tint à hauteur de la lumière pour la regarder. Enchâssée dans sa couche de poussière, cette bouteille au long col, au ton moelleux, lui donnait grand plaisir à voir. Depuis trois ans, depuis le déménagement de Londres, le vin avait eu le temps de se reposer, et devait être en parfait état. Il l'avait acheté trente-cinq ans auparavant, son palais, Dieu merci, était toujours le même et il avait gagné le droit de boire ce vin. Elle apprécierait le cru ; pas un soupçon d'acidité sur une douzaine de bouteilles. Il essuya la bouteille, la déboucha de ses propres mains, approcha le nez, respira son parfum, et retourna à la salle de musique.

Irène était debout près du piano ; elle avait ôté son chapeau et l'écharpe de dentelle qu'elle portait, de sorte que l'on voyait ses cheveux d'ambre et la pâleur de son cou. Dans sa robe grise, se détachant sur le bois de rose du piano, elle fit au vieux Jolyon l'effet d'un joli portrait.

Il lui offrit le bras et cérémonieusement, ils se dirigèrent vers la salle à manger. La pièce, qui avait été aménagée pour permettre à vingt-quatre personnes d'y dîner à l'aise, ne contenait à présent qu'une petite table ronde. Dans sa solitude actuelle, la vue de la grande salle oppressait le vieux Jolyon ; il l'avait fait enlever jusqu'au retour de son fils. Là, en compagnie de deux copies, vraiment très bonnes, de madones de Raphaël, il avait coutume de dîner seul. C'était l'unique heure mélancolique de sa journée, par ce temps d'été. Il n'avait jamais été un gros mangeur, comme ce grand diable de Swithin ou Sylvanus Heythorp, ou Anthony Tornworthy, ses copains d'autrefois ; et ce dîner solitaire, sous l'œil des madones, n'était pour lui qu'une ennuyeuse corvée qu'il expédiait vivement pour arriver au plaisir plus éthéré que lui procuraient son cigare et son café. Mais ce soir, c'était une autre affaire ! Ses yeux pétillaient en regardant son invitée assise en face de lui, et il parlait de l'Italie, de la Suisse, lui racontait des histoires de voyages qu'il y avait faits, et d'autres aventures qu'il ne pouvait plus servir à son fils et à sa petite-fille, parce qu'ils les connaissaient.

Ce nouvel auditoire lui était précieux; il n'était pas devenu un de ces vieillards dont les radotages font le tour du même cercle de souvenirs. Se lassant vite lui-même des gens indifférents, il évitait instinctivement de fatiguer les autres, et son culte naturel de la beauté le mettait plus particulièrement en garde, quand il s'agissait de parler à une femme. Il aurait voulu qu'elle se donnât davantage; elle murmurait bien quelque chose, souriait et semblait se plaire à ses récits, et, malgré cela, il avait l'impression de cet éloignement mystérieux qui était pour moitié dans son charme fascinateur. Il ne pouvait supporter les femmes qui se jetaient à la tête des hommes et qui bavardaient sans arrêt, ni ces femmes à la bouche dure, au ton impérieux, qui en savaient plus long que tout le monde. Il n'y avait qu'une qualité chez la femme qui l'attirât: c'était le charme, et plus il était discret, plus il lui plaisait. Et celle-ci avait du charme, alangui comme le soleil de l'après-midi sur ces montagnes et ces vallées d'Italie qu'il avait aimées. Et puis, l'impression qu'elle était en quelque sorte un être à part, cloîtrée, semblait la rendre plus proche de lui, et en faire une compagne étrangement désirable. Quand un homme est très âgé et retiré de toutes choses, il aime à se sentir en sécurité, à l'abri des rivalités de la jeunesse, car il voudrait encore tenir la première place dans le cœur des belles. Et il but son vin du Rhin, observa le mouvement des lèvres de la jeune femme et il se sentit presque jeune. Mais le chien Balthazar, couché, regardait ses lèvres aussi et méprisait dans son for intérieur les silences de leur conversation, et ces coupes aux tons verdâtres où les gens buvaient une liqueur d'or qui n'était pas de son goût.

Le jour finissait presque quand ils retournèrent dans la salle de musique. Un cigare aux lèvres, le vieux Jolyon dit:

— Jouez-moi du Chopin.

Aux cigares qu'ils fument, aux musiciens qu'ils aiment, on reconnaît les hommes et de quoi leur âme est faite. Le vieux Jolyon ne pouvait supporter ni un cigare fort ni la musique de Wagner. Il aimait Beethoven et Mozart, Haendel et Gluck et Schumann, et il éprouvait un penchant secret pour les opéras de Meyerbeer. Mais, depuis quelques années, il avait été séduit par Chopin, de même qu'il avait pris le goût de la peinture de Botticelli. En cédant à ces goûts, il avait eu conscience qu'il s'écartait du type classique de l'âge d'or. Leur poésie n'était point celle de Milton, de Byron, de Tennyson ; de Raphaël et de Titien ; de Mozart et de Beethoven. Elle était pour ainsi dire derrière un voile ; cette poésie ne heurtait personne en plein visage, elle s'insinuait sous la poitrine et nous étreignait, nous faisait fondre le cœur. Était-ce bon pour lui ? Il n'en était pas toujours certain, mais cela lui était bien égal, tant qu'il pouvait voir les tableaux de l'un ou entendre la musique de l'autre.

Irène s'assit au piano, sous la lampe électrique festonnée de gris perle, et le vieux Jolyon, dans un fauteuil d'où il pouvait la voir, croisa les jambes et se mit à tirer lentement des bouffées de son cigare. Elle resta quelques instants les doigts sur les touches, évidemment occupée à fouiller sa mémoire pour savoir ce qu'elle lui jouerait. Puis elle commença et alors le vieux Jolyon sentit sourdre au fond de son être une jouissance amère qui ne ressemblait presque à rien d'autre au monde. Il tomba peu à peu dans une sorte d'extase interrompue seulement par le mouvement de la main portant le cigare à ses lèvres et l'en retirant à de longs intervalles. La réalité, c'était elle et le vin du Rhin qu'il avait bu et l'odeur du tabac ; mais il y avait aussi un monde ensoleillé se fondant en clair de lune, et des mares parsemées de cigognes avec des arbres azurés au-dessus, aux troncs desquels des roses lie-de-vin mettaient une note flamboyante, et des champs de lavande où passaient des vaches d'un blanc de lait, et où une femme tout en ombres, aux yeux noirs et au cou blanc souriait, tendant les bras. Et, à travers l'air qui était comme de la musique, une étoile tomba et s'accrocha à la corne d'une vache. Il ouvrit les yeux. Le beau morceau, elle jouait bien… le toucher d'un ange. Et il les referma. Il se sentait merveilleusement triste et heureux, comme on se sent quand on se tient debout sous un tilleul tout fleuri de miel. Non pas revivre sa vie, mais rester simplement là à se réchauffer au sourire des yeux d'une femme et en savourer le bouquet. Et il retira brusquement sa main, car le chien Balthazar s'était dressé jusqu'à lui, et la léchait.

— Magnifique, dit-il. Continuez, encore du Chopin !

Elle se remit à jouer. Cette fois la ressemblance entre elle et la musique de Chopin le frappa. Le balancement qu'il avait remarqué dans sa démarche était aussi dans son jeu, dans le nocturne qu'elle avait choisi et la douceur sombre de ses yeux, la lumière sur ses cheveux comme le rayon d'une lune d'or. Séduisante sans doute, mais rien d'une Dalila, ni en elle, ni dans sa musique. Une longue spirale bleue s'éleva de son cigare et se dispersa dans l'air. « Nous nous évanouirons ainsi, pensa-t-il. Plus de beauté ! Plus rien ! » Irène s'arrêta encore.

— Voulez-vous que je vous joue du Gluck ? dit-elle. Il avait l'habitude de composer dans un jardin ensoleillé avec une bouteille de vin du Rhin auprès de lui.

— Ah ! oui, jouez-moi *Orphée.*

Et une fois encore sa pensée s'envola. Il se sentait maintenant environné par des champs de fleurs d'or et d'argent où des formes blanches oscillaient dans un rayon de soleil et où des oiseaux aux teintes vives voletaient de-ci de-là. C'était le plein été ! Des ondes, toutes de douceur et de regret, s'attardaient en lui et inondaient son âme. Un peu de cendre de son cigare tomba, il sortit un mouchoir de soie pour l'enlever et respira un parfum mélangé de tabac et d'eau de Cologne. « Ah ! pensa-t-il, ce n'est que l'été de la Saint-Martin. » Et il dit :

— Vous ne m'avez pas joué « Che farò ».

Elle ne répondit pas, ne bougea plus. Il eut conscience de quelque chose, d'un étrange bouleversement. Soudain il la vit se lever et se détourner – et il se sentit pénétré d'un remords poignant. Quel imbécile ! Quel vieux maladroit ! Comme

Orphée naturellement, elle aussi cherchait son bien-aimé perdu dans cet antre du souvenir. Et, troublé jusqu'au cœur, il se leva de sa chaise. Elle s'était levée jusqu'à la grande fenêtre au bout de la pièce. Avec précaution il la suivit. Elle tenait les mains croisées sur sa poitrine, il pouvait tout juste apercevoir sa joue, très pâle. Et, gagné par l'émotion, il dit :

— Voyons, voyons, ma chérie !

Les mots lui avaient échappé machinalement, car c'était ceux qu'il adressait à Holly quand elle avait mal, mais leur effet fut immédiat, désastreux. Elle leva les bras, s'en couvrit le visage et se mit à pleurer.

Le vieux Jolyon resta debout à la regarder de ses yeux que l'âge avait creusés. À voir ce fol accès de honte qui semblait s'emparer d'elle devant son abandon, cette attitude si différente de la quiétude, de l'empire sur soi-même qu'elle respirait, on aurait dit que pour la première fois elle se laissait aller en présence de quelqu'un.

— Voyons, voyons…, murmura-t-il, et, étendant la main avec des égards infinis, il l'effleura doucement.

Elle se retourna et s'appuya sur lui, de ses bras qui couvraient toujours son visage. Le vieux Jolyon resta immobile, laissant reposer sa main amaigrie sur l'épaule de la jeune femme. Pauvre petite ! Il fallait la laisser pleurer de tout son cœur. Ça lui ferait du bien. Et le chien Balthazar, intrigué, se mit sur son séant pour les observer.

La fenêtre était encore ouverte, on n'avait pas tiré les rideaux, et les dernières lueurs du jour entraient timidement se mêler à celle de la lampe allumée à l'intérieur de la pièce ; il y avait un parfum de foin coupé. Avec la sagesse que donne une longue vie, le vieux Jolyon ne parla pas. Le chagrin lui-même finit, avec le temps, par épuiser ses sanglots ; seul le temps apaise la douleur, le temps qui voit passer tous les changements d'humeur, toutes les émotions à tour de rôle, le temps qui donne le repos. Les vieillards le savent. La phrase : « Comme un cerf altéré soupire après l'eau courante » lui traversa l'esprit, mais elle ne pouvait lui servir de rien. Ensuite il eut conscience d'un parfum de violettes et il comprit qu'elle se séchait les yeux. Il avança le menton et appuya sa moustache contre le front d'Irène, qu'il sentit frémir d'un tremblement de tout le corps, comme un arbre qui secoue toutes ses gouttes de pluie. Elle porta la main du vieillard à ses lèvres comme pour dire : « C'est fini ! pardonnez-moi ! »

Ce baiser, chose étrange, fut pour lui plein de réconfort ; il la reconduisit à l'endroit où elle avait été si bouleversée. Et le chien Balthazar, les suivant, déposa à leurs pieds l'os d'une des côtelettes qu'ils avaient mangées.

Désireux d'effacer le souvenir de cette émotion, il ne sut rien imaginer de mieux que de lui faire admirer des porcelaines, et, en passant lentement avec elle d'une vitrine à l'autre, il sortait sans cesse des pièces de Saxe, de Lowestoft et de Chelsea, les retournant et les maniant de ses mains maigres et veinées dont la peau, légèrement tachée de son, donnait une telle impression de vieillesse.

— J'ai acheté ça chez Jobson, disait-il, ça m'a coûté trente livres. C'est très ancien. Ce chien laisse ses os partout. Cette vieille « coupe de bord », je l'ai dénichée à la vente de ce farceur de marquis, qui a eu des malheurs. Mais vous ne vous en souvenez pas. Et ceci, savez-vous ce que c'est ?

Et il était réconforté en pensant qu'avec son goût elle s'intéressait vraiment à ces choses, car en somme il n'y a rien de plus calmant pour les nerfs qu'une pièce de porcelaine dont l'authenticité vous inspire des doutes.

Quand les roues de la voiture, à la fin, firent craquer le sable de l'allée, il dit :

— Il faudra que vous reveniez, il faudra venir déjeuner pour que je puisse vous montrer mes bibelots au grand jour, et ma « petite chérie » ! C'est un amour. Ce chien semble vous avoir prise en amitié.

Car Balthazar, sentant qu'elle était sur le point de partir, se frottait contre sa jambe. Le vieux Jolyon sortit avec elle sous le porche.

— Il vous ramènera, dit-il, en une heure un quart. Prenez ceci pour vos protégées – et il lui glissa dans la main un chèque de cinquante livres.

Il vit ses yeux s'éclairer et l'entendit murmurer : « Oh ! mon oncle ! », et une vive sensation de joie lui traversa le cœur. Cela représentait un petit secours pour une ou deux pauvres créatures, et cela signifiait qu'elle reviendrait encore. Il avança la main à travers la portière et serra encore la sienne. La voiture partit. Il resta debout, regardant la lune et l'ombre des arbres et il pensa : « Quelle douce nuit !... Irène !... »

*

Après deux jours de pluie, l'été commença, plein de grâce et de soleil. Le vieux Jolyon se promena et causa avec Holly. D'abord il se sentit plus droit et plein d'une nouvelle vigueur, puis il perdit sa quiétude. Presque tous les après-midi ils entraient dans les taillis et marchaient jusqu'au tronc d'arbre. « Eh bien ! elle n'est pas là ! » pensait-il, naturellement. Et alors il se sentait rapetissé, et il traînait du pied en remontant la colline jusqu'à la maison, la main pressée contre son côté gauche. De temps en temps, une pensée l'agitait : « Est-elle venue ? ou l'ai-je rêvé ? » Et il regardait avec fixité dans le vide, pendant que le chien Balthazar le fixait aussi. Naturellement elle ne reviendra plus. Il ouvrit les lettres d'Espagne avec moins d'empressement. Ils ne revenaient qu'en juillet et, chose bizarre, il sentit qu'il pourrait supporter cette absence. Tous les jours, à dîner, il tendait son regard vers la place qu'elle avait occupée... Et comme elle n'y était pas, il ne lui restait plus qu'à l'en détacher.

Au bout d'une semaine, il pensa : « Il faut que j'aille en ville m'acheter des chaussures. » Il fit donner l'ordre à Beacon d'atteler et se mit en route. Après Putney, on se dirigeait vers Hyde Park, lorsqu'il se dit : « Je pourrais aussi bien aller la voir à Chelsea », et il cria :

— Conduisez-moi donc où vous avez mené cette dame l'autre soir.

Le cocher tourna vers lui sa large figure rouge et ses lèvres humides répondirent :

— La dame en gris, monsieur ?

— Oui, la dame en gris.

Naturellement. En existait-il une autre ? Le butor !

La voiture s'arrêta devant un pâté d'immeubles à trois étages, loué en appartements, bâti un peu en retrait de la rivière. L'œil exercé du vieux Jolyon lui dit qu'on ne devait pas les louer cher. « Dans les soixante livres par an, j'imagine », réfléchit-il, et, en entrant, il regarda la liste des locataires. Le nom de « Forsyte » n'y était pas, mais à côté du « premier étage, porte C », il lut ces mots « Mrs Irène Heron ». Ah ! elle avait repris son nom de jeune fille. Sans savoir pourquoi, il en éprouva du contentement. Il monta lentement ; son côté le faisait un peu souffrir. Il se reposa un moment avant de sonner, pour laisser passer la sensation de tiraillement et de palpitation qu'il avait là. Elle n'y serait pas et alors il serait temps de songer aux chaussures ! Cette pensée ne lui souriait pas. Qu'avait-il besoin de chaussures à son âge ? Il ne pourrait même pas user toutes celles qu'il possédait déjà.

— Madame est-elle chez elle ?

— Oui, monsieur.

— Annoncez Mr Jolyon Forsyte.

— Oui, monsieur. Voulez-vous venir par ici ?

Le vieux Jolyon suivit une toute petite bonne, de seize ans environ, dans un salon où les stores étaient baissés. En fait de meubles, il n'y avait guère dans la pièce qu'un simple piano droit ; le reste n'était que vague parfum et marques de bon goût. Il resta debout, au beau milieu, son chapeau haut de forme à la main et il pensa : « Je suppose qu'elle n'est pas très riche ! » Dans un miroir au-dessus de la cheminée il vit son image. Quel vieux bonhomme ! Il entendit un frou-frou et se retourna. Elle était si près de lui que sa moustache effleura presque son front, juste au-dessous des fils blancs qui argentaient ses cheveux.

— Je venais en ville, dit-il. J'ai eu l'idée de passer vous voir, pour vous demander comment vous étiez rentrée l'autre soir.

Et, la voyant sourire, il sentit un soulagement soudain. Elle était peut-être vraiment contente de le voir.

— Voudriez-vous mettre votre chapeau et venir faire un tour dans le parc ?

Mais pendant qu'elle était allée mettre son chapeau, il fronça les sourcils. « Le parc ! et James ! et Emily ! Mrs Nicholas ou quelque autre membre de ma chère famille va probablement être là en train de caracoler. Et puis, ils iront échanger des potins sur leur rencontre. Vaut mieux pas ! » Il ne tenait pas à faire revivre les échos du passé dans les cercles des Forsyte. Il ôta un cheveu blanc du revers de sa redingote strictement boutonnée et passa la main sur ses joues, ses moustaches et son menton carré. Quelle impression de creux, là, sous les pommettes ! Il n'avait pas mangé beaucoup ces derniers temps… Peut-être ferait-il mieux de demander un fortifiant au petit médicastre qui soignait Holly. Mais elle était revenue, et quand ils furent dans la voiture, il lui dit :

— Voulez-vous que nous allions nous asseoir aux jardins de Kensington, au lieu d'aller au parc ? Et il ajouta avec un clignement d'œil :

— Il n'y a pas de gens à caracoler par là – comme si elle était dans le secret de sa pensée.

Laissant la voiture, ils entrèrent dans cette enceinte choisie et, en flânant, se dirigèrent vers la pièce d'eau.

— Vous avez repris votre nom de jeune fille, à ce que je vois.

Et il ajouta :

— Je n'en suis pas fâché.

Elle glissa une main sous son bras :

— Est-ce que June m'a pardonné, mon oncle ?

Il répondit doucement :

— Mais oui, oui, naturellement… pourquoi pas ?

— Et vous ?

— Moi ! Je vous ai pardonné dès que j'ai su le fin mot de l'histoire.

Et peut-être disait-il vrai ; son instinct l'avait toujours conduit à pardonner à la beauté. Elle poussa un profond soupir.

— Je n'ai jamais regretté… je ne le pouvais pas… Avez-vous jamais aimé très profondément, mon oncle ?

À cette étrange question, le vieux Jolyon regarda droit devant lui. Avait-il profondément aimé ? Il ne semblait pas s'en souvenir. Mais il n'aimait guère le dire à cette jeune femme dont la main touchait son bras, dont la vie semblait en quelque sorte suspendue au souvenir de ce tragique amour. Et il pensa : « Si je vous avais rencontrée, vous, quand j'étais jeune, j'aurais peut-être perdu la tête. » Il fut pris du désir de se retrancher dans des réflexions générales.

— L'amour est une chose bizarre, dit-il, et souvent fatale. C'étaient bien les Grecs, n'est-ce pas, qui avaient fait de l'amour une déesse ? Ils avaient sans doute raison, mais ils vivaient à l'âge d'or.

— Phil les adorait.

Philip ! Ce nom le choqua, car, tout d'un coup, avec sa faculté de deviner le fin fond des choses, il comprit pourquoi elle supportait ainsi sa compagnie. Elle voulait parler de son amant ! Soit ! Si ça lui faisait plaisir ! Et il dit :

— Ah ! j'imagine qu'il y avait un peu de sculpteur chez lui.

— Oui. Il aimait l'équilibre et la symétrie, il aimait la façon absolue dont les Grecs s'adonnaient à l'art.

L'équilibre ! Le pauvre garçon n'en avait pas du tout, si son souvenir était exact ; et quant à la symétrie, il était assez bien bâti sans doute ; mais ses yeux étranges et ses pommettes hautes… De la symétrie ?

— Vous aussi, vous appartenez à l'âge d'or, mon oncle ?

Le vieux Jolyon se retourna vers elle. Se moquait-elle de lui ? Non, ses yeux étaient doux comme du velours. Est-ce qu'elle voulait le flatter ? Mais alors dans quel but ? Il n'y avait rien à tirer d'un vieux bonhomme comme lui.

C'était une idée à Phil. Il avait l'habitude de répéter : « Mais je ne puis jamais lui dire combien je l'admire. »

Ah ! voilà encore, son amant mort, son désir de parler de lui ! Et il pressa son bras, à demi fâché de ces rappels, et à demi reconnaissant, comme s'il sentait quel lien ils créaient entre elle et lui.

— C'était un jeune homme plein de talent, murmura-t-il. Il fait chaud. Je souffre de la chaleur à présent. Asseyons-nous.

Ils prirent deux chaises sous un châtaignier, dont les larges feuilles les abritèrent de la paisible gloire du soleil de l'après-midi. C'était un plaisir de se trouver assis là avec elle, en l'observant, et de sentir qu'elle était contente d'être auprès de lui. Et le désir d'augmenter, s'il le pouvait, ce contentement le fit poursuivre :

— Je suppose qu'il vous a laissée voir un côté de son caractère que je n'ai jamais vu. Avec vous, il devait naturellement paraître à son avantage. Ses idées sur l'art étaient un peu… nouvelles pour moi…

Il avait arrêté juste à temps le mot « osées ».

— Oui, mais il avait coutume de dire que vous aviez un véritable sentiment de la beauté.

— Diable ! voyez-vous cela ! pensa le vieux Jolyon, mais il répondit avec un clignement d'œil :

— Ma foi, c'est vrai, car sans ça, je ne serais pas assis ici avec vous.

Elle était attirante quand elle souriait des yeux comme ça.

— Il pensait que vous étiez de ceux dont le cœur ne vieillit jamais. Phil avait une vraie divination.

Il ne fut pas dupe de ce compliment qu'il sentait provenir du passé, et de cet ardent désir qu'elle éprouvait de parler de son amant perdu – nullement dupe ; et cependant cela avait du prix, parce qu'elle contentait ses yeux, et son cœur qui, en vérité, ne connaissait pas la vieillesse. Était-ce parce que, à l'inverse d'elle et de son amant perdu, il n'avait jamais aimé jusqu'à la folie, et qu'il avait toujours conservé son équilibre et son sentiment de la symétrie ? Eh bien, cela lui avait laissé, à quatre-vingt-quatre ans, le don d'admirer toujours la beauté. Et il pensa : « Ah ! si j'étais peintre ou sculpteur ! Mais je suis un vieux bonhomme. Il faut faire la moisson pendant que le soleil brille. »

Un couple, les bras enlacés, traversa le gazon devant eux au bord de l'ombre projetée par leur arbre. Le soleil tomba crûment sur les deux visages jeunes, mais pâles, aplatis, incultes.

— L'humanité est bien laide ! dit tout à coup le vieux Jolyon. Ce qui me surprend, c'est que l'amour puisse triompher de cela.

— L'amour triomphe de tout !

— C'est ce que pensent les jeunes, murmura-t-il.

— L'amour ne connaît ni âge, ni limites, ni mort.

Avec cet éclat sur son pâle visage, sa poitrine haletante, ses grands yeux sombres et doux, elle avait l'air de Vénus ressuscitée. Mais ces exagérations amenèrent une réaction immédiate ; et, clignant des yeux, il dit :

— Eh bien, s'il y avait des limites à l'amour, nous ne serions pas de ce monde ; car, par le ciel, il lui faut supporter bien des choses.

Puis, ôtant son chapeau, il en lissa le tour d'un revers de main. Ce diable de chapeau haut de forme lui échauffait le front ; ces jours-ci il avait souvent le sang à la tête, sa circulation n'était plus aussi bonne qu'autrefois.

Elle restait encore assise, immobile, regardant droit devant elle et soudain elle murmura :

— C'est bizarre que moi, je sois encore de ce monde.

Les paroles de Jo : « Égarée et perdue » lui revinrent à la mémoire.

— Ah ! dit-il, mon fils vous a vue un instant ce jour-là.

— C'était votre fils ? J'ai bien entendu une voix dans l'antichambre. J'ai cru pendant une seconde que c'était… Phil.

Le vieux Jolyon vit trembler ses lèvres. Elle les couvrit de sa main, puis elle la retira et continua tranquillement.

— Ce soir-là, je suis allée sur le quai de la Tamise ; une femme m'a saisie par la robe. Elle m'a parlé d'elle-même. Et quand on sait ce que peuvent souffrir d'autres gens, on a honte de soi.

— Une de ces femmes ?

Elle acquiesça, et un sentiment d'horreur remua le cœur du vieux Jolyon, l'horreur que peut éprouver un être qui n'a jamais eu à lutter contre le désespoir. Presque à contrecœur, il murmura :

— Racontez-moi, voulez-vous ?

— Il m'était égal de vivre ou de mourir. Quand on en est là, le sort cesse de vouloir vous tuer. Elle m'a soignée trois jours ; elle ne m'a pas quittée. Je n'avais pas d'argent. Voilà pourquoi maintenant je fais ce que je peux pour elles.

Mais le vieux Jolyon pensait : « Pas d'argent ! Quel sort comparable à celui-là ? Est-ce qu'il n'englobe pas tous les autres ? »

— Je voudrais bien que vous fussiez venue me trouver. Pourquoi n'êtes-vous pas venue ?

Irène ne répondit pas.

— Parce que je m'appelais Forsyte, sans doute ? Ou bien est-ce la pensée de rencontrer June qui vous a tenue à l'écart ? Et comment cela marche-t-il maintenant ?

Involontairement, son regard la parcourut du haut en bas. Peut-être qu'à ce même moment elle avait faim… Et pourtant, elle n'était pas maigre, non, vraiment.

— Oh ! je gagne de quoi vivre.

La réponse ne le rassura pas ; il avait perdu confiance. Et ce diable de Soames ! Son sentiment de la justice l'empêcha de porter condamnation. Non, elle serait certainement morte plutôt que d'accepter un sou de lui. Malgré son air de douceur, il devait y avoir de la force en elle – force et fidélité. Mais pourquoi aussi le jeune Bosinney s'était-il fait écraser, en la laissant comme cela dans l'embarras ?

— Eh bien, maintenant, il faudra venir me trouver, dit-il, si vous avez besoin de n'importe quoi ; sans cela je serai très fâché.

Il mit son chapeau et se leva.

— Allons goûter quelque part. J'ai dit à ce paresseux de laisser reposer les chevaux pendant une heure et de venir me chercher chez vous. Nous prendrons un fiacre tantôt. Je n'ai plus la force de marcher comme autrefois.

Ce fut une joie pour lui, cette flânerie à travers le parc jusqu'à Kensington, le son de la voix d'Irène, le regard de ses yeux, la beauté subtile de cette silhouette charmante se mouvant à ses côtés. Une joie, de prendre le thé chez Ruffel, dans High Street ; il en sortit avec une grosse boîte de chocolats pendue à son petit doigt. Une joie encore, le retour à Chelsea dans un « handsom » en fumant son cigare. Elle avait promis de venir à la campagne le dimanche suivant et de lui faire encore de la musique. Déjà en pensée il cueillait les œillets et les premières roses qu'elle emporterait le soir. Quel plaisir de lui faire ce petit plaisir, même venant d'un vieux bonhomme comme lui ! La voiture était déjà devant la porte lorsqu'ils arrivèrent. C'était bien là un tour de ce garçon qui se faisait toujours attendre quand on avait besoin de lui ! Le vieux Jolyon entra un instant pour lui dire adieu. La petite antichambre sombre de l'appartement était imprégnée d'une odeur désagréable de patchouli. Sur une banquette, qui était le seul meuble de l'entrée, contre le mur, il vit une femme assise. Il entendit Irène dire doucement :

— Un petit instant.

Dans l'étroit salon, quand la porte fut refermée, il demanda gravement :

— Une de vos protégées ?

— Oui ; maintenant, grâce à vous, je puis lui venir en aide.

Il resta debout, regardant droit devant lui et caressant son menton volontaire qui, dans son temps, avait fait peur à bien des gens. L'idée de la sentir ainsi mise directement en contact avec cette créature de rebut l'attristait et l'effrayait. Que pouvait-elle faire pour ces parias ? Rien. Simplement se salir, et peut-être s'attirer des ennuis. Il dit :

— Prenez garde, ma chère. Le monde interprète tout au plus mal.

— Je le sais.

Il fut interloqué par ce tranquille sourire.

— Alors… à dimanche.

Et il murmura :

— Adieu.

Elle tendit la joue pour qu'il l'embrassât.

— Adieu, dit-il encore. Soignez-vous bien.

Et il sortit sans regarder la personne assise sur le banc. Il rentra en traversant par le chemin de Hammersmith, de façon à pouvoir s'arrêter dans un magasin qu'il connaissait, et lui faire envoyer deux douzaines de bouteilles du meilleur bourgogne : elle devait avoir besoin parfois d'un stimulant. Ce ne fut qu'en traversant Richmond Park qu'il se souvint qu'il était venu en ville dans le but de se commander des chaussures, et il s'étonna d'avoir eu une idée aussi mesquine.

*

Les ombres légères du passé qui remplissent en foule les journées d'un vieillard avaient rarement assiégé aussi peu les yeux du vieux Jolyon, que dans les soixante-dix heures qui le séparaient encore du dimanche ; à leur place, c'était l'ombre de l'avenir, avec le charme de l'inconnu, qui offrait ses lèvres. Le vieux Jolyon ne s'agitait plus maintenant ; il n'allait pas voir le tronc d'arbre renversé parce qu'elle *venait déjeuner.* La perspective de ce repas lui apportait une merveilleuse certitude, qui chassait un monde de doutes, personne ne manquant un repas, sauf pour des raisons majeures. Le vieux Jolyon fit mainte partie sur la pelouse avec Holly. Elle tenait la batte, pendant que lui jetait les balles de cricket, se préparant ainsi à rendre le même service à Jolly pendant les vacances. La petite fille n'était pas une Forsyte, mais Jolly en était un – et dans la famille Forsyte, la première place et la batte de cricket reviennent aux hommes, jusqu'à ce qu'ils y renoncent et atteignent l'âge de quatre-vingt-quatre ans. Le chien Balthazar assistait à la partie et se couchait sur la balle dès qu'il le pouvait. Un petit domestique à la figure ronde comme la lune attrapait les balles. Le temps passait et pourtant chaque jour semblait, au vieux Jolyon, plus long, et plus radieux que le précédent. Le vendredi soir il prit une pilule pour le foie, car son côté lui faisait assez mal ; ce n'était pas du côté droit, mais n'importe, aucun remède ne vaut celui-là. Si quelqu'un lui avait dit qu'il avait pris à la vie un intérêt nouveau, et que ce genre d'intérêt ne lui valait rien, il aurait eu pour réponse un de ces fermes regards de défi du fond de ses yeux gris fer, qui semblaient dire : « Je connais mes affaires. Mêlez-vous de ce qui vous regarde. » Il avait toujours été comme cela et il continuerait.

Le dimanche matin, pendant que Holly était à l'église, avec son institutrice, il alla passer l'inspection des plates-bandes de fraises. Accompagné du chien Balthazar, il examina chaque pied minutieusement et réussit à découvrir deux douzaines au moins de fraises bien mûres. Se baisser le fatiguait et un vertige le prit, tandis que le sang lui montait à la tête. Après avoir placé les fraises dans un plat sur la table du déjeuner, il se lava les mains et se baigna le front d'eau de Cologne. Devant son miroir, il se trouva maigri. Quel échalas il avait été dans sa jeunesse ! Être svelte, voilà qui était bien ; il ne pouvait supporter les gens gras, mais tout de même ses joues à lui étaient peut-être bien maigres. Irène arrivait par le train de midi et demi et devrait venir à pied par la route qui passait à la ferme de Drage, en entrant par l'extrémité du taillis. Après avoir regardé dans la chambre de June si l'eau chaude était préparée, il partit à sa rencontre lentement, car le cœur lui battait. L'air embaumait, les alouettes chantaient et on pouvait apercevoir la grande tribune d'Epsom. Quelle belle journée ! C'était sans doute par un temps pareil, cinq ans auparavant, que Soames avait amené là-bas le jeune Bosinney pour regarder le site avant de commencer à bâtir. June le lui avait dit souvent, c'était le jeune Bosinney qui avait tout de suite trouvé l'emplacement exact de la maison. Tous ces derniers jours, le vieux Jolyon avait beaucoup pensé au jeune homme, comme si son ombre hantait vraiment la scène de ses derniers travaux, courant la chance de la rencontrer, elle : Bosinney, le seul homme qui eût possédé son cœur, celui auquel elle s'était donnée de tout son être avec ivresse. À son âge, bien entendu, on n'imaginait plus ces choses-là, mais une vague souffrance l'agitait, comme le fantôme d'une jalousie impersonnelle ; et aussi un sentiment plus généreux de pitié pour cet amour si tôt perdu. En quelques pauvres mois, tout avait été fini ! Oh, mon Dieu ! Il regarda sa montre avant d'entrer sous bois – midi un quart seulement – encore vingt-cinq minutes à attendre ! Il tourna le coin du chemin, et alors il l'aperçut, exactement à l'endroit où il l'avait vue la première fois, assise sur le tronc d'arbre ; il comprit qu'elle avait dû venir par le train précédent, pour pouvoir rester là, seule, deux heures au moins. Il avait manqué deux heures de sa compagnie ! Quel souvenir pouvait bien lui rendre ce coin si cher ? Elle lut sur son visage ce qu'il pensait, aussi tout de suite elle lui dit :

— Pardonnez-moi, mon oncle, c'est ici que j'ai su pour la première fois…

— Oui, oui, l'endroit est à votre disposition, tant que vous voudrez. Mais vous avez une figure de Londres ; vous donnez trop de leçons.

Il se tourmentait qu'elle eût à donner des leçons, des leçons à une bande de jeunes filles qui tapotaient des gammes avec leurs doigts épais.

— Où les donnez-vous ?

— J'en donne surtout dans des familles juives, heureusement.

Le vieux Jolyon eut un sursaut ; à tous les Forsyte, les Juifs font l'effet de gens douteux et d'étrangers.

— Ils aiment beaucoup la musique, et ils sont très aimables.

— Il ne manquerait que ça, qu'ils ne le soient pas.

Il prit le bras d'Irène – son côté lui faisait toujours un peu mal à la montée – et dit :

— Avez-vous jamais rien vu d'aussi joli que ces boutons d'or ? Ils ont poussé comme ça en une nuit.

Les yeux de la jeune femme semblaient réellement voler à travers le champ, comme des abeilles à la poursuite des fleurs et du miel.

— Je voulais vous les montrer, je n'ai pas laissé mettre les vaches à paître.

Puis, se souvenant qu'elle était venue pour parler de Bosinney, il lui indiqua l'horloge au-dessus des écuries :

— Je suppose qu'il ne me l'aurait pas laissée mettre là ; il n'avait pas la notion de l'heure, si j'ai bonne mémoire.

Mais elle, en pressant son bras contre le sien, au lieu de répondre, se mit à parler des fleurs, et il comprit que c'était pour qu'il ne crût pas qu'elle venait uniquement à cause de son amant perdu.

— La plus belle fleur que je puisse vous montrer, lui dit-il d'un ton triomphant, c'est ma petite chérie. Elle va être de retour de l'église à l'instant. Il y a quelque chose en elle qui me fait songer un peu à vous.

Il ne lui sembla pas singulier de tourner ainsi la phrase, au lieu de dire : « Il y a quelque chose en vous qui me fait songer à elle. » Ah ! la voilà qui arrivait.

Suivie de près par l'institutrice française, d'un certain âge, dont l'estomac avait été détraqué vingt-deux ans auparavant pendant le siège de Strasbourg, Holly accourut vers eux, en passant sous le chêne. Elle s'arrêta à quelques mètres pour caresser le chien Balthazar. Elle faisait cela pour se donner l'air de ne songer à rien d'autre. Mais le vieux Jolyon, qui savait à quoi s'en tenir, dit :

— Eh bien ? ma chérie, voici la dame en gris que je vous ai promise.

Holly se redressa et leva les yeux. Il les observa toutes les deux d'un air malicieux. Irène sourit, Holly passa d'un regard d'interrogation à un sourire timide, puis à une expression plus grave. Elle avait le sentiment de la beauté, cette enfant ; elle savait ce qu'il en était ! Il observa avec plaisir le baiser qu'elles échangèrent.

— Mrs Heron, mam'zelle Beauce. Eh bien, mam'zelle, le sermon était-il intéressant ?

Maintenant qu'il n'avait plus beaucoup de temps à vivre, la seule partie du service religieux qui pouvait encore l'intéresser était celle qui se rapportait au monde, c'est-à-dire le sermon. Mam'zelle Beauce tendit une main arachnéenne et gantée de chevreau noir – elle avait vécu dans les meilleures familles – et, dans son visage maigre et jaunâtre, ses yeux un peu tristes semblaient demander : « Êtes-vous bien élevé ? » Chaque fois que Holly ou Jolly faisaient quelque chose qui lui déplaisait – ce qui n'était pas rare –, elle leur donnait en exemple les petits « Tayleurs » et disait, en roulant les *r* :

— Jamais les petits Tayleurs ne feraient une chose pareille ; ce sont des enfants bien élevés.

Jolly détestait « les petits Tayleurs ». Holly se demandait comment elle leur était tellement inférieure. « Drôle de corps, cette petite bonne femme », se disait Jolyon en pensant à Mlle Beauce.

Le déjeuner fut réussi ; les champignons qu'il avait ramassés lui-même sous la bâche, les fraises choisies, et une autre bouteille de vin de Steinberg lui remplirent le corps d'un parfum tout éthéré... et de la certitude d'une petite poussée d'eczéma pour le lendemain. Après le déjeuner, ils prirent leur café turc sous le grand chêne. Il vit sans regret Mlle Beauce se retirer pour écrire sa lettre dominicale à sa sœur, qui avait jadis compromis son avenir par l'absorption accidentelle d'une épingle ; événement cité journellement en exemple aux enfants pour les inciter à manger lentement et à digérer ce qu'ils mangeaient. Au bas de la pente gazonnée, étendus sur une couverture de voyage, Holly et le chien Balthazar se taquinaient et se caressaient. À l'ombre, le vieux Jolyon, les jambes croisées, savourait voluptueusement son cigare, tout en regardant longuement Irène assise sur la balançoire. Une silhouette grise, fine et légère, se balançait vaguement ; quelques taches de soleil par-ci par-là, des lèvres entrouvertes, des yeux noirs et doux sous des paupières légèrement baissées. Elle avait l'air heureux ; sûrement cela lui faisait du bien de venir ainsi le voir. L'égoïsme de la vieillesse n'avait pas encore entièrement prise sur lui puisqu'il trouvait encore du plaisir à celui des autres. Il se rendait compte que ce qu'il désirait, même très vivement, n'était pas tout au monde.

— C'est tranquille ici, dit-il. Il ne faut pas venir si vous trouvez ça ennuyeux. Mais quel bonheur de vous voir ! Le visage de ma petite chérie est le seul, à part le vôtre, qui me fasse plaisir à regarder.

À son sourire, il comprit qu'elle ne dédaignait pas d'être appréciée et il en fut rassuré.

— Ce n'est pas une blague, dit-il. Je n'ai jamais fait de compliments si je ne les pensais pas. En somme, je ne me souviens pas d'avoir exprimé mon admiration à une femme, sauf à la mienne autrefois ; mais dans le mariage les femmes sont si bizarres… Il resta silencieux, puis reprit brusquement :

— Elle s'attendait à me l'entendre dire plus souvent que je l'éprouvais ; voilà ce qui en était.

Le visage d'Irène refléta un trouble mystérieux, et craignant de l'avoir perdue, il se hâta d'ajouter :

— Quand ma petite chérie se mariera, j'espère qu'elle rencontrera un homme qui connaisse le cœur des femmes. Je ne serai pas là pour le voir. Le mariage met trop de choses à l'envers. Je ne veux pas qu'elle ait à lutter contre cela.

Et, se rendant compte qu'il n'avait fait qu'aggraver ses propos, il ajouta :

– Ce chien-là, il faut toujours qu'il se gratte.

Un silence suivit. À quoi pensait-elle, cette jolie créature dont la vie était gâchée, pour qui l'amour était fini et qui cependant était faite pour l'amour ? Un jour peut-être, quand il ne serait plus là, elle retrouverait un compagnon, moins déséquilibré que ce jeune homme qui s'était fait écraser. Ah ! mais son mari ?

– Est-ce que Soames ne vous tourmente plus jamais ? demanda-t-il.

Elle secoua la tête. Son visage s'était subitement fermé. Malgré toute sa douceur, il y avait en elle quelque chose d'irréconciliable. Et ce fut comme un aperçu sur le caractère inexorable des antipathies entre les sexes, qui se fit jour dans son esprit. Il appartenait à la civilisation du début de la période victorienne – tellement plus ancienne que celle de sa vieillesse – et il n'avait jamais songé à ces choses primitives.

– C'est une consolation, dit-il. On peut voir la grande tribune d'Epsom aujourd'hui. Voulez-vous que nous fassions un tour ?

Il la conduisit à travers les parterres de fleurs et le verger ; contre le grand mur extérieur, les pêches et les brugnons poussaient, exposés au soleil. Il lui fit visiter les étables, la serre des vignes, les couches d'asperges et de champignons, la roseraie et le kiosque d'été ; et la mena même dans le potager pour voir les minuscules petits pois que Holly aimait tant à sortir de leurs cosses avec son doigt, pour les ramasser ensuite de sa langue dans la paume de sa petite main brune. Il lui montra bien des choses merveilleuses, tandis que Holly et le chien Balthazar gambadaient en avant ou revenaient de temps en temps pour qu'on fît attention à eux. C'était un des après-midi les plus heureux qu'il eût jamais connus, mais cela le fatiguait et il fut heureux de s'asseoir dans la salle de musique et de se laisser offrir le thé. Une petite fille, grande amie de Holly, était venue, une enfant blonde aux cheveux courts comme ceux d'un garçon. Et, à distance, les petites filles s'amusaient, sous l'escalier, sur les marches et dans la galerie. Le vieux Jolyon réclama du Chopin. Elle lui joua des études, des mazurkas, des valses. Au bout d'un moment, les deux enfants s'approchèrent tout doucement et restèrent immobiles devant le piano, écoutant, leurs têtes brune et blonde penchées en avant. Le vieux Jolyon les regardait.

— Montrez-nous comment vous dansez, vous deux.

Timidement, avec un faux départ, elles commencèrent. Et puis, plongeant et tournant, sérieuses, pas très adroites, elles passèrent et repassèrent devant sa chaise, aux sons de la valse. Il observait à la fois les petites danseuses et le visage de celle qui jouait, souriante, tournée vers elles. Il pensait : « Il y a des éternités que je n'ai vu aussi joli tableau. » Une voix s'écria :

— Hollyyy ! Mais enfin, qu'est-ce que tu fais là, danser le dimanche ! Viens donc !

Mais les enfants s'approchèrent tout près du vieux Jolyon, sachant qu'il les protégerait ; ils levèrent les yeux vers ce visage, qui était décidément enchanté.

— Tant vaut le jour, tant vaut l'œuvre, mamz'elle. C'est à moi qu'il faut s'en prendre. Allons, trottez, mes petites, allez goûter.

Quand elles furent parties, suivies du chien Balthazar, il regarda Irène avec un éclair de malice dans les yeux.

— Eh bien, voilà ! Sont-elles assez gentilles ? Avez-vous des petites parmi vos élèves ?

— Oui, trois, et deux d'entre elles sont des amours.

— Jolies ?

— Ravissantes.

Le vieux Jolyon soupira ; il avait une prédilection insatiable pour les tout-petits.

— Ma « petite chérie », dit-il, adore la musique, elle sera musicienne un jour. Vous ne me donneriez pas votre avis sur son jeu, je suppose ?

— Mais si, naturellement.

— Vous n'aimeriez pas…

Il n'osa pas ajouter « lui donner des leçons ». L'idée qu'elle en donnait lui était désagréable, pourtant cela lui fournirait l'occasion de la voir régulièrement. Elle quitta le piano et s'approcha de sa chaise.

— J'aimerais beaucoup, mais il y a... June. Quand reviennent-ils ?

Le vieux Jolyon fronça le sourcil.

— Pas avant le milieu du mois. Qu'est-ce que ça fait ?

— Vous m'avez dit que June m'avait pardonné ; mais elle n'a pu oublier, mon oncle.

— Oublier, il faudra bien qu'elle oublie, si lui le veut !

Comme pour répondre, Irène secoua la tête.

— Vous savez bien que c'est impossible ; on ne peut pas oublier.

Toujours ce malheureux passé ! Il dit, d'un air vexé, et comme pour couper court à tout :

— Eh bien, nous verrons…

Il lui parla pendant plus d'une heure des enfants et de mille petites choses jusqu'au moment où la voiture avança pour la ramener chez elle. Et quand elle fut partie, il retourna s'asseoir et il resta là à se passer la main sur le visage et le menton, en rêvant de la journée.

Ce soir-là, après le dîner, il alla dans son cabinet de travail et il prit une feuille de papier. Il resta quelques instants sans écrire, puis il se leva et demeura debout, immobile, devant le chef-d'œuvre des *Bateaux de pêche hollandais au coucher du soleil.* Il ne pensait pas au tableau, mais à la vie. Il allait laisser quelque chose à Irène dans son testament ; rien n'aurait pu à ce point remuer les calmes profondeurs de la pensée et du souvenir. Il allait lui laisser une partie de sa fortune, de ses aspirations, de ses actions, de ses qualités, de son travail, de tout ce qui avait fait cette fortune. Il allait lui laisser aussi une part de tout ce qui lui avait manqué dans la vie, tandis qu'il avait marché droit et ferme vers son but. Ah ! qu'est-ce qui lui avait manqué ? Les *Bateaux de pêche hollandais* faisaient une vague réponse. Il traversa la pièce jusqu'à la baie, tira le rideau de côté et l'ouvrit. Une brise s'était levée et une feuille de chêne de l'année précédente – échappée par miracle aux balais des jardiniers – se traînait le long de la terrasse en pierre, avec un petit bruissement qui cliquetait dans le crépuscule. À part cela, tout était très calme au-dehors, et il sentait l'odeur des héliotropes arrosés de frais. Une chauve-souris passa. Un oiseau fit retentir son dernier cri. Et juste au-dessus du chêne, la première étoile brilla. Faust, dans l'opéra, avait troqué son âme contre quelques années nouvelles de jeunesse. Idée morbide ! Aucun marché de ce genre n'était possible ; c'est là qu'était la vraie tragédie ! Pas moyen de se rendre jeune à nouveau, ni pour l'amour, ni pour la vie, ni pour quoi que ce soit. Rien d'autre à faire que de jouir de la beauté, de loin, tant qu'on le pouvait, et puis de lui léguer quelque chose dans son testament. Mais combien ? Comme s'il ne pouvait se livrer à ce calcul devant la paisible liberté de la nuit champêtre, il se retourna et se dirigea vers la cheminée. Ses bronzes préférés y étaient placés : une Cléopâtre avec l'aspic contre son sein ; un Socrate ; un lévrier jouant avec son petit ; un homme fort enrênant des chevaux. « Ceux-là durent », pensa-t-il, et une angoisse lui traversa le cœur. Ils avaient mille ans de vie devant eux !

« Combien ? » De toute façon, une somme suffisante pour la préserver de la vieillesse avant le temps, pour empêcher le plus longtemps possible des rides de se creuser sur son visage et des fils gris de ternir l'éclat de sa chevelure. Il pouvait avoir encore cinq ans à vivre. Elle aurait alors bien dépassé la trentaine. « Combien ? » Dans ses veines, elle n'avait pas une goutte de son sang. Fidèle à la tenue de sa vie depuis quarante ans et davantage, depuis qu'il avait fondé cette chose mystérieuse, une famille, une pensée le mettait en garde : « Pas une goutte de son sang, aucun droit à rien. » C'était donc un luxe, son idée ! Une folie, une faiblesse, une lubie de vieillard tombé en enfance. Son véritable avenir reposait en ceux qui étaient de son sang et en qui il revivrait après sa mort. Il se détourna des bronzes et demeura en contemplation devant le vieux fauteuil en cuir vert, dans lequel il était resté assis à fumer tant de centaines de cigares. Et soudain, il lui sembla la voir là, assise, vêtue de sa robe grise, parfumée, douce, gracieuse, ses yeux sombres levés vers lui. Mais quoi ? Elle ne tenait pas vraiment à lui, elle était toute à son amant perdu. Mais elle était là, bon gré, mal gré, et elle lui donnait de la joie par sa beauté et par sa grâce. On n'avait pas le droit de lui infliger la société d'un vieillard, pas le droit de l'inviter à faire de la musique, pas le droit de l'admirer sans lui offrir une récompense. Le plaisir se paye en ce monde ! « Combien ? » Après tout, sa fortune était considérable, ce petit legs ne priverait ni son fils ni ses trois petits-enfants. Il avait tout gagné lui-même, presque jusqu'au dernier sou. Il pouvait bien en disposer comme bon lui semblait et s'accorder ce petit plaisir. Il retourna à son bureau. « Eh bien, je vais le faire, se dit-il. Qu'ils pensent ce qu'ils voudront ; je vais le faire », et il s'assit. « Combien ? » Dix mille, vingt mille ? Combien ? Ah, si seulement avec son argent il pouvait acheter un an, un mois de jeunesse ! Cette pensée le fit tressaillir et il écrivit rapidement :

Mon cher Herring,

Préparez-moi, je vous prie, un codicille ainsi conçu :

Je laisse à ma nièce Irène Forsyte, née Irène Heron, nom qu'elle porte à présent, quinze mille livres, libres de tous droits.

Croyez à mes sentiments dévoués.

JOLYON FORSYTE.

Après avoir cacheté et timbré l'enveloppe, il retourna à la fenêtre et respira profondément. Il faisait nuit, mais beaucoup d'étoiles brillaient maintenant.

*

Il s'éveilla à deux heures et demie. C'est l'heure, comme il en faisait l'expérience depuis longtemps, où toute pensée fâcheuse inspire une terreur folle. Il savait aussi par expérience qu'un second réveil plus normal, vers huit heures du matin, montrait l'inanité de ces folles appréhensions. Ce matin-là, la pensée qui prit une force soudaine fut que s'il tombait malade – chose qui n'avait rien d'improbable à son âge – il ne verrait plus Irène. De là à se rendre compte que tout serait fini au retour d'Espagne de son fils et de June, il n'y avait qu'un pas. Comment pourrait-il justifier ce désir d'avoir la compagnie de celle qui avait volé – à cette heure matinale, on ne mâche pas les mots – le fiancé de June ? Le fiancé a disparu, mais June est une petite personne entêtée avec le cœur chaud, mais la tête dure comme du bois. Et c'est vrai, elle n'est pas de celles qui oublient. Et vers le 15 du mois prochain, ils seront de retour. Il lui restait à peine cinq semaines pour profiter de ce nouvel attrait de l'existence… ou du moins des jours qu'il avait encore à vivre. L'obscurité lui révélait dans son absurde clarté la nature de son sentiment : l'admiration de la beauté, la soif de voir ce qui enchantait ses yeux. Bien déraisonnable, à son âge. Et pourtant, quelle autre raison invoquer pour demander à June de supporter ce douloureux rappel du passé, et comment empêcher son fils et sa belle-fille de le trouver bien étrange ? Il en serait réduit à aller en cachette à Londres, ce qui le fatiguait, et la plus légère indisposition le priverait même de cela. Il était couché, les yeux grands ouverts, serrant les dents à cette perspective. Il se traitait de vieux fou, tandis que son cœur, tantôt battait très fort, tantôt semblait s'arrêter tout à fait. Il vit l'aube éclairer les fentes des volets, il entendit les premiers cris et les gazouillements des oiseaux, le chant des coqs, avant de se rendormir. Quand il se réveilla, il se sentit las, mais l'esprit calmé. Aucune nécessité de se tracasser avant cinq semaines, une éternité à son âge ! Mais cette terreur matinale avait cependant laissé sa trace et légèrement enfiévré la volonté de celui qui en faisait toujours à sa tête.

Il la verrait aussi souvent qu'il le voudrait ! Pourquoi ne pas se rendre à Londres faire le codicille chez son avoué, au lieu de lui écrire ; peut-être aimerait-elle aller à l'opéra ? Il irait par le train ; il ne voulait pas que Beacon, le cocher, rît encore sous cape, derrière son dos. Les domestiques sont si bêtes ; il y a bien des chances, pensait-il, pour que mes gens soient au courant de toute l'histoire d'Irène et du jeune Bosinney. Les domestiques savent tout et soupçonnent le reste. Il lui écrivit dans la matinée :

Ma chère Irène,

Je suis obligé d'aller en ville demain. Si vous voulez passer un moment à l'opéra, venez donc dîner tranquillement avec moi…

(Mais où ? Il y avait dix ans au moins qu'il n'avait dîné quelque part à Londres, sauf à son cercle ou dans des maisons particulières. Ah ! cette espèce de nouveau restaurant près de Covent Garden…)

Envoyez-moi un mot demain matin au Piedmont Hotel pour me dire si je puis vous y trouver à sept heures.

Affectueusement vôtre,

JOLYON FORSYTE.

Elle comprendrait bien qu'il voulait simplement lui faire un peu plaisir ; l'idée qu'elle pourrait deviner ce désir obsédant qu'il éprouvait de la voir lui était instinctivement désagréable. Il ne convenait pas qu'un homme aussi âgé prît tant de peine pour aller vers la beauté et surtout la beauté chez une femme.

Le lendemain, le voyage, bien que court, et la visite chez l'avoué le fatiguèrent. Il faisait chaud, et, après s'être habillé pour dîner, il s'étendit sur la chaise longue de sa chambre pour se reposer un peu. Il eut sans doute une espèce d'évanouissement, car il revint à lui. Se sentant mal à l'aise, avec quelque peine, il se leva pour sonner. Mon Dieu, il était sept heures passées ! Et il n'était pas prêt, elle serait forcée d'attendre ! Mais soudain le vertige le reprit et l'obligea à retomber sur le canapé. Il entendit la voix de la femme de chambre lui disant :

— Monsieur a sonné ?

— Oui, venez ici.

Il la voyait mal, les yeux obscurcis par un nuage.

— Je ne me sens pas bien, je voudrais des sels.

— Oui, monsieur.

La voix de la femme de chambre avait une intonation d'effroi. Le vieux Jolyon fit un effort.

— Ne partez pas. Dites à ma nièce… une dame qui attend dans le hall… une dame en gris… Dites que Mr Forsyte n'est pas bien… la chaleur. Il regrette beaucoup, et s'il ne descend pas tout de suite, qu'elle ne l'attende pas pour dîner.

Quand elle fut partie, il pensa faiblement : « Pourquoi ai-je dit une dame en gris ? Elle est peut-être en tout autre chose. Des sels ! » Il ne perdit pas connaissance cette fois ; cependant il ne sut pas pourquoi Irène se trouva debout auprès de lui, lui faisant respirer les sels, et lui glissant un coussin derrière la tête. Il l'entendit dire anxieusement :

— Mon cher oncle Jolyon, qu'est-ce qu'il y a ?

Il se rendit vaguement compte d'une douce pression de ses lèvres sur sa main. Ensuite, il respira profondément les sels, leur découvrit soudain de la force et éternua.

— Ah ! dit-il, ce n'est rien. Comment êtes-vous venue ici ! Descendez dîner. Les billets sont sur la table de toilette. Je serai remis dans un instant.

Il sentit sa main fraîche sur son front, respira un parfum de violettes, et demeura partagé entre une certaine joie et l'idée bien arrêtée de se remettre.

— Tiens ! Vous êtes bien en gris, dit-il. Aidez-moi à me relever.

Une fois debout, il se secoua.

— Qu'est-ce qu'il m'a pris de me trouver mal comme ça ?

Et il alla très lentement vers la glace. Quelle mine de déterré il avait ! La voix d'Irène, derrière lui, murmura :

— Il ne faut pas descendre, mon oncle ; il faut vous reposer.

— Jamais de la vie ! Un verre de champagne me remettra bientôt d'aplomb. Je ne veux pas que vous manquiez l'opéra.

Mais le trajet à travers le corridor fut malencontreux. Quels tapis il y avait dans ces palaces modernes, si épais qu'on y trébuchait à chaque pas ! Dans l'ascenseur, il remarqua l'air préoccupé d'Irène, et il dit avec une ombre de malice :

— Je suis un drôle d'hôte.

Quand l'ascenseur s'arrêta, il dut se cramponner au banc pour l'empêcher de glisser sous lui, mais après le potage et un verre de champagne, il se sentit beaucoup mieux, et commença de se réjouir de ce malaise qui avait mis tant de sollicitude dans la manière d'être d'Irène avec lui.

— J'aurais aimé vous avoir pour fille, dit-il soudain. Et, épiant le sourire de ses yeux, il continua :

— Il ne faut pas vous ensevelir dans le passé à votre âge ; il sera bien temps quand vous aurez le mien. Vous avez une bien jolie robe ; elle est d'un style qui me plaît.

— Je l'ai faite moi-même.

« Ah ! une femme capable de se faire une jolie robe n'a pas perdu le goût de vivre », se dit-il.

— Sachons profiter du beau temps et finissez votre verre. Je voudrais voir des couleurs à vos joues. Il ne faut pas gaspiller sa vie ; ce n'est pas bon. C'est une nouvelle actrice qui joue Marguerite ce soir, souhaitons qu'elle ne soit pas trop grosse. Et Méphisto ! je ne puis rien imaginer de plus affreux qu'un gros bonhomme dans le rôle du diable.

Mais, après tout, ils n'allèrent pas à l'opéra, car en se levant de table le vertige le reprit et elle l'obligea à rester tranquille et à se coucher de bonne heure. Quand il se sépara d'elle à la porte de l'hôtel, après avoir payé la course jusqu'à Chelsea, il se rassit un moment pour savourer le souvenir de ses paroles : « Vous êtes trop bon pour moi, mon oncle. » Dame ! Qui ne le serait ! Il aurait voulu rester en ville encore un jour pour la mener au zoo, mais deux jours de sa compagnie à lui l'ennuierait à mourir. Non, il fallait attendre jusqu'au dimanche ; elle avait promis de venir. Ils arrangeraient les leçons de Holly, ne fût-ce que pour un mois ; ce serait toujours quelque chose. Ça ne plaira pas à cette petite Mlle Beauce, mais il faudra bien qu'elle s'en accommode. Et, aplatissant son vieux chapeau claque contre sa poitrine, il se mit en quête de l'ascenseur.

Il se fit conduire à la gare de Waterloo le lendemain matin, luttant contre l'envie de dire : « Menez-moi à Chelsea. » Mais il avait trop le sentiment de la mesure. De plus, il ne se sentait pas encore très vaillant, et ne voulait pas courir le risque d'un nouvel écart, celui de la veille au soir, loin de chez lui. Et puis, Holly l'attendait, ainsi que ce qu'il lui rapportait dans sa valise. Elle n'était certes pas intéressée, sa « petite chérie », elle était toute tendresse. Et alors, avec le cynisme un peu amer des vieillards, il se demanda un moment si ce n'était pas par un sentiment intéressé qu'Irène le supportait. Non, ce n'était pas son genre non plus. Si elle songeait à quelque chose, ce n'était guère au beurre à mettre dans les épinards, elle n'avait pas le sentiment de la fortune, pauvre petite ! Et, d'ailleurs, il ne lui avait pas soufflé mot du codicille et ne comptait pas le faire. À chaque jour suffit sa joie.

Dans la victoria qui vint à sa rencontre à la gare, Holly retenait le chien Balthazar, et leurs caresses lui furent une fête. Il passa toute la fin de cette belle journée chaude et presque tout le lendemain à se reposer à l'ombre, heureux et paisible, tandis que le soleil, qui longtemps s'attardait, faisait ruisseler de l'or sur les pelouses et les fleurs. Mais le jeudi soir, pendant son dîner, solitaire, il commença à compter les heures ; soixante-cinq heures à attendre avant de pouvoir aller encore à sa rencontre dans le petit bois et remonter à ses côtés à travers champs ! Il avait eu l'intention de consulter le docteur au sujet de son évanouissement, mais assurément le bonhomme lui prescrirait de prendre du repos, et d'éviter toute fatigue et toute émotion. Et le vieux Jolyon n'avait pas l'intention de se laisser entraver, ni de se laisser découvrir une infirmité, si toutefois il en avait une. Il ne pouvait pas s'offrir ce luxe-là, à son âge, surtout avec cette nouvelle raison de vivre. Il évita soigneusement d'y faire allusion dans ses lettres à son fils. Ça pourrait les faire revenir dare-dare ! Il garderait le silence : jusqu'à quel point songeait-il à ne pas gâter le plaisir des autres, ou à ménager les siens ? Il ne se le demanda pas.

Ce soir-là, dans son cabinet de travail, il venait de finir son cigare et s'assoupissait lorsqu'il entendit le bruissement d'une robe et eut l'impression d'un parfum de violettes. Ouvrant les yeux, il la vit, vêtue de gris, debout devant la cheminée, tendant les bras. Chose curieuse : tandis que ses bras semblaient ne rien tenir, on eût dit qu'ils entouraient le cou de quelqu'un, et son cou à elle était renversé, ses lèvres ouvertes, ses yeux clos. Elle disparut aussitôt et il ne vit plus que la cheminée et les bronze. Mais les bronzes de la cheminée avaient disparu pendant qu'elle était présente. « Il faut que je prenne un remède, pensa-t-il. Je dois avoir quelque chose. » Le cœur lui battait trop vite, il avait une sensation d'asthme à la poitrine. Il alla à la fenêtre et l'ouvrit pour avoir un peu d'air. Un chien aboyait au loin, un des chiens de la ferme de Drage, sans doute, au-delà des taillis. Une belle nuit calme, mais noire. « J'ai dû m'endormir, songea-t-il. C'est ça. Pourtant, j'en jurerais, j'avais les yeux ouverts ! » Un bruit pareil à un soupir sembla répondre.

— Qu'est-ce que c'est ? dit-il vivement. Qui est là ?

Portant la main au côté pour calmer les battements de son cœur, il sortit sur la terrasse. Quelque chose de feutré se sauva en courant dans l'obscurité. « Hou ! » C'était ce grand chat gris. « Le jeune Bosinney était comme un grand chat, pensa-t-il. C'était lui tout à l'heure qu'elle… qu'elle… était en train… Il la tient toujours. » Le vieux Jolyon marcha jusqu'au bord de la terrasse, et plongea les yeux dans l'obscurité ; il discerna à peine le poudroiement des marguerites sur la pelouse dont l'herbe n'avait pas été coupée. Aujourd'hui ici-bas, et disparus demain ! Et la lune qui se levait, la lune qui voyait tout, les jeunes et les vieux, les vivants et les morts, et qui s'en souciait comme de cela ! Bientôt ce serait son tour. Pour un seul jour de jeunesse, il donnerait ce qui lui restait à vivre. Et il retourna vers la maison. Il pouvait voir les fenêtres de la chambre de Holly là-haut. Sa « petite chérie » était endormie. « Pourvu que ce chien ne l'éveille pas. Ah ! qu'est-ce qui nous fait aimer, et qu'est-ce qui nous fait mourir ! Allons, il faut que je monte me coucher. »

Traversant la terrasse dont les pierres se cendraient au clair de lune, il franchit le seuil de la maison.

*

À quoi un vieillard peut-il bien passer son temps, sinon à songer à un passé bien rempli ? À faire cela, on ne s'agite pas ni s'échauffe : ce n'est que le reflet du pâle soleil d'hiver. La frêle enveloppe peut supporter ce doux battement des dynamos de la mémoire. Le présent, il doit s'en méfier, et l'avenir est à éviter. Abrité sous l'ombre épaisse, il doit suivre le rayon du soleil qui rampe à ses pieds. S'il fait un soleil d'été, qu'il n'aille pas s'y exposer, le prenant pour l'été de la Saint-Martin ! Ainsi, sans doute, il déclinera doucement, lentement, imperceptiblement, jusqu'à ce que la nature impatientée l'étreigne à la gorge, qu'il suffoque et rende l'âme un beau matin à l'aube, avant que le monde s'anime ; et sur sa tombe on inscrira : « Il est mort comblé d'années. » Oui ! s'il suit ces principes avec régularité, un Forsyte peut encore se survivre longtemps.

Le vieux Jolyon avait conscience de tout cela et pourtant il avait en lui quelque chose qui dépassait tous les principes des Forsyte. Car il est écrit qu'un Forsyte n'aimera pas la beauté plus que la raison ; et que sa santé passe avant tout. Et ces jours-là, quelque chose palpitait en lui, dont chaque battement usait la frêle enveloppe. Sa raison le lui disait, mais elle savait aussi qu'il ne pouvait arrêter le battement, et que, même s'il le pouvait, il ne le ferait pas. Et pourtant, si on lui avait dit qu'il vivait sur son capital, il vous aurait foudroyé du regard. Non, non, un homme ne vivait pas sur son capital ; ça ne se faisait pas. Les conventions du passé ont toujours plus de réalité que les faits du présent. Et lui, à qui la pensée de vivre sur son capital avait toujours été anathème, n'aurait pu supporter l'idée d'appliquer à son propre cas un jugement aussi grossier. Le plaisir est sain ; la beauté donne à voir ; ah ! revivre dans la jeunesse des jeunes !… et que faisait-il d'autre au monde ?

Méthodiquement, comme il l'avait toujours fait, il régla sa vie. Le mardi, il allait en ville par le train ; Irène venait dîner avec lui et ils allaient à l'opéra. Le jeudi, il se faisait conduire en ville, et, remisant le gros cocher et les chevaux, il la retrouvait dans les jardins de Kensington, reprenait la voiture après avoir quitté la jeune femme, et rentrait chez lui pour dîner. Il laissait entendre simplement qu'il avait des affaires à Londres ces deux jours-là. Le mercredi et le samedi, elle venait donner des leçons de musique à Holly. Plus il prenait de plaisir à sa compagnie, plus il apportait de scrupule à n'être pour elle qu'un vieil oncle naturellement aimable. Non, rien d'autre, même en pensée… Car, après tout, il y avait son grand âge. Et pourtant, si elle était en retard, il se mourait d'inquiétude. Si elle manquait de venir, ce qui arriva deux fois, il avait un regard triste de vieux chien, et il en perdait le sommeil. Et ainsi, un mois passa, un mois d'été dans les champs et dans son cœur, avec la chaleur de l'été et la fatigue qui en résulte. Qui aurait pu croire quelques semaines auparavant qu'il envisagerait le retour de son fils et de sa petite-fille avec une sorte de crainte ? Il y avait une si délicieuse liberté dans ces quelques semaines de beau temps, un regain de l'indépendance dont jouit un homme avant de fonder une famille. Et cette nouvelle intimité avec un être qui ne demandait rien et restait toujours un peu une inconnue, gardant en elle l'attirance du mystère !

Les fleurs avaient des couleurs plus vives, les parfums et la musique et le soleil prenaient une valeur vivante, ils n'étaient plus là seulement pour vous rappeler les plaisirs d'autrefois. Il avait maintenant des raisons de vivre, qui, constamment, l'incitaient à anticiper. Il vivait pour ce moment-là et non dans la contemplation du passé, et cela fait une différence considérable pour un homme aussi âgé que lui. Les plaisirs de la table, toujours sans grande importance pour quelqu'un de sa sobriété, avaient perdu tout intérêt. Il mangeait peu, sans savoir quoi ; il maigrissait tous les jours et prenait plus mauvaise mine. Il était redevenu « comme un échalas » et, à ce corps amaigri, le front massif et les tempes creuses donnaient plus de dignité encore. Il se rendait bien compte qu'il aurait dû voir le médecin, mais la liberté lui était trop douce. Il lui eût trop coûté de soigner son essoufflement et son point de côté aux dépens de sa liberté. Retourner à l'existence végétative qu'il avait menée, environné des revues d'agriculture aux illustrations grandeur nature, avant que cet intérêt nouveau fût entré dans sa vie. Non ! Il dépassait sa ration de cigares. Il s'en était toujours tenu à deux par jour. Maintenant il en fumait trois ou quelquefois quatre, comme un homme dont travaille l'imagination créatrice. Mais très souvent il pensait : « Il faut que je renonce au cigare et au café, que j'abandonne mes randonnées à Londres. » Mais il n'en faisait rien ; personne autour de lui n'avait – inestimable avantage ! – le droit de surveiller ses actes. Les domestiques peut-être s'étonnaient, mais ils étaient – de par leurs fonctions – muets. Mlle Beauce était trop préoccupée de sa propre digestion et trop « bien élevée » pour se permettre des allusions personnelles. Holly ne pouvait encore observer les changements extérieurs de celui qui était son jouet et son dieu. C'était à Irène elle-même que revenait le soin de le prier de manger davantage, de se reposer aux heures chaudes de la journée, de prendre un fortifiant et ainsi de suite. Mais elle ne lui disait pas qu'elle était la raison de son amaigrissement, car on ne voit pas soi-même les ravages que l'on cause.

Au début de la seconde semaine de juillet, Jolyon reçut, de Paris, une lettre de son fils, annonçant leur retour à tous pour le vendredi suivant. Cela devait fatalement arriver, mais avec cette touchante imprévoyance dans laquelle il est donné aux vieillards de vivre afin qu'ils puissent durer jusqu'au bout, il n'avait jamais admis absolument le fait. Maintenant, il comprenait et il fallait aviser. Il avait cessé de pouvoir imaginer sa vie sans ce nouvel élément d'intérêt, mais les choses qu'on n'imagine pas n'en existent pas moins quelquefois, ainsi que les Anglais s'en aperçoivent constamment à leurs dépens. Il resta assis dans son vieux fauteuil de cuir, repliant la lettre, et mâchonnant entre ses lèvres le bout d'un cigare sans l'allumer. Après-demain, il faudrait renoncer à ses expéditions du mardi à Londres ! Il pourrait peut-être encore y aller une fois par semaine, sous prétexte de voir son homme d'affaires ; même cela dépendra de sa santé, car maintenant ils commenceront à faire des tas d'histoires ! Et les leçons ! Il faudra les continuer ! Il faudra qu'elle avale ses scrupules et, quant à June, elle n'aura qu'à mettre ses sentiments dans sa poche. Elle l'a bien fait une fois déjà le lendemain du jour où elle apprit la mort de Bosinney ; ce qu'elle a fait alors, elle pourra sûrement le recommencer, maintenant. Voilà quatre ans qu'on lui a fait cette injure… ce ne serait pas chrétien de garder vivant le souvenir des anciens griefs. La volonté de June est forte, mais la sienne, à lui Jolyon, l'est plus encore, car le sablier pour lui se vide. Irène, si douce, fera bien cela pour lui, elle domptera sa répulsion naturelle plutôt que de l'affliger ! Il faut continuer les leçons, comme cela, il sera sauf. Allumant enfin son cigare, il essaya de se figurer comment expliquer à tous cette étrange intimité, comment voiler et envelopper la simple vérité : qu'il ne pouvait plus se passer de cette vision de beauté. Ah ! Holly ! Holly s'est attachée à elle, elle aime les leçons. C'est elle, sa « petite chérie », qui le sauvera.

Ce soir-là, après dîner, il eut de nouveau le vertige, mais il ne s'évanouit pas. Il ne voulait pas sonner, sachant que cela ferait une histoire et attirerait l'attention sur son voyage du lendemain. Quand on devient vieux, le monde entier conspire pour restreindre votre liberté, et pour quelle raison ? Simplement pour prolonger un peu l'existence. Il n'en voulait pas à ce prix. Il n'y eut que Balthazar, le chien, à le voir revenir tout seul de cette faiblesse. Il le regarda de son air inquiet aller au buffet et boire du cognac, au lieu de lui donner un biscuit. Quand il eut trouvé la force d'affronter l'escalier, il monta se coucher. Le lendemain, il ne se sentait pas encore très solide, mais la pensée de la soirée le soutint et le fortifia. Il avait toujours tant de joie à lui offrir un bon dîner, il la soupçonnait de ne pas manger à sa faim lorsqu'elle était seule. À l'opéra, il aimait voir le rayonnement et l'éclat de ses yeux, le sourire inconscient de ses lèvres. Elle n'avait pas beaucoup de distractions, et c'était la dernière fois qu'il pourrait lui offrir cette fête. Pendant qu'il préparait sa valise, il se prit à appréhender la fatigue de s'habiller pour le dîner et aussi l'émotion de lui parler du retour de June.

Ce soir-là, on jouait *Carmen* et, attendant instinctivement le plus longtemps possible, il décida de ne lui annoncer la nouvelle qu'au dernier entracte. Elle prit la chose d'une façon calme, bizarre ; en fait, il ne sut pas très bien comment, car la musique entraînante s'éleva à nouveau, imposant le silence. Le masque recouvrait son visage, ce masque derrière lequel il se passait tant de choses qu'il ne pouvait voir. Il lui fallait sans doute le temps d'y réfléchir ! Mieux valait ne pas insister ; elle venait donner sa leçon dans l'après-midi du lendemain, il la verrait alors quand elle se serait habituée à cette idée. Dans le fiacre, il ne parla que de Carmen, il en avait vu de meilleures dans l'ancien temps, mais cette actrice-ci n'était pas du tout mauvaise. Quand il lui prit la main pour lui dire bonsoir, elle se pencha vivement et l'embrassa au front.

— Adieu, mon cher oncle, vous avez été si bon pour moi.

— Alors, à demain dit-il. Bonsoir. Dormez bien.

Elle répondit doucement : « Dormez bien » et, à la portière du fiacre qui s'en allait déjà, il aperçut son visage tendu vers lui et sa main qui semblait s'attarder en un geste d'adieu.

Il regagna lentement sa chambre. On ne lui donnait jamais la même et il ne pouvait s'habituer à ces chambres dernier cri avec leurs meubles tout neufs et leurs tapis gris-vert parsemés de roses… Il n'arriva pas à trouver le sommeil et cette maudite habanera ne cessait de lui marteler la tête. Il ne savait pas assez bien le français pour en suivre les paroles, mais il en connaissait le sens, si elles en avaient un ; une chanson de Bohême, sauvage et inexplicable. Oui, il y a vraiment dans la vie quelque chose qui, à sa musique, fait danser les hommes. Et là, étendu, ses yeux sondaient, du fond de leurs orbites creuses, le royaume des ténèbres, où régnait l'inexplicable. Vous croyez tenir la vie, mais l'inconnu se glisse derrière vous, vous prend par la peau du cou, vous force à aller ici, vous force à aller là, et finalement vous étrangle ! Ah ! pour lui, il n'en avait plus pour longtemps : le grand sommeil lui ferait du bien.

Comme il faisait chaud dans cette chambre ! Que de bruit ! Son front brûlait ; elle l'avait juste embrassé là où logeait son tourment, tout juste comme si elle eût deviné le point douloureux et eût voulu l'effacer sous son baiser ! Mais au lieu de cela, ses lèvres avaient laissé une brûlure obsédante. Elle ne lui avait jamais parlé tout à fait sur ce ton, jamais elle n'avait ainsi laissé s'attarder son geste d'adieu, ou ne l'avait suivi des yeux en s'éloignant. Il sortit du lit et tira les rideaux : sa chambre donnait sur la Tamise ; il n'y avait pas beaucoup d'air, mais la vue du large fleuve qui coulait, calme, éternel, l'apaisa. « La grande affaire, c'est de ne pas causer d'ennuis, songeait-il. Je vais penser à ma petite chérie et m'endormir. » Mais il fallut longtemps pour que la chaleur et la vie palpitante de la nuit s'éteignissent graduellement jusqu'au bref assoupissement de ce matin d'été. Et c'est à peine si le vieux Jolyon ferma l'œil.

Quand il arriva chez lui le lendemain, il alla dans le jardin, et, aidé de Holly qui avait pour les fleurs un goût délicat, il cueillit une grosse gerbe d'œillets. C'était, lui dit-il, pour la dame en gris – le nom qu'ils se lançaient encore ; il les mit dans une coupe de son cabinet de travail où il comptait entreprendre Irène, dès son arrivée, au sujet de June et des prochaines leçons. Le parfum et le coloris des fleurs lui seraient un secours. Après le déjeuner, il s'étendit, car il se sentait très fatigué et la voiture n'amènerait pas la visiteuse de la gare avant quatre heures. Mais dès que le moment approcha, il ne put rester en place, et gagna la salle d'études, dont les fenêtres donnaient sur la grande allée. Les stores étaient baissés et Holly, à l'abri de la chaleur d'une journée brûlante de juillet, s'occupait avec Mlle Beauce de leurs vers à soie. Le vieux Jolyon éprouvait une antipathie naturelle pour ces créatures méthodiques dont la tête et la couleur lui rappelaient les éléphants, qui découpaient une telle quantité de trous dans de belles feuilles vertes et qui, trouvait-il, sentaient horriblement mauvais. Il s'assit dans l'embrasure de la fenêtre garnie de perse pour voir l'allée et respirer un peu d'air. Le chien Balthazar, qui appréciait la fraîcheur de la perse par les journées de chaleur, fut d'un bond auprès de lui. Sur le piano droit, une housse, d'un violet presque passé au gris, était étendue, et dessus séchait la première lavande, emplissant la pièce de son parfum. Malgré la fraîcheur du lieu, peut-être à cause de cette fraîcheur même, la palpitation de la vie impressionna plus vivement ses sens affaiblis. Chaque rayon qui filtrait à travers les fentes avait un éclat irritant, le chien répandait une odeur forte ; le parfum de la lavande était accablant ; les vers à soie soulevant leur dos gris-vert semblaient terriblement vivants, et la tête sombre de Holly penchée sur eux avait des reflets soyeux étonnants. C'est une chose merveilleuse et d'une force cruelle que la vie, quand on se sent vieux et faible ; elle semble se rire de vous dans ses formes multiples et sa trépidante vitalité. Jusqu'à ces dernières semaines, il n'avait jamais éprouvé cette impression curieuse d'être emporté ardemment, pour une moitié de son être, dans le courant du fleuve de la vie, tandis que l'autre moitié restait sur la berge, regardant la première aller à la dérive. La présence d'Irène seule mettait fin à ce dédoublement.

Holly tourna la tête et de son petit poing brun montra le piano, car montrer du doigt n'était pas « bien élevé », et elle dit malicieusement :

— Regardez la dame en gris, bon papa ; n'est-ce pas qu'elle est jolie aujourd'hui ?

Le cœur du vieux Jolyon eut une palpitation et pendant un instant la chambre fut obscurcie d'un nuage, puis elle s'éclaira, et il dit avec malice :

— Qui l'a ainsi habillée ?

— C'est mam'zelle.

— Holly, dit l'institutrice, ne faites pas la sotte !

Hein, cette petite prude de Française ! Elle n'avait pas encore pris son parti des leçons de musique qu'on lui avait enlevées. Rien à faire de ce côté-là. Sa « petite chérie » était leur seule amie, et les leçons étaient pour elle après tout. Et il n'en démordait pas, non, pas pour un empire ! Il caressa la toison chaude de la tête de Balthazar et il entendit dire :

— Quand maman reviendra, il n'y aura pas de changements, n'est-ce pas ? Vous savez, elle n'aime pas les nouvelles figures.

Les paroles de l'enfant semblèrent jeter un froid, en révélant au vieux Jolyon l'opposition qui menaçait sa liberté de fraîche date. Ah ! il faudrait peut-être se résigner à n'être plus qu'un vieillard, livré à l'affection et aux soins ; ou bien lutter pour conserver cette intimité nouvelle et précieuse, et la lutte le fatiguait à mourir. Mais son visage aminci et tiré s'endurcit dans sa résolution, tellement que l'ossature seule en ressortit. C'était sa maison, c'était son affaire ; il n'en démordrait pas. Il regarda sa montre, vieille et usée comme lui-même ; il l'avait depuis cinquante ans. Quatre heures sonnées déjà ! Et, posant un baiser sur le front de Holly, il descendit dans le hall. Il voulait trouver le moyen de parler à Irène avant qu'elle ne montât donner sa leçon. Dès qu'il entendit le bruit des roues, il sortit sous le porche et vit tout de suite que la victoria était vide.

— Le train est arrivé, monsieur, mais la dame elle n'est pas venue.

Le vieux Jolyon leva vivement les yeux : son regard sembla écarter la curiosité de ce gros garçon, et le mettre au défi de voir l'amère déception qu'il éprouvait.

— C'est bon, dit-il, et il rentra dans la maison.

Il alla dans son bureau et s'assit, tremblant comme une feuille. Qu'est-ce que cela voulait dire ? Elle avait pu manquer le train, mais il savait bien que non. « Adieu, mon cher oncle. » Pourquoi « adieu » et non pas « bonsoir » ? Et sa main qui s'attardait à la portière ! Et son baiser ! Qu'est-ce que cela signifiait ? Un sentiment d'alarme et d'irritation s'empara de lui. Il se leva et se mit à se promener de long en large sur le tapis d'Orient, de la fenêtre au mur. Irène allait l'abandonner. Il en était certain et pas moyen de se défendre. Un vieillard qui veut contempler la beauté, c'est ridicule ! L'âge lui fermait la bouche, paralysait ses facultés de combat. Il n'avait droit à rien d'autre que les souvenirs et le chagrin. Il ne pouvait plaider sa cause auprès d'elle ; même un vieillard a son amour-propre. Sans défense ! Une heure durant, affranchi de toute fatigue corporelle, il arpenta son salon, passant près de la coupe d'œillets qu'il avait cueillis et dont le parfum le narguait. Entre toutes les choses dures à supporter, la prostration de la volonté est une des plus pénibles pour un homme qui n'en a jamais fait qu'à sa guise. À cinq heures, on lui apporta le thé avec une lettre. Pendant un instant, l'espoir lui fit battre le cœur. Il ouvrit l'enveloppe avec le couteau à beurre et lut :

Mon cher oncle Jolyon,

Je ne peux pas supporter l'idée de vous causer une déception, mais j'ai été trop lâche hier soir pour vous le dire. Je sens que je ne pourrai plus venir donner des leçons à Holly, maintenant que June va être de retour. Il y a des choses trop profondes pour qu'on les oublie. J'ai eu tant de joie à vous voir, vous et Holly. Peut-être vous reverrai-je encore quelquefois quand vous viendrez en ville, bien que cela ne vous vaille rien ; je me rends compte que vous vous fatiguez trop. Je crois que vous devriez vous reposer tranquillement pendant ces chaleurs, et maintenant que votre fils et June reviennent auprès de vous, vous vous trouverez si heureux. Merci mille et mille fois de toutes vos gâteries.

Tendrement à vous,

IRÈNE.

Et voilà ! Cela ne lui valait rien, le plaisir, et les choses auxquelles il tenait par-dessus tout ; rien, d'essayer d'éloigner le sentiment de la fin inévitable de tout, l'approche de la mort aux pas furtifs et bruissants. Cela ne lui valait rien ! Elle-même n'avait pas compris qu'elle pouvait justifier pour lui un nouveau bail avec la vie, l'incarnation de toute la beauté qu'il sentait lui glisser entre les doigts.

Il laissa refroidir le thé, n'alluma pas son cigare et se mit à marcher de long en large, tiraillé entre le sentiment de sa dignité et son désir de vivre. C'est intolérable d'être étouffé lentement, sans avoir un mot à dire, de continuer à vivre encore, quand votre volonté est aux mains des autres, décidés à vous accabler de soins et de tendresse. Intolérable ! S'il essayait de lui dire la vérité..., la vérité, qu'il lui fallait la voir plutôt que de continuer à traîner ainsi sa vie. Il s'assit à son vieux bureau et prit la plume. Mais il ne pouvait écrire. Quelque chose se révoltait en lui à l'idée d'avoir à l'implorer ainsi, l'implorer de laisser ses yeux se réchauffer à sa beauté. C'était comme faire l'aveu qu'il radotait. Non, cela, il ne le pouvait pas. Et, au lieu de cela, il écrivit :

J'avais accepté que le souvenir des anciens griefs ne viendrait pas se mettre en travers de ce qui était une joie pour moi et pour ma petite-fille. Mais les vieillards apprennent à renoncer à leurs fantaisies ; ils y sont forcés, même à la fantaisie de vivre, tôt ou tard, et le plus tôt est peut-être le mieux.

Croyez à mon affection,

JOLYON FORSYTE.

« C'est amer, pensa-t-il, mais je n'y puis rien. Je suis fatigué. » Il cacheta sa lettre, la mit à la boîte pour la levée du soir, et, en l'entendant tomber, il pensa : « C'est l'adieu à tout ce que j'avais entrevu. »

Ce soir-là, après le dîner auquel il goûta à peine, après son cigare qu'il ne fuma qu'à moitié, se sentant faible, il monta lentement l'escalier et se glissa furtivement dans la nursery. Il s'assit sur la banquette de la fenêtre. Une veilleuse brûlait et il pouvait juste distinguer le visage de Holly, dormant la joue appuyée sur une main. Un jeune hanneton bourdonna contre le papier gaufré dont la cheminée était garnie ; dans l'écurie, un des chevaux piétinait fiévreusement. Dormir comme cette enfant ! Il écarta deux lames des jalousies et regarda au-dehors. La lune se levait, d'un rouge de sang. Il n'avait jamais vu de lune si rouge. Les bois et les champs là-bas s'endormaient aussi, aux derniers reflets de la lumière d'été. Et la beauté, comme un fantôme, errait… « J'ai eu une longue vie, pensa-t-il, et le meilleur de presque toutes choses. Je suis un ingrat. J'ai vu tant de beauté dans mon temps. Ce pauvre Bosinney disait que j'avais le sens de la beauté. On voit une figure dans la lune ce soir ! » Un papillon de nuit passa, et puis un autre, et encore un autre… « Des dames en gris ! » Il ferma les yeux. La sensation qu'il ne les rouvrirait plus l'envahit. Il la laissa augmenter, se laissa défaillir. Puis, avec un frisson, et péniblement, il releva les paupières. Il était atteint sans doute, profondément atteint, il faudrait après tout faire venir le médecin. Peu lui importait maintenant. Dans ce fourré là-bas, le clair de lune va se glisser ; il y aura des ombres et ces ombres seront les seules à veiller. Pas un oiseau, pas une bête, ni insectes, ni fleurs ; rien que les ombres, les ombres mouvantes : « Des dames en gris ! » Elles vont passer par-dessus ce vieux tronc d'arbre, chuchoter ensemble. Elle et Bosinney ! Étrange pensée ! Et les grenouilles et les petites bestioles de chuchoter aussi ! Comme le tic-tac de la pendule fait du bruit dans la chambre ! Tout est fantastique : au-dehors, sous les rayons de cette lune rouge, et au-dedans avec la petite veilleuse paisible, le tic-tac de la pendule, la robe de chambre de la nurse qui pend à l'angle d'un paravent, longue comme une silhouette de femme. « Dames en gris ! » Une étrange pensée l'assaillit : existait-elle ? Était-elle jamais venue ? Ou bien n'était-elle que l'émanation de toute la beauté qu'il avait aimée et qu'il devait bientôt quitter ? Le fantôme gris-violet, aux yeux noirs, avec son auréole de cheveux d'ambre, qui erre à l'aube, au clair de lune, et à l'heure des jacinthes bleues. Qu'est-ce qu'elle est ? Qui est-elle ? Existe-t-elle ? Il se leva et resta debout un moment, se cramponnant au rebord de la fenêtre pour retrouver le sentiment de la réalité, puis il se mit à marcher vers la porte, sur la pointe des pieds. Il s'arrêta au pied du lit, et Holly, comme ayant conscience de ce regard posé sur elle, remua, soupira, et se pelotonna comme pour mieux se défendre. Et, toujours sur la pointe des pieds, il sortit dans le couloir obscur, gagna sa chambre, se déshabilla immédiatement et s'arrêta en chemise de nuit devant le miroir. Quel vieil épouvantail ! Les tempes creuses, les jambes si maigres ! Ses yeux fuyaient sa propre image, et un air de fierté passa sur son front. Tout s'était ligué pour le mettre à bas, même son ombre dans le miroir, mais il n'était pas encore à terre ! Il se coucha et resta longtemps sans dormir, s'efforçant d'atteindre à la résignation, sachant trop bien que les contrariétés, les tourments ne lui valaient rien.

Il se réveilla au matin si peu reposé et si faible qu'il envoya chercher le médecin. Après l'avoir ausculté, le bonhomme fit une figure longue d'une aune et lui ordonna de rester au lit, en lui défendant de fumer. Ce n'était pas une privation, il n'avait aucune raison de se lever, et, quand il était souffrant, le tabac perdait toute sa saveur. Il passa la matinée tout alangui, avec les stores baissés, le chien Balthazar couché auprès de son lit. Avec son déjeuner, on lui apporta une dépêche qui disait :

Reçu votre lettre, viendrai cet après-midi ; serai auprès de vous à quatre heures trente.

IRÈNE.

Elle allait venir ! Tout de même ! Alors elle existait et il n'était pas abandonné. Elle allait venir ! Il sentait une douce tiédeur l'envahir, ses joues et son front brûlaient. Il prit son potage et repoussa le plateau, restant bien tranquille jusqu'à ce qu'on eût fini de desservir et qu'il se trouvât seul ; mais de temps à autre un éclair passait dans ses yeux. Elle allait venir ! Son cœur battait très vite, puis semblait ne plus battre du tout ! À trois heures, il se leva, s'habilla posément, sans bruit. Holly et mademoiselle devaient être à cette heure dans la salle d'études, et les domestiques se reposaient sans doute après leur repas. Il ouvrit la porte avec précaution et descendit. Dans le hall, le chien Balthazar était couché, solitaire ; il suivit le vieux Jolyon qui traversa son bureau et sortit au plein du soleil de l'après-midi. Il voulait aller à sa rencontre dans le petit bois, mais il sentit tout de suite que par cette chaleur il n'y arriverait pas. Alors il s'assit sous le chêne près de la balançoire, et le chien Balthazar, que la chaleur incommodait aussi, se coucha près de lui. Il resta là, assis, à sourire. Quelle orgie de minutes radieuses ! Quel bourdonnement d'insectes et quels roucoulements de pigeons ! La quintessence d'un jour d'été ! Admirable ! Et il était heureux comme un roi. Elle allait venir, elle ne l'avait pas abandonné ! Il avait tout ce qu'il voulait de la vie ; seulement pas assez de souffle, et trop d'oppression, là, à cet endroit. Il la verrait quand elle surgirait de la fougeraie, se balançant très légèrement, silhouette d'un gris violet effleurant les pâquerettes, les dents-de-lion, les reines-des-prés de la pelouse, les reines-des-prés avec leurs couronnes fleuries. Il ne bougeait pas, mais elle viendrait à lui et dirait : « Mon cher oncle, je vous demande pardon ! » Et elle s'assiérait sur la balançoire et le laisserait la contempler et lui raconter qu'il avait été souffrant, mais qu'il allait bien à présent ; et le chien lécherait la main d'Irène. Ce chien sait que son maître l'aime beaucoup. C'est un bon chien.

On était très à l'ombre sous cet arbre, le soleil ne pouvait l'atteindre, mais seulement jeter plus de clarté sur le reste du monde, si bien qu'il apercevait la grande tribune d'Epsom, là-bas, très loin, et les vaches broutant le trèfle dans le champ et chassant les mouches d'un coup de queue. Il respirait le parfum des tilleuls et de la lavande. Ah ! voilà qui expliquait le tintamarre des abeilles ! Elles étaient agitées, affairées, comme son cœur à lui s'affairait et s'agitait. Étourdies aussi et grisées de miel et de bonheur, comme il avait, lui, le cœur étourdi, le cœur grisé. « Été… été… » semblaient dire les abeilles, les grandes et les petites, et les mouches aussi !

L'horloge des écuries sonna quatre heures. Dans une demi-heure, elle serait là ! Il avait juste le temps de faire un tout petit somme, car il avait si peu dormi ces derniers temps ; et puis il serait prêt à l'accueillir, tout prêt pour la jeunesse et la beauté, venant vers lui à travers la pelouse ensoleillée… La dame en gris ! Et, s'installant dans son fauteuil, il ferma les yeux. Un duvet de chardon porté par un léger souffle d'air se posa sur sa moustache, plus blanche encore que lui. Il ne s'en aperçut pas, mais sa respiration le fit remuer, sans le détacher. Un rayon de soleil filtra et se fixa sur sa bottine. Un bourdon se posa et se mit à errer sur son panama. Et la vague délicieuse du sommeil envahit le cerveau qu'il abritait et la tête s'inclina en avant et reposa sur la poitrine. « Été… Été… » Ainsi bourdonnaient les abeilles.

L'horloge sonna le quart. Le chien Balthazar s'étira et leva les yeux vers son maître. Le duvet de chardon ne remuait plus. Le chien posa le menton sur le pied baigné de soleil. Le pied ne bougea pas. Le chien se retira vivement, se dressa et bondit sur les genoux du vieux Jolyon ; il regarda son visage et gémit ; puis, sautant à terre, il resta sur son séant, les yeux levés. Et, soudain, il poussa un long, un très long hurlement.

Mais le flocon de duvet restait immobile comme la mort comme la figure de son vieux maître.

« Été, été… été !… » Ah ! les pas silencieux sur la pelouse !

Table

TROISIÈME PARTIE

INTERLUDE

COLLECTION
« CLASSIQUES D'HIER ET D'AUJOURD'HUI »

Elizabeth von ARNIM, *La Bienfaitrice.*
Elizabeth von ARNIM, *Père.*
Jane AUSTEN, *Emma.*
Jane AUSTEN, *Lady Susan, et autres nouvelles.*
Jane AUSTEN, *Mansfield Park.*
Jane AUSTEN, *Northanger Abbey.*
Jane AUSTEN, *Orgueil et Préjugés.*
Jane AUSTEN, *Persuasion.*
Jane AUSTEN, *Raison et Sentiments.*
Mary Elizabeth BRADDON, *Le Secret de lady Audley.*
Mary Elizabeth BRADDON, *La Trace du serpent.*
Anne BRONTË, *Agnès Grey.*
Anne BRONTË, *La Dame du manoir de Wildfell Hall.*
Charlotte BRONTË, *Jane Eyre.*
Charlotte BRONTË, *Le Professeur.*
Charlotte BRONTË, *Shirley.*
Charlotte BRONTË, *Villette.*
Emily BRONTË, *Les Hauts de Hurlevent.*
Pearl BUCK, *L'Énigme éternelle.*
Pearl BUCK, *Fils de Dragon.*
Pearl BUCK, *Impératrice de Chine.*
Louise COLET, *Un drame dans la rue de Rivoli.*
Wilkie COLLINS, *La Pierre de lune.*
Wilkie COLLINS, *Le Secret.*
Wilkie COLLINS, *La Dame en blanc.*
Wilkie COLLINS, *L'Hôtel hanté.*
Charles DICKENS, *Contes de Noël.*
Charles DICKENS, *De grandes espérances.*
Charles DICKENS, *La Mystérieuse Lady Dedlock* (*Bleak House*, t. 1).
Charles DICKENS, *Le Choix d'Esther* (*Bleak House*, t. 2).
Charles DICKENS, *La Petite Dorrit* (2 t.).
Charles DICKENS, *Le Mystère d'Edwin Drood.*

Charles DICKENS, *Les Aventures de Mr Pickwick* (2 t.).
Charles DICKENS, *Les Temps difficiles.*
Alexandre DUMAS, *Le Chevalier de Maison-Rouge.*
Alexandre DUMAS, *Le Docteur mystérieux* (*Création et Rédemption*, t. 1).
Alexandre DUMAS, *La Fille du marquis* (*Création et Rédemption*, t. 2).
Alexandre DUMAS, *Les Borgia.*
George ELIOT, *Silas Marner.*
Ford Madox FORD, *Le Bon Soldat.*
John GALSWORTHY, *Le Propriétaire* (*La Dynastie des Forsyte*, t. 1).
John GALSWORTHY, *Aux aguets* (*La Dynastie des Forsyte*, t. 2).
John GALSWORTHY, À louer (*La Dynastie des Forsyte*, t. 3).
Elizabeth GASKELL, *Ruth.*
Thomas HARDY, *Jude l'obscur.*
Thomas HARDY, *La Bien-aimée.*
Thomas HARDY, *Le Maire de Casterbridge.*
Thomas HARDY, *Le Retour au pays natal.*
Thomas HARDY, *Loin de la foule déchaînée.*
Thomas HARDY, *Sous la verte feuillée.*
Henry JAMES, *Lady Barberina.*
Franz LISZT, *Chopin.*
Amelia OPIE, *Adeline Mowbray.*
Baronne ORCZY, *Le Mouron rouge.*
Ann RADCLIFFE, *Les Mystères d'Udolpho.*
Walter SCOTT, *La Fiancée de Lammermoor.*
May SINCLAIR, *Les Trois Sœurs.*
STENDHAL, *La Chartreuse de Parme.*
William M. THACKERAY, *La Foire aux vanités.*
Claude TILLIER, *Mon oncle Benjamin.*
Anthony TROLLOPE, *L'Héritage Belton.*
Frances TROLLOPE, *La Veuve Barnaby.*
Eugène-François VIDOCQ, *Mémoires authentiques.*
Mary WEBB, *La Renarde.*

Herbert George WELLS, *La Guerre des mondes.*
Herbert George WELLS, *L'Île du Dr Moreau. – La Machine à explorer le temps.*
Edith WHARTON, *Au temps de l'innocence.*
Edith WHARTON, *Chez les heureux du monde.*
Edith WHARTON, *Ethan Frome*, suivi de Été.
Virginia WOOLF, *La Chambre de Jacob.*
Virginia WOOLF, *Mrs* Dalloway.
Émile ZOLA, *Madeleine Férat.*
Les Plus Beaux Textes littéraires de Noël, présentés par Michel Tournier.
Noël, les plus beaux textes du monde entier, présentés par Ismaïl Kadaré.

Cet ouvrage a été composé
par Atlant'Communication au Bernard (Vendée)

Impression réalisée par
CPI France
en décembre 2019
pour le compte des Éditions Archipoche

Imprimé en France
N° d'édition : 526
N° d'impression : 3036073
Dépôt légal : janvier 2020